을 유 세 계 문 학 전 집 · 5 6

죄와 벌

(하)

일러두기

* 본 작품에서 이탤릭체로 표기된 외래어 다음에 괄호로 병기된 해석은 모두 원서에는 없는 역주입니다. 이 경우 가독성을 위해 다른 주석들과 달리 별도의 표기를 하지 않고 본문에 그대로 두었습니다.
* 마침표를 문단 끝까지 길게 늘어 쓰거나 하는 등의 표기는 모두 원서의 분위기를 살리기 위해 그대로 따랐습니다.

을유세계문학전집 · 56

죄와 벌

PRESTUPLENIE I NAKAZANIE

(하)

표도르 도스토예프스키 지음 · 김희숙 옮김

❀ 을유문화사

옮긴이 **김희숙**

서울대학교 독문과 및 동 대학원을 졸업하고, 독일 뮌헨 대학교 슬라브어문학과 학부 및 동 대학원을 졸업했다(러시아 문학박사). 현재 서울대학교 노어노문학과 교수로 재직하고 있다. 저서로『보리스 필냐크의 장식체 소설 연구』와 역서로 블라지미르 소로킨의『줄』, 후고 후퍼트의『마야코프스키의 삶과 예술』, 푸쉬킨의『스페이드의 여왕』,『러시아 기호학의 이해』(공역),『말의 미학』(공역),『러시아 현대 소설 선집 1』(공역) 등이 있다.

을유세계문학전집 56
죄와 벌(하)

발행일·2012년 9월 20일 초판 1쇄 | 2024년 7월 10일 초판 10쇄
지은이·포도르 도스토예프스키 | 옮긴이·김희숙
펴낸이·정무영, 정상준 | 펴낸곳·(주)을유문화사
창립일·1945년 12월 1일 | 주소·서울시 마포구 서교동 469-48
전화·02-733-8153 | FAX·02-732-9154 | 홈페이지·www.eulyoo.co.kr
ISBN 978-89-324-0388-5 04890 978-89-324-0330-4(세트)

차 례

하권

등장 인물

로지온 로마노비치 라스콜니코프(로쟈, 로젠카) 휴학 중인 대학생.
아브도치야 로마노브나 라스콜니코바(두냐, 두네치카) 라스콜니코프의 여동생.
풀헤리야 알렉산드로브나 라스콜니코바 라스콜니코프의 어머니.

소피야 세묘노브나 마르멜라도바(소냐) 마르멜라도프의 친딸.
세묜 자하르이치 마르멜라도프 소냐의 아버지. 전직 9등 문관.
카체리나 이바노브나 마르멜라도바 마르멜라도프의 아내.
폴리나 미하일로브나(폴레치카, 폴랴, 폴렌카) 카체리나의 큰딸.

알료나 이바노브나 전당포 노파.
리자베타 이바노브나 알료나 이바노브나의 배다른 동생.

드미트리 프로코비치 라주미힌 라스콜니코프의 친구.
포르피리 페트로비치 라주미힌의 친척, 예심판사.
조시모프 라주미힌의 친구, 의사.

아르카지 이바노비치 스비드리가일로프 두냐가 가정교사로 있던 집의 가장.
마르파 페트로브나 스비드리가일로프의 부인.
표트르 페트로비치 루쥔 두냐의 약혼자, 7등 문관, 마르파 페트로브나의 먼 친척.
안드레이 세묘노비치 레베쟈트니코프 루쥔의 전(前) 피후견인.

니코짐 포미치 경찰 서장.
일리야 페트로비치 경찰 부서장. 일명 '화약 중위'로 불림.
알렉산드르 그리고리예비치 자묘토프 경찰서의 서기장.

니콜라이(미콜라이, 미콜카) 젊은 칠장이, 전당포 자매를 죽인 살인범으로 몰림.
드미트리(미트레이, 미치카) 니콜라이의 동료.
프라스코비야 파블로브나(파쉔카, 자르니츠이나) 라스콜니코프의 하숙집 여주인.

나스타시야 페트로바(나스타슈쉬카, 나스첸카) 라스콜니코프의 하숙집 하녀.
아말리야 이바노브나 립페베흐젤 마르멜라도프 가족의 셋집 여주인.

제4부

1

'내가 아직도 꿈을 꾸고 있는 걸까?' 라스콜니코프는 다시 한 번 이런 생각이 들었다. 조심스럽고 의아한 눈으로 그는 이 불청객을 찬찬히 살펴보았다.

"스비드리가일로프? 당치도 않은 소리! 그럴 리가 없어!" 마침내 그는 의심스러운 나머지 큰 소리로 말했다.

손님은 이런 외침에도 전혀 놀라는 기색이 아니었다.

"두 가지 이유로 찾아왔소이다. 첫째, 오래전부터 댁에 대해서 여러 가지 흥미 있고 좋은 얘길 많이 들었기 때문에 개인적으로 알고 지내고 싶었고, 둘째로, 매씨(妹氏)인 아브도치야 로마노브나와 직접적인 이해관계가 있는 한 가지 계획에서 댁이 어쩌면 나를 도와주실 수도 있겠다 싶어섭니다. 소개도 없이 나 혼자 찾아간다면, 매씨는 선입견 때문에 나를 집 마당에도 들여놓지 않을 거요. 그러나 반대로, 댁이 도와주시면 내 생각엔……."

"잘못 생각하셨군요." 라스콜니코프가 말을 막았다.

"실례지만, 두 분은 바로 어제 도착하셨지요?"

라스콜니코프는 대답하지 않았다.

"어제일 거요, 나도 알고 있소. 실은 나도 그저께야 도착했으니까. 그런데 로지온 로마노비치, 그 일에 대해서 댁한테 얘기 좀 하겠소이다. 변명은 필요 없다고 생각하지만, 그래도 이 정도의 말은 해야겠기에. 그 일 전체에서 사실 내 쪽에 뭐 그렇게 특별히 범죄적인 데가 있습니까? 선입견 없이 합리적으로 판단했을 때 말이오."

라스콜니코프는 잠자코 그를 계속 살펴보고 있었다.

"자기 집에 데리고 있는 의지할 데 없는 처녀에게 지분거리면서 '추잡한 제안을 하여 모욕을 주었다'는 것이지요. 그런 거죠? (내가 너무 앞질러 말하는 것 같군요!) 그러나 이 점만은 고려해 주면 좋겠소. 나도 인간이고, *et nihil humanum**(인간적인 것은 무엇이든)……. 요컨대, 나도 반할 수 있고 사랑에도 빠질 수 있다 이 말씀이오. (물론 그게 우리 맘대로 되는 일은 아니지만 말이오.) 이 점을 생각해 주신다면, 모든 것은 아주 자연스럽게 설명될 거요. 문제는 내가 악당이냐 아니면 나 자신이 희생자냐 하는 것인데. 그럼 내가 어째서 희생자냐? 그때 내가 사랑하는 사람에게 아메리카나 스위스로 함께 달아나자고 말했을 때, 난 아마도 더없이 경건한 감정을 품고 있었고, 뿐만 아니라 서로의 행복을 이룩하려고 생각하고 있었을 것이오……! 열정에는 이성마저도 봉사하잖소. 나는 나 자신을 더 많이 망쳐 버린지도 모르오, 용서하시오……!"

"문제는 전혀 그게 아니오." 라스콜니코프는 혐오감을 느끼면서 말을 가로막았다. "난 무조건 당신이 싫소, 당신이 옳든 그르든 상관없이. 당신과는 알고 지내기도 싫소. 그래서 쫓아내는 거니까, 나가 주시오……!"

스비드리가일로프는 느닷없이 껄껄 웃어 댔다.

"하지만 댁도…… 댁도 아주 만만찮구려!" 그는 아주 솔직하게 웃어 젖히면서 말했다. "좀 속여 볼까 했더니, 대번에 급소를 찔러 버리는군요!"

"그러면서 지금도 계속 속이려 들잖습니까."

"그래서 어떻다는 건데요? 그게 어때서요?" 스비드리가일로프는 거리낌 없이 큰 소리로 웃으면서 되풀이했다. "이건 이른바 *bonne guerre*(정정당당한 싸움)이고, 가장 흔히 허용되는 속임수이잖소……! 그렇지만 댁은 내 말을 잘라 버렸소이다. 어쨌거나 다시 한 번 분명히 해 두지만, 뜰에서의 그 사건만 없었더라면, 불쾌한 일이라곤 전혀 없었을 거요. 마르파 페트로브나가……."

"마르파 페트로브나도 당신이 죽였다고 하던데요?" 라스콜니코프가 거칠게 말을 잘랐다.

"그 얘기도 들으셨소? 하긴, 안 들었을 리가 없겠지……. 그런데 그 질문에 대해선 정말 무슨 말을 해야 할지 모르겠소이다. 그 문제에 대해선 추호도 양심에 걸리는 바가 없지만 말이오. 그러니 내가 그 일을 두고 뭔가 두려워하고 있다고는 생각하지 마시구려.

그 일은 모든 것이 철저하게 규정에 따라 정확하게 해결되었으니까. 이 사건은 포도주를 거의 한 병이나 곁들여 점심을 잔뜩 먹고서는 곧바로 물에 들어갔기 때문에 일어난 졸중이었다는 것이 검시를 통해 밝혀졌소. 그 외에 다른 건 전혀 없었고, 그런 걸 찾아낼 수도 없었소이다……. 아니 나도 잠시 동안, 특히 이곳으로 오는 길에 기차간에서 그런 생각을 속으로 해 보았소. 내가 이 모든…… 불행에 기여한 것은 아닌가 하고. 이를테면 어떤 정신적인 자극이나 혹은 뭐 그런 종류의 원인을 제공함으로써 말이오. 그러나 그런 일조차 절대로 있을 수 없다는 결론을 내렸소."

라스콜니코프는 웃기 시작했다.

"걱정도 팔자시군!"

"왜 웃으시는 거요? 생각 좀 해 보시구려. 난 채찍으로 고작 두 대를 때린 게 다였소. 그것도 자국조차 남지 않을 정도로……. 제발 날 냉소가로 여기진 마시오. 그게 내 쪽에서도 얼마나 수치스러운 일인가 하는 것쯤은 나도 잘 알고 있으니까. 하지만 마르파 페트로브나가 나의 그런, 말하자면, 정신 나간 짓을 오히려 좋아했다는 것도 나는 확실하게 알고 있소이다. 매씨에 관한 이야깃거리도 완전히 바닥났겠다, 그러니 마르파 페트로브나는 벌써 사흘째 집에만 들어앉아 있어야 하던 참이었소. 시내에 가지고 갈 얘깃거리가 없었던데다, 거기 사람들도 다들 그 편지에 어지간히 염증이 나 있었으니까(그 편지를 읽고 다녔다는 건 들었겠지요?). 그런 판에 갑자기 이 채찍 두 대가 하늘의 선물처럼 뚝 떨어진 거요! 그 여자가 맨 먼저 한 일은 마차를 준비하도록 이른 것이었소······! 뭐 새삼스레 말하진 않겠지만, 여자들이란 겉으로는 아무리 분개한 얼굴을 하고 있어도 모욕당하는 걸 정말로 흐뭇해하는 경우가 있어요. 하긴 그런 경우는 누구에게나 있지만, 인간이란 대체로 모욕당하길 좋아하거든요. 댁도 이걸 알아채셨소? 그런데 여자들은 특히 그래요. 오로지 그걸 낙으로 삼고 있다고 해도 과언이 아닐 거요."

한동안 라스콜니코프는 자리에서 벌떡 일어나 그대로 방을 나가 버림으로써 이 만남을 그만 끝내야겠다는 생각을 하기도 했다. 그러나 어떤 호기심이, 더불어 일종의 계산 같은 것까지도 함께 잠시 그를 제지했다.

"싸움을 좋아합니까?" 그가 무심한 어조로 물었다.

"아니오, 그다지." 스비드리가일로프는 차분하게 대답했다. "마르파 페트로브나와도 싸운 적이 거의 없었소이다. 우리 부부는 아주 사이가 좋았고, 아내는 나에게 늘 만족하고 있었소. 내가 채찍을 쓴 것은 칠 년을 함께 살면서 딱 두 번밖에 없었어요(아주 애매한 세 번째 경우를 빼놓으면 말이오). 첫 번째는 결혼한 지 두 달 지나 시골로 내려간 직후의 일이었고, 그러고는 이번이 마지막이었소. 댁은 나를 지독한 악당에다 복고주의자, 농노제 찬성자라고 생각했겠지요? 하하······. 그런데 로지온 로마노비치, 혹시 기억 안 나시는지. 몇 해 전, 아직 언론의 자유가 보장되고 있던 그 은혜로운 글라스노스트 시절에* 말이오, 어떤 귀족이—이름은 생각이 안 나는데—공개적으로 전국의 모든 신문에서 두들겨 맞지 않았소? 그 사람이 기차간에서 어떤 독일 여자를 채찍으로 때렸다는 것인데, 기억나시오?* 또 그 무렵, 같은 해의 일이었던 듯싶은데, 『**세기**(世紀)』지(誌)의 추악한 행위'*가 있었지요. (바로 그 「이집트의 밤」 공개 낭독 말이오, 기억나시오? 검은 눈동자여!* 오, 너는 어디에 있느뇨, 우리들 청춘의 황금 시대여!) 그러니까 내 의견을 말하자면, 독일 여자를 채찍으로 때린 신사를 깊이 동정하는 건 아니오. 왜냐하면 사실 그건…… 동정할 여지가 뭐 있소! 하지만 분명히 말해 두어야겠는데, 제 아무리 진보주의자라도 도저히 자제를 장담할 수 없을 만큼 그렇게 속을 뒤집어 놓는 '독일 계집들'이 때로는 있다, 이 말씀이오. 당시엔 아무도 이런 관점에서 사건을 보지 않았지만, 이것이야말로 진짜 인도적인 관점이지요, 정말 그렇소이다!" 이렇게 말하고 스비드리가일로프는 느닷없이 또 웃음을 터뜨렸다. 라스콜니코프는 이자가 뭔가를 단단히 마음먹고 있고, 어떤 꿍꿍이를 지니고 있다는 것을 분명하게 깨달았다.

"당신은 요 며칠 동안 아무하고도 이야길 못 나눈 모양이군요?" 그가 물었다.

"거의 그렇소이다. 그런데 왜요, 내가 이렇게 입담이 좋은 인간이라서 놀라운 모양이지요?"

"아니, 너무 지나치게 입담이 좋아서 놀라는 중입니다."

"그러니까 댁의 무례한 질문에 화를 내지 않아서요? 그런 건가요? 그렇지만…… 뭣 하러 화를 내겠소? 댁이 물어보니, 난 그대로 대답한 것이오." 그는 놀랄 만큼 순박한 표정을 지으면서 덧붙였다. "나는 실은 무엇에도 이렇다 할 흥미를 못 느끼는 인간이오, 정말이오." 그는 생각에 잠긴 듯이 말을 이었다. "특히 지금은 아무것에도 관심을 두고 있지 않아요……. 하기야 내가 무슨 속셈이 있어서 알랑거리고 있다고 생각해도 무리는 아니지만. 더구나 매씨에게 볼일이 있다고 스스로 밝혔으니 말이오. 하지만 터놓고 말해서, 아주 따분해 죽겠소이다! 특히 요 사흘은. 그래서 댁을 만나게 된 게 정말이지 기쁠 지경이오. 화를 내진 말아요, 로지온 로마노비치. 하지만 댁도 왠지 굉장히 이상한 사람 같아 보이는군요. 댁에게는 뭔가가 있어요. 특히 지금은. 그러니까 그건 바로 이 순간을 말하는 게 아니라, 대체로 요즘 말이오……. 아니, 아니, 더 이상 말하지 않겠소, 말하지 않겠소, 찡그리지 마시구려! 나도 댁이 생각하는 것처럼 그런 곰은 아니니까."

라스콜니코프는 침울하게 그를 바라보았다.

"곰은 아마 절대로 아니겠죠." 그가 말했다. "내가 보기에 당신은 상류사회 출신이거나, 아니면 최소한, 경우에 따라서는 점잖게 행동할 수 있는 사람입니다."

"나는 어느 누구의 의견에도 별 흥미가 없소이다." 스비드리가일로프는 무뚝뚝하고 좀 오만한 빛마저 띠고서 대답했다. "그러니 때때로 속물이 되지 못할 이유가 뭐 있겠소. 더구나 속물이라는 옷은 우리네 풍토에서 입고 다니기에 아주 편하고 또…… 만약 천성적으로 그런 성향을 지닌 사람이라면 특히 그렇거든요." 그는 다시 웃기 시작하면서 덧붙였다.

"하지만 내가 듣기로는 당신은 이곳에 아는 사람이 많다던데요. 당신은 소위 '연줄이 상당한' 편 아닙니까. 그렇다면 무엇 때문에 나 같은 사람을 찾아온 거죠, 무슨 목적이 있는 게 아닌 다음에야?"

"댁이 말한 대로, 아는 사람이 많지요." 스비드리가일로프는 핵심에 대해서는 대답하지 않으면서 그의 말을 받았다. "이미 만나기도 했지요. 이렇게 사흘씩이나 어슬렁거리고 있으니. 내가 먼저 알아보기도 하고, 저쪽에서도 날 알아보는 모양이오. 그야 물론 나는 옷도 번듯하게 입고 다니고, 가난한 축에 들지도 않소. 농노제 폐지도 우리에게는 별 영향이 없었소. 숲과 목초지는 수분이 충분한 땅이어서, 수입도 준 게 없어요.* 하지만…… 그 친구들에게는 가지 않을 거요. 진작에 진절머리가 났으니까. 사흘째 싸다니고 있지만, 아무한테도 왔다고 알리지 않았소……. 게다가 또 이 도시는! 도대체 어떻게 이런 도시가 우리 러시아에 생겨났는지, 말 좀 해 보시구려! 이건 사무원과 온갖 학생들의 도시요! 정말이지, 한 팔 년 전쯤 내가 여기서 빈둥거리고 있을 때는 많은 것을 알아채지 못했는데……. 지금 나는 해부학 하나에만 아직도 기대를 걸고 있소이다. 이건 정말이오!"

"해부학이라뇨?"

"그 클럽이니, 뒤소*니, 유락장*이니 하는 것들, 혹은 그 진보니 하는 것들이야 다 어떻게 되든 나하고는 상관없소." 그는 또다시 묻는 말엔 신경도 쓰지 않고 계속해서 말했다. "게다가 사기 도박꾼 노릇을 하는 것도 내키길 하나?"

"그럼 당신은 사기 도박꾼이기도 했나요?"

"어찌 안 그랬겠소? 팔 년쯤 전에 우리는 제일 멋진 친구들만 모인 패거리였다오. 함께 시간을 보냈는데, 다들 예의를 아는 사람들로, 시인들도 있었고, 자본가들도 있었소이다. 대체로 우리 러시아 사회에서 가장 훌륭한 예의범절을 볼 수 있는 것은 이미 얻어맞아 본 적이 있는 사람들에게서일 거요. 댁도 그걸 느끼셨소? 나도 시골에 틀어박히는 바람에 지금은 이렇게 볼품 없어졌소만 그래도 그때는 빚 때문에 감옥에 집어넣으려 했던 몸이오. 상대는 네쥔 출신의 그리스인이었소. 그때 마침 난데없이 마르파 페트로브나가 나타나서 홍정을 하더니 은화 3만 루블을 몸값으로 치르고 나를 빼낸 거외다. (내 빚은 모두 해서 7만 루블이었소.) 우리는 정식으로 결혼을 했고, 그 여자는 나를 무슨 보물처럼 여기면서 곧장 자기 시골로 데려갔소. 그 여자는 나보다 다섯 살 위였소. 나를 무척 사랑했지요. 칠 년 동안 나는 시골에서 나오지 않았소. 그런데 말이오, 그 여자는 다른 사람 명의로 된 나의 그 3만 루블 차용증서를 평생토록 꼭 쥐고 있었소. 그러니 내가 무슨 배반할 기미라도 보인다면, 그대로 덫에 걸리고 마는 거요! 그러고도 남을 여자였소! 여자들에겐 그런 여러 감정이 언제나 꼭 붙어 다니거든요."

"그럼 그 차용증서가 아니었다면 달아났겠군요?"

"그건 뭐라고 말하기 어렵소이다. 그 증서의 구속은 거의 받지 않았으니까. 나 자신이 아무 데도 가고 싶지 않았던 거요. 마르파 페트로브나는 내가 따분해하는 걸 보고 외국으로 나가자고 두 번이나 청했소. 하지만 가 본들 뭐 하겠소! 외국에는 전에도 몇 번 가 본 적이 있지만, 언제나 구역질을 느끼곤 했소. 구역질이 날 정도는 아니라 해도, 아침에 희뿌옇게 먼동이 틀 때 나폴리 만과 바다를 보고 있노라면, 어쩐지 우울해지는 거요. 제일 싫은 것이, 실제로 뭔가에 대해서 우울해하는 것이오! 아니, 고향에 있는 게 더 나아요. 여기선 적어도, 모든 것을 남의 탓으로 돌리고 자신을 정당화할 수 있으니까. 나는 이제 어쩌면 북극 탐험을 떠날지도 모르오.* 왜냐하면 *j'ai le vin mauvais*(나는 술버릇이 고약하고), 술 마시는 것도 싫지만, 술을 끊으면 남는 게 아무것도 없으니 말이오. 시도는 여러 번 해 보았소. 그런데 일요일에 베르크*가 유수포프 공원에서 거대한 기구(氣球)를 타고 날게 되어, 일정한 요금을 내고 함께 탈 사람을 모집한다는데, 그게 정말이오?"

"왜, 타고 날아가시려고요?"

"내가? 아니오…… 그저…….." 스비드리가일로프는 정말로 깊은 생각에라도 잠긴 듯이 중얼거렸다.

'대체 뭐야, 이 사람, 정말 그러겠다는 걸까?' 라스콜니코프는 생각했다.

"아니, 증서는 나를 구속하지 않았소." 스비드리가일로프는 생각에 잠겨 말을 이었다. "나 스스로가 시골에서 나오지 않은 거요. 그리고 마르파 페트로브나가 내 명명일에 그 증서를 나에게 돌려준 것도 그럭저럭 일 년이 다 돼 가는 일이오. 게다가 상당한 액수의 돈까지 선물로 주었소. 그 여자는 재산이 많았으니까. '보세요, 내가 당신을 얼마나 신뢰하는지, 아르카지 이바노비치.' 정말로 그 여자는 그렇게 말했소이다. 그런 말을 했다는 게 댁은 아마 믿기지 않겠지요? 하지만 그렇게 해서 난 마을에서 의젓한 지주가 됐고, 부근에서도 다들 나를 알아준다오. 책도 많이 주문하 곤 했소. 처음에는 마르파 페트로브나도 좋다고 하다가, 나중엔 내가 너무 공부에 열중할까 봐 늘 걱정이었소."

"마르파 페트로브나가 무척 그리운 모양이군요."

"내가? 그런지도 모르오. 정말, 그런지도 몰라요. 그런데 유령 을 믿으시오?"

"유령이라니, 어떤 유령 말입니까?"

"보통 유령이지, 어떤 유령이라니요!"

"당신은 믿나요?"

"어쩌면 믿는 것 같기도 하고, *pour vous plair*(댁이 원하신다면) 안 믿는다고도 할 수 있고…… 즉, 안 믿는다는 게 아니라……."

"나타나는 거로군요, 그런가요?"

스비드리가일로프는 왠지 이상한 눈으로 그를 쳐다보았다.

"마르파 페트로브나께서 가끔 찾아 주시죠." 그는 입술을 일그 러뜨리고 어딘지 이상한 미소를 지으면서 말했다.

"찾아 주신다니, 어떻게?"

"벌써 세 번이나 찾아왔소이다. 처음으로 본 것은 바로 장례식 날, 묘지에서 돌아온 지 한 시간쯤 됐을 때였소. 이곳으로 떠나오 기 전날 밤이었지요. 두 번째는 그저께 새벽, 이곳으로 오는 도중 에 말라야 비쉐라 역에서였고, 세 번째는 두 시간 전에 내가 지금 묵고 있는 하숙집 방에서였소. 내가 혼자 있을 때에."

"깨어 있을 때요?"

"물론이오. 세 번 다 깨어 있을 때였소. 와서 한 일 분쯤 얘기를 하다 문으로 나가지요. 언제나 문으로 나가요. 그 소리까지 들리는 것만 같소."

"어쩐지 당신에겐 그런 일이 꼭 있을 것 같았습니다!" 라스콜니코프는 느닷없이 이렇게 말하고는, 바로 그 순간 자기가 한 말에 자신도 놀랐다. 그는 몹시 흥분해 있었다.

"뭐라고요? 댁이 그렇게 생각했단 말이오?" 스비드리가일로프가 놀라면서 물었다. "정말이오? 거봐요, 내가 말하지 않았소, 우리에겐 어딘가 공통점이 있다고, 안 그렇소?"

"그런 말은 한 번도 한 적이 없습니다!" 라스콜니코프는 펄쩍 뛰며 단호하게 대답했다.

"말하지 않았다고요?"

"그래요!"

"난 말한 것 같은데. 아까 들어와서, 당신이 눈을 감고 누워서 자는 시늉을 하고 있는 걸 보자, 난 바로 이렇게 혼잣말을 했소이다. '이 사람도 바로 그렇구나!'"

"그게 무슨 말입니까, 바로 그렇다니? 무슨 말을 하는 겁니까?" 라스콜니코프가 소리쳤다.

"무슨 말이냐고요? 무슨 말인지는 나도 정말 모르겠소……." 스비드리가일로프는 솔직하게, 어쩐지 자기도 당황해서 중얼거렸다.

일 분쯤 침묵이 흘렀다. 두 사람은 눈을 크게 뜨고 서로 노려보고 있었다.

"별 황당한 소릴 다 하는군!" 라스콜니코프가 역정을 내며 외쳤다. "그래, 그 여자가 와서 당신에게 무슨 말을 합니까?"

"그 여자? 글쎄 그게, 아주 쓸데없는 시시한 소리만 한다오. 그런데 인간이라는 게 참 이상해서, 나는 그게 또 화가 나거든. 처음엔 들어와서(사실 나는 지쳐 있었소. 장례 미사에다 명복을 비는 기도에다 연도(連禱)에다 추도연에다, 드디어 혼자가 되어 서재에서 담배를 한 대 피워 물고 생각에 잠겨 있는데), 그러니까 문으로 들어와서는, '여보, 아르카지 이바노비치, 당신은 오늘 너무 바빠서 식당 시계에 밥 주는 걸 잊으셨군요' 하고 말합디다. 사실 그 시계는 칠 년 내내 매주 내 손으로 태엽을 감아 왔는데, 혹시라도 깜박 잊게 되면 언제나 집사람이 상기시켜 주곤 했소. 그다음 날엔 나는 이미 이곳으로 오고 있는 중이었소. 새벽녘에 역 식당에 들어갔지요. 밤새 눈을 잠깐 붙인 게 다여서 피곤하고 눈이 잘 떠지지도 않기에, 커피를 시키고 옆을 보니 마르파 페트로브나가 손에 카드 한 벌을 들고 갑자기 내 옆에 앉는 게 아니겠소. '아르카지 이바노비치, 여행 점을 봐 드릴까요?' 그런데 집사람은 점치는 데는 도사였소. 정말 그때 점을 안 본 게 후회막급이오! 나는 깜짝 놀라서 도망쳐 버렸소. 사실 그때 발차 벨이 울리기도 했지만 말이오. 그리고 오늘은 식당에서 지독하게 형편없는 점심을 가져다 먹고, 위가 더부룩한 채로 앉아 있었소. 앉아서 담배를 한 대 피우고 있는데 또 느닷없이 마르파 페트로브나가 긴 꼬리가 달린, 새로 맞춘 녹색 비단옷을 화려하게 차려입고 들어오는 거요. '잘 계셨나요, 아르카지 이바노비치! 당신 취향에 이 옷은 어때요? 아니시카는 이렇게 못 지을 거예요.' (아니시카는 전에 농노였던 우리

마을의 재봉사인데, 모스크바에서 기술을 배운 참한 아가씨오.)
그러더니 내 앞에 서서 몸을 뱅그르르 돌리지 않겠소. 나는 옷을
찬찬히 살펴보고 나서 그녀의 얼굴을 주의 깊게 쳐다보았소. '당
신도 참, 마르파 페트로브나, 왜 이런 하찮은 것 때문에 나한테 오
는 수고를 하나' 하고 말해 주었소. 그러자 '어머나, 당신도 참. 잠
깐 뵈러 오는 것도 안 되나요?' 하고 말합디다. 난 약을 좀 올려 줄
요량으로 '마르파 페트로브나, 난 결혼하려고 하는데'라고 했소.
그랬더니 이러는 거요. '그거야 당신 맘대로지만요, 아르카지 이
바노비치. 마누라 장사도 채 치르기 전에 바로 장가를 들겠다고
길을 떠나다니, 당신에게 그다지 명예로운 일은 아니죠. 여자나
잘 골랐다면 또 모를까. 하지만 내가 다 아는데, 그 애한테도, 당
신한테도 좋지 못해요. 온 동네 사람들의 웃음거리밖에 안 될 걸
요.' 그러고는 갑자기 나가 버렸소. 그 옷꼬리 끌리는 소리가 꼭
들리는 것만 같습디다. 정말 황당하지 않소, 네?"

"그렇지만 아마도 다 거짓말이겠죠?" 라스콜니코프가 대꾸했다.

"나는 좀처럼 거짓말을 하지 않소." 스비드리가일로프는 생각에
잠긴 채, 질문이 무례한 것도 전혀 알아채지 못한 듯이 대답했다.

"그럼 전에는, 그전에는 유령을 본 적이 없나요?"

"아…… 니오, 보았소. 평생에 딱 한 번, 육 년 전 얘기요. 우리
집에 필카라는 하인이 있었는데, 그놈을 장사 지낸 직후에 난 그
만 깜박 잊고 '필카, 파이프!' 하고 소릴 쳤소. 그러자 그놈이 들어
오더니 내 파이프가 놓여 있는 선반 쪽으로 곧장 가는 게 아니겠
소. 난 앉은 채 '저놈이 복수를 하러 왔구나' 하고 생각했소. 죽기

전에 아주 심하게 다투었으니 말이오. '네놈이 감히, 그렇게 팔꿈치에 구멍이 난 걸 걸치고 내 방에 들어오다니, 썩 꺼져, 이 빌어먹을 놈아!' 하고 말해 주었소. 그러자 돌아서서 나가더니 다시는 안 옵디다. 그때는 마르파 페트로브나에게도 말하지 않았소. 그를 위해 추도 미사라도 올려 줄까 했지만, 쑥스러워서 관뒀소이다."

"의사한테 가 보시지요."

"댁이 말하지 않아도 내가 건강하지 못하다는 것쯤은 알고 있소. 정말 어디가 아픈 건지는 모르지만. 그래도 내 생각으로는 내가 댁보다 분명히 다섯 배 정도는 건강한 것 같소이다. 내가 댁한테 물었던 것은 유령이 나타나는 것을 믿느냐 안 믿느냐가 아니오. 유령이 있다는 걸 믿느냐고 물었던 거지."

"아니요, 절대로 믿지 않습니다!" 라스콜니코프는 어떤 적의마저 내보이며 소리쳤다.

"하지만 사람들은 보통 뭐라고 말하는지 아시오?" 스비드리가일로프는 옆을 보면서 고개를 약간 숙이고 혼잣말처럼 중얼거렸다. "그들은 말하오. '너는 병이야, 그러니까 너한테 나타나는 것은 헛것에 지나지 않아'라고. 하지만 거기엔 엄격한 논리가 없잖소. 유령이 병자들에게만 나타난다는 덴 나도 동의하오. 그렇지만 그건 병자가 아닌 사람에게는 유령이 나타날 수 없다는 걸 증명할 뿐이지, 유령 자체가 존재하지 않는다는 것은 아니오."

"물론 존재하지 않지요!" 라스콜니코프는 역정을 내며 주장했다.

"존재하지 않는다고요? 그렇게 생각하시오?" 스비드리가일로프는 천천히 그를 쳐다보고서는 말을 이었다. "그럼 이렇게 생각해 보면 어떻소. (좀 도와주시구려) '유령은, 말하자면 다른 세계의 단편이고 부분이고 시작이다. 물론 건강한 사람에겐 그것이 보일 리 없다. 건강한 사람은 가장 지상적(地上的)인 사람이고, 따라서 충실함과 질서를 위해 오직 이 세상의 삶만을 살아야 하기 때문이다. 그런데 조금이라도 병에 걸려서 유기체 속의 정상적인 지상적 질서가 약간이라도 파괴되면, 이내 다른 세계의 가능성이 나타나기 시작하며, 병이 심할수록 다른 세계와의 접촉도 많아져서, 인간이 완전히 죽게 되면 곧바로 다른 세계로 건너가는 것이다.' 나는 오래전부터 이렇게 생각해 왔소이다. 만약 댁이 내세를 믿고 있다면, 이런 생각도 믿을 수 있을 거요."

"나는 내세를 믿지 않습니다." 라스콜니코프가 말했다.

스비드리가일로프는 생각에 잠긴 채 앉아 있었다.

"그런데 어떻소, 만일 그곳에 거미나 뭐 그런 것밖에 없다면." 그가 불쑥 말했다.

'이자는 미쳤구나.' 라스콜니코프는 생각했다.

"우리는 언제나 영원이라는 것을 도저히 이해할 수 없는 관념으로, 무언가 거창한 것, 어마어마하게 큰 것으로 떠올리고 있소. 하지만 어째서 꼭 거창한 것이어야 하는 거요? 그런 것 대신에 그곳엔 연기에 시커멓게 그을은 시골 목욕탕 같은 작은 방이 하나 있고, 구석구석에 거미가 집을 치고 있다. 이것이 영원의 전부다라고 문득 상상해 보시오. 실은 이런 것이 이따금 눈에 어른거릴 때가 있소이다."

"도대체, 도대체가 당신한텐 그것보다 좀 더 위안이 되고 좀 더 올바른 생각은 전혀 떠오르지 않는단 말입니까!" 라스콜니코프는 병적인 감정에 사로잡혀 외쳤다.

"좀 더 올바른 것? 하지만 어떻게 알겠소. 어쩌면 이게 올바른 것일지도 모르오. 나는 일부러라도 꼭 그렇게 생각하고 싶소!" 스비드리가일로프는 애매한 미소를 지으면서 대답했다.

이 기괴한 대답에 라스콜니코프는 왠지 등골이 오싹해졌다. 스비드리가일로프는 고개를 들고 그를 뚫어지게 쳐다보다가 갑자기 큰 소리로 웃어 대기 시작했다.

"아니, 한번 생각해 보시구려." 그가 외쳤다. "반 시간 전만 해도 우린 서로 본 적도 없었고 지금도 서로 원수처럼 여기고 있는데다 또 우리 사이엔 해결되지 못한 일이 있는데도, 그 일은 제쳐 놓고 이런 문학적인 논쟁에 빠져 버리다니! 그래, 내 말이 옳지 않소, 우린 한 굴 속의 너구리가 아니오?"

"제발." 라스콜니코프는 역정을 내며 말을 계속했다. "실례지만 빨리 밝히기나 해요. 뭣 때문에 나를 찾아왔는지……. 그리고…… 그리고…… 난 급합니다. 시간이 없어요, 외출을 할 참이어서……."

"알았습니다, 알았습니다. 매씨인 아브도치야 로마노브나가 루쥔 씨하고 결혼한다지요, 그 표트르 페트로비치하고?"

"누이동생 이야기는 꺼내지도 말고 그 아이 이름도 말하지 않을 수 없겠습니까? 이해가 안 가는군요. 당신이 정말 스비드리가일로프라면 어떻게 감히 내 앞에서 그 아이 이름을 입에 올릴 수 있습니까?"

"하지만 매씨 얘길 하러 왔는데, 어떻게 이름을 말하지 않을 수 있겠소?"

"좋아요, 말하시죠. 그러나 빨리요!"

"집사람의 친척이 되는 루쥔 씨에 대해서는 댁도 이미 의견을 갖고 계실 거라 믿소. 그를 반 시간이라도 보았고 그에 대해 무엇이든 확실하고 정확하게 들으신 게 있다면 말이오. 그는 아브도치야 로마노브나의 배필감이 못 되오. 내가 보기에 아브도치야 로마노브나는 이 일에서 너무나 고결하고 대범하게도…… 가족을 위해 자신을 희생하는 것이오. 내가 댁에 대해 들은 바를 종합해 본 결과, 만약 이 결혼이 이해관계를 손상시키지 않고 취소될 수 있다면 댁 쪽에서도 만족하리라고 여겨졌소. 이렇게 직접 만나고 보니 더욱 확신하게 되었소이다."

"당신 생각은 너무 유치하군요. 실례지만, 뻔뻔스럽다고 말하려 했습니다." 라스콜니코프가 말했다.

"그러니까 내가 내 주머니에만 신경을 쓰고 있다는 말이군요. 걱정하지 마시구려, 로지온 로마노비치, 만약 내가 내 이익에 신경을 쓰고 있다면 이렇게 직설적으로 말하진 않을 거요. 나도 그리 바보는 아니니까. 이것과 관련해서 한 가지 심리적으로 기이한 점을 당신에게 털어놓겠소. 아까 나는 아브도치야 로마노브나에 대한 나의 사랑을 변명하면서, 나 자신이 희생자라고 말했소. 그런데 솔직히, 지금은 어떤 사랑도 느끼고 있지 않아요, 전혀. 스스로 생각해도 이상할 지경이오. 전에는 정말 뭔가를 느끼고 있었는데……."

"게으름과 방탕 때문이지요." 라스콜니코프가 말을 가로챘다.

"사실 나는 방탕하고 게으른 인간이오. 하지만 매씨는 너무나 훌륭한 점이 많아서 나 같은 인간도 어떤 인상에 복종하지 않을 수 없었소이다. 그러나 그게 다 부질없는 일이었다는 건, 이제 나 자신도 똑똑히 알고 있소."

"그건 오래전에 알게 된 겁니까?"

"알아채기 시작한 건 더 이전이지만, 결정적으로 확신하게 된 것은 그저께 페테르부르크에 도착한 거의 그 순간이었소. 모스크바에 있을 때만 해도 아브도치야 로마노브나에게 청혼을 하고 루쥔 씨와 겨루기 위해 오는 거라고 생각했지만."

"말을 끊어서 죄송하지만, 제발 좀 간략하게, 찾아온 용건으로 바로 들어가 줄 수는 없습니까. 난 급합니다, 외출을 해야 해서……."

"기꺼이 그러지요. 나는 이곳에 도착하자 바로 어떤…… 항해를 하려고 결심한 터라, 그에 앞서 필요한 조처를 해 두기로 했소. 아이들은 이모 집에 남아 있소. 그 애들은 부자니까 내가 필요하진 않아요. 게다가 내가 무슨 애비겠소! 나는 일 년 전에 마르파 페트로브나가 준 것만 가지고 왔소. 난 그것으로 충분하오. 용서하시구려, 이제 본론으로 들어가지요. 아마도 곧 떠나게 될 항해에 앞서, 나는 루쥔 씨하고도 끝을 내고 싶소. 그자를 정말로 못 참겠다라는 건 아니지만, 내가 마르파 페트로브나하고 다툰 것도 그자 때문이오. 아내가 그 혼담을 요리했다는 걸 알고 다투게 됐소. 그래서 난 이번에 댁의 주선으로 매씨와 만나게 되길 바라고 있소이다. 될 수 있으면 댁도 함께 있는 자리에서 매씨에게 첫째,

루쥔 씨와의 결혼은 털끝만 한 이익도 되지 못할뿐더러 오히려 분명히 손해가 되리라는 것을 설명해 주고 싶소. 그리고 요전의 여러 불쾌한 일에 대해 용서를 구한 다음, 1만 루블을 그녀에게 드릴 수 있도록 허락해 달라고 청하고, 그렇게 함으로써 루쥔 씨와의 파혼을 쉽게 해 주고 싶소. 파혼에 대해서는 매씨도 기회만 주어진다면 마다하지 않으리라고 확신하오."

"정말로 아주 돌았군!" 라스콜니코프는 화가 났다기보다 어이가 없어서 외쳤다. "어떻게 감히 그런 소릴 하는 거요!"

"소리칠 거란 건 나도 알고 있었소. 그러나 첫째, 나는 부자는 아니지만, 이 돈 1만 루블은 나한테는 있어도 좋고 없어도 좋은 돈이오. 다시 말해 나에겐 전혀 필요 없는 돈인 거요. 아브도치야 로마노브나가 받아 주지 않는다면, 아마 더 바보같이 써 버리고 말 거요. 그게 한 가지 이유요. 둘째, 나는 조금도 양심에 거리끼는 바가 없소. 나는 아무런 타산 없이 이 돈을 내놓는 거니까. 믿든, 믿지 않든, 댁이나 아브도치야 로마노브나도 나중에 가면 알게 되겠지요. 모든 문제는 내가 존경하는 매씨께 정말 여러모로 심려를 끼치고 불쾌하게 해 드렸다는 데 있소. 따라서 내가 충심으로 뉘우치면서 진정으로 바라는 바는 그 불쾌한 일에 대해 보상을 함으로써 잘못을 털어 버리겠다는 것이 아니라, 뭔가 매씨에게 이로운 일을 하고 싶다는 것뿐이오. 나라고 언제나 악행만 저지르라는 법은 없으니까 말이오. 만약 내 제안에 100만분의 1이라도 어떤 타산이 들어 있다면, 이렇게 직설적으로 제안하지도 않을 것이고, 또 고작 1만 루블을 내놓지도 않을 것이오. 5주일 전만 해도 그녀에게 더 많은 돈을 제안했으니까. 게다가 나는 아마도 어떤 처녀하고 곧 결혼을 하게 될 것 같소이다. 따라서 내가 아브도치야 로마노브나에게 어떤 흑심을 품고 있지는 않나 하는 의심은 저절로 사라질 것이오. 마지막으로 말하자면, 아브도치야 로마노브나는 루쥔 씨와 결혼해도 그만한 돈을 받게 되겠지만, 다만 다른 쪽에서 받는 거지요……. 아무튼 화내지 마시고, 로지온 로마노비치, 침착하고 냉정하게 잘 판단해 보시오."

이렇게 말하는 스비드리가일로프 자신도 무척이나 냉정하고 침착했다.

"제발 그만두시죠." 라스콜니코프가 말했다. "어쨌거나 이건 용서할 수 없는 뻔뻔한 짓입니다."

"천만의 말씀. 그렇다면 이 세상에서 인간은 틀에 박힌 하찮은 형식 때문에 서로에게 오로지 나쁜 짓만 하고 좋은 일이라곤 손톱만큼도 할 권리를 갖지 못한다는 말이 되잖소. 그건 어리석은 일이외다. 예를 들어 만약 내가 죽어서 유언장에 의해 그만한 돈을 매씨에게 남긴다면, 그때도 매씨는 받기를 거절할까요?"

"충분히 그럴 수 있지요."

"아니, 그건 그렇지 않소이다. 그렇지만 정 안 된다면 안 되는 거니, 그냥 그대로 둡시다. 하지만 1만 루블이란 돈은 만일의 경우에는 요긴한 것이오. 어쨌든 내가 지금 한 말을 아브도치야 로마노브나에게 전해는 주시구려."

"아뇨, 전하지 않겠습니다."

"그렇다면 로지온 로마노비치, 어쩔 수 없이 내가 직접 만날 수

밖에 없겠군요. 그러면 공연히 괴롭혀 드릴 텐데."

"그럼 내가 전해 주면 직접 만나지 않겠습니까?"

"사실 뭐라고 해야 할지 모르겠소이다. 한 번은 꼭 만나고 싶은데."

"기대도 하지 말아요."

"유감이구려. 하지만 댁은 나를 아직 잘 모르오. 이제 아마 더 친해지겠지요."

"우리가 더 친해질 거라고 생각하나요?"

"안 될 건 또 뭐 있겠소?" 스비드리가일로프는 빙그레 웃으며 말하고 일어나서 모자를 집어 들었다. "실은 댁을 귀찮게 할 생각은 별로 없었소. 그래서 이곳으로 오면서 그다지 큰 기대를 하지도 않았소. 하긴 아까 아침에 당신 얼굴을 보고 깜짝 놀라긴 했지만……."

"아까 아침에 어디서 날 보았다는 거지요?" 라스콜니코프가 불안스레 물었다.

"우연히……. 댁한테는 나와 잘 맞는 데가 있다는 생각이 자꾸만 드는군요……. 하지만 걱정하지 마시구려. 나는 밥맛없는 인간이 아니니까. 사기 도박꾼들하고도 잘 지냈고, 먼 친척뻘 되는 고관인 스비르베이 공작에게도 싫증을 주지 않은데다, 라파엘의 마돈나에 대해서 프릴루코바 부인의 앨범에 재치 있는 글을 써 줄 줄도 알았소. 마르파 페트로브나하고는 칠 년 동안이나 밖에 나오지도 않고 살았고, 옛날엔 센나야에 있는 뱌젬스키의 집*에서 자기도 했소. 어쩌면 베르크와 함께 기구를 타고 날지도 모르오."

"뭐, 좋아요. 그런데 실례지만 곧 여행을 떠납니까?"

"여행이라뇨?"

"아니 그 '항해' 말입니다……. 직접 그렇게 말했잖습니까."

"항해? 아아, 그거요……! 정말 항해 얘길 했구려……. 그런데 그건 아주 광범위한 문제여서……. 그러나 만약 댁이 뭘 묻고 있는지 아신다면!" 그는 이렇게 덧붙이고는 갑자기 큰 소리로 짧게 웃었다. "어쩌면 항해 대신 결혼을 할지도 모르겠소. 나한테 신붓감을 소개해 주고 있으니까."

"여기서요?"

"예."

"언제 그럴 틈이 있었지요?"

"하지만 아브도치야 로마노브나와는 꼭 한 번 만나고 싶군요. 진지하게 부탁드리는 거요. 그럼, 안녕히……. 아, 참! 그걸 깜박했군! 로지온 로마노비치, 매씨에게 전해 주시오. 마르파 페트로브나의 유언장에 매씨 앞으로 3천 루블을 주도록 이름이 적혀 있었다고요. 정말이외다. 마르파 페트로브나는 죽기 일주일 전에 그렇게 조치했소. 내가 보는 앞에서 그렇게 했소이다. 이삼 주일 후면 그 돈을 받게 될 거요."

"정말입니까?"

"정말이오. 그렇게 전해 주시오. 그럼, 이만 물러가겠소이다. 나는 바로 요 앞에 묵고 있소."

방을 나가다가 스비드리가일로프는 문간에서 라주미힌하고 부딪쳤다.

2

그럭저럭 벌써 8시 무렵이었다. 두 사람은 루쥔보다 먼저 바칼레예프 여인숙에 도착하려고 서둘렀다.

"그런데 그 사람은 대체 누구야?" 거리에 나오자마자 라주미힌이 물었다.

"스비드리가일로프야. 누이동생이 가정교사로 일하다가 모욕을 당했던 바로 그 집 지주야. 그가 연심을 품고 따라다니는 바람에 그 사람의 부인인 마르파 페트로브나한테서 쫓겨나 그 집에서 나왔지. 그 마르파 페트로브나는 나중에 두냐에게 용서를 빌었는데 이번에 갑자기 죽었어. 아까 그 여자 얘기를 한 거야. 왠지는 몰라도 난 그 사나이가 몹시 두려워. 그 사람은 아내의 초상을 치르자마자 바로 온 거야. 아주 이상한 인간인데다 뭔가를 결심하고 있어……. 그 사람이 뭔가를 알고 있는 것 같은데……. 그자에게서 두냐를 지켜 줘야 해……. 바로 이걸 네게 말하려던 참이었어, 알았어?"

"지켜야지! 그자가 아브도치야 로마노브나에게 대체 무슨 짓을 할 수 있겠어? 어쨌든 고마워, 로쟈. 나한테 그렇게 말해 주니……. 아무렴, 지켜야 하고말고……! 그런데 그 자식은 어디 살고 있대?"

"몰라."

"왜 안 물어봤어? 에이, 분하게스리! 하지만 내가 알아내겠어!"

"너 그 사람 얼굴 봤어?" 잠시 말이 없다가 라스콜니코프가 물었다.

"그럼, 봐 뒀지. 똑똑히 봐 뒀어."

"정확하게 본 거야? 분명하게 봤어?" 라스콜니코프는 재차 물었다.

"아무렴, 분명하게 기억한다니까. 천 명 속에서도 알아볼 수 있어. 난 얼굴을 잘 기억하거든."

두 사람은 또다시 말이 없었다.

"음…… 그렇다면……." 라스콜니코프가 중얼거렸다. "그게 아니라면 말이야…… 난 이런 생각이 들었어……. 자꾸 그런 느낌이 들어……. 이건 어쩌면 환상일지도 몰라."

"그게 무슨 소리야? 무슨 소린지 못 알아듣겠어."

"너희들은 다들 그렇게 말하고 있잖아." 라스콜니코프는 입을 일그러뜨리고 히죽 웃으면서 말을 이었다. "내가 미치광이라고. 지금 나도 그런 생각이 든 거야. 어쩌면 내가 정말로 미쳐서 그저 환영을 본 건지도 모르지!"

"아니 무슨 말을 하는 거야?"

"누가 알아! 어쩌면 난 정말 미쳤는지 몰라. 요 며칠 동안 있었던 모든 일이, 모든 일이 다만 상상 속에서 있었던 일인지도 몰라……."

"에이, 로쟈! 또 널 혼란시켜 놨구나……! 대체 그 사람이 무슨 소릴 지껄인 거야? 무슨 일로 온 거래?"

라스콜니코프는 대답하지 않았다. 라주미힌은 잠시 생각에 잠겼다.

"자, 내 얘기 좀 들어 봐." 그는 말문을 열었다. "아까 네게 들렀더니 자고 있더라. 그래서 두 사람하고 함께 식사를 한 다음에 나는 곧 포르피리에게 갔지. 자묘토프는 아직 거기 있었어. 나는 그 말을 끄집어내려 했지만, 영 잘 안 되더라고. 정말 제대로 말을 꺼낼 수가 없었어. 그들은 잘 듣지도 않고 알아듣지도 못하는 것 같았지만, 그렇다고 뭐 당황하는 기색도 전혀 없었어. 난 포르피리를 창가로 끌고 가서 말을 시작하긴 했는데, 왜 그런지 또 잘 안 되는 거야. 그는 외면을 하고 나도 외면을 하고 있었어. 나는 마침내 그의 상통에다 주먹을 들이밀면서, 친척으로서 아주 박살을 내놓겠다고 했지. 그런데도 날 힐끔 쳐다만 보는 거야. 난 침을 탁 뱉어 주고 나와 버렸어. 그게 다야. 정말 멍청하지. 자묘토프와는 한마디도 안 했어. 그런데 말이야, 일을 다 망쳐 버렸다고 생각하면서 층계를 내려오는데, 문득 이런 생각이 번쩍 떠오르잖아. 너와 내가 왜 이렇게 걱정을 하고 신경을 쓰는 걸까? 너에게 무슨 위험이 닥쳤거나 그 일하고 무슨 관계라도 있다면야 물론 그렇지. 하지만 넌 아무 일도 없잖아! 넌 그 일하고 아무 관계도 없으니까 녀석들에게 침이나 뱉어 줘. 오히려 우리 쪽에서 나중에 녀석들을 실컷 비웃어 주게 될걸. 내가 너라면 그놈들을 일부러 더 속여 주겠어. 나중에 그놈들이 얼마나 부끄러워할까! 상관하지 마. 두들겨 패는 것은 나중에라도 되니까 지금은 그냥 웃어 주자고!"

"그야 물론이지!" 라스콜니코프는 대답했다. '내일이면 넌 또 무슨 말을 할 셈이냐?' 그는 속으로 생각했다. 이상한 일이었다. '라주미힌이 그걸 알게 되면 뭐라고 생각할까?' 하는 의문이 여태까지 한 번도 머리에 떠오르지 않았던 것이다. 그런 생각이 들자 라스콜니코프는 그를 뚫어지게 쳐다보았다. 포르피리를 찾아갔다는 라주미힌의 지금 이야기에는 그다지 흥미가 느껴지지 않았다. 그동안 너무나도 많은 것이 머릿속에서 사그라지고 더해졌던 것이다……!

복도에서 그들은 루쥔과 마주쳤다. 그는 8시 정각에 나타나서 방을 찾고 있던 터라 세 사람이 함께 들어가게 되었으나, 서로 쳐다보지도 않고 인사를 나누지도 않았다. 젊은 사람들이 먼저 안으로 들어가고, 표트르 페트로비치는 예의를 차려 현관에서 외투를 벗느라고 미적거리고 있었다. 풀헤리야 알렉산드로브나는 재빨리 그를 맞으러 문지방까지 나왔다. 두냐는 오빠와 인사를 나누었다.

표트르 페트로비치는 방으로 들어와서 전보다 훨씬 무게를 잡긴 해도 꽤나 상냥한 태도로 여인들과 인사를 주고받았다. 하지만 좀 당황한 듯 어찌할 바를 모르는 눈치였다. 풀헤리야 알렉산드로브나도 난처해진 모양으로, 사모바르가 끓고 있는 둥근 탁자 주위에 모두들 앉도록 다급히 권했다. 두냐와 루쥔은 탁자 양끝에 서로 마주보고 앉았다. 라주미힌과 라스콜니코프는 풀헤리야 알렉산드로브나와 마주 앉게 되었으나, 라주미힌은 루쥔 가까이에, 라스콜니코프는 누이동생 옆에 자리 잡았다.

한순간 침묵이 찾아들었다. 표트르 페트로비치는 향수 냄새가 풍기는 모시 손수건을 천천히 꺼내서는 점잖은 사람의 모습으로, 그러나 모욕당한 체면에 대해서 설명을 요구하기로 굳게 결심한 태도로 코를 풀었다. 현관에 있을 때부터 그는 외투도 벗지 말고 그대로 돌아가 버림으로써 두 여인이 즉석에서 모든 걸 느끼게끔 뼈에 사무치도록 준엄하게 혼을 내줄까 하는 생각이 들었다. 그러나 그렇게 결행하지는 못했다. 더구나 이 사나이는 불분명한 것을 싫어했으므로 여기엔 확실한 설명이 있어야 했다. 그의 지시를 그렇게 노골적으로 어겼다면 거기엔 무슨 이유가 있다는 뜻이며, 따라서 우선 그걸 알아내야 했다. 혼을 내주는 것쯤이야 언제라도 할 수 있고 게다가 그 일은 자기 손아귀 안에 들어 있었다.

"여행길에 별일 없었으리라 생각합니다만?" 그는 풀헤리야 알렉산드로브나에게 의례적인 어조로 말을 건넸다.

"덕택에요, 표트르 페트로비치."

"그 말씀을 들으니 대단히 기쁘군요. 아브도치야 로마노브나께서도 지치지 않으셨나요?"

"저야 젊고 튼튼하니까 피곤하지 않지만, 어머니께서는 몹시 힘들어하셨어요." 두네치카가 대답했다.

"어쩌겠습니까, 우리 나라의 길이 워낙 긴 걸요. 이른바 '어머니 러시아'가 그렇게 광활하다는 것 아닙니까……. 어제는 마중 나가고 싶은 마음이 태산 같았지만, 영 시간이 나지 않았습니다. 그렇지만 모든 일에 별 어려움은 없었으리라 생각합니다만?"

"아, 아녜요, 표트르 페트로비치, 우린 아주 낙담했답니다." 풀헤리야 알렉산드로브나가 특별히 힘을 주어 다급히 말했다. "하느님께서 어제 우리에게 드미트리 프로코피치를 보내 주지 않으셨다면 우린 정말 어떻게 됐을지 몰라요. 이분이 바로 드미트리 프로코피치예요." 그녀는 이렇게 덧붙이면서 그를 루쥔에게 소개했다.

"물론 압니다, 이미 뵌 적이 있지요…… 어제." 루쥔은 적의에 찬 모습으로 라주미힌을 힐끗 곁눈질하며 중얼거리고는 이맛살을 찌푸리며 입을 다물었다. 게다가 표트르 페트로비치는 대체로 사람들 사이에서는 매우 상냥할 뿐 아니라 상냥하게 보이고 싶어하지만, 조금이라도 자기 마음에 안 맞으면 금방 모든 사교적인 능력을 잃어버리고는, 모임을 즐겁게 하고 활기를 불어넣는 신사라기보다 뚱하니 꿔다 논 보릿자루같이 돼 버리는 그런 부류의 인간이었다. 모두들 다시 입을 다물었다. 라스콜니코프는 고집스레 말이 없었고 아브도치야 로마노브나도 때가 될 때까지 침묵을 깨뜨리지 않을 작정인데다 라주미힌은 아무 할 말이 없었으므로, 풀헤리야 알렉산드로브나는 다시 마음을 졸이기 시작했다.

"마르파 페트로브나가 세상을 떠났는데, 들었나요?" 그녀는 자신의 가장 큰 얘깃거리에 의지해서 말문을 열었다.

"듣고말고요. 제일 먼저 들었습니다. 뿐만 아니라 아르카지 이바노비치 스비드리가일로프가 부인의 장례를 치르자마자 서둘러 페테르부르크로 출발했다는 소식도 두 분께 알려 드리려고 왔습니다. 적어도 제가 받은 가장 정확한 소식에 의하면 그렇습니다."

"페테르부르크요? 여기로요?" 두냐는 불안스레 되묻고 어머니와 서로 눈짓을 했다.

"확실하게 그렇습니다. 게다가 그렇게 서둘러 출발한 점이나 그전의 여러 사정으로 미루어 볼 때, 분명히 무슨 목적이 있어 온 게 틀림없습니다."

"하느님 맙소사! 정말 그 사람이 여기서도 두네치카를 가만히 내버려 두지 않으면 어쩌죠?" 풀헤리야 알렉산드로브나가 외쳤다.

"제가 보기엔 어머님이나 아브도치야 로마노브나나 그다지 걱정하실 것 없습니다. 물론 두 분 쪽에서 그자와 아무 관계도 맺으실 생각이 없다면 말이지요. 저는 지금 그자의 뒤를 추적하면서 어디에 묵고 있는지 알아보는 중입니다⋯⋯."

"아아, 표트르 페트로비치, 당신이 지금 날 얼마나 놀라게 했는지 모를 거예요!" 풀헤리야 알렉산드로브나가 말을 이었다. "난 그 사람을 두 번밖에 본 적이 없지만, 무시무시한 사람 같았어요, 무시무시한 사람이요! 난 마르파 페트로브나가 세상을 떠난 것도 그 사람 때문이라고 믿고 있어요."

"그 일에 관해선 뭐라 결론 내릴 수 없습니다. 저는 정확한 정보를 가지고 있어요. 그자가 이른바 모욕이라는 정신적 영향을 통해 사태의 급속한 진전을 조장했을지도 모른다는 것에 대해서는 반박하지 않겠습니다. 어쨌든 그자의 품행이나 도덕적인 특성에 대해서는 저도 당신과 같은 생각입니다. 그자가 지금 부자인지 아닌지, 마르파 페트로브나가 유산을 그에게 얼마나 남겨 두고 갔는지는 저도 모르지만, 그건 곧 알게 될 겁니다. 그러나 약간의 재산이나마 가지고 있을 테니까, 당연히 이 페테르부르크에서 옛날에 하던 짓을 곧 시작하겠죠. 그자는 비슷한 족속의 인간들 중에서도 가장 타락한, 악덕으로 몸을 망친 인간입니다! 팔 년 전에 불행하게도 그자를 너무나 사랑하게 되어 그를 빚쟁이로부터 구해 준 마르파 페트로브나가 또 다른 부분에서도 그를 도와주었다고 추측할 만한 상당한 근거를 저는 가지고 있어요. 알고 싶으시다면 말씀드리지요. 오로지 그녀의 노력과 희생 덕분에, 그가 확실히 시베리아로 보내질 뻔했던 그 잔인하고도 말하자면 기괴한 살인이 포함된 어떤 형사 사건이 아주 초기에 무마된 것이죠. 그자는 바로 이런 인간입니다."

"아아, 하느님!" 하고 풀헤리야 알렉산드로브나가 외쳤다. 라스콜니코프는 주의 깊게 듣고 있었다.

"정확한 정보를 갖고 계신다는 게 정말인가요?" 두냐가 경고하듯 엄중하게 물었다.

"저는 다만 고인이 된 마르파 페트로브나한테서 은밀하게 직접 들은 것을 말할 뿐입니다. 지적해 두지만, 법률적인 관점에서 이 사건은 대단히 모호해요. 이곳엔 레슬리히라고 하는, 푼돈으로 돈놀이도 하고 다른 일에도 종사하는 외국 여자가 살고 있었는데, 지금도 살고 있는 모양입니다. 이 레슬리히하고 스비드리가일로프 씨는 오래전부터 아주 가깝고 비밀스러운 어떤 관계를 맺고 있었지요. 이 여자 집에 조카뻘이 되는 듯한 먼 친척이 하나 살고 있었는데, 열네댓 살쯤 된 농아 소녀였습니다. 레슬리히는 이 소녀를 마냥 미워해서 사사건건 야단을 치고 혹독하게 매질까지 했어요. 그러던 차에 소녀가 다락에서 목을 매어 죽은 채로 발견된 겁니다. 자살로 판정이 나서 형식적인 절차를 거친 후에 사건은 종결됐습니다만, 후에 이 여자아이가…… 스비드리가일로프에게 무참히 능욕당했다는 밀고가 들어왔어요. 사실 이 모든 것은 불확실했습니다. 밀고는 또 다른 독일 여자가 한 것이었는데, 소문이 아주 나쁜, 믿을 수 없는 여자였지요. 결국 밀고는 마르파 페트로브나의 노력과 돈 덕분에 없었던 것으로 처리되었고, 모든 일이 소문으로 끝나고 말았습니다. 그러나 이 소문은 많은 것을 암시하고 있었습니다. 아브도치야 로마노브나, 물론 당신은 그 집에서 고문으로 죽은 필립이라는 하인 이야기를 들으셨겠죠, 아직 농노제 시대였던 팔 년 전의 일입니다만."

"제가 들은 것은 그 반대예요. 필립이라는 하인은 스스로 목을 매 죽었다고 하던걸요."

"바로 그렇습니다만, 스비드리가일로프 씨의 끊임없는 학대와 처벌 방식이 그에게 비명횡사를 강요한 거지요. 아니 더 적절하게 말해서, 그런 죽음으로 몰고 간 겁니다."

"그건 모르겠어요." 두냐는 냉랭하게 대답했다. "저는 다만 아주 이상한 어떤 얘기를 들었을 뿐이에요. 그 필립은 우울증이 좀 심하고 자칭 철학자인데다 사람들 말로는 '책을 지나치게 읽었다'는 것이고, 목을 맨 것도 사람들의 조롱 때문이지, 스비드리가일로프 씨한테 맞아서 그런 게 아니라고 했어요. 제가 있을 때 그 사람은 하인들을 잘 다루어서, 하인들이 좋아하기까지 했어요. 필립이 죽은 것에 대해서는 사실 다들 그를 책망하기도 했지만요."

"보아하니 아브도치야 로마노브나, 당신은 어쩐지 갑자기 그자를 변호하고 싶어진 모양이군요." 루친이 입술을 일그러뜨리고 애매한 미소를 지으면서 지적했다. "사실 그 사내는 여자들에겐 교활하고 유혹적인 인간이지요. 그렇게 이상하게 죽고 만 마르파 페트로브나가 그 비참한 사례입니다. 그자가 곧 그런 짓을 또다시 저지를 게 틀림없기 때문에, 저는 다만 그런 새로운 음모에 대비해서 당신과 당신 어머니께 충고를 드림으로써 도움이 되고 싶었을 따름입니다. 저로서는 이 인간이 틀림없이 다시 악질 채무자가되어 감옥 신세를 질 거라고 확신합니다. 때문에 마르파 페트로브나는 아이들을 생각하여 그자에게 무슨 재산 소유권 같은 걸 넘겨줄 의도는 전혀 갖고 있지 않았지요. 설령 그자에게 뭘 좀 남겨 두고 갔다 해도, 그건 꼭 필요한 만큼의 소액이고 금방 사라질 재산일 테니, 그런 습관을 가진 인간에겐 일 년도 못 갈 겁니다."

"표트르 페트로비치, 부탁드려요." 두냐가 말했다. "스비드리가일로프 씨 얘긴 그만하기로 해요. 그 사람 얘길 듣고 있으니 우울해져요."

"그 사람이 방금 나에게 왔다 갔어." 갑자기 라스콜니코프가 처음으로 침묵을 깨뜨리며 말했다.

사방에서 비명이 터지면서 다들 그의 얼굴을 쳐다보았다. 표트르 페트로비치마저 흥분했다.

"한 시간 반쯤 전에 내가 자고 있는데 들어와서, 나를 깨우고 자기소개를 하더군요." 라스콜니코프는 말을 이었다. "상당히 거리낌이 없고 유쾌한 사람이었는데, 나하고 친하게 될 거라고 아주 확실하게 믿고 있어요. 그런 그렇고 두냐, 그 사람이 너를 몹시 만나고 싶어 하더라. 내가 중간에 서서 좀 만나게 해 달라고 부탁하던데. 너에게 한 가지 제안할 게 있다면서, 그게 뭔지 나한테 알려 주었어. 그 밖에도 나한테 분명하게 말한 건데, 마르파 페트로브나가 죽기 일주일 전에 유언을 통해서 너에게, 두냐, 3천 루블을 남겨 주었다고 하더구나. 그 돈을 이제 곧 받을 수 있을 거라고 했어."

"아이고 고마워라!" 풀헤리야 알렉산드로브나는 이렇게 외치고 성호를 그었다. "그분을 위해 기도드려라, 두냐, 기도드려라!"

"그건 정말 그렇습니다." 이런 말이 불쑥 루쥔에게서 튀어나왔다.

"그래서, 그래서, 어떻게 됐어요?" 두네치카는 말을 재촉했다.

"그리고 자기도 부자는 아니고 모든 재산은 지금 이모 집에 가 있는 아이들 소유로 되어 있다고 했어. 그리고 어디 우리 하숙집 근처에 묵고 있다고 했는데, 어딘지는 모르겠다. 물어보지 않았어……."

"그런데 대체 뭘, 뭘 그 사람이 두네치카에게 제안하겠다는 거냐?" 몹시 겁을 먹은 풀헤리야 알렉산드로브나가 물었다. "네게 말했다고?"

"네, 말했어요."

"대체 뭐라고 하든?"

"나중에 말씀드릴게요." 라스콜니코프는 입을 다물고 자기 앞에 놓인 찻잔에 손을 가져갔다.

표트르 페트로비치는 시계를 꺼내서 들여다보았다.

"그럼, 전 볼일도 있고 해서 그만 가 봐야겠습니다. 그러면 방해도 안 될 테고." 그는 좀 빈정거리는 얼굴로 덧붙이고는 의자에서 일어나려고 했다.

"가지 마세요, 표트르 페트로비치." 두냐가 말했다. "저녁 내내 앉아 계실 작정이셨잖아요. 더구나 어머니와 직접 나누실 말씀이 있다고 편지에다 쓰시고는."

"그건 그렇습니다, 아브도치야 로마노브나." 표트르 페트로비치는 다시 의자에 앉으면서 무게를 잡고 말했으나, 여전히 손에 모자를 든 채였다. "사실 당신과 그리고 존경해 마지않는 당신 어머님과 분명한 이야기를 하고 싶었습니다. 그것도 대단히 중요한 일에 대해서 말입니다. 하지만 당신 오빠가 내 앞에서는 스비드리가일로프 씨의 어떤 제안에 대해 밝힐 수 없다고 하니, 나도…… 다른 사람이 있는 데서는…… 지극히, 지극히 중요한 몇 가지 문제에 대해 밝히고 싶지도 않거니와 밝힐 수도 없습니다. 더구나 내가 그토록 간곡하게 당부한 중요한 부탁조차 받아들여지지 않았으니……."

루쥔은 씁쓸한 표정을 짓고 거만하게 입을 다물었다.

"우리가 만나는 자리에 오빠가 없었으면 한다는 당신의 부탁을 이행하지 못한 건 오로지 제 고집 때문이에요." 두냐가 말했다. "당신은 오빠한테 모욕을 당했다고 쓰셨는데, 이것은 곧바로 해명을 하고, 두 분이 반드시 화해해야 한다고 생각해요. 그리고 오빠가 정말로 당신을 모욕했다면, 오빠는 당신에게 사과를 **해야만 하고, 또 그렇게 할 거예요.**"

표트르 페트로비치는 이내 거드름을 피우기 시작했다.

"아브도치야 로마노브나, 아무리 좋게 생각하려 해도 결코 잊을 수 없는 모욕이란 게 있습니다. 무슨 일에서나 넘어서면 위험한 선이 있는 겁니다. 한 번 넘어서면 도저히 되돌아갈 수 없기 때문이죠."

"제가 말씀드린 것은 그게 아네요, 표트르 페트로비치." 두냐는 좀 안타깝다는 듯이 말을 가로막았다. "잘 생각해 주세요. 우리의 장래는 이 모든 일이 되도록 빨리 명백해져서 원만하게 해결되느냐 안 되느냐에 달려 있어요. 처음부터 솔직히 말씀드리지만, 저는 달리는 생각할 수 없어요. 만약 당신께서 절 조금이라도 소중히 여기신다면, 어렵더라도 이 이야기는 오늘로 완전히 끝나야 해요. 거듭 말씀드리지만, 오빠에게 잘못이 있다면 오빠가 사과할 거예요."

"그렇게 문제를 다루다니 놀랍군요, 아브도치야 로마노브나." 루쥔은 점점 더 역정을 냈다. "나는 당신을 존중하고, 다시 말해 숭배하지만, 동시에 당신 가족 중의 누구를 도저히 좋아할 수 없다는 것도 얼마든지, 얼마든지 있을 수 있는 일입니다. 당신과의 행복한 결혼을 바라지만, 그렇다고 동의할 수 없는 의무까지 짊어질 수는 없다는 말입니다……."

"아아, 그렇게 화는 내지 마세요, 표트르 페트로비치." 두냐가 간절한 어조로 말을 막았다. "제가 늘 그렇게 믿어 왔고 또 믿고 싶은 지혜롭고 고결한 분이 돼 주세요. 저는 당신께 소중한 약속을 했어요. 저는 당신의 약혼녀예요. 이 일은 제게 맡겨 주시고, 제가 공정하게 판단을 내릴 능력이 있다는 걸 믿어 주세요. 제가 판관의 역할을 맡는 것은 오빠에게도 당신에게도 아주 뜻밖일 거예요. 당신 편지를 받고 오빠에게 오늘 우리가 만나는 자리에 꼭 와 달라고 청했을 때, 제 생각은 전혀 알리지 않았어요. 잘 생각해 주세요. 두 분이 화해하시지 않는다면 전 두 분 중에 한 사람을 택하지 않으면 안 돼요. 당신이냐 오빠냐이죠. 오빠 쪽에서도 당신

쪽에서도 문제는 그렇게 돼 버린 거예요. 저는 선택을 잘못하고 싶지 않고 잘못해서도 안 돼요. 당신을 위해서는 오빠하고 인연을 끊어야 하고, 오빠를 위해서는 당신과 헤어져야 하니까요. 지금 저는 이 사람이 나의 오빠가 맞는지 확실히 알고 싶고 또 알아낼 수 있어요. 그리고 당신에 대해서도, 제가 당신에게 소중한 사람인지, 당신이 저를 존중하시는지, 당신이 저의 남편이 될 분인지를 말예요."

"아브도치야 로마노브나." 불쾌해진 루쥔이 얼굴을 찡그리고 말했다. "당신의 말은 나에게 너무나도 의미심장하군요. 아니 솔직히 말해 당신과의 관계에서 내 위치를 고려한다면 모욕적이기조차 합니다. 나와…… 오만무례한 젊은이를 동렬에 놓는 모욕적이고도 기괴한 비교는 아예 덮어놓고서라도, 지금 하신 말로써 당신은 나에게 한 약속을 깰 수 있다는 가능성을 스스로 인정하고 있는 거지요. '당신이냐 오빠냐?'라고 말함으로써 당신은 그러니까 내가 당신에게 얼마나 하찮은 존재인가를 보여 주고 있는 겁니다……. 나는 우리 관계와 그리고…… 우리 사이에 존재하는 의무를 생각할 때, 이것을 도저히 용납할 수 없습니다."

"뭐라고요!" 두냐가 발끈했다. "저는 당신의 의미를 지금까지 저의 인생에서 소중했던 것, 지금까지 저의 **삶 전부**였던 그 모든 것과 똑같이 생각하는데, 당신은 제가 당신을 **하찮게** 여긴다고 갑자기 화를 내시는군요."

라스콜니코프는 잠자코 독기 서린 미소를 지었다. 라주미힌은 온몸을 떨었다. 그러나 표트르 페트로비치는 이 반박을 받아들이지 않고 오히려 한 마디 한 마디 점점 더 끈질기게 트집을 잡고 점점 더 흥분하는 것이 마치 신명이라도 난 듯했다.

"앞으로 평생의 반려가 될 남편에 대한 사랑은 오빠에 대한 사랑을 능가해야 합니다." 그는 교훈조로 말했다. "어떤 경우에도 나는 동렬에 설 수 없습니다⋯⋯. 좀 전에 나는 당신 오빠 앞에서는 내가 온 목적을 밝히고 싶지 않고 그럴 수도 없다고 주장했지만, 그럼에도 한 가지 대단히 중요하고 나에게는 지극히 모욕적인 점에 관하여 반드시 설명하기 위해 당신 어머니께 지금 말씀을 드려야겠군요. 아드님은—그는 풀헤리야 알렉산드로브나에게로 몸을 돌렸다—어제 라수드킨('혹은⋯⋯ 아니 그렇죠? 죄송합니다, 성함을 잊어서' 하고 상냥하게 라주미힌에게 인사를 했다), 이분이 있는 자리에서 내 생각을 왜곡해서 나를 모욕했습니다. 그때 언젠가 커피를 마시며 개인적인 대화를 나누다가 한 말이었습니다만, 내 생각으로는 풍족하게 자란 아가씨보다 이미 인생의 쓴맛을 충분히 맛본 가난한 아가씨와 결혼하는 것이 도덕적으로 유익하기 때문에 부부 관계에도 더 유익하다고 당신에게 말한 적이 있지요. 아드님은 고의적으로 내 말뜻을 졸렬할 정도로 과장해서 내가 무슨 악한 의도라도 가지고 있는 것처럼 비난했는데, 내가 보기엔 당신의 편지에 근거를 두고 그랬다고 생각됩니다. 풀헤리야 알렉산드로브나, 당신이 나의 오해를 풀어 주시고 나를 안심시켜 주신다면 그것으로 만족하기로 하겠습니다. 말씀해 주시지요, 로지온 로마노비치에게 보낸 편지에서 내 말을 어떤 식으로 전하셨습니까?"

"기억이 나지 않네요." 풀헤리야 알렉산드로브나는 몹시 당황했다. "내가 이해한 대로 전했을 뿐이에요. 로쟈가 당신에게 어떻게 말했는지 몰라도…… 어쩌면 애가 좀 과장했을 수도 있죠."

"당신의 암시가 없었다면 과장할 리가 없잖습니까."

"표트르 페트로비치." 풀헤리야 알렉산드로브나가 품위 있게 말했다. "나와 두냐가 당신이 한 말을 그다지 나쁜 쪽으로 받아들이지 않았다는 증거는 **우리가 이곳에 와 있다**는 바로 이 사실이랍니다."

"말씀 잘하셨어요, 엄마!" 두냐가 동조하면서 말했다.

"그러니까 이번에도 내 잘못이라는 거로군요!" 루쥔이 화를 냈다.

"아니, 표트르 페트로비치, 당신은 계속 로지온을 비난하시는데, 당신 자신도 아까 편지에다 이 애에 대해 거짓말을 쓰셨잖아요." 풀헤리야 알렉산드로브나가 용기를 내어 덧붙였다.

"나는 무슨 거짓말을 쓴 기억이 없는데요."

"당신은 썼어요." 루쥔 쪽을 돌아다보지도 않은 채 라스콜니코프가 날카롭게 말했다. "사실 나는 어제 말에 밟혀 죽은 남자의 미망인에게 돈을 주었는데, 당신은 내가 미망인이 아니라 그 딸에게 줬다고 썼소. (나는 그 딸을 어제까지는 한 번도 본 적이 없어요.) 당신은 나와 내 가족 사이에 싸움을 붙이려고 그렇게 썼고, 그러기 위해 아주 야비한 표현으로 당신이 알지도 못하는 아가씨의 행실에 대해 덧붙여 쓴 거요. 그건 모두 중상(中傷)이고 비열한 짓이오."

"실례지만," 루쥔은 분노에 몸을 떨면서 대답했다. "내가 그 편지에서 당신의 품성과 행동에 대해 상세하게 쓴 것은 오로지 당신 누이와 어머니의 부탁에 따른 것이오. 내가 당신을 어떻게 보았고 어떤 인상을 받았는지 알려 달라고 했으니까요. 내 편지에서 지적된 것에서 한 줄이라도 틀린 게 있다면, 어디 찾아내 보시지요. 당신이 돈을 낭비하지 않았다는 겁니까? 비록 불행한 가족이긴 하지만 그들 중에 부도덕한 사람이 없었다는 겁니까?"

"하지만 내 생각으로는, 당신의 장점을 모조리 긁어모아도, 당신은 당신이 돌을 던지고 있는 그 불행한 아가씨의 새끼손가락만 한 가치도 없어요."

"그러니까 당신은 그 여자를 당신 어머니와 누이동생과 한자리에 앉힐 결심도 할 수 있다는 말인가요?"

"알고 싶다면 말해 주지요. 벌써 그렇게 했습니다. 오늘 그 아가씨를 어머니와 두냐 곁에 나란히 앉혔어요."

"로쟈!" 풀혜리야 알렉산드로브나가 외쳤다.

두네치카는 얼굴을 붉혔다. 라주미힌은 양미간을 찌푸렸다. 루쥔은 독기에 차서 거만한 미소를 지었다.

"보시다시피 아브도치야 로마노브나." 그가 말했다. "이러니 타협할 여지가 있겠습니까? 이것으로 이 일은 영원히 끝났고 명백해졌다고 봅니다. 더 이상 가족 간의 즐거운 만남과 비밀 이야기에 방해가 되지 않도록 이만 물러나겠습니다. (그는 의자에서 일어나서 모자를 집어 들었다.) 그러나 가기 전에 감히 한마디 주의해 둡니다만, 앞으로는 이런 만남이나 이른바 타협 같은 건 사양하고 싶군요. 풀혜리야 알렉산드로브나, 특히 당신에게 이 점을 부탁드리겠습니다. 더구나 내 편지는 딴 사람이 아니라 당신에게 보냈던 것이니까요."

풀헤리야 알렉산드로브나는 슬며시 모욕을 느꼈다.

"아니, 왜 당신은 벌써 우리를 아주 당신 마음대로 하는 겁니까, 표트르 페트로비치. 두냐는 왜 당신이 바라는 대로 하지 않았는지 그 까닭을 이미 말씀드렸어요. 두냐는 좋은 뜻에서 그랬던 거예요. 게다가 당신은 마치 명령이라도 하듯이 나에게 편지를 썼어요. 정말로 우리가 당신의 희망 하나하나를 모두 명령으로 여겨야 하나요? 지금은 오히려 당신이 우리에게 각별히 관대하고 친절해야 한다고 말하겠어요. 왜냐하면 우린 모든 것을 버린 채 당신을 믿고 여기까지 왔고, 그러니 그렇잖아도 당신 손아귀에 들어 있는 셈이잖아요."

"꼭 그런 건 아니지요, 풀헤리야 알렉산드로브나. 특히 마르파 페트로브나가 유산으로 3천 루블을 남겨 줬다는 사실을 알게 된 지금 이 순간엔 말입니다. 나를 대하는 말투가 달라진 걸로 보아 마침 아주 잘됐다고 여기시는 것 같은데요." 그가 가시 돋힌 어조로 덧붙였다.

"그렇게 말씀하시는 걸 보니, 당신은 우리의 의지할 데 없는 처지를 염두에 두었던 거라고 생각해도 좋겠군요." 두냐가 발끈해서 말했다.

"그러나 지금은 적어도 그런 걸 염두에 둘 수가 없지요. 특히 아르카지 이바노비치 스비드리가일로프가 당신 오빠에게 전권을 위임한 비밀 제안의 전달에 방해가 되고 싶지 않습니다. 보아하니 그 제안은 당신에게 매우 중요하고도 무척이나 기분 좋을 법한 의미를 지닌 것 같은데요."

"아아 하느님!" 풀헤리야 알렉산드로브나가 외쳤다.

라주미힌은 의자에 앉아 있을 수가 없었다.

"이래도 넌 수치스럽지 않단 말이냐, 두냐?" 라스콜니코프가 물었다.

"수치스러워요, 오빠." 두냐가 말했다. "표트르 페트로비치, 썩 나가 줘요!" 그녀는 분노로 새파랗게 질려서 그의 쪽으로 몸을 돌렸다.

표트르 페트로비치는 이런 결말을 전혀 예상하지 못한 듯했다. 그는 자기 자신과 자신의 권력과 자기 희생자들의 무력함에 지나치게 기대를 가졌던 것이다. 지금도 믿을 수가 없었다. 그는 얼굴이 파래지고 입술이 달달 떨렸다.

"아브도치야 로마노브나, 내가 이런 대접을 받고 이 문을 나간다면 그땐 각오하십시오. 난 절대 안 돌아옵니다. 잘 생각하십시오! 나는 한 입으로 두말하지 않습니다."

"뻔뻔스럽긴!" 자리에서 벌떡 일어나며 두냐가 소리쳤다. "네, 나도 당신이 돌아오는 걸 원치 않아요!"

"뭐라고? 아하, 역시 그렇군!" 마지막 순간까지도 이런 결말이 오리라곤 결코 믿지 않았던 루쥔은 이제 완전히 침착성을 잃어버리고 외쳤다. "역시 그렇군! 하지만 잘 알고 있겠죠, 아브도치야 로마노브나, 나는 항의할 수도 있어요."

"당신이 무슨 권리로 이 아이에게 그런 말을 합니까!" 풀헤리야 알렉산드로브나가 흥분해서 끼어들었다. "무슨 항의를 한다는 거죠? 무슨 권리로요? 아니, 내가 당신 같은 사람한테 내 딸을 줄 줄 알아요? 썩 나가요, 우릴 그만 가만히 둬요! 우리 잘못이지, 이런 당치도 않은 일을 하려 했으니, 내 잘못이 제일 크다……."

"하지만 풀헤리야 알렉산드로브나." 루쥔은 미친 듯이 흥분했다. "그런 약속으로 나를 묶어 놓고 이제 와서 마음대로 깨뜨리다니……. 결국…… 결국, 그러니까 나는 비용만 대도록 끌어들인 거로군요……."

이 마지막 불평은 표트르 페트로비치의 성품을 그대로 드러내 보여 주었기 때문에, 지금껏 분노하고 있던 데다 그 분노를 억누르느라 얼굴이 새파래져 있던 라스콜니코프는 갑자기 더 이상 참지 못하고 큰 소리로 웃기 시작했다. 그러나 풀헤리야 알렉산드로브나는 완전히 냉정을 잃고 말았다.

"비용이라니? 대체 무슨 비용인데요? 설마 우리의 트렁크를 말하는 건 아니겠죠? 그건 차장이 당신을 위해 거저 실어다 준 거니까요. 맙소사, 우리가 당신을 묶어 놓았다고요! 정신 차리세요, 표트르 페트로비치, 당신이 우리 손발을 묶어 놓은 거지, 우리가 당신을 묶어 놓은 게 아니죠!"

"그만두세요, 엄마, 제발 그만두세요!" 아브도치야 로마노브나가 애원했다. "표트르 페트로비치, 부탁이니, 가 주세요!"

"갑니다, 하지만 마지막으로 한마디만!" 그는 이미 자기 감정을 억제하지 못하는 듯 말했다. "당신 어머닌 완전히 잊어버린 모양인데, 나는 당신의 명예와 관련하여 나쁜 소문이 온 마을에 파다하게 퍼져 있었는데도 당신을 얻기로 결심했단 말입니다. 당신을 위해서 사람들의 의견을 무시하고 당신의 명예를 회복시켜 주었으니, 나로서는 그야말로 보답을 기대할 수도 있었고 당신의 감사까지 요구해도 당연했을 겁니다……. 그런데 이제야 간신히 눈을 떴습니다! 세상 사람들의 목소리를 무시하고 행동한 것이 아마도 너무나 경솔한 행동이었다는 것을 이제야 내 눈으로 똑똑히 보는군요……."

"이 자식이 대가리가 두 개 있다는 거로군!" 라주미힌이 의자에서 벌떡 일어나면서 한 대 갈길 기세로 소리쳤다.

"당신은 비열하고 흉악한 인간이에요!" 두냐가 말했다.

"아무 말도 하지 마! 가만히 있어!" 라스콜니코프가 라주미힌을 말리면서 외쳤다. 그러고는 루쥔에게 바짝 다가갔다.

"썩 나가시오!" 그는 조용히 또렷하게 말했다. "더 이상 아무 말도 말고, 그렇잖으면……."

표트르 페트로비치는 분을 못 참아 창백하게 일그러진 얼굴로 몇 초 동안 그를 바라보다가 몸을 휙 돌리고 나가 버렸다. 물론 지금 이 사나이가 라스콜니코프에게 품은 적의에 찬 증오심은 어느누구도 느끼기 힘든 정도의 것이었다. 그는 모든 것을 라스콜니코프 오직 한 사람의 탓으로 돌리고 있었다. 그래서 놀랍게도 그는 이미 층계를 내려가고 있으면서도, 어쩌면 일을 다 망친 것은 아닐 거다, 두 여인하고만 관계된 일은 '충분히, 충분히' 회복될 수 있다고 여전히 생각하고 있었다.

3

무엇보다 중요한 것은 그가 마지막 순간까지도 이 같은 결말을 꿈에도 생각하지 못했다는 사실이다. 그는 가난하고 의지할 데 없는 두 여인이 그의 권력으로부터 벗어날 수 있다는 가능성을 상상도 못 하고 있었기 때문에, 막바지에 이를 데까지 호기를 부린 것이었다. 이런 확신을 북돋워 준 것은 허영심과 함께, 오히려 자만심이라고 부르는 게 더 옳을 자신감이었다. 표트르 페트로비치는 아무것도 없는 처지에서 성공을 거둔 탓에 자신에게 병적으로 도취되는 습관이 있었고, 자신의 지성과 능력을 높이 평가하고, 더욱이 때로는 혼자서 거울을 보며 자기 얼굴에 넋을 잃기도 했다. 그러나 그가 이 세상에서 무엇보다 사랑하고 높이 평가하는 것은 온갖 수단과 노력을 통해서 번 자신의 돈이었다. 돈은 그를 그보다 높이 있는 모든 것과 대등하게 만들어 주었기 때문이다.

방금 두냐에게 자기는 나쁜 소문에도 불구하고 그녀를 얻기로 결심한 것이었다고 비통한 심정으로 상기시켰을 때 표트르 페트로비치는 어디까지나 진심을 말한 것이었고, 그런 '시커먼 배은망덕'에 대해 깊은 분노까지도 느꼈다. 그러나 사실 그가 두냐에게 청혼했을 때는 마르파 페트로브나 스스로 그 소문을 만인 앞에서 벌써 번복했고 또 온 동네 사람들도 오래전부터 그 소문을 믿지 않고 오히려 두냐를 열심히 변호하고 있었던 터라, 그 모든 얘기가 허무맹랑한 헛소문이라는 것을 그도 이미 완전히 확신하고 있었다……. 그러므로 그 자신도 그때 이미 모든 사정을 다 알고 있었다는 것을 지금에 와서 부정할 수는 없었을 것이다. 그런데도 그는 두냐를 자기와 같은 위치로 끌어올려 주기로 한 자신의 결단을 여전히 높이 평가하고, 그것이 영웅적인 행동이었다고 여기고 있었다. 방금 두냐에게 그것을 말한 것도 마음속으로 이미 몇 번씩이나 감탄해 마지않으면서 남몰래 소중히 간직해 온 자신의 생각을 입 밖에 낸 것인데, 어째서 다른 사람들이 자신의 그 영웅적인 행동에 감탄하지 않는지 도무지 이해가 안 갔다. 그때 라스콜니코프를 찾아갔을 때도, 이 공적의 열매를 즐기고 더없이 달콤한 치사의 말을 들을 준비를 하면서 은인의 심정으로 방에 들어갔던 것이다. 그러니 지금 층계를 내려가면서, 자기가 인정받지도 못하고 이루 말할 수 없는 모욕을 당했다고 느낀 것은 너무나 당연한 일이었다.

두냐는 그에게 그야말로 없어서는 안 될 존재였다. 그녀를 단념한다는 것은 생각도 못 할 일이었다. 이미 오래전부터, 벌써 몇 년 동안이나 그는 결혼을 달콤하게 꿈꾸고 있었으나, 계속 돈을 저축하며 때를 기다려 왔다. 마음속 깊이 그는 품행이 단정하고 가난하며(반드시 가난해야만 했다) 매우 젊고 매우 아름답고 집안도 좋고 교양도 있는 처녀로, 많은 불행을 겪고 아주 겁을 먹은 나머지 그의 앞에 납작 엎드려 평생토록 그를 자신의 은인으로 섬기고 공경하면서 그에게만, 오직 그 한 사람에게만 순종하고 경탄하는 그런 처녀를 아무도 몰래 황홀하게 꿈꾸고 있었다. 일을 하다가 조용히 휴식을 취할 때면, 이 매혹적이고 즐거운 주제를 가지고 얼마나 많은 장면과 달콤한 에피소드를 상상 속에서 그려 보았던가! 그리고 이제 드디어 여러 해 동안 키워 온 꿈이 거의 이루어질 찰나에 있었다. 아브도치야 로마노브나의 미모와 교양은 그를 깜짝 놀라게 했고, 그녀의 의지할 데 없는 처지는 그를 극도로 자극했다. 거기엔 심지어 그가 꿈꾸어 온 것 이상의 것이 있었다. 이 처녀는 자존심과 개성이 강하고 기품이 있는데다, 교양과 지성의 발달 면에서는 자기보다도 높았다(그는 이것을 느끼고 있었다). 이런 처녀가 평생을 두고 그의 영웅적인 행동에 대해 노예처럼 감사하며 그의 앞에 공손하게 무릎을 꿇을 것이고, 그는 무한하고 완전하게 군림하게 될 것이다……! 때마침 얼마 전에, 오랫동안 숙고하고 기대해 오던 끝에 그는 드디어 입신출세의 길을 근본적으로 바꾸어서 더 넓은 활동 무대로 발을 내딛는 동시에 오래전부터 갈망해 온 더욱 높은 사회로 점차 옮겨 가기로 결심한 터였다……. 한마디로 말해서, 페테르부르크로 진출해 볼 결심이었다. 그는 여자를 통해 '아주아주' 많은 것을 얻을 수 있다는 사실을 알고 있었다. 아름답고 기품 있고 교양 있는 여자의 매력은 그의 길을 놀랍도록 아름답게 장식해 주고, 사람들을 그에게 끌리게 하고, 그에게 후광이 되어 줄 것이었다……. 그런데 지금 이 모든 것이 와르르 무너지고 있었다! 지금의 이 갑작스럽고 추악한 결렬은 그에게 청천벽력과도 같았다. 이것은 무슨 추악한 장난이고 터무니없는 일이었다! 그는 다만 좀 호기를 부려 본 게 다였다. 하고 싶은 얘기도 못한 채, 그냥 농담을 좀 하다가 자기도 모르게 약간 심하게 나가게 된 것뿐인데, 이렇게 심각한 결과가 되고 말 줄이야! 더구나 그도 이미 나름대로 두냐를 사랑하기까지 했고, 공상 속에서 이미 그녀 위에 군림하고 있었는데 그런데 갑자기……! 아니다! 내일, 내일은 이 모든 것을 회복시키고, 치료하고, 바로 잡아야만 한다. 그러나 가장 중요한 것은 모든 것의 원인인 그 오만무례하고 젖비린내 나는 애송이를 콱 눌러 버리는 것이다. 그런데 불편한 느낌과 함께 왠지 자기도 모르게 라주미힌이 그의 머리에 떠올랐다……. 그러나 이것에 관해서는 곧 안심했다. '물론 그 녀석도 그놈과 똑같이 취급하면 돼!' 사실 그가 정말로 두려워하는 사람은 스비드리가일로프였다……. 한마디로 말해서, 수많은 걱정거리가 앞에 놓여 있었다. . . . .

. . . .

"아녜요, 제가, 제가 제일 나빴어요!" 두네치카는 어머니를 껴안고 입을 맞추며 말했다. "나는 그 사람의 돈을 바랐던 거예요, 맹세해요. 오빠. 하지만 그 사람이 그렇게 형편없는 인간인 줄은 꿈에도 생각 못 했어요. 진작에 그 사람을 알아보았다면, 절대로 아무것도 바라지 않았을 거예요. 날 너무 책망하지 말아 줘요, 오빠!"

"하느님이 구해 주신 거다! 하느님이 구해 주신 거다!" 풀헤리야 알렉산드로브나는 이렇게 중얼거리고 있었으나, 방금 일어난 모든 일을 아직 완전히 이해하지 못한 듯 어쩐지 무의식적으로 말하는 것 같았다.

모두들 기뻐했고, 오 분이 지나자 웃기까지 했다. 이따금 두네치카만이 좀 전의 일을 떠올리면서 얼굴이 창백해지기도 하고 양미간을 찌푸리기도 했다. 풀헤리야 알렉산드로브나는 자기도 이렇게 기뻐하게 되리라고는 상상도 하지 못했다. 루쥔과의 결렬은 아침만 하더라도 무서운 불행처럼 생각되었던 것이다. 그러나 라주미힌은 미칠 듯이 기뻤다. 그는 아직 자신의 기쁨을 완전히 나타낼 용기가 없었으나, 마치 천 근이나 되는 저울추가 가슴에서 떨어져 나간 듯이 열병 환자처럼 떨고 있었다. 이제 그는 자신의 삶 전부를 이 두 여인을 위해 바치고 봉사할 권리를 가지게 된 것이다……. 그리고 이제 무슨 일이 있게 될지 모르지 않는가! 하지만 그는 흠칫 놀라서 더 이상의 생각을 몰아내며, 자신의 상상을 두려워하고 있었다. 라스콜니코프만이 침울하고 오히려 방심한 듯한 모습으로 같은 자리에 그대로 앉아 있었다. 그는 루쥔을 물리치라고 제일 강하게 주장해 놓고서, 지금 일어난 일에 대해선 누구보다도 관심이 없는 듯했다. 두냐는 오빠가 아직 자기한테 화가 나 있다는 생각이 들었고, 풀혜리야 알렉산드로브나는 겁을 내며 아들을 바라보았다.

"스비드리가일로프가 오빠한테 뭐라고 했어요?" 두냐가 그의 곁으로 다가갔다.

"아, 그래, 그래!" 풀혜리야 알렉산드로브나가 외쳤다.

라스콜니코프는 고개를 들었다.

"그 사람이 너에게 1만 루블을 꼭 선사하겠다는 거야. 그러면서 내가 있는 자리에서 널 한 번 만나고 싶어 해."

"만나자고! 절대로 안 될 일이다!" 풀혜리야 알렉산드로브나가 외쳤다. "어떻게 얘한테 감히 돈을 주겠다고 한단 말이냐!"

이어 라스콜니코프는 스비드리가일로프와 나눈 얘기를 (다분히 건조하게) 전해 주었다. 쓸데없는 얘기에 빠져들지 않으려고,

또 꼭 필요한 것 말고는 어떤 이야기도 하기가 싫어서 마르파 페트로브나의 유령 얘기는 뺐다.

"오빠 뭐라고 대답했어요?" 두냐가 물었다.

"처음엔 네게 아무 말도 전하지 않겠다고 했지. 그랬더니 자기가 직접 나서서 모든 수단을 다 동원해서 만나겠다고 하더구나. 그리고 너에 대해 가졌던 열정은 바보 같은 짓이었고, 지금은 너에게 아무 감정도 느끼지 않는다고 단언하더라…… 네가 루쥔하고 결혼하는 걸 원하지 않는대……. 대체로 횡설수설이었어."

"오빠는 그 사람을 어떻게 생각하세요? 어떻게 보였어요?"

"솔직히 잘 모르겠다. 1만 루블이나 주겠다고 하면서 자기도 부자가 아니라는 거야. 어디로 떠날 거라고 하는가 하면, 십 분 뒤엔 그런 말을 했다는 사실도 잊어버려. 또 느닷없이, 결혼할 거라고, 벌써 신붓감을 소개받고 있다고 말하기도 하고……. 물론 무슨 목적이 있어. 필시 나쁜 목적일 거야. 그렇지만 어쩐지 좀 이상한 생각도 드는 게, 만약 너에게 나쁜 의도를 가지고 있다면 그렇게 우둔한 방법으로 나올까 하는 거지……. 물론 나는 너를 위해 그 돈을 단호히 거절했다만. 대체로 아주 이상한 사람 같아 보였어. 게다가…… 심지어는…… 발광의 징후도 있는 것 같고. 하지만 내가 잘못 본 건지도 모르지. 어쩌면 그저 일종의 속임수인지도 몰라. 마르파 페트로브나의 죽음이 그에게 충격을 준 것 같긴 해……."

"하느님, 그 부인의 영혼에 안식을 주시옵소서!" 풀헤리야 알렉산드로브나가 외쳤다. "영원히, 영원히 그분을 위해 하느님께 기도를 올리겠어요! 두냐, 그 3천 루블이 없었다면 우린 지금 어

58

떻게 됐을까! 아아, 정말 하늘에서 떨어진 거야! 아아, 로쟈, 아침에 우리 수중엔 3루블밖에 남아 있지 않았어. 나와 두냐는 어서 시계라도 어디에다가 잡혀야겠다는 생각만 하고 있었단다. 그 사람한테서는 자기가 스스로 알아서 줄 때까지 한 푼도 받지 않으려고 말이다."

두냐는 스비드리가일로프의 제안에 왠지 몹시 충격을 받은 듯했다. 그녀는 내내 생각에 잠겨 서 있었다.

"그 사람은 무슨 무서운 것을 생각한 거야." 그녀는 몸을 떨다시피하면서 속삭이는 듯한 소리로 혼잣말을 중얼거렸다.

라스콜니코프는 그녀의 심상찮은 공포를 알아챘다.

"나는 그 사람을 몇 번 더 만날 것 같다." 그는 두냐에게 말했다.

"우린 그자를 지켜볼 겁니다. 제가 그의 거처를 알아내지요!" 라주미힌이 힘차게 외쳤다. "눈을 떼지 않겠습니다! 로쟈가 나에게 허락했거든요. 로쟈가 아까 나더러 '누이동생을 지켜 줘'라고 했습니다. 아브도치야 로마노브나, 당신도 허락해 주시겠죠?"

두냐는 미소를 머금고 그에게 손을 내밀었으나 얼굴에는 근심이 가시지 않고 있었다. 풀헤리야 알렉산드로브나는 조심스레 딸의 얼굴을 바라보았지만 3천 루블은 분명 그녀의 마음을 놓이게 한 듯했다.

십오 분이 지난 뒤에는 모두들 아주 활기 넘치는 대화를 나누고 있었다. 라스콜니코프도 얘기에 끼어들지는 않았으나, 얼마 동안 열심히 귀를 기울이고 있었다. 라주미힌은 열변을 토했다.

"아니 왜, 왜 두 분이 떠나셔야 합니까!" 라주미힌은 기뻐서 거의 정신을 못 차리며 열광적인 말을 쏟아냈다. "시골에서 뭘 하시려고요? 무엇보다 중요한 것은, 여러분들이 모두 이곳에 함께 있고 서로를 필요로 한다는 점입니다. 얼마나 서로에게 필요한 존재인지, 제 말을 이해해 주십시오! 여하간 얼마 동안이라도……. 그리고 부디 저를 친구로 삼아 주세요, 동료로 생각해 주세요. 그리고 확실하게 말씀드리지만, 함께 정말로 멋진 사업을 계획하는 겁니다. 들어 보세요, 모든 것을 자세하게 설명드리겠습니다. 사업 계획 전부를요! 오늘 아침이었습니다. 아직 아무 일도 일어나지 않았을 때 제 머리엔 벌써 이런 계획이 떠올랐답니다……. 바로 이런 것입니다. 저에겐 숙부가 한 분 계세요(두 분께 곧 소개해 드릴게요. 정말로 분별 있고 존경받을 만한 노인이시죠!). 숙부에게 돈이 1천 루블 있는데, 숙부는 연금으로 생활하시기 때문에 부족한 형편은 아니시죠. 벌써 이 년째 숙부는 이자는 6퍼센트만 주면 되니까 나더러 갖다 쓰라고 졸라 대십니다. 물론 저는 그 속마음을 알고 있지요. 그냥 저를 도와주고 싶으신 거예요. 하지만 전 작년에는 그 돈이 필요 없었는데, 올해는 숙부가 오시기만 고대하고 있답니다. 돈을 빌리기로 결심했거든요. 그리고 두 분께서도 3천 중에서 1천 루블만 내주시면, 처음 시작으로는 충분합니다. 그러니까 우리는 공동출자를 하는 셈이죠. 자, 그럼 그걸 가지고 무엇을 하느냐고요?"

여기서 라주미힌은 자신의 계획을 펼쳐놓기 시작했다. 서적상과 출판업자들은 대개 자기 상품에 대해 별로 아는 게 없어서 출판업은 보통 형편없는 상황이지만, 정말 괜찮은 책만 내면 대체로 수지가 맞고 때로는 상당한 이익까지 낸다고 누누이 설명했다. 라주미힌은 벌써 이 년 동안이나 남의 출판사를 위해 일해 온데다 유럽의 3개 국어에도 상당히 능통해서 줄곧 출판업을 꿈꾸고 있었다. 하긴 엿새 전에 라스콜니코프를 보고 자기는 독일어가 '약하다'고 말했으나, 그건 라스콜니코프에게 번역거리의 절반을 맡겨서 선금 3루블을 받아가게끔 설득하려고 한 말이었다. 그는 그때 거짓말을 했고, 라스콜니코프도 그게 거짓말이라는 것을 알고 있었다.

"어째서, 어째서 이 기회를 놓친단 말입니까? 제일 중요한 수단의 하나인 자기 돈이 있는데." 라주미힌은 몸이 달았다. "물론 많은 노력이 필요하지요. 하지만 우리 함께 노력하는 겁니다, 어머님, 아브도치야 로마노브나, 저, 로지온이 말이지요…… 어떤 출판업자는 지금 대단한 수익을 올리고 있어요! 사업의 가장 중요한 기초는 무엇을 번역해야 할지를 아는 겁니다. 우리는 번역도 하고, 출판도 하고, 공부도 하고, 무엇이든 함께 해 나가는 거예요. 저는 이미 경험이 있으니 도움이 될 겁니다. 벌써 이 년 동안이나 여러 출판사를 돌아다녀서 그들의 모든 비밀을 알고 있거든요. 그리 어려운 게 아닙니다. 절 믿어 주세요! 그리고 왜, 왜 이 영양가 있는 것을 놓친단 말입니까! 제 자신도 아주 괜찮은 책을 두세 가지 알고 있는데, 머릿속에 남몰래 간직하고만 있어요. 그걸 번역해서 출판한다는 아이디어만으로도 책 하나에 100루블씩은 능히 받을 수 있지만, 저는 그 아이디어에 한 책당 500루블을 준다 해도 팔지 않을 겁니다. 어떻게 생각하세요? 만약 누구에게 이 얘길 하면, 저런 얼간이! 하고 의심을 할지도 모르지요! 인쇄소며 용지며 판매 따위의 귀찮은 일은 모두 저에게 맡겨 주세요! 그런 건 속속들이 알고 있으니까요! 조그맣게 시작해서 크게 키우는 겁니다. 최소한 그것으로 먹고살 수는 있을 것이고, 어쨌든 본전은 건집니다."

두냐의 눈이 빛났다.

"당신의 말씀은 무척 마음에 들어요, 드미트리 프로코피치." 그녀가 말했다.

"나야 물론 아무것도 모르지만." 풀헤리야 알렉산드로브나가 맞장구를 쳤다. "좋은 것도 같구려. 하지만 어찌 될지는 아무도 모르죠. 새로운 일이 돼 놔서 알 수가 있어야지. 물론 우린 여기 머물러야 해요, 당분간이라도……."

그녀는 로쟈를 바라보았다.

"오빠 생각은 어때요?" 두냐가 말했다.

"나도 아주 좋은 생각이라고 봐." 그가 대답했다. "물론 회사를 세우는 걸 미리 꿈꿀 건 없겠지만, 대여섯 권의 책은 틀림없이 성공적으로 출판할 수 있을 거야. 나도 확실하게 잘 나갈 책을 하나 알고 있어. 이 친구의 사업 능력에 대해서는 전혀 의심하지 않아, 사업 머리가 있거든……. 그래도 더 상의할 필요는 있겠지."

"만세!" 라주미힌이 외쳤다. "이제 잠깐만요, 바로 이 집에 같은 주인이 소유한 셋방이 하나 있는데요. 별도의 독립된 셋방이어서 이 방들하고는 통하지 않아요. 가구도 딸려 있고, 방세도 적당하고, 작지만 방도 세 칸이나 돼요. 우선 그걸 얻으시죠. 시계는 내가 내일 잡혀서 돈을 받아오겠습니다. 그러면 모든 게 잘 풀릴 겁니다. 중요한 건 세 사람이 함께 살 수 있다는 거죠. 로쟈도 두 분과 함께……. 이봐, 로쟈 어딜 가?"

"아니, 로쟈, 벌써 가려고?" 풀헤리야 알렉산드로브나가 깜짝 놀라며 물었다.

"이렇게 중요한 때에!" 라주미힌이 외쳤다.

두냐는 믿을 수 없다는 듯 놀란 얼굴로 오빠를 바라보았다. 그의 손에는 모자가 들려 있었다. 아무래도 나가려는 태도였다.

"다들 나를 장송이라도 하거나, 영원히 이별이라도 하는 것 같군." 어딘가 이상한 어조로 그가 말했다.

그는 미소를 지은 듯했으나, 미소 같지 않아 보이기도 했다.

"하긴 누가 알아, 어쩌면 마지막으로 보는 건지도 모르지." 그는 무심코 덧붙였다.

마음속으로만 생각했던 것이 어떻게 하다 보니 저절로 입 밖으로 튀어나오고 만 것이다.

"아니 왜 그러니!" 어머니가 외쳤다.

"어딜 가세요, 오빠?" 어딘지 이상한 어조로 두냐가 물었다.

"그게, 꼭 가 볼 데가 있어." 그는 하려는 말이 주저되는 듯 애매하게 대답했다. 그러나 창백한 얼굴에는 어떤 단호한 결의가 서려 있었다.

"나는 이리로 오면서…… 말하려고 생각했습니다……. 꼭 말하려고 했습니다, 어머니께…… 그리고 네게도, 두냐. 우린 당분간 헤어져 있는 게 좋겠어요. 나는 기분이 좋지 않고 마음이 진정되지 않아서…… 다음에 오겠습니다. 스스로 오겠습니다, 만약…… 때가 온다면. 두 사람을 잊지 않고 있고, 사랑하고 있어요……. 나를 내버려 두세요! 나를 혼자 있게 해 주세요! 나는 그렇게 결심했습니다, 벌써 전부터…… 굳게 결심한 것이에요……. 나에게 무슨 일이 일어나든, 내가 파멸하든 아니든, 난 혼자 있고 싶습니다. 나를 아주 잊어 주세요. 그게 더 낫습니다……. 나를 찾지 마세요. 필요하면, 나 자신이 오든지 아니면…… 두 사람을 부르겠습니다. 어쩌면 모든 것이 원래대로 회복될지도 모르지요……! 하지만 지금은, 나를 사랑하고 있다면 단념해 주세요……. 그렇지 않으면 두 사람을 증오할 겁니다, 그런 기분이 들어요……. 안녕히 계세요!"

"하느님!" 풀헤리야 알렉산드로브나가 외쳤다.

어머니도 누이동생도 무서운 공포에 사로잡혀 있었다. 라주미힌도 마찬가지였다.

"로쟈, 로쟈! 마음을 풀어다오, 전처럼 되자꾸나!" 불쌍한 어머니는 외쳤다.

그는 느릿느릿 문 쪽을 향해 돌아서서 천천히 방을 나가기 시작했다. 두냐가 그를 쫓아갔다.

"오빠! 어머닐 어떻게 할 작정이에요!" 그녀는 분노에 불타는 눈길로 쏘아보면서 작은 소리로 말했다.

그는 괴롭게 그녀를 쳐다보았다.

"아무것도 아냐, 또 올게, 자주 올 거야!" 그는 자기가 무슨 말을 하려는지 잘 모르는 듯이 반쯤 소리 내어 중얼거리고는 방에서 나가 버렸다.

"냉혹하고 악랄한 이기주의자!" 두냐가 외쳤다.

"그는 미, 미쳤어요. 냉혹한 게 아니에요! 정말 모르세요? 그렇다면 당신이 냉혹한 겁니다……!" 라주미힌은 그녀의 손을 꼭 쥐면서 입을 귀에다 바짝 갖다 대고 열심히 속삭였다.

"곧 오겠습니다!" 그는 죽은 사람처럼 축 늘어져 있는 풀헤리야 알렉산드로브나에게 소리치고는, 방에서 달려 나갔다.

라스콜니코프는 복도 끝에서 그를 기다리고 있었다.

"달려 나올 줄 알고 있었어." 그가 말했다. "두 사람에게 돌아가서 같이 있어 줘……. 내일도 그들 곁에 있어 주고……. 그리고 영원히 같이 있어 줘. 나는…… 또 올지도 몰라…… 만약 올 수 있다면. 잘 있어!"

그러고는 손을 내밀지도 않고, 그에게서 발걸음을 떼었다.

"어디로 가는 거야? 왜 그래? 무슨 일인데? 정말 어떻게 이럴 수 있어……!" 완전히 어찌할 바를 몰라 하며 라주미힌이 중얼거렸다.

라스콜니코프는 다시 한 번 걸음을 멈추었다.

"마지막으로 하는 말인데, 나에게 아무것도 묻지 마, 절대로. 난 네게 아무것도 대답할 게 없으니까……. 나한테 오지 마. 어쩌면 내가 이리로 올지도 몰라……. 날 내버려 둬……. 하지만 두 사람은…… **내버려 두지 마**. 내 말 알아듣지?"

복도는 어두웠다. 그들은 램프 옆에 서 있었다. 일 분쯤 아무 말 없이 그들은 서로를 처다보고 있었다. 라주미힌은 평생토록 이 순간을 기억했다. 라스콜니코프의 타는 듯이 날카로운 시선이 매 순간 점점 강렬해져서 그의 영혼과 의식을 꿰뚫어 버릴 듯한 느낌이었다. 갑자기 라주미힌은 오싹 전율을 느꼈다. 무엇인가 기괴한 것이 두 사람 사이를 획 지나간 것 같았다……. 어떤 상념이 마치 암시처럼 스치고 지나갔다. 무섭고, 추악하고, 두 사람이 동시에 갑자기 깨닫게 된 그 무엇이……. 라주미힌은 죽은 사람처럼 창백해졌다.

"이제 알겠지……?" 갑자기 라스콜니코프가 병적으로 일그러진 얼굴로 물었다. "돌아가. 그들에게 가 줘." 그는 불쑥 이렇게 덧붙이고 재빨리 몸을 돌려 집 밖으로 나가 버렸다.

그날 밤 풀헤리야 알렉산드로브나한테서 무슨 일이 일어났는지, 라주미힌이 그 두 사람에게 어떻게 돌아갔고, 로쟈는 반드시 돌아온다, 매일 올 것이다, 그는 너무너무 신경이 날카로워져 있으니까 자극해서는 안 된다, 라주미힌 자신이 한시도 그에게서 눈을 떼지 않고 보살필 것이며, 좋은, 더 좋은 의사를 데려오고, 여러 의사를 불러 놓고 공동 진찰도 시키겠노라고 맹세하면서 그들을 어떻게 진정시켰는지에 대해서는 지금 자세히 이야기하지 않겠다……. 한마디로 말해서, 이날 저녁부터 라주미힌은 그들에게 아들이 되고 오빠가 되었다.

4

라스콜니코프는 그 길로 소냐가 살고 있는 운하 둑 위의 집으로 갔다. 녹색을 칠한 오래된 삼층집이었다. 그는 관리인을 찾아서 재봉사 카페르나우모프가 어디에 살고 있는지 대충 알아냈다. 뒷마당 구석에서 좁고 어두운 층계로 통하는 입구를 찾아 마침내 2층으로 올라가서, 뒷마당 쪽으로 나 있는 복도로 나왔다. 어둠 속을 더듬으며 카페르나우모프 집의 입구가 어딜까 하고 망설이고 있는데, 갑자기 세 발짝쯤 떨어진 곳에서 어느 문이 열렸다. 그는 기계적으로 그것을 붙잡았다.

"거기 누구세요?" 여자의 목소리가 불안스레 물었다.

"접니다……. 당신을 찾아 왔습니다." 라스콜니코프는 대답하고 나서 아주 좁은 현관으로 들어섰다. 거기엔 찌그러진 의자 위에 놓여 있는 휘어진 구리 촛대에서 초가 타고 있었다.

"당신이었군요! 어머나!" 소냐는 가냘픈 소리로 외치고는 그 자리에 못 박힌 듯 서 버렸다.

"어느 쪽이 당신 방이지요? 이쪽인가요?"

라스콜니코프는 그녀를 보지 않으려고 애쓰면서 급히 방으로 들어갔다.

잠시 뒤에 소냐도 초를 들고 들어와서 그것을 내려놓고는, 생각지도 않은 그의 방문에 놀란 듯 어쩔 줄 몰라 하면서 말할 수 없는 흥분에 사로잡혀 그의 앞에 섰다. 그녀의 창백한 얼굴이 갑자기 발갛게 물들고, 두 눈엔 눈물이 핑 돌았다……. 그녀는 견딜 수 없을 만큼 거북하기도 하고 부끄럽기도 하고 달콤한 기분이 들기도 했다……. 라스콜니코프는 재빨리 얼굴을 돌리고 탁자 앞의 의자에 앉았다. 그는 힐끔 방 안을 훑어볼 수 있었다.

방은 컸으나 천장이 몹시 낮았다. 카페르나우모프가 세를 놓고 있는 단 하나의 방이었는데, 왼쪽 벽에는 주인의 방으로 통하는 잠긴 문이 있었다. 맞은편의 오른쪽 벽에는 언제나 꼭 잠겨 있는 또 하나의 문이 있었다. 그 문 뒤로는 다른 번호를 가진 이웃집이 있었다. 소냐의 방은 흡사 광 같았고, 심하게 뒤틀린 네모꼴의 모양이 어딘지 기형적인 느낌을 주고 있었다. 운하 쪽으로 세 개의 창이 나 있는 벽이 방을 비스듬히 자르고 있어서, 몹시 좁은 예각을 이루는 한쪽 구석은 흐린 빛에서는 잘 보이지도 않을 정도로 깊숙하게 들어가 있는 반면, 다른 쪽 구석은 보기 흉하게 둔각을 이루고 있었다. 이렇게 큰 방에 가구라고는 거의 없었다. 오른쪽 구석에는 침대가 있고, 그 옆으로 문 가까이에 의자가 하나 있었다. 침대가 있는 벽 쪽에는 이웃집 셋방으로 통하는 문 바로 옆에 푸르스름한 보를 씌운 조잡한 판자 탁자가 있고, 탁자 옆에는 등나무 의자가 두 개 놓여 있었다. 그리고 맞은편 벽 쪽에는 날카롭게 각을 이룬 구석 가까이에 잡목으로 만든 크지 않은 장롱이 이 빈 공간에 잊힌 듯 덩그러니 놓여 있었다. 방 안에 있는 것은 이것이 전부였다. 닳아서 너덜너덜하고 누르스름한 벽지는 구석구석 꺼멓게 되어 있었다. 필시 겨울이면 눅눅해지고 탄산가스가 차리라. 가난이 한눈에 드러나 있었다. 침대 곁에는 커튼조차 없었다.

소냐는 그토록 주의 깊고 무례하게 자신의 방을 살펴보고 있는

68

손님을 잠자코 응시하고 있다가, 마침내 재판관이나 자신의 운명을 결정하는 사람 앞에라도 서 있는 듯이 겁에 질려 떨기 시작했다.

"이렇게 늦게 와서……. 11시인가요?" 그는 여전히 그녀에게 시선을 들지 않고 물었다.

"네에." 소냐가 중얼거렸다. "아아, 네, 그래요!" 그녀는 마치 여기에 자기가 살아 나갈 길이 있기라도 한 듯이 갑자기 허둥대며 말했다. "방금 주인집 시계가 쳤어요……. 제가 직접 들었어요……. 맞아요."

"내가 당신한테 오는 건 이게 마지막입니다." 지금 처음 여기 온 것이면서도 라스콜니코프는 침울하게 말을 계속했다. "어쩌면 당신을 더 이상 못 볼지도 몰라요……."

"어디로…… 가시나요?"

"모르겠습니다……. 모든 것은 내일……."

"그럼 카체리나 이바노브나에게도 못 가세요?" 소냐의 목소리가 떨렸다.

"모르겠습니다. 모든 것은 내일 아침에……. 문제는 그게 아니고, 나는 한마디 하고 싶은 말이 있어서 왔어요……."

그는 생각에 잠긴 시선을 그녀에게로 들었다. 그제야 그는 자기는 앉아 있는데 그녀는 여전히 자기 앞에 서 있다는 것을 깨달았다.

"왜 그렇게 서 있어요? 어서 앉아요." 그는 갑자기 달라진 목소리로 조용하고 상냥하게 말했다.

그녀는 앉았다. 그는 상냥하고 동정 어린 눈길로 잠시 그녀를 바라보고 있었다.

"어쩌면 이렇게 말랐어요! 이 손 좀 봐요! 아주 투명하군요. 손가락도 꼭 죽은 사람 것 같고."

그는 그녀의 손을 잡았다. 소냐는 가냘픈 미소를 지었다.

"언제나 이랬어요." 그녀가 말했다.

"집에서 살 때도요?"

"네."

"물론 그랬겠죠!" 그는 띄엄띄엄 말했다. 그의 표정과 목소리가 다시금 갑자기 변했다. 그는 다시 한 번 사방을 둘러보았다.

"이 방은 카페르나우모프한테서 빌린 건가요?"

"네…….."

"그 사람들은 저기 문 뒤에?"

"네……. 거기도 똑같은 방이 있어요."

"모두 한 방에서요?"

"한 방에서요."

"나더러 이런 방에 있으라면 밤엔 무서울 것 같군요." 그가 침울하게 말했다.

"주인집 식구들은 아주 좋은 사람들이에요. 무척 친절하고요." 소냐는 이렇게 대답했으나, 여전히 제정신이 안 들고 생각을 가다듬을 수 없는 듯했다. "가구도 다, 모두…… 모두…… 주인집 거예요. 모두 아주 좋은 사람들이고, 아이들도 저한테 자주 놀러 와요……."

"그 말 더듬는 사람들이지요?"

"네……. 주인은 말을 더듬고 다리도 절어요. 부인도…… 말을 더듬는 정도는 아니지만, 발음이 분명하지 못한 것 같아요. 부인은 마음씨가 착해요, 아주. 주인은 전에 머슴살이를 했던 분이에요. 애가 일곱인데, 맏아들만 말을 더듬고, 다른 애들은 허약할 뿐이지…… 말을 더듬지는 않아요……. 그런데 그건 어디서 들으셨어요?" 그녀는 좀 놀란 얼굴로 덧붙였다.

"당신 아버지가 그때 모두 얘기해 주셨죠. 당신 얘기도 다 해 주셨어요……. 당신이 6시에 나가서 8시가 지나서야 돌아왔다는 얘기도, 카체리나 이바노브나가 당신 침상 옆에서 무릎을 꿇고 있었던 일도."

소냐는 당황했다.

"전 오늘 꼭 그분을 뵌 것만 같아요." 그녀가 머뭇거리며 작은 목소리로 말했다.

"누구?"

"아버지를요. 저는 거리를 걷고 있었어요, 바로 근처의 모퉁이에서. 9시가 좀 지나서였어요. 아버지가 앞에서 걷고 계신 것 같았어요. 정말 꼭 아버지 같았어요. 어찌나 똑같은지 혹시나 하고 카체리나 이바노브나에게 들러 보려고까지 했어요……."

"당신은 산책을 하고 있었나요?"

"네." 소냐는 다시금 당황해서 눈을 떨구고, 속삭이는 듯한 목소리로 끊어 내듯 짧게 말했다.

"아버지 집에서 살 적에 카체리나 이바노브나는 당신을 거의 때리다시피 했다면서요?"

"어머, 아네요, 무슨, 무슨 말씀을 하세요, 아네요!" 소냐는 소스라치면서 그의 얼굴을 쳐다보았다.

"그럼 당신은 카체리나 이바노브나를 사랑합니까?"

"그분을요? 네, 그러-엄요!" 소냐는 괴로운 듯이 팔짱을 끼고 슬프게 말을 길게 끌었다. "아아, 당신이 그분을…… 당신이 그분을 아신다면. 그분은 정말 어린애 같아요……. 그분은 정말 머리가 이상해진 사람 같아요……. 슬픔에 지쳐서 그래요. 전에는 얼마나 지혜로운 분이었는데…… 얼마나 너그럽고…… 얼마나 착한 분이었는데요! 당신은 아무것도, 아무것도 몰라요……. 아아!"

소냐는 마치 절망에라도 빠진 듯이, 흥분하고 괴로워서 두 손을 쥐어틀면서 이렇게 말했다. 그녀의 창백한 뺨이 또다시 갑자기 붉어지고, 눈에는 고통의 빛이 어렸다. 무섭도록 많은 것이 그녀의 심금을 건드려서, 뭔가를 표현하고 말하고 변호해 주고 싶은 마음이 간절한 듯했다. 만약 이렇게 표현해도 좋다면, **물릴 줄 모르는** 어떤 동정심이 갑자기 그녀의 얼굴 가득 떠올랐다.

"때렸다고요! 그게 무슨 말씀이세요! 맙소사, 때렸다니! 설령 때렸기로서니, 그게 어떻다는 건가요? 당신은 아무것도, 아무것도 몰라요……. 그분은 너무나 불행한, 아아, 정말로 불행한 분이에요! 병도 들었고요……. 그분은 정의를 갈망해요……. 그분은 순수해요. 그분은 모든 일에 정의가 있어야 한다고 믿고 있고, 그걸 요구하고 있어요……. 아무리 괴로움을 당할지라도 그분은 부당한 일을 하지는 않을 분이에요. 그분은 사람들 사이에 모든 일이 정의로울 수는 없다는 것을 스스로 도저히 이해할 수 없어서 화를 내는 거예요……. 마치 어린아이 같아요, 어린아이! 그분은 정의로운 분이에요, 정의로운 분이에요!"

"하지만 당신은 앞으로 어떻게 되죠?"

소냐는 묻는 듯한 눈으로 그를 바라보았다.

"식구들 모두 당신 책임으로 남겨져 있지 않습니까. 하긴 전에도 모두 당신에게 매달려 있었지요. 돌아가신 아버지도 술값을 얻으려고 당신에게 가곤 했잖아요. 그런데 이제 앞으론 어떻게 되지요?"

"모르겠어요." 소냐는 서글프게 말했다.

"식구들은 계속 그곳에 있게 되나요?"

"모르겠어요, 그 집에 계속 있어야 하는데. 오늘만 해도 여주인이 나가 달라고 하니까, 카체리나 이바노브나가 자기도 이제 일 분도 더 있고 싶지 않다고 했대요."

"어째서 그렇게 도도하죠? 당신을 믿고 그러는 건가요?"

"어머나, 아녜요, 그런 말씀 마세요……! 우린 한 집안 식구고, 함께 살고 있어요." 소냐는 갑자기 또 흥분하며 화를 내기까지 했다. 카나리아나 그와 비슷한 아주 작은 새가 화를 낸다면 꼭 그런 모습일 듯했다. "정말 그분을 어떡하면 좋죠? 어떡하면, 대체 어떡하면 좋을까요?" 소냐는 열띤 목소리로 흥분해서 물었다. "그분은 오늘도 얼마나, 얼마나 울었는지 몰라요! 그분은 정신이 이상해졌어요, 알아채지 못하셨나요? 이상해졌어요. 내일 모든 것이 훌륭해야 한다, 식사와 모든 것이 훌륭해야 한다…… 하고 어린애처럼 걱정을 하는가 하면…… 손을 쥐어틀고, 피를 토하고, 울고, 절망한 듯이 갑자기 벽에다 머리를 찧기 시작하고 그래요. 그러다가 다시 자신을 위로하고, 아직도 당신에게 기대를 걸면서 지금 당신이 자신을 도와주는 분이라고 해요. 또 어디서 돈을 좀 빌려서 저와 함께 고향으로 가서 집안 좋은 아가씨들을 위한 기숙학교를 세우고 저를 사감으로 앉힐 거다, 그러면 우리에겐 완전히 새롭고 아름다운 생활이 시작될 거라고 말하면서 저에게 키스를 하고 껴안고 위로해 줘요. 그분은 정말 그렇게 믿고 있어요! 그런 공상을 믿고 있는 거예요! 그러니 어떻게 반박할 수가 있겠어요? 오늘도 온종일 자기 손으로 쓸고 닦고 깁고, 커다란 대야를 그 약한 힘으로 방 안에 끌어들이고는, 숨을 헐떡이며 침대에 쓰러졌어요. 그러면서도 아침엔 저와 함께 폴레치카와 레나*의 구두를 사러 시장에 갔더랬어요. 모두 해졌으니까요. 그런데 계산을 해 보니 가진 돈이 모자랐어요, 턱없이 모자랐어요. 그분은 정말 예쁜 구두를 골랐거든요. 당신은 모르시겠지만, 그분은 워낙 취향이 세련됐으니까요……. 그런데 그냥 가게에서 별안간 울기 시작하는 거예요, 상인들 앞에서, 돈이 모자란다고요……. 정말 어찌나 안 됐는지 보고 있을 수가 없었어요."

"그 말을 들으니 이해가 가는군요, 당신이…… 이렇게 사는 것도." 라스콜니코프는 쓴웃음을 지으며 말했다.

"당신은 대체 불쌍하지도 않으세요? 불쌍하지 않으시냐고요?" 소냐는 또다시 발끈했다. "전 알고 있어요. 당신은 그때 아무것도 보시기 전이었는데도, 가진 돈을 모두 털어 주시지 않았나요. 하지만 당신이 만약 모든 걸 보셨더라면, 아아! 저는 얼마나 많이, 얼마나 많이 그분을 울렸는지 몰라요! 지난주만 해도 그랬어요! 아아, 저는 왜 이 모양일까요! 아버지가 돌아가시기 고작 일주일 전에도 그랬어요. 저는 모질게 굴었어요! 몇 번이나, 몇 번이나 그런 짓을 했는지 몰라요. 아아, 오늘도 그 일을 생각하고 온종일 마음이 너무도 아팠어요!"

소냐는 그 기억 때문에 괴로운 나머지, 이렇게 말하면서 두 손을 쥐어틀었다.

"당신이 모진 사람이라고요?"

"네, 저는, 저는! 제가 그때 가니까." 그녀는 울면서 말을 이었다. "돌아가신 아버지께서 말씀하셨어요. '책을 읽어다오, 소냐, 머리가 좀 아프구나, 읽어다오……. 여기 이 책이다.' 아버지에게는 어떤 얇은 책이 있었는데, 같은 건물에 사는 안드레이 세묘느이치 레베쟈트니코프한테서 빌린 것이었어요. 그 사람한테서 늘 그런 우스꽝스러운 책을 빌려 보고 계셨어요. 그러나 저는 '전 이제 가 봐야 해요.' 하면서, 읽어 드리려고 하지 않았어요. 제가 집에 들렀던 것은 무엇보다 카체리나 이바노브나에게 옷깃을 보여 주고 싶어서였어요. 헌옷 장사를 하던 리자베타가 저에게 옷깃과 덧소매를 싸게 가져다주었는데, 아주 예쁘고 아직 새것인데다 무늬도 있었어요. 카체리나 이바노브나도 몹시 마음에 들어 했어요. 직접 걸치고 거울에 비춰 보기도 하면서 굉장히 좋아했어요. '나에게 선물하려무나, 소냐, 제발.' **제발**이라고 하며 간청한 걸로 보아, 굉장히 갖고 싶었던 거예요. 하지만 그분이 그걸 걸칠 일이 뭐 있겠어요? 그저, 행복했던 옛 시절이 떠올랐던 거죠! 거울 속의 자기 모습을 보면서 도취하고 있었어요. 그분은 제대로 된 옷 한 벌 없었고, 물건이라고는 아무것도 없었으니까요, 벌써 몇 년 전부터요! 그렇지만 절대로 누구한테 뭘 달라고 부탁하지는 않을 분이에요. 자존심이 강해서, 오히려 자기가 가진 것을 다 내주고 말죠. 그런데도 달라고 했으니까, 굉장히 맘에 든 거였어요! 그러나 저는 주기가 아까워서 '이걸 어디다 쓰시려고요, 카체리나 이바노브나?'라고 말했어요. 그렇게 말했어요, '어디다 쓰시려고요' 라고. 이 말은 정말 그분한테 하는 게 아니었어요! 그분은 그냥 쳐다보기만 했어요. 그분은 제가 거절한 게 그렇게 괴로웠던 거예요. 그 모습을 보고 있자니 너무나 마음이 아팠어요……. 그분은 옷깃 때문이 아니라, 제가 거절한 것이 괴로웠던 거예요. 저는 알고 있었어요. 아아, 지금 모든 걸 되돌릴 수 있다면, 모든 걸 다시 고쳐서 할 수 있다면, 전에 한 말을 모두…… 오, 저는…… 그런데 어쩌자고 이런 말을 하는 거지……! 당신과는 아무 상관도 없는 일인데!"

"그 헌옷 장수 리자베타를 알고 있었나요?"

"네……. 그럼 당신도 알고 계셨어요?" 소냐가 좀 놀라면서 되물었다.

"카체리나 이바노브나는 폐병이에요. 아주 심해요. 곧 죽을 겁니다." 라스콜니코프는 잠시 아무 말 없이 있다가, 묻는 것에는 대답도 않고 이렇게 말했다.

"아니, 아녜요, 아녜요, 아녜요!" 소냐는 그런 말은 말아 달라고 애원이라도 하듯이, 저도 모르게 그의 두 손을 잡았다.

"그게 오히려 좋지 않습니까, 죽는 편이."

"아녜요, 좋지 않아요, 좋지 않아요, 절대로 좋지 않아요!" 그녀는 소스라치며 정신없이 되뇌었다.

"그럼 아이들은? 그때 가서 아이들은 어디로 데려갈 거죠, 당신이 맡지 않는다면?"

"아아, 정말 모르겠어요!" 소냐는 거의 절망적으로 외치고는 두 손으로 머리를 감쌌다. 이 생각은 이미 몇 번이고, 몇 번이고 그녀의 머리를 스치고 지나갔던 게 분명했다. 그는 다만 이 생각을 다시 일깨워 주었을 따름이었다.

"그럼 만약 당신이 지금 카체리나 이바노브나가 아직 살아 있는 동안에 병이 나서 입원이라도 하게 되면, 그때는 어떻게 되죠?" 그는 무자비하게 계속 밀고 나갔다.

"아아, 당신은 무슨 말씀을 하시는 거예요. 대체 무슨 말씀이세요! 그런 일은 있을 수 없어요!" 소냐의 얼굴은 무서운 공포로 일그러졌다.

"어째서 있을 수 없다는 거지요?" 라스콜니코프는 잔인한 웃음을 지으면서 계속했다. "당신도 보장돼 있지는 않잖아요? 그러면 그들은 어떻게 되죠? 온 식구가 거리로 나가, 그녀는 기침을 하면서 구걸을 하고, 어디서든 오늘처럼 머리를 벽에 찧어 대고, 아이들은 울고……. 그러다가 쓰러지면 경찰서로 옮겨지고 거기서 다시 병원으로 옮겨져서 죽겠지요. 그리고 아이들은……."

"아니, 아니에요……! 그런 일은 하느님이 허락하시지 않을 거예요." 소냐의 짓눌린 가슴에서 마침내 이런 말이 터져 나왔다. 그녀는 기도하는 눈으로 그를 바라보면서, 마치 그에게 모든 것이 달려 있기라도 한 듯이 두 손을 모으고 말없이 애원하며 귀를 기울이고 있었다.

라스콜니코프는 일어나서 방 안을 이리저리 걷기 시작했다. 일 분가량이 지나갔다. 소냐는 무서운 고민에 잠겨, 손과 고개를 떨군 채 서 있었다.

"저축을 할 수는 없나요? 불행에 대비해서 얼마씩 떼어 놓을 수는 없어요?" 그는 갑자기 그녀 앞에서 걸음을 멈추면서 물었다.

"없어요." 소냐가 속삭이듯 말했다.

"물론, 없겠죠! 그러나 시도는 해 봤고요?" 그는 비웃는 듯이 덧붙였다.

"해 봤어요."

"그런데 실패하고 말았군요! 물론 그렇겠지! 물어볼 것도 없어."

그는 다시 방 안을 거닐기 시작했다. 또다시 일 분가량이 지나갔다.

"매일 받는 건 아니겠죠?"

소냐는 아까보다 더 당황해서 다시 얼굴을 확 붉혔다.

"예." 그녀는 괴로워하며 간신히 대답했다.

"폴레치카도 틀림없이 똑같은 길을 걷게 되겠지." 그가 불쑥 말했다.

"아녜요! 아녜요! 그럴 리가 없어요, 아녜요!" 그녀는 절망한 여자처럼, 마치 누군가가 갑자기 칼로 찌르기라도 한 듯이 큰 소리로 외쳤다. "하느님께서, 하느님께서 그런 무서운 일은 절대로 허락하지 않으실 거예요……!"

"다른 사람들한테는 허락하고 있잖소."

"아녜요, 아녜요! 하느님께서 그 앨 지켜 주실 거예요, 하느님께서……!" 그녀는 정신없이 되뇌었다.

"그렇지만 어쩌면 그 하느님이 전혀 안 계실지도 모르지." 라스콜니코프는 어떤 심술궂은 기쁨마저 느끼면서 대답하고는 웃음을 터뜨리면서 그녀를 바라보았다.

갑자기 소냐의 얼굴이 무섭게 변하더니 경련이 일었다. 그녀는 형용할 수 없는 비난이 담긴 시선으로 그를 쳐다보면서 무언가를 말하려 했으나, 아무 말도 하지 못하고 그저 두 손으로 얼굴을 가린 채 갑자기 비통하게 흐느껴 울기 시작했다.

"당신은 카체리나 이바노브나가 정신이 이상해졌다고 하지만, 당신이야말로 제정신이 아니군요." 잠시 말이 없던 그가 말했다.

오 분가량이 지나갔다. 그는 여전히 아무 말 없이 그녀를 쳐다보지도 않으면서, 방 안을 이리저리 거닐고 있었다. 마침내 그는 그녀에게 다가갔다. 그의 눈은 이글거리고 있었다. 그는 두 손으로 그녀의 어깨를 붙잡고, 그녀의 울고 있는 얼굴을 똑바로 들여다보았다. 그의 시선은 메마르고 활활 타는 듯 날카로웠고, 입술은 파들파들 떨리고 있었다……. 갑자기 그는 재빠르게 온몸을 굽혀 바닥에 엎드리더니 그녀의 발에 입을 맞추었다. 소냐는 소스라치게 놀라서 마치 미치광이를 피하듯 그에게서 물러섰다. 사실 그는 완전히 미친 사람 같아 보였다.

"왜 이러세요, 왜 이런 짓을 하세요? 저 같은 사람 앞에서!" 그녀는 파랗게 질려서 중얼거렸다. 갑자기 그녀의 심장이 아프도록 죄어들었다.

그는 곧바로 일어섰다.

"나는 당신에게 절을 한 게 아니야. 나는 인류의 모든 고통 앞에 절을 한 거야." 그는 왜 그런지 거칠게 말을 하고서 창 쪽으로 물러섰다. "들어 봐," 그는 잠시 후 그녀에게 되돌아와서 덧붙였다. "아까 나는 어떤 무례한 자식에게 그는 당신 새끼손가락만도 못하다고…… 그리고 오늘 난 누이를 당신과 나란히 앉게 함으로써 누이에게 영광을 베풀었다고 말해 줬어."

"어머나, 그분들에게 무슨 말씀을 하신 거예요! 더구나 누이동생 분이 있는 자리에서?" 소냐는 깜짝 놀라서 외쳤다. "저와 함께 앉은 것이! 그것이 영광이라고요! 하지만 전…… 수치스러운 여자예요…… 전 큰, 크나큰 죄인이에요! 아아, 어쩌자고 그런 말씀을 하셨어요!"

"당신의 수치나 죄 때문에 그런 말을 한 게 아냐. 당신의 위대한 고통 때문이지. 그러나 당신이 큰 죄인이라는 건 사실이야." 그는 거의 감격 어린 어조로 덧붙였다. "당신이 죄인인 것은 무엇보다 당신이, 당신 자신을 **헛되이** 죽이고 팔았기 때문이야. 어째서 이게 무서운 일이 아닐 수 있겠어! 그토록 증오하는 시궁창 속에 살면서, 그렇게 해서는 아무도 돕지 못하고 어떤 것으로부터도 구해내지 못한다는 걸 스스로도 뻔히 아는데(눈만 뜨면 알 수 있어),

이게 어찌 무서운 게 아니겠어! 그리고 어디 말 좀 해 봐." 그는 거의 미친 듯 흥분하여 말했다. "그런 치욕과 그런 천한 일이 그 것과는 정반대되는 성스러운 감정들과 어떻게 당신에게서 그렇게 함께 자리하고 있는 거지? 물속에 거꾸로 뛰어들어 한 번에 끝내는 편이 옳은 거 아냐? 천 배나 더 옳고 현명하지 않아?"

"그럼 그들은 어떻게 되죠?" 소냐는 고통스럽게 그를 바라보면서 힘없이 물었으나, 그의 제안에 대해 전혀 놀라는 빛을 보이지 않았다. 라스콜니코프는 이상해서 그녀를 쳐다보았다.

그는 그녀의 눈빛만으로 모든 것을 알아챘다. 그러니까 실제로 이 생각은 이미 그녀에게 깃들어 있었던 것이다. 어쩌면 그녀는 절망한 나머지 한 번에 끝내 버리자는 생각을 벌써 몇 번이나 심각하게 해 보았기 때문에 지금 그의 제안에 놀라는 기색조차 보이지 않았을 것이다. 그녀는 그의 말이 잔인한 줄도 몰랐다(그의 비난의 의미도, 그녀의 수치에 대한 그의 특별한 견해의 의미도 그녀는 물론 알아채지 못했다. 이것은 그도 알 수 있었다). 그러나 자신의 처지가 더럽고 치욕스러운 것이라는 생각에 오래전부터 그녀가 얼마나 무서운 고통 속에서 악몽처럼 지내 왔는가 하는 것을 그는 분명하게 알 수 있었다. 그렇다면 대체 무엇이, 하고 그는 생각했다. 대체 무엇이 한 번에 끝내 버리자는 그녀의 결심을 지금껏 저지해 왔단 말인가? 그제야 그는 그 가여운 어린 고아들과 폐병을 앓으며 벽에 머리를 찧어 대는 불쌍한 반미치광이 카체리나 이바노브나가 그녀에게 어떤 의미를 가지는지 완전히 이해할 수 있었다.

그러나 그렇다 하더라도 이런 성격을 지니고 있고 어쨌든 교육도 받은 소냐가 어떤 일이 있어도 계속 이러고만 있을 수는 없으리라는 것 또한 그에게는 분명했다. 그렇지만 그에겐 여전히 의문으로 남는 것이 있었다. 어째서 그녀는 그토록 오랫동안 그런 처지에 머물러 있을 수 있었을까? 물속에 거꾸로 몸을 던질 수 없었다면 어째서 미치지도 않았을까? 물론 그는 소냐와 같은 처지가 불행하게도 유일하고 예외적인 현상이 아닐뿐더러 하나의 우연한 사회현상이라는 것을 이해하고 있었다. 그렇다 해도 이 우연성과 그녀가 받은 약간의 교육과 그때까지 그녀가 살아온 삶은 이 더러운 길에 첫걸음을 내디딘 순간 그녀를 바로 죽여 버릴 수도 있었을 것이다. 대체 무엇이 그녀를 지탱시켰을까? 음탕이야 아니잖는가? 이 모든 치욕은 분명히 기계적으로 그녀에게 닿았을 뿐, 진짜 음탕은 아직 한 방울도 그녀의 마음에 스며들지 못했다. 그는 이것을 알고 있었다. 그녀가 그의 눈앞에 실제로 서 있지 않은가…….

'이 여자에겐 세 가지 길이 있다.' 그는 생각했다. '운하에 뛰어들든지, 정신병원에 들어가든지, 아니면…… 아니면 결국 이성을 마비시키고 마음을 돌같이 만드는 음탕에 몸을 던지는 수밖에 없다.' 마지막 생각은 그에게 가장 혐오스러운 것이었다. 그러나 그는 이미 회의주의자였고, 젊었고, 추상적이었고, 따라서 잔인했으므로, 마지막 해결책, 즉 음탕이 제일 그럴듯하다고 믿지 않을 수 없었다.

'그러나 과연 그게 정말일까?' 그는 마음속으로 외쳤다. '아직 순수한 마음을 간직하고 있는 이 소녀도 결국엔 그 더럽고 악취 나는 시궁창에 의식적으로 빠져들게 될 것인가? 과연 이 타락은 이미 시작되었을까. 그래서 그녀가 지금까지 견딜 수 있었던 것은 이미 스스로 악덕을 혐오스럽게 여기지 않게 된 때문일까? 아니다, 아니다, 그럴 리가 없다!' 마음속으로 그는 좀 전에 소냐가 그랬듯이 소리 높여 외쳤다. '아니다, 운하에 뛰어드는 걸 저지한 것은 죄의식이다. 그리고 **그들, 그 사람들**이다……. 만약 그녀가 여태껏 미치지 않았다면……. 그러나 누가 그녀가 미치지 않았다고 했나? 과연 그녀는 건전한 판단력을 가지고 있을까? 과연 건전한 판단력을 지니고 있다면 도대체 그녀처럼 말할 수 있을까? 과연 건전한 판단력을 지니고 있다면, 그녀처럼 생각할 수 있을까? 과연 그렇게 파멸 위에 앉아, 이미 자기를 끌어들이고 있는 악취 나는 시궁창 바로 위에 앉아, 위험에 대한 경고를 해도 손을 내젓고 귀를 막을 수 있을까? 어쩌면 그녀는 기적이라도 기다리고 있는 게 아닐까? 분명히 그렇다. 이런 것은 모두 발광의 징후가 아닐까?'

그는 끈질기게 이 생각에 머물러 있었다. 이 결론은 다른 어떤 결론보다 그의 마음에 들기까지 했다. 그는 더욱 뚫어지게 그녀를 응시하기 시작했다.

"그럼 소냐, 하느님에게 열심히 기도해?" 그가 그녀에게 물었다.

소냐는 잠자코 있었다. 그는 곁에 서서 대답을 기다렸다.

"하느님이 안 계신다면 전 어떻게 됐을까요?" 그녀는 갑자기 눈을 빛내면서 그를 힐끗 쳐다보고, 빠른 말로 힘주어 속삭이며 그의 손을 꼭 쥐었다.

'음, 그렇구나!' 그는 생각했다.

"그런다고 하느님이 네게 뭘 해 주시는데?" 그는 계속 캐물었다.

소녀는 대답할 수 없다는 듯이 오랫동안 말이 없었다. 연약한 가슴이 온통 흥분으로 요동치고 있었다.

"아무 말씀 마세요! 묻지도 마세요! 당신은 그럴 자격이 없어요!" 그녀는 분노에 찬 준엄한 얼굴로 그를 쏘아보면서 갑자기 외쳤다.

'그렇구나! 그렇구나!' 그는 집요하게 속으로 되뇌었다.

"하느님은 무엇이든 해 주세요!" 그녀는 다시 눈을 떨구고, 속삭이듯 빠르게 말했다.

'이것이 결론이다! 이것이 결론에 대한 설명이다!' 그는 이렇게 단정 지으면서 탐욕스러운 호기심을 가지고 그녀를 면밀히 살펴보았다.

그는 새롭고 이상한, 거의 병적이라 할 느낌을 품으면서, 이 창백하고 여위고 윤곽이 고르지 못한 각이 진 작은 얼굴과, 그토록 불꽃처럼 빛날 수 있고 그토록 준엄하고 힘찬 감정으로 빛날 수 있는 이 상냥한 눈과, 아직도 분노와 격분에 떨고 있는 이 작은 몸을 바라보고 있었다. 그러자 이 모든 것이 점점 더 이상하고 거의 불가사의하게 여겨졌다. '유로지바야*다! 유로지바야다!' 그는 마음속으로 단호하게 이 말을 되풀이했다.

서랍장 위에는 어떤 책이 한 권 놓여 있었다. 그는 방 안을 앞뒤로 왔다 갔다 하면서 매번 그것에 눈길을 주다가 마침내 그걸 집어 들어 쳐다보았다. 러시아어판 신약성서였다. 낡아서 해어진 책으로, 가죽 장정이 되어 있었다.

"이건 어디서 났어?" 그가 방 끝에서 그녀에게 큰 소리로 물었다. 그녀는 여전히 탁자에서 세 걸음쯤 떨어진 곳에 그대로 서 있었다.

"누가 가져다주었어요." 그녀는 그에게 눈길도 돌리지 않고 마지못한 듯 대답했다.

"누가 갖다 줬는데?"

"리자베타가 갖다 주었어요, 제가 부탁했거든요."

'리자베타가! 참 묘하군!' 그는 생각했다. 소냐의 모든 것이 그에겐 매 순간 왠지 더 이상하고 기이하게 여겨졌다. 그는 책을 촛불 가로 가지고 가서, 책장을 넘기기 시작했다.

"나사로 이야기가 어디더라?" 그가 불쑥 물었다.

소냐는 고집스레 마룻바닥을 내려다보면서 대답하지 않았다. 그녀는 탁자를 향해 비스듬히 서 있었다.

"나사로의 부활은 어디지? 좀 찾아 줘, 소냐."

그녀는 곁눈질을 하며 그를 바라보았다.

"거기가 아니고…… 제4복음서*예요……." 그녀는 그를 향해 몸을 움직이려고도 하지 않고 작은 목소리로 엄숙하게 말했다.

"찾아서 좀 읽어 줘." 그는 앉아서 탁자에 팔꿈치를 괴고 한 손으로 머리를 받치고는 침울하게 한쪽 옆을 응시하면서 들을 준비를 하고 있었다.

'삼 주일쯤 후에 7베르스타 떨어진 곳으로* 오시지, 환영하리다! 더 이상 나쁜 일이 없다면 나도 아마 거기 가 있을 테니.' 그는 속으로 중얼거렸다.

소냐는 미심쩍은 얼굴로 라스콜니코프의 이상한 부탁을 듣더니, 머뭇거리며 탁자 쪽으로 걸어갔다. 그리고는 책을 집어 들었다.

"정말로 읽어 본 적이 없으세요?" 그녀는 탁자 저쪽에서 눈을 치떠 그를 힐끔 보고는 물었다. 그녀의 목소리는 점점 더 엄숙해졌다.

"오래됐어…… 학교 다닐 때였으니. 자, 읽어 줘!"

"교회에서는 들어 본 적 없어요?"

"난…… 가 본 적이 없어. 자주 가?"

"아아뇨." 소냐가 속삭였다.

라스콜니코프는 히죽 웃었다.

"알겠어……. 그럼 내일 아버지 장례식에도 안 갈 건가?"

"갈 거예요. 지난주에도 갔어요……. 추도 미사를 드리러."

"누구의?"

"리자베타요. 도끼에 맞아 죽었어요."

그는 신경이 점점 더 곤두섰다. 현기증이 나기 시작했다.

"리자베타와 친했어?"

"네……. 정직한 사람이었어요……. 여기도 오곤 했어요……. 어쩌다가요……. 자주 올 수는 없었어요. 우린 함께 읽기도 하고…… 이야기도 나누었어요. 그녀는 하느님을 뵙게 될 거예요."

마치 책에 쓰여 있는 것 같은 이런 말들이 그의 귀에 이상하게 울렸다. 그리고 그녀가 리자베타와 은밀하게 만나고 있었다는 것도, 둘 다 유로지바야라는 것도 그에겐 새로운 것이었다.

'여기 있다간 나도 유로지브이가 되겠군! 전염성이야!' 그는 생각했다. "읽어 줘!" 그는 갑자기 억지를 쓰듯 초조하게 외쳤다.

소냐는 여전히 망설였다. 심장이 두근거렸다. 어쩐지 그에게 읽어 줄 용기가 나지 않았다. 그는 거의 고통스러운 심정으로 '불행한 미치광이 여자'를 바라보고 있었다.

"왜 읽어 달라고 하세요? 믿지도 않으시잖아요……?" 그녀는 왠지 숨이 가쁜 듯 가만히 중얼거렸다.

"읽어 줘! 그래 주면 좋겠어!" 그는 고집을 부렸다. "리자베타에게도 읽어 줬다면서!"

소냐는 책을 펼치고 그 부분을 찾았다. 손이 떨리고 목소리가 나오지 않았다. 두 번이나 다시 시작했으나, 여전히 첫음절이 목구멍에서 나오질 않았다.

'어떤 병든 자가 있으니, 이는…… 촌 베다니에 사는 나사로라*…….' 그녀는 마침내 여기까지 간신히 읽었으나, 갑자기 세 번째 단어부터 목소리가 쨍쨍거리는 금속성 소리를 내더니 마치 지나치게 팽팽하게 조인 현처럼 툭 끊어져 버리고 말았다. 숨이 막히고 가슴이 죄어 왔다.

라스콜니코프는 왜 소냐가 그에게 읽어 주길 주저하는지 어느 정도 이해할 수 있었다. 그러나 그것을 이해하면 할수록, 그는 더 거칠고 신경질적으로, 읽어 달라고 막무가내로 고집을 부렸다. **자신의 것**을 모두 내주고 내보이는 것이 지금 그녀에게 얼마나 괴로운 일인가를 그는 너무나 잘 알고 있었다. 그는 그녀의 이런 감정이 어쩌면 어렸을 적부터, 불행한 아버지와 슬픔 때문에 미쳐 버린 계모 곁에서 굶주린 아이들과 차마 들을 수 없는 고함 소리와 꾸짖는 소리에 에워싸여 아직 가족과 함께 살고 있던 때부터 이미 그녀의 진정하고도 오랜 **비밀**이 된 것인지도 모른다는 것을 깨닫고 있었다. 그러나 그와 동시에 그녀가 지금 낭독을 시작하면서 몹시 괴로워하고 무언가 굉장히 두려워하고 있지만, 한편으론 그 모든 괴로움과 두려움에도 불구하고 읽고 싶다는, 바로 **그**에게 읽어 주고 싶다는, '나중에 어떻게 되더라도……!' 반드시 **지금** 그에게 들려주고 싶다는 간절한 욕망이 그녀의 마음을 고통스러울 정도로 가득 채우고 있다는 것도 그는 이제 아주 분명히 알고 있었다. 그는 그것을 그녀의 눈에서 읽었고, 그녀의 감격 어린 흥분에서 깨달았다……. 그녀는 자신을 억제하고, 1절 첫머리에서 목소리를 끊어 버렸던 목의 경련을 억누르면서 요한복음 11장을 계속 읽어 내려갔다. 그렇게 19절에 이르렀다.

"많은 유대인이 마르다와 마리아에게 그 오라비의 일로 위문하러 왔더니, 마르다는 예수 오신다는 말을 듣고 곧 나가 맞되, 마리아는 집에 앉았더라. 마르다가 예수께 여짜오되 주께서 여기 계셨더면 내 오라비가 죽지 아니하였겠나이다. 그러나 나는 이제라도 주께서 무엇이든지 하느님께 구하시는 것을 하느님이 주실 줄을 아나이다."

여기서 그녀는 목소리가 또다시 떨리고 끊어질 것을 예감하고는 부끄러워서 읽기를 또 멈추었다…….

"예수께서 가라사대, 네 오라비가 다시 살리라. 마르다가 가로되 마지막 날 부활에는 다시 살 줄을 내가 아나이다. 예수께서 가라사대, **나는 부활이요 생명이니**, 나를 믿는 자는 죽어도 살겠고, 무릇 살아서 나를 믿는 자는 영원히 죽지 아니 하리니, 이것을 네가 믿느냐. 가로되……."

(소냐는 괴로운 듯이 숨을 잠깐 돌리고 나서, 마치 온 세상 사람들에게 설교라도 하는 것같이 또박또박 힘을 주어 읽었다.)

"주여, 그러하외다! 주는 그리스도시요, 세상에 오시는 하느님의 아들이신 줄 내가 믿나이다."

그녀는 잠시 멈추고 재빨리 눈을 들어 그를 쳐다보았으나, 급히 자신을 억제하고 계속 읽기 시작했다. 라스콜니코프는 앉아서 그쪽을 돌아보려고도 하지 않고, 탁자에 팔꿈치를 괴고 옆을 바라보면서 꼼짝도 않고 귀를 기울이고 있었다. 마침내 32절을 읽기에 이르렀다.

"마리아가 예수 계신 곳에 와서 보이고, 그 발 앞에 엎드리어 가로되, 주께서 여기 계셨더면 내 오라비가 죽지 아니하였겠나이다. 예수께서 그의 우는 것과 또 함께 온 유대인들의 우는 것을 보시고 통분히 여기시고 민망히 여기사 가라사대, 그를 어디다 두었느냐. 가로되, 주여 보옵소서 하니, 예수께서 눈물을 흘리시더라. 이에 유대인들이 말하되, 보라 그를 어떻게 사랑하였는가 하며, 그 중 어떤 이는 말하되 소경의 눈을 뜨게 한 이 사람이 그 사람은 죽지 않게 할 수 없었더냐 하더라."

라스콜니코프는 그녀 쪽으로 몸을 돌려 흥분해서 그녀를 보고 있었다. 그렇다, 정말 그렇구나! 그녀는 정말로 열병에라도 걸린 듯이 온몸을 부들부들 떨고 있었다. 그는 이것을 기대하고 있었다. 더없이 위대하고 전무후무한 기적의 이야기에 가까이 가자, 위대한 승리의 감정이 그녀를 사로잡았다. 그녀의 목소리가 금속처럼 맑고 낭랑하게 울리기 시작했다. 승리와 환희가 안에서 울리면서 목소리를 강하게 하고 있었다. 눈앞이 아득해지고 행과 행이 섞였으나, 그녀는 자신이 읽는 것을 외우고 있었다. "소경의 눈을 뜨게 한 이 사람이…… 할 수 없었더냐 하더라" 하는 마지막 절에서 그녀는 목소리를 낮추고, 이제 잠시 후면 벼락을 맞은 듯이 땅에 쓰러져서 통곡하며 믿게 될…… 믿지 않는 눈먼 유대인들의 의심과 비난과 비방을 뜨겁게 열정적으로 전했다. '그리고 **이 사람도, 이 사람도**—역시 눈멀고 믿지 않는 이 사람도—이제 듣고 믿게 되리라. 그렇다. 그렇다! 이제 곧, 바로 이제.' 그녀는 이렇게 꿈꾸었고, 환희에 찬 기대에 온몸을 떨고 있었다.

"이에 예수께서 다시 속으로 통분히 여기시며 무덤에 가시니 무덤이 굴이라 돌로 막았거늘, 예수께서 가라사대 돌을 옮겨 놓으라 하시니, 그 죽은 자의 누이 마르다가 가로되, 주여! 죽은 지가 **나흘***이 되었으매 벌써 냄새가 나나이다."

그녀는 **나흘**이라는 말에 힘을 주었다.

"예수께서 가라사대, 내 말이 네가 믿으면 하느님의 영광을 보리라 하지 아니하였느냐 하신대, 돌을 옮겨 놓으니 예수께서 눈을 들어 우러러 보시고 가라사대, 아버지여 내 말을 들으신 것을 감사하나이다. 항상 내 말을 들으시는 줄을 내가 알았나이다. 그러나 이 말씀하옵는 것은 둘러선 무리를 위함이니 곧 아버지께서 나를 보내신 것을 저희로 믿게 하려 함이니이다. 이 말씀을 하시고 큰 소리로, 나사로야 나오라 부르시니, **죽은 자가**······."

(그녀는 마치 자기가 눈으로 직접 보기라도 하듯이 온몸에 전율을 느끼고 부들부들 떨면서 감격에 겨워 큰 소리로 읽어 내려갔다.)

"수족을 베로 동인 채로 **나오는데** 그 얼굴은 수건에 싸였더라. 예수께서 가라사대, 풀어 놓아 다니게 하라 하시니라.

마리아에게 와서 예수의 하신 일을 본 많은 유대인들이 그를 믿었다."

그녀는 더 이상 읽지 않았고, 읽을 수도 없었다. 그녀는 책을 덮고 의자에서 발딱 일어났다.

"나사로의 부활 이야기는 이것이 다예요." 그녀는 띄엄띄엄 엄한 어조로 이렇게 말하고, 부끄러운 듯이 그에게 눈을 들지 못하고 몸을 옆으로 돌려 꼼짝도 않고 서 있었다. 그녀의 열병과도 같은 전율은 아직 계속되고 있었다. 휘어진 촛대에 꽂혀 있는 초 끝은 이 가난한 방에서 영원한 책*을 같이 읽은 뒤로는 묘하게도 잘 어울리는 살인자와 창녀를 비추면서 벌써 오래전부터 가물가물 꺼져 가고 있었다.* 오 분 혹은 그 이상이 지나갔다.

"나는 말할 게 있어서 왔어." 갑자기 라스콜니코프가 이마를 찌푸리고 큰 소리로 말하고는, 일어나서 소냐 곁으로 다가갔다. 소냐는 말없이 그에게로 눈을 들었다. 그의 눈길은 유난히 준엄하고, 어떤 결의를 담고 있었다.

"나는 오늘 가족을 버렸어." 그가 말했다. "어머니와 누이동생을. 이제 그들에게 가지 않을 거야. 난 거기서 모든 인연을 끊고 왔어."

"왜요?" 소냐는 아연실색하다시피 하며 물었다. 좀 전에 그의 어머니와 누이동생을 만났던 일은 스스로에게도 분명치는 않지만 어떤 특별한 인상을 그녀에게 남기고 있었다. 인연을 끊었다는 소식을 그녀는 공포에 가까운 마음으로 들었다.

"나에겐 이제 당신밖에 없어." 그가 덧붙였다. "함께 가자…… 그래서 당신에게 온 거야. 우린 함께 저주받은 인간이니, 함께 가자!"

그의 눈이 번득였다. '반미치광이 같다!' 이번에는 소냐 쪽에서 이렇게 생각했다.

"어디로 가요?" 그녀는 겁을 내며 묻고는 자기도 모르게 뒤로 한 발짝 물러섰다.

"난들 알아? 나는 다만 같은 길이라는 것만 알아, 확실하게 알고 있어, 그뿐이야. 우리가 가는 곳은 같아!"

그녀는 그를 쳐다보고 있었으나 아무것도 이해할 수 없었다. 다만 그가 한없이, 한없이 불행하다는 것만을 깨달았을 뿐이다.

"당신이 그들에게 무슨 얘길 해도, 그들은 아무것도 알아주지 않을 거야." 그가 말을 이었다. "그러나 나는 이해했어. 내게는 당신이 필요해, 그래서 당신한테 온 거야."

"무슨 말인지 모르겠어요……" 소냐가 속삭였다.

"차차 알게 돼. 당신도 같은 짓을 하지 않았어? 당신도 역시 넘어섰어…… 넘어설 수 있었던 거야. 당신은 자신에게 손을 댔어. 한 생명을 파멸시킨 거지…… **자기** 생명을 말이야(그건 매한가지야!). 당신은 정신과 이성으로 살아갈 수도 있을 인간이지만,

결국 센나야에서 끝날 운명이야……. 그러나 당신은 그걸 견딜수 없어. 그래서 계속 **혼자** 있게 되면, 나처럼 미치고 말아. 당신은 이미 지금도 미친 거나 다름없어. 그러니 우린 함께 같은 길을 가야 돼! 같이 가자!"

"왜요? 왜 그런 말씀을 하세요?" 그의 말에 이상하리만치 격렬하게 흥분한 소냐가 말했다.

"왜냐고? 계속 이렇게는 있을 수 없기 때문이지. 그게 이유야! 이젠 하느님이 허락하시지 않을 거라고 애처럼 울고불고 소리칠 게 아니라, 진지하고 솔직하게 판단해야 돼! 정말 내일이라도 병원에 실려 간다면 어떻게 되지? 제정신이 아닌 그 폐병쟁이야 곧 죽겠지만, 아이들은? 과연 폴레치카가 몸을 망치지 않을 수 있을까? 정말로 당신은 이곳 거리 구석구석에서 어머니가 구걸을 시키려고 내보낸 아이들을 보지 못했다는 거야? 난 그 어머니들이 어디서 어떻게 사는지 알아. 거기선 아이가 아이로 남아 있을 수가 없어. 그런 데선 일곱 살배기 아이도 이미 성적으로 타락해 있고 도둑놈이 돼 있어. 그런데 아이들이야말로 그리스도의 화신이거든. '천국이 이들의 것이니라.'* 그리스도는 그들을 우러러보고 사랑하라고 이르셨지, 그들은 미래의 인류야……."

"대체 어떡하면 좋아요?" 소냐는 발작적으로 울면서 두 손을 쥐어틀며 되뇌었다.

"어떡하느냐고? 파괴할 것은 단번에 영원히 파괴해 버리는 거야, 그것뿐이야. 그리고 고통을 자신이 짊어지는 거지! 뭐? 모르겠다고? 차차 알게 돼……. 자유와 권력, 하지만 제일 중요한 건 권력이야! 떨고 있는 모든 피조물에 대한 권력, 모든 개미 떼 무리*에 대한 권력……! 바로 그것이 목적이야! 이걸 기억해 둬! 이것이 당신에게 주는 나의 송별사야! 어쩌면 당신과 이야기하는 것도 이것으로 마지막인지 모르니까. 내일 내가 오지 않으면, 모든 걸 직접 듣게 되겠지. 그러면 지금 말한 것을 떠올려 줘. 훗날 여러 해 뒤에, 살아가는 동안에 언젠가는 그 뜻을 깨닫게 될 거야. 그러나 만약 내일 오게 되면, 누가 리자베타를 죽였는지 당신에게 말해 주겠어. 그럼 잘 있어!"

소냐는 무서워서 온몸을 부르르 떨었다.

"그럼 누가 죽였는지 정말 알고 계신 거예요?" 그녀는 공포로 오싹 얼어붙은 채 기괴하게 그를 쳐다보며 물었다.

"알고 있으니까 말해 주겠다는 거지……. 당신에게, 당신 한 사람에게만! 난 당신을 선택했어. 난 용서를 구하러 당신에게 오지는 않을 거야. 그냥 말해 주려는 거야. 이걸 말할 사람으로 난 이미 오래전에 당신을 택했어. 당신 아버지가 당신 얘길 하던 그때 벌써, 그리고 리자베타가 살아 있을 때부터 그렇게 생각해 두었어. 안녕. 손을 내밀지 마. 그럼 내일 또!"

그는 나가 버렸다. 소냐는 미친 사람을 보듯 그를 보고 있었다. 그러나 그녀도 정신이 나간 사람 같았고, 스스로도 그것을 느끼고 있었다. 현기증이 났다. '하느님! 누가 리자베타를 죽였는지 저이가 어떻게 알고 있을까? 그 말이 무슨 뜻일까? 아, 무서워!' 그러나 이 순간에는 그 **생각**이 머리에 떠오르지 않았다. 절대로! 절대로 떠오르지 않았다……! '아아, 저이는 무섭게 불행한 게 틀림없어……! 저이는 어머니와 누이동생을 버렸어. 왜 그랬을까? 무슨 일이 있었을까? 저이는 무슨 계획을 가지고 있는 걸까? 왜 나에게 그 말을 한 걸까? 저이는 나의 발에 입을 맞추고 말했어……. 말했어(그래, 분명히 그렇게 말했어), 내가 없으면 이제 살 수 없다고……. 오, 하느님!'

소냐는 내내 고열과 악몽에 시달리며 그날 밤을 보냈다. 그녀는 때때로 자리에서 발딱 일어나서 울며 손을 비비고 쥐어틀다가, 다시 열병에 걸린 듯이 잠에 빠지면서 의식을 잃곤 했다. 그리고 꿈에 폴레치카와 카체리나 이바노브나와 리자베타가 보이고, 성서를 읽고 있는 것이 보이고, 그리고 그가…… 그가, 그의 창백한 얼굴과 타는 듯한 눈동자가 보였다……. 그가 그녀의 발에 입을 맞추며 울고 있다……. 오, 하느님!

오른쪽 문 뒤, 그러니까 소냐의 방과 게르트루다 카를로브나 레슬리히의 집을 가르는 벽에 나 있는 바로 그 문 뒤에는, 레슬리히 부인의 집에 속하는 중간 방이 하나 있었다. 오래전부터 비어 있는 그 방은 세를 내놓기로 되어 있어서, 그걸 알리는 조그만 광고판이 대문에 내걸려 있고, 운하 쪽으로 나 있는 유리창에는 종이쪽지가 붙어 있었다. 소냐는 전부터 이 방에 사람이 살지 않는 줄로만 알고 있었다. 그러나 이 일이 일어나는 동안 이 빈방의 문 옆에는 스비드리가일로프 씨가 계속 서서 숨을 죽이고 엿듣고 있었다. 라스콜니코프가 나가자, 그는 잠깐 서서 뭔가를 생각하더니 발끝으로 살금살금 그 빈방과 붙어 있는 자기 방으로 돌아가서 의자를 하나 집어 들고 나와 소냐의 방으로 통하는 그 문 옆에다 살며시 갖다 놓았다. 두 사람의 대화는 흥미롭고 의미심장한 것이라 여겨졌고, 마음에 아주 쏙 들었다. 어찌나 마음에 들었던지 앞으로는, 가령 내일이라도, 꼬박 한 시간씩이나 두 발로 서 있는 고생을 다시는 하지 않고 좀 더 편안하고 느긋하게 모든 점에서 완벽한 만족을 누리기 위해 의자까지 가져다 놓은 것이었다.

5

다음 날 아침 11시 정각에 라스콜니코프가 구역 경찰서의 예심부로 가서 포르피리 페트로비치에게 자신의 출두 사실을 알려 달라고 부탁했을 때, 그는 자기를 그렇게 오래 기다리게 하는 데 놀라기까지 했다. 그를 부르기까지는 적어도 십 분이 걸렸다. 그의 생각으로는, 그들이 대번에 자기에게 달려들어야만 할 것 같았다. 그런데 그가 대기실에 서 있는 동안, 여러 사람이 연방 왔다 갔다 하면서 그의 곁을 지나갔으나, 모두들 그와는 아무 상관도 없어 보이는 사람들이었다. 사무실인 듯싶은 다음 방에는 사무원 몇이 앉아서 무엇을 쓰고 있었는데, 그들 중 단 한 사람도 라스콜니코프가 누구이고 어떤 위인인지 전혀 알지 못하는 게 분명했다. 그는 불안하고 미심쩍은 눈길로 사방을 둘러보면서, 주위에 무슨 호송병 같은 사람이라도 있지 않은지, 자기가 어디로 가 버리지 못하도록 감시의 임무를 띠고 있는 어떤 비밀스러운 시선이라도 없는지 살펴보았다. 그러나 그런 기색은 전혀 없었다. 그는 다만 자질구레한 일에 매달려 있는 사무계 직원들의 얼굴과 그 외 몇몇 사람을 보았을 뿐, 그가 지금 당장 어디로 튀어 나가 버린다 해도 누구 하나 상관할 사람이 없었다. 만약 어제의 그 수수께끼 같은 사내, 땅속에서 솟아난 듯한 그 환영 같은 사내가 정말로 모든 것을 보았고 모든 것을 알고 있다면, 과연 라스콜니코프 그 자신이 지금 이렇게 서서 편안하게 기다리도록 내버려 둘까 하는 생각이 그의 마음속에서 점점 더 굳어 갔다. 그리고 과연 그가 제 발로 어슬렁거리고 나타나 줄 때까지, 11시가 되도록 여기서 그를 기다리고 있었을까? 그러니까 그 사내는 아직 아무것도 밀고하지 않았거나, 혹은…… 그자 역시 아무것도 모르고 제 눈으로 아무것도 보지 않았다는 얘기다(그렇다, 어떻게 그자가 볼 수 있었겠는가?). 그렇다면 어제 라스콜니코프 그에게 일어난 모든 일도 역시 자신의 초조하고 병적인 상상에 의해 과장된 환영에 지나지 않을 것이다. 이런 추측은 극심한 불안과 절망에 빠져 있던 어제, 이미 그의 마음속에서 굳어지기 시작했다. 지금 이 모든 것을 다시 곰곰이 생각하고 새로운 투쟁에 대한 마음의 준비를 하면서, 그는 갑자기 자신이 떨고 있다는 것을 느꼈다. 그 가증스러운 포르피리 페트로비치 때문에 두려워서 떨고 있다고 생각하자 마음속에서 분노마저 끓어올랐다. 이 사람과 다시 만나야 한다는 것이 무엇보다도 끔찍했다. 그는 이 인간을 한도 끝도 없이 증오하고 있었으므로, 증오심 때문에 행여나 자신을 폭로해 버릴까 봐 겁이 나기조차 했다. 그의 증오심은 너무나도 강해서 떨리는 것마저 곧바로 멎고 말았다. 그는 냉정하고 대담한 태도로 들어가기로 마음먹고,

되도록이면 침묵을 지키면서 저편의 눈치를 주의 깊게 살피고 귀 담아듣겠다고, 그리고 적어도 이번만큼은 무슨 일이 있더라도 병적으로 예민한 자신의 성질을 이겨 내겠다고 다짐했다. 바로 이때 그는 포르피리 페트로비치에게 불려 갔다. 포르피리 페트로비치는 자기 사무실에 혼자 있었다. 사무실은 크지도 작지도 않았다. 거기에는 유포를 씌운 소파 앞에 커다란 책상이 놓여 있고, 사무용 책상과 구석장과 의자 몇 개가 있었는데, 모두 손질이 잘된 누런 색깔의 목제 관청 집기였다. 칸막이라고 부르는 게 더 나을 뒤쪽 벽의 한구석에는 자물쇠를 채워 둔 문이 있었다. 그러니까 칸막이 뒤로는 무슨 방들이 더 있는 게 분명했다. 라스콜니코프가 들어오자 포르피리 페트로비치는 그가 들어온 문을 곧장 닫아 버렸고, 그래서 그들은 둘만 있게 되었다. 겉으로 보기에 포르피리는 무척이나 유쾌하고 상냥하게 손님을 맞았으나, 몇 분이 채 안지나 라스콜니코프는 몇 가지 징후로 보아 그가 아무래도 당황하고 있는 것 같다는 사실을 눈치챘다. 그는 뭔가 뜻밖의 방해를 받았거나 혼자서 무슨 짓을 몰래 하다 들킨 사람 같았다.

"어이쿠, 선생! 웬일로…… 이런 구석에를 다……." 포르피리는 그에게 두 손을 내밀면서 입을 열었다. "자, 어서 앉으십시오, 노형! 아니 어쩌면 싫어하실지도 모르겠군요, 선생이니…… 노형이니 하고 부르는 걸. 이건 너무 *tout court*(막역한가요)? 부디 너무 허물없이 군다고 여기진 말아 주십시오……. 자아, 이쪽 소파로."

라스콜니코프는 그에게서 눈을 떼지 않은 채 자리에 앉았다.

'이런 구석에를 다'라든가, 허물없이 구는 데 대한 사과라든가,

'*tout court*'라는 불어라든가, 이런 것은 모두 특별한 징후였다. '그런데 이 사람은 내게 두 손을 내밀었지만, 한 손도 쥐게 하지 않고 곧바로 거둬 버렸어.' 이런 의심스러운 생각이 뇌리를 스쳤다. 두 사람은 서로를 살피고 있었으나, 눈이 마주칠 때면 둘 다 번개처럼 재빨리 시선을 돌려 버렸다.

"서류를 가져왔습니다……. 그 시계에 관한…… 이겁니다. 이렇게 쓰면 될까요, 아니면 고쳐 써야 하는지요?"

"네에? 서류? 그렇죠, 그렇죠……. 걱정 마십시오, 이걸로 됐습니다." 포르피리 페트로비치는 마치 어딜 급히 갈 데가 있다는 듯이 서둘러 말했으나, 말을 하고 나서는 종이를 집어 들고 쓱 훑어보았다. "네, 이러면 됩니다. 더는 아무것도 필요 없습니다." 그는 아까처럼 빠른 말투로 확인해 주고는 종이를 탁자 위에 내려놓았다. 그러고는 잠시 뒤 이미 다른 얘기를 하고 있다가 그것을 다시 탁자에서 집어 들어 자신의 사무용 책상에다 놓았다.

"어제 저에게 그…… 살해당한 노파와 어떻게 아는 사이인지 정식으로…… 물어보고 싶다고 하셨죠, 아마?" 라스콜니코프는 다시 말을 시작했다. '아니 어째서 **아마**라는 말을 끼워 넣었을까?' 이런 생각이 번개처럼 머리를 스쳤다. '어째서 난 이 **아마**를 끼워 넣었다고 이렇게 불안해할까?' 이런 또 다른 생각도 번개처럼 퍼뜩 떠올랐다.

그리고 그는 갑자기 느꼈다. 포르피리와 단 한 번 접촉했을 뿐이고 한두 마디 주고받고 한두 번 눈이 마주쳤을 뿐인데도 병적인 의구심이 한순간에 이미 괴물 같은 크기로 자라나 버렸다…… 이건 아주 위험하다. 신경이 곤두서고 자꾸만 더 흥분하고 있다. '큰일이다! 큰일이다……! 또 말실수를 할 거다.'

"네, 네, 네! 걱정 마십시오! 아직 시간이 있습니다. 시간이 있고말고요." 포르피리 페트로비치는 중얼거렸다. 그는 탁자 주위를 왔다 갔다 하고 있었으나, 무슨 목적이 있어 그러는 건 아닌 듯싶었고, 창가로, 사무용 책상 쪽으로, 또다시 탁자 쪽으로 뛰어다니다시피 몸을 급히 움직이며 라스콜니코프의 미심쩍은 시선을 피하다가, 갑자기 그 자리에 우뚝 발을 멈추고는 그를 똑바로 쏘아보기도 했다. 이때 그의 자그마하고 통통하고 둥근 몸은 마치 이리저리 굴러갔다가 사방의 벽과 모서리에 부딪혀서 곧장 도로 팅겨 나오는 공처럼 무척이나 기괴한 느낌을 주었다.

"시간은 충분합니다, 충분해요……! 그런데 담배 피우십니까? 갖고 계세요? 자, 담배 여깄습니다……." 그는 손님에게 담배를 건네며 말을 계속했다. "실은 여기서 당신을 맞고 있습니다만, 제 숙소는 바로 저기 칸막이 뒤에 있습니다……. 관사죠. 지금은 당분간 사택(私宅)에 살고 있어요. 여긴 수리를 좀 해야 해서요. 이제 거의 다 됐습니다만…… 관사란 사실 참 좋은 거지요, 네? 어떻게 생각하십니까?"

"네, 참 좋은 거죠." 라스콜니코프는 비웃듯이 그를 바라보며 대답했다.

"참 좋은 거죠, 참 좋은 거죠……." 갑자기 전혀 다른 무엇을 생각하고 있는 듯한 얼굴로 포르피리 페트로비치가 되풀이했다. "네! 참 좋은 거죠!" 그는 끝에 가서는 거의 소리를 지르다시피

하면서 갑자기 라스콜니코프에게 시선을 던지더니 그에게서 두 발짝 떨어진 데서 걸음을 멈춰 섰다. 관사란 참 좋은 거라고 여러 번씩 멍청하게 반복하는 것은 하도 유치해서, 그가 지금 손님에게 보내고 있는 진지하고 생각에 잠겨 있는, 수수께끼 같은 시선과는 너무나도 어울리지 않았다.

그러나 이것이 라스콜니코프의 적개심을 더한층 끓어오르게 했다. 그는 조소적이고 상당히 부주의한 도전 욕구를 이제 도저히 억누를 수가 없었다.

"그런데 말이죠." 그는 뻔뻔하게 상대방을 쳐다보면서, 자신의 뻔뻔함에서 쾌감을 느끼다시피 하며 불쑥 물었다. "어떤 예심판사든간에 그런 심문 원칙, 심문 방법이 있는 것 같군요. 처음에는 멀리서부터, 아무것도 아닌 하찮은 일이나 혹은 심각하긴 해도 전혀 상관없는 일부터 꺼내서 심문받는 사람에게 용기를 주거나 더 적절히 말하자면 정신을 산만하게 해서 주의력을 마비시켜 놓고는, 갑자기 전혀 예상도 못 했던 방법으로 가장 치명적이고 위험한 어떤 질문을 퍼부어 정통으로 정수리를 내리쳐서 정신을 잃게 만드는 거죠. 그렇지 않나요? 이것은 지금까지도 모든 규칙과 훈령에서 금과옥조 격으로 언급되는 것 같은데요?"

"그럼, 그럼…… 뭡니까, 내가 관사 얘기를 한 것도 그래서라고 생각하시는군요…… 네?" 이렇게 말하고서 포르피리 페트로비치는 실눈을 하고 눈을 깜박해 보였다. 아주 유쾌하고 교활한 무엇이 그의 얼굴을 스쳐 갔다. 이마의 주름살이 퍼지면서 눈이 가늘어지고 얼굴 윤곽이 늘어나더니, 라스콜니코프의 눈을 똑바로 쳐다보면서 갑자기 온몸을 물결치듯 흔들어 대며 신경질적인 긴 웃음을 쏟아 내기 시작했다. 이쪽도 억지로 웃기 시작했으나, 포르피리가 그도 웃고 있는 것을 보고 얼굴이 거의 자줏빛이 되도록 배를 잡고 웃자 라스콜니코프의 혐오감은 갑자기 모든 조심성을 넘어서 버렸다. 그는 웃기를 멈추고 낯을 찌푸린 채 잠시도 눈을 떼지 않고, 포르피리가 마치 무슨 속셈이라도 있어서 그러는 것처럼 멈추지 않고 길게 웃고 있는 모습을 가증스럽다는 듯이 오랫동안 노려보았다. 하지만 조심성이 없기는 분명 양쪽이 다 마찬가지였다. 포르피리는 얼굴을 맞대고 손님을 비웃는 듯했고, 상대방이 그 웃음을 가증스럽게 받아들이고 있는데도 그런 상황에 별로 당황하지 않는 기색이었다. 이 점은 라스콜니코프에게 대단히 의미심장한 것이었다. 그는 사실 포르피리 페트로비치가 아까도 전혀 당황한 게 아니었고, 오히려 자기 쪽에서 덫에 걸려들었는지도 모른다는 것을 깨달았다. 여기엔 분명히 자기가 모르는 무엇이, 어떤 목적이 있다. 어쩌면 모든 것은 벌써부터 준비되어 있어서, 지금 이 순간이라도 모습을 드러내며 덤벼들지도 모른다는 것을 깨달은 것이다…….

그는 곧장 용건으로 들어갈 요량으로 자리에서 일어나 학생모를 집어 들었다.

"포르피리 페트로비치." 그는 단호하게, 그러나 몹시 초조한 어조로 입을 열었다. "당신은 어제 제게 무슨 심문을 받으러 와 주었으면 한다고 말했습니다(그는 **심문**이라는 말에 특히 힘을 주었다). 그래서 왔으니 필요한 게 있으면 물어보시고, 아니면 이만 실례하겠습니다. 저는 시간이 없습니다. 볼일이 있어서요…… 말에 밟혀 죽은 그 관리의 장례식에 가 봐야 하거든요. 그 사람의 일은 당신도…… 아시겠지만……." 이런 말을 덧붙이고 나서, 그는 곧 이렇게 덧붙인 것에 화가 치밀었고, 그 때문에 곧 또 더 화가 치밀었다. "이 모든 것에 정말 진절머리가 납니다, 아시겠습니까, 그것도 이미 오래전부터……. 제가 병이 난 건 그 때문이기도 합니다……. 요컨대," 그는 병 운운한 것이 아까보다 더한층 부적절했다고 느끼고 거의 소리를 지르다시피 했다. "요컨대, 제게 질문을 하시든지 아니면 지금 바로 놓아주십시오……. 그러나 만일 질문을 하신다면 반드시 형식을 갖춰서 정식으로 해 주십시오. 그렇잖으면 응하지 않겠습니다. 그러니 오늘은 이만 실례합니다. 지금 우리 두 사람에겐 서로 볼일이 없으니까요."

"아이고! 그게 무슨 말씀이십니까! 당신에게 물어볼 일이 뭐 있습니까." 포르피리 페트로비치는 이내 말투와 표정을 바꾸고 한순간에 웃음을 멈추더니 갑자기 암탉 같은 소리를 내면서 부산을 떨기 시작했다. "제발 염려 마십시오." 그는 또다시 사방으로 뛰어다니랴, 갑자기 라스콜니코프를 앉히려 애쓰랴, 무척이나 허둥댔다. "시간은 충분합니다. 시간은 충분해요. 그리고 그건 다 쓸데없는 것들이고요! 오히려 나는 당신이 마침내 와 주셔서 대단히 기쁩니다……. 나는 당신을 손님으로 맞고 있어요. 이 빌어먹을 웃음은, 로지온 로마노비치, 노형께서 용서해 주십시오. 로지온 로마노비치? 확실히 그랬죠, 당신의 부칭이……? 나는 신경 과민인 인간이 돼 놔서 아까 당신의 그 대단히 예리한 지적에 웃음을 참을 수가 없었던 겁니다. 어떨 땐 정말 탄성고무처럼 온몸을 떨면서 웃기도 하는 걸요, 반 시간씩이나……. 정말 잘 웃는 편이죠. 체질이 이래 놔서 뇌졸중이 걱정될 지경이랍니다. 자아, 앉으세요, 왜 그러십니까……? 자, 어서, 노형, 그렇잖으면 화가 나신 걸로 생각하겠습니다…….”

라스콜니코프는 여전히 화가 나서 얼굴을 찌푸린 채 아무 말도 않고 귀를 기울이면서 상대방을 관찰하고 있었다. 그는 자리에 앉긴 했으나 계속 학생모를 손에 든 채였다.

“노형에게 한 가지 말씀드리지요, 로지온 로마노비치. 나 자신에 대해서, 이른바 나의 성격에 대한 설명으로 말입니다.” 포르피리 페트로비치는 공연히 방 안을 왔다 갔다 하면서 좀 전과 마찬가지로 손님과 눈을 마주치기를 피하듯 하며 말을 계속했다. “나는 실은 독신자로 아주 비사교적인 무명의 인간입니다. 게다가 이미 끝나 버린 인간이고, 딱딱하게 굳고 말라 버려서 이미 종자가 되어 가는 인간입니다. 그리고…… 그리고…… 그리고, 로지온 로마노비치, 알아채셨는지 모르겠습니다만, 우리들은, 즉 우리 러시아에서는, 특히 우리 페테르부르크 사회에서는, 아주 숙친하지는 않아도 말하자면 지금의 당신과 나처럼 서로를 존경하고 있는 현명한 두 사람이 함께 만나게 되면 꼬박 반 시간 동안이나 화제를 찾아내지 못하고 돌처럼 굳은 채 마주 보고 앉아서 서로 어색해합니다. 모든 사람에겐 화제가 있죠. 부인들도 그렇고 이를테면…… 사교계의 사람들, 그러니까 상류 계층의 사람들에게도 언제나 화제라는 게 있습니다, *c'est de rigueur*(그건 이미 습관이니까요). 그런데 우리 같은 중간 계층의 사람들은 다들 잘 당황하고 말수도 적고…… 말하자면 생각하는 사람들이죠. 노형, 어째서 이럴까요? 사회적인 관심이 없어서일까요, 아니면 우리가 너무 정직해서 서로 속이기를 원치 않기 때문일까요? 통 모르겠습니다. 네? 어떻게 생각하십니까? 그 학생모 좀 내려놓으시죠. 꼭 금방이라도 나가시려는 것 같아서, 정말이지 보기 민망하군요……. 나는 오히려 이렇게 기쁜데……."

라스콜니코프는 학생모를 내려놓았으나, 계속 아무 말 없이 정색을 하고 얼굴을 찌푸린 채 포르피리의 실없고 종잡을 수 없는 수다에 귀를 기울이고 있었다. '정말 이 인간은 멍청한 수다로 내 주의를 흐려 놓으려는 걸까?'

"커피를 대접하진 못합니다, 장소가 장소이니만큼. 하지만 오분 정도 친구하고 마주 앉아 즐기지도 못한답니까." 포르피리는 쉴 새 없이 지껄였다. "아시다시피 이 직무라는 것은 죄다…… 그런데 노형, 내가 이렇게 계속 왔다 갔다 한다고 화는 내지 마십시오. 당신이 기분 나빠 하지나 않을까 무척 걱정됩니다만, 용서하시구려, 나에겐 운동이 꼭 필요해서. 늘 앉아 있기 때문에 한 오 분이라도 걸을 수 있으면 정말 기뻐요……. 치질이 있거든요……. 언제나 체조로 고치려고 하고 있지요. 듣자 하니, 5등관도, 4등관도, 심지어 3등관도, 줄넘기를 즐겨 한다고 하더군요. 정말이지 과학이란 것이 오늘날엔……. 이 정도로……. 그런데 이곳의 직무와 심문, 그 모든 형식에 대해 말하자면…… 노형, 지금 심문 얘길 하셨습니다만…… 그건 실은, 로지온 로마노비치, 이 심문이란 것은 때로는 심문받는 사람보다 심문하는 사람을 더 갈팡질 팡하게 만들지요……. 그건 방금 노형이 아주 정당하고 예리하게 지적하신 대룝니다(라스콜니코프는 그런 것을 지적한 적이 없었다). 갈피를 잡을 수가 없어요! 정말로 갈피를 잡을 수가 없어요! 그런데도 여전히 똑같은 것, 똑같은 것이 북을 치듯 되풀이되고 있거든요! 이제 개혁이 진행 중이니까.* 우리도 하다못해 명칭만 이라도 바뀌었으면 합니다. 헤헤헤! 그런데 우리의 그 심문 수법 에 대해서는—당신이 아주 재치 있게 표현하셨습니다만—당신 의견에 완전히 동의합니다. 대체 어떤 피고가, 설령 그자가 아무 리 둔해 빠진 농부라 할지라도, 자기에게 처음엔 쓸데없는 질문을 퍼붓다가 (당신의 훌륭한 표현에 따르자면) 갑자기 정수리를 도 끼등으로 내려친다는 것 정도를 모르겠습니까, 헤헤헤! 정수리를 정통으로 말입니다. 당신의 훌륭한 표현을 따른 것입니다만, 헤 헤! 그러니까 당신은 정말 그렇게 생각하신 거로군요, 내가 관사 얘기로 당신을 어떻게 하려 한다고…… 헤헤! 당신도 어지간히 잘 빈정대는 사람입니다. 아니, 더 말하지 않겠어요! 아 참, 이 기 회에 한마디만 더. 말은 말을 부르고, 생각은 생각을 부르니까요. 아까 형식에 대해서도 언급하셨죠, 그 심문과 관련해서……. 그 런데 형식에 따른다는 게 뭡니까! 형식이란 말이죠, 대개는 쓸데 없는 겁니다. 어떨 때는 그저 친구처럼 얘기하는 편이 더 유리한 경우도 있어요. 그렇다고 형식이 절대로 달아나는 건 아니니까, 그 점은 안심하십시오. 그런데 좀 물어보고 싶은데, 형식이란 게 정말이지 뭡니까? 형식이 예심판사를 일일이 속박할 순 없어요.

예심판사의 일이란 말하자면 자유예술, 일종의 독특한 자유예술이거나 뭐 그런 비슷한 것이어서…… 헤헤헤……!"

포르피리 페트로비치는 잠깐 숨을 돌렸다. 그는 지치는 기색도 없이 연방 지껄여 대면서 의미 없고 공허한 소리를 늘어놓는가 하면, 별안간 무슨 수수께끼 같은 말을 이따금 내비치기도 하고, 그러다가는 이내 또 의미 없는 소리로 빠지곤 했다. 그는 이미 방 안을 뛰어다니다시피 하고 있었다. 통통하게 살찐 짧은 다리를 점점 더 빨리 움직이면서, 눈은 계속 발끝에 못 박은 채 오른팔을 등 뒤로 돌리고 왼팔은 연방 휘저어 대며, 그가 하고 있는 말과는 전혀 어울리지 않는 온갖 몸짓을 해 댔다. 갑자기 라스콜니코프는 그가 방 안을 뛰어다니다가 두어 번 문 옆에서 잠깐 발을 멈추고 뭔가 귀를 기울이는 듯했다는 것을 눈치챘다……. '무엇을 기다리고 있는 것일까?'

"그건 정말 당신 말씀 그대롭니다." 포르피리는 다시 유쾌한 얼굴로 유난히 순박하게 라스콜니코프를 쳐다보면서(그 때문에 라스콜니코프는 흠칫 몸을 떨면서, 순간 마음을 다잡았다) 맞장구쳤다. "정말이에요, 그 심문 형식에 대해 그렇게 예리하게 비웃으신 것은 정말 옳습니다, 헤헤! 우리의 그 의미심장한 심리적 수법이란 (물론 전부는 아닙니다만) 아주 우스꽝스러운 것이 돼 놔서 만약 형식에 너무 구애된다면 무용지물이 될 수도 있어요. 그래요……. 또다시 형식 얘기가 됩니다만, 만약 내가 맡은 어떤 사건에서 갑이나 을이나 병을 말하자면 범인으로 인정하고 있다, 아니 더 적절히 말해 혐의를 두고 있다 칩시다……. 그런데 당신은 법률가가 될 준비를 하고 계시지요, 로지온 로마노비치?”

“네, 그랬었죠…….”

“그럼 당신에게, 이를테면 장래를 위한 참고가 되도록 작은 예를 하나 들지요. 그러니까 내가 감히 당신을 가르치려 든다고는 생각하지 마십시오. 당신은 범죄에 관한 훌륭한 논문도 발표하고 계시지 않습니까! 천만에요, 니는 그저 작은 예 하나를 사실로서 제시하는 것뿐입니다. 자, 그러니까 내가 갑이나 을이나 병을 범인으로 여긴다고 칩시다. 그가 범인이라는 증거를 갖고 있다고 해서 그를 미리부터 불안하게 할 필요가 어디 있겠습니까? 개중에는 예컨대 한시라도 빨리 체포해야 할 자도 있지만, 성질이 전혀 다른 인간도 정말 있는 겁니다. 그런 자에겐 시내를 좀 싸다니게 내버려 둬도 상관없잖습니까, 헤헤! 아니, 이해가 잘 안 가시는 모양인데, 그럼 좀 더 분명하게 설명하지요. 예를 들어 그를 너무 빨리 잡아넣으면, 그것으로 그에게 이른바 정신적인 지주를 제공해 주는 셈이 될지도 모르거든요, 헤헤! 웃고 계신가요? (라스콜니코프는 웃을 생각조차 하고 있지 않았다. 그는 입술을 꽉 깨물고 앉아서 타는 듯한 시선을 포르피리 페트로비치의 눈에서 떼지 않고 있었다.) 그렇지만 이건 그렇게 해야 합니다. 특히 어떤 종류의 인간에겐 더욱 그렇죠. 인간들이야 각양각색이지만, 제일 중요한 것은 언제나 실제적인 경험이니까요. 이렇게 말씀하시겠지요, 증거가 있지 않느냐고요. 그래, 증거가 있다 칩시다. 그러나 그 증거란 것은, 노형, 대개 양쪽으로 해석이 가능한 두 개의 꼬리를 가지고 있습니다. 그렇지만 나는 한낱 예심판사이고 따라서 약한 인간입니다. 그래서 고백합니다만, 나는 사법적 심리를 수학처럼 명확하게 하고 싶고, 2 곱하기 2는 4와 같은 증거를 얻고 싶은 겁니다! 완전하고 이론의 여지가 없는 증거 말입니다! 그런데 그자를 때가 되기 전에 서둘러 가둔다고 칩시다. 설사 그것이 **그**라는 확신을 가지고 있다 하더라도 그럼으로써 나는 더 이상의 증거를 얻어낼 수단을 나 자신에게서 **뺏는** 셈이 돼 버리죠. 왜냐고요? 그건 그에게, 말하자면 일정한 상태를 부여해 주고, 말하자면 심리적인 방향을 정해 줘서 안정시켜 주기 때문입니다. 그러면 그는 나에게서 떨어져 자신의 단단한 껍질 속으로 들어가 버리고 말아요. 즉, 자신이 수감자라는 것을 마침내 깨닫게 되는 거죠. 알마 강 전투 직후에 세바스토폴의 현명한 사람들은 적이 곧바로 전력을 다해 공격해서 세바스토폴을 단숨에 점령할까 봐 몹시 두려워했다고 합니다. 그러나 적이 정공법에 의한 포위를 택하여 첫 번째 평행호를 파는 것을 보고,* 기뻐하고 안심했다는군요. 그 정공법에 의한 포위로는 언제 점령될지 모르고, 적어도 두 달은 더 끈다는 의미니까요! 또 웃으시는군요. 또 믿지 않으시는 건가요? 그야 물론 당신도 옳습니다. 옳고말고요, 옳고말고요! 이것은 모두 특수한 경우입니다. 당신에게 동의합니다. 지금 말한 것은 실제로 특수한 경우입니다! 그래도 말씀이죠, 존경하는 로지온 로마노비치, 다음의 것에 유의해야 합니다. 모든 법률적인 형식과 원칙이 적용되고 고려되는, 교과서에도 쓰여 있는 그런 전형적이고 보편적인 경우란 전혀 존재하지 않아요. 왜냐하면 모든 사건, 이를테면 모든 범죄는 실제로 발생하자마자 곧 완전히 특수한 경우가 되어 버리며, 때에 따라서는 예전의 것들과는 전혀 닮은 점이 없는 그런 경우가 되기도 하기 때문이지요. 그래서 때로는 대단히 우스꽝스러운 경우도 발생하게 되죠. 그래, 내가 어떤 신사를 완전히 마음대로 하게끔 내버려 두고, 붙잡지도 않고 괴롭히지도 않는다 합시다. 그렇지만 내가 모든 것을 속속들이 알고 있고 밤낮으로 자기를 지켜보고 있고 줄곧 감시하고 있다는 것을 그가 시시각각 알게끔, 또는 적어도 의심하게끔 하는 거죠. 나한테서 끊임없이 의심받고 있고 위협을 받고 있다고 의식하게 되면, 그자는 반드시 머리가 돌기 시작해서 정말로 제 발로 걸어옵니다. 게다가 2 곱하기 2는 4와 같은, 말하자면 수학처럼 명백한 증거가 될 무슨 짓을 저질러 줄지도 몰라요. 참으로 유쾌하죠. 이것은 둔해 빠진 농부에게도 일어날 수 있는 일이니, 하물며 우리의 형제, 현대적인 똑똑한 사람, 더구나 어떤 일정한 방면으로 발달한 인간에게서야 더 말할 나위도 없어요! 그래서 그 인간이 어느 방면으로 발달했는지 알아내는 것이 대단히 중요한 겁니다. 그런데 문제는 신경, 신경입니다. 당신은 이것을 아주 잊으셨더군요! 요즘 세대는 모두가 병적이고, 말랐고, 걸핏하면 초조해합니다⋯⋯! 담즙의 작용이죠. 그들에겐 너나 할 것 없이 담즙이 얼마나 많은지 모릅니다! 그래서 드리는 말씀인데, 어떻게 보면 이거야말로 나에겐 일종의 광맥입니다! 그러니 그가 시내를 활보하고 다닌다 해서 내가 걱정할 게 뭐 있습니까! 뭐 제멋대로 좀 돌아다니라죠. 마음대로 내버려 두면 됩니다. 그렇지 않아도 나는 그가 나의 제물이고 나한테서 어디로도 달아나지 못한다는 걸 알고 있으니까요! 그리고 또 달아날 데가 어딨습니까, 헤헤! 외국은 어떠냐고요? 폴란드인이라면 외국으로 달아나죠. 그러나 **그**는 아닙니다. 더구나 나는 뒤를 밟고 있고 손도 써 두었으니까요. 국내 깊숙이 달아나면 어떻겠느냐고요? 하지만 거긴 농부들이 살고 있습니다. 거칠기 짝이 없는 진짜 러시아 농부들이요. 현대적 교양을 지닌 인간이라면, 우리 나라의 농부 같은 그런 이방인하고 사느니 차라리 감옥을 택할 겁니다, 헤헤! 하지만 이건 다 하찮고 표면적인 것에 불과해요. 도망친다는 게 뭐죠? 그건 형식적인 것에 불과할 뿐, 중요한 건 그게 아닙니다. 그가 나한테서 달아나지 않는 것은 달아날 데가 없어서가 아닙니다. 그는 **심리적으로** 나한테서 달아나지 못합니다, 헤헤! 어떻습니까, 이 표현이! 설령 달아날 데가 있다 해도 자연법칙에 따라 나한테서 달아날 수 없습니다! 촛불 앞의 나방을 본 적 있습니까? 바로 그렇게, 마치 촛불 주위를 빙빙 돌듯이 계속해서 내 주위를 맴돌 겁니다. 자유도 더 이상 기쁘지 않아 생각에 잠기고 당황하게 될 것이고, 그물에 걸린 것처럼 버둥대면서 자신을 칭칭 옭아매고 죽도록 자기 자신을 괴롭힐 겁니다……! 그뿐이겠습니까, 2 곱하기 2와 같은 어떤 수학적인 증거를 스스로 만들어서 나에게 갖다 바칩니다. 나는 그에게 막간 휴식 시간을 좀 길게 주기만 하면 되는 거죠……. 그러면 끊임없이 내 주위에서 원을 그리면서 지름을 점점 좁혀 가다가, 드디어 탁 걸려드는 거죠! 곧장 내 입안으로 날아들면 꿀꺽 하고 삼키기만 하면 되니, 정말 기분 좋은 일 아닙니까, 헤헤헤! 믿어지지 않나요?"

라스콜니코프는 대답하지 않고, 내내 긴장된 시선으로 포르피리의 얼굴을 응시하면서 창백한 얼굴로 꼼짝도 않고 앉아 있었다.

'훌륭한 강의로군!' 그는 등골이 서늘해지는 것을 느끼며 생각했다. '이건 어제처럼 쥐를 갖고 노는 고양이 정도가 아니다. 설마 이자가 내게 자기 힘을 공연히 과시하거나…… 암시를 하는 건 아니겠지. 그러기엔 이 인간이 너무 영리해! 분명 딴 목적이 있는데, 대체 뭘까? 에잇, 아무것도 아냐. 형씨, 네 녀석은 날 겁먹게 하고 속여 넘기자는 거야! 넌 아무 증거도 없고, 어제의 그 사내도 존재하지 않아! 넌 그냥 날 당황하게 하고 일찌감치 초조하게 만들어서, 그 틈을 타서 날 해치우겠다는 속셈이지. 하지만 천만에, 어림없다, 어림없어! 그러나 대체 왜, 대체 왜 이토록 나에게 암시를 주려는 걸까……? 나의 병적인 신경을 노리는 걸까……? 아냐, 형씨, 천만에, 어림도 없다, 네가 뭘 준비해 두었건……. 어디 두고 보자, 네가 뭘 준비해 뒀는지.'

그리고 그는 예측할 수 없는 무서운 파국에 대비하면서 온 힘을 다해 마음을 다잡았다. 어떨 땐 포르피리에게 덤벼들어 그 자리에서 목을 졸라 죽여 버리고 싶었다. 그는 여기로 들어올 때부터 그런 증오가 폭발할까 봐 두려워하고 있었다. 입술이 바싹 타고, 심장이 쿵쾅거리고, 침이 입술에 말라붙는 것을 느꼈다. 그래도 그는 계속 침묵을 지키면서 때가 될 때까지는 한마디도 하지 않기로 결심했다. 그의 입장에서는 이것이 최선의 전술이라고 깨달았던 것이다. 그렇게 하면 자기 쪽에서 말실수를 할 염려도 없거니와, 자신의 침묵으로 오히려 적을 초조하게 만들어서 생각지도 않은 말을 무심코 지껄이게 할 수도 있었기 때문이다. 적어도 그는 이것을 기대하고 있었다.

"아니, 믿지 않으시는 것 같군요. 여전히 내가 악의 없는 농담이라도 하고 있다고 생각하시는 모양인데." 포르피리는 이렇게 말을 잇고는, 점점 더 유쾌해진 나머지 기분이 좋아서 연방 히히거리며 다시 방 안을 빙빙 돌아다니기 시작했다. "그야 물론 당신이 옳습니다. 나는 생김새부터 하느님께서 요렇게 만들어 주셔서, 남에게 우스꽝스러운 생각만 불러일으키죠. 그야말로 어릿광댑니다. 하지만 나는 당신에게 이런 말을 하고 싶군요. 다시 한 번 되풀이하지만, 로지온 로마노비치, 노형, 제발 나를, 이 나이 든 사람을 용서해 주십시오. 당신은 아직 젊고, 이른바 청춘기에 막 들어선 사람이지요. 그래서 모든 젊은이들이 그렇듯 인간의 지성을 무엇보다 높이 평가하고 계십니다. 지성의 유희적인 날카로움과 이성의 추상적인 논증이 당신을 유혹하고 있어요. 이건 이를테면, 내가 군사상의 사건에 대해 판단할 수 있는 한, 옛날 오스트리아의 최고 군정 당국과 똑같아요. 그들은 종이 위에서는 나폴레옹도 격파하여 포로로 잡았고, 거기 자기들 서재에서는 온갖 기지를 동원하여 모든 것을 예상하고 모든 것을 준비해 두었습니다만, 보십시오, 마크 장군은 전군을 이끌고 항복하고 맙니다,* 헤헤헤! 압니다, 알아요, 로지온 로마노비치, 노형께선 나를 비웃고 계시지요. 문관인 내가 모든 예를 전쟁사에서 들고 있으니 말입니다. 뭐별수 없죠. 이게 나의 약점이니까. 나는 군에 관한 것을 좋아해서, 전황 보고라면 뭐든 즐겨 읽습니다……. 정말 길을 완전히 잘못 들어선 거죠. 군대에 들어갔어야 하는 건데. 나폴레옹이야 아마

못 되었겠지만, 소령 정도는 됐겠죠, 헤헤헤! 그럼 이제 그 **특수한 경우**라는 것과 관련하여 모든 자세한 진실을 말씀드리겠습니다. 현실과 본성은 중요한 것입니다. 때로는 가장 면밀한 계획을 뒤엎어 버리는 수도 있거든요! 정말 이 나이 든 사람의 말을 좀 들어주십시오. 진지하게 말씀드리는 겁니다. 로지온 로마노비치. (이렇게 말할 때 이제 겨우 서른다섯 살인 포르피리 페트로비치는 정말로 갑자기 폭삭 늙어 버린 듯했다. 목소리까지 변하고, 허리도 완전히 구부정해진 것 같았다.) 게다가 난 솔직한 인간입니다……. 내가 솔직한 인간인가요, 아닌가요? 어때요, 당신 생각으로는? 내가 보기엔 확실히 그런데. 이런 것을 당신에게 거저 알려주고 아무 보수도 요구하지 않는 것만 봐도 그렇죠, 헤헤! 자, 그럼 계속하겠습니다. 기지란 나의 생각으로는 아주 훌륭한 것입니다. 그건 말하자면 자연의 아름다움이요, 인생의 위안이며, 그것만 있으면 어떤 요술이라도 부릴 수 있을 것 같습니다. 그러니, 그도 역시 인간인지라 언제나 그렇듯 자신의 환상에 빠져 있기 십상인 가련한 예심판사 따위로서야 때로는 어찌 감히 짐작이나 해 보겠습니까! 그런데 그 본성이라는 것이 이 가련한 예심판사를 구해 주니, 이제 야단난 거지요! 하지만 '모든 장애를 넘어서는(당신의 아주 기발하고 교묘한 표현을 빈 겁니다만)' 기지에 매료된 청년은 이 점을 전혀 생각하려 들지 않아요. 가령 그가 거짓말을 한다 합시다. 즉, 그 사람이, 그 **특수한 경우**의 그 익명자가 교묘하기 그지없는 방법으로 아주 멋지게 거짓말을 한다 합시다. 그래서 대성공이라고 생각하고 이제 자신의 기지의 열매를 즐기려고 하고 있는데,

픽! 하고 갑자기, 그야말로 가장 흥미 있고 가장 소동이 일어나기 쉬운 고비에서 그만 기절해 버리는 겁니다. 그야 병 탓일 수도 있고, 때로는 방 안의 숨 막히는 공기 탓일 수도 있지만, 그래도 마찬가집니다! 그래도 어떤 생각의 단초를 제공한 겁니다! 그는 거짓말은 아주 기가 막히게 했지만, 자신의 본성을 미처 고려하지 못했어요. 바로 여기에 함정이 있지요! 또 그는 자기 기지의 유희에 매혹되어, 자기에게 혐의를 두고 있는 사람을 우롱하기 시작합니다. 연극처럼 짐짓 새파랗게 질리기도 하지만, **너무나 자연스럽게**, 너무나 진실인 듯이 파랗게 질리기 때문에, 이것도 또 암시를 주는 셈입니다! 처음엔 속일 수 있다 해도, 밤사이에 이쪽도 아주 바보가 아닌 이상 곰곰이 생각한 끝에 깨닫게 되거든요. 한 걸음 한 걸음이 바로 이런 식이지요! 더 말할 것도 없습니다. 제 쪽에서 선수를 친다든지, 묻지도 않는데 말참견을 한다든지, 오히려 잠자코 있어야 할 텐데 연방 지껄여 댄다든지, 여러 가지 수수께끼 같은 말을 하기 시작한다든지 하는 거죠, 헤헤! 그러다 제 발로 걸어와서 묻기 시작합니다. 대체 왜 나를 이렇게 오랫동안 잡아가지 않습니까 하고요. 헤헤헤! 이런 일은 가장 기지가 뛰어난 사람에게도, 심리학자나 작가에게도 일어날 수 있습니다! 본성은 거울이지요, 거울, 가장 맑은 거울입니다! 거울을 들여다보아야 해요, 열심히 들여다보아야 해요. 그게 중요한 겁니다! 아니 왜 그렇게 창백해졌습니까, 로지온 로마노비치, 숨이 답답한 게 아닙니까, 창을 좀 열면 안 될까요?"

"아, 걱정하실 것 없습니다." 라스콜니코프는 이렇게 외치고 갑자기 큰 소리로 웃기 시작했다. "제발, 걱정 마십시오!"

포르피리는 그의 앞에 멈추어 서서 잠시 기다리다가 자기도 따라서 갑자기 껄껄 웃기 시작했다. 라스콜니코프는 완전히 발작적인 웃음을 뚝 그치고, 소파에서 벌떡 일어섰다.

"포르피리 페트로비치!" 그는 다리가 후들후들 떨려 겨우 서 있으면서도, 큰 소리로 분명하게 말했다. "이제 확실히 알겠습니다. 당신은 그 노파와 누이동생 리자베타의 살해범으로 저에게 혐의를 두고 있군요. 제 편에서 당신에게 분명하게 밝혀 두지만, 저는 오래전부터 이 모든 일에 이미 넌더리가 나 있습니다. 법에 따라 저를 조사할 권리가 있다고 생각하시면 조사하시고, 체포할 권리가 있으면 체포하십시오. 그러나 내 눈앞에서 나를 조롱하거나 괴롭히는 것은 절대 용납할 수 없어요."

갑자기 그의 입술이 파르르 떨리고, 두 눈이 분노로 미친 듯이 타오르고, 여태까지 억눌려 있던 목소리가 쩌렁쩌렁 울리기 시작했다.

"용납할 수 없어요!" 그는 갑자기 주먹으로 탁자를 힘껏 내리치면서 소리쳤다. "내 말 들려요, 포르피리 페트로비치? 용납할 수 없어요!"

"아이고, 맙소사, 또 왜 이러십니까!" 몹시 놀란 듯 포르피리 페트로비치가 소리쳤다. "노형! 로지온 로마노비치! 이봐요! 하느님 맙소사! 대체 왜 이러십니까!"

"용납할 수 없어!" 라스콜니코프가 또 한 번 소리를 지르려 했다.

"노형, 좀 조용히 하세요! 누가 듣고 달려오겠습니다! 그러면 우리가 그 사람들한테 뭐라고 말할 겁니까, 생각 좀 해 보세요!" 포르피리 페트로비치는 자기 얼굴을 라스콜니코프의 얼굴에 바짝 갖다 대며 겁에 질려 속삭였다.

"용납할 수 없어, 용납할 수 없어!" 라스콜니코프는 기계적으로 뇌까렸으나, 그 또한 갑자기 완전히 속삭이는 소리가 되어 있었다.

포르피리는 황급히 몸을 돌려 창문을 열기 위해 달려갔다.

"환기를 시켜야지, 신선한 공기로! 그리고 물이라도 좀 드세요. 이건 분명히 발작이니까!" 그는 물을 가져오라고 이르기 위해 문 쪽으로 달려 나가려고 했으나, 때마침 바로 구석에 물이 담긴 유리병이 있었다.

"노형, 좀 마시세요." 그가 병을 들고 리스콜니코프 곁으로 달려오면서 속삭였다. "도움이 될 거예요……." 포르피리 페트로비치의 놀라움과 보살핌이 너무나 자연스러워서, 라스콜니코프는 입을 다문 채 강렬한 호기심을 가지고 그를 살펴보기 시작했다. 그러나 물은 받아 들지 않았다.

"로지온 로마노비치! 여봐요! 그러면 자신을 미치게 만들고 말아요, 정말입니다, 아아! 거참! 좀 마시세요! 조금이라도 마셔 봐요!"

그는 물잔을 손에 억지로 들려 주었다. 라스콜니코프는 기계적으로 물잔을 입으로 가져갔다가 정신을 번쩍 차리고는 혐오스럽다는 표정으로 탁자에 내려놓았다.

"그래요, 발작이 조금 일어났어요! 이러다간 또 요전과 같은 병이 재발해요." 포르피리 페트로비치는 우정 어린 동정을 나타내면서 암탉 같은 소리를 내기 시작했으나 여전히 당황한 빛이 역력했다. "세상에! 어쩌면 그렇게 자기 몸을 돌보지 않습니까? 어제도 드미트리 프로코피치가 내게 왔는데, 나도 인정해요, 인정해, 내 성질이 독살스럽고 더럽다는 건. 하지만 그 인간들이 그걸 가지고 어떤 결론을 낸 줄 아십니까……! 맙소사! 어제 당신이 간 뒤에 그 친구가 와서 함께 식사를 했는데, 어쩌나 지껄이는지 난 어안이 벙벙해서 그냥 두 손 다 들었어요. 음, 그런데 생각해 보니…… 아아, 거참! 혹시 그 친구, 당신의 부탁으로 온 겁니까? 자, 앉으세요, 노형, 좀 앉으세요, 제발!"

"아니오. 내가 보낸 게 아닙니다! 그러나 그가 댁한테 간 것도, 무엇 때문에 갔는지도 알고 있었습니다." 라스콜니코프가 날카롭게 대답했다.

"알고 계셨다고요?"

"그래요. 그런데 그게 어쨌다는 겁니까?"

"다름이 아니라, 로지온 로마노비치, 내가 노형의 용감한 모험에 대해 알고 있는 것은 그 정도가 아닙니다. 모든 것을 다 알고 있습니다! 이미 어둑어둑해지고 밤이 다 된 시간에 **그 셋방을 얻으러** 가서, 초인종을 울리고, 피에 대해 물어보고, 일꾼과 관리인들을 어리둥절하게 만든 것도 알고 있어요. 나는 당신의 그때 정신 상태를 잘 이해합니다만…… 그러나 그렇게 하면 자신을 미치게 만들고 말아요, 정말입니다! 돌게 됩니다! 당신 속에서는 분노가 너무나 강하게 끓고 있어요. 처음에는 운명으로부터, 다음엔 경찰로부터 받은 모욕에 대한 고결한 분노가 끓고 있어서, 말하자면 되도록이면 빨리 모든 사람들의 주목을 끌어서 단숨에 모든 것을 끝장내 버리려고 이리저리 쫓아다니는 거예요. 이런 바보 같은 짓과 이 모든 혐의가 다 지긋지긋해졌기 때문이죠. 그렇지 않습니까? 당신의 기분을 알아맞혔죠……? 다만, 당신은 그렇게 하면 당신 자신뿐 아니라 라주미힌까지도 돌게 만듭니다. 하지만 당신도 알다시피 그는 그러기에는 너무나 **착한** 사람이에요. 당신은 병이고, 그는 선행이지만, 그 병은 그 친구에게도 전염됩니다……. 마음이 진정되시면 노형에게 얘기하겠지만…… 자, 우선 앉으세요, 노형, 제발! 좀 쉬십시오, 안색이 말이 아닙니다. 좀 앉으세요."

라스콜니코프는 앉았다. 떨리는 것은 가셨지만, 온몸에 열이 났다. 경악에 사로잡혀 그는, 놀란 얼굴로 자기를 친절하게 돌봐 주고 있는 포르피리 페트로비치의 말을 긴장하여 듣고 있었다. 그러나 그는 믿고 싶은 어떤 이상한 충동을 느끼면서도, 포르피리가 하는 말을 한마디도 믿지 않았다. 그렇지만 셋방에 대한 뜻밖의 말은 그를 완전히 놀라게 했다. '대체 어떻게 된 거지, 그럼 이자가 그 셋방 일을 알고 있다는 건가?' 갑자기 이런 생각이 들었다. '게다가 제 입으로 나한테 얘길 하다니!'

"그렇습니다. 꼭 그런 사건이, 병적인 심리가 큰 역할을 한 사건이 우리가 다룬 재판 중에 있었지요." 포르피리가 빠른 말투로 계속했다. "역시 어떤 남자가 자기 자신에게 살인죄를 뒤집어씌운 것인데, 정말이지 어떤 식으로 뒤집어씌웠나 하면, 완전한 환각을 끌어내어 물증으로 제공하기도 하고, 범행 상황을 자세하게 진술해서 모든 사람을 혼동시키고 당황하게 했습니다. 그런데 왜 그랬는지 아세요? 그 사람은 완전히 자기도 모르게 그 살인의 부분적인 원인이 되긴 했지만, 아주 부분적인 것에 지나지 않았습니다. 그런데 자기가 살인자에게 기회를 제공했다는 것을 알게 되자, 고민에 빠지고 의식이 흐려져서 헛것을 보게 되고 완전히 돌아버린 나머지, 결국엔 자기가 바로 살인자라고 스스로 믿게 된 거죠! 그렇지만 마침내 원로원이 이 사건을 심리한 결과, 그 불행한 사나이는 무죄임이 인정되어 보호수용을 조건으로 석방되었습니다. 오로지 원로원 덕분이지요! 아아, 아아아아! 그러니까, 노형, 그렇게 하고 있으면 도대체 어떻게 되겠습니까? 밤에 초인종을 울리러 가고 피에 대해 물어보고 하면서 이미 스스로 자신의 신경을 자극하고 싶어 한다면, 쉽게 열병에 걸릴 수도 있는 일이에요! 이런 심리는 내가 여러 사건을 처리하면서 속속들이 연구한 겁니다. 그렇게 되면 때로는 창문이나 종탑에서 뛰어내리고도 싶어지죠. 그런 느낌은 너무나 매혹적이거든요. 초인종도 마찬가지지요……. 병입니다, 로지온 로마노비치, 병이에요! 당신은 자신의 병을 너무 가볍게 보고 있어요. 경험이 많은 의사에게 보이는 게 어떻습니까. 그런데 당신을 봐준다는 그 뚱보는 도대체 뭡니까……! 당신은 섬망증이에요! 이건 오로지 열에 들뜬 섬망 상태에서 하고 있는 겁니다……!"

순간 라스콜니코프 주위의 모든 것이 갑자기 빙빙 돌기 시작했다. '정말, 정말.' 이런 생각이 스쳤다. '이 녀석은 지금도 거짓말을 하고 있는 걸까? 그럴 리가 없다, 그럴 리가 없다!' 그는 애써 이런 생각을 밀어내고 있었다. 이 생각이 그를 어떤 분노로 몰고 갈지 모르며, 광분한 나머지 정말로 미쳐 버릴지도 모른다고 미리 느끼고 있었기 때문이다.

"그건 섬망이 아니었어요, 그건 제정신이었습니다!" 그는 자신의 판단력을 총동원하여 포르피리의 술책을 간파하려고 애쓰면서 소리쳤다. "제정신, 제정신이었다고요! 듣고 있습니까?"

"네에, 이해합니다, 듣고 있습니다! 당신은 어제도 섬망이 아니라고 말하면서, 섬망이 아니라는 것을 특히 강조하기까지 하셨지요! 무슨 말씀을 하시든지 다 이해합니다. 거참……! 하지만 로지온 로마노비치, 이 상황만이라도 좀 들어 보시죠. 만약 당신이 정말로 죄를 범했거나 그 저주스러운 사건에 어떤 식으로든 연루되어 있다면, 그 모든 일을 섬망 상태에서 한 게 아니고 오히려 완전히 제정신에서 한 거라고 자기 입으로 강조할 수 있을까요? 더구나 특별히 그걸 강조한다, 그토록 집요하게 특별히 강조한다, 대체 그럴 수 있을까요, 정말 그럴 수 있을까요? 내 생각으로는 오히려 정반댑니다. 만일 당신이 뭔가 뒤가 켕긴다면, 무슨 일이 있어도 정신이 없었다! 하고, 바로 그렇게 주장해야 마땅할 겁니다. 그렇지요? 그렇잖습니까?"

이 물음에는 뭔가 교활한 것이 느껴졌다. 라스콜니코프는 자기 쪽으로 몸을 기울인 포르피리를 피해 소파 등받이에 몸을 기대고, 의혹을 품은 채 아무 대꾸도 없이 그를 찬찬히 살펴보고 있었다.

"또는 라주미힌 씨에 대한 것도 그렇죠. 그 친구가 어제 나한테 얘기하러 온 것이 자신의 의사에 의한 것인지, 아니면 당신이 사주한 것인지 하는 문제 말이지요. 당신은 그가 자기 의사로 온 것이라고 말하면서, 당신의 사주라는 건 숨겨야 되는 겁니다! 그런데 당신은 숨기지 않잖습니까! 오히려 당신의 사주에 의한 것이라고 주장하고 있어요!"

라스콜니코프는 결코 그런 주장을 한 적이 없었다. 서늘한 전율이 등골을 스쳤다.

"당신은 계속 거짓말만 하고 있군요." 그는 입술을 일그러뜨려 병적인 미소를 지으며, 약한 소리로 느릿느릿 말했다. "당신은 나의 연기를 다 알고 있다, 내 대답을 미리 다 알고 있다라는 걸 나에게 또다시 보여 주고 싶은 거죠." 그는 자신이 어떤 말을 해야 하는지 이미 신중하게 헤아리지 못하고 있다는 걸 스스로도 거의 느끼면서 말했다. "당신은 날 겁주려고 하거나…… 아니면 그냥 날 조롱하고 있는 거요……."

이렇게 말하면서 그는 계속 집요하게 상대방을 쳐다보았다. 갑자기 끝없는 증오가 또다시 그의 눈 속에서 번쩍였다.

"당신은 거짓말만 하고 있어요!" 그가 소리쳤다. "숨길 수 없는 것은 되도록 숨기지 않는 것이 범죄자에게 최선의 방책이라는 건 당신도 알고 있잖습니까. 난 당신을 믿지 않아요!"

"당신은 참 변덕스럽군요!" 포르피리가 히히거렸다. "노형한텐 손들었습니다. 당신에겐 어떤 편집증이 꽉 박혀 있어요. 그러니까 날 안 믿으신다는 거죠? 하지만 말씀드리지요. 당신은 이미 믿고 있다고요, 이미 4분의 1아르쉰은 믿게 되었다고요. 하지만 1아르쉰 전부를 믿게 하겠습니다. 난 당신을 진심으로 사랑하고, 진심으로 당신의 행복을 바라고 있으니까요."

라스콜니코프의 입술이 파르르 떨리기 시작했다.

"그럼요, 바라고말고요. 그래서 마지막으로 말씀드립니다." 그는 라스콜니코프의 팔꿈치 조금 위쪽을 다정하게 살짝 잡고 말을 이었다. "마지막으로 말씀드립니다만, 병에 주의하십시오. 더구나 지금 가족들도 와 계시니까 그분들 생각도 좀 하셔야죠. 당신은 그분들을 편안하게 해 주고 상냥하게 보살펴야 할 텐데, 놀라게만 하고 계시니…….."

"당신이 무슨 상관이지요? 어떻게 그걸 아는 겁니까? 뭣 때문에 그렇게 관심을 가지죠? 당신은 그러니까 내 뒤를 밟고 있고, 그걸 나에게 보여 주려고 하는 거죠?"

"노형! 그건 모두 당신한테서, 당신한테서 직접 알게 된 것 아닙니까! 당신은 전에 흥분해서 나나 다른 사람들 앞에서 얘기한 것을 깨닫지도 못하고 있군요. 어제 드미트리 프로코피치 라주미힌한테서도 흥미 있는 일들을 많이 알게 됐습니다. 아니, 당신은 내 말을 막았지요. 그래서 얘기하는 건데, 당신은 풍부한 기지를 지니고 있으면서도 병적인 의심 때문에 사물에 대한 건전한 판단력을 잃어버렸습니다. 예를 들어, 또 같은 주제가 됩니다만, 그 초인종에 대해서도 그렇게 귀중한 것을, 그런 굉장한 사실을(정말 굉장한 사실 아닙니까!) 나는 당신한테 기꺼이 다 털어놓았어요. 예심판사인 내가 말이죠! 그런데 당신을 이걸 아무것도 아니라고 보는 겁니까? 정말 내가 당신을 조금이라도 의심하고 있다면, 그렇게 행동할 수 있었을까요? 그와는 반대로 처음에는 당신의 의심을 무디게 만들고, 내가 이미 이 사실을 알고 있다는 것은 내색조차 하지 않으면서 당신의 주의를 반대쪽으로 돌려놓은 다음, 갑자기 도끼등으로 정수리를(당신의 표현을 따르자면 말이죠) 내려찍듯이 당신을 당황하게 만들어야 했겠지요. '그러니까 선생, 당신은 살해된 여인의 아파트에서 어젯밤 10시에, 아니 11시가 거의 다 된 그 시각에 무엇을 하고 있었습니까? 무엇 때문에 초인종을 울렸습니까? 무엇 때문에 피에 대해 물었습니까? 무엇 때문에 관리인을 어리둥절하게 하고 경찰서 부서장에게 함께 가자고 했습니까?' 하고 말이죠. 내가 당신에게 눈곱만큼이라도 혐의를 두고 있다면, 그렇게 했겠지요. 그리고 정식으로 당신의 구두진술을 받아서 가택수사를 하고, 또 아마 당신을 체포했을지도 모릅니다……. 그러니 만일 내가 다른 태도를 취했다면, 당신한테 아무 혐의도 두고 있지 않다는 얘기 아닙니까! 그런데 당신은 건전한 판단력을 잃어버린 나머지, 거듭 말씀드리지만, 결국 아무것도 못 보고 있는 겁니다!"

라스콜니코프는 온몸을 부르르 떨었다. 포르피리 페트로비치는 그것을 너무나도 분명하게 알아챘다.

"당신은 거짓말만 하고 있어!" 라스콜니코프가 소리쳤다. "무엇을 노리는지 모르지만, 계속 거짓말만 하고 있다고……. 아까 당신은 그런 뜻으로 말하지 않았어요. 내가 잘못 들었을 리가 없어……. 당신은 거짓말을 하고 있는 거요!"

"내가 거짓말을 한다고요?" 포르피리가 말을 가로챘다. 그는 보아하니 열이 받치는 듯했으나, 몹시도 유쾌하고 비웃는 표정을 그대로 유지한 채, 라스콜니코프가 자기를 어떻게 생각하든, 전혀 아랑곳하지 않는다는 식이었다. "내가 거짓말을 하고 있다고요……? 그렇다면 아까 내가 당신에게 어떤 태도를 취했습니까(난 이래 봬도 예심판사입니다). 그런 내가 당신에게 온갖 변호수단을 귀띔해 주고 가르쳐 주지 않았습니까. '병, 섬망 때문이었고, 극심한 모욕을 받은데다. 우울증, 거기 덧붙여 경찰들까지' 등등의 모든 심리학까지 직접 끌어다 주지 않았습니까? 네? 헤헤헤! 그런데 사실, 이참에 하는 말이지만 이런 심리학적 변호수단과 구실과 회피는 다들 영 효력이 없는데다 꼬리가 둘 달린 것이지요. '병, 섬망, 환각, 꿈이었다, 기억 못한다'라고 하는데, 뭐 다좋아요, 그런데 노형, 어째서 병이고 섬망일 때는 꼭 그런 환상들만 어른거리고, 다른 환상은 안 보일까요? 다른 것도 있을 수 있지 않았겠습니까? 그렇죠? 헤헤헤헤!"

라스콜니코프는 경멸스럽다는 듯 오만하게 그를 처다보았다.

"한마디로," 그는 일어나면서 포르피리를 약간 밀어내고는 큰 소리로 완강하게 말했다. "한마디로 내가 알고 싶은 것은 이겁니다. 당신은 나를 모든 혐의에서 완전히 자유로운 사람으로 인정합니까 혹은 **아닙니까**? 말씀해 주십시오, 포르피리 페트로비치. 명백하게 최종적으로 말씀해 주십시오, 어서, 지금 당장!"

"거참, 힘들군! 당신은 정말 상대하기 힘들군요!" 포르피리는 조금도 당황한 기색을 보이지 않고 아주 유쾌하고 교활한 표정으로 외쳤다. "그리고 또 당신이 그건 알아서 뭐 합니까! 당신에게 아직 귀찮게 굴지도 않았는데 왜 그렇게 많은 걸 알려는 겁니까!

꼭 어린애 같군요. 이건 아주, 손에다 불을 쥐어 달라고 하니! 그리고 왜 그렇게 불안해하지요? 어째서 당신 쪽에서 그렇게 보채는 겁니까, 무슨 이유로? 네? 헤헤헤!"

"다시 한 번 말하지만," 라스콜니코프가 격분해서 외쳤다. "나는 더 이상은 참을 수 없습니다……."

"무엇을요? 불확실성 말입니까?" 포르피리가 말을 가로챘다.

"독살스런 조롱은 그만둬요! 나는 싫습니다……! 싫단 말입니다……! 참을 수 없어요, 싫습니다……! 알겠습니까! 알겠습니까!" 그는 또다시 주먹으로 탁자를 쾅 치면서 소리쳤다.

"좀 조용히, 조용히! 누가 듣겠습니다! 진심으로 충고합니다만, 자중하십시오. 농담이 아닙니다!" 포르피리가 속삭이듯 말했으나, 이번에는 그의 얼굴에 아까처럼 아낙네같이 선량하고 놀란 표정은 전혀 없었다. 오히려 지금은 양미간을 찌푸린 채, 마치 모든 비밀과 모호함을 단숨에 깨뜨려 버리려는 듯이, 엄격하고 노골적으로 **명령을 내리고 있었다**. 그러나 그것은 한순간에 지나지 않았다. 극도로 당황한 라스콜니코프는 갑자기 정말로 미칠 듯한 분노에 빠졌다. 그러나 이상하게도 그는 격렬한 분노의 발작에도 불구하고, 조용히 얘기하라는 명령에 또다시 따랐다.

"더 이상 나를 괴롭히는 건 용납하지 않겠소!" 그는 갑자기 조금 전과 같이 속삭이듯 말했으나, 자기가 명령에 복종할 수밖에 없다는 것을 고통스럽고 증오스럽게 퍼뜩 의식하고는 그 생각 때문에 더욱더 미칠 듯한 분노에 사로잡혔다. "나를 체포하시오, 가택수색을 하시오. 그러나 부디 형식에 따라서 하시지, 나를 가지고 놀지는 마시오! 감히 그러진……."

"형식에 대해선 걱정 마시라니까요." 포르피리는 아까처럼 교활한 비웃음을 머금고 만족스레 즐기기까지 하는 듯한 표정으로 라스콜니코프를 보며 말을 가로막았다. "지금은, 노형, 당신을 가정적으로 초대한 겁니다. 완전히 친구 사이로!"

"당신의 우정은 원하지 않아요. 그따윈 침이라도 뱉어 주겠어! 듣고 있어요? 자, 이제 나는 모자를 들고 나갑니다. 어디, 체포할 생각이라면 이제 뭐라고 말할 작정이죠?"

그는 학생모를 집어 들고 문 쪽으로 발을 떼었다.

"그런데 참, 깜짝 선물을 보고 싶지는 않은가요?" 포르피리는 또다시 그의 팔꿈치 약간 위쪽을 잡고 문가에 멈춰 세우면서 히히거리기 시작했다. 그는 보아하니 갈수록 더 유쾌하고 장난스러운 기분이 되는 듯했고, 그 때문에 라스콜니코프는 마침내 제정신을 잃고 말았다.

"깜짝 선물이라뇨? 어떤 건데요……?" 그는 갑자기 걸음을 멈추고 경악한 얼굴로 포르피리를 쳐다보며 물었다.

"깜짝 선물은 바로 저기, 저 문 뒤의 내 방에 앉아 있습니다. 헤헤헤! (그는 손가락으로 칸막이에 나 있는, 그의 관사로 통하는 잠겨 있는 문을 가리켰다.) 달아나지 못하게 잠가 뒀죠."

"그게 뭔데요? 어디? 뭡니까……?" 라스콜니코프는 그쪽으로 다가가서 문을 열려고 했으나, 문은 잠겨 있었다.

"잠겨 있습니다. 자, 여기 열쇠!"

그러고는 정말로 주머니에서 열쇠를 꺼내어 그에게 보여 주었다.

"넌 계속 거짓말만 하고 있어!" 라스콜니코프는 더 이상 참지 못하고 고래고래 소릴 지르기 시작했다. "거짓말 마, 이 빌어먹을 어릿광대야!" 이렇게 외치면서 그가 덤벼들자 포르피리는 문 쪽으로 물러서긴 했으나 조금도 겁내는 기색이 아니었다.

"나는 다, 다 알고 있어!" 라스콜니코프는 그에게 달려들었다. "거짓말을 하고 내 약을 바싹 올리면 내가 정체를 드러내겠거니 하는 거지……."

"더 이상 정체를 드러낼 것도 없을 텐데요, 노형, 로지온 로마노비치, 당신은 정말 제정신이 아니오. 소리 지르지 말아요, 안 그러면 사람을 부르겠소!"

"거짓말 마, 무슨 일이 있을 거라고! 사람을 불러 봐! 넌 내가 병에 걸렸다는 걸 알고는, 날 미치도록 자극해서 내가 정체를 드러내길 바라는 거지, 네가 노리는 건 그거야! 안 되지, 어디 증거를 내놔 봐! 난 다 알았어! 넌 증거가 없어, 고작 자묘토프 같은 허접하고 시시한 추측밖에 없는 거야……! 넌 내 성격을 알고 있으니까, 화가 나서 반미치광이가 되게 한 다음, 갑자기 사제며 배심원들을 데려와서 불시에 얼을 빼놓자는 수작이야……. 그자들을 기다리고 있는 거지? 안 그래? 뭘 기다리고 있나? 어디 있어? 내놔 봐!"

"아니 여기에 무슨 배심원들이 있단 말이오, 노형! 인간이 참별 상상을 다 하는군! 이래 가지고서야 당신 말대로 형식에 따라 하긴 글렀소. 형씨, 당신은 일을 몰라요……. 하지만 형식은 달아나지 않아요, 이제 직접 보게 될 거요……!" 포르피리는 문 쪽에 귀를 기울이면서 중얼거렸다.

정말로 때마침, 옆방의 바로 문가에서 무슨 소란스러운 소리가 들렸다.

"아, 오는군!" 라스콜니코프가 소리쳤다. "네가 저 사람들을 부르러 보냈군……! 저들을 기다리고 있었던 거야! 계획적이야……. 자, 모두들 이리로 내놔 봐, 배심원이든, 증인이든, 뭐든…… 내놔 봐! 난 각오가 돼 있어! 각오가……!"

그러나 이때 이상한 일이 벌어졌다. 그건 보통 일의 진행 과정에 비춰 볼 때 너무도 뜻밖이어서, 라스콜니코프도 포르피리 페트로비치도 전혀 예상조차 할 수 없었던 결말이었다.

6

후에 라스콜니코프가 이 순간을 회상할 때마다 모든 것은 다음과 같은 모습으로 떠오르곤 했다.

문 뒤에서 들리던 소음이 별안간 커지더니, 문이 빠끔히 열렸다.

"뭐야?" 포르피리가 역정을 내며 소리쳤다. "미리 주의해 두지 않았나……."

잠시 대답이 없었으나, 보아하니 문 뒤에 몇 사람이 있어서 누구를 밀치려고 하는 듯했다.

"대체 거기 뭐야?" 포르피리 페트로비치가 초조하게 다시 물었다.

"구금 중인 니콜라이를 데려왔습니다." 누군가의 목소리가 들렸다.

"안 돼! 끌고 가! 좀 더 기다려……! 그 녀석이 어쩌자고 여길 온 거야! 아주 엉망이군!" 포르피리가 문으로 달려가면서 소리치기 시작했다.

"그런데 이 자식이……." 다시 같은 목소리가 들렸으나, 갑자기 툭 끊어졌다.

이 초도 채 지나지 않아 진짜 몸싸움이 벌어졌다. 그러고는 별안간 누가 누군가를 힘껏 밀치는 듯하더니, 뒤이어 새파랗게 질린 어떤 사나이가 포르피리 페트로비치의 사무실 안으로 곧장 걸어 들어왔다.

이 사나이의 모습은 첫눈에도 몹시 이상했다. 그는 똑바로 앞을 보고 있었으나, 아무도 보이지 않는 듯했다. 눈에는 굳은 결의가 번쩍이고 있었지만, 동시에 마치 사형장에라도 끌려온 것처럼 얼굴 전체가 죽은 사람같이 창백했다. 핏기가 완전히 가신 입술은 가볍게 떨리고 있었다.

그는 평민 같은 옷차림에 키는 보통이고 마른 체격이었으며, 머리는 둥글게 박박 깎은 데다 얼굴이 갸름하고 여원 아직 매우 젊은 청년이었다. 뒤이어 엉겁결에 그에게 떠밀렸던 다른 사나이가 제일 먼저 그의 뒤를 쫓아 방 안으로 달려 들어와서 그의 어깨를 붙잡았다. 호송병이었다. 그러나 니콜라이는 팔을 빼내어 다시 그를 뿌리쳐 버렸다.

문간에는 호기심 많은 사람들이 몇 명 모여들기 시작했다. 그중 어떤 사람들은 방으로 밀치고 들어오려고 애를 썼다. 이 모든 것은 거의 순식간에 일어난 일이었다.

"꺼져, 아직 일러! 부를 때까지 좀 기다려……! 어쩌자고 이렇게 빨리 데려온 거야?" 당황한 듯한 포르피리 페트로비치가 몹시 짜증을 내며 중얼거렸다. 그러나 니콜라이는 갑자기 무릎을 꿇었다.

"왜 이래, 넌?" 포르피리가 놀라서 소리쳤다.

"죄를 저질렀습니다! 저의 죄입니다요! 제가 살인잡니다!" 니콜라이는 숨을 약간 헐떡이는 듯했으나, 그래도 꽤 큰 목소리로 느닷없이 말했다.

십 초가량 침묵이 계속되었다. 다들 놀라서 얼어붙어 있었다. 호송병조차도 흠칫 물러서서 니콜라이에게 다가가려고 하지 않고 반사적으로 문 쪽으로 뒷걸음질치더니 꼼짝도 않고 서 있었다.

"뭐라고?" 한순간 아연실색해서 멍하게 마비되어 있던 포르피리가 제정신을 차리며 소리쳤다.

"제가…… 살인잡니다……." 니콜라이가 잠시 입을 다물고 있다가 반복해서 말했다.

"어떻게…… 네가…… 어떻게…… 누굴 죽였다는 거야?"

포르피리 페트로비치는 당황한 것이 분명했다.

니콜라이는 다시 잠시 동안 입을 다물었다.

"알료나 이바노브나와 그 누이동생 리자베타 이바노브나를 제가…… 죽였습니다…… 도끼로. 그만 정신이 흐려져 가지고……." 그는 갑자기 이렇게 덧붙이고는 또다시 입을 다물었다. 그는 여전히 무릎을 꿇고 있었다.

포르피리는 잠시 생각에 잠긴 듯 서 있다가 갑자기 깨어난 듯 퍼드득거리더니, 초대받지 않은 목격자들을 손을 내저어 내쫓기 시작했다. 그들은 순식간에 사라지고 문이 닫혔다. 그러자 그는 구석에 서서 어리벙벙하게 니콜라이를 바라보고 있는 라스콜니코프를 힐끗 보고는 그쪽으로 가려다가 갑자기 발걸음을 멈추고 그를 쳐다보더니, 이내 시선을 니콜라이에게 옮겼다. 그리고는 다시 라스콜니코프를 보고, 다시 또 니콜라이에게 시선을 옮기더니, 갑자기 마치 강한 무엇에 끌리기라도 한 듯 다시 니콜라이에게 달려들었다.

"넌 어쩌자고 정신이 흐려졌습네 하는 소리로 나한테 선수를 치는 거냐?" 그가 증오스럽다는 얼굴로 니콜라이에게 소리쳤다. "정신이 흐렸었는지 아닌지 난 네게 아직 안 물었어……. 말해 봐, 네가 죽였나?"

"제가 살인잡니다……. 진술을 하겠습니다……." 니콜라이가 말했다.

"아하! 뭐로 죽였나?"

"도끼로요. 미리 준비해 둔 거였어요."

"쳇, 서두르긴! 혼자서?"

니콜라이는 질문을 이해하지 못했다.

"혼자서 죽였나?"

"혼자섭니다. 미치카는 죄가 없습니다요. 그 일과는 전혀 상관이 없어요."

"미치카 얘긴 지금 할 필요없어! 젠장……! 그럼 넌 왜 그때 층계를 뛰어 내려갔나? 관리인이 너희 둘을 봤다던데?"

"그건 의심을 사지 않기 위해…… 그때…… 미치카와 같이 뛰어간 겁니다." 니콜라이는 미리 준비라도 해 둔 듯 지체 없이 대답했다.

"흥, 그럴 줄 알았어!" 포르피리는 독기에 차서 외쳤다. "주위들은 소릴 달달 외우고 있군!" 그가 혼잣말처럼 중얼거렸을 때, 갑자기 라스콜니코프가 다시 눈에 띄었다.

그는 니콜라이에게 정신이 쏠려, 한순간 라스콜니코프까지도 잊고 있었던 게 분명했다. 지금 문득 제정신이 들자 당황스럽기조차 했다…….

"로지온 로마노비치, 노형! 죄송합니다." 그는 라스콜니코프에게 달려갔다. "이래 가지고는 안 되겠군요. 제발…… 여기 계셔도 소용없으니…… 나 자신도…… 보시다시피 정말 너무 뜻밖이어서……! 자, 제발!"

그러고는 그의 손을 잡고 문을 가리켰다.

"당신도 이건 미처 예상하지 못한 모양인데요?" 물론 아직 아무것도 분명하게 이해하지 못했으나 그래도 그사이에 이미 웬만큼 기운을 차린 라스콜니코프가 말했다.

"당신도, 노형, 예상하지 못하셨군요. 손이 그렇게 떨리는 걸 보니! 헤헤!"

"당신도 떨고 있잖아요, 포르피리 페트로비치."

"나도 떨립니다. 너무도 뜻밖이어서……!"

그들은 이미 문간에 서 있었다. 포르피리는 라스콜니코프가 가

주길 초조하게 기다리고 있었다.

"그런데 그 깜짝 선물은 결국 보여 주지 않을 겁니까?" 갑자기 라스콜니코프가 말했다.

"그렇게 말씀하시지만, 아직도 이를 덜덜 떨고 계시군요, 헤헤! 당신도 참 빈정대길 좋아하시는 분이군요……! 그럼 다음에 봅시다."

"이걸로 **영원히 안녕히**라고 생각하는데요!"

"하느님께서 인도하시는 대로 되겠지요! 하느님께서 인도하시는 대로!" 포르피리는 묘하게 일그러진 미소를 지으면서 중얼거렸다.

사무실을 지나면서 라스콜니코프는 많은 사람들이 그를 뚫어지게 쳐다보는 것을 알아챘다. 현관 대기실에 모여 있는 사람들 속에서 그는 그날 밤 자기가 경찰서에 같이 가자고 요구했던 **그** 집의 관리인 두 사람을 알아볼 수 있었다. 그들은 서서 무엇인가를 기다리고 있었다. 그러나 그가 막 층계로 나왔을 때, 갑자기 뒤에서 포르피리 페트로비치의 목소리가 다시 들렸다. 돌아다보니 포르피리가 숨을 헐떡거리면서 그를 쫓아오고 있었다.

"한마디만, 로지온 로마노비치. 이 밖의 모든 일은 하느님께서 인도하시는 대로 되겠지만, 그래도 무언가에 대해선 정식으로 형식을 갖춰서 물어봐야만 할 것 같아서…… 그러니 또 뵙게 되겠죠, 그러문요."

이렇게 말하고 포르피리는 미소를 띤 채 그의 앞에 멈추어 섰다.

"그러문요." 그는 다시 한 번 덧붙였다.

그는 뭔가 또 할 말이 있지만 왠지 입이 떨어지지 않는 눈치였다.

"포르피리 페트로비치, 좀 전의 일은 용서해 주십시오……. 제가 너무 흥분해서." 좀 거드름을 피워 보고 싶은 욕구를 누르지 못할 만큼 이미 완전히 기운을 차린 라스콜니코프가 입을 열었다.

"괜찮습니다, 괜찮습니다……." 포르피리는 기쁜 듯이 말을 받았다. "저도 그렇습니다……. 제가 워낙 잘 비꼬는 성미가 돼 놔서, 정말 후회합니다, 후회합니다! 그럼 또 뵙겠습니다. 하느님의 뜻이라면 반드시 뵙게 될 겁니다, 반드시……!"

"그때는 서로를 완전히 알게 되겠죠?" 라스콜니코프가 말을 가로챘다.

"서로를 완전히 알게 되겠죠." 포르피리 페트로비치는 맞장구를 치고는, 눈을 가늘게 뜨면서 정색을 하고 그를 쳐다보았다. "이제 명명일 잔치에 가시나요?"

"장례식입니다."

"아 참, 장례식이었죠! 아무쪼록 건강을 보살피십시오, 건강을……."

"제 쪽에선 뭘 빌어 드려야 할지 모르겠군요!" 이미 층계를 내려가기 시작하고 있던 라스콜니코프가 갑자기 포르피리 쪽으로 몸을 돌리며 말을 받았다. "더 큰 성공을 빌어 드려야겠죠. 그런데 당신의 직무란 것도 정말 코미디 같군요!"

"코미디 같다니, 왜죠?" 역시 가려고 몸을 돌렸던 포르피리 페트로비치가 귀가 번쩍 뜨이는지 되물었다.

"그렇지 않습니까. 당신은 불쌍한 미콜카*가 자백할 때까지 당신의 그 독특한 방식을 동원하여 이른바 심리적으로 괴롭히고 고문을 한 게 틀림없어요. 밤낮으로 그에게 '너는 살인자다, 너는 살인자다⋯⋯' 하고 몰아댔겠죠. 그러다 이제 막상 자백을 하니까, 당신은 '거짓말 마, 너는 살인자가 아냐! 네가 그랬을 리가 없어! 넌 주워들은 소릴 그대로 외우고 있는 거야!' 하면서, 뼈마디가 녹아나도록 다시 그를 괴롭히려 들거든요. 자, 이래도 코미디 같은 직무가 아니란 말입니까?"

"헤헤헤! 방금 내가 니콜라이에게 '주워들은 소릴 달달 외우고 있다'고 한 걸 알아채셨군요?"

"어찌 못 알아채겠습니까?"

"헤헤! 예리하십니다, 예리하십니다. 뭐든지 알아채시는군요! 정말로 발랄한 지성이십니다! 그리고 가장 코미디 같은 면도 척척 잡아내시겠다⋯⋯ 헤헤! 이런 자질이 최고로 뛰어났던 작가가 고골이라죠?"

"네, 고골이죠."

"네, 고골입니다⋯⋯. 자, 그럼 아주 유쾌하게 또 뵙죠⋯⋯."

"아주 유쾌하게 또 뵙죠⋯⋯."

라스콜니코프는 곧장 집으로 돌아갔다. 그는 너무나 머릿속이 혼란스럽고 뒤죽박죽이어서 집에 오자마자 소파에 몸을 던지고, 다만 좀 쉬면서 조금이라도 생각을 모아 보려고 십오 분쯤 그대로 앉아 있었다. 니콜라이에 대해서는 무슨 판단을 내려 보려고도 하지 않았다. 그는 자신이 심한 충격을 받았다는 것을 느끼고 있었다. 니콜라이의 자백 속에는 뭔가 설명될 수 없는 것, 지금 그로서는 도저히 이해할 수 없는 놀라운 것이 들어 있다는 게 느껴졌다. 그러나 니콜라이의 자백은 엄연한 사실이었다. 그는 곧 이 사실의 결과도 분명하게 내다볼 수 있었다. 자백이 거짓이라는 건 드러나게 마련이었고, 그러면 다시 그를 취조하기 시작할 것이다. 그러나 적어도 그때까지는 자유의 몸이니, 자신을 위해 무언가 반드시 손을 써 두어야만 한다. 어차피 위험을 피할 수 없을 테니까.

그렇지만 그 위험은 어느 정도일까? 상황은 분명해지기 시작했다. 조금 전에 포르피리와의 사이에 벌어졌던 장면을 **대충**만 떠올려도 그는 다시 한 번 공포에 질려 몸을 떨지 않을 수 없었다. 물론 그는 포르피리가 노리는 것을 아직 다 알지 못했고, 좀 전의 그의 속셈을 샅샅이 간파할 수도 없었다. 그러나 술책의 일부는 드러났고, 포르피리의 술책에서 이 **수**가 그에게 얼마나 무서운 것인지는 어느 누구도 그 자신보다 더 분명하게 깨달을 수 없었을 것이다. 한 걸음만 더 나갔다면, 그는 자신의 정체를 완전히, 사실 그대로 **드러냈을지도 모른다.** 그의 성격이 병적이라는 것을 알고 첫눈에 그를 정확하게 파악하고 간파한 포르피리는 지나치게 단호하긴 하나 거의 빈틈없이 행동하고 있었다. 조금 전에 라스콜니코프가 자신의 입장을 너무나도 심하게 손상시켰다는 것은 더 말할 여지가 없지만, 그래도 그게 아직 **증거**로까지 나아간 것은 아니었다. 모든 것은 아직 상대적인 것에 지나지 않았다. 그러나 과연 그럴까, 과연 그는 지금 이 모든 것을 제대로 이해하고 있을까? 혹시 잘못 생각하고 있는 건 아닐까? 오늘 포르피리는 어떤 결과로 끌고 가려고 했던 것일까? 정말 그는 오늘 뭔가를 준비해 두고 있었을까? 그렇다면 그게 뭘까? 정말 그는 뭔가를 기다리고 있었던 것일까, 아닐까? 니콜라이 때문에 그 뜻밖의 파국이 오지 않았더라면, 그들은 오늘 과연 어떻게 헤어졌을까?

포르피리는 자신의 거의 모든 수를 다 보여 주었다. 물론 모험이었지만 어쨌든 보여 주었다. 만약 뭔가를 더 가지고 있었다면, 포르피리는 그것도 보여 주었을 것이다(라스콜니코프는 그런 느낌이 들었다). 대체 그 '깜짝 선물'이란 게 뭘까? 그저 조롱일까? 무슨 의미가 있는 것이었을까, 아닐까? 무슨 증거나 확실한 기소 사유 같은 것이 그 밑에 숨어 있지는 않았을까? 어제의 그 사내는? 그는 어디로 사라져 버린 걸까? 그는 오늘 어디에 있었을까? 포르피리가 뭔가 확실한 것을 쥐고 있다면, 그건 물론 어제의 그 사내와 관련이 있는 것일 게다······.

그는 고개를 숙이고 무릎에 팔꿈치를 괴고서 두 손으로 얼굴을 감싼 채 소파에 앉아 있었다. 신경질적인 전율이 아직도 온몸에 계속되고 있었다. 마침내 그는 일어나서 학생모를 집어 들고 잠시 생각한 후에 문 쪽으로 발걸음을 떼었다.

그는 왠지 적어도 오늘만큼은 자신이 거의 확실히 안전하다고 여겨도 좋다는 예감이 들었다. 갑자기 가슴속에서 기쁨과도 같은 것을 느꼈다. 그는 한시바삐 카체리나 이바노브나에게 가고 싶었다. 장례식에 가기엔 물론 늦었지만, 추도연에는 늦지 않을 것이다. 거기서 곧 소냐를 만나게 되리라.

그는 발을 멈추고 서서 잠시 생각했다. 병적인 미소가 입술에 밀려 나왔다.

"오늘이다! 오늘!" 그는 혼잣말을 했다. "그래, 바로 오늘이다! 반드시 그래야 한다……."

그가 막 문을 열려는 순간, 갑자기 문이 저절로 열리기 시작했다. 그는 움찔하고 뒤로 물러섰다. 문이 천천히 조용하게 열리면서, 느닷없이 사람이 나타났다. **땅에서 솟아난** 어제의 그 사내였다.

사내는 문지방에 멈춰 서서 잠자코 라스콜니코프를 바라보더니 방 안으로 한 발짝 들어섰다. 사내는 어제와 똑같아서, 똑같은 모습에 똑같은 옷차림이었으나, 얼굴과 눈빛은 몹시 달라져 있었다. 그는 지금 왠지 모르게 기가 죽어 보였다. 그는 잠시 그렇게 서 있다가 깊은 한숨을 내쉬었다. 손바닥을 볼에 갖다 대고 고개를 갸웃해 보이기만 했다면 영락없는 아낙네의 모습이었다.

"무슨 일이죠?" 라스콜니코프는 죽은 사람처럼 새파랗게 질려 물었다.

사내는 잠시 말이 없다가 갑자기 바닥에 거의 닿을 정도로 몸을 굽혀 그에게 절을 했다. 적어도 오른손은 바닥에 닿았다.

"무슨 일이오?" 라스콜니코프가 외쳤다.

"제가 잘못했습니다." 사내가 조용히 말했다.

"무엇을요?"

"나쁜 마음을 먹었더랬습니다."

두 사람은 서로 쳐다보고 있었다.

"화가 났었습니다. 당신이 그때 와서, 아마도 취해서 그러셨겠지만, 관리인더러 경찰서로 가자고 하고 피에 대해서 물어보고 그러시는데도, 다들 그냥 내버려 두고 술 취한 사람으로 여기는 바람에 저는 화가 났습니다. 어찌나 화가 나던지 잠도 오지 않았습니다. 당신의 주소를 기억하고 있던 터라, 어제 이리로 와서 물어봤습니다⋯⋯."

"누가 왔다고요?" 순간적으로 기억을 떠올리면서 라스콜니코프가 말을 가로막았다.

"제가요. 당신에게 무례한 짓을 했습지요."

"그럼 그 집에서 온 사람인가요?"

"네, 저는 거기서 살고 있습니다. 그때 그 사람들하고 같이 대문가에 서 있었는데, 생각이 잘 안 나시는지요? 전 거기에 작업장도 가지고 있습니다, 오래됐습죠. 모피를 가공해서 파는 사람인데, 집에서 일감을 받고 있습니다⋯⋯. 그래서 더 화가 났던 겁니다⋯⋯."

문득 라스콜니코프는 그저께 대문 아래에서 있었던 광경이 전부 선명하게 떠올랐다. 그때 거기에 관리인말고도 사내들 몇이 더 서 있었고, 여자들도 서 있었던 것이 생각났다. 그를 곧장 경찰서에 넘기라고 하던 어떤 목소리도 기억났다. 그렇게 말하던 사람의 얼굴은 기억나지 않고 지금도 이 사내가 바로 그 사람이라는 걸 알아보지 못하고 있었으나, 그때 자기가 그 사내 쪽으로 몸을 돌리고 뭐라고 대꾸까지 했던 기억은 분명히 있었다⋯⋯.

그러니 이것으로 어제의 그 공포는 모두 해결된 셈이었다. 이렇게 **아무것도 아닌** 일로 하마터면 정말로 파멸할 뻔했고, 파멸을 자초할 뻔했다는 생각이 들자, 그 무엇보다 등골이 오싹했다. 그러니까, 셋방을 알아본 것과 피에 대한 이야기말고는 이 사내는 아무엇도 말할 게 없다. 따라서 포르피리도 그 **헛소리** 외에는 아무것도, 아무것도 갖고 있지 않으며, **두 개의 끝을 가진 심리** 외에는 어떤 물증도, 어떤 확실한 것도 쥐고 있지 않다. 그러므로 더 이상 어떤 물증이 나타나지 않는다면(그런 건 더 이상 나타나서는 안 된다, 절대로 안 된다, 절대로!), 그렇다면…… 그렇다면 그들이 그를 어떻게 할 수 있단 말인가? 설사 체포한다 해도 무슨 수로 그가 범인이라는 걸 확실하게 밝힐 수 있단 말인가? 그러니까 포르피리는 방금, 바로 지금에야 그 셋방 일에 대해 알게 된 것이고, 여태까지 전혀 모르고 있었던 것이다.

"그럼 당신이 오늘 포르피리에게 얘기했군요……? 내가 거기 왔었다고?" 그는 갑작스레 떠오른 생각에 깜짝 놀라서 소리쳤다.

"포르피리라뇨?"

"예심판사 말입니다."

"제가 말했습니다. 관리인들이 그때 안 가기에, 제가 간 겁니다."

"오늘요?"

"당신이 오기 조금 전에요. 그리고 다 듣고 있었습니다. 그분이 당신을 심하게 몰아세우는 걸 다 들었습니다. 다."

"어디서요? 무엇을? 언제?"

"바로 거기, 그 칸막이 뒤에서. 내내 거기 앉아 있었습니다."

"뭐라고요? 그럼 그 깜짝 선물이란 게 바로 당신이었군요? 아니 어떻게 이런 일이 있을 수 있지? 맙소사!"

"실은," 직공은 말을 시작했다. "제가 아무리 말해도 관리인들이 가려고 하지도 않고, 이미 시간이 늦어서 지금 가 봤자 바로 그때 오지 않았다고 야단이나 맞는다고 하기에, 전 화가 치밀어서 잠도 안 오고, 그래서 이것저것 알아보기 시작했습니다. 그리고 어제 당신에 대해 자세히 알게 되어, 오늘 찾아갔지요. 처음 갔을 땐 그분이 안 계셨어요. 한 시간 뒤에 갔더니 만나 주지 않더라고요. 세 번째 가니까 겨우 들여보내 주더군요. 제가 어떤 일이 있었는지 모두 보고하니까, 그분은 방 안을 이리저리 뛰어다니고 주먹으로 자기 가슴을 치면서 '등신 같은 것들, 날 이렇게 골탕 먹여? 이런 일을 진작 알았다면, 호송병을 붙여 그놈을 소환했을 텐데!'라고 하더군요. 그러고는 밖으로 달려 나가 누굴 불러 가지고 함께 구석에서 무슨 얘길 시작하더니, 다시 저한테 와서 이것저것 물어보면서 욕을 퍼부었어요. 그리고 호통을 많이 쳤습니다. 저는 모든 걸 사실대로 말하고, 당신이 어제 내가 하는 말에 아무 대답도 하지 않았고 내가 누군지 알아보지도 못했다는 얘길 했지요. 그러자 그분은 또 뛰어다니기 시작하더군요. 연방 자기 가슴을 치기도 하고 화를 내기도 하면서 계속 뛰어다녔어요. 그러다가 당신이 왔다는 보고를 받자, 칸막이 뒤로 가서 무슨 소릴 듣더라도 꼼짝도 하지 말고 잠시 동안 앉아 있으라고 하면서 손수 의자를 가져다주고는 저를 가두었습니다. 어쩌면 저도 심문할지 모른다고 하면서 말이지요. 그런데 니콜라이를 데려오자, 당신이 가신 뒤에 저를 곧 밖으로 나오게 했습니다. 다시 불러서 더 물어보겠다고 하면서…….."

"당신이 있는 데서 니콜라이를 심문하던가요?"

"당신을 내보내자 저도 곧 내보내고, 그러고는 니콜라이를 심문하기 시작했습니다."

직공은 말을 멈추고는 갑자기 또다시 손끝이 바닥에 닿도록 허리를 굽혀 절을 했다.

"모함을 하고 나쁜 마음을 품었던 것을 용서해 주십시오."

"하느님께서 용서해 주실 거요." 라스콜니코프가 대답했다. 그가 이 말을 하자마자 직공은 또다시 그에게 절을 했는데, 이번에는 바닥까지가 아니라 허리띠 정도까지 몸을 수그려 절을 하고는, 천천히 몸을 돌려 방을 나갔다. "모든 것은 두 개의 끝을 가지고 있다. 이제 모든 것은 두 개의 끝을 가지고 있다." 라스콜니코프는 다짐하듯 되뇌면서, 어느 때보다도 활기차게 방에서 나갔다.

'이제 또 싸워 보자.' 그는 층계를 내려가면서 증오에 찬 웃음을 띠고 말했다. 그 증오는 자기 자신에 대한 것이었다. 그는 경멸감과 수치를 느끼면서 자신의 '소심함'을 떠올리고 있었다.

제5부

1

두네치카와 풀헤리야 알렉산드로브나를 상대로 숙명적인 담판을 벌이고 난 다음 날 아침은 표트르 페트로비치도 취기가 확 가시는 듯한 느낌이었다. 불쾌하기 짝이 없었지만 그는, 이미 일어난 일이긴 해도 어제까지는 아직 꿈만 같고 거의 있을 수 없는 사건처럼 여겨졌던 것을 이젠 더 이상 돌이킬 수 없는 끝나 버린 사실로 점차 받아들이지 않을 수가 없었다. 상처받은 자존심이 시커먼 뱀처럼 밤새도록 그의 심장을 훑으면서 피를 빨아 댔다. 잠자리에서 일어나자 표트르 페트로비치는 곧장 거울을 들여다보았다. 밤새 담즙이 온 얼굴에 퍼지지는 않았나 두려웠던 것이다. 그러나 그 점에선 아직 모든 것이 무사했다. 요즘 들어 다소 살이 오른 고상하고 뽀얀 자기 얼굴을 바라보면서, 표트르 페트로비치는 이 정도면 다른 곳에서 좀 더 순결한 신붓감을 찾아낼 수 있으리라는 확신에 넘쳐 잠시 위안을 얻기도 했다. 그러나 곧 정신을 차리고 옆에다 침을 거칠게 탁 내뱉자, 한방에서 지내고 있는 그의 젊은 친구인 안드레이 세묘노비치 레베쟈트니코프의 얼굴에 말 없는 조소가 떠올랐다. 표트르 페트로비치는 이 웃음을 눈치채고, 기회를 봐서 젊은 친구에게 되갚아 주기 위해 마음속에 새겨 두었다. 최근 들어 이 친구에게 이런 식으로 갚아 주려고 표해 둔 것이 이미 꽤 늘어나 있었다. 더구나 어제의 결과에 대해서는 안드레이 세묘노비치에게 얘기하지 말았어야 했다는 생각이 퍼뜩 들자, 더더욱 화가 치밀었다. 그것은 그가 감정을 억누르지 못하고 쓸데없이 흥분한 나머지, 홧김에 욱하고 저지른 어제의 두 번째 실수였다……. 그 후로도 이날 아침은 마치 일부러 그러는 것처럼 불쾌한 일들만 줄줄이 이어졌다. 원로원에서도 지금껏 그가 심혈을 기울여 온 어떤 재판 사건의 실패가 그를 기다리고 있었다. 특히 그를 화나게 한 것은 곧 있을 결혼을 염두에 두고 세를 얻어 자기 돈으로 수리까지 하고 있는 아파트의 주인이었다. 이 주인은 부자가 된 어떤 독일인 수공업자였는데, 바로 조금 전에 맺은 계약을 해지하는 데 절대로 동의해 주지 않고, 새집이나 다름없이 손을 본 집을 표트르 페트로비치가 그대로 돌려주겠다는데도 계약서에 적힌 위약금 전액을 요구했다. 가구점에서도 마찬가지여서, 사 놓기만 했을 뿐 아직 집에 배달도 되지 않은 가구에 대해 선금을 한 푼도 돌려주려 하지 않았다. '가구 때문에 일부러 결혼할 수는 없잖나!' 표트르 페트로비치는 속으로 이를 갈았으나, 그와 동시에 허망한 희망이 다시 한 번 마음속에 스쳐 갔다. '정말 그 모든 것

148

은 돌이킬 수 없이 틀려 버렸고 끝장나 버린 걸까? 어떻게 다시 한 번 해 볼 수는 없을까?' 두네치카에 대한 생각이 또다시 그를 유혹하며 가시처럼 심장에 와 박혔다. 고통스러운 마음으로 그는 이 순간을 참아 냈다. 만약 지금 그저 바라기만 해도 라스콜니코 프를 죽여 버릴 수 있다면, 표트르 페트로비치는 서슴지 않고 이 소원을 말했을 것이다.

'뿐만 아니라, 그들에게 돈을 한 푼도 주지 않은 것도 실수였어.' 그는 우울하게 레베쟈트니코프의 방으로 돌아오던 길에 그렇게 생각했다. '젠장 어쩌자고 그렇게 유대인같이 굴었을까? 내가 너무 생각이 짧았던 거야! 고생을 실컷 하게 만들어서 날 하느님 같이 우러러보게 할 작정이었는데, 그들이 이렇게 나오다니……! 쳇……! 그러지 말고 요 며칠 동안 두 여자에게 혼숫감과 선물로, 여러 가지 갑(匣) 화장함과 홍옥수와 직물과 크노프* 상점이나 영국 가게에서 파는 온갖 자잘한 것들을 사는 데 쓰라고 1,500루블 정도만 줬어도 일이 더 깔끔하게…… 더 확실하게 됐을 텐데! 그랬다면 지금 나를 그렇게 쉽게 거절하진 못했을 거다! 파혼하는 경우엔 돈이고 선물이고 다 돌려보내야 한다고 생각할 족속이니까, 돌려보내기가 괴롭고 아까웠을 거 아냐! 게다가 양심도 간지러울 테니, 여태까지 그토록 잘 베풀고 친절하게 대해 준 사람을 어떻게 그렇게 갑자기 쫓아내겠어……? 음! 내가 실수했어!' 이렇게 생각하고 표트르 페트로비치는 다시금 이를 갈면서 자신을 바보라고 불렀다. 물론 마음속으로였지만.

이런 결론에 이르자, 그가 집으로 돌아왔을 때엔 나갈 때보다 갑절이나 독이 오르고 초조해져 있었다. 카체리나 이바노브나의 방에서 진행되고 있는 추도연 준비가 그의 호기심을 약간 끌기는 했다. 어제도 이 추도연에 관해 무슨 말인가 들은 적이 있었고, 자기도 초대받은 듯한 기억이 나기도 했다. 그러나 자기 일로 바빴던 터라 나머지 일들에는 아예 신경조차 쓰지 않았던 것이다. 카체리나 이바노브나가 없는 사이(그녀는 묘지에 가 있었다), 식사 준비가 된 식탁 주위에서 바삐 일을 돕고 있는 립페베흐젤 부인에게 급히 가서 물어본 결과, 추도연은 성대하게 치를 것이고 같은 집에 세 들어 살고 있는 사람들이 거의 다 초대받았다는 것을 알아냈다. 그들 중에는 고인과 안면이 없는 사람들도 있고, 심지어 카체리나 이바노브나와 한바탕 싸우기까지 한 안드레이 세묘노비치도 초대를 받았으며, 끝으로 표트르 페트로비치 자신도 초대를 받았을뿐더러 이 집에 세 든 사람들 가운데 가장 중요한 손님이나 마찬가지이기 때문에 참석해 주길 아주 학수고대하고 있다는 것이었다. 아말리야 이바노브나 자신도 지난날의 모든 불쾌한 일에도 불구하고 대단히 정중하게 초대받았고, 그래서 지금 거의 만족감까지 느끼면서 주인 노릇을 하며 분주하게 온갖 일을 챙길 뿐만 아니라, 상복이긴 하지만 새 비단옷에다 엄청나게 치장까지 하고서 아주 으쓱해하고 있었다. 이런 모든 사실과 정보를 알게 되자 표트르 페트로비치에겐 어떤 생각이 떠올랐다. 그는 생각에 잠긴 듯한 얼굴로 자기 방, 즉 안드레이 세묘노비치 레베쟈트니코프의 방으로 돌아왔다. 다름이 아니라 초대받은 사람 가운데 라스콜니코프도 있다는 것을 알게 되었기 때문이다.

안드레이 세묘노비치는 무슨 일인지 이날 아침 내내 집에 들어앉아 있었다. 표트르 페트로비치는 이 신사와 어떤 이상한, 그러나 어찌 보면 자연스럽기도 한 관계를 맺고 있었다. 표트르 페트로비치는 이 방에 기거하게 된 바로 그날부터 도가 지나칠 만큼 그를 경멸하고 증오하고 있었으나, 동시에 그를 다소 두려워하는 것 같기도 했다. 그가 페테르부르크에 도착하자마자 이 사나이의 방에 묵게 된 것은 구두쇠 경제관념 때문만이 아니었다. 물론 그 것이 제일 중요한 이유인 셈이긴 했지만, 거기엔 다른 이유도 있었다. 지방에 있었을 때부터 그는 자신의 피후견인이었던 안드레이 세묘노비치가 가장 급진적인 진보파의 한 사람이 되어, 여러 흥미롭고 신화적인 서클에서 중요한 역할을 하고 있다는 소문을 듣고 있었다. 이 소문은 표트르 페트로비치에게 충격적이었다. 모든 것을 알고 있고, 모든 인간을 경멸하고 폭로하는 이런 강력한 서클에 대해 표트르 페트로비치는 오래전부터 아주 막연하긴 하지만 어떤 특별한 공포를 느끼고 있었다. 물론 그때는 아직 지방에 있을 때라서 **이러한 종류의** 것에 대해서는 대강이나마도 정확한 개념을 가질 수가 없었다. 다른 사람들과 마찬가지로 그도, 특히 페테르부르크에는 무슨 진보주의자라든지 허무주의자라든지 폭로자 등등이 존재한다는 얘길 듣고 있었으나, 많은 사람들이 그러듯 이런 명칭의 중요성과 의미를 어리석을 정도로 과장하고 곡해하고 있었다. 이미 몇 년 전부터 그가 제일 두려워한 것은 다름 아닌 **폭로**였다. 이것은 특히 페테르부르크로 활동무대를 옮기려고 꿈꿀 때마다 그를 끊임없이 사로잡았던 과도한 불안의 가장 주된 원인이었다. 이 점에서 그는 흔히 어린애들이 **겁을 먹듯이**, 이른바 **겁을 먹고** 있었다. 몇 년 전 지방에서 그가 막 출셋길로 들어서려 하고 있을 때, 그때까지 그가 추종했을 뿐만 아니라 그를 보호해 주기도 했던 도내의 상당한 유력인사들이 무참하게 폭로당하는 경우를 두 번이나 본 적이 있었다. 한 경우는 폭로당한 인사에게 상당한 추문이 되는 것으로 끝났지만, 다른 경우는 하마터면 무척이나 성가신 결과가 될 뻔했다. 바로 이런 이유에서 표트르 페트로비치는 페테르부르크에 도착하자마자 뭐가 문제인지 즉각 알아내고, 혹 필요하다면 모든 경우에 대비해서 미리 선수를 치고 '우리의 젊은 세대'에게 알랑거려 두어야겠다고 마음먹었던 것이다. 이 경우 그는 안드레이 세묘노비치에게 기대를 걸고 있었고, 덕분에 예컨대 라스콜니코프를 방문했을 때도 이미 얻어들은 풍월로 판에 박힌 문구를 그럭저럭 늘어놓을 수 있었던 것이다……

　물론 그는 안드레이 세묘노비치가 지독하게 저속하고 우둔한 인간이라는 것을 재빨리 알아챘다. 그러나 이것이 표트르 페트로비치의 신념을 잃게 하지는 않았으며, 그렇다고 용기를 주지도 않았다. 설령 그가 진보주의자는 모두가 하나같이 얼간이라고 확신하게 되었다 할지라도, 그의 불안은 가시지 않았을 것이다. 원래 이런 교의니 사상이니 체계니 하는 것들은(안드레이 세묘노비치는 그런 것들을 가지고 그에게 덤벼들었지만) 그와 아무 상관이 없었다. 그에게는 자신만의 목적이 있었다. 그는 그저 한시바삐 다음과 같은 것을 알아내야만 했을 뿐이다. 즉, **거기에서는** 어떤 일이 어떻게 일어나고 있는가? **그 사람들**에게는 힘이 있는가 없는

가? 자기가 정말 두려워할 것이 있는가 없는가? 만약 자기가 무슨 일에 착수한다면, 그들이 자기를 폭로할 것인가, 안 할 것인가? 또 폭로한다면, 대체 무엇에 대해 폭로할 것인가? 또 요즘은 대체로 무엇에 대해 폭로하고 있는가? 뿐만 아니라, 그들이 실제로 힘을 가지고 있다면, 어떻게 그들에게 알랑거려서 그들을 교묘하게 속여 넘길 수는 없을까? 이것이 필요한 일인가, 필요 없는 일인가? 이를테면 그들을 자기의 출세 수단으로 삼을 수는 없을까? 요컨대 그의 앞에는 수백 가지의 의문이 놓여 있었다.

이 안드레이 세묘노비치란 자는 체액이 부족하여 임파선 종기를 앓고 있고, 작은 키에 머리털의 빛깔이 이상하리만치 옅은 사나이로 어느 관청에서 근무하고 있었는데, 커틀릿 모양의 볼수염을 가지고 있었고, 그것을 굉장히 자랑스럽게 여기고 있었다. 그 밖에도 그는 거의 언제나 눈병을 앓고 있었다. 마음씨는 아주 부드러웠으나, 말투는 무척 자신감에 차 있어서 때로는 지나치게 거만하게 들리기까지 했고, 그것은 그의 허약하고 작은 몸집에 비해 거의 언제나 우스꽝스러운 느낌을 주었다. 그래도 그는 아말리야 이바노브나의 집에서 상당히 존경받는 세입자에 속했는데, 그건 그가 술주정도 하지 않고 방세도 꼬박꼬박 내고 있기 때문이었다. 이런 장점에도 불구하고 안드레이 세묘노비치는 사실 좀 얼빠진 데가 있었다. 그는 진보와 '우리의 젊은 세대'에 합류하고 있었지만, 그것도 성급한 열정에 휩쓸려서였다. 이 사나이는 최신 유행 사상이라면 어김없이 단박에 달라붙어 그것을 저속하게 만들어 버리고, 때로는 자신들이 가장 성실하게 섬기는 것조차 눈 깜짝할 새에 모조리 희화화해 버리고 마는 저속한 인간과 허약한 팔삭동이와 무엇 하나 제대로 배운 게 없는 거만한 반(半)똑똑이들의 무수하고 잡다한 무리 중의 한 사람이었다.

레베쟈트니코프는 꽤나 호인이긴 했지만, 자신의 동거인이자 옛 후견인인 표트르 페트로비치가 슬슬 싫어지고 있었다. 이것은 양쪽에서 어찌어찌 뜻하지 않게 서로 그렇게 돼 버린 일이었다. 안드레이 세묘노비치가 아무리 우둔한 인간이라 할지라도, 그는 표트르 페트로비치가 자기를 속이고 있고 내심 자기를 경멸하고 있으며, '실제로는 겉보기와 전혀 다른 사람'이라는 것을 차츰 알아채기 시작했다. 그는 푸리에의 체계와 다윈의 학설을 설명해 주려고 했으나, 표트르 페트로비치는 특히 최근에 들어서는 왠지 지나치게 냉소적인 태도로 듣기 시작했고, 요즘에는 욕지거리까지 하게 된 것이다. 문제는 레베쟈트니코프가 저속하고 우둔한 인간일 뿐만 아니라 어쩌면 거짓말쟁이인데다가 자신이 속한 서클에서조차 중요한 연줄이라곤 전혀 없고 그저 좀 들은 풍월이 있을 따름이라는 것을 표트르 페트로비치가 본능적으로 간파했다는 데 있었다. 뿐만 아니라 저렇게 횡설수설하는 걸로 봐서는 자기 자신의 **선전** 사업도 제대로 알지 못하는 것 같았고, 따라서 폭로자가 되기엔 어림 반 푼도 없었다! 이참에 잠깐 지적해 두자면, 표트르 페트로비치는 이 일주일 반 동안 (특히 처음에는) 안드레이 세묘노비치로부터 몹시 이상한 찬사를 들으면서 아무 반박도 하지 않고 잠자코 듣고만 있었다. 그것은 이를테면 메시찬스카야 거리 어디에 곧 새로운 '코뮌'이 창설되는데* 당신은 그것에 기꺼이 힘을 다할 사람이라든가, 또는 예를 들어 두냐가 결혼하는 그달부터 정부를 갖기로 마음먹는다 해도 당신은 그녀를 방해하지 않을 거라든가, 또는 장차 태어날 아이들에게도 세례를 받게 하지 않을 거라든가 하는 등등의 모조리 그런 얘기였다. 표트르 페트로비치는 자기에게 그런 자질이 있다고 인정하는 데 대해 여느 때의 버릇대로 아무 반박을 하지 않았고, 그런 식의 칭찬까지도 관대히 허용하고 있었다. 그만큼 그는 칭찬이라면 무엇이든 기분 좋아했다.

표트르 페트로비치는 무슨 이유에서인지 이날 아침 5퍼센트 이자가 붙은 채권을 몇 장 바꾸어 와서 탁자 앞에 앉아 지폐와 채권 다발을 계산하고 있었다. 여태껏 돈이라곤 거의 가져 본 적이 없는 안드레이 세묘노비치는 방 안을 왔다 갔다 하면서 그 돈다발을 보고도 관심 없다는 듯이 심지어는 경멸스럽다는 시늉을 하고 있었다. 표트르 페트로비치는 안드레이 세묘노비치가 이렇게 많은 돈을 정말 무관심하게 볼 수 있으리라고는 절대로 믿을 수 없었을 것이다. 또 안드레이 세묘노비치로서는 그 나름대로, 표트르 페트로비치가 실제로 자기를 그렇게 생각할지도 모른다, 게다가 돈다발을 펼쳐 놓고서 자기가 하잘것없는 존재라는 사실과 두 사람 사이에 존재한다고 할 수 있는 온갖 차이를 상기시킴으로써 그의 젊은 친구인 자기를 자극하고 조롱할 기회가 온 것을 기뻐하고 있을지도 모른다는 쓸쓸한 생각이 들었다.

그는 표트르 페트로비치 앞에서 새롭고 특수한 '코뮌'의 창립이라는 자신이 좋아하는 주제를 펼치려고 했으나, 상대방이 이번에는 전에 없이 초조해하고 부주의하다는 것을 눈치챘다. 수판알을 튕기는 사이사이에 표트르 페트로비치가 내뱉는 짤막한 반박과 촌평은 너무나도 노골적이고 의도적인 무례함과 조소에 가득 찬 것이었다. 그러나 '인도주의적인' 안드레이 세묘노비치는 표트르 페트로비치의 그런 정신 상태가 어제 있었던 두네치카와의 결별에서 받은 충격 때문이라 여기고, 어서 자신의 주제로 들어서고 싶어 몸이 달아 있었다. 그는 이 주제에 관하여 그의 존경하는 친구를 위로해 주고 장래의 그의 발전에 '틀림없이' 유익할 진보적이고 선전 가치가 있는 의견을 가지고 있었던 것이다.

"그런데 거기서는 무슨 추도연이 있는가? 그…… 과붓집 말일세." 표트르 페트로비치는 제일 흥미 있는 대목에서 안드레이 세묘노비치의 말을 잘라 버리면서 불쑥 이렇게 물었다.

"꼭 모르는 것같이 그러시네요. 바로 어제 제가 그 주제에 대해 말씀드리면서 그 따위 온갖 종교적 관습들에 대한 제 생각을 개진하지 않았습니까……. 그리고 그 여자는 당신도 초대했다고 하던데요. 어제 그 여자하고 직접 얘기를 나누셨잖아요……."

"그 비렁뱅이 바보 여편네가 또 한 명의 바보인…… 그 라스콜니코프에게서 받은 돈을 몽땅 추도연에 처넣을 거라고는 생각지도 못했다네. 지금 지나오다가 보고 깜짝 놀랐다니까. 준비가 굉장하더군, 술이니 뭐니 하며……! 사람들도 많이 초대했던데 도대체 무슨 짓인지 알 수가 있나!" 표트르 페트로비치는 말을 계속하면서 무슨 속셈이 있는지, 이것저것 캐물으며 화제를 그쪽으로 몰고 갔다. "뭐? 나도 초대했다고 했나?" 갑자기 고개를 들면서 그가 덧붙였다. "언제 그랬지? 난 기억에 없는데. 하긴 어차피 난 안 갈 테니. 내가 거기 가서 뭘 하겠나? 난 어제 지나는 길에 그 여자에게 관리의 가난한 미망인으로서 어쩌면 일시 부조금의 형식으로 일 년치의 급료를 받을 수도 있을 거라고 얘기해 준 게 다일세. 날 초대하는 건 그 때문이 아닐까? 흐흐!"

"저 역시 갈 생각은 없어요." 레베쟈트니코프가 말했다.

"그야 그럴 테지! 자기 손으로 두들겨 팼는데. 무안해하는 게 당연하잖나, 흐흐흐!"

"누가 두들겨 팼다는 겁니까? 누굴요?" 레베쟈트니코프는 갑자기 당황해서 얼굴까지 벌게졌다.

"그야 물론 자네지, 자네가 카체리나 이바노브나를 때리지 않았나, 한 달 전쯤에, 안 그런가! 나도 들었다네, 바로 어제……. 자네들 신념이라는 게 뭐 그런 거지……! 여성 문제도 잘못되고 말았구면. 흐흐흐!"

이렇게 내뱉고 나자 좀 위안이 됐는지, 표트르 페트로비치는 다시 수판알을 튕기기 시작했다.

"그건 모두 터무니없는 모함입니다!" 이 이야기가 나올까 봐 늘 조마조마해하고 있던 레베쟈트니코프가 벌컥 화를 냈다. "그건 전혀 그렇지 않아요! 사실과 달라요……. 잘못 들으신 겁니다. 밑도 끝도 없는 얘기예요! 전 그때 자기방어를 했을 뿐이라고요. 그 여자가 먼저 손톱을 세우고 나한테 덤벼든 거예요……. 그 여자는 내 구레나룻을 모조리 뽑아 버렸어요……. 누구든 자신의 인격을 지키는 건 허용되어야 한다고 보는데요. 게다가 저에게 폭력을 쓰는 건 누가 되었든 절대로 용납할 수 없습니다……. 원칙적으로요. 그걸 용납하게 되면 이미 전제주의나 다를 바 없으니까요. 제가 대체 어떻게 했어야 하나요? 그냥 멍청하게 그 여자 앞에 서 있으란 말인가요? 전 그 여자를 좀 떠민 것뿐입니다."

"흐흐흐!" 루쳰은 계속 심술궂게 비웃었다.

"당신은 자신이 초조하고 화가 나니까 시비를 거는 거죠…….
하지만 그건 다 터무니없는 이야기이고, 여성 문제와는 정말 아무 상관도 없어요! 당신이 오해하고 있는 겁니다. 나는 만약 여성이 남성과 모든 점에서, 심지어 체력에서까지도 평등하다면(이것은 이미 사실로 인정되고 있어요), 그렇다면 이 경우에도 평등해야 한다고 생각하고 있었어요. 물론 나중에 그런 문제는 본질적으로 있어선 안 된다는 판단을 내렸지만 말이지요. 왜냐하면 싸움이란 존재해선 안 되고, 미래의 사회에서 싸움이란 생각조차 할 수 없는 일이니까요……. 그리고 싸움에서 평등을 찾는다는 것도 물론 이상한 얘기고요. 저도 그 정도로 바보는 아닙니다……. 비록 싸움이란 게 아직은 존재하고 있지만……, 즉, 나중에는 없어질 것이나, 지금은 아직 존재하고 있지만…… 쳇! 젠장맞을! 당신하고 얘길 하다 보면 꼭 빗나가 버린다니까요! 제가 추도연에 안 가는 건 그 불쾌한 일 때문이 아니에요. 추도연이라는 추악한 편견에 함께 하고 싶지 않아서 원칙적으로 안 가는 거죠. 바로 그 때문이에요! 하긴 가도 상관이야 없겠지만, 만약 간다면 오로지 비웃어 주기 위해서라고요……. 하지만 사제들이 오지 않는다니 유감이군요. 안 그렇다면 꼭 가겠는데."

"그러니까 남이 차려 준 상 앞에 앉아서, 대접받는 음식에도 침

158

을 뱉고 자네를 초대해 준 사람에게도 똑같이 해 주겠다는 말이로 군, 그렇지, 아닌가?"

"절대로 침을 뱉겠다는 말이 아니라, 저항을 하겠다는 겁니다. 저는 유익한 목적을 가지고 그러는 거예요. 저는 계몽과 선전에 간접적으로 기여할 수 있어요. 인간이라면 누구나 계몽과 선전의 의무가 있고, 과격하면 과격할수록 더 좋을지도 모릅니다. 저는 사상을, 사상의 씨앗을 뿌릴 수 있어요……. 이 씨앗에서 실제적 인 사실이 자라나는 거지요. 어째서 제가 그들을 모욕한다는 건가 요? 처음에는 모욕을 느낄지도 모르지만, 나중에는 제가 그들에 게 이익을 가져다주었다는 것을 스스로 깨닫게 되겠지요. 우리 동 지 체례비요바 말입니다(지금 코뮌에 있어요), 그녀가 가정을 뛰 쳐나와…… 어느 남자에게 몸을 맡기고서, 자기는 편견 속에서 살기가 싫어서 자유결혼을 한다고 어머니, 아버지에게 편지한 걸 두고, 이건 부모에게 너무 난폭한 짓이다. 상대가 부모인 만큼 좀 더 관대하게 대해서 더 부드럽게 쓸 수도 있었을 거다라고 그녀를 비난하는 사람들이 있었어요. 제 생각으로는 그건 다 쓸데없는 일 이고, 부드럽게 쓸 필요도 전혀 없어요. 반대로 오히려 그럴 때일 수록 저항을 해야 하는 거죠. 그 바렌츠 부인을 보세요. 그녀는 남 편하고 칠 년이나 함께 살았지만, 두 아이까지 버리고, 편지 한 장 으로 남편에게 단번에 이렇게 선언했어요. '난 당신하고는 행복할 수 없다는 걸 깨달았어요. 코뮌에 의한 다른 사회조직이 존재한다 는 것을 감추고 나를 속인 데 대해 도저히 당신을 용서할 수 없어 요. 얼마 전에 이 모든 것을 어느 관대한 사람으로부터 알게 되어서, 그 사람에게 내 몸을 맡기고 그와 함께 코뮌을 만들기로 했어요. 이렇게 솔직하게 말씀드리는 것은 당신을 속이는 것을 불명예스럽다고 생각하기 때문이에요. 당신은 좋으실 대로 하세요. 나를 되찾겠다는 희망은 갖지 마세요. 너무 늦었어요. 행복하시기 바라요.' 그런 편지는 바로 이렇게 쓰는 겁니다!"

"그 체레비요바는 세 번째 자유결혼을 했다고 자네가 그때 말한 바로 그 여자 아닌가?"

"엄격하게 판단하자면 고작 두 번째지요! 그러나 네 번째든, 열다섯 번째든, 그런 건 아무것도 아니에요! 만약 제가 부모님이 돌아가신 걸 애석하게 여긴 적이 있다면, 그건 바로 지금이에요. 아직 부모님이 살아 계시다면 나의 저항으로 그분들에게 정말로 심한 타격을 줄 텐데 하고 몇 번이나 공상을 했는지 몰라요! 일부러라도 그렇게 했을 거예요……. 그런데 이게 뭡니까, 저는 이미 '잘려 나온 빵 조각'이니, 빌어먹을! 그분들에게 보여 줬어야 했는데! 그분들을 깜짝 놀라게 해 줘야 했는데! 정말, 아무도 계시지 않는다는 게 너무 유감입니다!"

"깜짝 놀라게 해 주고 싶어서? 흐흐! 뭐, 그건 좋을 대로 하시지." 표트르 페트로비치가 말을 가로챘다. "그보다 말 좀 해 보게, 자네는 그 죽은 사람의 딸을 알고 있지, 왜 그 비실비실한 여자애 말일세! 그 여자에 대해 하는 말들이 다 사실인가, 응?"

"그게 어쨌다는 거죠? 제 생각으로는, 즉 제 개인적인 확신에 따르면, 그건 여성으로서 가장 정상적인 상태입니다. 어째서 그렇지 않다는 거지요? 제 말씀은 *distinguons*(잘 구별하자)예요. 물론 지금의 사회에선 그게 완전히 정상적이긴 않아요, 강요된 것이니까요. 그렇지만 미래에는 완전히 정상적인 게 됩니다. 왜냐하면 자유로운 것이기 때문이죠. 그리고 지금의 상태에서도 그 여자는 권리를 가지고 있었어요. 그녀는 가난에 시달렸고, 그것은 그녀의 자산, 즉 그녀가 마음대로 사용할 완전한 권리를 가지고 있었던 이른바 자본이었으니까요. 물론 미래의 사회에서는 자산이란 전혀 필요 없게 되죠. 그녀의 역할은 다른 의미를 부여받게 되고, 조화롭고 합리적인 조건을 가지게 될 거예요. 소피야 세묘노브나 개인에 대해서 말하자면, 저는 현재 그녀의 행동을 사회제도에 대한 강력하고도 인격화된 저항으로 보고 있고, 그 때문에 그녀를 깊이 존경하고 있어요. 그녀를 보면 기쁘기까지 한 걸요!"

"하지만 이 집에서 그 여자를 쫓아낸 게 바로 자네라던데!"

레베쟈트니코프는 격분하기조차 했다.

"그건 또 다른 모함이에요!" 그가 부르짖었다. "사실은 전혀 달라요, 전혀! 절대 그렇지 않아요! 그건 다 그때 카체리나 이바노브나가 아무것도 모르고 되는 대로 지껄여 댄 소립니다! 그리고 저는 절대로 소피야 세묘노브나의 환심을 사려고 한 적이 없어요! 저는 아무런 사심 없이, 다만 그녀의 마음속에 저항 의식을 일깨우려고 노력하면서 그녀의 계발을 꾀했을 뿐이에요……. 제게 필요한 건 오로지 저항이었고, 그리고 또 소피야 세묘노브나 자신도 더 이상 이 집에 있을 수 없었던 거 아닙니까!"

"코뮌에 들어가라고 불러냈나?"

"계속 빈정대기만 하는군요, 그것도 아주 서투르게. 한마디 주의를 드리자면, 당신은 아무것도 몰라요! 코뮌엔 그런 역할이 없어요. 코뮌은 그런 역할을 없애기 위해서 설립되는 겁니다. 코뮌에서 그 역할은 자신이 현재 가지고 있는 본질을 완전히 바꿔 버릴 거예요. 여기에서는 어리석었던 것이 거기에선 현명한 것이 되고, 여기 현재의 상태에서는 부자연스러운 것이 거기에서는 완전히 자연스러운 것이 되는 거지요. 모든 것은 인간이 어떤 상태, 어떤 환경에 있느냐에 좌우되는 겁니다. 모든 것은 환경에 달려 있으며, 인간 자체는 아무것도 아닙니다. 소피야 세묘노브나는 지금도 나하고 잘 지내고 있고, 이것만 봐도 그녀가 저를 한 번도 자신의 적이나 자기에게 모욕을 준 사람으로 여긴 적이 없다는 사실이 입증되지 않나요. 그래요! 저는 지금 그녀에게 코뮌에 들라고 권하고 있지만, 다만 그것은 완전히, 완전히 다른 기초 위에 서 있는 코뮌입니다! 뭐가 우습지요? 우리는 우리의 독자적인 특수한 코뮌을 창설하려고 하는데, 그것은 이전의 코뮌보다 한층 넓은 기초 위에 세워질 거예요. 우리는 신념에서 더 앞서 있어요. 우리는 더 많은 것을 부정해요! 만약 도브롤류보프*가 무덤에서 다시 살아난다면, 나는 그와 한바탕 논쟁을 벌일 겁니다. 벨린스키* 정도야 바로 보내 버리죠! 그러나 당분간은 우선 소피야 세묘노브나의 계발을 계속하고 있어요. 그녀는 정말로 아름다운 천성을 지닌 여성입니다!"

"그럼, 그 아름다운 천성을 이용하는 건가, 웅? 흐흐!"

"아닙니다, 아닙니다! 오, 아니에요! 정반대입니다!"

"음, 정반대라! 흐흐흐! 말이야 좋지!"

"제발 좀 믿어 주세요! 당신에게 숨길 이유가 뭐 있겠어요, 말씀 좀 해 보세요! 정말로 정반댑니다. 나 자신도 이상한 생각이 들 정도예요. 나를 보면 그녀는 어쩐지 긴장하고, 어쩐지 겁을 낼 정도로 순결하고 부끄러워하거든요!"

"물론 그래서 자네가 계발시켜 주고 있겠지…… 흐흐! 쓸데없이 그렇게 부끄러워할 것 없다고 그 여자에게 증명해 주고 있겠지……?"

"전혀 아닙니다! 전혀 아니에요! 오, 그렇게 거칠고 그렇게 바보같이 ─ 용서하십시오 ─ 계발이라는 말을 이해하시다뇨! 당신은 아-아무것도 모릅니다! 아아, 당신은 정말…… 준비가 되어 있지 않아요! 우리는 여성의 자유를 추구하고 있는데, 당신 머릿속에는 오로지……. 저는 순결과 여성의 수치심이라는 문제는 그 자체가 무익하고 편견에 사로잡힌 것이라고 생각하기 때문에 거들떠보지도 않지만, 그녀가 저에 대해 순결한 태도를 가지는 것은 충분히 인정해요, 충분히. 왜냐하면 그것은 전적으로 그녀의 자유이고, 전적으로 그녀의 권리이니까요. 물론 만약 그녀 쪽에서 제게 '난 당신을 갖고 싶어요'라고 말한다면, 저는 자신을 굉장한 행운아라고 여길 겁니다. 전 그 여자가 무척 맘에 드니까요. 그러나 지금은, 적어도 지금까지는 저보다 더 예의 바르고 정중하게 그녀를 대하고 그녀의 가치를 존중해 준 사람은 분명히 아무도 없었어요……. 저는 기다리고 있어요, 그리고 희망을 가지고 있어요. 그것뿐입니다!"

"차라리 그 여자에게 무슨 선물이라도 하지 그래. 내기를 해도 좋은데, 자넨 그런 생각은 해 보지도 않았을걸."

"아까도 말했지만 당신은 아무것도 이해 못 해요! 그야 물론 그녀의 처지가 그렇지만, 그건 다른 문젭니다! 완전히 다른 문제예요! 당신은 그저 그녀를 업신여기고 있어요. 업신여길 만하다고 당신이 잘못 생각하고 있는 그 사실만을 보면서, 한 인간 존재를 인도적으로 바라보는 것까지도 거부하고 있는 겁니다. 당신은 아직 몰라요, 그녀가 얼마나 아름다운 천성을 지녔는지! 다만 몹시 안타까운 것은 그녀가 요즘 들어 웬일인지 독서를 아주 그만둬 버리고, 더 이상 나한테서 책을 빌려 가지 않는다는 거예요. 전에는 곧잘 빌려 갔거든요. 또 하나 안타까운 것은, 저항할 에너지와 결단력은 충분한데도—그건 그녀가 이미 증명해 보였어요—아직 자주성, 이른바 독립심과 부정의 의지가 부족한 듯해서, 어떤 편견이나…… 어리석음을 완전히 떨쳐 버리진 못한다는 거지요. 그렇지만 어떤 문제들은 정말 잘 이해하고 있어요. 이를테면 손에 하는 키스의 문제, 즉 남자가 여자의 손에 키스하는 것은 여성을 남성과 평등하게 보는 것이 아니기 때문에 여성을 모욕하는 셈이 된다는 것*을 아주 잘 이해했어요. 우리 서클에서 이 문제가 토론된 적이 있어서, 그걸 그녀에게 곧바로 전해 주었거든요. 프랑스의 노동조합에 대해서도 그녀는 열심히 들었어요. 지금은 그녀에게 미래 사회에서 다른 사람의 방에 자유로이 드나드는 문제에 대해 설명해 주는 중이지요."

"그건 또 뭔가?"

"최근에 이런 문제에 대해 토론했거든요. 즉, 코뮌의 회원은 남자든 여자든 다른 회원의 방에 어느 때든 들어갈 수 있는 권리가 있느냐 하는 문제였는데*…… 결국 그렇다라는 결론이 났어요……."

"그럼 그때 그 남자나 그 여자가 불가피한 욕구를 채우고 있는 중이면 어떡하나, 헤헤!"

안드레이 세묘노비치는 마침내 화를 내고 말았다.

"당신은 언제나 그것만, 그 저주받을 '욕구'라는 것만 말하는군요!" 그는 증오에 차서 소리쳤다. "빌어먹을, 그때 당신에게 체계에 대해 설명하다가 그만 이 저주받을 욕구라는 말을 입 밖에 낸게 너무 화가 나고 분통이 터져요! 제기랄! 이건 당신 같은 사람들에겐 발끝에 차이는 돌부리예요. 제일 나쁜 것은 뭐가 뭔지 제대로 알기도 전에 씹으려 드는 거예요! 반드시 자신이 옳다는 거죠! 뭘 우쭐대기까지 하거든요! 빌어먹을! 제가 여러 번 말해 왔지만, 초심자에게 이 문제를 설명하는 것은 그 사람이 이미 체계를 확신하고 있고, 충분히 계발되어 있고, 방향이 정해진 때가 아니면 결국 불가능하다고요. 그리고 또, 어디 한번 말해 보시죠, 시궁창이라고 해서 그 안에 그렇게 수치스럽고 경멸할 만한 게 뭐가 있나요? 저는 누구보다 먼저 나서서, 어떤 시궁창이라도 깨끗하게 치울 용의가 있어요! 이건 결코 무슨 자기희생이 아니에요! 이건 다만 일일 뿐이며, 사회에 유익한 고결한 활동이에요. 이것은 다른 어떤 활동 못지않게 가치가 있고, 예컨대 무슨 라파엘이나 푸쉬킨의 활동보다도 훨씬 높은 거예요. 왜냐하면 더 유익하니까요*!"

"그리고 더 고결하니까, 더 고결하니까 말이야, 헤헤헤!"

"'더 고결하다'는 건 뭡니까? 그게 인간의 활동을 규정하는 의미로 사용되는 표현이라면, 저는 그런 표현을 이해할 수 없어요. '더 고결하다', '더 관대하다'라는 것은 다 황당하고 말도 안 되는 헛소리이고, 제가 부정하는 편견에 찬 낡은 말이에요. 인류에게 **유익**한 것은 모두 다 고결하다고요! 저는 **유익한 것**이라는 말밖에 몰라요!* 마음대로 히히거리시죠. 그러나 그건 그래요!"

표트르 페트로비치는 몹시 웃어 댔다. 그는 이미 계산을 끝내고 돈을 집어넣었다. 그러나 돈의 일부는 무엇 때문인지 탁자 위에 그대로 남아 있었다. 이 '시궁창 문제'는 더없이 저속한 것인데도 불구하고 벌써 여러 차례 표트르 페트로비치와 그의 젊은 친구 사이에서 불화와 반목의 원인이 되고 있었다. 아주 바보 같았던 것은 안드레이 세묘노비치가 정말로 화를 낸 것이었다. 루쥔은 번번이 그런 식으로 화풀이를 하며 즐겨 왔으나, 이번에는 특히 더 레베쟈트니코프의 약을 올려 주고 싶어 했기 때문이다.

"당신은 어제의 낭패 때문에 너무 화가 나서 그렇게 트집을 잡는 거예요." 대체로 레베쟈트니코프는 자기의 그 '독립심'이나 '저항'에도 불구하고 웬일인지 표트르 페트로비치에게는 감히 반기도 들지 못하고 오래전부터 습관처럼 되어 있는 고분고분한 태도를 여전히 지키고 있었지만, 그런 그도 드디어 터지고 말았다.

"뭐 그보다, 좀 물어볼 게 있는데." 표트르 페트로비치가 못마땅하다는 듯 거만하게 말을 잘랐다. "자네가 할 수 있겠나…… 아니 그보다 이렇게 말하는 게 낫겠군. 좀 전에 말한 그 젊은 여자하고 정말로 친한가, 그렇게 친한 사이인가? 그렇다면 지금 바로 그 여자를 잠시 여기 이 방으로 와 달라고 해 주겠나? 다들 벌써 묘지에서 돌아온 모양인데……. 발소리가 나는 걸 보니……. 그 여자를, 그 처자를 좀 만나야 할 일이 있어 그러네."

"무슨 일인데요?" 레베쟈트니코프가 놀라서 물었다.

"그냥 그럴 일이 있네. 나는 오늘내일 중으로 여길 떠나니까, 그 여자에게 알려 주고 싶은 게 있어서……. 그렇지만 그 얘길 하는 동안 자네도 여기 있어 주게. 그게 오히려 좋겠어. 안 그러면 자네가 어떻게 생각할지 모르니."

"저는 절대 아무 생각도 하지 않을 겁니다……. 그냥 그렇게 물어본 거죠. 보실 일이 있다면 그녀를 불러오는 거야 아무 일도 아니에요. 바로 다녀오죠. 하지만 안심하십시오, 절대로 방해하지 않을 테니까."

정말로 오 분쯤 지나자 레베쟈트니코프가 소냐와 함께 돌아왔다. 소냐는 몹시 놀란 얼굴로 여느 때처럼 겁을 내며 들어왔다. 그녀는 이런 경우엔 언제나 겁을 내며 새 얼굴과 새 사람을 두려워했는데, 전에도 어렸을 때부터 그랬던 것이 요즘에는 더 심해져 있었다……. 표트르 페트로비치는 그녀를 '온화하고 정중하게' 맞았으나, 어딘지 유쾌한 친밀감 같은 것을 띠고 있었다. 그것은 표트르 페트로비치가 생각하기에 자기와 같이 명예가 있고 점잖은 인사가 그녀처럼 젊고 또 어떤 의미에서는 **흥미 있는** 존재를 대할 때 알맞은 태도였다. 그는 급히 그녀에게 '용기를 북돋워 주려고' 애쓰면서 탁자를 사이에 두고 자기 맞은편에 앉게 했다. 소냐는 앉아서 주위를 두리번거렸다. 레베쟈트니코프에게, 탁자 위에 놓인 돈에, 그리고 갑자기 다시 표트르 페트로비치에게 시선을 옮기더니, 못 박힌 듯 그에게서 눈을 떼지 않았다. 레베쟈트니코프는 문 쪽으로 가려고 했다. 표트르 페트로비치는 일어나서 소냐에게 그대로 앉아 있으라는 손짓을 하고는, 레베쟈트니코프를 문간에서 붙들어 세웠다.

"라스콜니코프가 거기 있던가? 와 있었나?" 그가 속삭이는 소리로 물었다.

"라스콜니코프요? 거기 있던데요. 왜 그러시죠? 네, 거기 있어요……. 지금 막 들어오는 걸 제가 봤어요……. 그런데 왜 그러시죠?"

"그렇다면, 자네에게 특별히 부탁하는데, 더더욱 이 자리에 같이 남아 있어 주게, 나를 저…… 아가씨하고 단둘이 남겨 두지 말고. 아무 일도 아니지만 무슨 억측을 할지 누가 알겠나. 난 라스콜니코프가 **거기서** 이상한 소릴 퍼뜨리는 걸 원치 않네. 알겠나, 내가 무슨 말을 하는지?"

"아, 알겠습니다, 알겠습니다!" 레베쟈트니코프는 퍼뜩 알아챘다. "그래요, 당신 말이 옳습니다……. 물론 제 생각으로는 지나친 걱정이라고 믿지만, 그러나…… 그래도 당신 말이 옳아요. 좋습니다. 남아 있겠어요. 방해가 안 되도록 여기 창가에 서 있죠……. 제 생각으로도 당신이 옳습니다……."

표트르 페트로비치는 소파로 돌아와 소냐 맞은편에 앉더니, 주의 깊게 그녀를 쳐다보다가 갑자기 대단히 무게 있고 다소 엄격하기까지 한 표정을 지었다. '허튼 생각은 절대 하지 마, 이 아가씨야'라고 말하는 듯한 얼굴이었다. 소냐는 몹시 당황했다.

"우선 소피야 세묘노브나, 존경해 마지않는 당신 어머님께 사죄의 말씀을 전해 주십시오……. 분명히 그런 것 같은데요? 카체리나 이바노브나는 당신에게 어머니를 대신하고 계신 게 맞죠?" 표트르 페트로비치는 무게 있으면서도 상당히 상냥한 어조로 말을 시작했다. 더없이 친절한 의도를 가지고 있다는 걸 느끼게 하는 어조였다.

"네, 그렇습니다. 바로 그래요. 어머니 대신이세요."소냐는 두려워하며 황급히 대답했다.

"음, 그러면 제가 사죄드린다고 어머님께 잘 말씀해 주십시오. 실은 제가 부득이한 사정으로 결례를 할 수밖에 없게 되어, 이렇게 친절하게 초대해 주셨는데 댁의 다과회…… 아니 추도연에 갈 수 없다고 말입니다."

"그러세요, 말씀드리겠어요, 지금 곧."소냐는 급히 의자에서 발딱 일어났다.

"**아직** 제 말이 끝나지 않았어요."표트르 페트로비치는 그녀가 좀 단순하고 예의범절을 잘 모르는 것을 보고 빙그레 웃으면서 그녀를 말렸다. "소피야 세묘노브나, 이런 대수롭지 않은, 저 한 사람만의 일로 당신 같은 분을 수고스럽게 제 방으로 오시게 했다고 생각하신다면, 저를 잘 모르시는 겁니다. 제 목적은 다른 데 있습니다."

소냐는 황급히 앉았다. 탁자에서 치우지 않은 회색과 무지개색의 지폐*가 다시 눈앞을 스쳤으나, 그녀는 재빨리 얼굴을 돌려 표트르 페트로비치를 쳐다보았다. 남의 돈을 쳐다본다는 것이 특히 자기와 같은 여자에게는 대단히 무례한 일이라고 갑자기 여겨졌던 것이다. 그녀는 표트르 페트로비치의 왼손에 들려 있는 손잡이가 달린 금테 안경과 같은 손의 가운뎃손가락에 끼고 있는 누런 보석이 박힌 큼직하고 묵직한 매우 아름다운 반지에 시선을 고정시키려 했으나, 갑자기 그것에서 눈을 떼고는 어찌할 바를 모른 나머지 또다시 표트르 페트로비치의 눈을 똑바로 쳐다보고야 말았다. 그는 아까보다 더 무게를 잡으며 입을 다물고 있다가 말을 이었다.

"어제 지나는 길에 불행한 카체리나 이바노브나와 두어 마디 나눌 기회가 있었습니다. 그 두어 마디로 그분이, 이렇게 말해도 좋을지 모르겠지만…… 부자연스러운 상태라는 것을 충분히 알 수 있겠더군요."

"네…… 부자연스러운." 소냐가 다급하게 맞장구를 쳤다.

"또는 더 간단히, 더 알기 쉽게 말하자면 병적인 상태였습니다."

"네, 더 간단히, 더 알기 쉽게는…… 네, 병이세요."

"그렇지요. 그래서 말인데, 그분의 피할 수 없는 불행한 운명을 예견하게 되니, 인간애와 그리고 에에, 이를테면 동정심에서, 제 편에서 무슨 도움이라도 되어 드리고 싶습니다. 보아하니 그 불쌍하기 짝이 없는 가족이 지금 당신 한 사람에게 모두 매달려 있는 것 같더군요."

"죄송하지만, 여쭈어 봐도 될까요." 갑자기 소냐가 자리에서 일어섰다. "어제 어머니께 연금을 받을 수 있을지도 모른다고 말씀하셨다고요? 그래서 어머닌 당신께서 연금이 나오도록 애써 주시기로 하셨다고 어제도 제게 말씀하셨어요. 그게 정말인가요?"

"전혀 아닙니다. 어떤 의미에선 엉뚱하기조차 하군요. 저는 근무 중에 사망한 관리의 미망인에게 지급되는 일시적인 보조금에 대해 잠깐 언급했을 뿐입니다. 그것도 후원이 있어야 가능하지요. 그런데 돌아가신 부친께서는 연한을 채우지 못하셨을 뿐만 아니라, 최근에는 전혀 근무도 하지 않으신 것 같던데요. 한마디로, 설령 희망이 있다손 치더라도 아주 꿈같은 얘깁니다. 이 경우에는 사실, 보조금을 받을 권리가 있기는커녕 오히려 그 반대이지요······. 그런데 연금까지 생각하시다니, 헤헤헤! 참 재빠른 부인이시군!"

"네, 연금을 생각하시는 건······. 그건 그분이 뭐든 쉽게 믿으시고 사람이 좋아서 그러신 거예요. 사람이 좋아서 어떤 말이든 믿으시고, 게다가······ 게다가······ 게다가······ 지금 머리가 그러셔서······. 네······ 그럼 실례하겠어요." 소냐는 이렇게 말하고는 다시 가려고 일어섰다.

"잠깐, 아직 다 듣지 않으셨습니다."

"네, 아직 다 듣지 않았군요." 소냐가 중얼거렸다.

"그러니까, 자, 어서 앉으세요."

소냐는 몹시도 당황해서 세 번째로 다시 앉았다.

"불쌍한 어린것들을 거느리고 있는 그분의 그런 딱한 처지를 보니 이미 말했다시피, 어떻게든 힘닿는 대로 도움이 되어 드리고 싶습니다. 힘닿는 대로이지 그 이상은 아니고요. 가령 그분을 위해 모금을 할 수도 있고, 혹은 복권이나······ 그런 종류의 뭔가를 할 수 있을 겁니다. 언제나 이런 경우에는 가까운 사람이나, 혹은 남이라도 대체로 돕기를 원하는 사람들이 이 일을 추진하는 것입니다. 바로 이 이야기를 당신에게 하고 싶었습니다. 그런 일은 가능할 겁니다."

"네, 정말 훌륭한 일이에요…… . 하느님께서 반드시 당신을……." 소냐는 표트르 페트로비치를 뚫어지게 바라보면서 말을 더듬거렸다.

"가능합니다. 그렇지만…… 이 문제는 나중에…… 아니 오늘이라도 시작할 수 있을 겁니다. 저녁에 만나서 의논하고 이른바 기초를 놓기로 합시다. 7시경에 이곳 제 방으로 들러 주시지요. 안드레이 세묘노비치도 이 일에 함께 해 주리라 기대합니다……. 그러나…… 여기에 한 가지 미리 신중하게 말씀드려 두어야 할 게 있어요. 소피야 세묘노브나, 당신을 수고스럽게 이곳으로 와 달라고 부른 것도 바로 그 때문입니다. 다름이 아니라 제 의견은 이렇습니다. 돈은 카체리나 이바노브나의 손에 직접 쥐어 주면 안 됩니다. 위험하니까요. 그 증거가 바로 오늘의 추도연입니다. 당장 내일 먹을 빵 조각 하나 없고…… 신발이며 뭐며 아무것도 없으면서, 오늘은 자메이카산 럼주에, 마데이라 포도주에, 또, 또, 또 커피까지 사들이는 것 같더군요. 지나는 길에 봤습니다. 내일이면 또다시 마지막 빵 한 조각까지 모조리 당신에게 매달리겠지요. 이건 정말 말도 안 되는 일입니다. 그래서 모금 건도 제 개인적인 생각으로는, 불행한 미망인이 그 돈에 대해서 전혀 모르도록, 그러니까 당신 혼자만 아는 것으로 해야 한다는 겁니다. 제 말이 옳지요?"

"저는 모르겠어요. 어머니가 오늘 그러시는 것은 단지…… 평생 단 한 번 있는 일이어서…… 어머닌 몹시도 공양을 올리고 싶어 하시고, 고인에게 예우를 다 하고 싶으시고, 추모하고 싶으신 마음에…… 하지만 매우 현명하신 분이에요. 그렇지만 좋으실 대로 하세요. 저는 정말, 정말, 정말…… 가족들도 모두 당신에게…… 하느님께서 당신을…… 그리고 아버지 없는 아이들도……."

소냐는 말을 맺지 못하고 울음을 터뜨렸다.

"그럼 됐습니다. 자, 그럼 그렇게 알고 계시고, 이제 당신 어머니를 위해서 저 개인적인 힘에 알맞은 이 금액을 우선 받아 주십시오. 신신당부 드리는데, 제발 제 이름은 밝히지 말아 주십시오. 자, 여기…… 제게도 여러 어려운 사정이 있어서 더는 할 형편이 못 됩니다……."

그리고 표트르 페트로비치는 10루블짜리 지폐 한 장을 정성껏 펴서 소냐에게 내밀었다. 소냐는 그걸 받고는 얼굴을 붉히면서 발딱 일어나 뭔가를 중얼거리더니 황급히 작별 인사를 하기 시작했다. 표트르 페트로비치는 거드름을 피우며 그녀를 문까지 배웅했다. 마침내 그녀는 몹시 흥분하고 지친 상태로 방을 뛰쳐나가, 극도로 당황한 모습으로 카체리나 이바노브나에게로 돌아갔다.

이 촌극이 진행되는 동안 안드레이 세묘노비치는 대화를 끊어 놓지 않으려고 내내 애쓰면서 창가에 서 있기도 하고 방 안을 이리저리 걷기도 하다가, 소냐가 나가자 갑자기 표트르 페트로비치에게 다가가서 엄숙하게 그에게 손을 내밀었다.

"저는 모든 것을 듣고, 모든 것을 **보았습니다**."그는 마지막 말에 특히 힘을 주면서 말했다. "정말 고결한 행동입니다, 아니 제가 하고 싶었던 말은 인도적이라는 것입니다! 당신은 감사받길 피하고 싶어 하셨지요, 전 보았습니다! 솔직히 말씀드려서, 저는 개인적인 자선에는 원칙적으로 동감할 수 없어요. 왜냐하면 그건 악을 철저하게 근절하지 못할뿐더러 오히려 더 조장하니까요. 하지만 당신의 행동을 보며 만족감을 느꼈다는 걸 고백하지 않을 수 없군요. 네, 네, 정말로 마음에 듭니다."

"에이, 뭐 아무것도 아닌데!"표트르 페트로비치는 약간 흥분해서, 웬일인지 레베쟈트니코프를 눈여겨 살피면서 중얼거렸다.

"아뇨, 아무것도 아닌 게 아닙니다! 어제 일로 모욕을 당하고 분개해 있으면서도 동시에 다른 사람의 불행에 대해 생각할 줄 아는 당신 같은 사람, 그런 사람은…… 비록 자신의 행동으로 사회적인 과오를 범하고 있다 할지라도, 그래도…… 존경받을 만한 자격이 있습니다! 저는 실은, 표트르 페트로비치, 당신이 이런 일을 하시리라곤 기대하지도 않았어요. 더구나 당신의 견해로 미루어 보아 더 그랬던 겁니다. 오! 당신의 견해가 당신을 얼마나 방해하고 있는지! 이를테면 어제의 그 실패가 당신을 얼마나 흥분시키고 있습니까."사람 좋은 안드레이 세묘노비치는 다시금 표트르 페트로비치에게 강한 호감을 느끼면서 외쳤다. "그리고 무엇 때문에, 무엇 때문에 당신에게 이 결혼이, 이 **법률적인** 결혼이 꼭 필요한 거죠, 고결하고 친절하신 표트르 페트로비치? 무엇 때문에 당신에게 결혼의 그 **적법성**이 꼭 필요한 건가요? 자, 원하신다면 절 때리십시오. 그러나 저는 기쁩니다, 기뻐요, 그 결혼이 성사되지 않아서, 당신이 자유로운 몸이어서, 인류를 위해 당신이 아직 완전히 파멸당하지 않아서 너무 기쁩니다……. 아시겠지요, 저는 이제 당신에게 제 속마음을 다 털어놓았습니다!"

"그건 자네들이 말하는 그 자유결혼이란 걸 해서 뿔*을 달고 다니기도 싫고 남의 아이들을 키우기도 싫어서, 바로 그 때문에 나에겐 법률적인 결혼이 필요하다는 거네." 루쥔은 그저 무슨 대답이든 하려고 이렇게 말했다. 그는 뭔가 특별히 마음 쓰이는 게 있어서 생각에 잠겨 있었다.

"아이? 아이라고 하셨나요?" 안드레이 세묘노비치는 진군나팔 소리를 들은 군마처럼 몸을 부르르 떨었다. "아이는 가장 중요한 사회 문제죠. 동의합니다. 그러나 아이 문제는 다른 방법으로 해결될 겁니다. 어떤 사람들은 가정과 연관된 모든 것을 부정하듯이 아이 또한 완전히 부정하고 있죠. 아이들에 대해서는 나중에 얘기하기로 하고, 지금은 뿔에 대해 논해 보지요! 고백하지만, 이건 제가 제일 좋아하는 주제입니다. 경기병들이나 쓰는 푸쉬킨의 이 추잡한 표현*은 미래의 사전에서는 생각할 수조차도 없을 거예요. 대체 그 뿔이란 게 뭡니까? 오, 이 무슨 어처구니없는 오해냐고요! 어떤 뿔 말이죠? 무엇을 위한 뿔인데요? 이게 무슨 헛소리입니까! 반대로 자유결혼에서는 그런 게 있지도 않을 거예요! 뿔은 모든 법률적 결혼의 자연적인 결과일 뿐이에요. 말하자면 법률적 결혼의 수정이고, 그것에 대한 저항인 거죠. 따라서 그런 의미에서 뿔은 조금도 창피할 게 없어요. 만약 제가 언젠가—어디까지

나 어리석은 가정이긴 하지만—법률적 결혼을 하게 된다면, 당신이 그렇게 저주하는 뿔을 오히려 기뻐할 겁니다. 그리고 아내에게 이렇게 말할 거예요. '여보, 지금껏 나는 당신을 사랑하기만 했소. 그러나 이제 당신을 존경하오. 당신은 용기 있게 저항할 줄 알게 됐기 때문이오!'* 웃으시는 겁니까? 그건 당신이 편견을 떨쳐 버리시지 못했다는 증거예요! 젠장, 법률적 결혼에서 아내에게 속게 되면 얼마나 불쾌한지는 저도 이해해요. 그러나 그것은 양쪽 모두에게 굴욕적인 비열한 사실의 비열한 결과에 불과한 거예요. 자유결혼에서처럼 뿔이 공개적이 된다면, 뿔은 더 이상 존재하지 않아요. 뿔은 생각할 수도 없고, 뿔이라는 명칭마저 없어지게 되죠. 오히려 당신의 부인은 그런 행위를 통해 당신을 얼마나 존경하는가를 증명해 줄 겁니다. 그건 부인이 당신을 아내의 행복을 가로막지 않을 사람으로, 새로운 남편 때문에 아내에게 복수 따위는 하지 않을 정도로 정신적으로 발달한 사람으로 여긴다는 의미니까요. 빌어먹을, 저는 이따금 이런 공상을 하는데, 만약 저를 시집보낸다면, 젠장 무슨 소리야! 아니 만약 제가 결혼을 해서(자유결혼이든 법률적 결혼이든 상관없어요) 오랫동안 아내가 정부를 만들지 않는다면, 아마도 제 쪽에서 아내에게 정부를 데려다 줄 거예요. 그리고 '여보' 하고 아내에게 말할 겁니다. '난 당신을 사랑하오. 그러나 나는 무엇보다 당신이 날 존경해 주길 원하오, 자, 여기!' 하고요. 그렇잖습니까, 제 말이 옳지 않습니까……?"

표트르 페트로비치는 들으면서 히히거리고 있었으나, 그다지 흥미를 느끼는 것은 아니었다. 심지어 별로 듣고 있지도 않았다.

사실 그는 뭔가 다른 일을 생각하고 있었고, 레베쟈트니코프도 마침내 그것을 눈치챘다. 표트르 페트로비치는 흥분하기까지 해서, 손을 비비면서 생각에 잠겨 있었다. 나중에 가서야 안드레이 세묘노비치는 이 모든 것을 떠올리고 판단하게 되었다…….

2

무엇 때문에 카체리나 이바노브나의 혼란스러운 머릿속에 이 무의미한 추도연에 대한 구상이 생겨났는지 정확히 설명하기는 어려울 것이다. 사실 말이지, 정작 마르멜라도프의 장례 비용으로 라스콜니코프에게서 받은 20루블 남짓 되는 돈에서 거의 10루블은 추도연에 써 버리고 말았다. 아마도 카체리나 이바노브나는 그 집에 세 들어 사는 모든 사람과 특히 아말리야 이바노브나에게, 고인이 '그들보다 결코 못하지 않을 뿐 아니라 어쩌면 훨씬 훌륭'했으며, 그들 중 어느 누구도 고인 앞에서 '코를 쳐들' 권리가 없다는 걸 알려 주기 위해서 그를 '제대로' 추도하는 것을 고인에 대한 자신의 의무로 여기고 있었는지도 모르겠다. 어쩌면 우리들의 생활에서 누구에게나 의무처럼 되어 있는 어떤 사회적인 의례를 치르게 될 때 많은 가난한 사람들이 마지막 힘을 다해 허세를 부리면서, 그저 '남들보다 못하지 않기 위해', '남들에게 비난을 받지 않기 위해' 저축해 둔 마지막 한 푼까지 다 털어서 거기에다 써 버리고 마는 **가난한 사람** 특유의 그 **자존심**이 여기에 무엇보다 큰 영향을 주었는지도 모르겠다. 그리고 또 카체리나 이바노브나는 자기가 이 세상 모든 사람들로부터 버림받았다고 여겨지는 지금, 저 '비천하고 더러운 셋방살이들' 모두에게 자기가 '생활 예법과 손님 접대를 알고 있을' 뿐만 아니라, 자기는 이런 신세가 되려고 교육받은 게 아니고 '귀족이라고도 할 수 있는 고상한 대령 집안'에서 자라났으며, 결코 자기 손으로 마룻바닥을 쓸고 밤마다 아이들 누더기를 빨게 되어 있는 그런 사람이 아니라는 것을 이 기회에 보여 주고 싶었다는 것도 분명했다. 이러한 자존심과 허영심의 발작은 이따금 몹시 가난하고 짓눌린 사람들에게 찾아와, 초조하고 억제할 수 없는 욕구로 변하는 일이 때로 있는 법이다. 더구나 카체리나 이바노브나는 절대로 짓눌린 사람이 아니었다. 환경이 그녀를 완전히 죽일 수는 있을지언정, 정신적으로 그녀를 **때려눕히는 것**, 즉 그녀의 자유를 위협하고 굴복시키는 것은 불가능했다. 게다가 소네치카가 그녀의 머리가 이상하다고 말한 것은 충분히 근거가 있는 얘기였다. 확실히 그렇다는 결론까지는 아직 내릴 수 없으나, 실제로 최근 일 년 동안 그녀의 불쌍한 머리는 너무나 시달린 나머지 어느 정도라도 손상을 입지 않을 수가 없었다. 의사들이 말하듯이, 폐병의 격심한 진전도 지적 능력을 혼란시키는 원인이 되고 있었다.

 술은 갖가지라고 할 만큼 종류가 다양하지는 않았다. **마데이라** 포도주도 없었다. 그런 것은 과장에 불과했으나, 그렇다고 술이 없는 것은 아니었다. 보드카, 럼주, 리스본 포도주 등으로, 모두 형편없는 것들이었지만 양은 충분했다. 음식은 꿀죽* 외에도 서너

가지의 요리가 있었는데(그 가운데에는 블린도 있었다), 모두 아말리야 이바노브나의 부엌에서 날라 온 것이었고, 그 밖에도 식후에 마실 차와 펀치를 위해 사모바르가 한꺼번에 두 개나 준비되어 있었다. 장을 보는 일은 카체리나 이바노브나가 어떤 궁상맞은 남자를 데리고 직접 해결했는데, 무엇 때문에 립페베흐젤 부인 집에 기거하고 있는지 아무도 모르는 폴란드 남자였다. 심부름꾼으로 카체리나 이바노브나에게 곧바로 보내진 이 사나이는 어제 온종일과 오늘 아침나절 내내 혀를 내민 채 정신없이 헐레벌떡 뛰어다니면서, 자신의 그런 모습이 남의 눈에 띄도록 유난히 애를 쓰는 듯했다. 조금만 무슨 일이 있어도 일일이 카체리나 이바노브나에게 물어보려 일 분이 멀다 하고 달려오고, 심지어 공설 시장까지 그녀를 찾으러 뛰어오기도 하면서 연방 그녀를 '소위 부인'이라고 불러 주는 바람에, 그녀도 처음엔 이 '친절하고 너그러운' 양반이 없으면 자기는 정말 꼼짝도 못 할 거라고 말하기도 했으나, 마침내는 넌더리가 나고 말았다. 카체리나 이바노브나는 처음 만난 사람에겐 누구나 더없이 아름답고 찬란한 색채로 치장해서 성급하게 칭송해 대는 버릇이 있어서, 사람에 따라서는 무안해질 정도였다. 그리고 그 사람을 칭송하려는 나머지 전혀 있지도 않은 여러 가지 상황을 생각해 내서, 자기도 정말 진심으로 그것을 사실처럼 믿다가는 갑자기 단번에 환멸을 느끼게 되어, 불과 몇 시간 전만 하더라도 글자 그대로 숭배하고 있던 사람과의 관계를 끊어 버리고 침을 뱉고 내쫓아 버리는 성질이었다. 그녀는 천성적으로 잘 웃고 명랑하고 온화한 성격이었으나, 끊임없는 불행과 실패로 말

미얌아, 모든 사람들이 오로지 평화와 기쁨 속에서 살고 다른 식으로 사는 것은 **감히 생각지도 못하기를** 너무나 **강렬하게** 바라고 요구하게 된 나머지, 생활 속의 아주 가벼운 불협화음이나 극히 사소한 실패까지도 그녀를 즉시 거의 광분 상태로 몰아넣었다. 그러면 조금 전까지도 찬란하기 그지없는 희망과 공상에 젖어 있다가 느닷없이 한순간에 운명을 저주하고, 손에 닿는 대로 모든 것을 찢고 집어 던지고 머리를 벽에다 찧기 시작하곤 했다. 아말리야 이바노브나도 무슨 까닭에선지 갑자기 카체리나 이바노브나로부터 특별한 인정과 존경을 받게 되었는데, 그것은 오로지 이 추도연이 계획됐을 때 아말리야 이바노브나가 충심으로 모든 수고를 함께 하겠다고 나선 때문인 듯했다. 그녀는 식탁 준비에서부터 식탁보와 식기, 기타의 것들을 마련하고 자기 부엌에서 음식을 만드는 일까지 도맡아 주었다. 카체리나 이바노브나는 그녀에게 모든 권한을 주어 일체를 맡기고, 자기는 묘지로 출발했다. 실제로 모든 것은 훌륭하게 준비되었다. 상은 깨끗하게 차려져 있었다. 그릇, 포크, 나이프, 술잔, 컵, 찻잔 등 이 모든 것은 물론 여러 세입자들에게서 빌려 온 것이어서 모양도 크기도 제각각이었으나, 어쨌든 때가 되자 다들 제자리에 놓여졌다. 그래서 아말리야 이바노브나는 자기 역할을 아주 훌륭하게 해냈다는 걸 느끼면서, 새 상장(喪章)을 단 모자와 검은 드레스로 성장을 하고는 자랑스럽기까지 한 모습으로 집으로 돌아온 사람들을 맞았다. 이 자랑스러운 기분은 당연한 것이었으나, 왜 그런지 카체리나 이바노브나는 고까웠다. '흥, 아말리야 이바노브나 자기가 없었다면 상도 못 차렸을 거라는 식이군!' 새 상장을 단 모자도 역시 마음에 들지 않았다. '어쩌면 이 바보 같은 독일 년은 여주인인 자기가 자비심에서 가난한 셋방살이들을 도와주기로 한 거라고 뻐기고 있는 게 아닐까? 자비심에서! 천만의 말씀! 대령이었고 도지사나 다름없었던 이 카체리나 이바노브나의 아버지 집에선 어떤 땐 마흔 명 분의 식사를 준비하기도 했었다고. 누군지도 모르는 아말리야 이바노브나 따윈, 아니 류드비고브나라고 하는 게 낫지, 그런 여자는 부엌에도 들여놓지 않았을걸…….' 그러나 카체리나 이바노브나는 비록 속으로는 오늘은 반드시 아말리야 이바노브나의 콧대를 꺾어서 제 분수를 알게 해 주자, 안 그러면 정말 자기가 뭐나 된다고 생각할 거다라고 결심하고 있었으나, 때가 될 때까지는 그런 감정을 입 밖에 내지 않기로 작정하고 당분간은 그냥 냉정하게 대하고 있었다. 또 한 가지 불쾌한 일도 카체리나 이바노브나의 역정을 돋우고 있었다. 장례식에 와 달라고 초대된 셋방 사람들은 묘지까지 쫓아왔던 폴란드 사람을 빼고는 장례식에 거의 아무도 얼굴을 비치지 않더니, 추도연에는, 즉 차려 놓은 음식 앞에는 가장 시시하고 궁상맞은 치들까지 다 나타났는데 대부분은 인간 같지도 않은 쓰레기들이었다. 게다가 그들 중에서도 나이가 좀 지긋하고 의젓한 사람들은 마치 약속이나 한 듯이 쏙 빠져 버렸다. 이를테면 세입자들 가운데 가장 의젓한 사람이라 할 수 있는 표트르 페트로비치 루쥔은 나타나지 않았다. 그런데 카체리나 이바노브나는 바로 엊저녁만 해도 온 세상 사람들, 그러니까 아말리야 이바노브나와 폴레치카와 소냐와 폴란드 남자에게 그 사람은 고결하고 너그럽기 그지없는 분이며 엄청난 연고와 재산을 가졌고, 자기 첫 남편의 옛 친구이자 자기 아버지의 집에도 드나들었던 사람으로, 자기에게 상당한 연금이 나오도록 모든 수단을 다 써 주기로 약속했다고 떠벌렸던 것이다. 여기서 한마디 해 두지만, 카체리나 이바노브나가 어떤 누구의 연고나 재산을 자랑했다 하더라도, 그것은 절대로 무슨 이익이나 개인적인 타산에서 그러는 것이 아니라, 사심이라곤 손톱만큼도 없이 말하자면 선의에 넘치는 가슴에서 나온 것으로, 오로지 그 사람을 칭찬하고 그의 가치를 한층 더 높여 주는 기쁨을 누리기 위한 것에 지나지 않았다. 루쥔에 이어, 아마도 '그를 흉내 내는' 것인지 '그 더러운 망나니 레베쟈트니코프'도 오지 않았다. '그놈은 자기가 뭐라도 되는 줄 아나 보지? 순전히 자비심에서, 그것도 표트르 페트로비치와 한방을 쓰고 있고 그 사람하고 아는 사이라고 하기에, 초대하지 않기가 거북해서 오라고 해 줬더니.' '나이 처먹은 노처녀' 딸년이 있는 그 거드름 피우는 부인도 오지 않았다. 이들은 아말리야 이바노브나 집에서 세를 산 지 겨우 두 주일밖에 되지 않았지만, 특히 고인이 술에 취해서 돌아왔을 때는, 마르멜라도프 가족의 방에서 일어나는 소동과 아우성에 대해 벌써 몇 번씩이나 불평을 한 적이 있었다. 물론 카체리나 이바노브나는 아말리야 이바노브나를 통해서 이것을 이미 잘 알고 있었다. 아말리야 이바노브나가 그녀하고 싸우며 식구를 다 내쫓겠다고 위협을 하다가, 너네 식구들은 '발뒤꿈치에도 못 따라갈 고상한 세입자들'을 괴롭히고 있다고 고래고래 소릴 질렀기 때문이다. 그래서 카체리나 이바노브나는 '자기로서는 발뒤꿈치에도 못 따라갈' 이 부인과 딸을 오늘 일부러 초대하기로 한 것인데, 더구나 이 부인은 지금까지 우연히 만날 때마다 거만하게 외면을 하곤 했으므로, 이쪽은 '더욱 고상하게 생각하고 느끼는 사람들인 지라 원한을 품지 않고 초대한다'는 것을 그 여자로 하여금 알게 해 주고, 동시에 이 카체리나 이바노브나가 이런 신세로 사는 데 익숙한 사람이 아니라는 것을 두 눈으로 직접 보게 해 주기 위해 서였다. 식사를 하면서 이것을 돌아가신 아버지의 도지사 직책과 함께 꼭 설명해 주고, 아울러 우연히 만나게 될 때 그렇게 고개를 돌려 봤자 소용없으며 대단히 어리석은 일이라는 것을 넌지시 꼬 집어 줄 작정이었다. 뚱뚱한 중령(실제로는 퇴역한 2등 대위였 다)도 역시 오지 않았지만, 이 사람은 어제 아침부터 '취해서 완전 히 뻗어 있다'는 것이 밝혀졌다. 요컨대, 나타난 사람이라곤 그 폴 란드 남자와 기름땟국에 절은 연미복을 입고 여드름투성이에 역 한 냄새를 풍기는 말수가 적고 꾀죄죄한 사무원과 옛날에 어느 우 체국에서 근무했다고는 하지만 기억도 할 수 없는 그 언젠가부터 무슨 이유에서인지 모르나 누군가가 아말리야 이바노브나의 셋 방에 들여놓은, 귀머거리에다 장님에 가까운 어떤 노인네가 전부 였다. 그리고 또 한 사람, 술에 취한 퇴역 중위, 실제로는 군량징 발부의 관리였던 자가 무례하게 큰 소리로 웃어 대면서 들어왔는 데, '상상을 좀 해보시라', 그자는 조끼도 입고 있지 않았다! 또 누 군지 알지도 못하는 한 사나이가 카체리나 이바노브나에게 인사 도 하지 않고 곧장 식탁 앞에 가서 앉았고, 마지막으로 또 한 인간 은 옷이 없어서 잠옷 바람으로 들어오려고 했는데, 아무래도 그건 너무 무례한 짓이었으므로 아말리야 이바노브나와 폴란드 사람이 그를 간신히 밖으로 끌어냈다. 그런데 폴란드 남자는 아말리야 이바노브나의 셋방에 산 적도 전혀 없고 여태까지 아무도 이곳에서 본 적이 없는 어떤 다른 폴란드 남자를 둘씩이나 달고 왔다. 이런저런 것들이 모두 카체리나 이바노브나의 기분을 망쳐 놓았고 화나게 만들었다. '이럴 거라면 대체 누굴 위해 이런 준비를 했담?' 심지어 자리가 비좁다고 아이들은 그렇잖아도 온 방을 차지하고 있는 식탁 앞에는 앉히지도 못하고, 뒷쪽 한 편에 있는 궤짝 위에다 먹을 걸 따로 차려 주고 두 어린것을 긴 걸상에 앉혔다. 그래서 폴레치카는 맏이로서 동생들의 시중을 들어 주고, 음식을 먹여 주고, '훌륭한 집안의 아이들'처럼 코를 닦아 주어야만 했다. 요는 이렇게 되자 카체리나 이바노브나는 자신도 모르게 한층 더 거드름을 피우고 오히려 거만한 태도까지 보이면서 손님을 맞지 않을 수가 없었다. 그중 어떤 손님들에게는 특히 엄한 눈초리로 훑어보고, 깔보듯이 식탁 앞에 앉으라고 권했다. 왠지 카체리나 이바노브나는 참석하지 않은 사람들 전부에 대해 아말리야 이바노브나가 책임을 져야 한다고 여기고, 갑자기 그녀에게 아주 아무렇게 대하기 시작했으므로, 이쪽에서도 금방 그것을 눈치채고 몹시 감정이 상하고 말았다. 이런 시작이 좋은 결말을 예고할 수는 없었다. 드디어 다들 자리에 앉았다.

라스콜니코프는 사람들이 묘지에서 돌아온 때와 거의 동시에 들어왔다. 카체리나 이바노브나는 그가 온 것을 굉장히 기뻐했다. 왜냐하면, 첫째 그는 거기 온 사람 가운데 유일하게 '교양 있는 손님'인데다. '다들 알다시피 이 년 후면 이곳의 대학에서 교수직에 오르시게 돼 있었고', 둘째, 그는 장례식에 꼭 참석하려고 했으나 부득이 그럴 수가 없었다고 그녀에게 이내 정중하게 사과했기 때문이었다. 그녀는 덤벼들다시피 그에게로 뛰어가서 자기 왼쪽 옆자리에 앉히고(오른쪽에는 아말리야 이바노브나가 앉았다) 음식이 제대로 나와서 모두에게 잘 돌아가도록 끊임없이 신경을 쓰고 바쁘게 살피면서, 요 이틀 새에 유난히 심해진 듯한 기침 때문에 계속 말이 끊기고 숨이 막힐 것 같은데도 불구하고 연방 라스콜니코프 쪽을 돌아보며 마음속에 쌓인 모든 감정과 잘되지 않은 추도연에 대한 당연한 분노를 반쯤 속삭이는 듯한 어조로 모두 성급하게 털어놓기 시작했다. 그러나 그 분노는 그 자리에 모인 손님들, 주로 여주인에 대한 아주 통쾌하고도 도저히 주체할 수 없는 조롱으로 자주 바뀌곤 했다.

"모든 게 저 재수 없는 뻐꾸기 탓이에요. 누굴 말하는지 아시죠? 저 여자 얘기예요, 저 여자!" 그러면서 카체리나 이바노브나는 턱짓으로 여주인을 가리켰다. "좀 보세요, 저렇게 눈이 휘둥그레진 게, 우리가 자기 얘길 하는 걸 눈치채고 있는 거예요. 그런데 무슨 말을 하고 있는지 모르겠으니까 눈을 부라리고 있네요. 쳇, 부엉이 같아! 하하하……! 콜록, 콜록, 콜록! 대체 저런 모자를 쓰고 뭘 보여 주겠다는 걸까? 콜록, 콜록, 콜록! 알아채셨나요, 저 여잔 자기가 날 보호해 주고 있고, 여기 와 준 것도 나에게 영광을 베푸는 거라는 걸 다들 알아주길 드러내 놓고 바라는 거예요. 난 저 여자가 제법 괜찮은 사람인 줄 알고 손님들을 좀 잘, 그러니까 고인의 지인들만 초대해 달라고 부탁했는데, 보세요, 어떤 인간들을 끌고 왔는지. 죄다 무슨 어릿광대뿐이에요! 지저분한 사람들뿐이에요! 저 더러운 얼굴을 한 사내를 좀 보세요. 두 발 달린 코딱지 같군요! 그리고 저 폴란드인들은…… 하하하! 콜록, 콜록, 콜록! 아무도 저 사람들을 여기서 본 적이 없어요, 아무도. 나도 본 적이 없어요. 당신에게 여쭤볼게요, 저 사람들은 대체 왜 온 걸까요? 나란히 얌전히도 앉아 있네. 여보세요, 헤이!"그녀는 갑자기 그들 중의 한 명에게 소리쳤다. "블린 드셨어요? 더 드세요! 맥주도 드시고요, 맥주! 보드카는 어떠세요? 좀 보세요, 벌떡 일어나서 굽신굽신 절을 하잖아요. 보세요, 보세요. 정말 배가 많이 고픈 모양이에요, 불쌍하게도! 괜찮아요, 실컷 먹게 내버려 둡시다. 적어도 소란은 피우지 않으니까, 다만…… 다만 여주인의 은 숟가락이 걱정돼요……! 아말리야 이바노브나!"그녀는 갑자기 모든 사람들에게 다 들릴 목소리로 여주인에게 말을 걸었다. "당신 숟가락을 훔쳐 가도 난 책임 안 져요, 미리 말해 두지만! 하하하!"그녀는 또 라스콜니코프 쪽으로 몸을 돌려 다시 한 번 턱짓으로 여주인을 가리키고는 자신의 그 기발한 말에 기뻐하면서 큰 소리로 웃기 시작했다. "못 알아들었어요, 또 못 알아들었어! 멍청하게 입을 벌리고 앉아 있어요, 좀 보세요. 부엉이, 진짜 부엉이예요, 새 리본을 단 암부엉이예요, 하하하!"

그러나 웃음은 참을 수 없는 기침 때문에 또다시 끊겼다. 기침은 오 분이나 계속되었다. 손수건에 피가 묻었고, 이마에는 땀방울이 배어 나왔다. 그녀는 말없이 라스콜니코프에게 피를 보여 주고는, 숨을 채 돌리기도 전에 곧바로 다시 놀랄 정도로 활기를 띠고 붉은 반점으로 뺨을 물들인 채 소곤거리기 시작했다.

"실은 말이죠, 난 저 여자에게 그 부인과 따님을 초대해 달라고, 말하자면 아주 섬세한 부탁을 했어요, 누굴 말하는 건지 아시죠? 이런 일은 아주 섬세한 태도로 아주 교묘하게 행동해야 하는데, 저 여자는 외지에서 온 그 바보 같은 여자가, 그 방자한 것, 그 하잘것없는 시골뜨기가 말예요, 단지 그 여자가 무슨 소령의 미망인이고 여기 온 건 연금을 타내기 위해 치맛단이 닳도록 관청을 들락거리기 위해서라는 이유로 오지 않게 만들어 버렸답니다. 벌써 쉰다섯 살이나 됐다면서 눈썹을 그린다, 하얀 분을 바른다, 새빨갛게 연지를 칠한다 난리인(이건 모르는 사람이 없어요) 그런 여잔데…… 그런 주제에 초대를 받았으면 마땅히 와야죠. 그런데 그러려고 생각지도 않은데다가, 더구나 만약 올 수 없다면 예의상으로라도 하게 되어 있는 사과 한마디 보내오지 않았어요! 표트르 페트로비치는 또 왜 오지 않았는지 알 수가 없네요. 그런데 대체 소냐는 어딨지? 어디로 간 거야? 아, 저기 이제야 오네! 왜 그러니, 소냐, 어디 있었더랬어? 아버지 장례식인데도 그렇게 시간을 지키지 않다니 이상하구나. 로지온 로마노비치, 애를 옆에 앉게 해 주세요. 자, 네 자리다. 소네치카…… 뭐든 먹고 싶은 대로 들어라. 젤라틴을 씌운 생선이라도 먹어 봐, 그게 좋겠다. 이제 블린이 나올 거야. 그런데 아이들에게는 주었나? 폴레치카, 거기도 다 있니? 콜록, 콜록, 콜록! 그래, 됐다. 착하지 레나, 콜랴는 그렇게 발을 흔들면 못써, 도련님답게 점잖게 앉아 있어야지. 뭐라고,

소네치카?"

소냐는 모든 사람이 다 들을 수 있도록 큰 소리로 말하려고 애쓰면서, 표트르 페트로비치 대신에 자기가 지어내기도 하고 수식하기도 한, 아주 애써 골라낸 가장 정중한 표현으로 그의 사죄의 말을 다급하게 전했다. 그녀는 표트르 페트로비치가 **여러 용건에 대해** 단둘이 할 얘기도 있고, 앞으로 어떤 일을 할 수 있고 어떤 조치를 취할 수 있는지에 대해 의논하기 위해서, 되도록 빨리 찾아뵐 것이라는 말을 전해 달라고 특별히 당부했다고 덧붙였다.

소냐는 이 이야기가 카체리나 이바노브나의 마음을 누그러뜨리고 안심시킬 뿐만 아니라, 그녀를 치켜세워 주고, 무엇보다 그녀의 자존심을 만족시켜 주리라는 것을 알고 있었다. 그녀는 라스콜니코프 옆에 앉아 재빨리 인사를 하고 힐끗 호기심에 찬 눈길을 던졌다. 그러나 그런 다음에는 그쪽을 보거나 말을 나누는 것을 왠지 계속 피하고 있었다. 소냐는 카체리나 이바노브나를 기쁘게 해 주기 위해 계속 그녀의 얼굴을 보고 있었으나, 어쩐지 멍하니 마음이 다른 데 가 있는 것 같았다. 그녀도 카체리나 이바노브나도 상복이 없어서 입고 있지 않았다. 소냐는 되도록 어두운색을 골라 무슨 흑갈색의 옷을 입고 있었고, 카체리나 이바노브나가 입은 옷은 그녀의 단벌옷인 줄무늬가 있는 어두운색의 무명옷이었다. 표트르 페트로비치에 대한 보고는 순조롭게 끝났다. 엄숙하게 소냐의 이야기를 다 듣고 나서 카체리나는 역시 엄숙한 어조로 표트르 페트로비치의 건강은 어떠냐고 물었다. 그러고는 이내 라스콜니코프에게 **속삭이는 것이긴 했지만** 다들 들으라는 식으로 소리

내어, 아무리 자기네 집안에 대해 각별히 헌신적인 마음을 품고 있고, 또 자기 아버지와의 옛 우정을 간직하고 있다 하더라도, 표트르 페트로비치같이 존경할 만하고 의젓한 사람이 이런 '괴상한 패거리'에 끼인다면 오히려 정말 이상할 거라고 말했다.

"그래서 로지온 로마노비치, 이런 형편인데도 불구하고 제 변변찮은 초대에 쾌히 응해 주셔서 각별히 감사드려요." 그녀는 다른 사람들에게도 다 들릴 정도의 큰 소리로 덧붙였다. "하긴 돌아가신 제 불쌍한 남편하고 그토록 친하셨으니까 약속을 지켜 주신 걸로 믿습니다만."

그리고 그녀는 다시 한 번 오만하고 품위 있게 손님들을 훑어보더니, 갑자기 특별히 자상하게 챙겨 주면서 식탁 너머로 귀머거리 노인에게 큰 소리로 물었다. "구운 고기는 안 드시겠어요? 리스본 포도주는 받으셨나요?" 노인은 대답을 하지 않았고, 옆자리의 사람들이 장난삼아 쿡쿡 찔러 대는데도 무슨 질문인지 한참 동안 깨닫지 못했다. 그는 그저 멍청하게 입을 벌리고 사방을 둘러보고 있었고, 그것이 좌중의 유쾌함을 한층 더 돋우었다.

"어휴, 저런 천치! 보세요, 좀 보세요! 무엇 하러 저 사람을 데려온 걸까요? 표트르 페트로비치라면, 난 언제나 그분을 철석같이 믿고 있었어요." 카체리나 이바노브나는 계속해서 라스콜니코프에게 말했다. "그야 물론 비교도 안 되죠……." 그녀는 단호하고 큰 목소리로 이렇게 말하더니 아주 엄격한 표정을 지으면서 아말리야 이바노브나 쪽으로 몸을 돌렸기 때문에, 이 여자는 그 기세에 겁까지 났다. "그분은 당신의 그 요란하게 치장하고 치마꼬리를 질질 끌고 다니는 여자들하곤 비교가 안 돼요. 그런 여자들 따위는 우리 아버지 부엌에서는 부엌데기로도 쓰지 않았을 거라고요. 돌아가신 내 남편이라면 물론 영광을 베풀어서 채용해 주었겠지만, 그것도 그이가 한없이 사람이 좋았으니까 하는 얘기죠."

"그렇습니다요. 한잔하길 좋아했어요. 이걸 좋아했죠, 꽤나 하는 편이었어요!" 퇴직한 군량징발부 관리가 열두 잔째의 보드카를 비우면서 갑자기 소리쳤다.

"돌아가신 남편은 사실 그런 약점을 가지고 있었죠. 그건 세상이 다 알아요." 카체리나 이바노브나는 냉큼 그 사나이의 말꼬리를 잡고 대들었다. "하지만 그이는 선량하고 고결한 성품이어서 자기 가족을 사랑하고 존경했어요. 다만 한 가지 흠은, 사람이 너무 좋은 나머지 온갖 쓰레기 같은 인간도 쉽게 믿어 버리고, 누군지 알 수도 없는 인간들하고도, 자기 신발 밑창만큼도 못 한 패거리하고도 같이 술을 마신 거예요! 하지만 생각해 보세요, 로지온 로마노비치, 그이의 호주머니에는 양념을 넣은 수탉 모양의 당밀 과자가 들어 있었어요. 죽도록 취해서 와도 아이들은 절대로 잊지 않는 거죠."

"수타악? 수타악이라고 하셨습니까?" 군량징발부 관리가 외쳤다.

카체리나 이바노브나는 그에게 대꾸도 하지 않았다. 그녀는 무슨 생각엔가 잠겨 한숨을 내쉬었다.

"당신도 역시 다른 사람들처럼 내가 그이에게 너무 모질었다고 생각하시겠죠." 그녀는 라스콜니코프를 향해 말을 계속했다. "하지만 그렇지 않아요! 그이는 날 존경해 주었어요, 무척이나, 무척이나 존경해 주었어요! 정말로 마음씨가 좋은 분이었어요! 그래서 어떨 땐 그이가 너무 불쌍해지기도 했어요! 곧잘 방구석에 앉아 나를 바라보곤 했는데, 그럴 때면 어찌나 불쌍해지던지 상냥하게 대해 주고 싶기도 했지만, 이내 속으로 '상냥하게 대해 주면 또 퍼마실 거야' 하고 생각했어요. 모질게 대해야 어느 정도라도 덜 마시게 할 수 있었거든요."

"네, 앞머리를 쥐어뜯긴 적도 있죠. 한두 번이 아니었죠." 군량징발부 관리가 재차 낮은 소리로 외치고는, 보드카를 또 한 잔 죽 들이켰다.

"앞머리를 쥐어뜯는 정도가 아니라 아예 빗자루로 쓸어내 버리는 게 좋을 바보들도 있어요. 이건 돌아가신 남편을 두고 하는 얘기가 아녜요!" 카체리나 이바노브나는 군량징발부 관리에게 자르듯이 매섭게 쏘아붙였다.

그녀의 뺨에 나타난 붉은 반점이 점점 더 짙어지고, 가슴이 거세게 요동쳤다. 일 분만 더 계속된다면 그녀는 또다시 소동을 일으킬 지경이었다. 여러 사람이 히히거리고 있었고, 다들 재미있어 하는 것 같았다. 그들은 군량징발부 관리를 쿡쿡 찔러 대며 귀엣말을 속살거렸다. 분명히 싸움을 붙이려는 눈치였다.

"뭐어어라고요. 대체 무얼 두고 하시는 말씀입니까." 관리가 입을 뗐다. "그러니까 어떤…… 고결한 사람을 비꼬아서…… 지금 하시는 말씀인지……. 하지만 그만둡시다! 어리석은 짓이지! 과부댁이잖아! 미망인이시니까! 용서해 드리지……. 통과!" 그는 또다시 보드카를 들이켰다.

라스콜니코프는 잠자코 앉아서 혐오감을 느끼며 듣고 있었다. 그는 카체리나 이바노브나가 쉴 새 없이 그의 접시에 담아 주는 음식에 그저 예의상 손을 대고 있었으나, 그것은 다만 그녀의 기분을 상하게 하지 않기 위해서였다. 그는 뚫어지게 소냐를 바라보고 있었다. 그러나 소냐는 갈수록 불안하고 걱정이 되었다. 그녀도 추도연이 조용하게 끝나지 않으리라는 것을 예감하고, 점점 더 흥분하는 카체리나 이바노브나를 두려운 마음으로 지켜보고 있었다. 더구나 그녀는 외지에서 온 두 여인이 카체리나 이바노브나의 초대에 그렇게 멸시하는 태도를 보인 가장 큰 이유가 다름 아닌 소냐, 그녀 자신 때문이란 것을 알고 있었다. 그녀는 그 어머니 되는 여자가 초대받은 것에 오히려 화까지 내면서, '어떻게 내가 내 딸을 **그 처자**하고 나란히 앉힐 수 있겠느냐'고 되물었다는 얘기를 아말리야 이바노브나에게서 직접 들은 것이다. 소냐는 카체리나 이바노브나도 어떻게든 이것을 벌써 알고 있으며, 그녀, 즉 소냐에 대한 모욕은 카체리나 이바노브나에게 자기 자신과 자신의 아이들과 자신의 아버지에 대한 모욕보다 더 중대한 의미를 지닌, 한마디로 말해 치명적인 모욕이라는 것을 예상하고 있었고, 그래서 지금 카체리나 이바노브나는 '치마꼬리를 질질 끌고 다니는 여자들에게 그들 둘의 분수가 뭔지 증명해 보일 때까지' 절대로 마음이 가라앉지 않으리라는 것도 알고 있었다. 마침 일부러 그때를 노리기라도 한 듯이, 식탁 저쪽 끝에서 누군가가 화살에 꿰뚫린 두 개의 하트를 검은 빵으로 빚어서는 접시에 담아 소냐에게 보내

왔다. 카체리나 이바노브나는 격분한 나머지, 이걸 만들어 보낸 놈은 '술 취한 당나귀 같은 놈'이 틀림없다고 탁자 맞은편에 대고 소리쳤다. 뭔가 자기도 불길한 예감이 든데다, 동시에 카체리나 이바노브나의 거만함에 마음속 깊이 모욕감을 느끼고 있던 아말리야 이바노브나는 좌중의 불쾌한 분위기를 다른 쪽으로 바꿔 놓고, 또 이참에 여러 사람들이 있는 앞에서 자신의 평판을 좀 높여볼 요량으로 갑자기 뜬금없이, 자기가 잘 아는 사람인 어떤 '약국의 카를' 이야기를 시작했다. 약국의 카를이 밤중에 마차를 타고 가다가 '마부가 그를 죽이려고 했다. 그래서 카를은 제발 죽이지 말라고 무쥐무쥐 애원했다, 울었다, 두 손을 모으고 싹싹 빌었다, 얼마나 놀라고 무서웠던지 그만 자기 심장을 찔러 버렸다'는 것이었다. 카체리나 이바노브나도 히죽 웃긴 했으나, 곧바로 아말리야 이바노브나에게 앞으로는 러시아어로 일화를 얘기해선 안 된다고 따끔하게 주의를 줬다. 이쪽은 더욱 모욕을 느낀 나머지, 자기의 '파터 아오스 베를린(베를린 태생의 아버지)은 무쥐무쥐 높은 사람이고 언제나 두 손으로 호주머니를 더듬었어'라고 대꾸했다. 웃기를 잘하는 카체리나 이바노브나는 더 이상 참지 못하고 미친 듯이 웃어 대기 시작했고, 이에 아말리야 이바노브나는 마침내 마지막 인내심을 잃어버릴 뻔했으나 간신히 참고 있었다.

"저봐요, 정말 부엉이 새끼라니까요!" 카체리나 이바노브나는 거의 신이 나서, 이내 또 라스콜니코프에게 소곤거리기 시작했다. "저 여자는 자기 아버지가 호주머니에 손을 넣고 다녔다는 얘길 하려고 했는데, 그만 몰래 남의 호주머니를 뒤지고 있던 게 되고 말았어요, 콜록, 콜록! 로지온 로마노비치, 당신은 알아채셨나요? 페테르부르크에 있는 이 외국인들은, 그러니까 대개 어디서 흘러 들어 왔는지도 알 수 없는 독일 사람들 얘기지만, 다들 우리보다 멍청해요! 정말 그렇지 않나요. 자, 당신도 인정하세요, '약국의 카를이 무서워서 심장을 찔렀다'느니, 그 사나이가(코흘리개 겁쟁이죠!) 마부를 붙들어 묶을 생각은 하지도 못하고 '두 손을 모으고 싹싹 빌었다, 울었다, 무쥐 애원했다'니, 이게 말이나 되나요. 아, 바보 같은 여자! 이게 아주 감동적이었다고 생각하고, 자기가 얼마나 바보인지는 짐작조차 못 해요! 내가 보기엔, 차라리 저 술 취한 군량징발부 관리가 저 여자보다 훨씬 똑똑해요. 저 주정뱅이는 마지막 정신까지 다 마셔 버렸다는 것을 적어도 알 수 있잖아요. 하지만 저치들은 다들 점잔을 피우고 진지해요……. 아니 저것 좀 봐, 앉아서 눈을 부릅뜨고 있네. 약이 올랐어요! 약이 올랐어! 하하하! 콜록, 콜록, 콜록!"

카체리나 이바노브나는 몹시 유쾌해져서 금세 여러 가지 세세한 이야기를 정신없이 늘어놓다가, 갑자기 지금 열심히 알아보고 있는 연금을 받게 되면 고향인 T 시에서 양갓집 규수를 위한 기숙학교를 반드시 세울 작정이라고 말하기 시작했다. 이에 대해 카체리나 이바노브나는 아직 자기 입으로 라스콜니코프에게 얘기한 적이 없었기 때문에, 너무나도 황홀한 세부 계획을 설명하는 데이내 열중하고 말았다. 어떻게 된 까닭인지 모르나 그녀의 손에는 어느새 그 '상장'이 들려 있었다. 그것은 고인이 된 마르멜라도프가 술집에서 라스콜니코프에게, 아내인 카체리나 이바노브나가 여학교 졸업식에서 숄을 가지고 '도지사와 그 밖의 내외빈' 앞에서 춤을 추었다는 얘기를 하면서 말해 준 바로 그 상장이었다. 이제 이 상장은 카체리나 이바노브나가 기숙학교를 설립할 자격이 있다는 증명서 역할을 해 주어야 하는 게 분명했다. 그러나 이 상장은 무엇보다도 '그 요란하게 치장하고 치마꼬리를 질질 끌고 다니는 두 여자'가 추도연에 오게 될 경우, 그들이 끽소리도 못 하게 단숨에 기를 꺾어 놓고, 자기는 매우 훌륭한 가문의 '심지어 귀족이라고도 할 수 있는 대령 집안의 따님이며, 요즈음 와서 부쩍 늘어난 많은 사기꾼 여자들보다 분명히 더 나은 인간'이라는 것을 그들에게 명백하게 증명해 보일 요량으로 미리 준비해 둔 것이었다. 상장은 곧바로 술 취한 손님들의 손에서 손으로 건네졌지만, 카체리나 이바노브나는 그것을 막으려고 하지 않았다. 왜냐하면 그 상장엔 그녀가 7등 문관이자 훈장을 받은 기사의 딸이라는 것, 따라서 사실상 대령의 딸이나 거의 마찬가지라는 것이 *en toutes lettres*(흰 바탕에 검은 글씨로) 기록되어 있었기 때문이다. 몹시 흥분한 카체리나 이바노브나는 장차 T 시에서 보내게 될 아름답고 평온한 삶에 대해 아주 자세하게 말하기 시작했다. 기숙학교로 초빙할 중학교 교사 얘기며, 여학교 시절에 프랑스어를 가르쳐 준 망고라는 존경하는 프랑스 노인이 지금도 T 시에서 여생을 보내고 있으므로, 보수가 정말 얼마 안 되더라도 와 줄 거라는 얘길 했다. 드디어 이야기는 '카체리나 이바노브나와 함께 T 시로 가서 거기서 모든 일을 도와주기로 되어 있는' 소냐에게까지 미치게 되었다. 그러나 이때 식탁 끝에서 누군가 갑자기 픽하고 웃었다. 카체리나 이바노브나는 이내 멸시하는 듯이 식탁 끝에서 일어난 웃음소리를 못 들은 척하려고 애썼으나, 곧바로 짐짓 목소리를 높여 소피야 세묘노브나가 자신의 조수로서 의심할 바 없는 자질을 갖추고 있다는 것과 '애의 온순함, 인내심, 자기희생, 고결함, 그리고 교양에 대해' 열심히 말하기 시작하면서, 소냐의 볼을 가볍게 톡톡 치고 몸을 살짝 일으켜 두 번이나 뜨거운 키스를 해 주었다. 소냐는 얼굴이 새빨개졌고, 카체리나 이바노브나도 왈칵 눈물이 솟구쳐서 자기는 '신경이 약한 바보라서 이미 정신이 혼란하다, 어차피 이제 마칠 시간이고 먹는 것도 이미 끝났으니 차를 내와야겠다'고 말했다. 마침 이때, 이야기에 한 번도 끼어들지 못하고 아무도 자기 얘기를 들어 주지 않아 몹시 모욕을 느끼고 있던 아말리야 이바노브나가 마지막 모험을 시도했다. 그녀는 섭섭한 마음을 감추고 카체리나 이바노브나에게 앞으로 세울 기숙학교에서는 처녀들의 깨끗한 속옷(디 베쉐)에 각별한 주의를 기울여야 하며, 그래서 '속옷을 잘 검사할 훌륭한 부인(디 다메)을 한 분 둬야 하고', 둘째로 '모든 젊은 처녀들이 밤에 몰래 소설을 읽지 못하도록 해야 한다'는 매우 실질적이고도 뜻깊은 주의를 주었다. 카체리나 이바노브나는 정말로 신경이 혼란스럽고 몸도 지친데다 이미 추도연에도 넌더리가 나 있던 터라, 아말리야 이바노브나의 말을 곧바로 '딱 잘라 버리고', 당신은 '바보 같은 소리만 지껄이고 있다', 당신은 아무것도 모른다, 디 베쉐 걱정은 속옷과 시트를 담당하는 여자가 할 일이지 고상한 기숙학교 여교장의 일이 아니다, 또 소설 읽는 것에 대한 말은 그야말로 상스럽기 짝이 없으니 그냥 입 닫고 있으면 좋겠다고 쏘아붙였다. 아말리야 이바노브나는 얼굴이 벌게지고 화가 치밀어서, 자기는 그저 '잘되기를 바랐다', '무쥐 잘되기를 바랐다', 더구나 '당신은 방도 벌써 오래전부터 겔 트(돈)를 지불하지 않았다'고 대꾸했다. 카체리나 이바노브나는 '잘되기를 바랐다'는 말은 거짓말이다, 어제만 해도 고인이 아직 탁자 위에 안치되어 있는데 나에게 방세 독촉을 하며 괴롭히지 않 았느냐고 말하면서, 곧장 그녀의 '콧대를 납작하게 꺾어 놓았다'. 그러자 아말리야 이바노브나는 매우 조리있게, 자기는 '그 부인들 을 초대했는데, 그 부인들이 안 온 거야. 왜냐하면 그 부인들은 좋 은 가문 사람들이니까 천한 여자들한테는 올 수 없지'라고 말했 다. 카체리나 이바노브나는 즉각 너같이 더러운 년은 어떤 것이 정말로 좋은 가문인지 판단을 못한다고 그녀에게 '역설했다'. 아 말리야 이바노브나는 결국 참지 못하고서, 우리 '파터 아오스 베 를린은 무쥐무쥐 높은 사람이어서 두 손을 주머니에 넣고 다녔어. 그리고 언제나 이렇게 푸프! 푸프! 했어' 하고 말하고는, 자기 파 터를 더 실감나게 나타내 보이기 위해 의자에서 벌떡 일어나서 두 손을 주머니에 틀어넣고 볼을 부풀려서 입으로 푸프-푸프와 비슷 한 뭔지 모를 무슨 소리를 내기 시작했다. 그러자 셋방 사람들은 일제히 와! 하고 웃음보를 터뜨리고, 격투가 벌어질 것을 예상하 면서 일부러 아말리야 이바노브나를 부추겼다. 그러나 이것을 보 고 카체리나 이바노브나는 도저히 참을 수가 없어서 즉시 모두에 게 다 들리도록, 아말리야 이바노브나는 아마 아버지라곤 없었을 거다, 아말리야 이바노브나는 그저 페테르부르크의 주정뱅이 핀란드 여자일 뿐이며, 전에는 틀림없이 어디선가 부엌데기로 살았고, 어쩌면 더 천하게 살았을 거다 하고 '잘라 말했다'. 아말리야 이바노브나는 얼굴이 새우같이 새빨개져서, 카체리나 이바노브나야말로 '파터라곤 아예 없었겠지만, 난 파터 아오스 베를린이 있었어. 파터는 긴 프록코트를 입고 다녔고 언제나 푸프, 푸프, 푸프! 했어'라고 째지는 소리를 질렀다. 카체리나 이바노브나는 아주 멸시하듯이, 자신의 태생은 누구나 알고 있으며, 여기 이 상장에도 아버지가 대령이었다는 것이 뚜렷한 활자로 인쇄되어 있다, 그러나 아말리야 이바노브나의 아버지는 필시 우유 장사를 하던 페테르부르크의 핀란드인이었을 거다, 그러나 아예 아버지가 없었다는 게 제일 확실하다, 왜냐하면 아말리야 이바노브나의 부칭이 어떻게 되는지, 이바노브나인지 류드비고브나인지 여태껏 아무도 모르지 않느냐 하고 말했다. 그러자 아말리야 이바노브나는 마침내 분통이 터져서 주먹으로 식탁을 쾅 치며, 자기는 아말리 이반이지 류드비고브나가 아니다, 자기 파터는 '요한이라고 하며 시장을 지냈다'. 그러나 카체리나 이바노브나의 파터는 '한 번도 시장을 해 본 적이 없다'고 째지는 소리를 지르기 시작했다. 카체리나 이바노브나는 의자에서 일어나서 (얼굴이 새파랗게 질리고 가슴이 마구 뛰고 있었지만) 겉으로는 침착한 목소리로 엄격하게, '감히 한 번만 더 너의 그 쓰레기 같은 파터를 우리 아버지와 동렬에 놓고 비교한다면, 그때는 이 카체리나 이바노브나가 네 모자를 확 벗겨서 발로 짓밟아 줄 테니 그리 알아' 하고 말했다. 이 말을 듣자 아말리야 이바노브나는 방 안을 이리저리 뛰어다니면서, 나는 집주인이니까 카체리나 이바노브나는 '당장에 방을 빼라' 하고 고래고래 소리 지르며 악을 썼다. 그러고는 무엇 때문인지 식탁에서 은숟가락을 거둬들이기 시작했다. 왁자지껄한 소리와 큰 소음이 일어났다. 아이들은 울기 시작했다. 소냐는 다급하게 카체리나 이바노브나를 진정시키려고 달려갔다. 그러나 그때 아말리야 이바노브나가 갑자기 노란 딱지가 어쩌고 하며 소릴 지르자, 카체리나 이바노브나는 소냐를 밀치고 좀 전에 모자를 두고 했던 위협을 실행에 옮기려고 아말리야 이바노브나에게로 돌진했다. 바로 이 순간, 문이 열리고 난데없이 표트르 페트로비치 루쥔이 문지방에 모습을 나타냈다. 그는 잠깐 그 자리에 서서 준엄하고 주의 깊은 시선으로 방 안의 패거리를 훑어보았다. 카체리나 이바노브나는 그에게 몸을 던졌다.

3

"표트르 페트로비치!" 그녀가 외쳤다. "당신만이라도 절 보호해 주세요! 저 바보 같은 망할 여자에게 일러 주세요. 불행에 빠진 고상한 부인을 이렇게 대하면 안 된다고, 그런 짓을 하면 재판을 받는다고…… 저는 직접 총독님께 호소하겠어요…… 저 여잔 처벌을 받게 될 거예요…… 부디 제 아버지의 환대를 기억하셔서, 이 아비 없는 아이들을 보호해 주세요."

"잠깐만, 부인…… 아니, 잠깐만요, 부인." 표트르 페트로비치는 몸을 피했다. "댁의 아버님과는, 댁도 아시다시피, 전혀 안면이 없습니다……. 잠깐만, 부인! (누군지 큰 소리로 웃었다.) 그리고 저는 댁과 아말리야 이바노브나 사이의 끊임없는 싸움에 끼어들 생각도 없어요……. 저는 제 볼일이 있어서…… 댁의 의붓딸인 소피야…… 이바노브나하고…… 그렇죠, 맞죠? 이 자리에서 얘길 좀 하려고. 잠깐 좀 지나가겠습니다……."

그러고 나서 페트로비치는 몸을 비스듬히 틀어 카체리나 이바노브나를 피하면서, 소냐가 있는 맞은편 구석을 향해 걸어갔다.

카체리나 이바노브나는 마치 벼락이라도 맞은 듯이 그 자리에 그대로 서 있었다. 그녀는 어째서 표트르 페트로비치가 자기 아버지로부터 받은 환대를 부인할 수 있는지 도저히 이해가 가지 않았다. 일단 이 환대를 상상하게 되자, 그녀는 이미 스스로 그것을 신성하게 믿어 왔던 것이다. 표트르 페트로비치의 사무적이고 건조하고 왠지 멸시하는 듯한 위협에 찬 어조는 그녀에게 몹시 충격을 주었다. 게다가 다른 사람들도 모두들 그가 나타나자 왠지 조금씩 조용해졌다. 이 '사무적이고 근엄한' 사나이가 여기 모인 패거리와는 너무나도 어울리지 않는다는 것은 제쳐 두고서라도, 그가 무슨 중요한 용건이 있어서 왔고 필시 무슨 예사롭지 않은 이유가 있어 이런 패거리에 나타난 듯했으므로, 따라서 이제 곧 무슨 일이 벌어지고 일어나리라는 것은 누가 봐도 분명했다. 소냐 옆에 서 있던 라스콜니코프는 그가 지나가도록 비켜섰다. 표트르 페트로비치는 그를 전혀 알아채지 못한 것 같았다. 잠시 후 레베쟈트니코프도 문지방에 모습을 나타냈다. 그는 방 안으로 들어오지는 않았지만 역시 유다른 호기심을 가지고 놀란 듯한 얼굴로 멈추어 서서 귀를 기울이고 있었는데, 오랫동안 뭔가 납득이 안 가는 눈치였다.

"죄송합니다, 방해가 되는 것 같군요. 하지만 워낙 중요한 일이 돼 놔서." 표트르 페트로비치는 딱히 어느 누구에게라 할 것도 없이 모든 사람을 향해 말했다. "오히려 이렇게 많은 분이 함께 들어 주시게 돼서 저도 기쁩니다. 아말리야 이바노브나, 당신은 이 집 주인이니까 제가 지금 소피야 이바노브나와 하는 얘기를 주의하여 들어 주시기 바랍니다. 소피야 이바노브나." 그는 벌써부터 너무 놀라 지레 겁을 먹고 있는 소피야를 똑바로 쳐다보며 말을 계속했다. "제 친구인 안드레이 세묘노비치 레베쟈트니코프의 방에 있는 제 탁자에서, 바로 아가씨가 다녀간 직후였는데, 제 소유의 100루블짜리 지폐 한 장이 사라졌습니다. 만약 어떤 방식으로든 아가씨가 그 지폐의 소재를 알고 있어서 우리에게 말씀해 주신다면, 여기 계신 모든 분을 증인으로 삼아 맹세합니다만, 이 사건은 그것으로 완전히 끝날 것입니다. 그렇지 않을 경우 저는 부득이 대단히 엄중한 조치에 호소하지 않을 수 없으니, 그렇게 되면…… 당신은 자신을 원망할 수밖에 없을 것입니다!"

방 안은 쥐 죽은 듯 조용해졌다. 울고 있던 아이들도 잠잠해졌다. 소냐는 죽은 듯 새파랗게 질려서 루쥔을 쳐다보고 서 있었으나, 아무 대답도 할 수가 없었다. 무슨 얘긴지 아직 못 알아들은 것 같았다. 몇 초가 지나갔다.

"자, 그러니 어떻게 하시겠습니까?" 루쥔은 그녀를 뚫어지게 바라보며 물었다.

"저는 몰라요……. 저는 아무것도 몰라요……." 마침내 소녀가 가냘픈 목소리로 간신히 대답했다.

"아니라고요? 모른다고요?" 루쥔은 이렇게 되묻고 다시 몇 초간 입을 다물었다. "잘 생각해 봐요, 마드무아젤." 그는 준엄한 어조로, 그러나 아직은 여전히 타이르는 듯한 말투로 입을 열었다. "잘 헤아려 봐요. 좀 더 생각할 시간을 주는 데 이의는 없으니까. 아시겠지요, 만약 아주 확신이 없었다면, 저같이 경험이 많은 사람이 이렇게 대놓고 아가씨를 범인으로 지목하는 모험은 하지 않을 겁니다. 왜냐하면 사실무근인 것을 이렇게 대놓고 공개적으로 죄로 덮어씌운다면, 비록 그것이 실수에 의한 것일지라도 제 자신이 어떤 의미에서는 책임을 져야 하니까요. 저도 그 정도는 알고 있습니다. 오늘 아침에 저는 개인적으로 쓸 데가 있어서 5퍼센트 이자가 붙는 액면가 3천 루블의 채권을 현금으로 바꿨습니다. 계산 내역을 적은 것이 제 지갑에 있습니다. 집에 돌아와서 저는—안드레이 세묘노비치가 그 증인입니다—돈을 세기 시작했고, 2,300루블까지 세어서 지갑에 넣은 뒤, 그 지갑을 프록코트의 옆주머니에 넣어 두었습니다. 탁자 위에는 500루블 정도의 지폐가 남아 있었는데 그 속에는 100루블짜리 지폐도 석 장 있었지요. 바로 그때 아가씨가 들어왔습니다(와 달라고 제가 부탁했던 거였죠). 그리고 아가씨는 제 방에 머무는 동안 내내 몹시 당황하고 있었고, 심지어 얘기 도중에 세 번이나 일어나서 얘기가 아직 끝나지 않았는데도 웬일인지 황급히 나가려고 서둘렀습니다. 안드레이 세묘노비치가 이 모든 것을 증언해 줄 수 있어요. 마드무아젤, 당신 자신도 부인하지 않고 분명하게 확인하고 밝혀 주시겠지만, 제가 안드레이 세묘노비치를 통해 아가씨를 불렀던 것은, 오로지 당신의 계모인 카체리나 이바노브나의 의지할 데 없는 딱한 처지에 대해 당신과 얘기를 나누고(저는 그분이 여는 추도연에 올 수가 없었기 때문에), 그분을 위해 의연금 모금이나 복권 판매 같은 것을 한다면 얼마나 유익할까 해서 그 일을 의논하기 위해서였습니다. 아가씨는 제게 감사해하면서 눈물까지 흘렸어요(제가 이 모든 일을 사실대로 얘기하는 것은, 첫째, 아가씨의 기억을 되살려 주고, 둘째, 아무리 사소한 일이라도 제 기억에서 지워진 게 없다는 것을 아가씨에게 보여 주기 위해서입니다). 그런 다음 저는 탁자에서 10루블짜리 지폐 한 장을 집어, 당신 계모를 위한 첫 후원금으로서 저의 이름으로 아가씨에게 건넸습니다. 이 모든 것을 안드레이 세묘노비치가 보고 있었어요. 그러고 나서 저는 아가씨를 문까지 배웅했고―그때도 아가씨는 몹시 당황하고 있더군요― 그런 다음 안드레이 세묘노비치하고 둘이 남아서 한 십 분쯤 얘길 나누다가 안드레이 세묘노비치가 방을 나가자, 남은 지폐를 마저 다 세어 전에 생각했던 대로 따로 보관해 두려고 돈을 놓아둔 탁자로 되돌아갔습니다. 그런데 놀랍게도 그 돈 가운데 100루블짜리 지폐 한 장이 보이지 않는 겁니다. 한번 생각해 보세요. 안드레이 세묘노비치는 절대로 의심할 수 없습니다. 그런 건 상상만 해도 부끄럽습니다. 제가 계산을 잘못했을 리도 만무합니다. 왜냐하면 아가씨가 오기 일 분 전에 저는 모든 계산을 끝내고 총액이 틀림없다는 걸 확인해 두었으니까요. 그런데 자신도 인정하시겠지만 아가씨는 몹시 당황하고 있었고, 나가려고 계속 서두르는가 하면, 한동안 손을 탁자 위에 올려 두고 있었습니다. 이런 점을 상기하고, 나아가 아가씨의 사회적 처지와 그것에 결부된 습관들을 고려해 본 결과, 저는 경악스럽고 심지어 제 의지에 어긋나기조차 하지만 어쩔 수 없이 아가씨에게—물론 잔인하긴 하지만—정당한 혐의를 두지 **않을 수 없게 된 것입니다**! 또 한 번 반복해서 덧붙이지만, 제게 너무나 **명백한** 확신이 있음에도 불구하고 지금 이 고발이 제게도 어느 정도 모험이라는 것을 잘 알고 있습니다. 그러나 보시다시피 저는 그대로 내버려 두지 않고 분연히 나섰습니다. 왜 그런지 아십니까? 그건 아가씨, 오로지 당신의 그 시커먼 배은망덕 때문입니다! 어떻게 그럴 수 있습니까? 저는 불쌍한 계모를 위해 아가씨를 오게 해서 제 힘닿는 대로 10루블의 희사금을 맡긴 것인데, 아가씬 바로 그 자리에서 그런 짓으로 보답을 하다니요! 아니, 이건 아주 나쁜 일입니다! 반드시 교훈이 필요합니다. 잘 판단해 보십시오. 더구나 저는 진정한 친구로서(지금 아가씨에게 더 좋은 친구란 없을 테니까요) 당신에게 간청하고 있는 거니까, 제발 정신 차리십시오! 그렇지 않으면 용서하지 않겠습니다! 자, 어떻게 하시겠습니까?"

"전 당신한테서 아무것도 훔치지 않았어요." 공포에 질려 소냐가 중얼거렸다. "당신은 제게 10루블을 주셨어요. 자, 가져가세요."

소냐는 호주머니에서 손수건을 꺼내 매듭을 찾아 풀고, 10루블짜리 지폐를 꺼내어 루쥔에게 내밀었다.

"그럼 나머지 100루블에 대해선 계속 자백하지 않는 건가요?"
그는 지폐를 받으려고 하지도 않고 힐난하듯이 집요하게 말했다.

소냐는 사방을 둘러보았다. 모두들 너무나 무섭고 준엄하고 비웃는 듯한, 증오에 찬 얼굴로 그녀를 보고 있었다. 그녀는 라스콜니코프를 쳐다보았다……. 그는 팔짱을 끼고 벽 옆에 서서, 타는 듯한 눈으로 그녀를 보고 있었다.

"오, 하느님!" 하는 소리가 소냐에게서 터져 나왔다.

"아말리야 이바노브나, 경찰에 알려야겠으니 수고스럽지만 우선 관리인을 불러 주십시오." 루쥔은 조용하고 상냥하기까지 한 어조로 말했다.

"아이고, 세상에! 나도 쟤가 잘 훔친다는 걸 알고 있었다니까!" 아말리야 이바노브나가 손뼉을 쳤다.

"당신도 알고 계셨다고요?" 루쥔이 말을 받았다. "그렇다면 전에도 그렇게 결론을 내릴 만한 어떤 근거가 있었다는 얘기군요. 아말리야 이바노브나, 지금 하신 말씀을 꼭 기억해 두십시오. 하긴 그 말을 들은 증인도 많습니다."

사방에서 갑자기 와글와글 웅성거리는 소리가 일었다. 모두들 술렁이기 시작했다.

"뭐-어-라고!" 정신을 차린 카체리나 이바노브나가 갑자기 비명을 지르더니 마치 사슬에서 튀어 나가듯이 루쥔에게 덤벼들었다. "뭐라고! 당신은 이 애가 도둑질을 했다는 거야? 이 소냐가? 아아, 비열한 놈들, 비열한 놈들!" 그리고 그녀는 소냐에게 달려가 앙상한 팔로 그녀를 으스러지게 껴안았다.

"소냐! 어떻게 너는 저런 인간한테서 10루블을 받아 왔니! 아, 이 어리석은 것아! 이리 다오! 냉큼 이리 다오, 그 10루블, 어서!"

카체리나 이바노브나는 소냐에게서 지폐를 낚아채어 두 손으로 꾸깃꾸깃 뭉치더니, 팔을 크게 휘둘러 루쥔의 얼굴을 향해 냅다 던졌다. 작은 종이 뭉치는 눈에 맞고 튀어서 마룻바닥에 떨어졌다. 아말리야 이바노브나가 잽싸게 뛰어가 돈을 집어 들었다. 표트르 페트로비치는 벌컥 화를 냈다.

"저 미친 여자를 붙잡아요!" 그가 부르짖었다.

이때 문간에 서 있던 레베쟈트니코프의 옆에 또 여러 얼굴이 더 나타났는데, 타지에서 온 그 두 여인도 그들 틈에서 고개를 내밀었다.

"뭐라고! 미친 여자? 내가 미친 여자라는 거지? 이 멍청한 자식!" 카체리나 이바노브나가 쇳소리를 내질렀다. "네가 바로 멍청이야, 이 사기꾼 변호사, 비열한 놈아! 소냐, 소냐가 네놈 돈을 훔친다고! 이 소냐가 도둑이라고! 얘가 너한테 줬으면 줬지, 이 멍청한 자식아!" 카체리나 이바노브나는 신경질적으로 웃기 시작했다. "여러분, 이 멍청이를 봤나요?" 그녀는 모든 사람에게 루쥔을 가리키며 사방으로 뛰어다녔다. "뭐 어째! 너도 그랬지?" 그녀의 눈에 여주인이 들어왔다. "이 소시지 같은 년아, 너도 지금 얘가 '훔쳤다'고 맞장구를 쳐? 뽕치마를 두른 천한 프로이센의 닭다리 같은 년! 아, 여러분! 아, 여러분! 그래 이 애는, 이 비열한 놈아, 네놈한테서 돌아온 후 이 방에서 나가지 않고 여기 로지온 로마노비치 옆에 내내 앉아 있었어……! 얘 몸을 뒤져 봐! 얘는 아무 데도 나간 적이 없으니 돈이 애 몸에 있을 거 아냐! 찾아보라고, 찾아봐, 찾아봐! 만약 찾아내지 못하면, 미안하지만, 이 잘난 놈아, 절대로 네놈이 책임을 져야 할걸! 나는 폐께, 폐하께, 자비로우신 황제께 달려가겠어, 오늘 당장, 지금 당장! 나는 의지할 데 없는 과부다! 나를 들여보내 줄 거야! 안 들여보낼 거라고 넌 생각하지? 천만에, 난 가서 황제를 만나 뵐 거야! 가서 만나 뵙는다고! 넌 얘가 온순하니까, 그걸 계산하고 일을 꾸민 거지? 넌 그걸 기대한 거지? 그렇지만 나는, 이봐, 한다면 하는 여자야! 넌 끝장이야! 찾아봐, 찾아봐, 어서, 찾아보라니까!"

카체리나 이바노브나는 미친 듯이 흥분하여 루쥔을 세게 잡아당기며 소냐 쪽으로 끌고 갔다.

"난 그럴 용의가 있고, 책임을 지겠습니다⋯⋯. 하지만 진정하세요, 부인, 진정하십시오! 나는 당신이 겁 없는 사람이라는 걸 아주 잘 알아요⋯⋯! 그래도 이건⋯⋯ 이건⋯⋯ 이걸 대체 어떻게?"루쥔이 중얼거렸다. "이건 경찰의 입회하에 해야 합니다⋯⋯ 하긴 지금도 증인은 충분하지만⋯⋯. 나는 용의가 있어요⋯⋯. 그렇지만 어쨌든 남자가 하기는 거북한데⋯⋯ 성별상의 이유로⋯⋯. 만일 아말리야 이바노브나의 도움을 받는다면⋯⋯ 하긴 일을 그렇게 처리하면 안 되지만⋯⋯. 이를 대체 어떡한다?"

"누구든 좋아! 누구든 하고 싶은 사람이 찾으라지!" 카체리나 이바노브가 외쳤다. "소냐, 저 사람들한테 호주머니를 뒤집어 보여 줘라! 자, 자! 봐, 이 악당아, 텅 비었잖아, 여기 손수건만 있었고, 호주머닌 텅 비었어, 보이지! 이번엔 다른 쪽 호주머니, 자,

자! 이것 봐! 이것 봐!"

그러면서 카체리나 이바노브나는 양쪽 호주머니를 뒤집어 보이는 정도가 아니라, 하나씩 밖으로 잡아 뺐다. 그런데 두 번째로 잡아 뺀 오른쪽 호주머니에서 갑자기 종잇조각 하나가 튀어나와 공중에 포물선을 그리면서 루쥔의 발아래로 툭 떨어졌다. 모든 사람이 그것을 보았고, 여러 사람이 소리를 질렀다. 표트르 페트로비치는 허리를 굽혀 두 손가락으로 종잇조각을 바닥에서 집어서, 모든 사람들이 볼 수 있도록 높이 치켜들고는 펼쳐 보였다. 그것은 여덟 겹으로 접은 100루블짜리 지폐였다. 표트르 페트로비치는 모두에게 지폐를 보여 주려고 팔을 한 바퀴 빙 돌렸다.

"도둑년! 당장 집에서 나가! 경찰! 경찰!" 아말리야 이바노브나가 소리치기 시작했다. "저것들은 시베리아로 쫓아 버려야 해! 어서 나가!"

사방에서 탄식 소리가 날아들기 시작했다. 라스콜니코프는 소냐에게서 눈을 떼지 않았으나 이따금 루쥔에게 힐끗 시선을 던지면서 입을 다물고 있었다. 소냐는 넋이 나간 듯이 그 자리에 서 있었다. 그녀는 거의 놀라지도 못하는 것 같았다. 그러다 갑자기 얼굴이 확 붉어져서는 비명을 지르며 두 손으로 얼굴을 감쌌다.

"아네요, 저는 아네요! 전 훔치지 않았어요! 저는 몰라요!" 그녀는 심장을 찢어 버릴 듯이 절규하기 시작하며 카체리나 이바노브나에게 몸을 던졌다. 카체리나 이바노브나는 그녀를 붙들고 자신의 가슴으로 그녀를 모든 사람으로부터 지켜 주려는 듯이 가슴에 꼭 끌어안았다.

"소냐! 소냐! 난 안 믿는다! 알겠니, 난 안 믿는다!" 카체리나 이바노브나는 그녀를 아이처럼 두 손으로 흔들며 쉴 새 없이 입을 맞추고, 그녀의 손을 온통 마셔 버리기라도 할 듯이 두 손을 부여 잡고 세차게 키스를 퍼부어 대면서(모든 것이 명백했음에도 불구하고) 외쳤다. "네가 훔쳤다고! 얼마나 바보 같은 사람들이냐! 아아! 당신들은 바보예요, 바보." 그녀는 모두를 향하여 외쳤다. "그래요, 당신들은 아직 몰라요, 몰라, 얘가 어떤 마음씨를 가졌는지, 어떤 애인지! 얘가 훔쳤다고요. 얘가? 정말 얘는 만약 당신들에게 필요하다면 자기가 가진 마지막 옷이라도 벗어서 팔고, 자기는 맨발로 다닐망정, 죄다 당신네들한테 내줄 아이에요. 얘는 그런 아이라고요! 얘가 노란 딱지를 받은 것도 우리 애들이 굶어 죽게 돼서 우릴 위해 자신을 판 거예요……! 아, 여보, 여보! 아아, 저세상으로 가신 양반, 여보! 보세요? 보고 계세요? 이게 당신 추도연이랍니다! 아아! 이 애를 좀 보호해 줘요, 대체 당신들은 모두 왜 그렇게 서 있기만 해요! 로지온 로마노비치! 당신은 왜 우리 편을 들어주지 않죠? 당신도 그걸 믿는 건가요? 당신들은 하나같이 이 아이의 새끼손가락만도 못 해요, 당신들 모두, 모두, 모두, 모두! 하느님! 부디 지켜 주시옵소서!"

고아나 다름없는 불쌍한 폐병 환자 카체리나 이바노브나의 울음은 사람들에게 강한 감동을 준 것 같았다. 고통으로 일그러지고 바싹 마른 폐병 환자의 이 앙상한 얼굴, 핏자국이 들러붙은 메마르고 갈라진 입술, 절규하는 쉰 목소리, 아이처럼 목 놓아 우는 소리, 믿음으로 충만하고 어린아이 같은, 그러면서도 절망에 가득 찬, 보호해 달라는 기도, 이것들에는 누구라도 이 불행한 여인을 동정하지 않을 수 없게 만들 만큼 너무도 가엾고 너무도 비통한 것이 들어 있었다. 적어도 표트르 페트로비치는 이내 **연민의 정을 드러냈다.**

"부인! 부인!" 그는 위엄 있는 목소리로 외쳤다. "이건 당신하고는 상관없습니다! 아무도 당신이 이 일을 사주했다든가 공모했다고 비난할 사람은 없습니다. 더구나 당신은 호주머니를 뒤집어 보여서 범행을 폭로하기까지 하지 않았습니까. 그러니 당신이 아무것도 몰랐다는 것은 명백합니다. 만약에 이른바 가난 때문에 소피야 세묘노브나가 그런 짓을 저지른 것이라면, 저도 얼마든지 동정할 용의가 있습니다. 얼마든지. 그러나 마드무아젤, 왜 당신은 자백하려고 하지 않았지요? 치욕이 두려웠나요? 처음 한 짓이어서요? 혹시 너무 당황했던 건가요? 그랬겠지요, 물론 그랬겠지요……. 하지만 대체 왜 그런 짓을 할 생각을 한 겁니까! 여러분!" 그는 그 자리에 있는 모든 사람을 향해 말했다. "여러분! 저는 동정심에서, 그리고 이른바 아픔을 함께 하는 뜻에서, 이 자리에서 받은 개인적인 모욕에도 불구하고, 지금이라도 용서해 주고자 합니다. 그리고 마드무아젤, 지금의 치욕은 당신에게 앞날을 위한 교훈이 될 겁니다." 그는 소냐 쪽으로 몸을 돌리고 말했다. "저는 더 이상의 조치는 그만두고 이걸로 종결짓겠습니다. 충분합니다!"

표트르 페트로비치는 힐끗 라스콜니코프를 곁눈질했다. 두 사람의 시선이 마주쳤다. 라스콜니코프의 불타는 시선은 당장이라도 그를 재로 만들어 버릴 것 같았다. 그러나 카체리나 이바노브나에게는 더 이상 아무 소리도 들리지 않는 듯했다. 그녀는 미친 여자처럼 소냐를 포옹하며 입을 맞추고 있었다. 아이들도 그 작은 팔로 사방에서 소냐를 껴안고, 폴레치카는—무슨 일인지 아직 잘 이해하지 못하면서도—너무 울어서 부어오른 귀여운 얼굴을 소냐의 어깨에 파묻은 채 울음에 지친 모습으로 내내 눈물에 잠겨 있었다.

"이건 정말 비열하다!" 갑자기 문가에서 커다란 목소리가 울렸다.

표트르 페트로비치는 재빨리 주위를 돌아보았다.

"정말 비열한 짓이다!" 레베쟈트니코프가 그의 눈을 뚫어지게 쏘아보면서 다시 한 번 말했다.

표트르 페트로비치는 몸까지 부르르 떤 것 같았다. 다들 그걸 알아챘다(나중에 모두들 이것을 기억해 냈다). 레베쟈트니코프는 방 안으로 성큼 발을 내디뎠다.

"감히 나를 증인으로 내세웠지요?" 그가 표트르 페트로비치에게 다가가면서 말했다.

"그게 무슨 뜻인가, 안드레이 세묘노비치? 무슨 말을 하는 건가?" 루쥔이 중얼거렸다.

"그건 당신이…… 중상모략가라는 거요. 이게 내 말의 뜻이오!" 레베쟈트니코프는 시력이 약한 작은 눈으로 그를 준엄하게 바라보면서 격렬하게 말했다. 그는 격분해 있었다. 라스콜니코프는 한마디도 빠뜨리지 않고 신중하게 그 말뜻을 저울질해 보려는 듯이, 계속 그에게 눈을 박고 있었다. 방 안은 다시 쥐 죽은 듯 조용해졌다. 표트르 페트로비치는 거의 얼이 빠진 듯했다. 특히 처음 순간엔 더욱 그랬다.

"만약 그게, 자네가 나한테……." 그는 더듬거리며 말문을 열었다. "대체 어찌 된 건가? 자네, 제정신인가?"

"나야 멀쩡하지만, 당신이야말로 아주…… 협잡꾼이오! 아, 정말이지 비열한 짓이오! 난 다 듣고 있었어요. 모든 것을 이해하려고 일부러 지금까지 기다리고 있었던 거요. 사실, 지금도 완전히 논리적이지는 않아서…… 대체 뭣 때문에 당신이 이런 짓을 했는지 알 수가 없지만."

"아니 내가 뭘 어쨌다고! 그런 수수께끼 같은 황당한 소린 집어치워! 아니면 술이라도 마셨나?"

"당신같이 비열한 인간이야 술을 마시겠지만, 난 아니요! 난 보드카는 입에 대지도 않소, 내 신념에 어긋나니까! 여러분, 어떻게 된 건지 아십니까! 저자는 자기 손으로 직접 그 100루블짜리 지폐를 소피야 세묘노브나에게 주었습니다. 내가 봤습니다, 내가 목격자입니다, 맹세합니다! 저 사람입니다, 저자예요!" 레베쟈트니코프는 한 사람 한 사람 모두를 향해 되풀이했다.

"아니, 정신이 돈 거 아냐, 이 젖비린내 나는 애송이가?" 루쥔이 소리를 빽 질렀다. "당사자가 여기 자네 앞에 있어. 이 여자가 지금 여기서, 모든 사람 앞에서 증언하지 않았나. 10루블 이외엔 나한테서 아무것도 받지 않았다고. 그런데 내가 어떻게 이 여자에게 줬다는 건가?"

"난 보았어, 내가 보았단 말이오!" 레베쟈트니코프는 되풀이해서 외쳤다. "비록 이런 것은 내 신념에 어긋나는 일이지만, 나는 지금 당장이라도 법정에서 어떤 선서든 할 수 있소. 당신이 이 아가씨 호주머니에 돈을 슬쩍 찔러 넣는 것을 보았으니까! 그런데도 나는 바보같이, 당신이 선행을 하느라고 찔러 준 거라고만 생각했지. 문간에서 이 아가씨와 헤어질 때 이 아가씨가 몸을 돌리자, 당신은 한 손으로 이 아가씨와 악수를 하면서 다른 손, 왼손으로는 이 아가씨 호주머니에 지폐를 슬쩍 집어넣지 않았소. 난 보았어! 보았단 말이오!"

루쥔은 얼굴이 파래졌다.

"거짓말은 집어치워!" 그가 뻔뻔스럽게 소리쳤다. "그리고 또 자네는 창가에 서 있었는데 어떻게 지폐를 분간할 수 있었다는 거야? 헛것이 보인 게지…… 잘 보이지도 않는 눈에. 헛소릴 하고 있어!"

"천만에, 헛것을 본 게 아니오! 나는 떨어져 있었지만, 모두 다, 모두 다 보았소. 창가에서 지폐를 분간하긴 사실 어렵지만—그건 당신 말이 맞아요—, 그러나 난 어떤 특별한 이유로 그것이 100루블짜리 지폐라는 걸 확실하게 알았소. 왜냐하면 당신이 소피야 세묘노브나에게 10루블짜리 지폐를 주려고 했을 때—나는 직접 이 두 눈으로 보고 있었소—, 바로 그때 당신이 탁자에서 100루블짜리 지폐를 집었기 때문이오(난 그때 탁자 가까이 서 있었기 때문에 그걸 똑똑히 보고 있었소. 더구나 그때 내 머리에 어떤 생각이 떠올랐기 때문에, 당신 손에 지폐가 있다는 것을 잊지 않고 있었소). 당신은 그걸 접어서 내내 손에 꽉 쥐고 있었어요. 그 뒤에 나는 그걸 잊어버릴 뻔했지만, 당신이 일어나면서 그것을 오른손에서 왼손으로 옮겨 쥐고 하마터면 떨어뜨릴 뻔했을 때, 갑자기 다시 기억이 났소. 왜냐하면 그때 다시 그 생각이, 그러니까 당신은 내가 눈치채지 못하게 이 아가씨에게 선행을 하려고 한다는 생각이 떠올랐기 때문이오. 당연히 나는 더 주의 깊게 지켜보기 시작했소. 그래서 당신이 이 아가씨의 호주머니에 성공적으로 그 돈을 찔러 넣는 것을 보게 된 거요. 나는 보았소, 보았소, 맹세라도 하겠소!"

레베쟈트니코프는 숨이 막힐 듯이 보였다. 사방에서 여러 외치는 소리가 일어났다. 놀라는 소리가 가장 많았으나, 위협적인 어조를 지닌 외침도 들려왔다. 모두들 표트르 페트로비치에게로 조여들었고, 카체리나 이바노브나는 레베쟈트니코프에게 달려갔다.

"안드레이 세묘노비치! 내가 당신을 잘못 봤어요! 제발 그 애를 보호해 주세요! 당신 혼자만 그 애 편이에요! 그 앤 고아예요, 하느님이 당신을 보내 주셨어요! 안드레이 세묘노비치, 고마운 양반, 당신뿐이에요!"

카체리나 이바노브나는 자기가 무슨 짓을 하는지도 거의 의식하지 못하고서, 그의 앞에 몸을 던져 무릎을 꿇었다.

"헛소리 작작해!" 루쥔은 미칠 듯이 격분하여 부르짖었다. "계속 헛소리만 늘어놓고 있어, 자네는. '잊었고, 기억났고, 잊었다'라니 대체 무슨 소리야! 그러니까 내가 저 여자한테 일부러 슬쩍 집어넣었다는 거야? 무엇 때문에? 무슨 목적으로? 내가 저 여자하고 무슨 상관이 있기에……."

"무엇 때문에? 그거야말로 나도 궁금하기 짝이 없소. 그러나 내가 틀림없는 사실을 얘기하고 있다는 것만큼은 확실해요! 내가 틀릴 리가 없어요. 그런데 당신은 정말 추잡하고 범죄적인 인간이군요. 그때, 내가 당신에게 감사한 마음을 전하려고 당신 손을 쥐었던 바로 그때, 내 머리에 이런 의문이 떠올랐던 것을 기억하고 있을 정도니까, 내가 틀릴 리가 없어요. 대체 무엇 때문에 이 사람은 그녀의 호주머니에 슬쩍 돈을 집어넣었을까? 왜 하필 슬쩍 넣었을까? 정말로, 이 사람은 내가 자기와 반대되는 신념을 가지고 있고 아무것도 근본적으로 고칠 수 없는 개인적인 자선을 부정하고 있다는 걸 알고서, 나에게 감추고 싶어서 그랬던 것일 뿐일까? 그러다가 결국, 그런 큰돈을 주는 것이 나한테 정말 멋쩍어서 그렇게 한 거라고 결론지었소. 그 밖에 이런 생각도 했소. 어쩌면 이 사람은 그녀에게 깜짝 선물을 하고 싶었는지도 모른다, 그녀가 집에 돌아가서 호주머니에서 100루블이나 되는 돈을 발견하고 깜짝 놀라게 되길 바랐는지도 모른다고 말이지요. (자선가 중에는 자신의 선행을 그런 식으로 연출하기를 매우 좋아하는 사람들도 있거든요. 나는 알아요.) 나중엔 또 이런 생각도 들었소. 이 사람은 그녀가 그 돈을 발견하고서 감사하다고 인사를 하러 오는지 시험을 해 보려는 거다라고. 그러다가 또, 이 사람은 감사받는 걸 피하고 싶은 거다, 이른바 자신의 오른손도 모르게 하고 싶어서…… 요컨대 왠지 그런 생각이 들었던 거요……. 그러나 그때는 정말로 여러 가지 생각이 떠올랐기 때문에, 모든 것을 나중에 곰곰이 생각해 보기로 했지만, 내가 비밀을 안다는 걸 당신에게 드러내는 것은 결례라고 생각했소. 그런데 바로 그때 다시, 소피야 세묘노브나가 그 돈이 있다는 걸 알아채기도 전에 자칫 잃어버릴지도 모른다는 생각이 퍼뜩 떠올라서, 이곳으로 와서 그녀를 불러내어 그녀의 주머니 속에 100루블이 들어 있다는 걸 알려 주려고 마음먹었지요. 오는 길에 코브일랴트니코바 부인 방에 먼저 들러 『실증적 방법의 일반적 추론』*을 가져다주고, 특히 피데리트의 논문을 (바그너의 논문과 함께) 읽도록 권하고 여기 와 보니, 아니 이게 무슨 소동입니까! 자, 만일 내가 당신이 그녀의 주머니에 100루블을 집어넣는 걸 실제로 보지 못했다면, 이런 여러 가지 생각과 판단을 할 수 있었겠습니까, 할 수 있었겠느냐고요?"

이런 논리적 추론을 연설의 결론 부분에 가져오면서 자신의 장황한 설명을 끝냈을 때, 안드레이 세묘노비치는 몹시 지친 나머지 얼굴에 땀까지 줄줄 흘리고 있었다. 딱하게도 그는 러시아어로는 자신의 생각을 제대로 설명할 수 없었기 때문에(하긴, 다른 나라 말도 아는 게 없었다), 이 영웅적인 변호의 위업을 치르고 나자 어쩐지 단번에 기력이 소모되어 갑자기 초췌해진 것 같아 보이기까지 했다. 그럼에도 불구하고 그의 연설은 대단한 효과를 가져왔다. 그는 너무나도 열의와 확신을 가지고 말했기 때문에, 모두들 그의 말을 믿는 것 같았다. 표트르 페트로비치는 판세가 불리하다고 느꼈다.

"자네 머릿속에 어떤 멍청한 의문들이 떠올랐든, 나하고 무슨 상관인가." 그가 소리쳤다. "그건 증거가 아니야! 그건 다 자네가 꿈에서 본 거겠지. 그뿐이야! 분명하게 말해 두지만, 이봐, 자넨 거짓말을 하고 있어! 나에 대한 무슨 악감정에서 거짓말을 하고 중상을 하고 있는 거야! 내가 자네의 자유사상적이고 무신론적인 사회 제안에 동의하지 않은 데 대한 보복으로 말이지, 그렇고말고!"

그러나 이 괴상한 변명은 표트르 페트로비치에게 아무 도움이 되지 못했다. 오히려 사방에서 투덜거리는 비난의 소리가 들려왔다.

"아하, 얘기를 그쪽으로 몰고 가는군!" 레베쟈트니코프가 외쳤다. "그건 당신 착각이야! 경찰을 불러요, 난 선서를 할 테니! 다만 이것 하나는 도저히 이해할 수가 없군요. 무엇 때문에 저자가 이런 비열한 짓을 감행했을까 하는 거요! 오, 불쌍하고 비열한 인간!"

"무엇 때문에 저자가 이런 짓을 저질렀는지 제가 설명할 수 있습니다. 필요하다면 저도 선서를 하겠습니다!" 마침내 라스콜니코프가 단호한 목소리로 말하면서 앞으로 나섰다.

그는 보기에도 단호했고 침착했다. 그의 모습을 언뜻 보기만 해도, 문제의 핵심이 무엇인지 그가 정말로 알고 있으며 드디어 이 사건도 결말에 이르렀다는 것을 다들 왠지 한눈에 알 수 있었다.

"이제 저는 모든 것을 분명하게 이해하게 됐습니다." 라스콜니코프는 레베쟈트니코프 쪽을 똑바로 쳐다보며 말을 계속했다. "저는 이 소동의 시초부터 여기엔 무슨 더러운 흉계가 있다는 의심을 갖고 있었습니다. 저만이 알고 있는 어떤 특별한 사정 때문에 의심을 하게 된 것인데, 그걸 지금 여러분에게 밝히겠습니다. 거기에 모든 비밀이 들어 있습니다! 안드레이 세묘노비치, 당신의 귀중한 증언은 제게 모든 것을 아주 분명하게 해 주었습니다. 아무쪼록 여러분 모두 꼭 들어 주십시오. 이 신사는(그는 루쥔을 가리켰다) 얼마 전에 한 아가씨, 즉 제 누이동생인 아브도치야 로마노브나 라스콜니코바에게 청혼을 했습니다. 그러나 이자는 페테르부르크에 도착하자, 그저께 저와 처음 만난 자리에서 저와 다투고 제 방에서 쫓겨났습니다. 이 일에 대해서는 증인도 두 사람 있습니다. 이 사람은 아주 엉큼합니다……. 그저께만 해도 저는 이자가 이 집에서 안드레이 세묘노비치 당신 방에 묵고 있다는 걸 아직 몰랐고, 따라서 우리가 싸웠던 그날, 그러니까 그저께 제가 돌아가신 마르멜라도프 씨의 친구로서, 부인인 카체리나 이바노브나에게 장례 비용으로 약간의 돈을 건넸다는 사실을 이자가 훤히 꿰고 있다는 것을 알 길이 없었습니다. 이자는 즉시 제 어머니께 편지를 써서, 제가 카체리나 이바노브나가 아닌 소피야 세묘노브나에게 가진 돈을 모두 주었다고 알리면서, 아주 비열한 표현으로 소피야 세묘노브나의…… 성품에 대해 언급했습니다. 즉, 저와 소피야 세묘노브나의 관계에 대해 이상한 암시를 했습니다. 이해가 가시겠지만, 이것은 어머니와 누이동생이 저를 돕기 위해 보내 준 그들의 마지막 돈을 제가 좋지 않은 목적에 탕진하고 있는 것처럼 고자질해서 저와 두 사람 사이를 이간질하려는 것이었습니다. 어제 저녁에 저는 이자가 있는 자리에서 어머니와 누이동생에게, 돈은 카체리나 이바노브나에게 장례 비용으로 건넸지 소피야 세묘노브나에게 준 것이 아니며, 소피야 세묘노브나하고는 그저께까지만 해도 전혀 알지도 못했고 심지어 안면도 없는 사이였다는 사실을 증명하고 진상을 바로잡았습니다. 그러면서 저는 이자, 표트르 페트로비치 루쥔은 자기가 가진 모든 장점을 다 모아도 그가 그토록 나쁘게 말하는 소피야 세묘노브나의 새끼손가락 만도 못 하다고 덧붙였습니다. 소피야 세묘노브나를 제 누이동생 옆에 나란히 앉힐 수 있겠느냐고 이자가 묻기에, 벌써 바로 그날 로 그렇게 했다고 대답했습니다. 이자는 어머니와 누이동생이 자기가 중상모략한 대로 저와 다투고 절연하려고 하지 않는 걸 보고 화가 나서, 말끝마다 두 사람에게 용서할 수 없는 무례한 말을 하기 시작했습니다. 결국 돌이킬 수 없는 결렬이 생겼고, 두 사람은 이자를 집 밖으로 쫓아내고 말았습니다. 이것은 모두 어제 저녁에 일어난 일입니다. 이제 특별히 주의 깊게 들어 주시기 바랍니다. 생각해 보십시오. 만일 지금 이자가 소피야 세묘노브나가 도둑이 라는 것을 증명하는 데 성공했다면, 첫째 그는 제 누이와 어머니 에게 자신의 의심이 거의 틀리지 않았고, 또 제가 누이동생과 소피야 세묘노브나를 동등하게 다룬 데 대해 자기가 분개한 것은 정 당하며, 따라서 저를 공격한 것도 제 누이동생, 즉 자기 약혼녀의 명예를 수호하고, 방어하기 위한 것이었다고 입증할 수 있었을 겁니다. 요컨대, 이 모든 것을 통해 이자는 다시 한 번 저와 제 가족 사이를 이간질할 수 있었을 것이고, 그리고 물론 그렇게 해서 다시 한 번 그들의 환심을 사려는 기대를 가졌던 겁니다. 이자가 제게 개인적인 복수를 하려고 했다는 건 새삼 말씀드릴 필요도 없습니다. 소피야 세묘노브나의 명예와 행복이 제게 대단히 소중하다고 추정할 만한 근거가 그에겐 있으니까요. 바로 이런 것들이 이자의 속셈의 전부입니다! 바로 이렇게 저는 이 사건을 이해하고 있습니다! 바로 이것이 이유의 전부이며, 다른 이유는 있을 수 없습니다!"

이렇게, 혹은 거의 이렇게 라스콜니코프는 자신의 말을 끝냈다. 사람들의 탄성 때문에 그의 말은 자주 끊어졌지만, 그래도 다들 매우 주의 깊게 듣고 있었다. 도중에 자주 끊어졌음에도 불구하고 그의 말은 줄곧 날카롭고 침착하고 정확하고 분명하고 확고했다. 그의 날카로운 목소리와 확신에 찬 어조와 엄격한 얼굴은 모든 사람에게 굉장한 효과를 낳았다.

"맞아요, 맞아. 정말 그렇습니다!" 레베쟈트니코프는 열광하여 맞장구를 쳤다. "그건 틀림없이 그렇습니다. 이자는 소피야 세묘노브나가 우리 방에 들어오자마자 제게, 당신이 와 있었는지, 카체리나 이바노브나의 손님들 중에서 당신을 못 보았는지 물었거든요. 이자는 그 때문에 저를 창가로 불러내서 거기서 슬쩍 물어보았습니다. 그러니까 이자에겐 당신이 이 자리에 꼭 있어야 했던 겁니다!"

루쥔은 말없이 경멸의 미소를 짓고 있었다. 그렇지만 얼굴은 몹시 창백했다. 어떻게 하면 이 자리를 벗어날지 궁리하는 것 같았다. 아마도 그는 기꺼이 모든 것을 팽개치고 달아나고 싶었을 테지만, 지금으로서는 거의 불가능한 일이었다. 그것은 그에게 씌워진 혐의가 정당하고, 그가 정말로 소피야 세묘노브나를 중상했다는 것을 내놓고 인정하는 것을 뜻했다. 더구나 그렇지 않아도 이미 거나하게 취해 있던 패거리가 몹시 흥분하고 있었다. 군량징발부의 관리는 잘 알아듣지도 못했으면서 누구보다 큰 소리를 내지르며 루쥔으로서는 몹시 불쾌한 무슨 조치를 제의하고 있었다. 그러나 취하지 않은 사람들도 있었다. 이 방 저 방에서 다 몰려와 있었다. 세 명의 폴란드인은 격분해서 '이 악당 놈아!' 하고 쉴 새 없이 그에게 소리치면서 폴란드어로 온갖 협박을 늘어놓고 있었다. 소냐는 긴장해서 듣고 있었으나, 기절했다가 막 깨어난 사람처럼 그녀 역시 모든 것을 이해하지는 못하는 듯했다. 다만 그녀는 라스콜니코프만이 자기의 유일한 구원이라 느끼며, 그에게서 눈을 떼지 않고 있었다. 카체리나 이바노브나는 괴롭게 가쁜 숨을 그렁거리면서 완전히 기진맥진한 모습이었다. 아말리야 이바노브나는 도무지 아무것도 알 수가 없는 듯, 입을 쩍 벌리고 누구보다 멍청하게 서 있었다. 그녀는 다만 표트르 페트로비치가 무슨 까닭인지 곤경에 빠진 것만을 알 수 있었을 뿐이다. 라스콜니코프는 다시 말을 더 할 수 있게 해 달라고 부탁했으나, 다들 그가 말을 마칠 수 있도록 해 주지 않았다. 모두들 소리를 질러 대고 욕설과 위협을 퍼부으면서 루쥔을 에워싸고 밀쳐 대고 있었다. 그러나 표트르 페트로비치는 겁먹은 기색이 아니었다. 소냐에게 누명을 덮어씌우려는 계획이 완전히 실패로 돌아간 걸 보자, 그는 아예 뻔뻔하게 나왔다.

"잠깐, 여러분, 잠깐, 밀지 마시고 길을 터 주시오!" 군중을 헤치고 나가면서 그가 말했다. "그리고 제발 위협은 마시오. 분명히 말해 두지만, 이래 봤자 아무 소용없고, 아무것도 못 할 겁니다. 이런다고 겁낼 나도 아니고. 오히려 당신네들은 폭력으로 형사사건을 덮어 버린 책임을 져야 합니다. 저 여자가 도둑이라는 건 완전히 드러났으니까, 나는 계속 추적하겠습니다. 법정에선 사람들이 그렇게 눈이 멀지도 않고…… 술에 취해 있지도 않으니까, 저두 악명 높은 무신론자, 선동가, 자유사상가의 말을 믿지 않을 겁니다. 저자들은 개인적인 복수심에서 나를 비방하고 있고, 멍청한 탓에 그것을 자기 입으로 자백하고 있지 않습니까……. 자아, 실례합니다!"

"다시는 내 방에서 당신 냄새가 나지 않도록 해 주시오. 지금 당장 이사를 가란 말이오. 우리 사이는 이걸로 끝났소! 이런 인간에게 우리의 체계를 설명해 주느라고 내가 그렇게 고생한 걸 생각하면…… 꼬박 두 주일 동안이나……!"

"안드레이 세묘노비치, 아까 자네가 날 계속 붙잡을 때도 내 쪽에서 이사 나가겠다고 하지 않았나. 자네가 바보라는 말만 지금 덧붙여 두지. 자네 그 머리와 흐리멍덩한 눈이나 고쳐 두게. 이만 실례합니다, 여러분!"

그는 사람들 사이를 헤치고 지나갔다. 그러나 군량징발부 관리는 욕만 퍼부은 채 쉽게 놔주고 싶지가 않아서, 식탁 위의 컵을 집어 들고 크게 휘두른 다음, 표트르 페트로비치를 향해 냅다 던졌다. 그러나 컵은 그대로 아말리야 이바노브나에게로 날아갔다. 그녀는 비명을 내질렀고, 관리는 팔을 크게 휘두른 바람에 균형을 잃고 식탁 밑에 쿵 고꾸라지고 말았다. 표트르 페트로비치는 자기 방으로 돌아갔고, 반 시간 뒤에는 이미 이 집에 없었다. 천성적으로 겁이 많은 소냐는 전부터 자기가 누구보다 쉽게 파멸당할 수 있는 존재이고, 자신을 능욕하는 것쯤은 누구든지 거의 아무런 벌도 받지 않고 할 수 있다는 것을 알고 있었다. 그러나 이 마지막 순간까지 그녀는 누구에게나 조심스럽고 온순하고 겸손하게 대하면 그럭저럭 재앙을 피할 수 있을 거라고 생각하고 있었다. 그런 만큼 이번의 환멸은 그녀에게 너무나 괴로운 것이었다. 물론 그녀는 인내로써 모든 것을 거의 아무런 불평 없이 참을 수 있었고, 지금 이 일도 마찬가지였다. 그러나 첫 순간만큼은 너무도 괴로웠다. 그래서 자기가 이기고 결백함이 입증되었는데도 불구하고 처음의 경악과 실신 상태가 지나가고, 모든 것을 분명하게 이해하고 판단하게 되자, 고립무원의 무력감과 모욕감이 고통스럽게 가슴을 죄어 왔다. 그녀는 발작을 일으키기 시작했다. 마침내 그녀는 견디다 못해 그대로 방에서 뛰쳐나가 집으로 달려갔다. 그건 루쥔이 나간 바로 뒤였다. 아말리야 이바노브나 역시 컵에 정통으로 얻어맞은 판에 사람들의 폭소까지 터지자, 남의 일에 말려들어 공연히 화를 당한 것이 참을 수가 없었다. 그녀는 미친 여자처럼 날카로운 소리를 내지르며 모든 것이 다 카체리나 이바노브나 탓이라 여기고 그대로 달려들었다.

"당장 이 집에서 나가! 지금 바로! 냉큼!" 이렇게 말하면서, 그녀는 카체리나 이바노브나의 물건을 손에 잡히는 대로 마구 바닥에 팽개치기 시작했다. 그렇지 않아도 초주검이 되어 거의 실신 상태에서 창백한 얼굴로 숨을 헐떡거리고 있던 카체리나 이바노브나는 (기진맥진해서 쓰러져 있던) 침대에서 벌떡 일어나 아말리야 이바노브나에게 덤벼들었다. 그러나 도저히 상대가 안 되는 싸움이었다. 상대편은 마치 깃털처럼 가볍게 그녀를 밀쳐 버렸다.

"어떻게 이럴 수가! 뻔뻔하게 중상모략을 한 것도 모자라서, 이

망할 년이 이젠 나한테! 어떻게 이럴 수가! 남편 초상 날에 집에서 내쫓다니. 실컷 얻어 처먹고는 길바닥에 내쫓아? 애비 없는 어린것들하고 같이! 그래, 어디로 가란 말이냐!" 불쌍한 여자는 눈물을 흘리고 숨을 헐떡이며 부르짖었다. "하느님!" 갑자기 그녀는 눈을 번뜩이며 외쳤다. "정말로 정의란 없단 말입니까! 우리들 고아가 아니라면 대체 누구를 보호하시렵니까? 하지만 그래, 두고 봐라! 세상에는 재판도 있고 정의도 있다. 내가 찾아내겠다! 이제, 조금만 기다려라, 하느님도 모르는 년아! 폴레치카, 동생들하고 같이 남아 있어, 곧 돌아오마. 길바닥에서라도 날 기다리고 있어야 한다! 어디 이 세상에 진리가 있는지 한번 볼 테다!"

그리고 카체리나 이바노브나는 죽은 마르멜라도프가 술집에서 이야기 끝에 말했던 그 녹색의 얇은 드라데담 목도리를 머리에 덮어쓴 다음, 아직도 술에 취해 제멋대로 방에서 우글거리고 있는 세 든 사람들 무리를 헤치고 울부짖으면서 지금 당장 어떻게 해서든 어디선가 반드시 정의를 찾아내리라는 막연한 목적을 품고 거리로 뛰쳐나갔다. 폴레치카는 공포에 질려 동생들과 함께 구석의 궤짝 위에 움츠리고 앉아, 두 동생을 꼭 껴안고 온몸을 부들부들 떨면서 어머니가 돌아오기를 기다리기 시작했다. 아말리야 이바노브나는 방 안을 이리저리 뛰어다니며 날카로운 쇳소리를 내지르기도 하고 통곡을 하기도 하면서, 손에 잡히는 대로 마룻바닥에 집어 던지며 사납게 날뛰고 있었다. 세 든 사람들은 각자 멋대로 소리를 질러 댔다. 어떤 사람들은 방금 일어난 사건에 대해 나름대로 결론을 내리고 있었고, 어떤 사람들은 다투며 욕을 하기도 했고, 또 어떤 사람들은 노래를 뽑기 시작했다……

'이제 나도 갈 시간이다!' 라스콜니코프는 생각했다. '자, 소피야 세묘노브나, 어디 한번 볼까, 이제 당신이 뭐라고 말할지!'

그리고 그는 소냐의 집을 향해 발걸음을 옮겼다.

4

라스콜니코프는 자신도 가슴속에 그토록 큰 공포와 고통을 품고 있으면서도, 루쥔을 상대로 해서 소냐의 열정적이고 용기 있는 변호인 역할을 했다. 소냐를 변호하고자 하는 그의 노력에 개인적이고 진실한 감정이 어느 정도 깃들어 있었다는 것은 말할 나위도 없지만, 오전에 그렇게까지 괴로운 일을 겪었던 그로서는 도저히 견딜 수 없이 되어 가던 자신의 기분을 바꿀 수 있는 기회가 주어져서 오히려 기뻤던 게 사실이다. 더구나 그는 바로 눈앞에 다가와 있는 소냐와의 만남을 줄곧 생각하지 않을 수 없었고, 그것이 이따금 그의 마음을 무섭도록 초조하게 하고 있었다. 그는 누가 리자베타를 죽였는지 그녀에게 밝히지 **않으면 안 되었으므로**, 이에 따른 무서운 고통을 예감하고, 그것을 떨쳐 버리려는 듯 두 손을 내젓고 있었다. 그래서 그가 카체리나 이바노브나의 집을 나오면서 '자, 소피야 세묘노브나, 어디 한번 볼까, 이제 당신이 뭐라고 말할지!' 하고 외쳤을 때, 그는 분명히 좀 전에 루쥔에게 거둔 승리감에 젖은 채 여전히 용기와 도전욕에 가득 찬, 어딘지 외적으로 흥분된 상태에 있었다. 그런데 기이한 일이 그에게 일어났다. 카페르나우모프의 집까지 왔을 때, 뜻밖에도 무력감과 공포를 느낀 것이다. 그는 기이한 의문을 품은 채 주저하면서 문 앞에서 걸음을 멈추었다. '누가 리자베타를 죽였는지 꼭 말해야만 할까?' 기이한 의문이었다. 왜냐하면 말하지 않을 수 없을 뿐만 아니라 이 순간을 잠시 미루는 것조차 불가능하다는 것을 바로 그때 갑자기 느꼈기 때문이다. 왜 그럴 수 없는지는 아직 알지 못했다. 다만 그렇게 **느꼈을** 따름이다. 그리고 이 불가피성 앞에서 자신이 무력하다는 고통스러운 의식이 그를 거의 짓눌러 버렸다. 그는 더 이상 생각하고 고민하고 싶지 않아서 재빨리 문을 열고 문지방에서 소냐를 바라보았다. 그녀는 탁자에 팔꿈치를 괴고 두 손으로 얼굴을 감싼 채 앉아 있었으나, 라스콜니코프를 보자 재빨리 일어나서 기다렸다는 듯이 그를 맞으러 나왔다.

"당신이 안 계셨더라면 전 어떻게 됐을까요?" 방 한가운데에서 그와 마주치자 그녀가 빠르게 말했다. 이 말만은 한시바삐 하고 싶었던 게 분명했다. 그를 기다리고 있었던 것도 그래서였다.

라스콜니코프는 탁자 쪽으로 걸어가서 방금 소냐가 일어난 의자에 앉았다. 그녀는 어제와 똑같이 그로부터 두어 발짝 앞에 섰다.

"어때요, 소냐?" 이렇게 말한 순간, 갑자기 그는 자신의 목소리가 떨리는 것을 느꼈다. "그 모든 일은 '사회적 처지와 그것에 결부된 습관'에 근거한 것이었소. 아까 그걸 깨달았소?"

고통스러운 표정이 그녀의 얼굴에 떠올랐다.

"제발 어제처럼 얘기하진 마세요!" 그녀가 말을 막았다. "부탁이니 그런 얘긴 아예 말아 주세요. 그렇잖아도 고통은 충분하니까요……."

그녀는 이런 비난이 그의 마음을 상하게 할까 두려워서 얼른 미소를 지었다.

"저는 바보같이 거기서 달아나 버렸어요. 거긴 지금 어떻게 됐나요? 방금 가 보려고 했지만, 어쩐지…… 당신이 들르실 것 같아서."

그는 아말리야 이바노브나가 그들을 집에서 쫓아내려고 하며, 카체리나 이바노브나는 '정의를 찾기 위해' 어디론가 뛰쳐나갔다고 말해 주었다.

"아, 어쩌지!" 소냐가 외쳤다. "어서 가 봐요……."

그녀는 망토를 집어 들었다.

"여전하군!" 라스콜니코프는 짜증을 내며 외쳤다. "그저 그 사람들 생각뿐이야! 나하고 좀 같이 있어 줘요."

"그럼…… 카체리나 이바노브나는요?"

"카체리나 이바노브나야 집에서 뛰쳐나간 이상, 당신 집을 그냥 지나치지 않을 거요. 분명히 제 발로 이리 올 거요." 그는 투덜거리며 덧붙였다. "여기 왔는데 당신을 못 만나게 되면 당신 탓이되잖아……."

소냐는 괴로운 듯 망설이며 의자에 앉았다. 라스콜니코프는 잠자코 마룻바닥을 내려다보며 뭔가 곰곰이 생각하고 있었다.

"지금은 루쥔이 그럴 생각이 아니었다 해도," 그는 소냐를 쳐다보지도 않고 입을 열었다. "만약에 그자가 그럴 생각이었거나 어떤 식으로든 그게 그자의 계산에 들어 있었다면, 당신을 감옥에 처넣었을 거요. 나와 레베쟈트니코프가 때마침 거기 없었다면 말이지요! 안 그래요?"

"그래요." 그녀가 가냘픈 목소리로 말했다. "그래요!" 그녀는 넋이 나간 듯 불안스레 되뇌었다.

"하지만 난 정말 그 자리에 없었을 수도 있었어요! 게다가 레베쟈트니코프가 갑자기 나타난 것도 순전히 우연이었고요."

소냐는 말이 없었다.

"만약 감옥에라도 들어갔다면 그때는 어떻게 되지? 내가 어제 한 말을 기억하나요?"

그녀는 다시금 대답이 없었다. 이쪽은 잠시 기다렸다.

"또 '아아, 말하지 마세요, 그만두세요!' 하고 소리칠 줄 알았는데." 라스콜니코프는 웃기 시작했으나 어딘지 어색한 웃음이었다. "왜, 또 말이 없지요?" 잠시 뒤에 그가 물었다. "무슨 말이든 나눠야 하지 않겠어요? 난 지금 당신이, 레베쟈트니코프가 말하듯이, 한 가지 '문제'를 어떻게 해결할지 무척 궁금한데. (그는 당황하기 시작하는 것 같았다.) 아니, 난 정말 진지하게 말하고 있는 거요. 생각해 봐요, 소냐. 당신이 루쥔의 의도를 미리 알고 있고, 그자의 음모 때문에 카체리나 이바노브나도, 아이들도, 그리고 당신까지 덤으로 파멸당한다는 것을 (아주 분명하게) 알고 있다고 합시다(내가 **덤으로**라고 말한 것은 당신이 자기 자신을 아무렇지도 않게 여기기 때문이오). 폴레치카도 마찬가지요……. 그 애도 같은 길을 걸을 테니까. 자, 그래서, 만약 갑자기 이 모든 것이 이제 당신의 결단에 달려 있다면, 이 세상에 살아야 하는 게 그자인지, 그들인지, 즉 루쥔이 살아서 더러운 짓을 계속하게 해야 할지, 아니면 카체리나 이바노브나가 죽어야 할지 하는 문제가 당신에게 달려 있다면, 당신은 어떻게 결정할 거요? 어느 쪽이 죽어야 하겠소? 나는 그걸 당신에게 묻는 거요."

소냐는 불안하게 그를 쳐다보았다. 이 불분명하고 멀리서 무엇인가를 향해 다가가고 있는 듯한 말속에서 어떤 특별한 무엇이 느껴졌던 것이다.

"그런 걸 물으시리라는 예감이 벌써부터 들었어요." 그녀는 뭔가 알아내고 싶은 눈으로 그를 바라보며 말했다.

"그랬군, 좋아요. 그건 그렇고, 어떻게 결정하겠소?"

"왜 있을 수도 없는 일을 물으세요?" 소냐는 무척 싫다는 표정으로 물었다.

"그러니까 루쥔이 살아서 더러운 짓을 하는 게 낫다는 말이군! 당신은 이것마저도 결정할 용기가 없는 거요?"

"그렇지만 전 하느님의 섭리를 알 수 없잖아요……. 그리고 왜 당신은 물어서는 안 될 걸 물으세요? 왜 그런 허튼 질문을 하세요? 그것이 제 결정에 달렸다니, 어떻게 그럴 수가 있죠? 누구는 살고 누구는 살면 안 된다니, 누가 저를 그런 심판관으로 내세웠나요?"

"여기에 하느님의 섭리가 끼어든다면 어쩔 도리가 없지." 라스콜니코프가 침울하게 말했다.

"차라리 솔직하게 말해 주세요, 당신한테 무엇이 필요한지!"

소냐는 괴로워하며 소리쳤다. "또다시 당신은 무슨 다른 얘기를 하시려는 거예요…… . 정말 당신은 저를 괴롭히려고, 다만 그 때문에 오신 건가요!"

그녀는 견디다 못해 갑자기 고통스럽게 흐느끼기 시작했다. 그는 어두운 우수에 잠겨 그녀를 보고 있었다. 오 분가량이 지났다.

"당신 말이 옳아, 소냐." 마침내 그가 조용히 말했다. 그는 갑자기 전혀 다른 사람이 되어 있었다. 짐짓 뻔뻔한 척하던, 무력감에도 불구하고 그래서 더 도전적이었던 어조 또한 사라지고 없었다. 목소리까지도 갑자기 약해졌다. "어제 나는 용서를 빌러 오는 게 아니라고 내 입으로 당신에게 말해 놓고서, 지금은 거의 용서를 비는 말로 이야기를 시작했어…… . 루쥔과 하느님의 섭리에 대해 말한 것은 다 나 자신을 위한 것이었어…… . 그건 내가 용서를 빈 거야, 소냐…… ."

그는 웃어 보이려고 했으나, 그의 창백한 미소에는 어딘가 맥없고 애매한 데가 있었다. 그는 고개를 숙이고 두 손으로 얼굴을 감쌌다.

갑자기 소냐에 대한 이상하고도 뜻하지 않은, 찌르는 듯한 증오심이 그의 심장을 스쳐 갔다. 스스로도 이 느낌에 흠칫 놀란 듯이, 그는 얼른 고개를 들고 유심히 그녀를 쳐다보았다. 그러나 그가 마주친 것은 불안하고 고통스러울 정도로 근심에 잠겨 그를 바라보고 있는 그녀의 눈길이었다. 거기엔 사랑이 깃들어 있었다. 그의 증오는 환영처럼 사라졌다. 그것은 증오가 아니었다. 그는 한 감정을 다른 감정으로 잘못 받아들인 것이다. 그건 다만 **그** 순간이 왔음을 뜻하는 것이었다.

또다시 그는 두 손으로 얼굴을 감싸고 고개를 떨구었다. 갑자기 그는 새파랗게 질려서 의자에서 일어나더니, 소냐를 힐끗 쳐다보고는 아무 말도 하지 않고 기계적으로 그녀의 침대로 옮겨 앉았다.

그가 느끼기에 이 순간은 노파의 등 뒤에 서서 이미 고리에서 도끼를 벗겨 내고 이제 '더 이상 한순간도 지체할 수 없다'고 느끼던 그때와 소름 끼치도록 흡사했다.

"왜 그러세요?" 소냐가 겁에 질려 물었다.

그는 한마디도 말할 수가 없었다. 그는 이런 식으로 **밝히게 되리라고는** 꿈에도 생각지 못했던 까닭에, 지금 자기에게 무슨 일이 일어나고 있는지조차 알지 못했다. 그녀는 가만히 그에게로 다가와 침대에 나란히 앉아서는 그에게서 눈을 떼지 않고 기다리고 있었다. 그녀의 심장이 마구 방망이질 치고, 당장이라도 멎어 버릴 것만 같았다. 견딜 수가 없었다. 그는 죽은 사람처럼 창백한 얼굴을 그녀에게 돌렸다. 그의 입술이 무언가를 말하려고 애쓰면서 힘없이 일그러졌다. 공포가 소냐의 가슴을 스쳐 갔다.

"왜 그러세요?" 그녀는 그에게서 몸을 조금 떼고 뒤로 물러나면서 다시 한 번 물었다.

"괜찮아, 소냐. 놀라지 마…… 아무것도 아냐! 정말이야, 잘 생각해 보면, 아무것도 아냐." 그는 열병으로 의식을 잃은 사람 같은 표정을 하고 중얼거렸다. "어째서 난 이렇게 와서 당신을 괴롭히기만 하는 걸까?" 그가 그녀를 바라보며 갑자기 덧붙였다. "정말 어째서일까? 난 내내 이걸 스스로에게 묻고 있어, 소냐……"

그는 어쩌면 십오 분 전에도 스스로에게 이 질문을 했는지 모르지만, 지금은 거의 자신을 의식하지도 못하고 온몸이 끊임없이 떨리는 것을 느끼면서 완전히 기진맥진하여 그냥 뇌까렸다.

"아아, 당신은 너무나 괴로워하고 계세요!" 그의 얼굴을 들여다보며 소냐가 고통스럽게 말했다.

"다 부질없는 거야……! 그런데 소냐(갑자기 무엇 때문인지 그는 창백하고 힘없이 한 이 초가량 히죽 웃었다), 내가 어제 당신에게 무슨 말을 해 주겠다고 한 걸 기억해?"

소냐는 불안하게 기다리고 있었다.

"떠나면서 난 이게 어쩌면 당신과 영원히 헤어지는 것인지 모른다, 그러나 만약 오늘 오게 되면 말해 주겠다고 했어…… 누가 리자베타를 죽였는지."

그녀는 갑자기 온몸을 떨기 시작했다.

"그래서 이렇게 말해 주러 온 거야."

"그럼 당신의 어제 그 말이 정말이었군요……." 그녀는 간신히 소곤거렸다. "하지만 어떻게 그걸 아세요?" 문득 제정신을 차린 듯 그녀가 급히 물었다.

소냐는 숨이 가빠지기 시작했다. 얼굴빛은 점점 더 창백해졌다.

"알아."

그녀는 일 분가량 잠자코 있었다.

"찾아낸 건가요, **그 사람**을?" 그녀가 머뭇거리며 물었다.

"아니, 찾아낸 게 아냐."

"그럼 어떻게 당신이 **그것**을 아세요?" 그녀는 다시 일 분쯤 잠자코 있다가 들릴락 말락 하게 또 물었다.

그는 그녀에게 몸을 돌리고 그녀를 뚫어지게 쏘아보았다.

"맞혀 봐." 그가 아까처럼 힘없이 일그러진 미소를 띠고 말했다.

경련이 그녀의 온몸을 스쳐 간 것 같았다.

"정말 당신은…… 저를…… 왜 저를 그렇게…… 놀라게 하세요?" 그녀는 어린아이 같은 미소를 지으면서 말했다.

"그러니까, 나는 **그 사람**하고 아주 친한 친구 사이야…… 내가 알고 있으니까." 그는 이미 눈을 뗄 힘도 없게 돼 버린 것처럼 그녀의 얼굴을 계속 쳐다보면서 말을 이었다. "그 사람은 리자베타를 죽일 생각은 없었어……. 그는 그 여자를…… 뜻하지 않게 죽인 거야……. 그는 노파를 죽일 작정이었어…… 노파가 혼자 있을 때…… 그래서 거길 갔는데……. 그런데 그때 리자베타가 들어온 거야……. 그래서…… 그녀까지 죽였어."

다시 무서운 일 분이 지나갔다. 두 사람은 언제까지나 얼굴을 마주 보고 있었다.

"이래도 못 맞히겠어?" 종루에서 몸을 던지는 듯한 기분으로 그가 불쑥 물었다.

"아아뇨." 소냐가 들릴 듯 말 듯하게 속삭였다.

"잘 생각해 봐."

이렇게 말한 순간, 이미 알고 있는 예전의 그 어떤 느낌이 갑자기 그의 영혼을 얼어붙게 만들었다. 그는 소냐를 보고 있다가 문득 그 얼굴에서 리자베타의 얼굴을 본 것만 같았다. 그는 그때 도끼를 들고 리자베타에게 다가갔을 때, 마치 무엇에 놀란 어린애가 자기를 놀라게 한 그것을 눈 한 번 깜빡이지 않고 불안하게 쳐다보면서 조그만 손을 앞으로 내밀고 뒤로 물러서며 금방이라도 울음을 터뜨리려고 하는 것처럼, 한 손을 앞으로 들어 올리고 그를 피해 벽 쪽으로 뒷걸음질 치던 그녀의 겁에 질린 어린아이 같은 표정을 생생하게 기억하고 있었다. 거의 그와 똑같은 일이 지금 소냐에게 일어나고 있었다. 똑같이 무력하게, 똑같이 겁에 질려 얼마 동안 그를 바라보고 있다가 그녀는 갑자기 왼손을 앞으로 내밀어 손가락으로 아주 가볍게 그의 가슴을 떠밀고는 조금씩 몸을 뒤로 빼며 천천히 침대에서 몸을 일으키기 시작했다. 그에게 못 박힌 시선은 점점 더 굳어 갔다. 갑자기 그녀의 공포가 그에게도 전해졌다. 똑같은 공포가 그의 얼굴에 나타났고, 똑같은 시선으로 그녀를 바라보기 시작했다. 심지어 거의 똑같이 **어린애 같은** 미소까지 짓고 있었다.

"알겠지?" 마침내 그가 속삭였다.

"아아!" 무서운 비명이 그녀의 가슴에서 터져 나왔다. 그녀는 힘없이 침대에 쓰러져 베개에 얼굴을 파묻었다. 그러나 이내 그녀는 몸을 발딱 일으키고 그에게 재빨리 다가가서, 가냘픈 손가락으로 그의 두 손을 으스러지게 쥐고는, 다시금 못 박힌 듯 꼼짝도 하지 않고 그의 얼굴을 들여다보기 시작했다. 이 마지막 절망적인 시선으로 그녀는 어떤 마지막 희망이라도 찾아내어 붙잡고 싶었다. 그러나 희망은 없었다. 의심할 여지라곤 없었다. 모든 것이 **그대로**였다! 훗날, 훨씬 뒤에 이 순간을 떠올렸을 때도, 그녀는 이상하고 불가사의한 느낌이 들었다. 어째서 그때 더 이상 의심할 여지라곤 없다고 그렇게 **단번에** 알게 되었을까? 그녀가 예컨대 그런 어떤 것을 예감하고 있었다고는 할 수 없지 않은가? 그런데도 지금 그가 그것을 말하자마자, 문득 그녀는 자기가 바로 **그것**을 실제로 예감하고 있었던 것 같은 생각이 들었다.

"됐어, 소냐, 그만! 날 괴롭히지 말아 줘!" 그는 괴로워하며 부탁했다.

그는 이런 식으로 그녀에게 털어놓을 생각은 조금도 하지 않았는데, 그만 **이렇게** 되고 만 것이다.

그녀는 넋이 나간 듯이 벌떡 일어나서 두 손을 비비며 방 가운데까지 걸어갔으나, 이내 홱 몸을 돌려 돌아와서는, 다시 어깨가 거의 맞닿을 정도로 그의 곁에 바싹 붙어 앉았다. 그러다 갑자기 무엇에 찔리기라도 한 듯이 몸을 부르르 떨고 외마디 소리를 지르더니, 왜 그러는지 자기도 모르게 그의 발아래 몸을 던지고 무릎을 꿇었다.

"당신은 어쩌자고, 어쩌자고 자신에게 이런 짓을 하셨어요!" 그녀는 절망해서 말했다. 그러고는 벌떡 일어서서 그의 목에 달려들어 두 팔로 그를 으스러지게 껴안았다.

라스콜니코프는 몸을 빼고 서글픈 미소를 지으며 그녀를 바라보았다.

"당신은 참 이상한 여자야, 소냐. 내가 **그것**을 말했는데도, 날 껴안고 키스를 해 주다니. 제정신이 아닌 게지."

"아녜요, 이 세상에서 지금 당신보다 불행한 사람은 아무도 없어요!" 그녀는 그의 말에 귀도 기울이지 않고 미친 듯이 외치더니, 갑자기 발작이라도 일어난 것처럼 목 놓아 울기 시작했다. 이미 오래전에 잊어버렸던 감정이 그의 가슴에 물결치며 밀려들어 단숨에 그의 마음을 부드럽게 녹여 주었다. 그는 그것에 저항하지 않았다. 눈물 두 방울이 그의 눈에서 솟아나 속눈썹에 맺혔다.

"그럼 날 버리지 않는 거야, 소냐?" 그는 거의 희망까지 느끼면서 그녀를 바라보며 물었다.

"네, 네. 언제까지든, 어디서든!" 소냐가 외쳤다. "전 당신을 따라가겠어요, 어디든 따라가겠어요! 오오, 하느님……! 아, 전 불행한 여자예요……! 왜, 왜 당신을 좀 더 일찍 알지 못했을까요! 왜 당신은 좀 더 일찍 오지 않으셨어요? 오오, 하느님!"

"그래서 이렇게 왔잖아."

"이제야! 아아, 이제 뭘 해야 하지……! 함께, 함께!" 그녀는 정신을 잃은 듯 같은 말을 되뇌면서 다시 그를 껴안았다. "징역이라도 당신과 함께 가겠어요!" 그는 갑자기 얼굴을 찡그리는 것 같았다. 아까와 같은, 증오심에 차고 오만하기까지 한 미소가 입가에 밀려 나왔다.

"난, 소냐, 아직은 징역 갈 마음이 없는지도 몰라." 그가 말했다.

소냐는 얼른 그를 쳐다보았다.

불행한 남자에 대한 열정적이고 고통스러운 동정심의 첫 폭풍이 가라앉자, 살인이라는 무서운 생각이 그녀를 또다시 경악케 했다. 완전히 변해 버린 그의 말투에서 갑자기 살인자의 목소리가 들린 것 같았다. 그녀는 흠칫 놀라서 그를 바라보았다. 어쩌다가, 어떻게 해서, 왜 그런 일이 일어났는지 그녀는 아직 아무것도 알지 못했다. 이제 이런 의문들이 한꺼번에 그녀의 의식 속에서 솟구쳤다. 그리고 또다시 믿을 수가 없었다. '이 사람이, 이 사람이 살인자라니! 도대체 어떻게 그럴 수 있을까?'

"대체 어떻게 된 걸까! 난 대체 어디에 있는 걸까!" 그녀는 아직 제정신이 들지 않는 듯, 멍하게 뇌까렸다. "대체 어떻게 당신이, 당신 같은 사람이 **그런**…… 짓을 저지를 수 있었다뇨……? 대체 어떻게 그런 일이!"

"그거야 뭐, 훔치기 위해서였지. 그만둬, 소냐!" 그는 왠지 지쳐서 짜증 섞인 말투로 대답했다.

소냐는 얼빠진 듯이 서 있다가 갑자기 소리쳤다.

"당신은 굶주렸던 거예요! 당신은…… 어머니를 도와드리려고 한 거죠? 그렇죠?"

"아니, 소냐, 아냐." 그는 몸을 돌리고 고개를 떨군 채 중얼거렸다. "그렇게 굶주리지는 않았어……. 물론 어머니를 도와드리려고는 했지, 그러나…… 그것도 아주 정확하진 않아……. 날 괴롭히지 마, 소냐!"

소냐는 손뼉을 탁 쳤다.

"그럼 정말 이게 다 사실이란 말인가요! 오오, 하느님, 이게 어떻게 사실일 수가! 누가 그걸 믿을 수 있겠어요……? 어떻게 당신이, 가지고 있던 마지막 돈까지 다 내주는 당신이 돈을 훔치려고 사람을 죽였다니, 어떻게 그게! 아아……!" 그녀는 갑자기 외쳤다. "그럼, 카체리나 이바노브나에게 준 그 돈…… 그 돈도……. 맙소사, 정말 그럼 그 돈도……."

"아냐, 소냐." 그가 황급히 말을 막았다. "그 돈은 아냐, 안심해! 그 돈은 어머니가 어떤 상인을 통해 보내 주신 거야. 내가 병으로 누워 있을 때 그 돈을 받았어, 돈을 카체리나 이바노브나에게 준 바로 그날……. 라주미힌이 봤어…… 그가 내 대신 받았으니까……. 그 돈은 내 거야, 내 돈이야, 진짜 내 돈이야."

소냐는 반신반의하며 그의 말을 들으면서 뭔가를 판단해 보려고 안간힘을 쓰고 있었다.

"그런데 **그** 돈은…… 난, 사실, 돈이 거기 있는지도 몰랐어." 그는 생각에 잠긴 듯 조용히 덧붙였다. "난 그때 노파의 목에서 지갑을 벗겨 냈어, 양가죽으로 만든…… 불룩하게 채워진 것이었는데…… 속은 들여다보지도 않았어. 아마 그럴 틈이 없었던 것 같아……. 물건은 무슨 단추하고 목걸이 줄 같은 것이었는데, 난 다음 날 아침에 그 물건들하고 지갑을 V 대로에 있는 어떤 남의 집 마당의 돌 밑에다 묻어 버렸어……. 지금도 전부 거기 그대로 있어……."

소냐는 온 힘을 다해 듣고 있었다.

"그럼, 왜…… 훔치려고 그런 거라고 말씀하셨어요? 결국 아무것도 가지지 않으셨잖아요?" 그녀는 지푸라기라도 잡고 싶은 심정으로 다급히 물었다.

"모르겠어……. 난 아직 결심을 못 했어. 그 돈을 가질 건지 안 가질 건지." 그는 다시 생각에 잠긴 듯이 낮은 목소리로 뇌까렸지만, 문득 제정신을 차리고는 잠시 엷은 미소를 지었다. "에잇, 내가 지금 무슨 멍청한 소릴 지껄인 거지, 응?"

'이 사람은 미친 게 아닐까?' 하는 생각이 소냐의 머리를 스쳤다. 그러나 그녀는 이내 그런 생각을 떨쳐 버렸다. 아냐, 여기엔 뭔가 다른 게 있어. 그러나 여기 무엇이 있는지는 아무것도, 아무것도 이해할 수 없었다!

"알아, 소냐?" 갑자기 그가 어떤 감격과도 같은 것을 느끼며 말했다. "내가 무슨 말을 하려는지 알아? 만약 내가 그저 배가 고팠다는 이유만으로 사람을 쳐 죽였다면," 그는 한 마디 한 마디에 힘을 주면서 수수께끼 같은, 그러나 간절한 눈초리로 그녀를 보며 말을 이었다. "그랬다면 난 지금…… **행복**할 거야! 이걸 알아 줘!"

"하지만 그게 당신하고, 당신하고 무슨 상관이야." 잠시 후 그는 절망한 빛마저 띠면서 외쳤다. "나쁜 짓을 했노라고 내가 지금 고백했다 한들, 그게 당신에게 대체 어떻다는 거야? 나에게 이런 멍청한 승리를 거두어서 당신에게 어떻다는 거야? 아아, 소냐, 그 때문에 내가 지금 당신에게 온 걸까!"

소냐는 다시 무슨 말을 하려고 하다가 계속 잠자코 있었다.

"내가 어제 당신에게 같이 가자고 한 건, 내겐 이제 당신 한 사람밖에 없기 때문이야."

"어디로 가자는 거예요?" 소냐가 겁을 내며 물었다.

"도둑질을 하자는 것도, 사람을 죽이자는 것도 아니니, 걱정 마, 그런 것 때문이 아니야." 그가 빈정거리듯 히죽 웃었다. "우린 서로 전혀 다른 인간이니까……. 그런데 말이야, 소냐, 난 지금에야, 바로 지금에야 깨달았어. 어제 당신에게 **어디로** 같이 가자고 했는지. 어제 그렇게 말했을 땐, 나 자신도 어딘지 몰랐어. 같이 가자고 했던 거나, 여기 온 것도 이유는 오직 하나, 날 버리지 말라는 거였어. 버리지 않을 거지, 소냐?"

그녀는 그의 손을 꼭 쥐었다.

"도대체 왜, 왜 난 이 여자에게 말해 버렸을까, 왜 이 여자에게 털어놓았을까!" 잠시 후 그는 끝없는 고통을 품고 그녀를 보면서 절망하여 외쳤다. "당신은 지금 내게서 설명을 기다리고 있어, 소냐. 앉아서 기다리고 있는 거야. 알아. 그러나 내가 당신에게 무슨 말을 하겠어? 당신은 이 문제를 아무것도 이해 못 할 거야, 그저 괴로움에 시달릴 뿐이지…… 나 때문에! 거봐, 당신은 울면서 날 또 껴안잖아. 대체 뭣 때문에 날 껴안는 거야? 내가 혼자 견디지 못하고, '너도 괴로워해라, 그럼 내가 편해지니까!' 하고 다른 사람에게 덮어씌우려고 왔기 때문인가! 그런데도 당신은 이런 비열한 인간을 사랑할 수 있어?"

"그렇지만 당신도 정말 괴로워하고 있잖아요?" 소냐가 외쳤다.

또다시 아까와 같은 감정이 물결치며 밀려와서 한순간 그의 마음을 부드럽게 해 주었다.

"소냐, 난 마음이 악해, 그걸 기억해 둬. 그것으로 많은 게 설명되니까. 내가 온 것도 악하기 때문이야. 개중엔 오지 않을 자들도 있지. 그러나 난 겁쟁이고…… 비열한 놈이야! 하지만…… 아무래도 좋아! 그런 건 다 아무것도 아냐……. 지금 얘길 해야 하는데, 어떻게 시작해야 할지 모르겠군……."

그는 말을 멈추고 생각에 잠겼다.

"에잇, 우리는 인간이 달라!" 그는 다시 소리쳤다. "서로 짝이 아냐. 그런데 왜, 왜 왔을까! 이것만은 절대로 나 자신을 용서할수 없어."

"아녜요, 아녜요, 오길 잘했어요!" 소냐가 외쳤다. "내가 알고있는 편이 나아요! 훨씬 나아요!"

그는 고통스럽게 그녀를 쳐다보았다.

"실은 그랬던 거야!" 그가 충분히 생각한 듯이 말했다. "그게정말 그랬어! 그러니까 난 나폴레옹이 되고 싶었어. 죽인 것도 그때문이야……. 자, 이제 이해가 돼?"

"아아뇨." 소냐는 머뭇거리면서 순진하게 중얼거렸다. "그냥……말해 줘요, 말해 줘요! 내가 이해할게요, 혼자서 모두 이해할게요!" 그녀가 간청했다.

"이해하겠다고? 그럼, 좋아, 어디 한번 보자고!"

그는 입을 다물고 오랫동안 생각에 잠겼다.

"문제는 이거야. 나는 자신에게 이런 질문을 해 본 적이 있어.예를 들어 나폴레옹이 내 입장에 있게 되어 출셋길로 들어서려는데, 툴롱도 이집트도 몽블랑을 넘는 것도 없고, 그런 훌륭한 금자탑 같은 위업 대신에 그저 어떤 시시해 빠진 14등관의 과부 할망구밖에 없다 하자. 만약 그 할망구의 트렁크에서 돈을 꺼내기 위해서(출세를 위해서야, 알겠어?) 할망구를 죽여야만 한다면, 만약 다른 방법이 없다면, 그는 그것을 단행했을까? 금자탑 같은 것과는 너무나 거리가 멀고…… 또 무서운 죄가 된다 해서 몸을 움츠리지는 않았을까? 그래서 고백하지만, 난 이 '문제'를 두고 끔찍하게 오랫동안 고민했어. 그러다 마침내 끔찍하게 부끄러워졌

어. 나폴레옹 같으면 움츠리기는커녕, 그것이 금자탑 같은 위업이
못 된다는…… 생각조차 머리에 떠오르지 않았을 것이고, 움츠릴
이유가 있는지조차 전혀 알지 못했을 거라는 데 생각이 미쳤거든
(어떻게 우연히 말이야). 만약 다른 해결책이 없다면, 그는 투덜
거리지도 않고 이런저런 생각에 잠길 것도 없이 단숨에 목 졸라
죽였을 거야……! 그래서 나도…… 생각을 집어치우고…… 죽
여 버렸어…… 권위자의 본보기에 따라……. 정말로 꼭 그랬어!
우습겠지? 그래, 소냐, 무엇보다 우스운 건 바로 그랬다는 점인지
도 몰라……."

소냐는 전혀 우습지 않았다.

"차라리 솔직하게 말해 주세요…… 예를 들지 마시고." 그녀는
더 머뭇거리며 간신히 들릴 듯한 목소리로 부탁했다.

그는 몸을 돌려 서글프게 그녀를 바라보고는 그녀의 두 손을 잡
았다.

"이번에도 당신이 옳아, 소냐. 이건 모두 부질없는 소리야, 공염
불이나 마찬가지야! 실은 당신도 알겠지만, 우리 어머닌 거의 무
일푼이야. 누이동생은 우연히 교육을 받아서, 가정교사로 전전하
는 운명이지. 두 사람의 모든 희망은 오로지 나 하나였어. 나는 공
부를 하고 있었지만 학비 때문에 대학을 계속 다닐 수가 없어서 휴
학을 해야만 했어. 만약 그런 식으로라도 질질 끌고 나간다면, 십
년이나 십이 년쯤 뒤엔(그것도 사정이 잘 풀린다면) 나도 무슨 교
사나 관리가 되어 1천 루블 정도의 연봉은 바라볼 수 있겠지…….
(그는 암송이라도 하듯이 말했다.) 그러나 그때까지 어머니는 걱

정과 슬픔 때문에 바싹 말라 버리실 테니, 결국 나는 어머니를 편안하게 해 드릴 시간도 없을 거야. 그리고 누이동생은…… 아니, 누이동생에겐 더 나쁜 일이 일어날 수도 있지……! 그러니 뭐가 좋다고 한평생 모든 것을 모른 체하며 지나치고, 모든 것을 외면하고, 어머니마저 잊고, 이를테면 누이동생의 치욕을 점잖게 참아야 하는 걸까? 무엇을 위해서? 그들을 매장하고, 새로운 식구들, 아내와 자식들을 만들어서 나중에 그들마저 돈 한 푼 없고 빵 한 조각 없이 남겨 두고 가기 위해서? 그래서…… 그래서 난 결심한 거야. 노파의 돈을 손아귀에 넣어 그것을 처음 몇 해를 위해 쓰자, 어머니를 괴롭히는 일 없이 마음 놓고 대학도 다니고, 대학을 졸업한 뒤에 첫발을 내딛는 데 쓰자, 그리고 이 모든 것을 광범위하고 철저하게 해서 새로운 출셋길을 완전하게 다지고, 새롭고 독립적인 길로 나아가자……. 그래…… 그래, 이게 다야……. 그야 물론 노파를 죽인 것은 내가 잘못한 거지……. 자, 이제 그만!"

그는 왠지 기운이라곤 없이 겨우 말을 끝내고는 고개를 떨구었다.

"아아, 그건 그렇지 않아요, 그렇지 않아요." 소냐는 비통하게 외쳤다. "어떻게 그럴 수가 있나요……. 아녜요, 그건 안 그래요, 안 그래요!"

"당신이야 그렇지 않다고 생각하겠지……! 하지만 난 솔직하게 말한 거야, 진실을!"

"그게 무슨 진실이에요! 오, 하느님!"

"나는 다만 이[蟲]를 죽인 것뿐이야, 소냐, 무익하고 더럽고 해로운 이〔蝨〕를."

"사람을 보고 이〔蝨〕라뇨!"

"이〔蝨〕가 아니라는 것은 나도 알아." 그는 이상한 표정으로 소냐를 보면서 대답했다. "하긴 난 거짓말을 하고 있어, 소냐." 그가 덧붙였다. "오래전부터 거짓말을 해 왔어……. 지금 말한 것은 다 엉터리야. 당신 말이 옳아. 거기엔 전혀, 전혀, 전혀 다른 이유가 있어……! 난 오랫동안 아무하고도 이야기를 하지 않았어, 소냐…… 지금 머리가 터질 것같이 아파."

그의 눈은 열병에 걸린 것처럼 활활 타고 있었다. 그는 거의 헛소리를 시작하고 있었고, 불안한 미소가 입가에 맴돌았다. 극도로 흥분한 정신 상태 사이로 무서운 무력감이 내비쳤다. 소냐는 그가 얼마나 괴로워하고 있는지 깨달았다. 그녀도 현기증이 나기 시작했다. 그리고 그의 이야기는 너무도 이상했다. 뭔가 이해할 수 있을 것도 같았으나, 그렇지만……. '그렇지만 대체 어째서! 대체 어째서! 오, 하느님!' 그녀는 절망해서 손을 쥐어틀었다.

"아냐, 소냐, 그게 아냐!" 그는 생각이 돌연 바뀌는 바람에 몹시 놀라고 새로운 자극을 받은 듯, 갑자기 고개를 들면서 다시 말을 시작했다. "그게 아냐! 그보다는…… 이렇게 생각해 줘(그래! 정말 그게 낫겠어!). 나는 이기적이고, 질투가 심하고, 심술궂고, 비열하고, 복수심이 강하고, 음…… 게다가 어쩌면 발광 증세도 있어. (이 모두를 한꺼번에 합친 거라고 해 두지, 뭐! 발광에 대해서는 전부터 주위에서 그렇게들 말하더군, 나도 눈치챘어!) 난 아까 학비 때문에 대학에 계속 다닐 수 없었다고 말했지. 하지만 어쩌면 계속할 수 있었을지도 몰라. 알겠어? 등록금은 어머니가 계속 보내 주셨을 테고, 구두와 옷, 식비 정도는 내가 스스로 벌 수 있었을 거야. 정말이야! 과외 자리가 몇 군데 나와 있었고, 반 루블씩 주겠다고들 했으니까. 라주미힌도 일을 하고 있어! 그런데 나는 심술이 나서 일을 하려고 하지 않았어. 맞아, **심술이 났던 거야** (이게 꼭 맞는 말이야!). 나는 그래서 거미처럼 내 방구석에 틀어박히고 말았어. 내 방에 온 적이 있으니까 봤겠지……. 알아, 소냐? 낮은 천장과 좁은 방은 영혼과 이성을 눌러 버려!* 아아, 난 그 개집 같은 방을 얼마나 증오했는지 몰라! 그런데도 밖으로 나가려고 하지 않았어. 일부러 그랬어! 며칠씩이나 나가지 않고, 일도 하려 하지 않고, 먹을 생각조차 하지 않고 내내 누워 있기만 했어. 나타샤가 가져다주면 먹고, 안 가져오면 그대로 하루를 보내는 거야. 일부러 심술을 부리며 부탁도 하지 않았어! 밤에는 불도 없이 컴컴한 방 안에 누워서 양초 값을 벌 생각도 하지 않는 거야. 공부를 해야 했지만, 책을 다 팔아 먹어서, 책상 위엔 이제 수첩이고 공책이고 간에 먼지가 손가락만큼이나 두껍게 앉아 있어. 난 차라리 벌렁 드러누워 생각하는 게 좋았어. 그래서 노상 생각만 했지……. 그리고 노상 꿈만 꾸었어, 온갖 괴상한 꿈을 꾸고 있었던 거야, 말도 안 되는 꿈들이었어! 그런데 바로 그 무렵부터 나에게 어른거리기 시작한 게 있었어……. 아니, 그렇지 않아! 또 당치도 않게 얘길 하고 있군! 실은 그때 나는 늘 자신에게 묻고 있었던 거야. 왜 나는 이렇게 어리석을까? 만약 다른 사람들이 어리석고, 내가 그걸 확실하게 알고 있다면, 왜 나 자신만이라도 좀 더 똑똑해지려고 하지 않을까? 그다음에 난 깨달았어, 소냐. 만일 모든 사람이 똑똑해지길 기다린다면, 그건 너무 오래 걸릴 것이다라고⋯⋯. 그 뒤에 나는 또 깨달았어. 그런 때는 절대로 오지 않을 거다. 인간은 변화하지 않으며, 누구도 그들을 개조시킬 수 없고, 그러니 공연히 애쓸 가치도 없다고 말이야! 그래, 정말 그래, 이것이 그들의 법칙이야⋯⋯. 법칙 말이야, 소냐! 바로 그래⋯⋯! 그래서 난 이제 알아, 소냐. 이성과 정신이 확고하고 강한 자라야 그들의 주권자도 되는 거야! 많은 것을 용기 있게 감행할 수 있는 자가 그들이 생각하기에도 정당한 거야. 더 많은 것을 무시할 수 있는 자가 그들의 입법자도 되며, 그 누구보다 많이 감행할 수 있는 자가 그 누구보다 더 정당하기도 해! 지금까지도 그래 왔고 앞으로도 언제나 그럴 거야! 눈먼 사람만이 그것을 깨닫지 못할 뿐이지!"

라스콜니코프는 이렇게 말하면서 소냐를 보고 있긴 했지만, 그녀가 알아듣든 말든 더 이상 신경을 쓰지 않았다. 열광이 그를 완전히 사로잡았다. 그는 어떤 음울한 환희에 취해 있었다. (사실 그는 너무나 오랫동안 누구와도 이야길 나누지 못했던 것이다!) 소냐는 이 음울한 신조가 그의 신앙이자 법이 되었다는 것을 깨달았다.

"나는 그때 깨달았어, 소냐." 그는 열광해서 말을 이었다. "권력은 용기 있게 몸을 굽혀 그것을 집는 자에게만 주어지는 거야. 여기엔 다만 한 가지, 한 가지밖에 없어. 용기를 내어 감행하기만 하면 되는 거야! 나에게 그때 난생처음으로 나 이전엔 어느 누구도 결코 해 본 적이 없는 생각이 하나 떠올랐어! 어느 누구도 해 본

적이 없는 그런 생각이! 어떻게 여태까지 이 모든 불합리한 현상 옆을 그냥 지나치면서 단 한 사람도 그저 꼬리를 살짝 쥐고 가볍게 흔들어 주는 것조차 감행하지 못했고 지금도 감행하지 못하고 있단 말인가 하는 생각이 내게 갑자기 태양처럼 명백하게 떠오른 거야! 그래서 나는…… 나는 **감행**하고 싶었고 그래서 죽었어…… 난 다만 감행하고 싶었던 거야, 소냐, 그게 이유의 전부야!"

"아아, 입 다무세요, 입 다무세요!" 소냐는 두 손을 탁 치고 외쳤다. "당신은 하느님에게서 떠난 거예요. 그래서 하느님께서 당신에게 벌을 내려 악마에게 넘기신 거예요……!"

"아하, 소냐, 이건 내가 어둠 속에 누워 있을 때 줄곧 머리에 떠올랐던 것이니, 악마가 날 혼란스럽게 한 거로군? 안 그래?"

"입 다무세요! 비웃지 말아요. 당신은 하느님을 모독하는 사람이에요. 당신은 아무것도, 아무것도 이해하지 못해요! 오, 하느님! 이이는 정말 아무것도, 아무것도 이해하지 못할 거예요."

"잠자코 있어 줘, 소냐, 난 절대 비웃는 게 아냐. 악마가 날 유혹했다는 건 나 자신도 알고 있어. 잠자코 있어 줘, 소냐, 잠자코!" 그는 음울하고 집요하게 되뇌었다. "난 다 알고 있어. 그건 모두 내가 어둠 속에 누워 있을 때 이미 다 생각했고 스스로에게 속삭였던 거야……. 그건 모두 마지막 한 점까지 내가 나 자신과 다 논쟁했던 것이고, 내가 다 알고 있는 것들이야, 다! 그래서 지겨워진 거야. 이젠 그 공염불이 다 지겨워졌어! 나는 모두 잊어버리고 새로 시작하고 싶었어, 소냐. 쓸데없는 자문자답은 그만두고 싶었어! 그런데 정말 내가 무턱대고 바보같이 그곳에 갔다고 생각해?

나는 영리한 인간으로서 거기에 갔고, 바로 그게 날 파멸시켰어! 이를테면 내가 과연 권력을 가질 권리가 있는가 하고 스스로에게 묻고 또 묻기 시작했다면 그건 벌써 내가 권력을 가질 권리가 없다는 말이라는 걸 내가 몰랐다고 생각해? 혹은 내가 인간이 이[蝨]인가 아닌가 하는 의문을 제기한다면 그건 이미 **나에게 있어서** 인간은 이[蝨]가 아니라는 것을, 오히려 그런 생각은 머릿속에 떠오르지조차 않는 사람, 아무런 의문도 품지 않고 곧장 가는 사람에게만 인간이 이[蝨]라는 것을 내가 몰랐을 것 같아……? 내가 그토록 몇날 며칠을 두고, 나폴레옹이라면 그 짓을 저질렀을까 아닐까 하고 고민했다면, 그건 내가 나폴레옹이 아니라는 것을 이미 분명하게 느낀 거야……. 나는 이런 부질없는 공염불의 고통을 다 참아냈어, 소냐. 그리고 그걸 어깨에서 모두 털어 버리고 싶었어. 나는 말이야, 소냐, 어떤 궤변도 늘어놓지 않고 그냥 죽이고 싶었어. 나 자신을 위해, 오직 나 한 사람을 위해! 나는 이 점에서 나 자신에게까지 거짓말을 하고 싶진 않았어! 어머니를 돕기 위해서 죽인 게 아냐. 그건 터무니없어! 재산과 권력을 손에 넣어 인류의 은인이 되기 위해서 죽인 것도 아냐. 터무니없어! 난 그냥 죽였어, 나 자신을 위해서 죽였어, 오직 나 한 사람을 위해서. 내가 나중에 누구의 은인이 되든, 아니면 평생 거미처럼 모든 인간을 거미집에서 잡아서 생즙을 빨아 마시든, 내겐 그 순간 분명 아무 상관도 없었어……! 그리고 소냐, 요는, 내가 사람을 죽였을 때 필요했던 것은 돈도 아니었다는 거야. 돈보다도 다른 것이 필요했어. 나는 이제 이 모든 것을 알고 있어……. 내 말뜻을 잘 이해해

쥐. 아마 같은 길을 간다 해도 두 번 다시 살인을 저지르진 않을 거야. 나는 다른 것을 알아내야 했어. 그것이 내 손을 잡고 충동질했어. 나는 그때 알아내야 했던 거야. 한시바삐 알아내야만 했어. 나도 다른 모든 사람들과 같은 이[蝨]인가, 아니면 인간인가? 나는 넘어설 수 있는가 없는가? 용기 있게 몸을 굽혀 집을 수 있는가 없는가? 나는 떨고 있는 시시한 피조물인가, 아니면 **권리**를 가지고 있는가……."

"죽이는 거요? 죽이는 권리를 가지고 있다고요?" 소냐가 손뼉을 탁 쳤다.

"이봐, 소냐!" 그는 짜증스럽게 소리치고는 뭔가 반박을 하려 했으나 경멸하듯 묵살해 버렸다. "말을 막지 마, 소냐! 나는 당신에게 다만 이것 한 가지를 증언하고 싶었던 거니까. 악마는 그때 나를 유혹해 놓고서, 나중에는 네 녀석은 거기 갈 권리가 없다, 너는 모든 사람과 마찬가지로 이[蝨]이기 때문이다, 하고 설명해 주더군! 악마는 날 조롱했어. 그래서 내가 지금 당신에게 이렇게 온 거야! 그러니 손님으로 맞아 줘야지! 만약 내가 이[蝨]가 아니었다면, 당신에게 왔겠어? 내가 그때 노파에게 간 것은 그저 **시험해 보기** 위해서였어……. 그렇게 알아 둬!"

"그리고 죽였군요! 죽였군요!"

"그게 어떻게 죽였다는 말이 되지? 정말 그런 식으로 죽이나? 내가 그때 간 것처럼 다들 정말 그렇게 죽이러 가냔 말이야! 내가 어떻게 갔는지 언제 얘기해 주지……. 과연 내가 노파를 죽인 걸까? 난 나 자신을 죽였어, 노파가 아니라! 그렇게 단번에 나 자신을 죽여 버린 거야, 영원히……! 그 노파를 죽인 것은 악마이지 내가 아냐……. 그만, 그만 됐어, 소냐, 그만! 날 내버려 둬." 갑자기 그는 발작적인 고통에 사로잡혀 외쳤다. "날 내버려 둬!"

그는 무릎에 팔꿈치를 괴고 손바닥으로 머리를 쥐어짜듯 꽉 죄었다.

"아아, 이런 고통이!" 괴로운 탄식이 소냐에게서 터져 나왔다.

"자, 이제 어떡해야 할지 말해 줘!" 그는 갑자기 고개를 들고, 절망으로 흉하게 일그러진 얼굴을 하고 그녀를 바라보며 물었다.

"어떡해야 하냐고요!" 그녀가 자리에서 발딱 일어나며 외쳤다. 지금까지 눈물이 그렁그렁하던 눈이 갑자기 빛나기 시작했다. "일어나세요! (그녀는 그의 어깨를 잡았다. 그는 어리둥절해서 그녀를 보며 몸을 일으켰다.) 지금 당장 나가 네거리에 서서 몸을 굽혀 절을 하고 당신이 더럽힌 대지에 우선 입을 맞추세요. 그런 다음 온 세상을 향해 사방팔방에 절을 하고 모든 사람들에게 소리 내어 말하세요, '나는 살인을 하였습니다!'라고. 그러면 하느님께서 당신에게 다시 생명을 주실 거예요. 가실 거죠? 가실 거죠?" 그녀는 마치 발작이라도 일어난 듯 온몸을 부들부들 떨면서, 그의 두 손을 붙잡아 자신의 손안에서 으스러지도록 꽉 쥐고는, 불타는 시선으로 그를 보며 되풀이해서 물었다.

그는 그녀의 갑작스러운 감격에 어안이 벙벙하고 충격까지 받았다.

"당신은 징역 얘길 하는 거지, 소냐? 자수하라는 말이야?" 그가 침울하게 물었다.

"고난을 받아들이고, 그것으로 속죄하는 거예요. 그래야만 해요."

"아니! 난 놈들한텐 안 간다, 소냐."

"그럼 어떻게, 어떻게 살아갈 거예요? 그런 것을 지니고 어떻게 살아가실 거예요?" 소냐가 외쳤다. "그게 지금 정말 가능할 것 같아요? 어머니께는 뭐라고 말씀하시려고요? (아아, 두 분은, 두 분은 이제 어떻게 될까!) 아니 내가 무슨 말을 하고 있지! 당신은 어머니와 누이동생을 버렸잖아요. 이미 버렸잖아요, 버렸어요. 오, 하느님!" 그녀가 외쳤다. "이이는 벌써 모든 걸 스스로 알고 있어! 하지만 대체 어떻게, 어떻게 사람을 떠나서 살겠다는 거지! 당신은 이제 어떻게 될까요!"

"어린애처럼 굴지 마, 소냐." 그가 조용히 말했다. "내가 그들에게 무슨 죄를 지었다는 거지? 무엇 때문에 거길 가? 그들에게 무슨 말을 하라는 건데? 그건 다 환상에 지나지 않아……. 그들 스스로가 수백만의 사람을 죽여 놓고* 그걸 선행이라고 여기고 있잖아. 그들은 사기꾼에다 비열한 놈들이야, 소냐……! 난 안 가. 그리고 무슨 말을 하라는 거야? 살인을 했는데 돈은 훔칠 용기가 안 나서 돌 밑에 숨겼다고?" 그는 빈정대는 웃음을 띠고 덧붙였다. "그럼 그들은 날 비웃으면서 말하겠지. 바보 녀석, 훔치지도 못하다니. 겁쟁이, 바보! 그들은 아무것도 이해하지 못할 거야, 아무것도. 소냐, 그들은 이해할 자격도 없어. 무엇 때문에 내가 가? 안 가. 어린애처럼 굴지 마, 소냐……."

"당신은 죽도록 괴로울 거예요, 죽도록 괴로울 거예요." 그녀는 그에게 두 손을 내밀고 절망적으로 애원하면서 되풀이했다.

"어쩌면 내가 자신을 **아직도** 중상했는지 모르겠어." 그는 생각에 잠긴 듯이 침울하게 말했다. "어쩌면 나는 **아직** 사람이지, 이[蝨]가 아닌지도 몰라, 너무 서둘러 자신을 심판한 것 같군…… 난 **아직 더** 싸우겠어."

오만한 미소가 그의 입술에 밀려 나왔다.

"그런 무서운 고뇌를 품고요! 그것도 평생토록, 평생토록……!"

"익숙해지겠지……." 그는 생각에 잠겨 침울하게 말했다. "들어봐." 일 분쯤 지나 그는 다시 입을 열었다. "이제 그만 울어, 용건을 말할 때가 됐어. 내가 여기 온 건, 놈들이 날 찾고 있고, 잡으려고 한다는 걸 당신에게 말하기 위해서야……."

"아아!" 소냐는 놀라서 외쳤다.

"아니, 왜 그렇게 소릴 지르지! 내가 징역 가길 원하면서 지금 그렇게 놀라는 거야? 하지만 난 그들에게 굴복하지 않겠어. 난 그들과 더 싸우겠어. 그리고 그들은 아무것도 하지 못할 거야. 그들에겐 진짜 증거가 없거든. 어제 나는 아주 위태로워서, 이제 끝장났구나 싶었지만, 오늘은 사정이 달라졌어. 그들이 가진 증거란 죄다 양쪽으로 해석이 가능한 애매한 것들이야. 그러니까 난 그들의 기소 근거를 내게 유리한 쪽으로 돌려놓을 수 있는 거야, 알겠어? 그리고 그렇게 돌려놓겠어, 이제 요령을 익혔으니까……. 하지만 나를 감방에 집어넣을 것은 확실해. 한 가지 우연한 사건만 없었다면 오늘이라도 처넣었을지 몰라. 어쩌면 **아직** 오늘 중으로라도 처넣겠지……. 하지만 괜찮아, 소냐. 잠깐 들어가 있으면, 곧 풀려날 테니까…… 왜냐하면 그들은 확실한 증거를 하나도 갖고 있지 않고, 앞으로도 찾아낼 리가 없거든. 내가 약속해. 그들이 쥐고 있는 것만으론 사람을 감옥에 처넣을 수 없어. 자, 이제 됐어……. 난 다만 당신이 알았으면 해서……. 누이동생과 어머니에겐 두 사람이 믿지 않고 놀라지 않도록 어떻게든 해보겠어……. 누이동생은 이제 그럭저럭 생활이 보장된 것 같으니까, 그렇게 되면 어머니도……. 자, 내 얘긴 이게 다야. 하지만 조심해. 내가 감옥에 가게 되면 면회 와 주겠어?"

"네, 그럼요! 그럼요!"

두 사람은 폭풍이 지나간 텅 빈 바닷가에 단둘이 내던져진 사람들처럼 슬프고 기진맥진해서 나란히 앉아 있었다. 그는 소냐를 바라보면서 그녀의 사랑이 얼마나 많이 그를 감싸고 있는지 느꼈다. 그리고 그가 그토록 사랑받고 있다는 것이 이상하게도 갑자기 괴롭고 가슴 아프게 여겨졌다. 그렇다, 그것은 이상하고 무서운 느낌이었다! 소냐에게 오면서 그는 자신의 모든 희망과 모든 출구가 그녀에게 있다고 느끼고 있었다. 그는 자신의 괴로움을 조금이라도 덜어 볼 생각이었는데, 갑자기 지금 그녀의 마음이 온통 그에게로 향하자, 문득 자신이 전보다 한없이 더 불행해졌다는 것을 느끼고 의식하게 되었다.

"소냐." 그가 말했다. "내가 감옥에 들어가더라도 찾아오지 않는 게 좋겠어."

소냐는 대답하지 않고 울기만 했다. 몇 분이 지나갔다.

"십자가를 걸고 계세요?" 갑자기 생각난 듯이 그녀가 뜻밖에도 이렇게 불쑥 물었다.

그는 처음에는 질문을 이해하지 못했다.

"없죠, 그렇죠, 없죠? 자, 여기 이거, 삼나무로 된 걸 받으세요. 내겐 구리로 된 다른 것이 남아 있어요. 리자베타의 것이에요. 리자베타와 저는 십자가를 서로 바꿨어요. 리자베타는 내게 자기 십자가를 주고, 난 내가 가진 성상을 줬어요. 난 이제 리자베타의 것을 걸 테니, 이건 당신에게 드릴게요. 받아 줘요…… 이건 내 것이니까요! 내 것이니까요!" 그녀는 애원했다. "우린 함께 고난을 받으러 가는 거예요. 그러니 십자가도 함께 걸어요……!"

"줘!" 라스콜니코프가 말했다. 그는 그녀를 슬프게 하고 싶지 않았다. 그러나 그는 십자가를 받으러 내민 손을 이내 거두어 버렸다.

"지금은 아냐, 소냐. 나중에 받는 게 좋겠어." 그녀를 안심시키기 위해 그가 말했다.

"네, 네, 그게 좋겠어요, 그게 좋겠어요." 그녀는 정신없이 열중하여 말을 받았다. "고난을 받으러 갈 때, 그때 거세요. 나한테 오면 걸어 드리겠어요. 함께 기도를 올리고, 함께 가는 거예요."

마침 이때 누군가가 문을 세 번 두드렸다.

"소피야 세묘노브나, 들어가도 될까요?" 아주 귀에 익은 어떤 예의 바른 목소리가 들렸다.

소냐는 깜짝 놀라서 문으로 달려갔다. 레베쟈트니코프 씨의 옅은 금발 머리 얼굴이 힐끔 방 안을 들여다보았다.

5

레베쟈트니코프는 몹시 흥분한 모습이었다.

"접니다, 소피야 세묘노브나. 죄송합니다······. 당신도 여기서 뵙게 될 줄 알았습니다." 그는 갑자기 라스콜니코프를 향하여 말했다. "아니 절대로 뭐······ 그런 생각을 했다는 게 아니라······ 그냥 단지 제 생각에······. 실은 거기 집에서 카체리나 이바노브나가 갑자기 미쳐 버렸어요." 그는 라스콜니코프는 내버려 두고, 갑자기 소냐에게 자르듯이 다급하게 말했다.

소냐는 비명을 질렀다.

"아무래도 그런 것 같아요. 그런데······ 우리로서는 어찌해야 할지 몰라서, 그래서 이렇게 온 겁니다! 조금 전에 그분이 돌아왔는데 아마도 어디서 쫓겨난 것 같아요. 상당히 얻어맞은 것 같기도 하고······ 아무래도 그래 보여요······. 그분은 세묜 자하르이치의 상관에게 달려갔는데, 집에서 못 만났답니다. 어떤 다른 장군 댁에서 식사 중이었다는군요······. 그러자 그분은 그 식사하는 자리로 부리나케 뛰어갔답니다······ 그 다른 장군 댁으로요. 그러고는 막무가내로 떼를 써서 결국 세묜 자하르이치의 상관을 불러낸 것 같아요, 아직 식사 중이었을 텐데. 그래서 어떻게 됐는지 상상이 가시겠죠. 두말할 것도 없이 쫓겨났는데, 그분 얘기로는 자기가 그 상관에게 욕을 퍼붓고 뭔가 집어 던졌대요. 그건 얼마든지 짐작이 가는데······ 어째서 체포당하지 않았는지 전 납득이 안 가요! 지금 그분은 모든 사람들에게, 아말리야 이바노브나에게도 그 이야길 하고 있는데, 무슨 말인지 잘 알아들을 수가 없어요. 소리를 질러 대고 버둥거리고 있어서……. 아, 그렇지. 이제 모두들 자기를 버렸으니까, 자기는 아이들과 함께 손풍금을 가지고 거리로 나가, 아이들은 노래를 부르고 춤을 추고, 자기도 그렇게 해서 돈을 모으겠다. 날마다 장군 댁의 창문 아래로 가겠다…… 라고 말하면서 소릴 지르고 있어요. '관리 아버지를 두었던 양갓집 아이들이 거지가 되어 거리를 돌아다니는 꼴을 보여 주겠다!'는 거예요. 아이들을 마구 때리고 있고, 아이들은 울고 있습니다. 레냐에겐 「작은 시골마을」이란 노래를 가르치고, 사내아이에겐 춤을 가르치고, 폴리나 미하일로브나에게도 마찬가지예요. 옷을 죄다 찢어서 아이들에게 무슨 광대들처럼 모자를 만들어 씌우고, 자기는 악기 대신에 두드린다고 대야를 가지고 가겠다고 하고 있어요……. 어느 누구의 말도 듣지 않아요……. 대체 어떤 꼴인지 상상이 가시죠? 도저히 말이 아닙니다!"

레베쟈트니코프는 이야기를 더 계속할 셈이었으나, 거의 숨도 못 쉬고 얘기를 듣고 있던 소냐는 갑자기 망토와 모자를 움켜쥐고 방에서 뛰쳐나가, 달리면서 그것들을 몸에 걸쳤다. 라스콜니코프가 그녀를 뒤쫓아 나갔고, 레베쟈트니코프도 그 뒤를 따랐다.

"미친 게 틀림없어요!" 같이 거리로 나가면서 그가 라스콜니코프에게 말했다. "소피야 세묘노브나가 놀랄까 봐 '그런 것 같다'라고 했지만, 의심의 여지가 없어요. 폐결핵에 걸리면 그런 결핵 결절이 갑자기 뇌에 생기기도 한다는데, 내가 의학을 잘 모르는 게 안타깝네요. 그래도 그분을 설득해 보려고 했지만, 아무 말도 듣지 않아요."

"부인에게 결핵 결절 얘길 했나요?"

"아니, 꼭 결핵 결절 이야기가 아니고요. 그래 봤자 그분은 아무 것도 이해 못 할 거예요. 다만 내 얘기는, 인간은 본질적으로 울 까닭이 전혀 없다는 걸 논리적으로 설득해 주면 울기를 그친다는 거지요. 이건 분명해요. 당신 의견은 그치지 않을 거라는 쪽인가요?"

"그렇다면 사는 게 너무 쉽겠군요." 라스콜니코프가 대답했다.

"잠깐, 잠깐만, 물론 카체리나 이바노브나로서는 이해하기가 무척 어려울 테죠. 그런데 혹시 알고 계세요? 파리에서는 논리적인 설득만으로 미치광이를 치료할 수 있는 가능성에 대해 이미 진지한 실험이 행해졌다는군요. 얼마 전에 세상을 뜬 훌륭한 학자인 그곳의 한 교수가 그런 방법으로 치료가 가능하다고 생각했답니다. 그의 기본적인 생각은, 광인의 신체 조직에는 특별한 탈이 없고, 정신착란이란 말하자면 논리적인 오류, 판단 착오, 사물에 대한 비정상적인 견해에 지나지 않는다는 거예요. 그는 환자를 서서히 논리적으로 반박해서 마침내 좋은 결과를 얻어 냈답니다! 하지만 그때 그는 샤워 요법도 이용했으니까, 이 치료의 결과에는 물론 의문의 여지가 있어요……. 적어도 그렇게 보여요……."

라스콜니코프는 이미 오래전부터 듣고 있지 않았다. 자기 집 앞에 이르자 그는 레베쟈트니코프에게 고개를 한번 끄덕해 보이고는 대문 통로 쪽으로 몸을 돌렸다. 레베쟈트니코프는 정신을 차리고 사방을 두리번거리더니 앞으로 뛰어가기 시작했다.

라스콜니코프는 자신의 골방으로 들어가 방 한가운데에 섰다.

'왜 여기로 돌아왔을까?' 그는 닳아서 찢어진 누런 벽지며 먼지, 침대로 쓰이는 소파를 둘러보았다……. 뒷마당에서 무엇인가 쉴 새 없이 두들기는 날카로운 소리가 들려왔다. 어디선가 무슨 못이 라도 두들겨 박는 것 같았다……. 그는 창가로 다가가 뒤꿈치를 들고 바싹 긴장한 얼굴로 오랫동안 뒷마당을 살펴보았다. 그러 나 마당은 텅 비어 있을 뿐, 두들기는 사람은 보이지 않았다. 왼 쪽의 곁채에는 여기저기 열려 있는 창들이 보이고, 창턱에는 듬 성듬성 자란 제라늄 화분이 놓여 있었다. 창밖에는 빨래가 널려 있었다……. 이 모든 것을 그는 외우다시피 알고 있었다. 그는 몸 을 돌려 소파에 앉았다.

그는 여태껏 한 번도, 단 한 번도 이토록 무서운 고독감을 느껴 본 적이 없었다!

그렇다, 그는 소냐를 한층 더 불행하게 만든 바로 지금, 어쩌면 정말로 그녀를 증오하게 될지도 모른다는 것을 또 한 번 느꼈다. '어째서 그녀의 눈물을 바라고 갔단 말인가? 어째서 그녀의 생명 을 그렇게 갉아먹어야 한단 말인가? 아아, 비열하다!'

"혼자 남는 거다!" 그는 갑자기 결연하게 말했다. "그녀를 감옥 으로 오지 못하게 하겠다!"

오 분쯤 지난 뒤 그는 고개를 들고 이상하게 히죽 웃었다. 이상 한 생각 때문이었다. '어쩌면 징역살이가 정말 더 나을지도 모르 지.' 퍼뜩 이런 생각이 든 것이다.

머릿속에 맴도는 막연한 상념들에 사로잡혀 얼마 동안이나 자 기 방에 앉아 있었는지 기억이 없었다. 갑자기 문이 열리고 아브도치야 로마노브나가 들어왔다. 그녀는 처음에는 걸음을 멈추고 마치 좀 전에 그가 소냐를 봤던 것처럼 문지방에 서서 그를 쳐다보았으나, 곧 방 안으로 들어서서 어제 앉았던 그 의자에 그를 마주 보고 앉았다. 그는 잠자코 아무 생각도 없는 듯이 그녀를 바라보았다.

"화내지 말아요, 오빠. 잠깐 들렀을 뿐이에요." 두냐가 말했다. 그녀의 표정은 생각에 잠겨 있는 듯했으나, 음울하지는 않았다. 시선은 맑고 차분했다. 그는 누이동생도 역시 사랑하는 마음으로 그에게 왔다는 것을 알았다.

"오빠, 난 이제 모든 걸 다 알아요, **모든 것**을요. 드미트리 프로코피치가 모두 설명해 주고 얘기해 주었어요. 오빠에게 터무니없는 더러운 혐의를 걸어 미행하며 괴롭히고 있다고요……. 드미트리 프로코피치의 얘기로는, 아무 위험도 없는데 오빠가 공연히 그렇게 두려워하며 이 일을 받아들이는 거라고 했어요. 난 그렇게 생각하지 않아요. 나는 **너무도 잘 이해하고 있어요.** 오빠가 얼마나 분개하고 있는지, 그리고 이 분노가 오빠에게 영원히 흔적을 남길 수 있다는 것두요. 나는 그게 두려워요. 우리를 버렸다고 오빠를 책망하진 않겠어요. 감히 책망할 수도 없어요. 지난번에 오빠를 비난한 걸 용서해 줘요. 만약 내게 그런 큰 슬픔이 있다면 나 역시 모든 사람들 곁을 떠났을 거예요. 어머니에겐 **이 일에 대해** 아무 말도 않겠어요. 그러나 늘 오빠 얘길 해 주고, 오빠가 이제 곧 올 거라고 말했다고 전할게요. 어머니 걱정은 하지 말아요, **내가 어머닐 안심시켜 드릴 테니.** 하지만 오빠도 어머닐 너무 괴롭히진 말아요. 한 번만이라도 와 줘요, 어머니라는 걸 기억하고요! 그런데 내가 지금 온 건(두냐는 자리에서 일어서려고 했다), 만약 내가 무슨 일이든 필요해지면, 혹시…… 내 목숨 전부든 무엇이든 필요하게 되면……. 나를 꼭 불러 줘요, 올게요. 이 말을 하러 왔어요. 그럼 잘 있어요!"

그녀는 몸을 돌려 문 쪽으로 걸음을 떼었다.

"두냐!" 라스콜니코프는 그녀를 불러 세우고 일어나서 그녀에게 다가갔다. "그 라주미힌, 드미트리 프로코피치는 참 좋은 사람이야."

두냐는 살짝 얼굴을 붉혔다.

"그래서요?" 잠시 기다렸다가 그녀가 물었다.

"그 녀석은 수완도 좋고, 부지런하고, 정직하고, 그리고 열렬하게 사랑할 줄 아는 사람이야……. 그럼 잘 가거라, 두냐."

두냐는 얼굴이 온통 새빨개졌으나, 갑자기 불안한 마음이 들었다.

"그게 무슨 말이에요, 오빠. 정말 영원히 이별이라도 하는 것 같잖아요. 왜…… 그런 유언 같은 말을 해요?"

"어차피 마찬가지야…… 잘 가거라…….."

그는 몸을 돌리고 누이동생에게서 떨어져 창가로 갔다. 그녀는 잠시 서서 걱정스레 오빠를 바라보다가 불안한 마음으로 방을 나갔다.

아니, 그가 누이동생에게 결코 냉담했던 것은 아니었다. 한순간(마지막 순간에는) 누이동생을 꽉 끌어안고, **작별 인사**를 나누고, 심지어 모든 걸 **말해 버리고** 싶기까지 했으나, 그는 손을 내밀 결심조차 하지 못했다.

'내가 지금 자기를 껴안았던 것을 나중에 떠올리게 되면 몸서리를 칠지도 몰라, 내가 키스를 훔쳤다고 말하겠지!'

'그런데 **이 아이**는 견뎌 낼 수 있을까 없을까?' 그는 몇 분 후에 이렇게 마음속으로 덧붙였다. '아니야, 견뎌 내지 못해, **이런 애들**은 견뎌 내지 못해! 이런 성격들은 절대로 견뎌 내지 못한다……'

그리고 그는 소냐에 대해 생각했다.

창으로 상쾌한 바람이 불어 들어왔다. 바깥은 이미 햇빛이 그렇게 강하지 않았다. 그는 갑자기 학생모를 집어 들고 밖으로 나갔다.

그는 물론 자신의 병적인 상태에 대해 걱정할 수도 없었고, 또 그럴 마음조차 없었다. 그러나 이 끊임없는 불안과 정신적인 공포가 아무런 결과도 없이 지나갈 수는 없는 일이었다. 그가 아직 진짜 열병에 걸려 드러눕지 않은 것은 바로 이 마음속의 끊임없는 불안이 그의 두 다리와 의식을 일시적이나마 억지로 지탱해 주고 있기 때문인지도 몰랐다.

그는 정처 없이 헤매고 다녔다. 해가 지고 있었다. 요즘 들어 그는 어떤 유별난 우수를 느끼기 시작했다. 그 우수에는 무언가 유난히 찌르는 듯하고 타는 듯한 것은 없었으나, 그것으로부터 무언가 지속적이고 영원한 어떤 것이 불어와서 죽음같이 차가운 이 우수의 출구 없는 세월이 예감되었고, '1아르쉰의 공간'에서의 영원과도 같은 것이 예감되었다. 해가 질 때면 으레 이 느낌이 한층 강하게 그를 괴롭히기 시작했다.

"이렇게 일몰 따위에 흔들릴 만큼 한심하기 짝이 없게 몸이 쇠

약해 있으니, 무슨 바보짓을 저지르지 않도록 바짝 정신 차려야겠다! 소냐에게 간다는 게 두냐에게 갈지도 몰라!" 그는 증오심에 차서 중얼거렸다.

그를 부르는 소리가 들렸다. 돌아다보니 레베쟈트니코프가 그에게 뛰어오고 있었다.

"실은 댁에도 가 보고 당신을 찾는 중이었어요. 말이죠, 그분이 자기 계획을 실행에 옮겨 아이들을 데리고 나가 버렸어요! 소피야 세묘노브나하고 둘이서 겨우 그들을 찾아냈답니다. 자기는 프라이팬을 두들기고, 아이들에겐 노래하고 춤을 추라고 성화예요. 아이들은 울고 있어요. 네거리와 가게 앞에서 그러고 있어요. 그 뒤를 바보 같은 구경꾼들이 줄줄 따라다니고요. 자, 같이 갑시다."

"소냐는요⋯⋯?" 라스콜니코프는 레베쟈트니코프를 급히 따라가면서 불안하게 물었다.

"그냥 정신이 나갔어요. 소피야 세묘노브나가 정신이 나갔다는 게 아니라, 카체리나 이바노브나 말입니다. 하긴 소피야 세묘노브나도 제정신이 아니죠. 그런데 카체리나 이바노브나는 완전히 미쳐 버렸어요. 분명히 말씀드리지만, 이젠 완전히 미쳤어요. 그대로 두면 경찰에 끌려갈 텐데. 그러면 어떤 일이 벌어질지⋯⋯ 짐작이 가시죠. 지금 다리 옆 운하 둑길에 있어요. 소피야 세묘노브나의 집 바로 근처예요. 여기서 가까워요."

소냐가 사는 집에서 두 집밖에 떨어져 있지 않은 곳인, 다리에서 그리 멀지 않은 운하 둑길에 사람들이 새까맣게 모여 있었다. 특히 어린 사내아이들과 계집아이들이 사방에서 몰려들었다. 카체리나 이바노브나의 찢어지는 듯한 쉰 목소리가 다리에서도 들렸다. 정말로 그것은 길 가는 사람들의 흥미를 끌기에 충분한 진풍경이었다. 늘 입고 있는 낡은 옷에다 엷은 드라데담 목도리를 걸치고 한쪽으로 뭉쳐서 볼썽사납게 찌그러진 밀짚모자를 쓴 카체리나 이바노브나는 아닌 게 아니라 완전히 정신이 나간 상태였다. 그녀는 지칠 대로 지쳐 숨을 헐떡이고 있었다. 폐병 환자의 기진맥진한 얼굴은 그 어느 때보다 괴로워 보였다(더구나 거리에서, 햇빛 아래에서 보는 폐병 환자는 집에서보다 언제나 더 아파 보이고 추해 보이기 마련이다). 그러나 그녀의 흥분 상태는 진정될 기미도 없이, 오히려 시시각각 더 심해지고 있었다. 그녀는 아이들에게 달려들어 소리를 지르기도 하고, 타이르기도 하고, 어떻게 춤을 춰야 하고 무슨 노래를 불러야 하는지 그렇게 많은 사람들 앞에서 가르치기도 하고, 왜 이런 짓을 해야 하는지 아이들에게 열심히 설명을 시작하기도 했으나, 아이들이 말귀를 잘 알아듣지 못하자 새삼 절망하여 그들을 때리는 것이었……. 그러다가 그런 것도 내버려 두고 구경꾼들에게 달려가서, 조금이라도 잘 차려입은 사람이 걸음을 멈추고 구경하고 있는 것을 발견하기라도 하면, 이내 그에게 '귀족이라고도 할 수 있는 고상한 집안의' 아이들이 어쩌다 이 꼴이 되었는지 설명하기 시작했다. 만약 구경꾼들 속에서 웃음소리나 화를 돋우는 무슨 말이라도 들리면, 그녀는 즉시 그 불손한 사람들에게 덤벼들어 욕지거릴 주고받기 시작했다. 어떤 사람들은 정말로 웃기도 했고, 어떤 사람들은 고개를 절레절레 흔들기도 했다. 어쨌든 겁에 질린 아이들을 데리고 있는 미친 여자는 누구에게나 재미있는 구경거리임에 틀림없었다. 레베쟈 트니코프가 말한 프라이팬은 없었다. 적어도 라스콜니코프의 눈에는 보이지 않았다. 프라이팬을 두드리는 대신에 카체리나 이바노브나는 자신의 바싹 말라빠진 손바닥으로 박자를 맞춰 주면서 폴레치카에게 노래를 시키고 레냐와 콜랴에게 춤을 추게 하고 있었고, 그러면서 자기도 함께 거기에 맞춰 노래를 부르려 했지만, 그때마다 고통스러운 기침이 터져 나와 두 번째 음에서 끊어지고 마는 바람에 그녀는 새삼스레 절망에 빠져 자신의 기침을 저주하며 울기까지 했다. 무엇보다 그녀의 울화를 돋우는 것은 콜랴와 레냐의 울음소리와 겁에 질린 모습이었다. 정말 아이들의 옷차림은 거리의 남녀 가수들처럼 치장시키려고 시도한 것이었다. 사내애는 터키 사람처럼 보이려고 빨간 바탕에 흰색이 섞인 무슨 두건 같은 것을 감고 있었다. 레냐는 적당한 옷이 없어서, 죽은 세묜 자하르이치의 붉은 털실 뜨개질 모자(혹은 실내모라고 하는 편이 더 나을 것이다)를 머리에 쓴 게 다였으나, 그 모자엔 카체리나 이바노브나의 할머니 유품으로 여태껏 트렁크 안에 가보로 고이 간직해 두었던 흰 타조 깃털 조각이 꽂혀 있었다. 폴레치카는 여느 때 입는 옷 그대로였다. 그녀는 겁을 먹은 채 어찌할 바 모르고 어머니를 바라보면서, 잠시도 곁에서 떨어지지 않고 눈물을 감추고 있었으나, 어머니가 미쳤다는 것을 눈치채고 불안하게 사방을 두리번거리고 있었다. 거리와 구경꾼들이 무섭도록 그녀를 놀라게 했다. 소냐는 집으로 돌아가자고 끊임없이 울고 애원하면서 카체리나 이바노브나 뒤에 바싹 붙어 따라다니고 있었다. 그러나 카체리나 이바노브나는 들은 척도 하지 않았다.

"관둬, 소냐, 관둬!" 그녀는 숨을 헐떡이고 기침을 해 대면서 빠른 어조로 다급하게 외쳤다. "넌 네가 무슨 부탁을 하고 있는지도 모르는구나, 어린애같이! 네게 벌써 말하지 않았니, 그 주정뱅이 독일 년한테는 절대로 안 돌아간다고. 모든 사람이, 온 페테르부르크 사람이 다 보라고 해. 평생을 충실하고 정직하게 근무하다가 순직한 거나 다름없는 고결한 아버지의 자식들이 구걸하는 꼴을. (카체리나 이바노브나는 이미 이런 환상을 지어내서 그것을 맹목적으로 믿고 있었다.) 그 쓰잘 데 없는 장군 놈도 보라고 해, 보라고. 그리고 소냐, 너도 참 어리석다. 이제 뭘 먹고산다는 거냐? 우린 널 실컷 괴롭혔어. 더는 그러고 싶지 않다! 아, 로지온 로마노비치, 당신이로군요!" 그녀는 라스콜니코프를 보자 그에게로 달려들면서 외쳤다. "이 바보 같은 계집애에게 잘 일러 주세요, 이보다 더 현명한 방법은 없다고요! 손풍금장이들도 돈을 버는데, 우리는 다들 금방 알아봐 줄 거예요, 비록 거지 신세가 됐을망정 집안이 번듯한 불쌍한 고아 가족이라는 걸 다들 알아볼 거예요. 그 장군 놈은 이제 곧 잘릴 테니, 두고 봐요! 우린 매일 그놈 집의 창 아래로 갈 거예요. 그러다 황제 폐하께서 지나가시면 나는 무릎을 꿇고서 이 아이들을 모두 앞에 세워 보이며, '아버지이시여, 보호해 주옵소서!' 하고 간청할 거예요. 그분은 고아들의 아버지이시고, 동정심이 많으시니까 보호해 주실 거예요, 두고 보세요. 하지만 그 장군 놈은⋯⋯. 레냐! *tenez-vous droite*(몸을 똑바로 세워라)! 콜랴, 이제 네가 한 번 더 춤을 추는 거야. 뭘 훌쩍거리고 있니? 또 우는구나! 대체 뭐가 무섭다는 거냐, 뭐가, 이 바보야!
아아! 애들을 어떡하면 좋죠, 로지온 로마노비치! 모르실 거예요,
애들이 얼마나 말귀를 못 알아듣는지! 아아, 애들을 어떡하면 좋
아……!"

　그녀는 자기도 울다시피 하면서(그러나 그것이 연방 쉴 새 없이
빠르게 지껄여 대는 그녀의 말을 방해하지는 못했다), 흐느끼는
아이들을 그에게 가리켜 보였다. 라스콜니코프는 그녀를 설득해
서 집으로 돌아가도록 자존심에 호소해 볼 양으로, 훌륭한 여학생
기숙학교 교장이 되실 분이니, 손풍금쟁이들처럼 거리를 돌아다
니는 것은 점잖지 못하다는 말까지 했다…….

　"기숙학교라고요, 하하하! 산 너머에 있는 건 다 근사해 보이
죠!" 카체리나 이바노브나는 이렇게 외쳤으나, 웃자마자 이내 기
침이 터져 나왔다. "아뇨, 로지온 로마노비치, 꿈은 지나갔어요!
모두가 우릴 버렸어요……! 하지만 그 장군 녀석……. 아세요,
로지온 로마노비치, 난 그에게 잉크병을 던졌답니다. 마침 대기실
탁자 위의 방명록 옆에 그게 있더군요. 그래서 나도 방명록에 서
명을 하고는 그걸 집어 던지고, 그러고는 도망쳤어요. 아, 비열한
놈들, 비열한 놈들. 그래, 침이나 뱉어 주마. 이젠 내 손으로 이 아
이들을 먹여 살릴 거예요, 누구한테도 허릴 굽히지 않겠어요! 더
이상 애를 괴롭히지 않겠어요(그녀는 소냐를 가리켰다). 폴레치
카, 얼마나 모았니? 보자. 뭐? 겨우 2코페이카야? 아, 치사한 놈
들! 한 푼도 안 주면서 혀를 내밀고 우리 뒤만 졸졸 따라다니다니!
아니 저 머저리는 뭘 웃는 거야? (그녀는 무리들 중의 한 사람을

가리켰다.) 이건 다 콜캬*가 저렇게 멍청해서 그래, 성가시기만 하다니까! 넌 또 왜 그래, 폴레치카? 나하고 프랑스어로 얘기하자꾸나, *parlez-moi français*(나에게 프랑스어로 말하렴). 내가 가르쳐 줬잖니, 넌 몇 마디 할 수 있잖아……! 그렇잖으면 너희들이 교육을 잘 받은 좋은 집안의 아이들이고, 다른 손풍금장이하고는 다르다는 걸 사람들이 어떻게 알겠니. 우린 길거리에서 「페트루쉬카」* 같은 걸 해 보이는 게 아니라, 고상한 로망스를 부를 거야……. 아, 그래! 뭘 부를까? 당신이 자꾸 내 말을 끊어 버리는 바람에, 우리는…… 저기요, 로지온 로마노비치, 우리가 여기 멈춰선 건 부를 노래를 고르기 위해서예요. 콜랴도 춤을 출 수 있는 그런 곡으로…… 왜냐하면 아시겠지만 이건 다 아무 준비도 없이 시작했거든요. 모든 걸 완벽하게 연습하기 위해서 의논을 해야 해요, 그런 다음에 우린 네프스키로 갈 거예요. 거긴 상류 사회의 사람이 훨씬 많으니까 금방 우릴 알아볼 거예요. 레냐는 「작은 시골 마을」을 알아요……. 하지만 다들 「작은 시골 마을」, 「작은 시골 마을」 하면서 죄다 그것만 부르잖아요! 우리는 뭔가 훨씬 고상한 걸 불러야 해요……. 자, 넌 뭐라도 생각났니, 폴랴, 너라도 엄마를 좀 도와다오! 난 기억력이, 기억력이 영 없어졌어. 안 그러면 생각해 냈을 텐데! 그렇다고 「경기병은 검에 몸을 기대어」*를 부를 수도 없고! 아, 프랑스어로 「단돈 다섯 푼」*을 부르자! 내가 가르쳐 줬지, 가르쳐 줬잖아. 무엇보다 프랑스어니까 너희들이 양갓집 아이라는 걸 금방 알게 될 거고, 또 그게 훨씬 감동적일 거야……. 「말보로는 싸움터로 나가네」*도 괜찮겠다. 이건 정말로 아이들 노래이고, 귀족 집에서 애들 잠재울 때 다들 부르는 노래니까."

Malborough s'en va-t-en guerre,

Ne sait quand reviendra…….

(말보로는 싸움터로 나가네,

언제 돌아오려나 기약도 없이…….)

그녀는 노래를 부르기 시작했다……. "아냐, 그보다 「단돈 다섯 푼」이 낫겠다! 자, 콜랴, 두 손을 허리에 대고, 어서어서, 그리고 레냐, 너는 반대 방향으로 도는 거야. 나와 폴레치카는 노래를 부르면서 손뼉으로 박자를 맞춰 주마!"

Cinq sous, cinq sous,

Pour monter notre ménage…….

(단돈 다섯 푼, 단돈 다섯 푼,

이 돈으로 우리는 살아가야 해…….)

"콜록, 콜록, 콜록! (기침이 터져 나와 그녀는 몸을 흔들었다.) 옷매무새를 좀 바로 해라, 폴레치카. 어깨가 쳐졌어―그녀는 기침을 하는 사이사이 숨이 좀 돌아오자 주의를 주었다―. 지금부터는 특별히 몸가짐을 예의 바르고 품위 있게 해야 돼. 그래야 너희들이 귀족 아이인 걸 알아보지. 내가 그때 허리 부분을 좀 더 길게 잡아서 두 겹으로 마름질하라고 했잖아. 그런데 소냐 네가 '더 짧게, 더 짧게' 하더니, 애가 아주 이 꼴이 돼 버린 거야. 아니, 너 희들은 또 울고 있니! 아니 왜 다들, 바보같이! 자, 콜랴, 어서 시 작해, 어서, 어서, 아아, 정말 답답한 아이구나……!"

Cinq sous, cinq sous…….
(단돈 다섯 푼, 단돈 다섯 푼…….)

"또 순경이 왔어! 대체 네 녀석은 무슨 일이야?"

정말로 순경이 군중을 헤치고 나타났다. 그러나 바로 이때 문관의 약식제복에 외투를 입고 목에 훈장을 건(이것은 카체리나 이바노브나를 무척 기쁘게 했고, 순경에게도 영향을 주었다), 쉰 살가량의 한 믿음직한 신사가 다가와서, 말없이 카체리나 이바노브나에게 3루블짜리 녹색 지폐를 주었다. 그의 얼굴에는 진심으로 동정하는 빛이 드러나 있었다. 카체리나 이바노브나는 돈을 받아들고, 무슨 의식이라도 치르듯이 정중하게 절을 했다.

"감사합니다, 나리." 그녀는 거드름을 피우며 말하기 시작했다. "저희들이 이렇게 하지 않을 수 없게 된 이유는…… 돈을 받아라, 폴레치카. 봐라, 불행에 빠진 불쌍한 귀족 부인을 그 자리에서 도와주시겠다고 하시는 고결하고 너그러운 분들도 계시단다. 자비로우신 나리, 보세요, 더없이 귀족적인 가문과도 친척이 된다고 할 수 있는 훌륭한 집안의 고아들입니다……. 그런데 그 장군 녀석은 앉아서 들꿩을 먹고 있다가…… 제가 자기를 귀찮게 했다고 발을 구르기 시작했습니다……. 저는 이렇게 말했던 거예요. '각하, 각하께선 죽은 세묜 자하르이치를 잘 알고 계시니 아비 없는 아이들을 보호해 주세요. 비열하기 이를 데 없는 놈이 그것도 그이가 죽은 바로 그날에 그이의 친딸을 모함했기 때문입니다……'라고요. 또 이 순경이! 제발 도와주세요!" 그녀는 관리에게 외쳤다. "왜 이 순경은 귀찮게 따라다닌담? 우린 메시찬스카야 거리에서도 어떤 순경 때문에 이리로 도망쳐 왔는데…… 이봐, 네가 웬 참견이야, 이 멍청이!"

"거리에서 이러는 것은 금지돼 있습니다. 추태를 부리지 마시오."

"추태를 부리는 건 바로 너야! 난 손풍금장이들과 똑같은 일을 하고 있는데, 네가 무슨 상관이야?"

"손풍금이라면 허가가 필요한데, 당신은 제멋대로 이런 식으로 사람들을 모으고 있잖소. 사는 곳이 어디오?"

"뭐, 허가!" 카체리나 이바노브나가 울부짖기 시작했다. "오늘 남편 초상을 치렀는데, 이 판에 허가는 무슨 허가야!"

"부인, 부인, 진정하십시오." 관리가 말을 하려고 했다. "가십시다. 제가 모셔다 드리지요……. 이렇게 사람이 많이 모인 데서 남보기 좋지 않습니다…… 건강하시지도 않은데……."

"나리, 나리, 당신은 아무것도 모르세요!" 카체리나 이바노브나가 외쳤다. "우린 네프스키로 가요, 소냐, 소냐! 아니 애는 어디지? 역시 울고 있구나! 정말 너희들은 다 왜 이러니……! 콜랴, 레냐, 어딜 가는 거야?" 그녀는 갑자기 놀라서 소리쳤다. "아아, 바보 같은 애들! 콜랴, 레냐, 정말 쟤들은 어디로 가는 거야……!"

그것은 거리에 모여든 구경꾼들과 미쳐 버린 어머니의 이상한 행동에 이미 극도로 겁을 먹고 있던 콜랴와 레냐가 마침내 순경이 그들을 붙잡아 어디로 데려가려는 것을 보자, 약속이나 한듯이 갑자기 서로 손을 잡고 달아나기 시작한 바람에 일어난 일이었다. 불쌍한 카체리나 이바노브나는 울부짖으면서 아이들 뒤를 쫓아가기 시작했다. 울며불며 숨을 헐떡거리고 뛰어가는 그녀의 모습은 볼썽사납고도 애처로웠다. 소냐와 폴레치카는 그녀 뒤를 쫓아 달리기 시작했다.

"데려와, 쟤들을 데려와, 소냐! 아아, 바보 같은 아이들, 은혜도 모르고……! 폴랴! 쟤들을 붙들어……. 너희들을 위해서난……."

그녀는 힘껏 달리느라 발이 걸려 그만 넘어지고 말았다.

"어쩌지, 다쳐서 피투성이야! 아아, 하느님!" 소냐가 그녀 위로 몸을 굽히며 외쳤다.

모두들 달려와서 주위를 빽빽이 에워싸기 시작했다. 라스콜니코프와 레베쟈트니코프가 맨 먼저 달려왔다. 관리도 급히 달려왔고, 이어 순경도 일이 귀찮게 되겠다고 지레 느껴 "에이, 젠장" 하고 투덜거리며 손을 한번 내젓고는 쫓아왔다.

"저리 가요! 저리 가!" 순경은 점점 둥글게 좁혀 들어오는 사람들을 쫓았다.

"죽어가고 있어!" 누군가가 소리쳤다.

"미친 거야!" 다른 사람이 말했다.

"주여, 지켜 주시옵소서!" 한 여인이 성호를 그으면서 말했다. "그 계집아이와 사내아이는 붙잡은 거예요? 아, 저기 데려오네,

큰 딸애가 붙잡았어……. 어쩜, 철딱서니 없는 것들 같으니!"

그러나 카체리나 이바노브나를 잘 살펴보니, 그녀는 소냐가 생각한 것처럼 돌부리에 걸려 넘어져 다친 게 아니라, 보도를 붉게 물들인 피는 그녀의 가슴에서 목구멍으로 쏟아져 나온 것이었다.

"이건 내가 압니다. 본 적이 있어요." 관리가 라스콜니코프와 레베자트니코프에게 중얼거렸다. "이건 폐결핵입니다. 이렇게 피가 쏟아져 나와서 질식시키죠. 내 친척 여자도, 바로 얼마 전에 보았는데, 이렇게 피를 한 컵 반가량이나 쏟더군요…… 갑자기……. 그런데 어떻게 하지요, 이제 곧 죽을 텐데?"

"저기로요, 저기, 제 집으로요!" 소냐가 애원했다. "바로 저기 제가 살고 있어요……! 바로 저 집, 여기서 두 번째 집요……. 제 집으로, 어서, 어서요……!" 그녀는 이 사람 저 사람에게 정신없이 매달렸다. "의사를 불러 주세요……. 오, 하느님!"

관리가 애써 준 덕분에 일은 순조롭게 진행되었다. 순경까지 나서서 카체리나 이바노브나를 옮기는 일을 도왔다. 그녀는 거의 죽은 것이나 다름없는 상태로 소냐의 집으로 옮겨져서 침대에 뉘였다. 각혈은 아직 계속되고 있었으나, 그녀는 차츰 정신이 드는 것 같았다. 소냐 말고도 라스콜니코프와 레베자트니코프, 관리, 그리고 순경이 방 안에 한꺼번에 들어섰다. 순경은 군중을 미리 쫓아 버렸지만, 그중 몇 사람은 바로 문 앞까지 따라왔다. 폴레치카는 벌벌 떨면서 울고 있는 콜랴와 레냐의 손을 잡고 데려왔다. 카페르나우모프 가족도 모여들었다. 절름발이에다 애꾸눈이고 뻣뻣한 머리털과 구레나룻이 위로 뻗쳐 있는 괴상한 모습을 한 그 자신과 왠지 영원히 겁에 질려 버린 듯한 표정을 하고 있는 그의 아내, 그리고 항상 놀라는 바람에 나무토막처럼 무감각하게 돼 버린 얼굴에 멍청히 입을 벌리고 있는 아이들 몇이 그들이었다. 이런 잡다한 사람들 틈에 느닷없이 스비드리가일로프가 모습을 나타냈다. 라스콜니코프는 거리에 모여 있던 사람들 속에서 그를 본 기억이 없는지라, 그가 어디서 나타났는지 알 수 없어 놀란 얼굴로 쳐다보았다.

의사가 어떻고 사제가 어떻고 하는 얘기가 나왔다. 관리는 라스콜니코프에게 지금은 의사가 와도 이미 소용없을 거라고 귓속말을 했으나, 그래도 사람을 보내도록 조치했다. 카페르나우모프가 직접 달려갔다.

그러는 사이 카체리나 이바노브나는 호흡이 정상적으로 돌아왔고, 각혈도 잠시 멎었다. 그녀는 병적이지만 꿰뚫을 것 같은 날카로운 시선으로, 자기 이마의 땀방울을 수건으로 닦아 주면서 바들바들 떨고 있는 소냐의 하얗게 질린 모습을 바라보고 있었다. 마침내 그녀는 몸을 좀 일으켜 달라고 부탁했다. 여러 사람이 그녀를 양쪽에서 부축하면서 침대에 일으켜 앉혔다.

"아이들은 어디 있지?" 그녀가 약한 목소리로 물었다. "폴랴, 네가 데려왔어? 아아, 바보 같은 것들······! 어쩌자고 달아났니······ 아아!"

그녀의 바싹 마른 입술은 아직도 피에 덮여 있었다. 그녀는 주위를 두리번거리며 눈으로 사방을 더듬었다.

"네가 이렇게 살고 있구나, 소냐! 한 번도 네 방에 와 보질 못했는데…… 이런 식으로 오게 되다니…….”

그녀는 고통스럽게 소냐를 바라보았다.

“우리가 네 피를 몽땅 빨아먹었어, 소냐……. 폴랴, 레냐, 콜랴, 이리 온……. 자, 이 아이들이다, 소냐, 이게 다야, 얘들을 맡아 줘……. 손에서 손으로 넘기는 거야……. 난 이제 됐어……! 무도회는 끝났어! 헉……! 날 눕혀 주세요, 죽을 때만이라도 편히 죽게 해 줘요…….”

사람들은 그녀를 다시 베개 위에 눕혔다.

“뭐? 사제……? 일 없다……. 그럴 돈이 어딨니……? 난 죄가 없어……! 그렇지 않다 해도 하느님은 반드시 용서해 주실 거다……. 내가 얼마나 고통을 겪었는지 하느님은 알고 계셔……! 용서해 주시지 않는다 해도, 그래도 일 없어……!”

그녀는 점점 더 불안한 혼수상태로 빠져 들었다. 이따금 몸을 부르르 떨면서 사방을 둘러보고 잠시 모든 사람들을 알아보았으나, 곧 의식은 또다시 혼수상태로 바뀌었다. 그녀는 쉰 목소리를 내면서 숨을 헐떡거렸다. 목구멍에서 뭐가 끓고 있는 것 같았다.

“나는 그놈에게 말했어, ‘각하……!’” 그녀는 한 마디 한 마디 할 때마다 거친 숨을 몰아쉬면서 외쳤다. “그 아말리야 류드비고브나가…… 아아! 레냐, 콜랴! 두 손을 허리에 대고, 더 빨리, 더 빨리, 글리세-글리세, 파-드-바스크*! 발을 굴리고……. 우아한 아이가 돼야 해.”

Du hast Diamanten und Perlen*…….

(그대에겐 다이아몬드와 진주가 있고…….)

"그다음은 뭐더라? 그래 이렇게 부르는 걸거야……."

Du hast die schönsten Augen,

Mädchen, was willst du mehr?

(더없이 아름다운 눈도 가졌는데,

아가씨야, 더 무엇을 바라느뇨?)

"음, 그래, 왜 아냐! 'was willst du mehr(더 무엇을 바라느뇨)',
생각해 내긴 하는구나, 이 바보가……! 아, 그래, 또 있어."

　대낮의 더위, 다게스탄의 골짜기에서*…….

"아아, 내가 얼마나 좋아했는데……. 난 이 노래를 말도 못 하게
좋아했어, 폴레치카……! 알겠니, 네 아버지가…… 아직 약혼 시
절이었을 때 곧잘 부르셨단다……. 아아, 그 시절이……! 이걸,
이걸 부르면 돼! 아니 어떻더라, 어떻더라…… 잊어버렸어……
생각 좀 나게 해 줘, 어떻게 부르더라?" 그녀는 극도로 흥분하여
몸을 일으키려고 애썼다. 드디어 그녀는 한 마디 한 마디마다 숨
을 헐떡이고 외쳐 대면서, 왠지 점점 더 두려움이 커져 가는 표정
으로, 무섭고 찢어지는 듯한 쉰 목소리를 내며 노래를 부르기 시
작했다.

대낮의 더위……! 다게스탄의……! 골짜기에서……!

가슴엔 납 탄알이 박혀……!

"각하!" 갑자기 그녀는 눈물을 펑펑 쏟으면서 가슴이 찢어질 듯 통곡하며 절규하기 시작했다. "고아들을 지켜 주세요! 세상을 뜬 세몬 자하르이치로부터 받으신 환대를 생각하시어……! 귀족이라고 해도 손색이 없는……! 헉!" 갑자기 그녀는 정신을 차리고 무언가 공포를 느끼면서 모든 사람을 둘러보며 몸을 부르르 떨었으나, 이내 소냐를 알아보았다. "소냐, 소냐!" 소냐가 앞에 있다는 것에 놀란 듯이, 그녀는 부드럽고 상냥하게 말했다. "소냐, 귀여운 것, 너도 여기 있니?"

사람들은 다시 그녀를 일으켜 앉혔다.

"됐어……! 때가 왔어……! 잘 있어라, 이 불운한 것아……! 여윈 말을 다들 죽도록 몰아댔지……! 이젠 녹초가 됐어!" 그녀는 절망과 증오감에 휩싸여 이렇게 외치고는 베개 위에 머리를 무겁게 떨어뜨렸다.

그녀는 또다시 의식을 잃었다. 그러나 이 마지막 혼수상태는 그리 오래가지 않았다. 누렇고 푸르스름한 바싹 마른 얼굴이 뒤로 젖혀지고 입이 벌어지더니, 다리가 경련을 일으키며 쭉 뻗었다. 그녀는 깊디깊은 숨을 한 번 내쉬고는 그대로 숨을 거두었다.

소냐는 그녀의 시신 위에 쓰러져 두 손으로 꼭 껴안고, 앙상한 가슴에 머리를 갖다 댄 채 실신한 것처럼 꼼짝도 하지 않았다. 폴레치카는 어머니의 발치에 몸을 던지고 목 놓아 울면서 두 발에 연방 입을 맞추었다. 콜랴와 레냐는 무슨 일이 일어났는지 아직 이해하지 못하면서도, 무언가 몹시 무서운 것을 예감하며 두 손으로 어깨를 맞잡고 서로의 얼굴을 꼼짝 않고 쳐다보고 있다가 갑자기 동시에 입을 벌리고 울음을 터뜨렸다. 둘은 아직도 좀 전의 옷차림이어서, 한 아이는 터키식 두건을 두르고, 다른 아이는 타조 깃털을 꽂은 둥근 모자를 쓰고 있었다.

그런데 어떻게 해서 그 '상장'이 느닷없이 침대 위의 카체리나 이바노브나 옆에 나타나게 된 것일까? 상장은 바로 베개 옆에 놓여 있었다. 라스콜니코프는 그것을 보았다.

그는 창가로 물러섰다. 레베쟈트니코프가 그에게로 달려왔다.

"죽었군요!" 레베쟈트니코프가 말했다.

"로지온 로마노비치, 한두 마디 드릴 말씀이 있소이다." 이렇게 말하며 스비드리가일로프가 다가왔다. 레베쟈트니코프는 곧바로 자리를 양보하고 눈치 있게 그곳을 떴다. 스비드리가일로프는 깜짝 놀란 라스콜니코프를 더 구석진 데로 끌고 갔다.

"이번의 성가신 일은, 그러니까 장례며 기타 등등은 모두 내가 맡겠소이다. 아시다시피, 돈만 있으면 될 테니까. 일전에 말씀드렸다시피, 나에겐 여분의 돈이 있잖소. 두 어린것과 폴레치카는 어디 좀 나은 고아원에 넣고, 소피야 세묘노브나가 완전히 안심하도록 아이들이 성년이 될 때까지 각각 1,500루블씩을 따로 맡겨 두겠소. 그리고 소피야 세묘노브나도 그 구렁텅이에서 구해 줘야겠소. 훌륭한 아가씨니까, 그렇지 않소? 그러니 아브도치야 로마노브나에게도 그렇게 전해 주시구려. 그녀의 돈인 1만 루블은 내가 이렇게 썼다고 말이오."

"대체 무슨 목적으로 그런 자선을 베푸는 거지요?" 라스콜니코프가 물었다.

"거참! 의심도 많은 양반이군!" 스비드리가일로프가 웃기 시작했다. "그 돈은 나에게 여분의 것이라고 하지 않았소. 아니 단순히 인도적인 마음에서 그러는 것까지 댁은 용납하지 않겠다는 건가요, 예? 저 여자는(그는 시신이 있는 구석을 손가락으로 가리켰다) 돈놀이하는 어떤 할망구처럼 '이[蟲]'는 아니었잖소. 자, 동의하시겠지요, '정말로 루쥔이 살아서 더러운 짓을 계속하게 해야 하느냐, 아니면 저 여자가 죽어야 하느냐?' 그거 아니겠소. 그리고 내가 도와주지 않으면, '예를 들어 폴레치카도 같은 길을 걷게될 거요……'"

그는 어쩐지 **눈을 깜박이는** 듯한 유쾌하고 교활한 표정을 지으면서, 라스콜니코프에게서 눈을 떼지 않고 이렇게 말했다. 라스콜니코프는 바로 자신이 소냐에게 했던 말을 듣게 되자 얼굴이 새파랗게 질리면서 등골이 오싹해졌다. 그는 황급히 한 발짝 뒤로 물러서서 사납게 스비드리가일로프를 쳐다보았다.

"어, 어떻게…… 당신이 알고 있는 거요?" 그는 가까스로 숨을 돌리고 속삭였다.

"물론이오, 나는 여기 벽 하나를 사이에 두고 레슬리히 부인의 집에 묵고 있소. 이쪽은 카페르나우모프, 저쪽은 나의 아주 절친한 오랜 친구인 레슬리히 부인. 그러니까 이웃사촌이라오."

"당신이?"

"내가." 스비드리가일로프는 몸을 흔들고 웃으면서 말을 이었다. "그래서 영광스럽게 확인해 드리는 바이지만, 친애하는 로지온 로마노비치, 나는 댁한테 놀랄 정도로 흥미를 갖게 됐소이다. 내가 말하지 않았소, 우린 더 친한 사이가 될 거라고. 그렇게 예언했는데, 과연 이렇게 친해졌구려. 이제 내가 얼마나 원만한 인간인지 알게 될 것이오. 나하고 얼마든지 같이 살아갈 수 있다는 걸 알게 될 거요⋯⋯."

제6부

1

라스콜니코프에게 이상한 시기가 닥쳐왔다. 마치 안개가 갑작스레 그의 앞에 드리워져 빠져나갈 길 없는 무거운 고독 속에 그를 가두어 버린 것만 같았다. 후에 오랜 시간이 지나 이때를 돌이켜보며, 그는 당시 자신의 의식이 이따금 흐려지는 듯했다는 것과 도중에 몇 차례 중단되긴 했어도 결정적인 파국에 이를 때까지 그런 상태가 쭉 지속되었다는 것을 깨닫곤 했다. 그는 당시 자신이 많은 점에서, 이를테면 몇 가지 사건의 기간과 시점에 대해 잘못 알고 있었다는 확신이 분명하게 들었다. 적어도, 나중에 기억을 더듬으며 그 기억을 자신에게 분명히 하려고 애썼을 때, 그는 오히려 제삼자로부터 얻은 정보를 통하여 자신에 대해 많은 것을 알게 되었다. 예컨대 그는 한 사건을 다른 사건과 혼동하기도 했고, 어떤 사건을 오직 그의 상상 속에 존재할 뿐인 사건의 결과로 여기기도 했다. 때로는 병적이고 고통스러운 불안이 급작스럽고 격렬한 공포로까지 변하면서 그를 사로잡기도 했다. 그러나 또한 그는 앞서의 공포와는 정반대되는 무감각이 자신을 완전히 사로잡는 몇 분, 몇 시간, 아니 어쩌면 며칠이 있기도 했다는 것을 기억하고 있었다. 그것은 죽어 가는 사람의 병적인 무관심 상태와도 흡사한 무감각이었다. 대체로 요 며칠 동안 그는 자신의 상태를 분명하고 완전하게 이해하려는 것조차 스스로 애써 피하는 듯했다. 당장에 해명을 요하는 어떤 절박한 사실들이 그의 마음을 몹시도 짓누르고 있었던 것이다. 그런 근심들로부터 해방되고 달아날 수만 있다면 얼마나 기뻤으랴. 그러나 그것들을 잊어버린다는 것은 그의 처지에서는 완전하고도 피할 수 없는 파멸을 의미했다.

특히 그를 불안하게 하는 것은 스비드리가일로프였다. 생각이 온통 스비드리가일로프에게 멎어 있었다고 해도 과언이 아니었다. 카체리나 이바노브나가 죽던 순간, 소냐의 방에서 스비드리가일로프가 너무나도 분명하게 말했던, 그에게는 너무나도 위협적인 그 말을 들은 그 시각부터, 그의 사고는 평상적인 흐름이 파괴된 것 같았다. 그러나 이 새로운 사실에 몹시 불안을 느끼면서도, 라스콜니코프는 어쩐 일이지 사태를 해명하려고 서두르지 않았다. 그는 때로는 어딘가 멀리 떨어진 쓸쓸한 교외의 어느 초라한 선술집에서 생각에 잠겨 혼자 탁자 앞에 앉아 있는 자신을 갑자기 발견하고는, 어떻게 하여 그곳에 오게 됐는지 전혀 기억도 못 하면서 문득 스비드리가일로프를 떠올리기도 했다. 그럴 때면 한시 바삐 이 사나이와 이야기를 해서 가능한 한 확실하게 결말을 지어야 한다는 생각이 갑자기 너무나도 뚜렷하게 의식되어 몹시도 불안해지는 것이었다. 언젠가 한번은 길을 잘못 들어 어딘가 관문 밖으로 나가게 되었을 때, 자기는 여기서 스비드리가일로프를 기다리는 중이고 여기서 그와 만나기로 되어 있다는 생각마저 하기도 했다. 또 한 번은 먼동도 트기 전에 어느 관목 숲 속의 땅 위에서 눈을 뜨고는, 어째서 자기가 그런 곳에 와 있는지 전혀 알 수 없었던 적도 있었다. 하기야 카체리나 이바노브나가 죽은 뒤 이삼 일 동안 그는 이미 두어 번 스비드리가일로프를 만난 적이 있었는데, 거의 언제나 그가 특별한 목적도 없이 그냥 잠시 들렀던 소냐의 방에서였다. 그들은 항상 한두 마디 짧게 주고받았을 뿐, 중요한 점에 대해서는 마치 어느 시기까지 침묵하기로 서로 간에 자연스레 묵계라도 되어 있는 듯이, 한 번도 말을 꺼내지 않았다. 카체리나 이바노브나의 시신은 아직 관 속에 놓여 있었다. 스비드리가일로프는 장례 일을 도맡고 있어서 분주했다. 소냐 역시 매우 바빴다. 요전번에 만났을 때 스비드리가일로프는 라스콜니코프에게 카체리나 이바노브나의 아이들 문제는 어떻게 잘 해결됐다고 하면서, 어떤 연고 덕분에 도와주는 사람이 몇 명 나타나서 그들의 도움으로 세 고아를 그 애들로선 아주 훌륭한 시설에 넣을 수가 있었고, 애들 몫으로 따로 떼어 온 돈도 많은 도움이 됐다. 왜냐하면 재산이 있는 고아를 집어넣기가 알몸뚱이밖에 없는 고아보다 훨씬 쉬우니까라고 설명했다. 그는 소냐에 대해서도 무슨 말을 하고는, 어떻게든 며칠 안으로 직접 라스콜니코프에게 들르겠다고 약속하면서, "의논을 좀 하고 싶소, 꼭 얘길 해야 할 일이 있어서……"라고 말했다. 이 대화는 계단 옆의 입구에서 이루어진 것이었다. 스비드리가일로프는 라스콜니코프의 눈을 뚫어지게 바라보다가 잠시 입을 다물더니 갑자기 목소리를 낮추어 물었다.

"어떻게 된 일이오, 로지온 로마느이치, 제정신이 아닌 것 같구려? 정말이오! 듣고 있고 보고 있긴 하면서도, 아무것도 모르는 것 같소이다. 기운을 내요. 함께 얘길 좀 해 봅시다. 다만 유감스럽게도 일이 많아서, 남의 일하며 내 일하며……. 에이, 로지온 로마느이치." 그는 불쑥 덧붙였다. "모든 사람에겐 공기가 필요해요, 공기, 공기가요……. 그 무엇보다도!"

그는 마침 계단을 올라오고 있던 사제와 보제를 지나가게 하려고 급히 옆으로 비켜섰다. 그들은 진혼 기도를 드리러 온 길이었다. 스비드리가일로프의 지시에 따라 진혼 기도는 하루에 두 번씩 꼬박꼬박 올리고 있었다. 스비드리가일로프는 자기 일을 보러 나가 버렸다. 라스콜니코프는 잠시 그대로 서서 생각을 하다가 사제를 따라 소냐의 방으로 들어갔다.

그는 문간에서 멈추어 섰다. 기도식은 조용히, 격식에 맞게 엄숙하고 슬프게 시작되었다. 죽음에 대한 그의 의식과 죽음의 존재에 대한 느낌 속에는 아주 어렸을 때부터 언제나 뭔가 무겁게 짓누르는 것이, 신비스러운 공포가 들어 있었다. 더구나 진혼 기도를 듣는 것도 아주 오랜만의 일이었다. 뿐만 아니라 거기에는 또 뭔가 다른 것이, 너무나도 무섭고 불안한 어떤 것이 있었다. 그는 아이들을 바라보았다. 아이들은 모두 관 옆에 무릎을 꿇고 있고, 폴레치카는 울고 있었다. 그들 뒤에서 소냐가 두려운 듯 조용히 울면서 기도를 올리고 있었다. '요 며칠 동안 그녀는 나에게 눈길 한 번 주지 않고, 말 한마디 건네지 않았어.' 문득 이런 생각이 라스콜니코프에게 떠올랐다. 햇빛이 환하게 방을 비추고, 향로에서 연기가 뭉게뭉게 피어오르고 있었다. 사제는 '안식을 주소서, 주여'를 읽었다. 라스콜니코프는 기도식이 끝날 때까지 서 있었다. 사제는 축복을 하고 작별 인사를 하면서 왠지 묘한 눈초리로 주위를 둘러보았다. 기도식이 끝나자 라스콜니코프는 소냐에게 다가갔다. 그녀는 갑자기 그의 두 손을 잡고 그의 어깨에 머리를 기댔다. 이 친밀한 동작은 오히려 의아스러워서 라스콜니코프를 놀라게 했다. 괴이쩍기까지 했다. 어째서일까? 그에 대한 아무런 반감도, 아무런 혐오감도 보이지 않고, 그녀의 손에서는 아무런 떨림마저 느껴지지 않았다! 그것은 분명 무한한 자기비하와도 같은 것이었다. 적어도 그는 그렇게 해석했다. 소냐는 아무 말도 하지 않았다. 라스콜니코프는 그녀의 손을 꼭 쥐어 주고는 밖으로 나와 버렸다. 마음이 몹시도 무거웠다. 지금 이 순간 어디론가 떠나서 설령 평생토록이라도 좋으니 완전히 혼자가 될 수만 있다면, 그는 행복하다고 여겼을 것이다. 그러나 문제는 요즘 그가 언제나 거의 혼자였는데도 불구하고 결코 혼자라고 느낄 수 없다는 것이었다. 교외로 달아나기도 하고, 큰 도로로 나가기도 하고, 심지어 한 번은 밖으로 나가 어느 숲 속으로 들어간 적도 있었지만, 인적이 없는 곳일수록 오히려 누군가 가까이 있는 듯한 불안한 느낌이 더욱 강하게 들었다. 그것은 무섭다기보다 왠지 아주 불쾌한 느낌이어서, 그는 황급히 시내로 되돌아와 군중 사이에 섞이든가, 싸구려 음식점이나 선술집에 들어가든가, 톨쿠치 고물 시장과 센나야 광장으로 가곤 했다. 오히려 이런 곳에서 마음이 더 가볍고 더 혼자가 된 것 같은 기분이 들었다. 아직 저녁이 되기 전에 어느 싸구려 술집에서 사람들이 노래를 부르고 있었고, 그는 꼬박 한 시간 동안이나 귀를 기울이며 거기 앉아 있었는데, 오히려 무척 기분이 좋았던 기억이 있었다. 그러나 끝날 무렵이 되자, 양심의 가책이 갑자기 그를 괴롭히기 시작한 듯, 그는 갑자기 또다시 불안해지고 말았다. '이렇게 앉아서 노래나 듣고, 내가 과연 이러고 있어도 될까!' 하고 생각한 것 같았다. 그러나 그는 곧 자신을 불안하게 하는 것이 이것만은 아니라는 사실을 알아차렸다. 무언가 즉각적인 해결을 요구하는 것, 그러나 이해할 수도 없고 말로 표현할 수도 없는 어떤 것이 있었다. 모든 것이 실타래처럼 엉켜 있었다. '아니, 차라리 어떻게든 싸우는 편이 낫겠다! 그게 낫겠어. 또다시 포르피리든…… 아니면 스비드리가일로프든간에……. 어떤 도전이든, 누구의 공격이든, 어서 빨리 있기나 했으면……. 그래! 그래!' 하고 그는 생각했다. 그는 싸구려 술집을 나와, 거의 달리다시피 걷기 시작했다. 두냐와 어머니를 생각하자 왠지 극심한 공포와도 같은 것이 갑자기 그를 사로잡았다. 그는 날이 아직 밝기도 전인 밤중에 고열로 온몸을 덜덜 떨면서 크레스토프스키 섬의 관목 숲에서 잠에서 깨어났다. 그는 집을 향해 걷기 시작해서 이른 아침이 되어서야 도착했다. 몇 시간 자고 나자 열은 내렸지만, 그가 눈을 뜬 것은 이미 늦은 시각이었다. 오후 2시였다.

그는 그날이 카체리나 이바노브나의 장례식이라는 것을 떠올리고는, 그 자리에 참석하지 않은 것이 기뻤다. 나스타시야가 먹을 것을 가져오자, 그는 게걸이라도 들린 사람처럼 왕성한 식욕을 느끼면서 먹고 마셨다. 머리는 지난 요 사흘보다 상쾌했고, 마음도 안정되어 있었다. 좀 전에 그렇게 무서운 공포에 사로잡혔던 것이 잠시나마 놀랍기까지 했다. 그때 문이 열리고 라주미힌이 들어왔다.

"아하! 먹고 있군, 그러니까 병은 아니구먼!" 라주미힌은 이렇게 말하고, 의자를 집어다가 탁자를 사이에 두고 라스콜니코프와 마주 앉았다. 그는 흥분해 있었고, 그걸 감추려고도 하지 않았다. 분명히 울화통이 터진다는 말투였으나, 서두르는 기색도 없고 특별히 언성을 높이지도 않았다. 뭔가 특별하고 심상찮은 속셈이 웅크리고 있는 것 같았다. "잘 들어." 그가 단호하게 말문을 열었다. "너희들 일이 어떻게 되든, 젠장, 이제 내 알 바 아냐. 내가 아무것도 이해할 수 없다는 걸 이제 아니까, 분명하게 아니까. 내가 심문하러 왔다고는 생각하지 마. 그런 것 따윈 침을 뱉어 주겠다! 그건 나 자신이 원치 않아! 네가 지금 모든 걸, 네 모든 비밀을 털어놓는다 해도, 난 듣지도 않고 침을 뱉고 가 버릴지도 몰라. 난 다만 내 눈으로 확실하게 알아보러 온 것뿐이야. 첫째, 네가 미쳤다는 게 사실인지 아닌지. 네가 아마도 미쳤고 아니면 적어도 그런 성향이 아주 강하다고 확신하고 있는 사람들이 있거든(하여간 이 주변 어디에선 말이야). 실은 나도 그런 견해를 지지하는 쪽으로 강하게 기울어져 있었어. 왜냐하면, 첫째로 너의 멍청하고 상당 정도 추악하기까지 한(도저히 설명이 안 되는) 행동 때문에 그렇고, 둘째로 요전에 네가 어머니와 누이동생에게 보인 행동으로 판단할 때 그래. 미치지 않고서야, 악당이나 비열한 놈이 아닌 이상 그 두 분에게 너처럼 그렇게 행동할 수야 없지. 그러니까 넌 미친 거야……."

"두 사람을 본 지 오래됐어?"

"방금 만나 뵈었어. 넌 그 이후로 뵙지 않았지? 어딜 싸다니는 지 좀 말해 줘. 난 벌써 세 번이나 너한테 들렀다고. 어머님이 어제부터 위중하셔서. 너에게 오려고 하셨어. 아브도치야 로마노브나가 말려 보았지만, 통 들으려고 하시지 않아. '그 애가 아프다면, 그 애가 미쳤다면, 이 어미 말고 누가 그 앨 보살피겠어?' 하시더라. 모두 같이 여길 왔었어, 어머닐 혼자 가시게 할 수는 없잖아. 이 문까지 오는 동안에도 진정하시라고 계속 애원했어. 들어와 보니 네가 없는 거야. 어머닌 바로 여기에 앉아 계셨어. 십 분쯤 앉아 계셨어. 우린 잠자코 옆에 서 있었지. 어머님은 일어서시더니 말씀하시더라. '그 애가 외출을 다닌다면 몸이 건강하다는 얘기이고, 어미는 잊었다는 거야. 그러니 문간에 서서 동냥이라도 하듯 사랑을 애걸하는 건 어미로서 점잖지 못하고 부끄러운 짓이야' 하고. 그러고는 집으로 돌아가셔서 몸져누우셨는데, 지금 열이 아주 심해. '알아, **제 여자**를 위해선 시간이 있는 게지'라고 하셔. 어머님은 이 **제 여자**가 소피야 세묘노브나라고 짐작하고 계신다고. 네 약혼녀인지 애인인지는 나도 모르겠다만. 난 곧장 소피야 세묘노브나에게 갔지. 모든 것을 확실하게 알아내고 싶었거든. 가 보니까, 관이 놓여 있고 아이들은 울고 있더구면. 소피야 세묘노브나는 아이들의 상복 치수를 재고 있고 말이야. 넌 없었어. 나는 그걸 보고 용서를 구하고 나와서, 아브도치야 로마노브나에게 그대로 전했어. 그러니까 그런 건 다 말도 안 되는 소리이고, **제 여자** 같은 건 있지도 않아. 그러니 제일 확실한 것은 미쳤다는 거야. 그런데 넌 여기 앉아서, 사흘 동안 굶은 사람처럼 삶은 소고기를 먹어치우고 있군. 하긴 뭐 미치광이도 먹기야 먹지. 하지만 네가 나한테 한마디도 하고 있지 않지만, 그래도 넌…… 미치지 않았어! 맹세할 수 있어. 넌 절대로 미치지 않았어. 그러니 이제 너희들 일은 어찌 되든 내 알 바 아냐. 여기엔 무슨 비밀이, 뭔가 숨기는 일이 있을 테니까. 난 너희들의 비밀 때문에 골치 썩을 생각은 없어. 그냥 욕이나 실컷 퍼부으려고 온 거야." 그는 일어나면서 말을 맺었다. "속이나 후련해지려고. 난 이제 뭘 해야 할지 알아!"

"그럼 이제 뭘 할 건데?"

"내가 이제 뭘 하든, 네가 무슨 상관이야?"

"이봐, 퍼마실 작정이지!"

"어떻게…… 어떻게 그걸 알았어?"

"모를 리가 없지!"

라주미힌은 잠시 입을 다물었다.

"넌 언제나 판단이 매우 정확한 사람이었어. 미친 적은 한 번도, 단 한 번도 없었어." 그는 갑자기 열띤 어조로 말했다. "그래 맞아, 난 퍼마실 거야! 그럼 잘 있어라!" 그는 가려고 몸을 움직였다.

"아마 그저께일 거야, 누이동생하고 네 얘길 했어, 라주미힌."

"내 얘길? 아니…… 그저께 어디서 그녀를 만났다는 거야?" 라주미힌은 갑자기 걸음을 멈추고 안색까지 약간 창백해졌다. 그의 심장이 가슴속에서 서서히 긴장해서 뛰기 시작했다는 것을 짐작할 수 있었다.

"걔가 여길 왔더랬어, 혼자. 여기 앉아서 나하고 얘길 했어."

"네 누이동생이?"

"그래, 그 애가."

"넌 무슨 말을 했는데…… 그러니까 나에 대해서 무슨 말을 한 거야?"

"네가 매우 훌륭하고 정직하고 부지런한 사람이라고 했지. 네가 그 앨 사랑한다는 말은 하지 않았어. 그건 그 애 자신도 알고 있으니까."

"자신도 알고 있다고?"

"물론! 내가 어디로 떠나든, 나에게 무슨 일이 일어나든, 넌 언제까지고 그 두 사람의 수호자로 남아 있어 주겠지. 난 말하자면 그 두 사람을 너에게 넘겨주는 거야, 라주미힌. 내가 이렇게 말하는 건 네가 그 애를 얼마나 사랑하는지 알고 있고, 너의 순수한 마음을 확신하고 있기 때문이야. 그 아이도 널 사랑하게 될 거고, 어쩌면 벌써 사랑하고 있을 거야, 난 알아. 이제 어떻게 하는 게 좋을지 네가 알아서 결정해라, 퍼마실 건지 아닌지."

"로지카…… 실은…… 음…… 에이, 제기랄! 그런데 넌 어디로 떠나겠다는 거야? 이봐, 만일 그게 다 비밀이라면, 좋아, 관둬! 하지만 난…… 난 그 비밀을 알아내고 말겠어……. 틀림없이 무슨 터무니없고 시시해 빠진 거겠지. 너 혼자서 죄다 지어냈을 테니까. 그렇지만 넌 정말 멋진 놈이야! 정말 멋진 놈이야……!"

"몇 마디 더 하려고 했는데, 네가 말을 가로챘어. 넌 아까 그 비밀이니 숨긴 일이니 하는 것들을 알아볼 필요가 없다고 했는데, 그건 잘한 생각이야. 때가 될 때까지 내버려 둬, 걱정하지 말고. 때가 되면 다 알게 될 거야. 그래야 할 때가 오면 말이야. 어제 어떤 사람이 나에게, 인간에겐 공기가 필요하다, 공기, 공기가 하고 말하더군! 그 말이 무슨 뜻인지 알아보려고 지금 그 사람에게 다녀올 작정이야."

라주미힌은 흥분한 표정으로 생각에 잠긴 채 서서, 무언가를 헤아려 보고 있었다.

'이 녀석은 정치적 비밀 결사에 가담하고 있다! 틀림없어! 그리고 무슨 결정적인 거사를 앞두고 있는 거야. 그게 틀림없어! 그것 말고는 있을 수가 없어. 그리고…… 그리고 두냐도 그걸 알고 있고…….' 그는 문득 이렇게 생각했다.

"그래서 아브도치야 로마노브나가 네게 들르는 거구나." 그는 한 마디 한 마디 또렷하게 힘주어 말했다. "그리고 너는 공기가, 공기가 더 필요하다고 말하는 그 사람과 만나려고 하고 있고…… 그렇다면 그 편지도…… 그것도 역시 거기와 무슨 관계가 있겠군." 그는 혼잣말처럼 말을 맺었다.

"편지라니?"

"아브도치야 로마노브나가 오늘 편지를 한 통 받았는데, 몹시 불안해했어, 몹시. 지나치다 싶을 정도였지. 내가 네 얘길 꺼내자 아무 말도 하지 말라고 부탁하더군. 그러더니…… 그러더니 어쩌면 우린 곧 아주 헤어질지도 모른다면서 나에게 무슨 말인지 모르겠지만 뜨겁게 감사드린다고 했어. 그러고는 자기 방으로 들어가 문을 잠가 버렸어."

"걔가 편지를 받았다고?" 라스콜니코프는 생각에 잠긴 채 되물었다.

"그래, 편지. 그럼 넌 몰랐던 거야? 으흠."

두 사람은 잠시 말이 없었다.

"잘 있어, 로지온. 난 말이야…… 한때…… 아냐, 잘 있어, 난 실은, 한때……. 아니, 잘 있어! 나도 가 봐야겠다. 술은 안 마실 거야. 이제 필요 없어…… 에이, 거짓말이야!"

그는 서두르고 있었다. 그러나 이미 밖으로 나가 등 뒤로 문을 닫는가 싶었는데 갑자기 다시 문을 열고 왠지 외면을 하면서 말했다.

"참! 그 살인 사건 기억하겠지, 바로 그 포르피리, 그 노파 있잖아? 그런데 그 살인범이 밝혀졌어. 자백을 하고 증거도 모두 내놓았대. 바로 그 일꾼들, 칠장이 중의 한 명이야, 상상해 봐. 내가 그때 그들을 그렇게 변호했던 거 기억나지? 그 사람들, 그러니까 관리인과 두 증인이 올라오고 있을 때 계단에서 동료하고 둘이서 그렇게 치고 박으면서 웃었던 것도 의심을 사지 않기 위해 다 일부러 꾸민 연극이었다는 거야, 믿어져? 그런 풋내기에게 그런 교활함과 침착함이 있다니! 믿기 힘들어. 그렇지만 스스로 모든 것을 다 설명하고 자백했다니까! 내가 감쪽같이 넘어간 거지! 어떡하겠어, 내가 보기에 그 녀석은 그야말로 속임수와 임기응변의 천재이고, 법망을 빠져나가는 데 귀재야. 그러니 특별히 놀랄 것도 없지! 그런 녀석들이 왜 없겠어? 그런데 그 녀석이 자신의 역할을 끝까지 견뎌 내지 못하고 자백했다는 점 때문에 나는 그를 더 믿어. 더욱 사실 같거든…… 그렇지만 나도, 나도, 그때는 그렇게 넘어갔던 거야! 녀석들을 위해서 미쳐 날뛰었으니!"

"말해 줘, 넌 어디서 그걸 알았어? 그리고 왜 그렇게 그 사건에 관심을 갖는 거야?" 라스콜니코프는 눈에 띄게 흥분해서 물었다.

"그건 또 무슨 소리야! 왜 관심을 갖느냐고? 그걸 묻다니……! 포르피리에게서 들었어, 다른 사람들한테서도 들었고. 하지만 대부분 그 친구한테서 알게 된 거야."

"포르피리에게서?"

"그래, 포르피리."

"뭐라고…… 그가 뭐라고 했는데?" 라스콜니코프는 놀라서 물었다.

"설명을 아주 잘해 줬어. 심리학적으로 설명을 해 줬어, 자기 식으로."

"그가 설명을 해 줬어? 자기 입으로 네게 설명을 해 줬다고?"

"자기 입으로, 직접. 그럼 난 간다! 나중에 더 이야기해 줄게. 지금은 일이 있어. 언젠가…… 한때는 나도 그렇게 생각했어……. 아니, 아냐, 나중에 하자……! 이제 술에 취할 이유가 없어졌어. 넌 나를 술 없이도 취하게 했거든. 난 취했어, 로지카! 술 없이도 취해 버렸어. 그럼, 잘 있어. 또 들를게, 곧."

그는 나갔다.

'녀석은, 녀석은 정치적 비밀 결사에 가담하고 있어. 그게 틀림 없어, 틀림없어!' 라주미힌은 천천히 층계를 내려가면서 속으로 최종적인 결론을 내렸다. '그리고 누이동생까지 끌어들인 거야. 아브도치야 로마노브나의 성격이라면 충분히 그럴 법하지. 두 사람은 계속 만나고 있었어……. 그녀도 내게 암시하지 않았나. 그녀가 했던 여러 말이나…… 짤막하게 던진 말…… 그리고 암시로 미루어 보아도, 모든 것이 바로 그렇다는 결론이 나와! 그렇지 않고서야 이 혼란스러운 상황을 설명할 도리가 없잖아? 흠! 그런데 나는 생각을 해도 어쩌면…… 아아, 내가 그때 무슨 생각을 하려 했던 거지. 그래, 그건 순간적으로 마음이 흐려져서 그랬어. 나는 녀석에게 죄를 지은 셈이야! 녀석이 그때 복도의 램프 옆에서 내 마음을 잠시 흐리게 하는 바람에. 쳇! 내가 그렇게 추악하고 조잡하고 비열한 생각을 했다니! 정말 장하다, 미콜카, 자백해 주었으니……! 이것으로 이제 이전의 일들도 다 설명이 되는군! 그때 녀석의 병, 그런 이상한 행동들, 심지어 더 전에, 전에, 아직 대학에 다닐 때도, 언제나 얼마나 침울하고 우울한 녀석이었는데……. 그런데 지금 그 편지는 무얼 뜻하는 걸까? 여기에도 아마 뭔가가 있을 거다. 그 편지는 누구한테서 온 걸까? 수상해……. 음. 아니, 내가 모든 것을 캐내고 말겠다.'

그는 두네치카에 대한 모든 것을 떠올리고 곰곰이 생각해 보았다. 그러자 심장이 멎어 버릴 것만 같았다. 그는 자리를 박차고 달리기 시작했다.

라스콜니코프는 라주미힌이 나가자 곧 일어나서, 창문 쪽으로 몸을 돌리고는 자기 방이 좁다는 것도 잊었는지 이 구석 저 구석으로 왔다 갔다 하다가…… 다시 소파에 앉았다. 그는 완전히 되살아난 것 같았다. 또다시 싸우는 거야. 출구가 발견된 셈이다!

'그렇다, 출구가 발견된 셈이다! 지금까지는 모든 게 짓눌려 있고 꽉 막혀 있어서 고통스러운 압박감 속에서 의식이 마비라도 된 것 같았다. 포르피리의 방에서 미콜카하고 그 촌극이 벌어진 때부터 나는 출구도 없는 답답함 속에서 숨이 막힐 지경이었다. 미콜카의 그 일이 있은 뒤, 바로 같은 날 소냐 방에서 그 장면이 있었지. 나는 그 장면을 원래 예상했던 것과는 전혀 다르게 끌고 가서 전혀 다르게 끝맺고 말았다…… 순간적으로 마음이 완전히 약해졌던 거다! 한순간에! 그리고 나는 그때 소냐에게 동의하지 않았던가. 스스로 동의했다, 진심에서 동의한 것이다, 이런 일을 가슴에 품고서는 도저히 혼자서 살아갈 수 없다고! 그런데 스비드리가일로프는? 스비드리가일로프는 수수께끼다…… 스비드리가일로프 때문에 불안하다. 그건 사실이야. 하지만 왠지 좀 방향이 다른 것 같다. 스비드리가일로프하고도 싸우게 될지 몰라. 어쩌면 스비드리가일로프는 완전한 출구가 되어 줄지도 모르지. 그러나 포르피리는 다른 문제다.

그러니까 포르피리는 라주미힌에게도 직접 설명을 했다. **심리학적**으로 그에게 설명을 했다! 자신의 그 저주스러운 심리학을 또다시 끌어오기 시작한 거다! 그 포르피리가 그랬다고? 그때 우리 사이에 그런 일이 있은 뒤에, 미콜카가 나타나기 전까지 서로 얼굴을 맞대고 **단 한 가지** 해석을 제외하곤 어떤 옳은 해석도 찾아낼 수 없는 그런 장면을 연출한 뒤에, 단 일 분이라도 포르피리가 미콜카를 범인으로 믿을 수가 있었을까? (요 며칠 동안 여러 번 라스콜니코프의 뇌리엔 포르피리와 사이에 있었던 그 모든 장면이 토막토막 스쳐 가듯 떠오르곤 했으나, 장면 전체를 완전히 상기하는 것은 그에게 참을 수 없는 일이었을 것이다.) 그때 우리 두 사람 사이에 그런 말이 오가고, 서로 그런 동작과 몸짓을 하고, 그런 시선을 주고받고, 그런 목소리로 무슨 말을 하고, 그렇게 해서 갈 데까지 다 갔는데, 그렇게 된 마당에 새삼 미콜카 따위가(포르피리는 미콜카의 첫 마디와 첫 몸짓에서 이미 그의 마음을 훤히 꿰뚫어 보고 있었다), 그 미콜카가 포르피리의 확신을 뿌리째 흔들어 놓을 리는 만무하지 않은가.

그런데 어찌 된 셈이냐! 라주미힌마저 혐의를 두기 시작하다니! 복도의 램프 옆에서 있었던 장면은 그것으로 끝난 게 아니었어. 그래서 녀석은 포르피리에게 달려간 거다……. 하지만 어째서 포르피리는 녀석을 그렇게 속이려고 했을까? 무슨 목적으로 라주미힌의 시선을 미콜카에게 돌리려 한 걸까? 그자는 틀림없이 무슨 궁리를 해 둔 거다. 여기엔 속셈이 있어. 그러나 어떤 속셈일까? 사실 그날 아침 이후 많은 시간이, 너무나, 너무나 많은 시간이 지나갔는데도, 포르피리에 대해서는 감감무소식이니. 어쨌든, 이건 분명 더 나쁜 징조다…….' 라스콜니코프는 학생모를 집어 들고, 생각에 잠긴 채 방을 나섰다. 자신에게 그런대로 정상적인 의식이 있다고 느낀 것은 요즘 들어 오늘이 처음이었다. '우선 스비드리가일로프하고 결판을 내야 한다.' 그는 생각했다. '무슨 일이 있어도 한시바삐. 그자도 아마 내가 직접 자기에게 오길 기다리고 있을 거다.' 그 순간 그의 지친 마음에서 갑자기 증오가 치밀어 올라, 스비드리가일로프든 포르피리든 둘 중 아무라도 죽일 수 있을 것 같았다. 적어도 지금 당장이 아니라면 나중에라도 해치울 수 있다고 느꼈다. '두고 보자, 두고 보자.' 그는 속으로 거듭 다짐했다.

그러나 현관으로 나가는 문을 열자마자, 그는 뜻밖에도 포르피리와 딱 부딪치고 말았다. 포르피리는 그의 방으로 들어오려던 참이었다. 라스콜니코프는 한순간 장승처럼 우뚝 서 버렸다. 이상하게도 그는 포르피리를 보고도 그다지 놀라지 않았고, 공포도 거의 느끼지 않았다. 그는 다만 몸을 움찔했을 뿐, 곧 마음을 다잡았다. '어쩌면 이게 결말인지도 모르지! 그렇지만 어째서 이 녀석은 이렇게 고양이처럼 살그머니 왔을까, 어째서 나는 아무것도 못 들었을까? 혹시 엿듣고 있었던 건 아닐까?'

"손님이 오리라고는 생각하지 못하셨군요, 로지온 로마노비치." 포르피리 페트로비치가 웃으면서 큰 소리로 말했다. "진작부터 한번 들러보려 했는데, 마침 근처를 지나다가, 한 오 분쯤은 실례해도 괜찮겠지 하는 생각이 들어서. 어디 나가시는 길입니까? 오래 붙들진 않겠습니다. 그저 담배 한 개비만 피우겠습니다, 괜찮으시다면."

"자, 앉으시죠, 포르피리 페트로비치, 앉으세요." 라스콜니코프는 만약 자신의 얼굴을 볼 수 있었다면 스스로도 감탄을 금치 못했을 정도로 만족스럽고 친밀해 보이는 표정을 지으면서, 손님에게 자리를 권했다. 밑바닥에 남아 있는 마지막 찌꺼기마저 박박 긁어내는 노력이었다! 인간은 강도와 마주치게 될 때 이따금 반 시간쯤은 이렇게 죽음의 공포를 견디어 내지만, 막상 목에다 칼을 갖다 대면 공포조차 사라지는 법이다. 그는 포르피리와 마주 앉아서 눈 하나 깜박이지 않고 그를 쳐다보고 있었다.

포르피리는 실눈을 뜨고 담배를 피우기 시작했다.

'자, 말해, 말해 봐.' 라스콜니코프의 심장에서 이런 말이 불쑥 튀어나올 것만 같았다. '자, 왜, 왜, 왜 말을 않는 거야?'

2

"정말 이 담배란 것은!" 담배를 한 대 다 피우고 한숨을 돌린 다음 포르피리 페트로비치가 마침내 입을 열었다. "독입니다, 순전히 독이에요. 하지만 끊을 수가 있어야죠! 기침이 나고, 목이 따갑고 숨이 찹니다. 나는 겁이 많아서 요전에도 B-n 씨한테 가 보았죠. 환자 한 사람을 최소한 삼십 분씩 진찰하는 의사인데, 나를 보고 웃기까지 하더군요. 두드려 보기도 하고 들어 보기도 하더니, 당신은 담배를 피우면 안 됩니다, 폐가 늘어나 있어요 하는 거예요. 좋아요, 그렇지만 어떻게 그만둡니까? 뭐로 대신하죠? 난 술을 하지 않으니, 바로 그게 곤란한 점이지요, 헤헤헤, 술을 않으니, 그게 곤란한 거죠! 모든 건 상대적이잖습니까, 로지온 로마노비치, 모든 건 상대적입니다!"

'이건 대체 무슨 소리야, 또 전처럼 관청식으로 시작하자는 걸까!' 라스콜니코프는 혐오감을 느끼면서 생각했다. 요전번에 만났을 때의 장면이 하나하나 떠올랐고, 그때의 감정이 파도처럼 그의 가슴에 밀려들었다.

"실은 그저께 저녁에도 들렀는데, 모르시죠?" 포르피리 페트로비치는 방 안을 둘러보면서 말을 이었다. "방에, 바로 이 방에 들어왔었죠. 오늘처럼 근처를 지나다가 잠깐 답방을 해 볼까 하는 생각이 들어서. 들러 보니 방문이 활짝 열려 있더군요. 좀 둘러보고 잠깐 기다리다가, 하녀에게는 알리지 않고 그냥 나갔습니다. 문은 잠그시지 않습니까?"

라스콜니코프의 얼굴이 점점 어두워졌다. 포르피리는 그의 생각을 알아챈 것 같았다.

"해명을 하러 온 겁니다, 로지온 로마느이치, 해명을 하러요! 나는 당신에게 해명을 해야 하고 또 그럴 의무가 있으니까요." 그는 미소를 짓고 말을 계속하면서 손바닥으로 라스콜니코프의 무릎을 살짝 쳤다. 그러나 거의 바로 그 순간 그의 얼굴은 갑자기 심각하고 걱정스러운 표정이 되었고, 심지어 가벼운 우수의 그늘마저 어려 있는 듯해서 라스콜니코프를 깜짝 놀라게 했다. 그는 지금까지 단 한 번도 그에게서 이런 얼굴을 본 적이 없었고, 그런 얼굴을 상상해 본 적도 없었다. "지난번에 우리 사이에는 이상한 장면이 벌어졌죠, 로지온 로마느이치. 하긴 처음 만났을 때도 이상한 장면이 벌어지긴 했지만, 그러나 그때는……. 아니 뭐 지금 와서 돌이켜보니 그게 그거군요! 그래서 말인데 내가 당신에게 큰 잘못을 저지른 것 같습니다. 그걸 느끼고 있습니다. 정말 우리가 어떻게 헤어졌는지, 기억하십니까. 당신은 신경이 곤두서서 무릎이 덜덜 떨렸고, 나도 역시 신경이 곤두서고 무릎이 덜덜 떨렸습니다. 사실, 그때 우리 사이는 엉망이 돼 버렸습니다, 신사적이지 못했지요. 그렇지만 우리는 그래도 신사들이잖습니까. 즉, 여하튼 간에 우린 무엇보다 신사거든요. 이걸 명심해야 합니다. 그때 어떤 지경까지 갔는지 기억하시죠……. 정말 무례하기 짝이 없었습니다."

'이건 또 어쩌자는 거야, 날 누구로 아는 거지?' 라스콜니코프는 놀라고 어이가 없어서 고개를 들고는, 눈을 크게 뜨고 포르피리를 쳐다보며 스스로에게 이렇게 물었다.

"나는 이제 우리가 서로 솔직해지는 게 낫다고 판단했습니다." 포르피리 페트로비치는 자신의 시선으로 지난번의 제물을 더 이상 당황하게 하고 싶지도 않고, 자기가 지난번에 썼던 방법과 술수를 멸시하기라도 한다는 듯이, 고개를 약간 뒤로 젖히고 눈을 내리깔면서 말을 이었다. "그래요, 그런 의심과 그런 장면이 오랫동안 지속될 수는 없지요. 그때 미콜카가 해결해 주었기에 망정이지, 안 그랬다면 우리 사이가 어디까지 갔을지 나도 모르겠습니다. 그 망할 놈의 직공이 그때 내 방 칸막이 뒤에 내내 앉아 있었거든요. 상상이 가십니까? 물론 벌써 알고 계시겠죠. 나도 그자가 그러고 나서 곧바로 당신에게 들른 것을 알고 있으니까요. 하지만 당신이 그때 짐작했던 그런 일은 전혀 없었습니다. 나는 누구를 데려오라고 사람을 보내지도 않았고, 아무런 조치도 취한 게 없었습니다.

왜 조치를 취하지 않았느냐고요? 뭐라고 말하면 좋을지. 그땐 그 모든 것이 너무도 갑작스러워서 나 자신도 거의 제정신이 아니었던 겁니다. 관리인을 불러오게 한 것도 간신히 했으니까요. (당신도 지나가다 그 관리인들을 분명히 보셨겠죠.) 그때 어떤 생각이 번개처럼 내 머리를 스치더군요. 그때 나는 정말 확신하고 있었답니다, 로지온 로마느이치. 비록 일시적으로 한쪽은 놓치더라도, 다른 한쪽은 꼬리를 잡고 말 테다. 내 것은, 적어도 내가 노린 것은 절대로 놓치지 않겠다, 라고 생각한 겁니다. 게다가 로지온 로마느이치, 당신은 천성적으로 매우 성마른 사람입니다. 내가 어느 정도 이해하고 있다고 자부하는 당신의 성격이나 성정의 다른 모든 기본적인 특징에 비추어 보아도, 도가 너무 지나치지요. 물론 나는 그때도, 사람이 그 자리에서 벌떡 일어나서 숨은 진실을 죄다 부는 일이 흔치 않다는 것쯤은 판단할 수 있었습니다. 그야 그런 일이 일어나긴 하지요. 특히 마지막 인내심까지 잃게 만들면. 그러나 어쨌든 드문 일이에요. 나는 그것도 판단할 수 있었습니다. 아니, 난 털끝이라도 좋다고 생각했습니다! 아무리 작은 털끝이라도 손으로 잡을 수 있는 것이라면, 단순히 심리적인 것이 아니라 실체가 있는 것이라면 한낱 털끝이라도 좋았습니다. 그래서 만약 어떤 사람이 범인이라면, 어쨌든 기다리다 보면 아주 실체적인 무엇이 반드시 나타난다. 심지어 아주 뜻밖의 결과까지 기대할 수 있다라고 생각한 거죠. 나는 그때 당신의 성격에 기대를 걸고 있었던 겁니다. 로지온 로마느이치, 무엇보다도 당신의 성격에요! 정말 그때는 당신에게 큰 희망을 가지고 있었습니다."

"그런데…… 왜 지금 그걸 모두 말하는 거지요." 마침내 라스콜니코프는 자기가 하는 질문의 뜻을 잘 생각해 보지도 않고 이렇게 중얼거렸다. '이자는 무슨 말을 하는 걸까?' 그는 속으로 어리둥절했다. '정말 내가 범인이 아니라고 여기는 걸까?'

"왜 이런 말을 하느냐고요? 해명을 하러 왔으니까요. 그것이 신성한 의무라고 생각해서 말입니다. 모든 것을, 이를테면 그때 내 마음이 그렇게 흐려졌던 얘기를 사실대로 모두 털어놓고 싶습니다. 나는 당신을 무척이나 괴롭혔지요, 로지온 로마느이치. 그렇지만 난 악당이 아닙니다. 운명에 짓눌린, 그러나 자부심과 권력 의식이 강하고 참을성이 없는, 특히 참을성이 없는 인간이 이 모든 일을 견딘다는 것이 어떤 것인지, 나도 잘 이해하고 있으니까요! 하여간 나는 당신을 더없이 고결할 뿐 아니라 심지어 관대한 소질까지 지닌 분으로 여기고 있습니다. 비록 당신의 신념에 다 동의하는 건 아니지만 말이지요. 이 점은 사실 그대로 아주 솔직하게 미리 밝혀 두는 게 내 의무라고 생각되는군요. 무엇보다 속이고 싶지는 않으니까요. 당신을 알게 되자 마음이 끌리는 걸 느꼈습니다. 이렇게 말하면 아마도 웃으시겠죠? 당연합니다. 당신이 나를 처음 본 순간부터 좋아하지 않았다는 걸 알고 있습니다. 사실 좋아할 이유가 없지요. 하지만 마음대로 생각하십시오. 그래도 지금 나로서는 어떻게 해서든 이전의 인상을 지워 버리고 나도 가슴과 양심을 지닌 인간이라는 것을 증명해 보이고 싶군요. 진정으로 하는 말입니다."

포르피리 페트로비치는 품위 있게 말을 멈추었다. 라스콜니코프는 어떤 새로운 경악감이 밀려드는 걸 느꼈다. 포르피리가 자기를 범인이 아니라고 여기고 있다는 생각이 갑자기 그를 경악케 한 것이다.

"어떻게 해서 그게 갑자기 그때 시작됐는지 순서대로 다 얘기할 필요는 없겠지요." 포르피리 페트로비치는 말을 이었다. "내 생각으로는 오히려 쓸데없는 짓이기도 하고요. 게다가 내가 그럴 수 있을 것 같지도 않습니다. 그걸 어떻게 세세히 설명할 수 있겠습니까? 처음에는 소문이 들렸습니다. 그게 어떤 소문이고, 누구한테서 언제…… 시작된 건지…… 그리고 도대체 어떤 연유로 해서 당신하고 관련되게 됐는지 하는 것도, 역시 쓸데없는 이야기라고 생각합니다. 개인적으로 내게 그것은 그야말로 일어날 수도 있고 일어나지 않을 수도 있었던 우연한 일, 아주 완전히 우발적인 우연에서 시작되었는데, 어떤 우연한 일이냐고요? 음, 그것도 역시 말할 필요가 없겠지요. 그 모든 것이, 여러 소문과 우연이 그때 나에게서 한가지 생각으로 합쳐졌던 겁니다. 이왕 털어놓는 김에 모두 솔직하게 고백하지만, 그때 맨 처음 당신에게 혐의를 둔 사람은 바로 나였습니다. 노파가 물건에다 메모를 해 두었느니 하는 따위는 다 아무것도 아닙니다. 그런 거야 백 가지라도 들 수 있으니까요. 마침 그때, 이것 역시 우연입니다만, 경찰서에서 있었던 그 소동에 대해 자세하게 알 수 있는 기회를 갖게 된 겁니다. 그것도 지나가다가 들은 게 아니라 아주 믿을 만한 특별한 사람한테서 들었는데, 그 사람은 자신도 그걸 깨닫지 못하면서 그 장면을 놀랄 만큼 또렷하게 기억하고 있더군요. 이 모든 게 계속해서 하나하나 차례로 겹쳐진 겁니다, 로지온 로마느이치! 자, 이러니 어떻게 그쪽으로 생각이 쏠리지 않겠습니까? 물론 영국 격언이 말하듯이, 백 마리의 토끼를 모아도 말 한 마리가 되지 못하고, 백 가지 혐의를 모아도 결코 하나의 증거가 되지 못합니다만, 그것은 어디까지나 분별력을 지니고 있을 때 그렇다는 말일 따름이고, 열정이라는 것은 그렇지가 않아요. 열정을 어디 한번 제어해 보십시오. 예심판사도 인간이니까요. 그때 당신의 논문, 작은 잡지에 실렸던 그 논문이 생각나더군요. 당신이 처음 찾아왔을 때 그 논문에 대해 자세하게 얘기했었지요. 그때 나는 당신을 조롱했습니다만, 그건 당신을 부추겨서 더 앞으로 유도해 내기 위해서였습니다. 또다시 말씀드리지만, 당신은 정말 참을성이 없고 아주 병적이에요, 로지온 로마느이치. 당신이 대담하고 오만하고 진지하고, 그리고…… 감수성이 풍부하다는 것, 이미 많은 것을 느껴 왔다는 것은 나도 오래전부터 다 알고 있었어요. 그런 느낌은 내게도 모두 친숙한 것이어서, 당신의 논문도 친숙하게 읽었습니다. 그런 논문은 잠이 오지 않는 밤에 미칠 듯한 흥분 속에서 터질 듯 고동치는 심장과 억눌린 열광에 의해 구상되는 것이지요. 젊은 사람들의 이 긍지에 넘치는 억눌린 열광은 위험합니다! 나도 그때는 조롱했지만, 지금 당신에게 말하자면, 대체로 나는 젊고 열정적인 펜의 첫 습작을 지독히도 사랑합니다. 이를테면 애호가로서 사랑합니다. 그것은 아지랑이이고 안개이며, 안개 속에서 현이 울리고 있습니다. 당신의 논문은 불합리하고 공상적이지만, 그 속엔 어떤 진정성이 번쩍이고 있어요. 그 속엔 매수되지 않는 청춘의 긍지가 있고, 절망의 대담함이 있습니다. 음울한 논문입니다만, 그것도 좋습니다. 당신의 논문을 끝까지 읽고, 따로 간직해 두었지요. 그리고…… 그때 따로 간직해 두면서 생각했습니다. '음, 이 사람은 그냥 이대로 지나가지는 않겠구나!' 자, 그러니 말씀해 보십시오. 이미 이런 일이 있었는데 어떻게 그다음 일에 열중하지 않겠습니까! 아니, 아니! 그렇다고 내가 정말 뭔가를 얘기하고 있나요? 정말 내가 지금 뭔가를 단정 짓고 있나요? 다만 그때 그렇게 깨달았다는 것뿐입니다. 여기서 내가 뭘 생각한다는 겁니까? 아무것도 없습니다. 정말 아무것도 없습니다. 그야말로 아무것도 없습니다. 그런 데에 열중하는 것 자체가 예심판사인 나로서 오히려 점잖지 못하지요. 내 손안엔 이미 미콜카가 있고, 물증도 이미 가지고 있습니다. 뭐라고 하시든 간에, 물증은 물증이니까요! 게다가 그 녀석은 나름대로 심리학도 끌어오고 있습니다. 녀석은 조사를 해 봐야 합니다. 생사가 걸린 문제니까요. 그런데 내가 지금 뭣 때문에 당신에게 이 모든 것을 설명하고 있겠습니까? 당신의 머리와 가슴으로 잘 이해하셔서, 그때 내가 보인 심술궂은 행동 때문에 날 책망하지 말아 주십사 해서입니다. 솔직히 말해, 심술궂은 것은 아니었죠, 헤헤! 내가 그때 당신 집을 수색하지 않았다고 생각하십니까? 왔습니다, 왔습니다, 헤헤, 당신이 아파서 여기 이 침대에 누워 있을 때 왔습니다. 공식적으로도 아니고 내가 몸소 온 것도 아니지만, 아무튼 왔습니다. 최초의 흔적이 사라지기 전에, 당신 집에 있는 건 머리털 한 올까지 모조리 살펴보았습니다. 그렇지만 *umsonst*(허사였습니다)! 나는 생각했지요. 이제 이 사람은 올 것이다. 자기 발로 올 것이다. 그것도 아주 빠른 시일 안에 올 것이다. 그가 범인이라면 반드시 올 것이다. 다른 자는 오지 않아도 이 사람은 틀림없이 올 것이다라고요. 그런데 기억하시지요? 라주미힌 씨가 당신에게 여러 얘길 지껄여 대기 시작했던 것 말입니다. 그건 당신을 흥분시키기 위해 우리가 꾸민 일입니다. 우린 일부러 소문을 퍼뜨려서 그 친구가 당신에게 여러 소릴 지껄이도록 한 거지요. 라주미힌 씨는 분노를 참지 못하는 사람이니까요. 그런데 쟈묘토프 씨에게는 무엇보다 당신의 분노와 노골적인 대담함이 눈에 띈 겁니다. 글쎄 어떻게 선술집에서 느닷없이 '내가 죽였다!' 하고 내갈깁니까? 지나치게 대담하고 지나치게 과감합니다. 그래서 그런 생각이 들더군요. 만약 그가 범인이라면 이건 무서운 적수다! 그땐 그렇게 생각했습니다. 그리고 기다렸습니다! 목이 빠지게 당신을 기다렸습니다. 쟈묘토프는 그때 당신이 간단하게 눌러 버렸습니다만…… 문제는 이 저주스러운 심리학이라는 게 모두 서로 다른 양 끝을 가진다는 겁니다! 그렇게 당신을 기다리고 있는데, 하느님이 당신을 인도하셨는지 당신이 오고 있는 겁니다! 그때 나는 심장이 철렁했습니다. 맙소사! 정말 어째서 당신은 그때 온 걸까요? 그 웃음, 그때 들어오면서 웃던 당신의 그 웃음소리, 기억하시지요, 난 마치 유리 속을 들여다보듯, 그때 모든 걸 알아챘습니다. 그러나 그렇게 특별하게 당신을 기다리고 있지 않았더라면, 그 웃음에서 아무것도 알아채지 못했을 겁니다. 그 기분이란 게 이렇게 대단한 거랍니다. 그리고 그때 라주미힌 씨가, 아, 참! 그 돌, 그 돌, 기억하십니까? 그 물건들이 아직도 숨겨져 있다는 그 돌 말입니다. 나는 거기 채소밭 어디에 그 돌이 있는 것이 정말로 눈에 선합니다. 그 채소밭에 있다고 당신이 자묘토프에게 말했고, 그 뒤에 나한테서도 또 한 번 말했지요? 그런데 그때 당신 논문 이야기가 나와서 당신이 설명을 시작했을 때, 당신의 말 한 마디 한 마디가 마치 그 밑에 다른 말이 숨어 있기라도 한 듯이 이중으로 들리는 겁니다! 자, 그래서 로지온 로마느이치, 그런 식으로 마지막 기둥까지 와서 거기에 이마를 쾅 부딪치자, 나는 비로소 정신이 번쩍 들었습니다. 아니, 내가 이게 무슨 짓인가! 하고 말이죠. 그럴 생각만 있다면 이 모든 것은 마지막 한 점에 이르기까지 완전히 다른 방향으로도 설명될 수 있고, 그게 오히려 더 자연스러울 것이다라고 나 자신에게 말했습니다. 정말 괴로웠습니다! '아니, 털끝만 한 단서라도 잡았으면……!' 싶었습니다. 그런데 그때 그 초인종 이야기를 듣게 되자, 온몸이 오싹해지는 게, 덜덜 떨리기까지 했습니다. '그래, 이게 바로 그 털끝이다! 바로 이거다!'라고 생각했지요. 그땐 이미 신중한 판단 따위는 하지도 않았습니다. 그냥 하고 싶지 않았습니다. 정말 그때는, 그 직공이 당신의 얼굴에 대고 '살인자'라고 말한 뒤에 당신이 그자와 어깨를 나란히 하고 백 걸음을 걸으면서도, 그렇게 백 걸음씩이나 걸어가는 동안 아무것도 물어볼 엄두조차 내지 못하던 모습을 **내 두 눈으로** 볼 수만 있다면, 내 주머니에서 1천 루블이라도 내놓았을 겁니다……! 그래, 등골이 오싹해진 기분이 어땠나요? 그리고 병에 걸려 반쯤 정신이 나간 상태에서 잡아당긴 그 초인종은요? 그러니 로지온 로마느이치, 그때 내가 당신에게 그런 장난을 했다 해서 놀랄 것도 없잖습니까? 그런데 당신은 왜 하필이면 그때 내게 온 걸까요? 정말이지, 누군가가 당신을 슬쩍 밀었던 것 같지 않나요. 그리고 만약 미콜카가 우리를 떼어 놓지 않았다면…… 그런데 그때의 미콜카가 생각나시나요? 잘 기억하고 계시겠죠? 정말 벼락이었지요! 먹구름장에서 우레가 치고 번개 화살이 번쩍번쩍했어요! 그런데 내가 그를 어떻게 맞던가요? 나는 그 화살을 조금도 믿지 않았습니다, 당신이 본 그대로예요! 믿다니 어림도 없죠! 나중에 당신이 나간 다음 그가 어떤 점들에 대해서는 정말 아주 조리 있게 대답을 해서 나 자신도 놀랄 정도였지만, 눈곱만큼도 믿지는 않았습니다. 그만큼 나의 확신은 철석같았습니다. 나는 생각했지요. 아니지, 무슨 뚱딴지같은 소리! 여기에 무슨 미콜카야!"

"라주미힌이 방금 나한테 그러더군요, 당신은 지금도 니콜라이를 범인으로 보고 있고 라주미힌에게도 직접 그렇게 단언했다고……."

그는 숨이 막혀 끝까지 말할 수가 없었다. 그는 자신을 속속들이 꿰뚫어 보고 있는 인간이 스스로가 한 말을 부정하고 있는 것을 형언할 수 없는 흥분에 사로잡혀 듣고 있었다. 그는 믿기가 두려웠고, 믿고 있지도 않았다. 여전히 애매한 이중적인 말속을 탐욕스레 찾으며 뭔가 좀 더 정확하고 결정적인 것을 잡아내려고 그는 안간힘을 쓰고 있었다.

"라주미힌 말입니까!" 줄곧 입을 다물고 있던 라스콜니코프의 질문에 기쁘다는 듯이, 포르피리 페트로비치가 소리쳤다. "헤헤헤! 라주미힌은 그런 식으로 옆에 제쳐 둬야 했거든요. 두 사람인 편이 좋다, 제삼자는 끼어들지 말라, 그거죠. 라주미힌은 이 일에 맞지 않고, 게다가 이 일엔 관계없는 사람입니다. 새파랗게 돼서 나한테 달려왔더군요……. 그냥 내버려 두면 됩니다. 뭣 하러 여기 끼어들입니까! 그런데 그 미콜카 말이지요, 이게 얼마나 재미있는 작품 소재인지 아십니까. 물론 내가 이해하는 바에 따르면 그렇다는 거지만. 무엇보다 그는 아직 미성년인 어린앱니다. 겁쟁이라는 게 아니라, 말하자면 일종의 예술가 같은 녀석이지요. 정말입니다. 그를 이런 식으로 설명한다고 해서 웃지 마십시오. 녀석은 순진하고 무엇에 대해서나 감수성이 예민합니다. 진정을 지녔고, 몽상가입니다. 노래도 부르고, 춤도 잘 추고, 이야기 솜씨도 좋아서, 이야기를 하면 다른 곳에서 일부러 들으러 모여들 정도라는군요. 학교도 다니고, 아주 조그만 일에도 쓰러질 정도로 웃고, 술에 취해 정신을 잃기도 하지만, 방탕해서 그런 게 아니라 이따금 사람들이 술을 먹이면 그대로 어린애같이 받아 마셔서 그런 거죠. 그때만 해도 녀석은 사실 도둑질을 한 거지만, 자기는 그걸 알지도 못해요. '바닥에 떨어진 걸 주웠는데 무슨 도둑질이야?'라는 거죠. 그런데 알고 계신지 모르겠지만, 녀석은 분리파 교도*입니다. 아니 꼭 분리파 교도라기보다는, 그냥 무슨 분파의 교도입니다. 집안에 배군파* 신도들이 있어서, 자신도 얼마 전에는 꼬박 이년이나 시골의 어떤 장로 밑에서 종교적인 가르침을 받았어요. 이건 모두 내가 미콜카와 그의 동향인인 자라이스크 사람들에게서 알아낸 겁니다. 그뿐인 줄 아십니까! 정말로 황야로 가겠다고까지 했답니다! 여간 열심히 믿는 게 아니어서 밤마다 하느님에게 기도를 드리고, 오랜 '진리의' 책을 몇 번씩이나 읽으며, 탐독했다는 겁니다. 그런 그에게 페테르부르크가 강한 영향을 주게 된 거죠. 특히 여자와 술이 말입니다. 워낙 감수성이 예민해서, 장로고 뭐고 다 잊어버렸지요. 내가 알기로는, 이곳의 어느 화가가 녀석에게 반해 종종 찾아가게 되었는데, 그러던 차에 그만 이런 일이 터졌어요! 그러자 겁이 나서 목을 매자! 달아나자! 하고 소동을 피운 거예요. 민중들 사이에 우리의 사법제도에 대해 퍼져 있는 생각은 정말이지 어떡하면 좋습니까! 어떤 사람들은 '재판받을 거다'라는 말만 들어도 무서워하거든요. 대체 누구 탓일까요! 새로운 재판 제도가 무슨 답을 해 주겠지요. 아, 제발 그래 주었으면! 그건 그렇고, 이 녀석이 감방에 들어가게 되자, 이제 그 정직한 장로가 생각난 모양입니다. 성경도 다시 나타났습니다. 그런데 로지온 로마느이치, 그들 중 어떤 사람에게는 '고난을 당한다'라는 게 무슨 뜻인지 아십니까? 그건 누구를 위해서가 아니라 그냥 '고난을 당해야 한다'는 겁니다. 그것은 고난을 받아들인다는 뜻이고, 하물며 국가권력으로부터 받는 고난이라면 더 말할 나위가 없지요. 내가 공직에 있으면서 직접 겪었던 일인데, 온순하기 짝이 없는 어느 죄수가 꼬박 일 년 동안 감옥살이를 하면서, 밤마다 벽난로 위에서 성경만 읽고 있었습니다. 그렇게 열심히 읽고 또 읽다가 정말 아무 이유도 없이, 벽돌을 주워다가 한 번도 그에게 가혹하게 군 적이 없는 감옥소장에게 던졌습니다. 그것도 어떻게 던졌나 하면, 다치지 않도록 일부러 한 1아르쉰 정도 옆으로 던진 겁니다! 그렇지만, 무기를 들고 감옥소장에게 덤벼든 죄수가 어떻게 되는지는 뻔하죠. 말하자면 결국 '고난을 받았습니다'. 그래서 나는 지금 미콜카도 '고난을 받고자' 하거나, 또는 그 비슷한 것을 하려는 거라고 의심하고 있습니다. 아니, 나는 여러 사실에 근거해서 이것을 분명히 알고 있습니다. 다만 그 자신만이 내가 알고 있다는 걸 모를 뿐이지요. 왜요, 이런 민중들에게서 환상적인 인간들이 나오다니, 동의할 수 없나요? 아뇨, 그런 예는 지천으로 널렸어요! 녀석에게 이제 다시 장로가 영향을 주기 시작했습니다. 특히 목을 매려고 한 뒤로 더욱 생각이 난 거죠. 하지만 녀석은 곧 제 발로 내게 와서 모든 것을 털어놓게 되어 있습니다. 당신은 녀석이 견뎌 내리라고 생각합니까? 잠깐만 기다려 보십시오. 곧 자신의 진술을 부정할 겁니다. 나는 녀석이 와서 진술을 번복할 때를 이제나저제나 기다리고 있습니다. 나는 이 미콜카가 좋아져서 속속들이 연구하는 중입니다. 그래, 당신은 어떻게 생각하시겠습니까! 헤헤! 녀석은 어떤 점들에 대해서는 아주 조리 있게 대답하더군요. 필요한 정보를 얻어서 빈틈없이 준비한 게 분명합니다. 그런데 그 이외의 점들에 대해서는 마치 웅덩이에라도 빠진 것처럼 도통 몰라요. 전혀 모릅니다. 게다가 자기가 모른다는 것조차 전혀 모르거든요! 아니오, 로지온 로마느이치, 이건 미콜카의 짓이 아닙니다! 이것은 환상적이고 음산한 사건입니다. 인간의 마음이 혼탁해지고, 피가 '기분을 상쾌하게 해 준다'*는 말이 곳곳에서 인용되고, 안락이야말로 삶의 전부라고 선전되는 현대의 사건, 우리 시대의 사건입니다. 여기에 있는 것은 책상 앞의 공상이고, 이론에 자극받아 초조해진 마음입니다. 여기엔 첫걸음을 내딛는 결연함이 보이지만, 이 결연함은 특별한 종류의 것입니다. 마치 높은 산에서 떨어지거나 종루에서 몸을 날리는 듯한 기분으로 결심을 해 버렸기 때문에, 이 범죄를 향해서 제 발로 걸어간 것 같지도 않습니다. 들어간 뒤에 문을 닫는 것조차 잊어버린 주제에 살인을 했거든요. 두 사람이나 죽었어요. 이론에 따라서 말입니다. 죽이긴 했는데 돈은 챙길 엄두도 못 내고, 그나마 움켜쥔 것은 돌 밑에다 묻어 버렸습니다. 문 뒤에 숨어서 밖에서 문을 부서져라 두들겨 대고 초인종이 울리던 그 고통을 견딘 것만으로는 부족해서, 그다음에 또 그 초인종 소리를 떠올리려고 반쯤 정신이 나간 상태에서 그 빈 아파트를 다시 찾아갔습니다. 등골이 오싹하는 기분을 다시 맛보고 싶었던 거죠……. 뭐, 이건 병 때문이었다 해도, 또 있습니다. 살인을 하고서도 자신을 순결한 사람으로 여기고 남을 멸시하면서 창백한 천사처럼 돌아다니고 있지 않습니까. 아니, 어째서 이게 미콜카란 말입니까, 로지온 로마느이치, 이건 미콜카가 아닙니다!"

이 마지막 말은 앞서 그가 했던 말이 라스콜니코프의 혐의를 부정하는 것 같았던지라, 그것에 이어 나온 말로서는 너무나도 예상 밖의 것이었다. 라스콜니코프는 무엇에 찔리기라도 한 것처럼 온몸을 부들부들 떨기 시작했다.

"그럼…… 누가…… 죽인 거죠……?" 그는 끝내 참지 못하고 숨 가쁜 목소리로 물었다. 포르피리 페트로비치는 너무나 뜻밖이라는 듯 질문에 깜짝 놀라면서 의자 등받이에 몸을 젖혔다.

"누가 죽였냐고요……?" 자기 귀를 믿을 수 없다는 듯 그가 되물었다. "그야 **당신**이 죽였지요, 로지온 로마느이치! 당신이 죽였습니다……." 그는 거의 속삭이듯, 그러나 완전히 자신 있는 목소리로 덧붙였다.

라스콜니코프는 소파에서 벌떡 일어나서 몇 초 동안 서 있다가 아무 말도 하지 않고 다시 자리에 앉았다. 가느다란 경련이 갑자기 그의 얼굴을 스치고 지나갔다.

"입술이 또 그때처럼 떨리는군요." 포르피리 페트로비치는 거의 동정심까지 내보이며 중얼거렸다. "로지온 로마느이치, 당신은 나를 제대로 이해하지 못한 것 같아요." 그는 잠시 잠자코 있다가 덧붙였다. "그래서 그렇게 놀라신 겁니다. 나는 모든 것을 말하고, 이 일을 툭 터놓고 다루었으면 해서 찾아왔습니다."

"내가 죽인 게 아닙니다." 나쁜 짓을 하다가 들켜서 겁을 먹은 아이처럼 라스콜니코프가 속삭이듯 말했다.

"아니오, 그건 당신입니다, 로지온 로마느이치. 당신입니다. 다른 누구도 아닙니다." 포르피리는 엄격하고 확신에 찬 목소리로 조용히 말했다.

두 사람은 침묵했다. 침묵은 이상하리만치 길게, 십 분가량이나 계속되었다. 라스콜니코프는 탁자에 팔꿈치를 괴고 말없이 손가락으로 머리털을 헝클어뜨리고 있었다. 포르피리 페트로비치는 조용히 앉아 기다렸다. 갑자기 라스콜니코프가 경멸하듯 포르피리를 쳐다보았다.

"또다시 낡은 수를 쓰는군요, 포르피리 페트로비치! 언제나 같은 수법을 말입니다. 어떻게 지겹지도 않나요, 정말?"

"에이, 그만두시죠, 내가 지금 수법을 쓸 게 뭐 있다고! 여기에 증인이라도 있다면 또 다른 문제지만, 우린 단둘이서 속닥거리고 있지 않습니까. 보시다시피 난 당신을 토끼처럼 몰아서 잡으려고 온 게 아닙니다. 당신이 자백하든 말든 지금 나에겐 매한가지예요. 당신의 자백이 없어도 나는 속으로 확신하고 있으니까."

"그렇다면 왜 온 거죠?" 라스콜리코프가 초조하게 물었다. "요전에 했던 질문을 다시 하겠습니다. 나를 범인으로 생각한다면, 왜 바로 감옥에 처넣지 않는 거지요?"

"참, 대단한 질문이군요! 조목조목 답해 드리지요. 첫째, 당신을 그렇게 바로 체포하는 것은 나에게 불리합니다."

"불리하다니, 왜죠? 만약 확신하고 있다면, 당신은 마땅히 그래야……."

"어허 참, 뭐라고요, 내가 확신하고 있다고요? 이건 모두 아직 나의 상상에 불과합니다. 그리고 내가 왜 당신을 거기다 집어넣어 **안정을 누리게** 해 줘야 하지요? 당신 스스로 부탁하고 있을 정도이니, 자신이 잘 알 겁니다. 가령 내가 당신의 범죄를 입증하기 위해 그 직공과 대질시킨다면, 당신은 그자에게 이렇게 말하겠지요. '자네 취한 거 아냐? 내가 자네하고 같이 있는 걸 누가 봤나? 나는 그냥 자네가 취했다고 생각했어. 그리고 사실 자넨 취해 있었어.' 자, 이렇게 되면 난 당신에게 뭐라고 해야 합니까. 더구나 당신 말이 그 사람 말보다 더 그럴듯한데. 왜냐하면 그자의 진술은 오로지 심증에 의지하고 있지만— 게다가 그런 건 그자의 낯짝에 어울리지도 않아요 ― 당신은 정확하게 급소를 찌르고 있거든요. 그 더러운 놈은 노상 술에 취해 있고 모주망태로 통하니까요. 더구나 내가 이미 몇 번이나 솔직하게 인정했지만, 이 심리학이란 양쪽에 꼬리가 달렸고, 그중 두 번째 꼬리가 더 크고 훨씬 사실 같긴 한데, 그것 말고는 아직 당신에게 불리한 것을 아무것도 갖고 있지 못해요. 그래도 나는 당신을 감옥에 집어넣게 될 것이기 때문에, 사전에 당신에게 모든 것을 분명하게 말해 두려고 직접 이렇게 오기까지 했지만(이건 보통 사용하는 방법이 절대 아니지요), 당신한테 터놓고 말해(이것 역시 보통 하는 방법은 아닙니다), 이렇게 하는 것은 나한테 불리합니다. 그리고 내가 당신을 찾아온 두 번째 이유는…….”

“네, 그럼 두 번째 이유는?”(라스콜니코프는 아직도 숨을 가쁘게 쉬고 있었다.)

“좀 전에도 분명하게 말했지만, 당신에게 해명하는 것이 내 의무라고 생각하기 때문입니다. 당신이 나를 악인으로 여기는 걸 원하지 않고, 더구나 당신이 믿든 말든 당신에게 진심으로 호감을 가지고 있으니까요. 그래서 셋째로, 내가 온 이유는 깨끗하게 자수하라고 솔직하게 터놓고 권유하기 위해서입니다. 그게 당신에게 제일 유리하고, 나로서도 유리합니다. 무거운 짐을 어깨에서 내려놓게 되니까요. 자, 어떻습니까. 내 편에선 숨김없이 말하고 있습니다. 아닌가요?”

라스콜니코프는 잠시 생각했다.

“이봐요, 포르피리 페트로비치, 당신 입으로 심리학뿐이라고 하면서 어느새 수학으로 들어섰군요. 그런데 만약 당신이 지금 잘 못 생각하고 있다면 어떡하겠습니까?"

"아니오, 로지온 로마느이치, 잘못 생각하고 있지 않습니다. 나는 털끝만 한 것을 하나 쥐고 있거든요. 그 털끝을 나는 그때 발견했습니다. 하느님이 보내 주신 거죠!"

"어떤 털끝인데요?"

"어떤 건지는 말하지 않겠습니다, 로지온 로마느이치. 그리고 어쨌든 나는 더 이상 시간을 끌 권리가 없으므로 곧 당신을 수감할 겁니다. 그러니 잘 판단하십시오. 내겐 **이제** 매한가집니다. 다만 당신을 위해 말하는 겁니다. 정말로 그 편이 나아요, 로지온 로마느이치!"

라스콜니코프는 독기에 찬 미소를 지었다.

"이쯤 되면 우스울 뿐 아니라 파렴치하기조차 하군요. 설령 내가 범인이라 해도(그렇다고 말하는 건 절대로 아니지만), 나를 거기다 집어넣어 **안정을 누리게** 해 주겠다고 당신 입으로 말하고 있는 마당에, 내가 왜 굳이 당신에게 자수하러 가야 하지요?"

"거참, 로지온 로마느이치, 말을 너무 곧이곧대로 믿으면 안 됩니다. 어쩌면 그다지 **안정을 누리지** 못할지도 몰라요! 그건 다만 이론이고, 게다가 나의 이론일 뿐인데, 내가 당신에게 무슨 권위가 있습니까? 어쩌면 나는 지금도 당신에게 뭔가 숨기고 있을지도 모르지요. 당신에게 모든 것을 한꺼번에 다 털어놓아야 하는 건 아니니까, 헤헤! 두 번째 문제는 무슨 이익이 어떻게 있는가 하는 거겠지요. 자수를 하면 어떤 감형을 받게 되는지 알고는 있습니까? 당신이 자수한다면 어떤 때, 어떤 순간에 하게 되는 겁니까? 이걸 잠깐만 생각해 보세요! 다른 사람이 이미 스스로 범행 사실을 뒤집어쓰고 사건을 온통 뒤죽박죽으로 만들어 놓은 때가 아닙니까? 하느님께 맹세합니다만, 당신의 자수가 완전히 뜻밖에 이루어진 것처럼 '거기서' 잘 알아서 꾸며 드리겠습니다. 이런 심리학적 방법은 전혀 없었던 것으로 하고, 당신에 대한 혐의도 다 없었던 걸로 해서, 당신의 범죄가 일종의 정신착란으로 생각되게 하겠습니다. 솔직하게 말해서 정신착란이기도 하니까요. 나는 정직한 인간입니다, 로지온 로마느이치. 자기가 한 말은 반드시 지킵니다."

라스콜니코프는 우울한 침묵에 잠겨 고개를 숙였다. 그는 오랫동안 생각하다가 이윽고 다시 빙그레 웃었으나, 이미 그 웃음은 온순하고 서글픈 것이었다.

"아니, 필요 없습니다!" 그는 이제 아무것도 포르피리에게 숨길 게 없다는 투로 말했다. "그럴 거 없습니다! 난 당신한테서 감형을 받을 필요가 전혀 없습니다!"

"바로 그게 내가 두려워한 겁니다!" 포르피리는 흥분해서 거의 자기도 모르게 외쳤다. "감형 따윈 필요 없다고 할까 봐. 바로 그걸 두려워하고 있었습니다."

라스콜니코프는 서글프게, 묻는 듯한 시선으로 그를 바라보았다.

"아니, 삶을 혐오하면 안 됩니다!" 포르피리가 말을 이었다. "아직 앞길이 창창합니다. 감형이 필요 없다니, 어째서 필요 없습니까! 당신은 정말로 참을성이 없는 사람이군요!"

"뭐가 앞길이 창창하다는 겁니까?"

"삶이죠! 당신이 무슨 선지자라도 됩니까. 당신이 아는 게 그리도 많습니까? 구하라 그러면 얻으리니. 어쩌면 하느님도 바로 여기서 당신을 기다리고 계신지 모릅니다. 더구나 그것은, 그 쇠사슬은 영원하지도 않습니다……."

"감형이 있다는 건가요……." 라스콜니코프는 웃기 시작했다.

"뭡니까, 부르주아적인 수치가 무서워진 겁니까? 아마 그걸 무서워하고 있으면서도 그걸 모르는 모양이군요. 그러니까 젊다는 겁니다! 그렇지만 당신 같은 사람이 자수를 두려워하거나 부끄럽게 여길 것은 없을 텐데요."

"에잇, 구역질 난다!" 말하기조차 싫다는 듯이 라스콜니코프는 경멸하듯 혐오감을 내보이면서 중얼거렸다. 그는 또다시 일어서서 어디론가 나가려고 하다가, 절망한 빛이 역력해서 다시 자리에 앉았다.

"바로 그겁니다. 구역질 난다라는 겁니다! 당신은 의심이 많아져서, 내가 당신에게 야비하게 아부라도 하고 있다고 생각하고 있습니다. 도대체 당신이 지금까지 그렇게 많이 살았나요? 그렇게 많은 것을 이해하고 있나요? 이론을 하나 생각해 냈는데, 그게 깨지고 전혀 독창적이지 못한 결과가 돼 버려 부끄러워진 거로군요! 결과가 비열하게 됐다. 그건 사실입니다. 그렇다고 해서 당신이 구제불능의 비열한 인간인 것은 아닙니다. 절대로 그런 비열한 인간이 아닙니다! 적어도 당신은 오랫동안 자신을 속이지 않고서, 단번에 마지막 기둥까지 가 버린 겁니다. 내가 당신을 어떻게 보고 있다고 생각합니까? 나는 당신을 만약 신앙이나 신을 발견하기만 한다면, 설령 내장을 잘라 낸다 해도 꿋꿋이 서서 미소를 머금고 박해자를 바라볼 그런 사람의 하나로 생각하고 있습니다. 그러니 어서 그것을 찾아내십시오. 그러면 살아나갈 수 있습니다. 당신은 첫째, 이미 오래전부터 공기를 바꿀 필요가 있었어요. 어때요, 고난도 좋은 겁니다. 고난을 받으십시오. 어쩌면 고난을 원하는 미콜카가 옳을지도 모르지요. 믿어지지 않는다는 걸 압니다. 그러나 교활하게 잔머리 굴리지 말고, 이것저것 따질 것 없이 곧바로 삶 속으로 뛰어드십시오. 두려워할 것 없어요. 곧장 강기슭에 데려다가 두 발로 서게 해 줄 겁니다. 어떤 강기슭이냐고요? 내가 어찌 압니까? 나는 다만 당신이 아직도 많이 살아야 한다고 믿을 뿐입니다. 당신이 지금 내 말을 달달 외운 설교처럼 받아들이고 있다는 걸 압니다. 그러나 훗날 떠올리면, 언젠가는 도움이 될지도 모릅니다. 그래서 말하는 겁니다. 그 노파만 죽인 건 그나마 다행입니다. 만약 다른 이론을 생각해 냈다면, 일억 배나 더 추악한 일을 저질렀을지도 모르니까요! 그러니 하느님께 감사드려야 할지도 모르지요. 어떻게 당신이 알겠습니까. 어쩌면 무언가를 위해 하느님이 당신을 아끼시는 건지도 모르잖습니까. 당신은 마음을 크게 먹고 그렇게 두려워하지 말아야 합니다. 눈앞에 놓여 있는 위대한 실천 때문에 겁이 난 겁니까? 아닙니다. 여기까지 와서 겁을 낸다는 건 부끄러운 일입니다. 그런 첫걸음을 내디딘 이상, 마음을 굳게 가지십시오. 바로 거기에 정의가 있습니다. 그러니 정의가 요구하는 것을 실행하십시오. 당신이 믿지 않는다는 걸 알고 있지만, 맹세코 삶이 이끌어 줄 겁니다. 나중엔 스스로도 마음에 들게 될 거예요. 지금 당신에겐 오로지 공기가 필요합니다, 공기, 공기가!"

라스콜니코프는 몸을 부르르 떨었다.

"대체 당신은 누굽니까." 그가 소리쳤다. "당신이 무슨 예언자라도 됩니까? 왜 그렇게 당당하고 태연하게 높은 곳에서 내려다보며 그런 잘난 예언을 합니까?"

"내가 누구냐고요? 볼 장 다 본 인간이지요, 더는 아무것도 아닙니다. 그야 느끼기도 하고 동정도 할 수 있고, 또 뭘 좀 아는 인간인지도 모르지만, 이미 완전히 끝장난 인간입니다. 그러나 당신은 다릅니다. 신은 당신에게 삶을 마련해 두셨어요. (하긴 누가 알겠습니까. 어쩌면 당신의 삶도 연기처럼 사라지고, 아무것도 남지 않게 될지도 모르지요.) 당신이 다른 범주의 사람들에게로 옮겨 간다 해서, 그게 뭐 어떻습니까? 설마 당신이, 당신 같은 마음을 지닌 사람이 안락함을 아쉬워하는 건 아닐 테죠? 아주 오랫동안 아무도 당신을 보지 못할지도 모르지만, 그게 어떻다는 거지요? 문제는 시간이 아니라, 당신 자신입니다. 태양이 되십시오. 그러면 모두들 당신을 보게 될 겁니다. 태양은 무엇보다 먼저 태양이어야 합니다. 뭘 또 웃습니까? 내가 꼭 쉴러 같아서요? 내기를 해도 좋아요. 당신은 지금 내가 당신에게 아부한다고 생각하는 거죠! 뭐 사실, 아부를 하고 있는지도 모르지요, 헤헤헤! 로지온 로마느이치, 당신은 아마도 내 말을 믿지 않는 편이 좋을 겁니다. 절대로 그대로 믿지 않는 게 좋을 거예요. 이건 나의 성벽이니까요.

동의합니다. 다만 한마디만 덧붙이죠. 내가 어디까지 비열한 인간이고 어디까지 정직한 인간인지는 당신 스스로 판단할 수 있을 거라는 겁니다!"

"언제 나를 체포할 생각입니까?"

"글쎄요, 하루 반나절, 아니면 이틀 정도는 더 산책을 하게 해드리죠. 잘 생각해 보고, 하느님께 기도도 하십시오. 그게 더 유리합니다. 맹세코 더 유리합니다."

"그러다 내가 달아나면?" 어딘가 묘한 미소를 지으면서 라스콜니코프가 물었다.

"아니, 달아나지 않습니다. 농부라면 달아나고, 지금 유행하는 분리파 교도라면 달아나겠지요. 남의 사상의 노예라면 말입니다. 그런 자들이야 해군 소위 드이르카*처럼 손가락 끝만 살짝 보여줘도 뭐든 한평생 믿으니까. 하지만 당신은 이미 자신의 이론도 믿고 있지 않은데, 뭘 가지고 달아난단 말입니까? 그리고 또 도망친다 해서 뭐가 있겠어요? 도피자의 처지란 추하고 힘든 것인데, 당신에게 필요한 것은 무엇보다도 생활과 안정된 상태와 적합한 공기입니다. 그런데 당신에게 필요한 공기가 거기에 있을까요? 달아났다가도 스스로 돌아올 겁니다. **우리 없이 당신은 해 나갈 수 없습니다.** 내가 당신을 감옥에 넣으면 거기서 한 달, 두 달, 석 달을 지내다가, 문득 내 말을 상기하고 스스로 자백하러 올 겁니다. 어쩌면 자기 자신에게도 뜻밖으로 말입니다. 설마 자기가 자백하러 가리라고는 한 시간 전까지만 해도 알지 못할 겁니다. 나는 당신이 '고난을 받아들이기로 스스로 결심'하게 되리라고 굳게 믿고 있습니다. 지금은 내 말을 믿지 않겠지만, 당신 스스로 그런 결론에 이르게 될 겁니다. 왜냐하면 로지온 로마느이치, 고난이란 위대한 것이니까요. 당신은 내가 뚱뚱하다는 것에 신경 쓰지 마십시오. 아무 상관없는 문제니까요. 그 대신 나는 알고 있습니다. 비웃지 마십시오, 고난 속에는 사상이 있습니다. 미콜카가 옳습니다. 아니, 당신은 달아나지 않습니다, 로지온 로마느이치."

라스콜니코프는 자리에서 일어나서 모자를 집어 들었다. 포르피리 페트로비치도 일어섰다.

"산책하러 나갑니까? 오늘 저녁은 참 좋을 것 같군요. 다만 뇌우가 없어야 할 텐데. 하긴 그게 더 좋을지도 모르죠. 시원해져서……."

그도 역시 모자를 집어 들었다.

"포르피리 페트로비치, 제발 으스대지 마십시오." 라스콜니코프가 준엄하고 집요하게 말했다. "나는 오늘 당신에게 자백하지 않았습니다. 당신이 워낙 이상한 사람이어서, 그저 호기심에서 당신 말을 듣고 있었을 뿐입니다. 난 당신에게 아무것도 인정한 게 없습니다……. 이 점을 기억해 두시도록."

"뭐 그건 벌써 알고 있습니다, 기억해 두죠. 아니 원, 이렇게 떨기까지 하다니. 걱정하지 마세요, 당신 좋을 대로이니까. 산책을 좀 하고 오시지요. 다만 너무 많이 돌아다니면 안 되겠지만. 만일의 경우를 위해 작은 부탁이 하나 있는데." 그는 목소리를 낮추어 덧붙였다. "낯간지럽지만 중요한 부탁이 돼 놔서. 만일, 그러니까 만일의 경우에(이런 것을 난 믿지도 않고, 당신이 그런 짓은 절대로 못 할 사람이라고 생각하지만), 만일 어쩌다가—그래요, 만에 하나—, 이 사오십 시간 동안에 뭔가 다른 어떤 환상적인 방법으로 어떻게든 이 일을 끝내고 싶다는 마음이, 그러니까 스스로 자신에게 손을 대려는 생각이 든다면(어리석은 가정이니, 부디 용서해 주십시오), 짤막하게나마 정확한 메모를 남겨 주십시오. 두 줄, 단 두 줄이면 됩니다. 그리고 그 돌에 대해서도 언급해 주십시오. 그게 더 의젓하니까요. 그럼, 또 뵙기를⋯⋯. 잘 생각하셔서 좋은 출발을 하시길 바랍니다!"

포르피리는 이상하게 몸을 수그리고 라스콜니코프를 쳐다보는 것마저 피하듯이 하면서 밖으로 나갔다. 라스콜니코프는 창가로 다가가, 그가 거리로 나가 꽤 멀리 갔다고 생각될 때까지 시간을 계산하며 신경질적으로 초조하게 기다리고 있었다. 그러고는 자기도 급히 방을 나섰다.

3

라스콜니코프는 스비드리가일로프에게로 발걸음을 서둘렀다. 이 사람에게서 무엇을 기대할 수 있는지는 그 자신도 몰랐다. 그러나 이 사람에게는 그를 지배하는 어떤 힘이 숨겨져 있었다. 일단 이것을 의식하자 그는 마음을 진정할 수가 없었고, 더구나 이제 때도 온 것이었다.

가는 도중에 한 가지 의문이 유난히 그를 괴롭혔다. 스비드리가일로프가 포르피리에게 찾아갔을까?

그가 판단할 수 있는 한, 맹세컨대 아니다, 안 갔다! 그는 거듭거듭 생각하고 포르피리의 방문을 처음부터 끝까지 떠올린 후, 모든 것을 검토해 보았다. 아니다, 가지 않았다, 절대로 가지 않았다!

그러나 만일 아직 가지 않았다면, 앞으로 그자는 포르피리에게 찾아갈 것인가, 안 갈 것인가?

지금 생각하기에는 찾아가지 않을 것 같았다. 어째서? 그는 그것을 설명할 수 없었으나, 설령 설명할 수 있다 하더라도 지금은 그것 때문에 골머리를 앓고 싶지 않았을 것이다. 이 모든 일들이 그를 괴롭혔지만, 동시에 그는 왠지 그것을 돌아볼 기분이 아니었다. 이상하게도, 아무도 믿지 않을지 모르나, 그는 지금 눈앞에 닥쳐온 자신의 운명에 대해 마치 방심한 듯 그다지 신경을 쓰고 있지 않았다. 무언가 다른 것, 훨씬 중요하고 특별한 것이 그를 괴롭혔다. 그것은 그 자신에 관한 것으로 다른 누구에 관한 것도 아니었으나, 무언가 다르고 중대한 일이었다. 더구나 오늘 아침은 그의 이성이 지난 요 며칠에 비해 잘 움직이고 있는데도 불구하고, 끝없는 정신적 피로를 느끼고 있었다.

그리고 또 그 모든 일이 있고 난 지금, 이런 시시한 새로운 어려움을 이겨내기 위해 애쓸 필요가 과연 있을까? 이를테면 스비드리가일로프가 포르피리를 찾아가지 않도록 애써 일을 꾸미고, 스비드리가일로프 같은 작자를 위해 연구하고 조사하고 시간을 허비할 가치가 있을까!

아, 그는 이 모든 것이 너무나도 지겨웠다!

그러나 그러면서도 그는 스비드리가일로프에게로 발걸음을 재촉하고 있었다. 어쩌면 그는 그자에게서 어떤 **새로운 것**, 암시나 출구를 기대하고 있지는 않았을까? 지푸라기라도 잡는 법이잖는가! 운명이나 아니면 어떤 본능이 그들을 서로 맺어 주고 있는 게 아닐까? 어쩌면 이것은 단지 피로와 절망이었는지도 모른다. 어쩌면 그에게 필요한 존재는 스비드리가일로프가 아니라 어떤 다른 사람이고, 스비드리가일로프는 그저 우연히 여기에 나타난 것인지도 모른다. 소냐? 그럼 무엇 때문에 지금 소냐에게 가야 한다는 걸까? 또다시 그녀의 눈물을 구걸하기 위해? 더구나 그는 소냐가 두려웠다. 소냐는 그 자체가 움직일 수 없는 선고요, 변경될 수 없는 결정이었다. 거기엔 그녀의 길이냐 아니면 그의 길이냐, 이 두 가지 중의 하나밖에 없었다. 특히 지금은 그녀를 만날 수가 없었다. 아니, 오히려 스비드리가일로프를 만나서 대체 무엇이 뒤에 숨어 있는지 시험해 보는 편이 낫지 않을까? 그는 정말 이 사나이가 이미 오래전부터 자신에게 무엇인가를 위해 필요한 존재인지도 모른다는 것을 내심 인정하지 않을 수 없었다.

그러나 그들 사이에 무슨 공통점이 있을 수 있단 말인가? 악행조차도 그들에겐 같은 것일 수가 없었다. 더구나 이 사나이는 아주 불쾌하고, 분명 몹시 음탕한 인물이며, 틀림없이 교활한 사기꾼인데다 어쩌면 아주 간악한 인간인지도 몰랐다. 그에 대해서는 그런 소문들이 떠돌고 있잖은가. 사실 그는 카체리나 이바노브나의 아이들을 돌보아 주고 있었으나, 무슨 목적으로 그러는 건지, 또 그것이 무슨 의미인지 누가 알겠는가? 이 사람에겐 언제나 무슨 속셈과 계획이 있으니까.

요 며칠 동안 라스콜니코프의 뇌리엔 줄곧 한 가지 상념이 어른 거려서 그것을 떨쳐 버리려고 아무리 애를 써도 계속 그를 무섭도 록 불안하게 하고 있었다. 그만큼 그에게는 고통스러운 생각이었 다! 즉, 이따금 이런 생각이 드는 것이었다. 스비드리가일로프는 줄곧 그의 주위를 맴돌고 있었고, 지금도 맴돌고 있다. 스비드리 가일로프는 그의 비밀을 알아냈다. 스비드리가일로프는 두냐에 게 야심을 품고 있었다. 만약 지금도 그렇다면? 거의 확실히 **그렇 다**고 말할 수 있다. 그런데 만약 지금 그의 비밀을 알게 됐고 그렇 게 해서 그에 대해 칼자루를 쥐게 된 이상, 그자가 그것을 두냐에 대한 무기로 사용하려고 든다면?

이 생각은 때로 꿈속에서조차 그를 괴롭혔으나, 이토록 선명하 게 그의 의식 속에 떠오른 것은 스비드리가일로프한테 가고 있는 지금이 처음이었다. 생각만으로도 그는 침울한 분노에 휩싸였다. 첫째, 그렇게 되면 모든 것이 한꺼번에 달라지고, 자신의 입장마 저도 달라지게 된다. 그는 당장이라도 두네치카에게 비밀을 털어 놓아야만 하는 것이다. 두네치카가 어떤 조심스럽지 못한 행동을 하지 못하도록, 어쩌면 법의 손아귀에 자신을 넘겨주어야 할지도 모른다. 편지? 오늘 아침에 두냐가 무슨 편지를 받았다고 했다! 이 페테르부르크에서 그 애가 누구로부터 편지를 받는다는 말인 가? (설마 루쥔일까?) 물론 라주미힌이 지켜 주고 있긴 하지만, 라주미힌은 아무것도 모른다. 어쩌면 라주미힌에게도 털어놓아 야 하는 걸까? 라스콜니코프는 혐오감이 치미는 것을 느끼면서 이렇게 생각했다.

'어쨌든 한시바삐 스비드리가일로프를 만나야 한다.' 그는 마음속으로 최종적인 결단을 내렸다. '다행히도 여기서 필요한 건 세세한 것보다도 일의 본질이다. 그러나 만약, 만약에라도 그자가 그런 짓을 할 수 있다면, 만약 스비드리가일로프가 두냐에 대해 어떤 음모를 꾸미고 있다면, 그때는……'

라스콜니코프는 최근 들어 계속, 특히 이 한 달 내내 너무나 지쳐 있었으므로, 지금과 비슷한 문제에 부딪치면 한 가지 해결책 말고는 다른 결정을 내릴 수 없었다. '그때는 그 자식을 죽여 버리겠다.' 그는 싸늘한 절망을 느끼면서 생각했다. 무거운 감정이 가슴을 짓눌렀다. 그는 거리 한가운데에서 멈춰 서서, 자기가 어떤 길로 가고 있고 어디로 들어섰을까 하고 사방을 둘러보았다. 그는 지금 막 지나온 센나야에서 삼사십 보쯤 떨어진 어느 대로에 서 있었다. 왼쪽에 있는 건물의 2층은 전부 음식점이 차지하고 있었다. 창문은 모두 활짝 열려 있었다. 창가에 어른거리는 모습들로 보아 음식점은 손님들로 꽉 차 있는 듯했다. 홀에서는 노랫소리가 넘쳐흐르고, 클라리넷과 바이올린 소리가 울리고, 터키 북이 요란한 굉음을 내고 있었다. 여자들의 째지는 비명도 들렸다. 어째서 자기가 이 대로로 접어들었는지 의아해하면서 되돌아가려는 순간, 갑자기 맨 끝 구석에 있는 어느 열려 있는 창가의 탁자 앞에 앉아 파이프를 물고 있는 스비드리가일로프의 모습이 그의 눈에 들어왔다. 이것은 공포심을 느낄 만큼 그를 지독히도 놀라게 했다. 스비드리가일로프는 말없이 그를 지켜보며 관찰하고 있었다.

바로 그때 라스콜니코프가 또다시 놀란 것은, 눈에 띄기 전에 슬그머니 달아나려고 스비드리가일로프가 자리에서 일어나려는 듯 보였기 때문이다. 라스콜니코프는 이내 자기도 그를 못 알아본 척하면서, 생각에 잠긴 듯 옆을 보며 눈 끝으로 계속 그를 관찰하고 있었다. 심장이 불안하게 방망이질 쳤다. 과연 그렇다. 스비드리가일로프는 분명히 남의 눈에 띄는 것을 꺼려하고 있는 거다. 그는 입에서 파이프를 떼고, 이미 모습을 감추려 하고 있었다. 그러나 일어나서 의자를 밀다가, 라스콜니코프가 자기를 보며 관찰하고 있다는 것을 갑자기 눈치챈 듯했다. 두 사람 사이에는 아직 잠을 자고 있는 라스콜니코프를 그가 찾아갔던 첫 번째 만남과 흡사한 장면이 벌어졌다. 교활한 미소가 스비드리가일로프의 얼굴에 떠오르더니 점점 더 퍼져 갔다. 양쪽 모두 서로 상대방을 보며 관찰하고 있다는 것을 알고 있었다. 마침내 스비드리가일로프가 큰 소리로 껄껄 웃기 시작했다.

"자, 자! 괜찮으시면 들어오시오, 나 여기 있소!"그가 창밖으로 소리쳤다.

라스콜니코프는 음식점으로 올라갔다.

그는 큰 홀에 붙어 있는, 창이 하나밖에 없는 아주 작은 구석방에서 스비드리가일로프를 찾아냈다. 홀에서는 스무 개의 작은 탁자 앞에 앉아 상인과 관리들, 그리고 온갖 종류의 많은 사람들이 필사적으로 소리를 질러 대는 가수들의 합창을 들으면서 차를 마시고 있었다. 어디선지 당구 치는 소리가 들려왔다. 스비드리가일로프 앞에 놓인 탁자에는 마개를 딴 샴페인 병과 술이 반쯤 들어 있는 잔이 놓여 있었다. 그 밖에도 방 안에는 조그만 손풍금을 연주하는 소년 악사와 줄무늬 치맛자락을 접어 허리춤에 끼우고 리본이 달린 티롤식 모자를 쓴 열여덟 살가량 된 건강하고 볼이 빨간, 노래하는 아가씨가 있었다. 아가씨는 다른 방의 합창 소리에도 아랑곳하지 않고 손풍금장이의 반주에 맞춰 몹시 쉰 콘트랄토로 어떤 속된 노래를 부르고 있었다……

"자, 이제 됐어!" 스비드리가일로프는 라스콜니코프가 들어오자 그녀의 노래를 중단시켰다.

아가씨는 이내 노래를 그치고 공손하게 기다리고 있었다. 그녀는 운을 맞춘 속된 노래를 부를 때도 역시 진지하고 공손한 표정을 하고 있었다.

"어이, 필립, 여기 잔!" 스비드리가일로프가 소리쳤다.

"술은 않겠습니다." 라스콜니코프가 말했다.

"좋으실 대로, 이건 그쪽을 위한 게 아니오. 마셔, 카챠! 오늘은 그만하고, 가 봐!" 그는 그녀에게 술을 한 잔 가득 부어 주고 누르스름한 1루블짜리 지폐를 한 장 꺼냈다. 카챠는 여자들이 흔히 그러듯이 잔을 입에서 떼지 않고 연달아 스무 모금 만에 술 한 잔을 단숨에 들이켜고는, 지폐를 받아들고서 스비드리가일로프의 손에 입을 맞췄다. 스비드리가일로프는 꽤나 정색을 한 얼굴로 그 입맞춤을 허락했다. 그녀는 방을 나갔고, 손풍금을 든 소년이 느릿느릿 뒤를 따랐다. 두 사람은 거리에서 불려 온 것이었다. 스비드리가일로프는 페테르부르크에 온 지 아직 일주일이 되지 않았는데도, 그의 주위 모든 것은 벌써 어떤 족장제적인 분위기를 풍기고 있었다. 음식점 종업원인 필립 역시 이미 그의 '아는 사람'이 되어 굽실거리고 있었다. 홀로 통하는 문이 닫혔다. 스비드리가일로프는 이 방에서 마치 자기 집처럼 행동하고 있었고, 보아하니 며칠씩이나 여기에서 보내는 것 같았다. 음식점은 더럽고 형편없어서 이류 축에도 끼이지 못했다.

"당신에게 가는 길이었습니다. 당신을 찾고 있었어요." 라스콜니코프가 말문을 열었다. "그런데 왜 그런지 센나야에서 갑자기 이 대로로 들어선 겁니다! 한 번도 이쪽으로 꺾어 든 일도 없고 들른 적도 없는데. 늘 센나야에서 오른쪽으로 들어서거든요. 게다가 당신 숙소로 가는 길도 이쪽이 아닌데. 더구나 꺾어 들자마자 당신을 보다니! 참 이상하군요!"

"왜 솔직하게 말하지 않소. 이건 기적이라고!"

"어쩌면 그저 우연일 테니까요."

"아니 이 사람들 기질은 정말 희한해!" 스비드리가일로프는 껄껄 웃기 시작했다. "속으로는 기적을 믿고 있어도 절대로 내놓고 인정을 안 하거든! 댁도 '어쩌면' 그저 우연일 뿐이라고 말하고 있지 않소. 여기 사람들이 자기 견해에 대해 다들 얼마나 겁쟁이인지 상상도 못 할 거요, 로지온 로마느이치! 댁을 두고 하는 말은 아니오. 댁은 자기 견해를 가지고 있고, 또 그걸 가지는 걸 겁내지 않았으니까. 그래서 내 호기심을 끈 거요."

"그 밖엔 아무것도 없고요?"

"그걸로도 충분하잖소."

스비드리가일로프는 분명 흥분한 상태였으나, 약간 그런 것에 불과했다. 술은 반 잔 마신 게 고작이었다.

"당신이 나한테 왔던 것은, 당신이 말하는 이른바 자기 견해라는 것을 내가 가질 수 있다는 걸 알기 전이었던 것 같은데요." 라스콜니코프가 지적했다.

"뭐, 그때는 문제가 달랐소이다. 사람마다 자기 갈 길이 있는 거니까. 그런데 기적에 대해서 얘기하자면, 댁은 요 이삼 일 동안 잠만 잔 것 같구려. 내가 댁한테 이 음식점을 가르쳐 주었으니 곧장 여기로 왔다 해서 기적이라 할 건 전혀 없지요. 오는 길을 자세히 설명해 주고 이 음식점이 있는 곳과 여기서 나를 만날 수 있는 시간도 직접 알려 주었으니까 말이오. 기억하시오?"

"잊어버렸어요." 라스콜니코프는 놀라서 대답했다.

"알 만 하오. 나는 두 번이나 말해 주었소. 그래서 주소가 기계적으로 댁의 뇌리에 새겨졌던 것이오. 댁은 자기도 모르는 사이에 정확하게 그 주소에 따라 기계적으로 이쪽으로 꺾어 든 거외다. 나는 그때 그렇게 말하면서도, 댁이 내 말을 알아들었다고는 기대하지 않았소. 댁은 자기 자신을 너무 드러내고 다녀요, 로지온 로마느이치. 그리고 또 내가 확신하고 있는 바로는, 페테르부르크에는 걸어 다니면서 혼잣말을 하는 사람이 아주 많아요. 여긴 반미치광이들의 도시요. 만약 우리에게 학문이라는 게 있다면, 의사도, 법률가도, 철학자도 자기 전공에 따라 페테르부르크에 대한 대단히 소중한 연구를 할 수 있을 거요. 페테르부르크만큼 인간의 영혼에 음울하고 강렬하고 기괴한 영향을 주는 곳은 드물다오. 기후의 영향만 해도 대단하잖소! 더구나 이곳은 러시아 전체의 행정 중심지이니, 그 성격이 모든 것에 반영될 수밖에 없소. 하지만 지금 문제가 되는 것은 그게 아니라, 내가 벌써 몇 번씩이나 댁을 옆에서 관찰하고 있었다는 거요. 댁은 집에서 나올 땐 아직 고개를 꼿꼿하게 들고 있소. 스무 걸음만 걸으면 벌써 고개를 숙이고, 손은 뒤로 돌려 뒷짐을 지지요. 눈을 뜨고 있긴 하나, 분명 자기 앞도, 옆도, 아무것도 보고 있지 않소. 그러다 마침내 입술을 우물거리며 혼잣말을 시작해요. 그러면서 이따금 한 손을 휘두르며 열변을 토하고 드디어 길 한가운데에 오랫동안 걸음을 멈추고 서 있소. 이건 아주 좋지 않아요. 어쩌면 나 말고도 누가 당신을 눈여겨보고 있을지도 모르잖소. 나야 사실 아무래도 상관없고, 댁을 치료하자는 것도 아니지만 말이외다. 하지만 내 말뜻은 물론 알아듣겠지요."

"내가 미행당하는 걸 알고 있군요?" 라스콜니코프는 뭘 알아내려는 듯한 눈초리로 그를 쏘아보면서 물었다.

"아니, 아무것도 모르오." 스비드리가일로프가 놀란 듯이 대답했다.

"그럼 내 일은 내버려 두지요." 라스콜니코프는 얼굴을 찌푸리고 중얼거렸다.

"좋소, 당신 일은 내버려 둡시다."

"그보다도 당신이 한잔하러 여기 자주 들르고, 내게도 두 번이나 이리로 만나러 오라고 말했다면, 왜 방금 내가 길에서 창문을 쳐다봤을 때 몸을 숨기고 가려고 했던 거죠? 난 그걸 아주 분명하게 눈치챘어요."

"헤헤! 그러면 왜 댁은, 내가 그때 댁의 방 문지방에 서 있었을 때, 눈을 감고 소파에 누운 채, 전혀 자고 있지도 않으면서 그렇게 자는 시늉을 한 거요? 난 그걸 아주 분명하게 눈치챘었소."

"난…… 그럴 만한 이유가…… 있을 수 있었어요. 아시잖습니까."

"나도 그럴 만한 이유가 있을 수 있었소, 모르시겠지만."

라스콜니코프는 오른쪽 팔꿈치를 탁자에 괴고 오른손 손가락으로 턱을 받치면서 스비드리가일로프를 뚫어지게 응시했다. 그는 전에도 그를 늘 놀라게 했던 상대방의 얼굴을 한 일 분쯤 찬찬히 살펴보았다. 그것은 어딘지 가면을 닮은 기괴한 얼굴이었다. 선홍색 입술과 밝은 금발의 구레나룻, 아직도 숱이 풍성한 밝은 금발 머리에 장밋빛 볼을 가진 흰 얼굴. 눈은 어쩐지 지나치게 파랗고, 시선은 어쩐지 지나치게 무겁고 꼼짝도 하지 않았다. 나이에 비해 무척이나 젊어 보이는 이 아름다운 얼굴에는 뭔가 끔찍하게 불쾌한 것이 감돌고 있었다. 옷은 세련되고 경쾌한 여름 차림이었고, 특히 셔츠로 멋을 내고 있었다. 손가락에는 값비싼 보석이 박힌 큼직한 반지를 끼고 있었다.

"정말 내가 아직도 당신을 상대하고 있어야 합니까." 라스콜니코프는 격렬한 초조감에 휩싸여서 갑자기 탁 터놓고 불쑥 이렇게 말했다. "만약 무슨 해를 끼치려고 든다면 당신이 가장 위험한 인물일 수도 있겠지만, 난 더 이상 나 자신을 괴롭히고 싶지 않습니다. 나는 아마 당신이 생각하듯 그렇게 나 자신을 소중하게 여기고 있지 않다는 것을 지금 당장이라도 당신에게 보여 줄 수 있어요. 알아 둬요. 내가 당신한테 온 것도, 만약 당신이 내 누이에 대해 아직도 야심을 품고 있어서, 최근에 당신이 알게 된 사실을 그것을 위해 어떻게든 이용할 생각을 하고 있다면, 당신이 나를 감옥에 처넣기 전에 내가 당신을 죽여 버리겠다는 것을 직접 말하기 위해서요. 내 말은 확실해요. 내가 그 말을 능히 지킬 사람이라는 건 당신도 알 거요. 둘째, 나에게 무슨 할 말이 있으면—요즘 당신은 내게 줄곧 뭔가 얘길 하고 싶어 하는 것 같던데—빨리 말해 주시오. 시간은 소중하고, 어쩌면 이제 곧 너무 늦어질 수도 있으니까요."

"아니 어딜 그리 서둘러 가시려고?" 스비드리가일로프가 호기심에 찬 눈으로 그를 살펴보며 물었다.

"사람마다 자기 갈 길이 있으니까요." 라스콜니코프는 침울한 어조로 초조하게 말했다.

"솔직하게 말하자고 자기 쪽에서 요구해 놓고, 첫 질문부터 댁은 대답을 거부하는구려." 스비드리가일로프가 웃는 얼굴로 지적했다. "댁은 늘 내가 뭔가 목적을 가지고 있다고 생각해서, 나를 의심의 눈으로 보는 거요. 뭐, 댁의 입장에서야 아주 그럴 만도 하지요. 하지만 아무리 내가 댁하고 잘 지내고 싶다 해도, 일부러 애를 써 가며 댁의 오해를 풀어 줄 생각은 없소이다. 정말이지, 해 보았자 괜한 정력 낭비니까. 그리고 무슨 특별한 일로 댁하고 얘기할 생각도 하지 않았소."

"그럼 그때는 뭣 때문에 내가 그렇게 필요했던 거지요? 줄곧 내 뒤를 따라다니지 않았나요?"

"그냥 흥미 있는 관찰 대상이었으니까요. 댁이 처한 기괴한 상황이 마음에 들었던 거요. 바로 그거요! 더구나 댁은 내가 대단히 흥미를 갖고 있던 특별한 분의 오빠이고, 그리고 마지막으로, 이 특별한 분으로부터 전에 댁에 대해 굉장히 많이, 그리고 자주 들었던지라, 댁이 그분에게 큰 영향력을 가지고 있으리라고 결론지었던 거지요. 이래도 부족한 거요? 허허허! 그렇지만 사실 댁의 질문은 나에겐 너무 복잡해서 답하기가 곤란하군요. 뭐, 이를테면 댁은 그 용건 때문만이 아니라 무슨 새로운 것을 얻을 수 있을까 해서 나에게 온 거 아니오? 그렇지요? 그렇죠?" 스비드리가일로프는 교활한 미소를 띠고 집요하게 되풀이했다. "그렇다면 한번 상상해 보시구려. 나 자신도 여기로 오는 기차간에서 댁에게 기대를 걸면서, 댁이 내게도 무슨 **새로운 것**을 말해 주리라고, 댁한테서 뭔가 빌릴 수 있으리라고 생각했으니까요! 우린 이렇게 부자이구려!"

"뭘 빌린다는 말인데요?"

"글쎄, 뭐라고 해야 하나? 뭔지 내가 어찌 알겠소? 보시다시피, 난 줄곧 이런 싸구려 음식점에 들어앉아 있지만, 이게 내겐 낙이오. 아니 낙이라기보다, 그래도 어딘가에 앉아 있어야 하니까. 그리고 여기엔 그 불쌍한 카챠라도 있으니, 보셨지요……? 그래요, 내가 이를테면 대식가이거나 클럽을 드나드는 식도락가라면 또 모르오. 그런데 그렇지도 않으니 난 여기서 이런 것도 먹을 수 있소! (그는 손가락으로 한쪽 구석을 가리켰다. 거기엔 작은 탁자 위에 놓인 양철 접시에 먹다 만 형편없는 비프스테이크와 감자가 남아 있었다.) 참, 식사는 하셨소? 난 조금 먹었더니 더 할 생각이 없구려. 술은 전혀 못 해요. 샴페인 말고는 아무것도 마시지 않는데, 샴페인도 저녁 내내 마셔야 한 잔, 그것만 마셔도 머리가 아프니까. 지금 이걸 가져오게 한 건 어디 가 볼 데가 있어서 기운을 차리려 해서였소. 그래서 보시다시피 나는 지금 특별한 기분에 젖어 있소이다. 내가 아까 어린 학생처럼 숨은 것은 당신이 날 방해할까 봐 그랬던 거요. 하지만 아마도 (그는 시계를 꺼냈다) 한 시간 정도는 같이 보낼 수 있겠군요. 지금이 4시 반이니까. 믿으실지 모르겠지만, 무엇이든 일이 좀 있었으면 좋겠구려. 뭐 지주든, 아버지든, 창기병이든, 사진사든, 기자든…… 그런데 내겐 아—아무것도 없어요, 전문이라 할 일이 아무것도 없소이다! 때로는 따분하기까지 해요. 사실 나는 댁이 무슨 새로운 것을 말해 줄 거라고 생각했소."

"대체 당신은 어떤 사람이고, 여기엔 왜 온 건데요?"

"내가 어떤 사람이냐고요? 아시잖소. 귀족으로, 기병대에서 이 년간 근무했고, 그 후엔 여기 페테르부르크에서 빈들거렸고, 그러다가 마르파 페트로브나와 결혼해서 시골에서 살았소. 이게 내 전기요!"

"도박사였던 모양이군요?"

"아니, 내가 무슨 도박사겠소. 사기 도박꾼은 도박사가 아니오."

"그럼 사기 도박꾼이었나요?"

"그렇소, 사기 도박꾼이었소."

"그럼 얻어맞은 적도 있겠군요?"

"그런 적도 있었지요. 왜 그러시오?"

"그렇다면 결투도 신청할 수 있었겠고…… 대체로 활기차군요."

"댁의 말에 반박하진 않겠소. 더구나 나는 철학적인 토론에는 익숙지 않으니까. 솔직히 말해, 이렇게 서둘러 이곳으로 온 것은 무엇보다 여자들 때문이오."

"마르파 페트로브나의 장례를 치르자마자?"

"뭐 그런 셈이오." 스비드리가일로프는 거리낌 없이 솔직한 미소를 지었다. "그게 어때서요? 내가 여자들에 대해 이렇게 말한다고 추악하게 여기나 보지요?"

"즉, 내가 음탕을 추악한 것으로 보느냐 아니냐 하는 건가요?"

"음탕이라니! 아니 어디로 얘길 끌고 가시오! 하지만 순서에 따라 먼저 여자에 대해 답해 드리지요. 실은 나도 좀 지껄이고 싶소. 말해 보시구려, 내가 왜 자신을 억제해야 하지요? 만약 내가 호색가라면, 왜 여잘 단념해야 한다는 거요? 적어도 이건 일인데."

"그럼 당신은 여기서 오로지 음탕 하나만을 기대하고 있습니까?"

"그렇다면 또 어떻소. 음탕도 기대하고 있소이다! 댁은 그 음탕이란 것을 가지고 계속 그러는데. 그래요, 난 적어도 솔직한 질문이 좋소. 이 음탕에는 적어도 자연에 뿌리박고 있고 허구에 종속되지 않는 항구적인 무엇, 언제나 활활 타오르는 숯불처럼 핏속에 있어서 영원히 태우고, 아직도 오래토록, 어쩌면 나이를 많이 먹어도 그렇게 쉽사리 꺼지지 않는 무엇이 있소. 댁도 동의하시지요. 이게 과연 일종의 일이 아니라는 거요?"

"그게 뭐가 그렇게 기쁩니까? 그건 병이에요. 더구나 위험한 병이지요."

 "거참, 또 그런 데로 말머리를 끌고 가시는군! 나도 그게 병이라
는 건 인정하오. 무엇이든 도를 넘으면 다 그러니까. 그러나 여기
서는 반드시 도를 넘어서게 돼 있소이다. 하지만 이건 첫째로 사
람에 따라 다 다르고, 둘째로는, 그야 물론 모든 일에서 한도를 지
키고 비열할망정 타산도 해야겠지만, 그래도 어쩌겠소? 이게 없
으면 권총 자살이라도 해야 할 판인데. 반듯한 인간이라면 따분함
을 참아야 한다는 데는 나도 동의하지만, 그러나, 그래도……."

 "당신은 권총 자살을 할 수도 있겠군요?"

 "이것 보시오!" 스비드리가일로프는 혐오감을 내보이며 받아
쳤다. "제발 그런 말은 관두시오." 그는 황급히 덧붙였으나, 지금
껏 그의 말에 줄곧 드러나던 온갖 허세는 찾아볼 수 없었다. 그의
얼굴마저도 달라진 듯했다. "그게 나의 용서받을 수 없는 약점이
라는 걸 인정해요. 하지만 어쩌겠소. 난 죽음이 두렵고, 죽음에 대
해 말하는 것도 싫소. 내가 좀 신비주의자라는 걸 아시지요?"

 "아아! 마르파 페트로브나의 유령! 어떻게, 계속 찾아오나요?"

 "아니 그 얘긴 꺼내지도 마시구려. 페테르부르크에선 아직 안
나타났소. 하지만 젠장 아무래도 상관없어!" 그는 어딘지 초조한
얼굴로 외쳤다. "아니, 그보다 이 얘기를…… 그런데…… 음! 이
런, 시간이 별로 없군. 댁하고 오래 앉아 있을 수가 없겠소. 유감
이오! 할 얘기가 있는데."

 "무슨 볼일인데요, 여자인가요?"

 "그렇소, 여자요. 그게 뜻하지 않은 어떤 일로…… 아니, 내 말

은 그런 뜻이 아니오."

"그럼, 이런 추악한 환경도 이미 당신에겐 영향을 미치지 않는 건가요? 이미 자제할 힘을 잃어버렸던 말입니까?"

"자제할 힘까지 요구하시는 거요? 헤헤헤! 지금 날 놀라게 했소이다, 로지온 로마느이치. 하긴 이렇게 되리라고 진작 알고 있었지만. 댁은 나에게 음탕과 미학에 대해 논하시는군! 댁은 쉴러*올시다. 댁은 이상주의자예요! 물론 이 모든 게 당연히 그래야 하고, 그렇지 않다면 오히려 놀랄 일이지만, 그래도 실제로는 어쩐지 이상하단 말이오……. 아아, 시간이 별로 없어서 정말 안타깝군요. 댁은 정말 흥미 있는 위인인데! 말이 나온 김에 물어봅시다, 쉴러를 좋아하시오? 난 지독하게 좋아하오."

"하지만 당신은 정말 떠버리이군요!" 라스콜니코프가 좀 혐오스럽다는 어조로 말했다.

"아니, 절대로 그렇지 않아요!" 껄껄 웃으면서 스비드리가일로프가 대답했다. "그러나 말씨름은 하지 않겠소. 떠버리라도 좋아요. 그다지 해가 되지 않는다면, 좀 떠벌려서 안 될 것도 없잖소. 나는 칠 년 동안이나 시골에 있는 마르파 페트로브나의 집에서 살아서, 지금 댁처럼 총명한, 총명하고 흥미진진한 사람을 만나면, 그냥 덤벼들어서 좀 지껄이고 싶소이다그려. 게다가 이 반 잔 술을 마신 게 벌써 머리까지 알딸딸하게 올라왔거든요. 그리고 무엇보다 나를 아주 흥분시키는 일이 하나 있긴 한데, 하지만 그건…… 얘기하지 않겠소. 아니 어딜 가시려고?" 스비드리가일로프가 갑자기 놀라며 물었다.

라스콜니코프는 일어서려고 했다. 마음이 무겁고 답답했고, 여기에 온 것이 어쩐지 어색하게 여겨졌다. 스비드리가일로프에 대해서는 세상에서 제일 실없고 시시한 악당이라는 확신이 들었다.

"에-에이! 좀 더 앉아 계세요, 여기 계세요." 스비드리가일로프는 간청했다. "차라도 좀 시키시지요. 자, 좀 더 앉아 계세요. 쓸데없는 얘기, 그러니까 내 얘긴 지껄이지 않을 테니. 댁한테 할 얘기가 좀 있어요. 자, 원하신다면, 어떤 여자가 나를, 댁의 말대로, '구원해 준' 얘길 하리다. 이것은 댁의 첫 번째 질문에 대한 답도 될 거요. 왜냐하면 그 여자는 댁의 누이동생이니까⋯⋯. 이야기해도 좋겠소? 시간도 때울 겸."

"얘기하세요, 하지만 설마⋯⋯."

"아아, 걱정 마십시오! 아브도치야 로마노브나는 나처럼 추악하고 시시한 인간의 마음에도 오로지 깊은 존경심만 불러일으키시는 분이니까요."

4

"아실지 모르겠지만(아니 내가 댁에게 직접 얘기했구려)," 하고 스비드리가일로프는 말을 시작했다. "나는 이곳에서 엄청난 빚을 진 채, 갚을 방도가 전혀 없어서 채무 감옥에 들어가 있었소. 그때 마르파 페트로브나가 내 몸값을 치르고 나를 빼낸 이야기는 자세하게 늘어놓을 필요도 없을 거요. 때로 여자란 얼마나 바보가 될 정도로 사랑에 빠질 수 있는지 아시오? 그 여자는 정직하고(교육이라곤 전혀 받지 않았지만) 아주 영리한 여자였소. 그런데 상상해 보시구려. 이 질투심이 강하고 정직한 여자가 여러 차례나 반미치광이가 되다시피 화를 내고 온갖 비난을 퍼부은 끝에 너그럽게 자신을 굽혀, 나와 어떤 계약을 맺기로 결심했을 뿐만 아니라, 우리의 결혼 생활 내내 그것을 쭉 지켰소. 문제는 그 여자가 나보다 나이가 훨씬 많고, 게다가 고약한 입 냄새 때문에 늘 입안에다 무슨 정향(丁香)을 넣고 다닌다는 거였소. 나는 심성이 아주 돼지 같은데다 동시에 일종의 정직함을 지닌 사나이가 돼 놔서, 그녀에게 완전히 충실할 수는 없다고 솔직하게 선언했지요. 이 고백은 그 여자를 격분시켰지만, 나의 뻔뻔한 솔직함이 어떤 점에서는 마음에 들었던 모양이오. '그러니까, 이렇게 미리 밝히는 걸로 보아, 자기도 속이기는 싫은 모양이다'라고 생각한 거지요. 뭐, 질투심이 강한 여자에게는 이게 제일 중요하다오. 오랫동안 울고불고한 끝에 우리 사이에는 이런 구두계약이 이루어졌소. 첫째, 나는 절대로 마르파 페트로브나를 버리지 않으며, 언제나 그녀의 남편으로 머무른다. 둘째, 그녀의 허가 없이는 아무 데도 여행하지 않는다. 셋째, 고정적인 정부는 절대로 갖지 않는다. 넷째, 그 대신에 마르파 페트로브나는 내가 이따금 몸종을 건드리는 것을 허용하지만, 그러나 이것도 미리 그녀의 은밀한 승낙을 얻어야 한다. 다섯째, 우리와 같은 계층의 여자를 사랑하는 것만큼은 절대로 안 된다. 여섯째, 이런 일이 있어서는 절대로 안 되지만, 만약 내가 어떤 강렬하고 진지한 열정에 사로잡히게 되는 경우에는 마르파 페트로브나에게 반드시 고백해야 한다. 그런데 이 마지막 항목에 대해서 마르파 페트로브나는 언제나 마음을 탁 놓고 있었소. 그녀는 영리한 여자인지라, 나를 진지한 사랑은 할 수 없는 난봉꾼이나 바람둥이 정도로밖에는 볼 수 없었던 거요. 하지만 영리한 여자와 질투심이 강한 여자는 전혀 별개의 문제이고, 바로 거기에 불행이 있었소. 그러나 어떤 사람들에 대해 공정하게 판단하기 위해서는 여러 선입견이나, 보통 우리를 둘러싸고 있는 사람과 사물에 대한 일상적인 습관을 미리 버려야 할 필요가 있는 법이오. 그래서 나는 다른 누구보다도 댁의 판단이라면 기대를 걸 만하다고 생각하는 거요. 마르파 페트로브나에 대해서 우습고 시시한 얘기를 벌써 많이 들으셨겠지요. 그 여자에게 아주 우스운 버릇이 좀 있었던 건 사실이오. 하지만 솔직히 말해, 그 여자에게 수많은 슬픔을 안겨다 준 데 대해 나는 진심으로 후회하고 있소이다. 하지만 점잖은 남편이 상냥한 아내에게 바치는 예의 바른 *oraison funèbre*(추도사)는 이걸로도 충분할 거요. 부부싸움을 하게 되면 나는 대개 입을 다물고 화를 내지 않았는데, 이런 신사적인 태도는 거의 언제나 목적을 이루었소. 이런 행동은 그 여자에게 먹혔고, 마음에 들기까지 했다오. 그 여자가 나를 자랑스럽게 여기는 일도 종종 있었소. 그런데도 매씨에 대해서만큼은 참아 내지 못했던 거요. 어쩌자고 그런 절세미인을 가정교사로 들여놓는 모험을 했는지! 나는 마르파 페트로브나가 워낙 정열적이고 감수성이 풍부한 여자가 돼 놔서 자기 쪽에서 매씨에게 홀딱 반해 버린 거라고, 글자 그대로 반해 버린 거라고 해석하고 있소. 하긴 아브도치야 로마노브나가 엔간히 매력적인 여자요! 나는 처음 본 순간부터, 야아, 이거 일이 잘못되고 있다고 아주 분명하게 깨달았소. 그래서 어떻게 했을 것 같소? 나는 매씨에게 눈도 돌리지 않기로 결심했소. 그런데 아브도치야 로마노브나 쪽에서 스스로 첫걸음을 내디딘 거요. 믿기시오? 처음에는 마르파 페트로브나도 내가 매씨에 대해 언제나 아무 말도 하지 않고, 자기가 끊임없이 아브도치야 로마노브나 칭찬을 하는데도 내가 아무 반응도 보이지 않는다고 화를 내기까지 했다면, 이것도 믿기겠소? 나도 모르겠소, 그 여자가 무엇을 원하고 있었는지! 물론, 마르파 페트로브나는 아브도치야 로마노브나에게 나에 대한 이야기를 온갖 비밀스러운 것까지 샅샅이 털어놓았을 거요. 그 여자에겐 고약한 버릇이 있어서, 누구한테든 가리지 않고 집안 비밀을 털어놓고 노상 나에 대한 불평을 늘어놓았으니까. 그러니 그토록 아름다운 이 새 친구를 어찌 빠뜨릴 수 있었겠소? 짐작컨대, 그 두 사람에게는 나에 대한 것 말고는 다른 얘깃거리도 없었을 거요. 그래서 아브도치야 로마노브나도 내가 저지른 짓으로 되어 있는 그 어둡고 비밀에 싸인 온갖 얘기들을 알게 된 게 틀림없소……. 내기를 해도 좋지만, 댁도 그런 종류의 얘기를 이미 들어보았겠지요?"

"들었습니다. 루쥔은 당신이 심지어 어떤 아이를 죽게까지 했다고 비난하던데요. 그게 사실인가요?"

"제발 그런 천박한 얘긴 관두시구려." 스비드리가일로프는 혐오스럽다는 표정으로 투덜대면서 발뺌했다. "그 말도 안 되는 이야기를 꼭 알고 싶다면, 언제 따로 얘기하리다. 그러나 지금은……."

"댁의 시골집에 있던 어떤 하인 얘기도 들리던데, 그것도 당신이 무슨 일의 원인이라는 것 같더군요."

"제발 그만하시오!" 스비드리가일로프는 드러내 놓고 초초해하며 또다시 말을 막았다.

"그 사람은 죽은 뒤에 당신 파이프에 담배를 채워 주러 왔다는 바로 그 하인이 아닌가요…… 당신이 직접 얘기하지 않았습니까?" 라스콜니코프는 점점 더 짜증이 났다.

스비드리가일로프는 주의 깊게 라스콜니코프를 바라보았다. 라스콜니코프에게는 이 시선 속에서 간악한 미소가 한순간 번개처럼 번쩍인 듯이 느껴졌다. 그러나 스비드리가일로프는 자신을 억제하고 자못 정중하게 대답했다.

"바로 그 하인이오. 보아하니, 댁도 이런 것에 대단히 관심이 많군요. 좋은 기회가 왔을 때 그 모든 점에 대해 댁의 호기심을 만족시켜 드리는 것이 내 의무라고 여기겠소. 빌어먹을! 나는 정말 누구의 눈에는 소설적인 인물로 보이는 모양이오. 댁이 스스로 판단할 수 있을 거요. 매씨한테 나에 대해 그토록 비밀스럽고 흥미 있는 이야기를 많이 해 준 데 대해, 고인이 된 마르파 페트로브나에게 내가 얼마나 고마워해야 할지 말이오. 그게 어떤 인상을 주었는지 감히 판단할 수는 없지만, 아무튼 나에게 유리한 일이었소. 아브도치야 로마노브나는 나에게 아주 자연스러운 혐오감을 느끼고 있었고, 또 내가 언제나 침울하고 정나미 떨어지는 얼굴을 하고 있었는데도 불구하고, 마침내 매씨가 나를 가엾게 여기기 시작한 것이오. 가망없는 인간이 불쌍해진 거지요. 아가씨의 마음에 가

없다는 생각이 깃들게 되면, 그건 물론 자기 자신에게 무엇보다 위험한 일이오. 그렇게 되면, 반드시 '구원해' 주고 싶다, 미혹으로부터 벗어나게끔 해 주고 싶다, 갱생시키고 싶다, 더 숭고한 목적을 지향하도록 호소하고 싶다, 새로운 삶과 활동을 시작하게끔 소생시키고 싶다, 뭐, 이런 종류의 공상에 잠기리라는 건 뻔하지요. 나는 곧 작은 새가 스스로 그물 속으로 날아들고 있다는 걸 알아채고, 내 쪽에서도 준비를 했소. 로지온 로마느이치, 얼굴을 찌푸리시는 것 같은데? 괜찮소, 아시다시피 일은 시시하게 끝났으니까. (젠장, 내가 술을 얼마나 마시고 있는 거야!) 사실 말이지, 나는 운명이 매씨를 2세기나 3세기에 어딘가에서, 조그만 공국을 다스리는 제후나 그곳의 어느 통치자, 아니면 소아시아 총독의 딸로 태어나지 않게 한 게 처음부터 늘 유감이었소. 매씨는 분명 순교의 고통을 견디어 낸 여성 중의 한 명이 되었을 것이고, 시뻘겋게 달군 부젓가락으로 가슴을 지져도 미소를 지었을 것임에 틀림없소. 일부러라도 자청해서 그 길을 갔을 여성이오. 또 4세기나 5세기였다면 이집트의 사막으로 가서 풀뿌리와 환희와 환상만을 양식으로 삼으면서 삼십 년을 살았을 것이오.* 매씨는 오로지 누군가를 위하여 어떤 고통이든 한시빨리 받기만을 스스로 갈망하고 요구하고 있으니까. 만일 자신에게 그 고통을 주지 않는다면 아마 창밖으로라도 뛰어내릴 거요. 나는 라주미힌이라는 사람에 대해 좀 들었소. 사려 깊은 사나이라고 하니(그건 그의 성(姓)도 말해 주고 있잖소.* 분명히 신학생일 거요), 그에게 매씨를 지키도록 하면 되오. 요컨대 나는 매씨를 이해했다고 생각하고 있고, 그걸 영광으로 여기는 바이오. 하지만 그때는, 그러니까 서로 처음 알게 될 때는, 댁도 아시다시피, 언제나 왠지 더 경솔하고 더 어리석어져서, 잘못 보거나 제대로 보지 못하는 법이잖소. 젠장, 매씨는 왜 그렇게 아름다운 거요? 내 탓이 아니오! 요컨대 그 일은 나로선 도저히 억제할 수 없는 욕정의 충동에서 비롯되었소. 아브도치야 로마노브나는 듣지도 보지도 못했을 정도로, 지독하게 순결한 여성이오. (나는 매씨에 대한 하나의 사실로서 이걸 알려 주는 거니까, 새겨듣구려. 매씨는 그토록 폭넓은 지성에도 불구하고 어쩌면 병적이라 할 정도로 순결한데, 그게 매씨에게 해가 될 거외다.) 마침 그때 우리 집에 한 처녀 애가 있게 되었소. 파라샤, 검은 눈동자의 파라샤*였는데, 다른 마을에서 막 데려온 몸종이었소이다. 이 처녀 애가 생긴 건 정말 예쁜데, 믿을 수 없을 정도로 멍텅구리여서, 눈물을 철철 흘리면서 온 마당이 떠나가라고 울부짖는 바람에 일대 소동이 벌어지고 말았소. 한번은 점심 식사 후에 아브도치야 로마노브나가 정원의 가로수 길에 혼자 있는 나를 일부러 찾아와서는, 두 눈을 빛내며 불쌍한 파라샤를 가만히 내버려 둬 달라고 **요구**합디다. 이것이 우리 두 사람이 단둘이 나눈 거의 첫 대화였소. 나야 물론 매씨의 소원을 들어주는 것을 영광으로 여겼기 때문에, 충격을 받고 당황한 척하려고 애를 썼소. 한마디로 말해서, 나쁘지 않게 내 역할을 연기한 거지요. 교제가 시작되었고, 은밀한 대화, 교훈, 훈계, 간청, 애원, 심지어 눈물까지 시작되었소. 믿을지 모르지만, 눈물까지 말이오. 어떤 아가씨들에게는 설교에 대한 열정이 정말 어디까지 강렬해지는지! 나는 물론 모든 것을

348

운명의 탓으로 돌리고, 광명을 열망하며 갈망하는 척하다가, 드디어 여자의 마음을 정복하는 가장 위대하고 확실한 수단을 사용했소. 누구도 절대로 실패하는 법이 없는, 단 하나의 예외도 없이 모든 여자에게 확실하게 통하는 수단이었지요. 바로 누구나 다 아는 수단인 아첨이란 거요. 세상에 정직보다 어려운 건 없고, 아첨보다 쉬운 건 없소이다. 만약 정직에 100분의 1 음표만큼이라도 거짓이 섞여 있다면, 곧바로 불협화음이 일어나고, 그 뒤엔 추태가 벌어지게 돼 있소. 그런데 아첨은 마지막 음표에 이르기까지 모든 것이 거짓투성이라 할지라도, 그런 때조차 거짓은 기분 좋고 언제나 만족을 느끼면서 듣게 된단 말이오. 설령 조잡한 만족이라 할지라도 만족을 느끼게 되는 거요. 그리고 아첨이 아무리 조잡하다 하더라도, 적어도 절반은 반드시 진실처럼 보이는 법이오. 이것은 교육 정도와 사회 계층에 상관없이 똑같이 통해요. 정결한 처녀 사제까지도 아첨으로 유혹할 수 있어요. 그러니 보통 사람들에 대해서는 말할 게 뭐 있겠소. 지금도 생각날 때마다 절로 웃음이 나오는데, 언젠가 남편과 아이들과 정절에 온몸과 마음을 바치고 있던 어느 귀부인을 유혹했던 적이 있었소. 정말로 재미있었고, 정말이지 일도 아니었소! 그런데 그 부인은 실제로 정숙했소, 적어도 나름대로는. 나의 전술이란 일 분 일 초 마다 그녀의 정절에 압도되어 그 앞에 쓰러지는 게 다였소. 나는 뻔뻔스럽게 아첨을 하면서 이따금 그녀와 악수를 하게 되거나 어떤 땐 눈길까지 얻게 되더라도, 이건 내가 당신한테서 강제로 빼앗은 것이다, 당신은 저항하셨다, 내가 이렇게 악덕한 사내가 아니라면 분명 아무것도 얻어 내지 못했을 정도로 당신은 강하게 저항하셨다. 당신은 너무나도 순결하셔서 남의 교활함을 알아채지 못하시고 자신은 아무것도 모르신 채, 아무것도 눈치채지 못하신 채 그만 넘어가 버리신 것이다 어쩌고 하면서 나 스스로를 비난하는 거요. 요컨대 나는 모든 걸 얻어 냈소. 그런데도 나의 이 귀부인은 여전히 자기는 순결하고 정숙하며, 모든 의무와 책임을 다하고 있고, 다만 어쩌다 아주 뜻하지 않게 몸을 망친 거라고 굳게 믿고 있었소. 그래서 나중에 그 여자에게, 내가 진심으로 확신하는 바에 따르면 그녀도 나와 마찬가지로 쾌락을 찾고 있었던 거라고 분명하게 말해 주자, 그 여자가 내게 얼마나 화를 냈는지 모르오. 불쌍한 마르파 페트로브나도 지독하게 아첨에 잘 넘어갔소. 내가 마음만 먹었다면, 물론 그녀의 전 재산은 아직 그녀가 살아 있는 동안에 몽땅 내 명의로 바꿔 놓을 수 있었을 거요. (그런데 내가 정말 많이도 마시면서 지껄이고 있군.) 그러니 지금 내가 아브도치야 로마노브나에게서도 똑같은 효과가 나타나기 시작했다고 말하더라도, 화는 내지 말았으면 좋겠구려. 그런데 내가 어리석고 참을성이 없어서 내 손으로 일을 다 망치고 말았소. 아브도치야 로마노브나는 전에도 몇 번인가 (한 번은 왜 그런지 특히 그랬지만) 내 눈의 표정을 끔찍이도 싫어했소. 이걸 믿으시겠소? 한마디로 말해, 내 눈에선 어떤 불길이 점점 더 강하게, 점점 더 조심성 없이 타오르고 있어서, 그것이 매씨를 경악하게 하고 마침내는 증오심을 갖게끔 만든 거요. 세세히 말할 것도 없이, 우린 헤어지고 말았소. 그때 나는 또다시 멍청한 짓을 했소. 아주 거칠기 짝이 없게 매씨의 온갖 설교와 호소를 모조리 조롱해 주기 시작한 거요. 파라샤가 다시 무대에 등장했고, 더구나 그 여자애 혼자가 아니었소. 한마디로 말해, 또다시 소동이 시작된 거였지요. 아아, 로지온 로마느이치, 매씨의 눈이 때로 어떻게 빛나는지, 댁이 평생 단 한 번이라도 그걸 보았다면! 난 지금 취해 있고 술을 벌써 한 잔 다 마셨지만, 그것과는 아무 상관이 없소. 나는 지금 진실을 말하고 있는 거요. 정말이지 그 눈길은 내 꿈속에까지 나타났소. 마침내 나는 매씨의 옷 스치는 소리만 들어도 참을 수가 없었소. 정말 간질 발작이 일어나는 줄만 알았소. 내가 그렇게까지 미친 듯 열중할 수 있으리라고는 상상조차 하지 못했소. 한마디로 말해서 꼭 화해를 해야 했지만 그건 이미 불가능했소. 생각해 보구려, 그래서 내가 무슨 짓을 했겠소? 사람이 미치도록 열중하면 얼마나 머리가 둔해지는지 모른다오! 그렇게 미쳐 있을 땐 절대로 아무것도 시도하지 마시구려, 로지온 로마느이치! 그래서 나는 아브도치야 로마노브나가 사실상 알거지 신세라는 것을(아차, 용서하시구려, 그렇게 말하려던 게 아니었는데…… 하지만 같은 의미를 나타낸다면 어차피 다 마찬가지 아니겠소?), 요컨대 자기 손으로 일해서 살아가고 있고 어머니와 댁을 부양하고 있다는 점을(아이고, 이런 젠장, 또 얼굴을 찌푸리시는군요……) 노려서, 나와 함께 하다못해 여기 이 페테르부르크로라도 도망치자는 조건으로, 내 돈 전부를(3만까지는 그때도 융통할 수 있었소) 매씨에게 내놓기로 결심했소. 물론 나는 그 자리에서 영원한 사랑과 더없는 행복과 그 밖의 모든 것을 다 맹세했을 거요. 믿으실지 모르지만, 나는 그때 제정신이 아닐 만큼 반해 있어서, 만약 매씨가 나에게 마르파 페트로브나를 베어 죽이거나 독살하고 자기와 결혼하자고 했다면, 당장에 그랬을 거요! 그러나 모든 것은 댁도 이미 아시다시피, 일대 파국으로 끝나고 말았소. 마르파 페트로브나가 그 비열하기 짝이 없는 좀생원 루쥔을 손에 넣어 혼담을 거의 성사시켰다는 걸 알았을 때, 내가 얼마나 미쳐 날뛰게 됐는지는 댁도 짐작이 갈 거요. 그건 본질적으로 내가 매씨에게 제안했던 것과 똑같은 짓일테니 말이오. 그렇지요? 그렇지요? 그렇지 않소? 보아하니, 댁은 뭔가 아주 주의 깊게 듣기 시작하셨군…… 흥미 있는 젊은이……."

스비드리가일로프는 참을 수 없다는 듯 주먹으로 탁자를 쾅 내리쳤다. 그는 얼굴이 새빨개져 있었다. 눈에 띄지 않게 홀짝홀짝 마신 한 잔 혹은 한 잔 반의 샴페인이 스비드리가일로프에게 병적으로 작용하기 시작했다는 것을 분명히 알게 되자, 라스콜니코프는 이 기회를 이용하기로 결심했다. 스비드리가일로프가 그에게는 아주 수상쩍었다.

"아하, 이제 아주 확실하게 알겠군요. 당신은 내 누이동생을 노리고 이곳으로 온 거죠." 그는 스비드리가일로프를 더욱더 자극하기 위해 대놓고 노골적으로 말했다.

"에이 참, 그만두시구려." 스비드리가일로프는 문득 정신을 차린 것 같았다. "댁한테 이미 얘기했잖소……. 더구나 매씨는 나를 참을 수 없어 하는데."

"그래요, 참을 수 없어 한다는 것은 나도 확신하지만, 지금은 그게 문제가 아니지요."

"참을 수 없어 하는 걸 댁이 확신하고 있다고? (스비드리가일로프는 실눈을 뜨고 비웃는 듯한 미소를 지었다.) 댁의 말이 옳소. 매씨는 날 사랑하지 않소. 그러나 부부 사이나 정인들 사이에 있었던 일에 대해선 절대로 장담하지 마시오. 거기엔 이 세상 어느 누구도 영원히 모르는, 오직 두 사람만 아는 그런 구석이 언제나 있기 마련이니까. 댁은 아브도치야 로마노브나가 나를 혐오의 눈으로 보고 있었다고 보증할 수 있소?"

"당신 이야기 중에 나온 몇몇 말과 말끝으로 미루어 보아, 당신은 지금도 두냐에 대해 어떤 특별한 속셈과 아주 절박한 의도를 품고 있어요. 물론 비열하기 짝이 없는 의도지요."

"뭐라고! 그런 말들이 나한테서 튀어나왔단 말이오?" 갑자기 스비드리가일로프는 자신의 의도에 붙여진 형용사에는 전혀 주의를 기울이려고도 하지 않고, 너무나 순진한 표정으로 깜짝 놀라며 두려워했다.

"물론이죠, 지금도 튀어나오고 있어요. 아니 예를 들어, 뭘 그리 두려워합니까? 지금 왜 그렇게 깜짝 놀란거죠?"

"내가 두려워한다고? 놀란다고? 댁을 무서워한다고? 댁이야말로 나를 두려워해야 할걸, *cher ami*(친애하는 벗이여). 그렇지만 정말 실없는 얘기요……. 하지만 난 취했소, 나도 알아요. 또 쓸데없는 소릴 지껄일 뻔했군. 망할 놈의 술! 어이, 물 좀 가져와!"

그는 술병을 집어 들어 난폭하게 창밖으로 던져 버렸다. 필립이 물을 가져왔다.

"그런 건 다 쓸데없는 얘기요." 스비드리가일로프는 수건을 물에 적셔 이마에 갖다 대면서 말했다. "나는 단 한마디 말로 댁의 콧대를 꺾어 버리고, 댁의 의심을 모조리 먼지로 만들어 버릴 수 있소. 예를 들어, 내가 결혼한다는 걸 아시오?"

"그 말은 전에도 했어요."

"말했다고? 잊어버렸소. 하지만 그때는 아직 신붓감도 보지 않은 터라 확실한 말은 할 수 없었지요. 다만 그럴 생각이 있었던 거지. 그런데 이제는 신부도 이미 정해졌고, 일이 성사되었소. 당장 급한 일만 없다면, 지금 댁을 데리고 그 사람들에게 꼭 안내하고 싶은데, 난 댁의 조언을 구하고 싶으니까. 이런, 젠장! 십 분밖에 안 남았군. 자, 시계를 좀 보시오. 그래도 지금 얘길 하리다. 내 결혼 말이오, 나름대로 재미있는 거니까. 아니 어디로? 또 가시려고요?"

"아니요, 난 이제 당신을 두고 절대로 안 나갑니다."

"절대로 안 나간다고? 어디 두고 봅시다. 난 댁을 그리로 데려가서, 이건 진담이오, 신부를 보여 주겠소. 다만 지금은 아니오. 지금은 당신도 곧 일어서야 하니까. 댁은 오른쪽, 나는 왼쪽으로. 레슬리히라는 여자를 아시지요? 내가 지금 살고 있는 집의 바로 그 레슬리히 말이오. 예? 듣고 계시오? 아니, 무슨 생각을 하고 있는 거요. 왜 그 집의 여자애가 한겨울에 물에서 어쨌다고들 말하는 바로 그 여자 말이오. 예, 듣고 계시오? 듣고 계신 거죠? 예, 이번 일은 그 여자가 다 요리해 준 거요. 그리고 있으면 너무 지루할 테니 기분 전환을 좀 하시죠라고 그럽디다. 사실 난 침울하고 따분한 인간이오. 유쾌한 사람이라 생각하시오? 아니, 침울한 인간이오. 누구한테도 해를 주지는 않지만, 구석에 틀어박혀서, 어떨때는 사흘씩이나 말 한마디도 하지 않소. 그런데 이 레슬리히는 아주 악당이오. 댁이니까 하는 말이지만, 이 여자의 속셈은 그거요. 나는 곧 싫증이 나서 아내를 버리고 떠나 버릴 거다. 그러면 아내는 그 여자 차지가 될 거고, 그럼 아내를 다른 데로, 즉 우리와 같은 계층이나 좀 더 높은 데로 돌린다는 거지요. 그 여자 말로는, 이 아가씨에게는 퇴직 관리인 아버지가 있는데 워낙 몸이 약해서 안락의자에 앉아 지내는 신세로 벌써 삼 년째 자기 발로 움직여본 적이 없다, 어머니도 있는데 사려 깊은 부인이고 괜찮은 엄마다, 아들은 어느 도에서 관리로 근무하고 있는데 전혀 도움을 주지 않는다, 맏딸은 시집가서 찾아오지도 않는다, 게다가 (제 자식들만으론 모자라서) 어린 조카 둘을 키우고 있고, 막내딸은 졸업도 하기 전에 중학교를 그만두게 했는데 한 달만 지나면 만 열여섯 살이 되니, 그 뒤에는 시집을 보낼 수 있다는 거였소. 그래서 나한테 시집보내겠다는 거요. 우리는 함께 가 보았소. 그 집에서얼마나 웃겼던지. 나는 지주에다 홀아비고, 유명한 가문이며, 배경도 든든하고, 재산도 있다고 자기소개를 했소. 자, 이렇게 되니, 내가 쉰 살이고 그 여자애가 열여섯도 채 안 됐다는 게 무슨 상관이겠소? 누가 그런 것에 신경이나 쓰겠소? 정말 매혹적이지 않소, 예? 정말 매혹적이지요, 하하! 내가 그 아빠 엄마하고 얘기 나누는 걸 댁이 봤어야 하는데! 그때 내 모습은 돈을 내고서라도 볼 만했소. 딸이 나와서 무릎을 살짝 꺾으면서 사뿐히 절을 하는데, 상상할 수 있을 거요. 아직 짧은 원피스를 입고, 채 벌어지지도 않은 꽃봉오리였소. 그런 여자애가 얼굴을 붉히며 아침노을처럼 빨개지는 거요(물론, 내가 왜 왔는지 미리 귀띔을 해 두었겠지요). 여자의 얼굴에 대해 댁의 취향이 어떤 건지 모르겠소이다만, 내 생각으로는 이 열여섯이라는 나이, 아직 어린애 같은 눈동자, 그 수줍음, 그리고 부끄러움의 눈물, 내 생각에 이것은 이미 아름다움 이상의 것이오. 더구나 이 소녀는 그림처럼 예쁘게 생겼소. 양털 모양으로 곱슬곱슬 조그맣게 만 밝은색의 머리카락, 도톰하고 빨간 입술, 작은 발, 정말 매혹적이지요……! 이렇게 안면을 튼 뒤에, 집안 사정 때문에 급하다고 말하니까, 바로 다음 날, 그러니까 그저께 우리를 축복해 주었소. 그때부터 나는 그곳에 가자마자 소녀를 내 무릎 위에 앉히고는 내려놓지 않소……. 그러면 소녀는 아침노을처럼 얼굴을 붉히고, 나는 쉴 새 없이 입을 맞추는 거요. 물론 그 어머니가, 이이는 네 남편이니 그렇게 해야 한다고 일러 주었겠지요. 한마디로 말해서, 극락이오! 지금의 약혼자 신분이 남편 신분보다 아마도 정말 더 나을 거요. 여기엔 이른바 *la nature et la vérité**(자연과 진실)이라는 게 있으니까! 하하! 나는 그 여자애와 두 번 정도 이야기를 나눠 보았소. 절대로 멍청한 소녀가 아니오. 어떤 땐 나를 살짝 훔쳐보는데 태워 버릴 것만 같은 눈매요. 라파엘의 마돈나 같은 얼굴이라오. 시스티나 성당의 마돈나는 환상적인 얼굴, 슬픔에 찬 유로지바야의 얼굴이지요. 댁은 그걸 느끼지 못했소? 그렇소, 바로 그런 얼굴이오. 축복을 받자마자, 나는 바로 그다음 날 1,500루블어치의 선물을 가져갔소. 다이아몬드 장신구 한 점, 진주 장식구 한 점, 그리고 부인용 은제 화장품

함을 선물했는데, 갖가지 것들이 들어 있는 아주 큼직한 함이었소. 그러자 소녀도, 그 마돈나도 얼굴이 새빨개지는 거요. 어제도 나는 소녀를 무릎에 앉혔는데, 분명 내가 너무 거리낌 없이 굴었던 모양이오. 소녀는 얼굴이 새빨갛게 달아오르고 두 눈에 눈물까지 솟구치고 있는데도, 그걸 들키지 않으려고 하면서 온몸이 뜨겁게 타고 있었소. 모두들 잠시 나간 사이에 나와 단둘이 남게 되자, 소녀는 갑자기 내 목에 달려들어 (스스로 그런 건 처음이었소) 두 팔로 나를 꼭 껴안고 키스하면서, 나에게 순종적이고 정숙하고 착한 아내가 되겠다, 나를 행복하게 해 주겠다, 자신의 일생을, 자기 삶의 일 분 일 초까지 나를 위해 바치며 모든 것을, 모든 것을 희생하겠다, 대신 내게서 원하는 것은 **오로지 나의 존중**뿐이다, 더는 '아무것도, 아무것도 필요하지 않아요, 어떤 선물도요!' 하고 맹세하는 거요. 댁도 동감일 거요. 곱슬곱슬하게 만 고수머리에 비단 레이스 원피스를 입은 열여섯 살짜리 천사 같은 소녀가 처녀다운 수줍음에 얼굴을 발갛게 붉히고 눈에는 감격의 눈물을 글썽이면서 이런 고백을 하는 것을 단둘이 있는 데서 듣는다는 것은—댁도 동감일 거요—정말로 매혹적이오. 매혹적이지 않소? 정말이지 얼마만한 가치는 있잖소, 예? 암, 가치가 있지요? 아무렴…… 암, 들어 봐요…… 암, 내 약혼녀한테 같이 가 봅시다…… 다만 지금은 아니오!"

"한마디로 말해, 그 터무니없는 나이와 성숙의 무서운 차이가 당신에게 정욕을 부추기는 거군요! 정말 그런 결혼을 할 작정이오?"

"아니 어때서요? 틀림없이 할 거요. 누구나 자기 일은 각자 알아서 해 나가는 거고, 가장 자신을 잘 속일 줄 아는 사람이 가장 즐겁게 사는 법이라오. 하하! 어째서 댁은 그렇게 맹렬하게 수레를 몰아 그 미덕이란 것 속으로 들어간 거요? 자비를 좀 베풀어 주시구려, 노형, 난 죄 많은 인간이니까. 흐흐흐!"

"어쨌든 당신은 카체리나 이바노브나의 아이들을 위해 적당한 곳을 주선해 주었지요. 그런데…… 그것도 그럴 만한 이유가 있었군요……. 이제야 모든 게 이해되네요."

"난 대체로 아이들을 좋아하오. 아주 좋아하오."스비드리가일로프는 껄껄 웃기 시작했다. "이 점에 대해서는 지금껏 이어지고 있는 아주 흥미로운 일화를 댁에게 하나 얘기해 줄 수도 있소. 이곳에 도착한 첫날, 나는 지저분한 여러 마굴을 쏘다녔소. 칠 년만인지라 그렇게 달려든 거지요. 댁도 아마 눈치챘겠지만, 나는 내 패거리들, 그 시절의 친구와 지인들을 서둘러 만날 생각은 없소. 아니 뭐 되도록이면 더 오래 그 사람들 없이 견디어 볼 작정이오. 실은 말이오, 시골에서 마르파 페트로브나 곁에서 지낼 때, 아는 사람이라면 그곳에서 많은 것을 찾아낼 수 있는 그런 크고 작은 온갖 은밀한 장소에 대한 기억이 날 죽도록 괴롭혔소. 빌어먹을! 서민들은 너나 할 것 없이 술에 취해 있고, 젊은 지식인은 이룰 수 없는 꿈과 공상에 잠겨 하는 일 없이 몸을 불사르며 온갖 이론 속에서 불구가 되어 가고, 어딘가로부터 유대인들이 몰려와서 돈을 감추고, 그 밖의 사람들은 모두 방탕을 일삼고 있소. 그래서 처음 들어선 순간부터 이 도시는 나에게 익숙한 냄새를 풍겼소. 이른바 무도회라는 곳에도 우연히 가 본 적이 있소. 끔찍한 시궁창이더군요(그런데 나는 바로 이런 더러운 시궁창이 좋소). 물론 캉캉을 추고 있었는데, 그런 건 다른 어디서도 볼 수 없고, 우리 시절에는 아예 있지도 않았소. 그래요, 이 점에선 진보가 있었다 하겠지요. 문득 보니, 아주 예쁘장하게 옷을 차려입은 열세 살쯤 돼 보이는 계집아이가 캉캉의 어떤 고수하고 춤을 추고 있고, 그 애 앞에는 또 다른 고수가 얼굴을 맞대고 춤추고 있었소.* 벽 가에 놓인 의자에는 소녀의 어머니가 앉아 있었소. 캉캉이 어떤 건지는 당신도 상상할 수 있을 거요! 소녀는 당황해서 얼굴을 붉히더니 마침내 모욕감에서 울기 시작했소. 고수는 그 애를 붙잡아 빙빙 돌리기 시작하면서 그 애 앞에서 온갖 묘기를 다 해 보이고, 주위에선 모두들 와 하고 웃어 대는 거요. 나는 이런 순간의 우리 구경꾼들이 좋소. 비록 캉캉 구경꾼이라 할지라도 말이오. 그들은 깔깔거리면서 소리를 지르더군요. '끝내 준다, 그렇게 하는 거야! 애들은 데려오지 말아야지!' 뭐, 나야 무슨 상관이오. 또 내가 알 게 뭐요. 그들이 그렇게 즐기는 게 이치에 닿든 말든! 나는 얼른 내가 앉을 자리를 정하고 여자애의 어머니 옆에 앉아서는, 나도 역시 타지에서 올라온 사람인데, 여기 있는 패거리는 모두들 왜 이렇게 후레자식들인지, 진정한 가치를 알아보고 그것에 합당한 존경심도 품을 줄 모른다는 얘기로 시작하여, 내게 돈이 많다는 걸 내비치고, 내 마차로 집에 바래다주겠다고 제안하여 집까지 바래다주고서 서로 알게 된 거요(모녀는 어느 세입자에게서 작은 방을 빌려 묵고 있었는데, 시골에서 막 올라온 참이었소). 어머니는 나와 알게 된 것이 자기로서도, 딸로서도 영광일 수밖에 없다고 말합디다.

모녀가 무일푼의 신세로 무슨 관청에 탄원을 하러 왔다기에, 내가 힘도 써 주고 돈도 제공하겠다고 했지요. 두 사람은 정말로 춤을 가르쳐 주는 줄 알고 실수로 그 무도회에 가게 된 거라고 하더군요. 그래서 내 쪽에서 어린 아가씨의 양육을 돕고, 프랑스어와 춤을 배울 수 있도록 도와주겠다고 했소. 그랬더니 감격하여 받아들이면서 영광으로 여기기에 지금까지도 쭉 교제하고 있소…… . 좋으시다면 같이 가 봅시다. 다만 지금은 아니고."

"그만둬요, 그런 비열하고 천박한 얘기는 그만둬요. 정말 음탕하고 저질스러운 호색한 같으니!"

"쉴러, 우리의 쉴러, 쉴러여! *Où va-t-elle la vertu se nicher**(어디에선들 미덕이 둥지를 틀지 못하리요)? 실은 댁의 비명을 들으려고 일부러 이런 얘길 하게 된다니까요. 아주 즐겁구먼!"

"어련하겠소, 지금 내 꼴이 나 자신에겐 우습지 않은 줄 아시오?" 라스콜니코프가 독기에 차서 중얼거렸다.

스비드리가일로프는 목이 터지도록 껄껄 웃어 댔다. 마침내 그는 큰 소리로 필립을 불러 계산을 하고 일어나려고 했다.

"아아 난 취했소, *assez causé*(객설은 그만)!" 그가 말했다. "정말 즐겁군!"

"그야 물론 즐겁겠지요." 라스콜니코프도 같이 일어나면서 외쳤다. "이골이 난 탕자가 뭔가 자신과 같은 종류의 기괴한 의도를 품고, 그런 엽기적인 편력을 얘기하니 어찌 즐겁지 않겠어요. 더구나 이런 상황에서 나 같은 사람을 상대로 이야기하니…… . 쾌감에 몸이 달아오르겠지요."

"아니, 그렇다면." 스비드리가일로프는 오히려 좀 놀란 듯이 라스콜니코프를 찬찬히 뜯어보며 대답했다. "만약 그렇다면 댁도 상당한 냉소가요. 적어도 그런 소질이 다분하오. 댁은 많은 것을 인식할 수 있소, 많은 것을…… 그리고 많은 것을 실행할 수도 있고. 뭐, 그렇지만 관둡시다. 별로 얘길 나누지 못해서 심히 유감이오만, 댁은 나한테서 절대로 떠나지 못할 거요……. 어디 조금만 기다려 보시지요……."

스비드리가일로프는 바로 음식점을 나왔다. 라스콜니코프는 그를 뒤따랐다. 그러나 스비드리가일로프는 그다지 취한 게 아니었다. 취기가 잠시 머리에 올랐을 뿐, 이젠 빨리 깨고 있었다. 그는 뭔가 아주 큰 걱정이 있는 듯 이맛살을 찌푸리고 있었다. 어떤 기대가 그를 흥분시키고 불안하게 하는 게 분명했다. 라스콜니코프에 대한 태도도 마지막 몇 분에는 왠지 갑작스레 달라져서, 갈수록 더 거칠고 비웃는 듯이 되어 갔다. 라스콜니코프도 이 모든 것을 알아채고, 역시 불안해졌다. 스비드리가일로프가 몹시 의심스럽게 여겨지는 것이었다. 그는 뒤를 밟기로 결심했다.

두 사람은 보도로 나왔다.

"당신은 오른쪽, 나는 왼쪽으로, 아니면 그 반대인가요. 어쨌든 *adieu, mon plaisir*(안녕, 나의 기쁨이여), 다음에 반갑게 만납시다!"

그리고 그는 센나야를 향해 오른쪽으로 걸어갔다.

라스콜니코프는 그를 뒤따르기 시작했다.

"대체 뭐요!" 스비드리가일로프가 뒤돌아보면서 소리쳤다. "내가 이미 말해 두었을 텐데……."

"이건, 내가 이제 당신에게서 떨어지지 않겠다는 거요."

"뭐어어?"

두 사람은 걸음을 멈추었다. 둘은 일 분쯤 기싸움이라도 하듯 서로 노려보고 있었다.

"당신이 반쯤 취해서 한 모든 얘기에서," 하고 라스콜니코프는 날카롭게 잘라 말했다. "나는 **단정적으로** 결론을 내렸소. 당신은 내 누이동생에 대해 비열하기 짝이 없는 음모를 버리지 않았을 뿐더러, 어느 때보다 더 그것에 사로잡혀 있는 게 틀림없소. 나는 누이동생이 오늘 아침에 무슨 편지를 받았다는 것도 알고 있소. 당신도 내내 안절부절못하고 있었고……. 설령 당신이 오다가다 어디서 무슨 신붓감을 주운 게 사실이라 치더라도, 그건 아무 의미도 없는 거요. 나는 내 눈으로 확인하고 싶소……."

라스콜니코프는 자기가 지금 원하는 게 뭔지, 무엇을 제 눈으로 확인하고 싶다는 건지, 자신도 확실하게 말할 수 없는 것 같았다.

"아하, 그렇습니까! 정 그러시다면, 지금 경찰을 부를까요?"

"불러요!"

두 사람은 또다시 일 분쯤 마주 보고 서 있었다. 마침내 스비드리가일로프의 얼굴 표정이 싹 달라졌다. 라스콜니코프가 위협에 끄떡도 않는다는 것을 확인하자, 그는 갑자기 무척이나 유쾌하고 친밀한 표정을 지었다.

"이런 양반 좀 보게! 댁의 사건에 대해선 일부러 말을 꺼내지 않았던 거요. 물론 알고 싶어 죽겠지만. 환상적인 사건이잖소. 그래서 다음번으로 미루려고 했는데, 정말이지 댁은 죽은 사람까지도 화나게 만드는 재주가 있구먼……. 자, 갑시다. 다만 미리 말해 두지만, 난 지금 돈을 가지러 집에 잠깐 들르는 것뿐이오. 그다음엔 방문을 잠근 후 마차를 잡아타고 섬으로 가서 저녁 내내 거기 있을 작정이오. 대체 댁이 날 따라서 어딜 가겠다는 거요?"

"나도 일단 그 집으로 갈 거요. 단, 당신한테가 아니고 소피야 세묘노브나에게 가서, 장례식에 못 간 것을 사과할 생각이오."

"맘대로 하시구려. 하지만 소피야 세묘노브나는 집에 없소이다. 아이들을 모두 데리고 어느 귀부인에게 갔는데, 그 사람은 나와 오래전부터 알고 있는 지인이자 여러 고아원의 원장인 늙은 귀부인이오. 나는 카체리나 이바노브나의 세 아이를 위해 상당한 액수의 돈도 갖다 내고, 그 밖에도 고아원에 기부도 하고 해서, 이 노부인을 호려 놓았지. 끝으로 소피야 세묘노브나의 신세에 대해서도 필요한 것은 모두 숨김없이 얘기해 주었소. 효과가 굉장하더구먼. 그래서 오늘 소피야 세묘노브나는 그 노부인이 별장에서 나와 잠시 묵고 있는 ** 호텔로 직접 찾아가게 되어 있었소."

"상관없어요, 아무튼 난 들를 거요."

"좋으실 대로. 다만 난 댁과 동행이 아니오. 그러니 나하고야 상관없지! 자, 이제 집에 다 왔소. 그런데 어디 한번 말해 보구려. 내가 확신하기로는, 댁이 날 의심스럽게 보는 건 내가 너무 세심해서 지금껏 댁을 이런저런 질문으로 괴롭히지 않아서 그런 것 같은데…… 무슨 말인지 알겠지요? 댁은 그게 예사롭지 않았던 모양이오. 내기를 해도 좋소, 틀림없을 테니! 그러니 이제 당신도 세심해져야겠소."

"그래서 문 뒤에서 엿들으라는 거죠!"

"아하, 그 말이구먼!" 스비드리가일로프는 웃기 시작했다. "정말, 이렇게 된 마당에 댁이 그 말을 않고 지나간다면 오히려 놀랄 일이지. 하하! 나는 댁이 그때…… 거기서…… 심한 장난을 하면서 소피야 세묘노브나에게 직접 이야기해 준 것에서 뭔가 좀 이해하긴 했지만, 그래도 그게 대체 뭐요? 나는 아주 뒤처진 인간이라서 그런지, 도대체 아무것도 이해할 수가 없소이다. 제발 설명 좀 해 주시지요! 최신의 사상으로 계몽해 주었으면 좋겠구려."

"당신에게 하나도 들렸을 리가 없어, 다 거짓말이야!"

"아니, 그 말이 아니오, 그런 말이 아니오(하긴 내가 뭔가 좀 듣긴 했소이다만). 아니, 내 말은 댁이 내내 한숨만, 그렇소, 한숨만 내쉰다는 얘기요! 당신 안에서 쉴러가 끊임없이 당황하고 있소. 그래서 지금 문 뒤에서 엿듣지도 말라는 둥 하는 거요. 정 그렇다면 경찰에 출두해서, 이러이러해서 내가 이런 기괴한 사건을 저질렀다, 그런데 이론에 조그만 오류가 드러났다라고 자백하면 되오. 문 뒤에서 엿듣는 건 안 되지만, 자기만족을 위해서 아무거나 손에 잡히는 것으로 노파를 죽이는 건 된다고 확신한다면, 어디 아메리카로라도 속히 떠나요!* 도망쳐요, 젊은이! 아마도 아직 늦지

364

않았을 테니. 진심으로 하는 말이오. 돈이 없다는 거요? 여비는 내가 대겠소."

"그런 건 생각조차 하지 않아요." 라스콜니코프는 혐오감을 느끼면서 말을 막았다.

"알고 있소(하지만 자신을 괴롭히진 말아요. 원한다면, 말을 많이 하지도 말고). 지금 어떤 문제로 고민하는지도 알고 있소. 도덕적인 문제이지요? 시민과 인간으로서의 문제죠? 하지만 그런 건 옆으로 치워 버려요. 어째서 댁이 지금 그런 것에 신경 쓰시오? 흐흐! 여전히 시민이고 인간이기 때문에? 그렇다면 그렇게 주제 넘게 나설 필요도 없었소. 자기 일도 아닌데 손댈 건 없잖소. 뭐, 권총 자살을 하구려, 어떻소. 아니면 그러긴 싫은 거요?"

"그저 내가 떨어져 나갔으면 해서 일부러 약 올리려는 것 같군요……."

"이런 별난 사람이 있나. 자, 벌써 다 왔소. 어서 층계를 올라가시죠. 여기가 소피야 세묘노브나의 집으로 가는 입구요. 봐요, 아무도 없잖소! 믿기지 않소? 카페르나우모프한테 물어보구려. 그녀는 그 사람들한테 열쇠를 맡기니까. 저기 저 여자가 마담 카페르나우모프요. 예? 뭐라고요? (저 여잔 귀가 좀 먹었소.) 나갔다고요? 어딜? 자, 지금 들었지요? 어쩌면 아주 밤늦게까지 안 올 거요. 자, 이제 내 방으로 갑시다. 내 방에도 들르겠다고 하지 않았소? 자, 이게 내 방이오. 마담 레슬리히는 집에 없소. 늘 분주하게 싸돌아다니지만, 좋은 여자요. 정말이지…… 당신에게 좀 더 분별이 있다면, 당신에게 확실히 도움이 될 사람인데. 자, 이제 잘

봐요. 나는 사무용 탁자에서 이자 5퍼센트짜리 채권을 한 장 꺼냅니다(아직도 이렇게 많소!). 이걸 오늘 환전상한테서 바꿀 거요. 자, 보았지요? 이제 더 이상 시간을 허비할 수 없소. 탁자 서랍을 잠그고, 아파트 문을 잠그고, 이제 우리는 다시 계단에 와 있습니다. 자, 원한다면, 마차를 세냅시다! 나는 섬으로 가려고 하는데. 잠깐 동안 마차 산책은 어떻겠소? 나는 이 마차로 옐라긴 섬으로 가니까, 어떻소? 싫다고요? 견디지 못하신 거요? 잠깐 마차 산책이나 좀 합시다, 괜찮아요. 비가 올 것 같지만 괜찮을 거요, 포장을 치면 되니까……."

스비드리가일로프는 벌써 마차에 앉아 있었다. 라스콜니코프는 자신의 의심이 적어도 이 순간만큼은 온당치 못하다고 판단했다. 그는 아무 대답도 않고 몸을 휙 돌려, 센나야 쪽으로 되돌아가기 시작했다. 만약 그가 도중에 한 번이라도 뒤를 돌아다보았다면, 스비드리가일로프가 백 걸음도 채 가지 않아 마차 삯을 치르고 다시 보도에 서 있는 것을 볼 수 있었을 것이다. 그러나 그는 이미 아무것도 볼 수 없이, 벌써 모퉁이를 돌고 말았다. 깊은 혐오감이 그로 하여금 얼른 스비드리가일로프에게서 멀어지도록 부추겼던 것이다. "내가 저런 야비한 악당, 저런 음탕하고 비열한 호색가한테서 한순간이나마 무엇을 기대했다니!" 그는 자기도 모르게 소리쳤다. 사실 라스콜니코프는 자신의 판단을 너무 성급하고 경솔하게 입 밖에 낸 것이었다. 스비드리가일로프를 에워싸고 있는 모든 것에는 신비함은 아니라 할지라도 적어도 어떤 색다른 느낌을 그에게 부여해 주는 무엇이 있었기 때문이다. 그렇지만 누이동생에 관한 한, 라스콜니코프는 스비드리가일로프가 결코 그녀를 가만히 두지 않을 것이라고 여전히 굳게 믿고 있었다. 그러나 이 모든 것을 생각하고 또 생각한다는 게 이미 너무나 힘겨워서 견딜 수 없을 지경이었다!

여느 때의 버릇대로, 그는 혼자가 되자 스무 걸음도 채 못 가서 깊은 사색에 빠져들었다. 다리 위로 올라가자 그는 난간 옆에 발걸음을 멈추고 물을 바라보기 시작했다. 그러는 사이 아브도치야 로마노브나가 다가와서 그의 곁에 서 있었다.

그는 다리 입구에서 누이동생과 마주쳤으나, 알아보지 못하고 옆을 지나친 것이었다. 두네치카는 오빠가 거리에서 그러고 있는 것을 여태까지 한 번도 본 적이 없었으므로 소스라치게 놀랐다. 그녀는 걸음을 멈추었으나, 오빠를 불러야 할지 말아야 할지 망설이고 있었다. 갑자기 그녀는 센나야 쪽에서 다급히 다가오고 있는 스비드리가일로프를 보았다.

그러나 보아하니 그는 슬그머니 조심스럽게 다가오고 있는 모습이었다. 그는 다리 위로 들어서지 않고, 라스콜니코프의 눈에 띄지 않으려고 무척이나 애를 쓰면서, 보도의 한옆에서 걸음을 멈추었다. 그는 벌써 아까부터 두냐를 알아보고는 그녀에게 손짓을 하기 시작했다. 그녀는 그 손짓이 제발 오빠를 부르지 말고 가만히 놔둔 채 자기 쪽으로 와 달라는 뜻으로 느껴졌다.

두냐는 그렇게 했다. 그녀는 살그머니 오빠 뒤로 돌아서 스비드리가일로프에게 다가갔다.

"어서 갑시다." 스비드가일로프가 그녀에게 속삭였다. "우리가 만나는 걸 로지온 로마느이치가 몰랐으면 좋겠소. 미리 말씀드리지만, 오빠 쪽에서 나를 찾아내는 바람에 저기 멀지 않은 음식점에 같이 앉아 있다가 간신히 풀려난 참이오. 어떻게 된 셈인지 오빠는 내가 당신에게 보낸 편지에 대해 알고 있고, 뭔가 의심을 하고 있어요. 물론 당신이 오빠에게 말씀드린 건 아니겠지요? 하지만 당신이 아니라면, 대체 누구일까요?"

"자, 이제 우린 모퉁이를 돌아섰어요." 두냐가 말을 막았다. "그러니 오빠에게 들킬 염려는 없어요. 분명히 밝히지만, 더 이상은 같이 가지 않겠어요. 여기서 모든 걸 말씀해 주세요. 그런 건 모두 길에서도 얘기할 수 있으니까요."

"첫째로, 이 이야기는 절대로 길에서 할 수 없소이다. 둘째로, 당신은 소피야 세묘노브나의 얘기도 들으셔야 하오. 셋째로, 당신에게 보여 드릴 어떤 증거물이 있어요……. 자, 그리고 마지막으로, 당신이 나의 숙소에 들어가길 거절하신다면, 나도 모든 설명을 집어치우고 이대로 가 버리겠소. 그럴 경우 부탁드리지만, 당신의 사랑하는 오라버님의 대단히 흥미로운 비밀이 완전히 내 손 안에 있다는 것을 잊지 마시기 바라오."

두냐는 결단을 내리지 못하고 선 채, 꿰뚫을 듯한 눈초리로 스비드리가일로프를 노려보고 있었다.

"뭘 두려워하시오!" 그가 태연하게 말했다. "도회지는 시골이 아니오. 그리고 시골에서도 당신이 나보다 더 심한 해를 입혔지만, 그래도 여기서는……."

"소피야 세묘노브나에겐 미리 알려 두셨나요?"

"아니, 아무 말도 하지 않았소. 게다가 지금 집에 있는지도 확실하지 않아요. 하지만 아마 집에 있을 거요. 오늘 계모의 장례를 치렀는데, 손님들한테 다닐 날이 아니지요. 때가 될 때까지는 아무에게도 이 이야기를 하지 않을 생각이고, 당신에게 알려 드린 것도 좀 후회하고 있소. 이번 경우는 아주 사소한 부주의라도 밀고나 다름없이 돼 버리니 말이오. 나는 바로 저기, 저 집에 살고 있소. 자, 벌써 다 왔소. 저기 저 사람이 이 집 관리인이오. 관리인은 나를 아주 잘 알아요. 인사를 하는구먼. 내가 숙녀와 함께 오는 걸보고 있으니까, 물론 당신 얼굴도 벌써 기억했을 것이오. 만약 당신이 나를 몹시 두려워하고 의심하신다면, 이 사실이 당신에게 도움이 되겠지요. 이런 무례한 말을 해서 죄송하오. 나는 셋집에서 방을 빌려 살고 있소. 소피야 세묘노브나 역시 나와 벽 하나를 사이에 두고 셋집에서 방을 빌려 살고 있지요. 2층엔 모두 세입자만살고 있소. 뭘 그렇게 어린아이처럼 두려워하오? 아니면 내가 정말 그렇게도 무섭소?"

스비드리가일로프의 얼굴은 관대한 미소를 지어 보이려고 하는바람에 일그러졌다. 그러나 그는 이미 미소 지을 경황이 아니었다. 심장이 방망이질 치고 가슴에서 숨이 콱 막혀 왔다. 그는 점점심해지는 흥분을 감추기 위해 일부러 더 큰 소리로 말하고 있었다. 그러나 두냐는 이 유별난 흥분을 알아채지 못했다. 어린아이처럼 그를 두려워하고 있다느니, 그가 그녀에게 그렇게 무섭냐느니 하는 말이 그녀를 극도로 초조하게 했던 것이다.

"당신이…… 파렴치한 인간이라는 걸 알고 있지만, 조금도 두

렵지 않아요. 앞서 가세요." 그녀는 겉으로는 침착하게 말했으나, 얼굴은 몹시도 창백했다.

스비드리가일로프는 소냐의 방 앞에서 걸음을 멈추었다.

"집에 있는지 좀 알아보겠소이다. 없군. 야단났는데! 하지만 곧 올 거요, 내가 알고 있소. 만일 밖에 나갔다면, 고아들 일로 어느 부인에게 간 게 틀림없으니까. 그 아이들 어머니가 죽었거든요. 나도 거기 잠깐 끼어들어 좀 돌봐 주었소. 소피야 세묘노브나가 십 분 후에도 돌아오지 않는다면, 내가 그녀를 당신 숙소로 보내지요. 원하신다면 오늘 중으로라도. 자, 여기가 내가 묵는 곳이오. 내 방은 이 두 칸이오. 문 저쪽은 집주인인 레슬리히 부인의 방이고요. 이제 이쪽을 보시지요. 중요한 증거물을 보여 드릴 테니. 내 침실에 있는 여기 이 문은 세를 놓으려고 완전히 비워 둔 두 개의 방으로 통해요. 이게 그 방들이오……. 이건 좀 더 주의해서 보아 두실 필요가 있소이다……."

스비드리가일로프는 가구가 딸린 꽤나 큰 방을 두 칸 빌리고 있었다. 두네치카는 의심스러운 듯 주위를 둘러보았으나, 방의 장식이나 배치에서도 별로 눈에 띄는 게 없었다. 이를테면 스비드리가일로프의 방이 어쩐 일인지 거의 아무도 살고 있지 않은 두 셋집 사이에 끼어 있다는 것 정도를 알아챈 게 고작이었다. 그의 방은 복도 쪽에 입구가 바로 나 있지 않아서, 늘 비어 있다시피 한 여주인의 방 둘을 거치게 되어 있었다. 침실에서 스비드리가일로프는 잠겨 있는 문을 따고, 세를 놓기 위해 비워 둔 방도 두네치카에게 보여 주었다. 두네치카는 무엇 때문에 이런 걸 보라고 하는지 알 수 없어서 문지방에 멈춰 서려고 했으나, 스비드리가일로프가 다급하게 설명을 시작했다.

"자, 여기를 보시오, 이 큰, 두 번째 방을요. 이 문을 눈여겨봐요, 잠겨 있소. 문 옆에 의자가 있지요, 두 방을 통틀어 하나밖에 없는 의자요. 더 편안하게 들으려고 내 방에서 가져온 것이지요. 바로 저 문 뒤에는 소피야 세묘노브나의 탁자가 있소. 그녀는 거기 앉아서 로지온 로마느이치와 이야길 나누었소. 그리고 나는 여기 이 의자에 앉아 연이어 이틀 밤을, 두 번 다 두 시간가량씩, 엿들은 거요. 그래서 당연히 나도 뭘 알아낼 수 있었소. 어떻게 생각하오?"

"당신이 엿들었다고요?"

"그렇소, 엿들었소. 이제 내 방으로 갑시다. 여긴 앉을 데도 없으니."

그는 아브도치야 로마노브나를 응접실로 쓰고 있는 자신의 첫 번째 방으로 다시 데려가서 의자에 앉기를 청했다. 그리고 자신은 그녀로부터 적어도 1사줸* 정도는 떨어져서 탁자의 저쪽 끝에 앉았으나, 이미 눈에서는 언젠가 두네치카를 놀라게 했던 그 불꽃이 또다시 번쩍이고 있었다. 그녀는 몸을 떨고 다시 한 번 의심스러운 듯 주위를 둘러보았다. 그녀의 몸짓은 무의식적이었다. 그녀는 분명 자신이 의심쩍어하고 있는 것을 드러내고 싶지 않은 듯했다. 그러나 스비드리가일로프의 방이 외진 곳에 있다는 것이 마침내 그녀를 몹시 놀라게 했다. 적어도 여주인이라도 집에 있는지 물어보고 싶었으나, 결국 묻지 않았다……, 자존심 때문이었다. 더구나 자신의 일에 대한 공포와는 비교도 될 수 없이 더 큰 또 다른 괴로움이 그녀의 가슴속에 있었다. 그녀는 참을 수 없는 괴로움에 시달리고 있었다.

"이게 당신의 편지예요." 그녀는 그것을 탁자에 놓고 말했다. "당신이 쓰고 계시는 그 일이 과연 있을 수 있을까요? 당신은 마치 오빠가 저지른 것처럼 어떤 범죄를 암시하고 계세요. 너무나 분명하게 암시하고 계시니, 이제 와서 발뺌하실 순 없겠지요. 하지만 알아 두세요. 난 당신 편지를 받기 전에도 이 지어낸 어리석은 이야기를 들은 적이 있지만, 단 한마디도 믿지 않아요. 이건 추악하고 우스꽝스러운 의심이에요. 나는 그 이야기도 알고 있고, 어떻게 어떤 연유로 그 이야기가 날조되었는지도 알고 있어요. 당신에겐 어떤 증거도 있을 수가 없어요. 당신은 증명하겠다고 약속하셨으니, 자, 말씀하세요! 하지만 미리 알아 두세요. 난 당신의 말을 믿지 않아요! 믿지 않아요……!"

두네치카는 서두르면서 빠른 어조로 이렇게 말했다. 한순간 그녀의 얼굴이 확 붉어졌다.

"만약 믿지 않는다면, 어떻게 혼자 몸으로 나한테 오는 모험을 하실 수 있었을까요? 대체 왜 오셨지요? 그저 호기심 때문인가요?"

"날 괴롭히지 말고, 말씀하세요, 어서 말씀하세요!"

"정말이지 용감한 아가씨로군요. 나는 당신이 반드시 라주미힌 씨에게 부탁해서 그가 이곳에 함께 올 줄 알았소. 그런데 그는 당신과 함께 오지 않았고, 당신 주위에도 없더군요. 나는 잘 살펴보았소. 정말 대담하시오. 그건 그만큼 로지온 로마느이치를 보호하

372

고 싶었다는 의미겠지요. 하기야 당신은 모든 점에서 성스러우니까……. 그런데 로지온 로마느이치에 대해선 뭐라고 말씀드려야 할지? 당신도 방금 오빠를 직접 보셨지요. 어떻던가요?"

"설마 그것 하나만을 근거로 삼고 계신 건 아니겠죠?"

"아니, 그것 때문이 아니오. 오빠 자신의 말이 근거요. 오빠는 이틀 저녁을 연이어 이곳으로 소피야 세묘노브나를 찾아왔소. 두 사람이 앉아 있던 곳을 아까 당신에게 보여 드렸지요. 오빠는 그녀에게 모든 것을 고백했소. 오빠는 살인잡니다. 오빠는 자신도 물건을 전당잡히고 있던, 관리의 과부인 돈놀이하는 노파를 죽이고, 노파가 살해당한 때에 우연히 들어온 리자베타라고 하는 행상하는 여동생까지 죽였소. 몸에 지니고 간 도끼로 그 두 사람을 죽인 것이오. 강도짓을 하기 위해 그들을 죽였고, 그리고 실제로 강탈했소. 돈과 무슨 물건들을 훔쳤소……. 오빠는 자기 입으로 이 모든 것을 소피야 세묘노브나에게 낱낱이 얘기했소. 그래서 그 여자는 이 비밀을 알고 있는 단 한 사람이지만, 살인에는 말로도 행동으로도 전혀 연루돼 있지 않아요. 오히려 지금의 당신처럼 몸서리를 쳤소. 그러니 안심하시오. 그 여자는 오빠를 넘겨주지 않을 거요."

"그럴 리가 없어요!" 두네치카는 죽은 사람처럼 파랗게 질린 입술로 중얼거렸다. 그녀는 숨을 헐떡이고 있었다. "그럴 리가 없어요. 그럴 이유가, 아무 이유가 없어요, 아무 동기가 없어요……. 그건 거짓말이에요! 거짓말!"

"오빠는 강탈했소, 그게 이유의 전부요. 돈과 물건을 빼앗았소.

하긴 오빠 자신의 고백에 따르면, 돈과 물건은 손도 안 댄 채 모두 어디로 가지고 가서 돌 밑에 파묻었고 지금도 거기 있답니다. 그러나 그건 손을 댈 용기가 없어서 그랬던 거요.”

“그럼 정말 오빠가 도둑질이나 강도짓을 할 수 있다는 말인가요? 오빠 그런 생각조차 할 수 없는 사람이에요!” 두냐는 이렇게 소리치고, 의자에서 발딱 일어났다. “당신은 오빠를 아시잖아요, 만나셨잖아요? 정말 오빠가 도둑일 수 있다고 생각하세요?”

그녀는 스비드리가일로프에게 흡사 애원이라도 하는 것 같았다. 그녀는 자신의 공포 따위 모두 잊어버렸다.

“아브도치야 로마노브나, 여기엔 수천 수백만 가지의 조합과 분류가 있소이다. 도둑은 훔치기는 하지만, 내심 자신이 비열한 놈이라는 걸 알고 있지요. 그런데 나는 우편물을 약탈한 어느 고결한 사람에 대해 들은 적이 있소. 누가 알겠소. 어쩌면 그는 아주 훌륭한 일을 했다고 생각하고 있었는지도 모르오! 물론, 만약 이것이 남에게 들은 얘기라면, 나 자신도 당신과 마찬가지로 믿지 못했을 거요. 하지만 자기 귀를 믿지 않을 수는 없었소. 오빠는 소피야 세묘노브나에게 그 이유까지도 모두 설명했는데, 그녀도 처음엔 자기 귀를 믿지 않았지만, 결국 눈, 자기 눈은 믿습디다. 오빠 자신이 그녀에게 직접 말하고 있었으니까요.”

“대체 어떤…… 이유인데요!”

“얘기가 깁니다, 아브도치야 로마노브나. 거기엔 뭐라고 말해야 좋을까, 일종의 이론이 있어요. 내가 보기엔, 예컨대, 주된 목적이 좋다면 단 한 번의 악행은 허용될 수 있다는 바로 그런 이론이오. 단 한 번의 악행과 백 가지의 선행! 그야 물론 뛰어난 재능이 있고 자존심이 한없이 강한 젊은이로서는, 이를테면 고작 3천 루블 정도만 있다면 출셋길도, 자신의 인생이 목표로 하는 장래도 모두 전혀 다르게 이루어질 텐데, 그러나 그 돈 3천이 없다는 사실을 안다는 것 역시 그야말로 굴욕적일 수밖에 없지요. 거기에다 굶주림과 좁아터진 셋방, 걸레 같은 옷, 자신의 사회적인 위치와 아울러 누이동생과 어머니의 처지에 대한 명확한 의식, 이런 것들로 인한 초조함을 덧붙여 보시구려. 그러나 무엇보다 중요한 원인은 허영심이오. 오만과 허영이오. 그렇지만 어찌 알겠소. 어쩌면 그 밖에 좋은 동기도 있었던 건지 모르지요……. 내가 오빠를 비난하는 것은 결코 아니오. 제발 그렇게 생각하진 마오. 게다가 나와는 관계없는 일이니까. 여기엔 또 나름대로의 조그만 이론이 하나 있었소. 그저 그런 이론이긴 하지만, 그것에 따르자면 말이오, 인간은 단순한 소재와 특별한 사람들로 분류되는데, 이들은 자신의 높은 지위에 따라 법의 적용을 받지 않을 뿐 아니라, 오히려 나머지 사람들, 소재이고 쓰레기인 사람들에게 법을 만들어 주는 그런 사람들이오. 아무것도 아닌 그저 그런 이론, *une théorie comme une autre*(다른 이론과 같은 이론)이지요. 오빠는 나폴레옹에 몹시 심취해 있소. 말하자면, 많은 천재적인 사람들이 한 번의 악을 염두에 두지 않고 주저 없이 밟고 앞으로 나아갔던 것에 강하게 끌린 것이오. 오빠는 자신도 천재적인 사람이라고 생각한 것 같소. 얼마 동안은 그렇게 확신하고 있었다는 얘기요. 오빠는 무척이나 고민했고 지금도 고민하고 있소. 그 이론을 만들어 내긴 했으나,

주저 없이 넘어설 수는 없다, 그러므로 천재적인 인간이 아니다라고 생각하기 때문이오. 물론, 이것은 자존심이 강한 청년에겐 굴욕적인 일이오. 특히 우리 시대에는……."

"그럼 양심의 가책은요? 당신은 그러니까 오빠에게 어떤 도덕적인 감정도 없다고 보시나요? 과연 오빠가 그럴까요?"

"아아, 아브도치야 로마노브나, 지금은 모든 것이 혼탁해져 있소. 하기야 단 한 번도 특별히 질서정연했던 적이 없었지만 말이오. 러시아 사람은 대체로 광활한 인간이오, 아브도치야 로마노브나. 러시아 땅만큼이나 광활한 인간이어서, 극도로 환상적이고 무질서한 경향이 있소. 하지만 특별한 천재성도 없이 광활하다는 건 재앙이오. 기억하시지요. 매일 저녁, 언제나 식사 후에 정원의 테라스에 당신하고 둘이 앉아서 바로 이 주제에 대해 이런 종류의 이야기를 얼마나 많이 나누었는지. 게다가 당신은 그 광활함 때문에 나를 비난하기도 하였소. 어쩌면, 오빠가 여기 누워서 자신의 이론을 생각하고 있던 바로 그때, 우리도 그런 얘길 하고 있었는지 모르오. 우리의 식자층에는 특별히 성스러운 전통이란 게 없잖소, 아브도치야 로마노브나. 누가 이런저런 책에 의지해서 어떻게 뭘 지어내거나…… 아니면 연대기에서 뭘 끄집어내는 게 고작이니까. 하지만 이런 짓을 하는 자는 대개가 학자들이고 저마다 바보들이어서, 세상 경험이 많은 사람이 보기엔 민망하기까지 하오. 그러나 내 생각이야 당신도 대강 알고 계시겠지만, 나는 절대로 누굴 비난하지 않소. 나 자신이 백수이고, 또 그걸 고수하고 있으니까. 그렇소, 우린 이것에 대해 벌써 여러 번 얘기했지요. 내 견해가 당신의 관심을 끄는 행복을 누리기까지 했고……. 얼굴빛이 몹시 창백하군요, 아브도치야 로마노브나!"

"나는 오빠의 이론을 알고 있어요. 모든 것이 허용된 사람들에 대한 오빠의 논문을 잡지에서 읽었어요……. 라주미힌이 가져다주셔서……."

"라주미힌 씨가? 오빠의 논문을? 잡지에 실렸다고요? 그런 논문이 있습니까? 난 몰랐소. 분명히 흥미 있겠군요! 그런데 어딜 가시려고요, 아브도치야 로마노브나?"

"소피야 세묘노브나를 만나고 싶어요." 두네치카가 약한 목소리로 말했다. "그녀에게 가려면 어디로 가야 하죠? 아마, 돌아와 있겠죠. 나는 지금 꼭 그녀를 보고 싶어요. 그녀가 직접……."

아브도치야 로마노브나는 말을 끝맺을 수가 없었다. 글자 그대로 숨이 끊어져 버린 듯했다.

"소피야 세묘노브나는 밤중까지 돌아오지 않을 거요. 내 생각으로는 그렇소. 훨씬 빨리 돌아와야만 했는데, 그렇지 않은 걸 보니, 아주 늦게나 올 거요……."

"아아, 그럼 당신 말은 거짓말이야! 난 알아…… 당신이 한 말은 거짓이야…… 줄곧 거짓말만 했어……! 난 당신을 안 믿어! 안 믿어! 안 믿어!" 두네치카는 완전히 제정신을 잃고 아주 미친 듯 흥분해서 외쳐 댔다.

그녀는 거의 실신하다시피, 스비드리가일로프가 급히 갖다 댄 의자에 쓰러졌다.

"아브도치야 로마노브나, 왜 이러시오, 정신 차려요! 자, 물이오. 한 모금 마셔요……."

그는 그녀에게 물을 뿌렸다. 두네치카는 몸을 부르르 떨더니 정신을 차렸다.

"효력이 너무 강했군!" 스비드리가일로프는 이마를 찌푸리며 혼잣말로 중얼거렸다. "아브도치야 로마노브나, 진정하세요! 오빠에겐 친구가 있잖습니까. 우리가 오빠를 구합시다. 구해 낼 겁니다. 원하시면, 내가 오빠를 외국으로 데리고 갈까요? 나는 돈이 있으니까 사흘 안에 표를 구할 수 있을 거요. 오빠가 사람을 죽인 것도, 앞으로 좋은 일을 많이 하면 그것으로 다 지워질 겁니다. 진정하세요. 오히려 더 위대한 사람이 될 수도 있어요. 아니, 왜 그러십니까? 기분은 어떠시오?"

"악당! 아직도 사람을 조롱하고 있어. 날 내보내 줘요……."

"어디로 가시게요? 대체 어디로요?"

"오빠한테. 오빠 어디 있어요? 당신은 알고 있죠? 왜 이 문이 잠겨 있죠? 우리는 이 문으로 여기 들어왔는데 지금은 잠겨 있어. 언제 잠근 거예요?"

"소릴 질러서, 우리가 여기서 얘기하고 있는 것이 온 집에 다 들리도록 하면 안 되니까요. 절대로 조롱하는 게 아니오. 다만 이런 말을 하고 있는 게 싫증난 것뿐이오. 도대체 그런 모습으로 어딜 가겠다는 거요? 아니면 오빠를 넘기겠다는 건가요? 당신이 오빠를 완전히 미치게 만드는 바람에, 오빠는 스스로 자신을 넘겨 버리고 말 거요. 그들이 오빠의 뒤를 밟고 있고, 이미 단서를 포착했다는 사실을 아셔야지요. 당신은 오빠를 내주게 될 뿐이오. 잠깐만 기다리세요. 난 방금 오빠를 만나서 얘길 나누었소. 아직도 구해 낼 수 있어요. 잠깐만 기다리세요, 앉으시죠. 함께 곰곰이 생각해 봅시다. 내가 당신을 부른 것도, 당신과 단둘이서 이 문제에 대해 얘기하고 잘 생각해 보기 위해서였소. 제발 좀 앉으세요!"

"어떻게 오빠를 구해 낼 수 있다는 거죠? 정말 오빠를 구할 수 있나요?"

두냐는 앉았다. 스비드리가일로프는 그녀의 옆에 앉았다.

"모든 것은 당신에게 달렸어요, 당신에게, 오로지 당신 한 사람에게." 그는 눈을 번쩍이며, 흥분한 나머지 어떤 단어는 입 밖에 내어 발음하지도 못하고 허둥대면서 거의 속삭이듯 말을 시작했다.

두냐는 흠칫 놀라 그에게서 더 멀찌감치 떨어져 앉았다. 그도 역시 온몸을 떨고 있었다.

"당신…… 당신의 한마디면, 오빠는 살게 돼요! 내가…… 내가 오빠를 구하겠소. 나는 돈과 친구들이 있어요. 나는 즉시 오빠를 출발시키겠소. 내가 직접 여권을, 여권 두 개를 구해 주리다. 하나는 오빠의 것, 하나는 내 것으로. 나에겐 친구들이 있소. 이런 일에 능한 사람들을 알고 있소……. 어떻소? 당신에게도 여권을 얻어 주겠소…… 당신 어머니의 것도……. 뭣 때문에 라주미힌이 당신에게 필요한 거요? 나도 당신을 사랑하오…… 한없이 사랑하오. 당신 옷자락에 입 맞추게 해 주시오! 제발! 제발! 당신 옷자락이 스치는 소리를 듣고 있을 수가 없소. 당신이 내게 '이것을 해요'라고 말만 하면, 난 그 일을 하겠소! 무엇이든 하겠소. 불가능한 일도 하겠소. 당신이 믿는 것을 나도 믿겠소. 무엇이든, 무엇이든 하겠소! 그렇게 보지 말아요, 날 그렇게 보지 말아요! 당신이 나를 죽이고 있다는 걸 아시나요……."

그는 헛소리까지 하기 시작했다. 갑자기 머리를 한 대 얻어맞은 사람처럼 보였다. 두냐는 벌떡 일어나서 문 쪽으로 달려갔다.

"열어 주세요! 열어 주세요!" 그녀는 누군가를 부르려고 문 너머로 소리치면서 두 손으로 문을 마구 흔들었다. "제발 좀 열어 줘요! 아무도 없어요?"

스비드리가일로프는 일어나서 제정신을 차렸다. 독기에 찬 비웃음이 아직도 떨고 있는 그의 입술 위로 천천히 짓이겨지며 밀려 나왔다.

"거긴 아무도 집에 없소." 그는 조용히 띄엄띄엄 말했다. "여주인은 나갔으니까, 그렇게 소릴 질러 봐야 헛수고요. 공연히 자신만 흥분시킬 뿐이지."

"열쇠는 어디 있어? 당장 문을 열어, 당장, 이 비열한 인간!"

"열쇠를 잃어버려서 찾아낼 수가 없소."

"아아! 그럼 이건 폭행이야!" 두냐는 이렇게 외치고 죽은 사람처럼 새파랗게 질려 구석으로 달려가서, 마침 옆에 있던 작은 탁자 뒤로 급히 몸을 피했다. 그녀는 소리를 지르진 않았으나, 자신을 파멸시키려는 사나이를 뚫어지게 노려보며 그의 동작 하나하나를 주시하고 있었다. 스비드리가일로프 역시 그 자리에서 꼼짝도 않고, 방의 다른 쪽 끝에서 그녀를 마주 보고 서 있었다. 그는 적어도 겉으로는 자신을 제어하고 있었다. 그러나 얼굴은 여전히 창백했다. 비웃는 듯한 미소도 얼굴에서 가시지 않고 있었다.

"지금 '폭행'이라고 했지요, 아브도치야 로마노브나. 폭행이라면, 내가 필요한 조치를 취해 놓았다는 걸 당신도 판단할 수 있을 텐데. 소피야 세묘노브나는 집에 없고, 카페르나우모프의 집까지는 아주 멀어서, 굳게 잠겨 있는 방 다섯 칸을 지나야 하오. 끝으로 나는 당신보다 적어도 갑절은 힘이 세고, 게다가 난 두려워할 이유가 전혀 없소. 왜냐하면 당신은 나중에라도 나를 고소할 수 없으니까. 설마 오빠를 넘겨주고 싶은 건 아니겠지요? 그리고 또 누가 당신 말을 믿겠소. 아니 무슨 까닭으로 젊은 여자가 혼자 몸으로 독신 남자의 방에 갔을까? 그러니 설령 오빠를 희생시킨다 해도, 당신은 아무것도 증명할 수 없어요. 폭행이라는 걸 증명하기가 무척 어렵다는 소리요, 아브도치야 로마노브나."

"비열한 인간!" 두냐는 격분해서 속삭였다.

"좋으실 대로. 하지만 난 다만 가정해서 말했을 뿐이라는 걸 염두에 두시오. 나의 개인적인 신념으로도 당신이 전적으로 옳소. 폭행은 혐오스러운 짓이요. 내가 그런 말을 한 것은, 다만 만약…… 만약 당신이 설령 내가 제안한 방식으로 자진해서 오빠를 구하려고 마음먹었다 해도, 당신 양심에 꺼릴 게 조금도 없다는 것을 분명하게 말해 주기 위해서였소. 말하자면 당신은 다만 상황에 굴복한 것뿐이니까, 아니 폭행이라고 해 둡시다, 꼭 그 말을 쓰지 않으면 안 된다면. 잘 생각해 보시길. 당신 오빠와 어머니의 운명은 당신 손안에 있어요. 나는 당신의 노예가 되겠소…… 평생토록……, 난 여기서 이렇게 기다리고 있겠소……."

스비드리가일로프는 두냐에게서 여덟 발짝쯤 떨어져 있는 소파에 앉았다. 그의 결심이 흔들릴 수 없다는 것을 그녀는 이미 털끝만큼도 의심하고 있지 않았다. 더구나 그녀는 그를 잘 알고 있었다…….

갑자기 그녀는 호주머니에서 권총을 꺼내 방아쇠를 젖힌 다음, 권총을 든 손을 탁자에 내려놓았다. 스비드리가일로프가 자리에서 벌떡 일어났다.

"아하! 그렇게 나오는군!" 그는 놀라서 외쳤으나, 얼굴엔 간악한 미소를 띠고 있었다. "자, 이렇게 되면 사정이 완전히 달라지지! 아브도치야 로마노브나, 당신은 내 일을 아주 쉽게 해 주시는군! 그런데 그 권총은 어디서 났소? 설마 라주미힌 씨가 준 건 아니겠지? 아니! 그건 내 권총인데! 오래된 낯익은 권총이야! 내가 그때 저걸 얼마나 찾았는데……! 그럼 내가 시골에서 영광스럽게도 당신에게 했던 그 사격 수업이 그리 헛일은 아니었군."

"네 권총이 아냐, 네가 죽인 마르파 페트로브나의 것이지, 이 악당! 그이의 집에는 네 거라곤 아무것도 없었어. 난 네가 무슨 짓을 할지 모른다 싶어, 이걸 얻어 둔 거야. 한 발짝이라도 움직이면, 맹세코, 널 죽여 버리겠다!"

두냐는 극도로 흥분해 있었다. 그녀는 권총을 쏠 태세를 취했다.

"그럼, 오빠는? 호기심에서 묻는 거지만." 여전히 그 자리에 선 채 스비드리가일로프가 물었다.

"밀고하고 싶으면, 밀고해! 꼼짝 마! 한 발짝도 움직이지 마! 쏴 버린다! 넌 부인을 독살했어, 난 알고 있어, 너야말로 살인자야……!"

"그럼 당신은 내가 마르파 페트로브나를 독살했다고 굳게 믿고 있군?"

"너야! 네 입으로 내게 암시했어. 넌 내게 독약 얘길 했어…… 난 알아, 네가 독약을 사러 갔다 온 걸…… 넌 준비를 해 두고 있었어……. 틀림없이 너야…… 비열한 놈!"

"만일 그게 사실이라 해도, 그건 너 때문이야…… 어쨌든 네가 이유였던 셈이야."

"거짓말! 난 널 언제나 증오했어, 언제나……."

"어허, 아브도치야 로마노브나! 당신은 설교에 열중한 나머지 이미 나에게 마음이 기울면서 황홀한 기분이었다는 걸 잊으신 모양이군요……. 나는 당신의 눈동자에서 그걸 알았소. 기억하시겠지요. 그날 저녁 달빛이 교교하게 비치고 꾀꼬리도 지저귀던 걸?"

"거짓말! (두냐의 눈에서 미친 듯한 분노의 불꽃이 번쩍이기 시작했다.) 거짓말 마, 이 중상자(中傷者)!"

"거짓말이라고? 그래, 거짓말이라고 해 두지. 내가 거짓말을 했소. 여자들에게 이런 걸 상기시키면 안 되는데. (그는 빙그레 웃었다.) 네가 쏘리라는 걸 난 알고 있어, 귀여운 야수. 자, 쏴 보시지!"

두냐는 권총을 치켜들었다. 죽은 사람처럼 창백해진 그녀는 하얗게 핏기가 가신 아랫입술을 파르르 떨면서 불꽃이 번쩍이는 커다란 검은 눈으로 그를 쏘아보며 단단히 결심을 하고 그의 첫 움직임만을 재며 기다리고 있었다. 그는 지금껏 이토록 아름다운 그녀를 본 적이 없었다. 그녀가 권총을 들어 올리던 순간 그녀의 눈에서 번쩍인 불꽃은 그를 태워 버릴 것만 같았다. 그의 심장이 아프게 죄어들었다. 그가 한 발짝 앞으로 내딛자, 그 순간 총소리가 울렸다. 총알은 그의 머리털을 스치고 뒷벽에 가서 박혔다. 그는 멈춰 서서 조용히 웃기 시작했다.

"땅벌이 쏘았어! 똑바로 머리를 겨누다니……. 이게 뭐야? 피군!" 그는 오른쪽 관자놀이를 타고 가느다랗게 흘러내리는 피를 닦기 위해 손수건을 꺼냈다. 총알이 두피를 살짝 스친 것 같았다. 두냐는 권총을 내리고, 공포라기보다 몹시 얼떨떨하다는 듯한 표정으로 스비드리가일로프를 보고 있었다. 그녀는 자기가 무엇을 했는지, 그게 어떻게 되고 있는지, 자신도 전혀 모르는 것 같았다!

"아니 이런, 빗나갔군! 한 번 더 쏴요, 기다려 드릴 테니." 스비드리가일로프가 말했다. 그는 여전히 미소를 짓고 있었으나 어딘지 침울해 보였다. "그러고 있으면 당신이 방아쇠를 젖히기 전에 내가 먼저 당신을 붙잡을걸!"

두네치카는 몸을 부르르 떨고는 재빨리 방아쇠를 젖히고 다시 권총을 들어 올렸다.

"날 가만히 둬요!" 그녀는 절망적으로 말했다. "맹세코 다시 쏠 거예요……. 난 당신을…… 죽일 거야……!"

"자, 어서…… 세 발짝 거리인데 못 죽일 리가 없지. 만약 못 죽이면…… 그땐……." 그의 눈이 번득이기 시작했고, 그는 다시 두 걸음을 내디뎠다.

두네치카는 방아쇠를 당겼다. 불발이었다!

"장전을 잘못했군. 괜찮소! 뇌관이 더 있으니까. 고치시오. 기다릴 테니."

그는 그녀와 두 발짝 떨어진 데 서서 기다리면서, 야수와도 같은 결의를 품고 열정으로 이글이글 타오르는 괴로운 눈초리로 그녀를 쳐다보고 있었다. 두냐는 그가 자기를 놓아주느니 차라리 죽음을 택하리라는 걸 알아차렸다. '그러니까…… 그러니까 무슨 일이 있어도 이번에는 그를 죽여 버리겠다, 두 발짝 거리니까……!'

　갑자기 그녀는 권총을 내던졌다.

　"던져 버렸군!" 스비드리가일로프는 놀라서 이렇게 말하고는, 깊은 숨을 몰아쉬었다. 뭔가가 가슴에서 순식간에 떨어져 나간 기분이었다. 그것은 죽음의 공포가 주는 중압감만은 아닌 것 같았다. 그리고 이 순간 그는 그런 것은 거의 느끼고 있지도 않았다. 그것은 어쩌면 자신도 완전히 정의 내릴 수 없을, 더 서글프고 침울한 다른 감정으로부터의 해방이었다.

　그는 두냐에게 다가가 한 팔로 조용히 그녀의 허리를 안았다. 그녀는 저항하지 않았으나, 사시나무 떨듯 온몸을 떨면서 애원하는 눈으로 그를 보고 있었다. 그는 뭔가 말하려고 했으나, 입술만 일그러졌을 뿐, 말이 나오지 않았다.

　"날 놔줘!" 두냐가 애원했다.

　스비드리가일로프는 몸을 떨었다. 이 반말에는 어딘지 아까와는 다른 어조가 들어 있었다.

　"그럼 날 사랑하지 않나?" 그가 조용히 물었다.

　두냐는 부정하듯 고개를 가로저었다.

　"그리고…… 사랑할 수도 없다는 건가……? 절대로?" 그는 절망한 듯 속삭였다.

"절대로!" 두냐가 속삭였다.

스비드리가일로프의 마음속에서 무서운 암투의 한순간이 지나갔다. 뭐라 형용할 수 없는 눈초리로 그는 두냐를 바라보고 있었다. 갑자기 그는 손을 빼고 돌아서더니 빠른 걸음으로 창 쪽으로 물러나 그 앞에 섰다.

다시 한순간이 지나갔다.

"자, 열쇠요! (그는 외투의 왼쪽 주머니에서 열쇠를 꺼내, 두냐 쪽은 보지도 않고 몸을 돌리지도 않은 채 자기 뒤에 있는 탁자 위에다 놓았다.) 집으시오. 어서 나가요……!"

그는 계속 창밖만 응시하고 있었다.

두냐는 열쇠를 집으러 탁자로 다가갔다.

"어서! 어서!" 스비드리가일로프는 여전히 꼼짝도 않고 돌아보지도 않은 채 되풀이했다. 그러나 이 '어서' 속에는 분명히 어떤 무서운 여운이 울리고 있었다.

두냐는 그것을 깨닫고서 열쇠를 움켜쥐고는 문으로 달려가 재빨리 문을 따고 방에서 뛰쳐나갔다. 일 분 후 그녀는 미친 여자처럼 정신없이 운하 쪽으로 달려나가 ** 다리를 향해 뛰기 시작했다.

스비드리가일로프는 아직도 삼 분쯤 창가에 서 있었다. 그러다 마침내 천천히 몸을 돌려 주위를 둘러보고는, 조용히 손바닥으로 이마를 쓸었다. 이상한 미소가 그의 얼굴을 일그러뜨렸다. 비참하고 서글프고 힘없는 미소, 절망의 미소였다. 이미 마르기 시작한 피가 손바닥에 묻어났다. 그는 짜증스럽다는 듯 피를 바라보고 있다가, 수건을 적셔서 관자놀이를 깨끗이 닦았다. 두냐가 내던져서 문가로 날아간 권총이 문득 눈에 띄었다. 그는 그것을 집어 들고 살펴보았다. 구형의 조그만 회중용 3연발 권총이었다. 안에는 아직 탄환 두 발과 뇌관 하나가 남아 있었다. 한 번은 더 쏠 수 있었다. 그는 잠시 생각하더니 권총을 주머니에 쑤셔 넣고는, 모자를 집어 들고 밖으로 나갔다.

6

이날 밤 10시까지 그는 여러 싸구려 음식점과 음탕한 소굴을 돌아다녔다. 어디에서인가 다시 카챠도 보았다. 그녀는 어느 '비열한 폭군이 카챠에게 입 맞추기 시작했다네'라는 또 다른 속된 유행가를 부르고 있었다.

스비드리가일로프는 카챠에게도, 손풍금장이에게도, 가수들에게도, 종업원들에게도, 그리고 어느 서기 두 사람에게도 술을 샀다. 그가 이 서기들과 어울린 것은 그 두 사람이 다 코가 비뚤어져 있었기 때문이다. 한 사람은 오른쪽으로, 또 한 사람은 왼쪽으로 코가 비뚤어져 있었다. 이것이 스비드리가일로프를 깜짝 놀라게 했다. 그들은 마침내 그를 어느 유원지로 끌고 갔고, 그는 그들의 입장료를 내주었다. 이 유원지에는 가냘픈 삼 년생 전나무 한 그루와 작은 관목 숲이 세 군데 있었다. 그 밖에도 실제로는 술집에 지나지 않는 '유락장'이 세워져 있었으나, 차 정도는 시킬 수 있었고, 녹색의 탁자와 의자도 몇 개 놓여 있었다. 추접스러운 가수들의 합창과 코가 새빨갛고 어릿광대 같은, 그러나 왠지 아주 우울해 보이는 술 취한 뮌헨 출신의 독일인이 구경꾼을 즐겁게 해 주고 있었다. 두 서기는 어떤 다른 서기들과 입씨름을 하다가 난투극을 벌일 참이었다. 스비드리가일로프는 그들의 재판관으로 뽑혔다. 그는 벌써 십오 분 동안이나 재판을 하고 있었으나, 그들이 하도 소리를 질러 대는 통에 아무런 심리도 할 수가 없었다. 가장 믿을 만한 것은, 그들 중의 한 사람이 무엇을 훔쳐 가지고 그곳에 우연히 나타난 어느 유태인에게 팔아넘기는 데 성공하기까지 했으나, 그 돈을 자기 동료하고 나누려 하지 않았다는 것이었다. 결국, 팔아치운 물건이 유락장 소유의 찻숟가락이라는 게 밝혀졌다. 유락장에서도 찻숟가락이 없어진 것을 알아채고 찾게 되어, 일은 더 성가시게 되었다. 스비드리가일로프는 찻숟가락 값을 물어 주고는 일어나서 유원지를 나왔다. 그럭저럭 10시경이었다. 그는 그동안 술은 한 방울도 입에 대지 않고 유락장에서 차 한 잔을 시킨게 다였는데, 그것도 그냥 체면을 차리기 위해서였다. 후텁지근하고 음울한 저녁이었다. 10시경이 되자 사방에서 무서운 먹구름이 밀려오더니, 천둥이 치고 비가 폭포수처럼 쏟아지기 시작했다. 빗물은 방울방울 떨어지는 게 아니라, 굵은 물줄기가 되어 대지를 내리쳤다. 번개가 쉴 새 없이 번쩍거리고, 한 번 번쩍일 때마다 다섯까지 셀 수 있을 정도였다. 그는 속옷 속까지 흠뻑 젖어 집으로 돌아와서는 문을 걸어 잠그고, 사무용 탁자 서랍을 열어 돈을 전부 꺼내고, 두어 장의 서류를 찢었다. 그런 다음 돈을 호주머니에 쑤셔 넣고, 옷을 갈아입으려고 했으나, 창밖을 쳐다보고 천둥과

빗소리에 귀를 기울이더니, 손을 한 번 내젓고는 모자를 집어 들고 집 문을 잠그지도 않은 채 방을 나섰다. 그는 곧장 소냐에게로 갔다. 그녀는 집에 있었다.

그녀는 혼자가 아니었다. 카페르나우모프의 어린애들 넷이 그녀를 에워싸고 있었다. 소피야 세묘노브나는 아이들에게 차를 먹여 주고 있었다. 그녀는 말없이 공손하게 스비드리가일로프를 맞으면서 놀란 눈으로 그의 흠뻑 젖은 옷을 바라보았으나, 아무 말도 하지 않았다. 아이들은 몹시 겁을 집어먹고 이내 달아나 버렸다.

스비드리가일로프는 탁자 앞에 앉아 소냐에게도 옆에 앉으라고 청했다. 소냐는 두려워하면서, 이야기를 들을 자세를 취했다.

"소피야 세묘노브나, 나는 아마 아메리카로 떠날 것 같소." 스비드리가일로프가 말했다. "당신과 만나는 것도 이것이 마지막인 듯해서, 뭘 좀 처리하려고 찾아온 것이오. 그런데 오늘 그 아가씰 만나셨소? 그녀가 당신한테 무슨 말을 했는지 알고 있으니, 새삼스레 말하지 않아도 좋아요. (소냐는 몸을 좀 뒤척이더니 얼굴을 붉혔다.) 그 사람들한테는 그런 성벽이 있으니까. 당신 동생들에 대해 말하자면, 다들 아주 적당한 곳에 맡겨진 것이고, 그 애들에게 주는 돈도 한 사람 한 사람 증서를 받아 확실한 데 맡겨 두었소. 하지만 이 증서는 만약을 위해 당신이 잘 간수해 두시구려. 자, 받으시오! 이제 이 문제는 끝났소. 그리고 여기 5퍼센트 이율의 채권이 석 장 있어요. 모두 해서 3천 루블이오. 이 돈은 당신 몫으로 받아 두시오. 그리고 이건 우리 사이의 일로 해 두고, 어떤 이야기를 듣게 되더라도 절대로 아무한테도 알리면 안 되오. 이 돈은 당신에게 필요할 거요. 왜냐하면, 소피야 세묘노브나, 지금까지처럼 그렇게 사는 것은 비루하고, 또 더 이상 그럴 필요도 없으니까."

"전 당신에게 큰 은혜를 입었어요, 아이들도 그렇고, 돌아가신 어머니 일도 그렇고." 소냐가 다급히 말했다. "여태껏 제대로 감사의 말씀도 못 드렸지만, 그건…… 제발 언짢게 여기지 말아 주세요……."

"에이, 그만, 그만하십시오."

"그렇지만 이 돈은, 아르카지 이바노비치, 정말 고맙습니다만, 전 지금 별로 필요하지 않아요. 제 입 하나 정도는 언제라도 먹고 살아갈 수 있어요. 은혜를 모른다고 여기지 말아 주세요. 당신껜 그토록 인정이 많으신 분이니, 차라리 이 돈은……."

"당신 몫이오, 당신 몫, 소피야 세묘노브나, 제발 이런저런 말은 관둡시다. 게다가 난 시간도 없어요. 그리고 이 돈은 당신에게 필요하게 될 거요. 로지온 로마느이치에겐 두 가지 길밖에 없소. 이마에다 총알을 박든지, 아니면 블라지미르카 가도를 따라가든지.* (소냐는 깜짝 놀라 그를 쳐다보더니 부들부들 떨기 시작했다.) 걱정 마시오. 난 그 사람한테서 직접 들어 다 알고 있어요. 그리고 난 입이 가벼운 사람이 아니오. 아무에게도 말하지 않겠소. 당신이 그때 그에게 자수를 하라고 이른 건 잘한 일이오. 그게 그에게 훨씬 유리하니까. 그런데 블라지미르카 선고가 내려져서 그가 그 길을 가게 되면, 당신도 뒤따라갈 거죠? 그렇지요? 그렇겠죠? 만약 그렇게 되면, 돈이 필요할 거요. 그를 위해서 필요할 거요, 아시겠소? 그러니 당신에게 드리는 것은 그에게 주는 거나 마찬가지요. 더구나 당신은 아말리야 이바노브나에게 빚을 갚겠다고 약속하셨잖소, 나도 들었어요. 소피야 세묘노브나, 어쩌자고 당신은 그렇게 생각 없이 늘 그런 계약과 의무를 떠맡으시지요? 그 독일 여자에게 빚을 진 것은 카체리나 이바노브나이지, 당신이 아니잖소. 그러니 당신은 그 독일 여자에게 모른 척해 버리면 됐던 거요. 그래서는 이 세상을 살아갈 수 없어요. 그건 그렇고, 만약 누가 당신에게 언제—뭐 내일이나 모레쯤—나에 대해서나 나와 관련해서 뭘 묻거든(분명히 당신에게 물어볼 거요), 내가 여기 들렀다는 말은 하지 마시고 돈도 절대로 보여 주시면 안 되오. 그리고 아무에게도 내가 당신에게 돈을 드렸다는 말을 하지 마시구려. 자, 그럼 안녕히 계시길. (그는 의자에서 일어났다.) 로지온 로마느이치에게 안부나 전해 주시오. 참, 그 돈은 필요할 때까지 라주미힌 씨에게라도 맡겨 두시는 게 좋을 거요. 라주미힌 씨를 아시죠? 그야물론 아시겠지요. 그런대로 괜찮은 젊은이오. 그 사람에게 내일 가져가세요, 아니면…… 때가 오면 그러시든지. 하지만 그때까진 좀더 깊숙이 감춰 두시오.”

소냐도 의자에서 벌떡 일어나서 겁먹은 얼굴로 그를 보고 있었다. 뭔가 말하고 싶고, 묻고 싶었지만, 처음 몇 분간은 그럴 용기가 없었고, 어떻게 말을 시작해야 할지도 알지 못했다.

“왜 당신은…… 왜, 이렇게 비가 오는데 지금 가시려고 하세요?”

“아니, 아메리카로 가겠다는 사람이 비를 무서워해서야, 허허! 안녕히 계십시오, 귀여운 소피야 세묘노브나! 살아 있어요, 오래오래 살아요. 당신은 남에게 도움이 될 사람이오. 참…… 라주미힌 씨에게 내 인사나 전해 주시구려. 이렇게 전해 주시오. 아르카지 이바노비치 스비드리가일로프가 정중하게 작별 인사를 드린다 고. 꼭 그렇게 부탁드리겠소."

그는 소냐를 놀라움과 두려움, 그리고 뭔가 분명치 않은 무거운 의혹 속에 남겨 둔 채 밖으로 나갔다.

나중에 밝혀진 일이지만, 그는 바로 이날 밤 11시가 좀 지나서 또 하나의 아주 기괴하고 돌발적인 방문을 했다. 비는 여전히 그 치지 않고 있었다. 온몸이 흠뻑 젖은 채 그는 11시 20분에 바실리 예프스키 섬 3번가의 말르이 대로변에 있는 약혼녀 부모가 사는 좁은 아파트에 들어섰다. 문을 마구 두드려 억지로 문을 열게 한 바람에 처음에는 큰 소동을 일으킬 뻔했으나, 아르카지 이바노비 치는 언제라도 마음만 먹으면 대단히 매력적인 몸가짐을 취할 수 있는 사람이었으므로, 처음엔 어디서 이미 잔뜩 마시고 취해서 정 신을 못 차리나 보다 하고 생각했던 상식 있는 약혼녀 부모들의 추측도(하긴 아주 예리한 추측이긴 했으나) 이내 저절로 수그러 들고 말았다. 자비롭고 사려 깊은 약혼녀 어머니는 몸이 약한 남 편을 안락의자에 앉혀 밀고 들어와서, 곧 여느 때의 습관대로 에 둘러 가며 무슨 질문을 하기 시작했다. (이 여자는 절대로 단도직 입적인 질문을 하는 일이 없었고, 늘 처음에는 미소를 흘리며 손 을 비벼 대다가, 뭔가 꼭 확실하게 알아야 할 일, 예를 들어, 아르 카지 이바노비치는 결혼식 날짜를 언제로 잡는 게 편할까 하는 것 을 알아야 할 경우에는, 파리와 그곳의 궁정 생활에 대한 탐욕스러울 만큼 호기심에 찬 질문들로부터 시작하여 그다음에야 차츰 차츰 순서에 따라 바실리예프스키 섬 3번가까지 끌고 오는 것이었다.) 다른 때 같으면 물론 이런 화술이 큰 존경을 불러일으켰겠지만, 이번만큼은 아르카지 이바노비치도 왠지 유난히 참을성이 없어 보였고, 약혼녀는 벌써 잠자리에 들었다고 이미 처음부터 그에게 알려 주었는데도 불구하고, 약혼녀를 꼭 보고 싶다는 뜻을 단호하게 나타냈다. 물론 약혼녀는 나왔다. 아르카지 이바노비치는 곧바로 그녀에게 자신이 대단히 중요한 어떤 사정 때문에 잠시 페테르부르크를 떠나야 해서, 은화와 각종 채권으로 1만 5천 루블을 그녀에게 가져왔는데, 이 변변찮은 것은 오래전부터 결혼 전에 그녀에게 주려고 생각하고 있었던 것이므로 선물로서 받아 달라고 부탁했다. 선물과 갑작스러운 출발, 그리고 이렇게 비가 퍼붓는 한밤중에 그것 때문에 꼭 와야만 했던 필연성 사이에 어떤 특별한 논리적 관계가 있는지, 물론 이 설명으로써는 전혀 밝혀진게 없었으나, 어쨌든 일은 대단히 순조롭게 해결되었다. 이런 경우에 당연히 있게 마련인 '오오! 아아!'와 같은 외침과 꼬치꼬치 캐묻는 질문과 놀라움까지도 어쩐 일인지 갑자기 이상하리만치 누그러지고 줄어들었다. 그 대신 감사의 마음이 더없이 열렬하게 표명되었고, 그지없이 사려 깊은 어머니의 눈물이 그것을 더욱 북돋아 주었다. 아르카지 이바노비치는 일어나서 껄껄 웃고는 약혼자에게 키스를 하고 그녀의 볼을 가볍게 톡톡 치면서 곧 돌아올 거라고 약속했다. 그러나 그녀의 눈에 어린애 같은 호기심과 함께 뭔가 몹시 진지하고 말없는 물음이 떠올라 있는 것을 알아채자,

그는 잠시 생각에 잠기더니 다시 한 번 그녀에게 키스하면서, 자신의 선물이 사려 깊기 그지없는 어머니에 의해 곧바로 자물쇠가 채워져 간수될 것이란 생각에 솔직히 분한 마음이 들었다. 그는 모든 사람을 엄청난 흥분 상태에 남겨 둔 채 그곳을 떠났다. 그러나 마음이 너그러운 어머니는 이내 반쯤 속삭이는 듯한 빠른 말로 몇 가지 아주 중요한 의혹을 대번에 풀어 주었다. 즉, 아르카지 이바노비치는 큰 인물로, 여러 사업을 하고 연고도 많은 사람이며, 부자다. 그의 머릿속에 무슨 생각이 들어 있는지는 아무도 알 수 없다. 그는 갑작스레 그럴 생각이 나서 여행을 떠난 것이고, 갑작스레 그럴 생각이 나서 돈을 준 것이다. 그러니 놀랄 일은 아무것도 없다. 물론 그렇게 온몸이 흠뻑 젖었다는 게 이상하긴 하지만, 이를테면 영국 사람들은 그보다 더 기괴한 짓도 하며, 게다가 그렇게 신분이 높은 사람들은 그들에 대해 뭐라고 말하든 거들떠보지도 않고, 격식을 차리지도 않는다. 어쩌면 그는 아무도 두려워하지 않는다는 걸 보여 주기 위해 일부러 그런 모습으로 다니는지도 모른다. 그렇지만 제일 중요한 것은 이 일에 대해 아무한테도 절대로 말하면 안 된다는 거다. 그렇게 되면 어떤 결과가 될지 모르니까. 돈은 어서 자물쇠를 채워 둬야 하고, 물론 무엇보다 다행인 것은 페도시야가 쭉 부엌에만 앉아 있었다는 거지만, 중요한 것은 그 교활한 레슬리히에게 절대로, 절대로, 절대로, 아무 말도 하지 말아야 하는 거다 등등의 얘기였다. 그들은 2시경까지 계속 이렇게 앉아서 속닥거리고 있었다. 하지만 약혼녀는 훨씬 일찍 잠자리로 돌아갔는데, 많이 놀라고 조금은 슬픔에 잠긴 모습이었다.

한편 스비드리가일로프는 정확히 자정 무렵에 페테르부르크스카야 구를 향해서 ** 다리를* 건너고 있었다. 비는 그쳤으나 바람이 쌩쌩 몰아치고 있었다. 몸이 덜덜 떨리기 시작했다. 그는 아주 잠깐 동안 어떤 특별한 호기심과 의문까지도 느끼면서 소(小) 네바강의 검은 수면을 바라보았다. 그러나 곧 물 위에 서 있는 것이 몹시 춥게 느껴졌으므로, 몸을 돌려 ** 대로* 쪽으로 걷기 시작했다. 그는 끝없는 ** 대로를 이미 꽤 오랫동안, 거의 반 시간 가까이나 걸어가면서, 나무토막을 박아 포장한 컴컴한 도로에서 몇 번이나 넘어질 뻔하면서도 대로의 오른편에서 무엇인가 계속 열심히 찾고 있었다. 얼마 전에 그는 마차를 타고 이 부근을 지나다가 분명히 대로의 끝 가까운 여기 어딘가에서 목조이긴 하지만 아주 큰 여관을 본 적이 있었다. 그가 기억하기로는 분명히 아드리아노폴인가 하는 이름이었다. 그의 짐작은 틀리지 않았다. 이런 한적하고 외진 곳에서 이 여관은 너무나 눈에 잘 띄는 표점이었기 때문에 어둠 속이라 해도 못 찾을 리가 없었다. 그것은 거무스름해진 긴 목조건물로, 안에는 늦은 시각인데도 불구하고 아직 불이 환히 밝혀져 있고 제법 활기찬 기색마저 느껴졌다. 그는 안으로 들어가, 복도에서 마주친 누더기 차림의 사내에게 방이 있는지 물어보았다. 사내는 스비드리가일로프에게 힐끗 시선을 던지고는 졸음을 쫓으려는 듯 몸을 흔들더니 곧 멀리 떨어져 있는 방으로 그를 안내했다. 복도 맨 끝 층계 밑의 답답하고 좁은 구석방이었다. 그러나 다른 방은 없었다. 다 차 있었다. 누더기 차림의 사내는 묻는 듯이 그를 보고 있었다.

"차는 되나?" 스비드리가일로프가 물었다.

"됩니다."

"또 뭐가 있나?"

"송아지 고기와 보드카, 전채 요리가 있습니다."

"송아지 고기와 차를 가져오게."

"더 필요한 건 없습니까?" 누더기 차림의 사내가 좀 의아스럽 기까지 하다는 얼굴을 하면서 물었다.

"됐어, 필요 없네!"

누더기를 입은 사내는 완전히 실망해서 물러갔다.

'분명히 좋은 장소야.' 스비드리가일로프는 생각했다. '왜 진작 여길 몰랐을까. 나도 아마 어디 카페 샹탕* 같은 데서 진탕 마시고 돌아가다가 도중에 벌써 한바탕 소동을 벌인 꼴을 하고 있는 모 양이지. 그런데 궁금하군, 이런 곳에는 어떤 자들이 들어와서 묵 을까?'

그는 초를 켜고 방 안을 좀 더 자세히 둘러보았다. 작은 헛간 같 은 방으로, 스비드리가일로프의 키높이도 거의 되지 않을 만큼 천 장이 낮았고, 창은 하나밖에 없었다. 침대는 더럽기 짝이 없었고, 거칠게 칠을 한 탁자와 의자 하나가 거의 방 전체를 차지하고 있 었다. 벽은 판자를 이어 붙인 위에다 벽지를 바른 듯 보였으나, 그 것도 어찌나 먼지가 쌓이고 여기저기 찢어졌는지, 겨우 (누런) 색 깔만 아직도 짐작할 수 있을 뿐, 무늬는 이미 도저히 분간할 수 없 는 지경이었다. 벽과 천장의 일부는 고미다락방이 흔히 그렇듯이 비스듬히 잘려져 있었으나, 여기서는 이 경사면 위로 바로 층계가 지나가고 있었다. 스비드리가일로프는 초를 내려놓고, 침대에 앉아 생각에 잠겼다. 그러나 옆방에서 끊임없이 들려오는, 이따금 거의 고함 소리처럼 높아지기도 하는 이상한 속삭임이 마침내 그의 관심을 끌었다. 이 속삭임은 그가 들어왔을 때부터 계속되고 있었다. 그는 귀를 기울였다. 누군가 욕설을 퍼부으면서 거의 울다시피 하며 다른 사람을 책망하고 있었으나, 들리는 것은 한 사람의 목소리뿐이었다. 스비드리가일로프는 일어나서 한 손으로 촛불을 가렸다. 그러자 곧 벽에 조그마한 틈새가 밝게 빛났다. 그는 다가가서 들여다보기 시작했다. 그의 방보다 약간 큰 방에는 손님이 둘 있었다. 그들 중, 지독한 곱슬머리에다 얼굴이 불타는 듯 시뻘건 사나이가 프록코트도 벗어 버린 채 연설가 같은 자세로 서서, 균형을 잡기 위해 양 다리를 벌리고 한 손으로 연방 자기 가슴을 쳐 대며 비장한 어조로 상대편을 책망하고 있었다. 너는 거지나 다름없고 아무 관등도 없다, 그런 너를 수렁에서 구해 준 것이 바로 나다, 그러니 내 마음만 내키면 언제라도 너를 쫓아낼 수 있다, 이 모든 것을 보고 있는 것은 오로지 전능하신 하느님의 손가락뿐이다라는 그런 이야기였다. 책망을 당하고 있는 친구는 의자에 앉아서, 재채기가 하고 싶어 죽겠는데 왠지 그게 영 안 된다는 얼굴을 하고 있었다. 그는 가끔 양처럼 흐리멍덩한 눈으로 연설가를 쳐다보았지만, 분명 무슨 이야기를 하는 건지 전혀 이해하지 못하는 눈치였고, 아무것도 귀에 들어오지 않는 듯했다. 탁자 위에는 거의 다 타 버린 초 끝이 가물거리고 있었고, 거의 빈 보드카 병, 술잔, 빵, 컵, 오이, 이미 오래전에 다 마신 찻잔이 널려 있었다. 이 광경을 유심히 살펴보고 나서, 스비드리가일로프는 흥미 없다는 듯 벽 틈에서 물러나 다시 침대에 앉았다.

차와 송아지 고기를 들고 돌아온 누더기 차림의 사나이는 그래도 참지 못하고 "더 필요한 건 없으신가요?" 하고 또 한 번 물어왔으나, 다시 부정적인 대답을 듣게 되자 완전히 물러가고 말았다. 스비드리가일로프는 몸을 녹일 요량으로 부리나케 찻잔을 들고 한 잔을 다 마셨지만, 식욕이 전혀 나지 않아 고기는 한 조각도 먹을 수 없었다. 열이 나기 시작한 것 같았다. 그는 외투와 재킷을 벗고서 담요로 몸을 감싸고 침대에 누웠다. 짜증이 났다. '어쨌든 이때만큼은 건강해야 더 좋은 건데.' 그는 이렇게 생각하고 쓴웃음을 지었다. 방 안은 후텁지근하고, 초가 어슴푸레 타고 있고, 바깥에는 바람이 휘몰아치고 있었다. 방구석 어디선가에서 쥐가 갉아대고 있었고, 온 방 안에 쥐와 무슨 가죽 냄새 같은 것이 풍기는 듯했다. 그는 누워서 마치 비몽사몽간을 헤매는 것 같았다. 생각이 꼬리에 꼬리를 물고 떠올랐다 사라졌다. 그는 상상을 통해서나마 무엇에든 특별히 매달리고 싶은 듯했다. '이 창 아래는 틀림없이 무슨 정원이 있을 거다.' 그는 생각했다. '나무가 술렁대고 있군. 밤에 폭풍이 불 때 캄캄한 어둠 속에서 나무가 술렁대는 소리가 끔찍하게 싫단 말이야. 정말 더러운 느낌이다!' 그러자 그는 방금 페트로프스키 공원 옆을 지나다가 혐오감까지 느끼면서 그 생각을 했던 것이 기억났다. 그러자 계속해서 ** 다리와 소(小) 네바 강이 떠올랐고, 아까 물가에 서 있었을 때처럼 다시 으스스 추워지는 기분이었다. '나는 평생 단 한 번도 물을 좋아한 적이 없어. 풍경화에서 보아도 싫었으니까.' 그는 새삼 생각하다가 문득 한 가지 기이한 생각이 떠올라 다시 쓴웃음을 지었다. '이제 이런 미학이나 쾌적함 따위 다 상관없을 텐데 그런데도 여전히 까다롭단 말이야. 마치 이런 경우에 반드시 자기 자리를 가리는 짐승처럼……. 아까 정말 페트로프스키 쪽으로 접어들어야 했는데! 아마 어둡고 추워 보였던 게지, 흐흐! 기분 좋은 느낌마저 필요했던 모양이군……! 그런데 내가 왜 촛불을 끄지 않지? (그는 촛불을 불어서 껐다.) 옆방도 잠자리에 들었구나.' 좀 전의 벽 틈으로 빛이 새어 나오지 않자 그는 이렇게 생각했다. '자, 이제, 마르파 페트로브나, 당신이 슬슬 나타나기에 딱 좋은 때요. 어둡고, 장소도 알맞고, 때도 아주 진짜요. 아니 지금 이런 때 오지 않다니…….'

문득 무엇 때문인지, 조금 전, 두네치카에 대한 계획을 실행하기 한 시간 전에 라스콜니코프에게 그녀를 라주미힌의 보호 아래 맡기라고 권했던 일이 기억났다. '사실 그때 나는 무엇보다 나 자신을 격분시키기 위해 그런 말을 했는지 모르지. 라스콜니코프가 추측한 대로 말이야. 그렇지만 그 라스콜니코프는 대단한 놈이야! 많이도 짊어졌어. 그 황당한 생각만 모두 떨쳐 버린다면 머지않아 정말로 엄청난 인물이 될 수 있을 텐데. 그런데 지금은 **너무** 살고 싶어 해! 이 점에 관한 한 그런 족속은 비열한 놈들이야. 뭐, 될 대로 되라지, 녀석이 뭘 원하든 나하고 무슨 상관이야.'

그는 여전히 잠을 이룰 수가 없었다. 두네치카의 아까 모습이 조금씩 눈앞에 떠오르기 시작했다. 갑자기 전율이 그의 몸을 스쳤다. '아니다, 이런 생각은 이제 집어치워야 해.' 그는 정신을 차리고 생각했다. '뭔가 다른 것을 생각해야지. 이상하고 우습군. 난 누구를 심하게 증오한 적도, 특별히 복수하고 싶었던 적도 없었으니까. 하지만 이건 나쁜 징조야, 나쁜 징조! 다투는 것도 좋아하지 않았고, 무엇에 열중한 적도 없었어. 이것도 역시 나쁜 징조! 그런데 아까 나는 그녀에게 얼마나 많은 약속을 늘어놓았던가. 쳇, 제기랄! 그래도 그녀라면 나를 어떻게든 새사람으로 만들어 놓았을 텐데…….' 그는 다시 입을 다물고 이를 악물었다. 또다시 두네치카의 모습이 눈앞에 나타났다. 처음의 한 방을 쏘고 나서 지독하게 놀란 나머지 권총을 내리고 죽은 사람처럼 되어 그를 바라보던 그때의 바로 그 모습이었다. 그는 그때 두 번이나 그녀를 붙들 수 있었고, 그가 스스로 그녀에게 주의시켜 주지 않았다면 그녀는 자신을 방어하기 위해 손을 들어 올리지도 못했을 것이다. 그 순간 가슴이 죄어 올 정도로 그녀가 가여워졌던 게 기억났다……. '에이! 제기랄! 또 이런 생각이야, 이런 건 다 버려야 해, 버려야 해……!'

그는 이미 혼수상태에 빠져들고 있었다. 고열로 인한 오한도 차츰 가셨다. 갑자기 뭔가가 담요 아래에서 그의 팔과 다리를 타고 달린 것 같았다. 그는 몸을 움찔했다. '뭐야, 제기랄, 이건 쥐 같은데!' 그는 생각했다. '그래, 송아지 고기를 탁자 위에 놔뒀지…….' 그는 담요를 젖히고 일어나서 추위에 떠는 것이 끔찍하게 싫었다. 그러나 뭔가가 갑자기 발치에서 기분 나쁘게 사각사각 소리를 냈다. 그는 담요를 걷어차고 촛불을 켰다. 오한으로 덜덜 떨면서 침대를 살펴보기 위해 몸을 굽혔으나 아무것도 없었다. 그는 담요를 홀홀 털었다. 그러자 갑자기 침대보 위로 쥐가 툭 튀어나왔다. 그는 달려들어 쥐를 잡으려고 했으나, 쥐는 침대에서 달아나지도 않고 사방으로 요리조리 재빠르게 돌아다니면서, 그의 손가락 사이로 빠져나가기도 하고 팔을 타고 달리기도 하다가, 갑자기 베개 밑으로 숨었다. 그는 베개를 내동댕이쳤다. 그러나 그 순간 뭔가가 갑자기 그의 품속으로 뛰어들어 온몸을 타고 기어 다니다가 어느새 셔츠 등 속으로 기어든 것을 느꼈다. 그는 신경질적으로 몸을 떨면서 잠에서 깨어났다. 방 안은 어둡고, 그는 아까처럼 담요로 몸을 감싸고 침대에 누워 있었다. 창 아래에선 바람이 울부짖고 있었다. '정말 구역질 나는군!' 그는 짜증을 내며 생각했다.

   그는 일어나서 창을 등지고 침대 끝에 걸터앉았다. '차라리 잠을 자지 말자' 하고 그는 마음먹었다. 그러나 창으로 냉기와 습기가 밀려왔다. 그는 자리에서 일어나지도 않고 담요를 끌어다 몸을 감쌌다. 촛불은 켜지 않았다. 그는 아무것도 생각하지 않았고, 생각하고 싶지도 않았다. 그러나 환상이 꼬리를 물고 일어나고, 단상이 시작도 끝도 맥락도 없이 어른거렸다. 그는 반(半)수면 상태에 빠져드는 것 같았다. 추위인지, 어둠인지, 습기인지, 창 밑에서 울부짖으면서 나무를 뒤흔드는 바람인지, 그 무언가가 그의 마음속에 어떤 집요한 환상적 욕망과 동경을 불러일으켰다. 자꾸만 꽃들이 눈에 보이기 시작했다. 매혹적인 풍경이 상상 속에서 펼쳐졌다. 밝고 따뜻하고 거의 더위까지 느껴지는 축일, 성령강림제의 일요일이다. 집 주위에 빙 둘러 화단을 만들어 놓아 향기로운 꽃들로 에워싸인 영국식의 호사스러운 목조 별장, 담쟁이로 덮이고 장미 화단으로 둘러싸인 현관, 화려한 양탄자가 깔리고 중국 화병에 꽂힌 진기한 꽃들로 장식된 밝고 시원한 계단. 특히 창가에 놓여 있는 물이 담긴 꽃병 속에서 선명한 녹색의 통통하고 긴 줄기 끝에 다소곳이 고개를 숙이고 있는 향기 짙은 백수선화 다발이 그의 눈길을 끌었다. 수선화 곁을 떠나고 싶지 않았으나, 그는 계단을 올라가서 크고 천장이 높은 홀 안으로 들어섰다. 그곳 역시 어디에서나, 창가에도, 테라스로 나가는 활짝 열려 있는 문 옆에도, 또 그테라스에도, 어디에서나 할 것 없이 꽃이 가득했다. 바닥에는 막베어 온 향기로운 풀이 깔려 있고, 열린 창문으로 상쾌하고 가볍고 시원한 공기가 방 안으로 흘러들고, 창문 밑에서는 새들이 지저귀고 있었다. 홀의 중앙에는 하얀 공단이 씌워진 탁자 위에 관이 하나 놓여 있었다. 그 관은 하얀색의 얇은 비단에 싸여 있고, 가장자리는 주름이 많이 잡힌 하얀 천으로 장식되어 있었다. 사슬모양의 긴 꽃장식이 사방에서 관을 휘감고 있었다. 관 속에는 하얀 비단 레이스 옷을 입은 소녀가 대리석으로 빚은 듯한 두 손을 가슴 위에 꼭 포개어 놓고 온통 꽃에 에워싸여 누워 있었다. 그러나 그녀의 풀어헤친 밝은 금발은 물에 흠뻑 젖어 있고, 장미 화환이 머리를 감싸고 있었다. 이미 딱딱하게 굳어 버린 엄한 옆얼굴도 대리석으로 조각해 놓은 듯했으나, 창백한 입술에 어려 있는 미소는 어딘지 아이답지 않은 끝없는 비애와 커다란 하소연을 가득 담고 있었다. 스비드리가일로프는 이 소녀를 알고 있었다. 관옆에는 성상도 없고, 밝혀진 촛불도 없고, 기도 소리도 들리지 않았다. 이 소녀는 자살자로 물에 빠져 죽은 여자애였다. 겨우 열네

살밖에 되지 않았으나 이미 능욕당한 마음은 상처 입을 대로 상처 입어 스스로 제 목숨을 끊고 말았다.* 능욕이 이 어리고 아이 같은 의식을 공포와 경악 속에 몰아넣어, 천사같이 순결한 영혼을 부당한 수치심으로 뒤덮고, 어두운 밤, 암흑과 추위 속에서 아무도 들어주지 않고 파렴치한 비난만이 돌아올 뿐인 절망의 마지막 외침마저 앗아간 것이다. 질척질척하게 눈이 녹을 무렵, 세차게 바람이 울부짖던 때에……

스비드리가일로프는 정신이 번쩍 들어 침대에서 일어나서 창가로 갔다. 그는 손으로 더듬더듬 빗장을 찾아내 창문을 열었다. 바람이 광포하게 좁은 방 안으로 밀어닥치고, 마치 언 서리처럼 그의 얼굴과 셔츠 한 장만 걸친 가슴팍에 마구 달라붙었다. 과연 창 아래에는 분명히 무슨 정원 같은 것이 있었다. 역시 유원지 같아 보였다. 아마도 낮에는 이곳에서도 가수들이 노래를 부르고, 작은 탁자로 차를 내왔으리라. 그러나 지금은 나무들과 관목 숲 덤불로부터 물방울이 부서져 창으로 날아들고 있을 뿐, 움 속 같이 컴컴해서, 뭔가 있는 성싶은 검은 반점들만을 간신히 알아볼 수 있을 따름이었다. 스비드리가일로프는 몸을 굽히고 팔꿈치를 창턱에 괸 채, 벌써 오 분이나 눈도 한 번 떼지 않고 이 컴컴한 어둠 속을 바라보고 있었다. 어둠과 밤을 뚫고 대포 소리가 울리고, 이어 또 한 번 울렸다.

'아, 경보다! 강물이 불어나고 있구나.'* 그는 생각했다. '아침 무렵이면 저기 저지대에는 물이 거리로 넘쳐서 지하실과 반지하 방이 물에 잠기고, 지하실의 쥐가 떠오르고, 비바람이 몰아치는 가운데 사람들은 온몸이 흠뻑 젖은 채 서로 욕을 해 대며 제각기 지저분한 물건들을 위층으로 끌어 옮기기 시작하겠지……. 그런데 지금 몇 시나 됐을까?' 막 이런 생각을 했을 때, 어딘가 가까이서 똑딱거리며 온 힘을 다해 서두르는 듯이 벽시계가 3시를 쳤다. '아하, 이제 한 시간만 지나면 날이 밝겠구나! 기다릴 게 뭐 있나? 지금 나가서 바로 페트로프스키로 가자. 거기 어디서 관목을 고르자. 비에 흠뻑 젖어 살짝 어깨가 스치기만 해도 수백만 개의 물방울을 머리 위에 끼얹어 줄 큼직한 것으로…….' 그는 창에서 물러서서 창문 고리를 걸고 촛불을 켠 다음, 조끼와 외투를 걸치고, 모자를 쓰고는 초를 들고 복도로 나갔다. 복도 어딘가의 어느 골방에서 온갖 잡동사니와 타다 남은 몽당 초 사이에서 잠자고 있을 누더기 차림의 사나이를 찾아내 방값을 치르고 여관을 나설 생각이었다. '절호의 순간이야. 더 좋은 때를 택하기란 불가능하다!'

그는 한참 동안이나 길고 좁은 복도를 돌아다녔지만, 아무도 눈에 띄지 않아서 아예 큰 소리로 부르려던 참이었다. 그때 문득 낡은 장과 문 사이의 컴컴한 구석에서 뭔가 살아 있는 것 같은 어떤 이상한 물체가 눈에 들어왔다. 촛불로 비추면서 몸을 굽히고 살펴보니 어린아이가, 겨우 다섯 살이나 됐을까 싶은 계집아이가 마루 걸레같이 흠뻑 젖은 옷을 입고 오들오들 떨면서 울고 있었다. 계집아이는 스비드리가일로프가 무섭지 않은지 크고 검은 눈망울에 둔한 놀라움을 담고 그를 빤히 쳐다보면서 이따금 흑흑 흐느끼고 있었다. 오랫동안 운 끝에 이미 울음을 그치고 마음도 진정되었지만, 그러다가 갑자기 또다시 흐느끼게 되는 아이 모습 그대로

였다. 계집아이의 조그만 얼굴은 창백하게 지쳐 있고, 온몸이 추위에 꽁꽁 얼어붙어 있었다. '이 아이는 어떻게 이런 곳엘 오게 됐을까? 여기 숨어서 하룻밤을 꼬박 새운 모양인데.' 그는 아이에게 이것저것 캐물었다. 계집아이는 갑자기 생기를 되찾고, 잘 돌아가지도 않는 어린아이의 혀로 뭔가 재빠르게 혀짤배기소리를 시작했다. 그중엔 '엄마'가 어떻고, '엄마가 때렸쩌'라든가, 무슨 찻잔을 '깼쩌'라는 말이 있었다. 계집아이는 연방 좋알댔다. 그 얘기를 종합해서 그럭저럭 짐작해 낼 수 있었던 것은, 이 아이가 집안의 천덕꾸러기이고, 아마 이 여관의 요리사인 듯싶은 노상 취해 있는 어머니한테서 매를 맞고 겁에 질려 있다는 것이었다. 아이는 어머니의 찻잔을 깨고는 너무 겁이 나서 초저녁부터 도망쳤고, 아마 오랫동안 어디 바깥에서 비를 맞으며 숨어 있다가 마침내 이곳으로 몰래 들어와서 장 뒤에 몸을 숨기고는, 축축한 습기와 어둠, 그리고 이런 짓을 했으니 이제 호되게 맞을 거라는 두려움에 떨면서 밤새 울며 여기 앉아 있은 모양이었다. 그는 계집아이를 두 팔로 안고 자기 방으로 가서 침대에 앉히고 옷을 벗기기 시작했다. 맨발에 신고 있던 계집아이의 구멍 난 반장화는 마치 밤새도록 웅덩이에 잠겨 있었던 것처럼 흠뻑 젖어 있었다. 옷을 벗긴 다음 그는 계집아이를 침대에 누이고, 머리까지 완전히 담요로 감싸 주었다. 아이는 곧 잠이 들었다. 이 일을 다 마치자, 그는 다시 침울하게 생각에 잠겼다.

'또 이런 일에 끼어들려 했다니!' 그는 갑자기 답답하고 심술궂은 기분이 되어 생각했다. '무슨 어리석은 짓이냐!' 그는 짜증이 치밀어서, 이제는 가서 무슨 일이 있어도 그 누더기 차림의 사나이를 찾아내어 어서 빨리 이곳을 떠나겠다고 마음먹고 초를 집어 들었다. '에잇, 저 쪼그만 계집애!' 그는 저주스럽다는 생각을 하며 이미 문을 열었으나, 계집아이가 자고 있는지, 또 어떻게 자고 있는지 다시 한 번 보려고 되돌아갔다. 그는 조심스레 담요를 들추어 보았다. 계집아이는 달콤하고 곤한 잠에 빠져 있었다. 담요 속에서 따뜻하게 몸이 풀려, 창백하던 볼은 발그레 홍조를 띠고 있었다. 그러나 이상했다. 이 홍조는 보통 아이들의 붉은 볼보다 훨씬 선명하고 짙어 보였다. '이건 신열이 날 때의 붉은색이다.' 스비드리가일로프는 생각했다. 이건 술에 취했을 때의 붉은빛이다. 마치 한 잔 가득 먹인 것 같다. 새빨간 입술은 꼭 불타는 것 같고, 불꽃을 내뿜는 것 같다. 대체 어떻게 된 일일까? 갑자기 계집아이의 길고 새까만 속눈썹이 파르르 떨리면서 살짝 들리는 듯이 깜박이는가 싶더니, 그 밑으로 아이답지 않은 눈짓을 하고 있는 교활하고 날카로운 눈망울이 내다보는 듯이 느껴졌다. 계집아이는 자는 게 아니라, 그런 시늉을 하고 있는 것만 같았다. 그렇다, 정말 그렇다. 계집아이의 입술이 양쪽으로 벌어지면서 미소를 짓고, 입술 끝은 아직 애써 참으려는 듯이 떨리고 있다. 그러나 이제 계집아이는 참는 걸 이미 그만두었다. 이건 이미 웃음이다, 노골적인 웃음이다. 전혀 아이답지 않은 이 얼굴에는 뻔뻔스럽고도 도발적인 무엇이 빛나고 있다. 이것은 음탕이다, 이것은 탕녀의 얼굴이다. 프랑스 창녀의 뻔뻔스러운 얼굴이다. 이젠 아예 숨기려고도 하지 않고 두 눈을 뜨고 있다. 이 눈은 수치심을 모르는 불타는 시선으로 그를 훑어보고, 그를 부르며 웃음을 던지고 있다……. 이 웃음, 이 눈, 아이 얼굴에 떠오른 이 모든 추잡한 표정에는 끝없이 추악하고 모욕적인 어떤 것이 있었다. '어떻게! 다섯 살짜리 계집 애가!' 스비드리가일로프는 정말로 공포에 질려 중얼거렸다. '이 게…… 이게 대체 어찌 된 거지?' 그러나 이미 계집아이는 타오르 는 얼굴을 완전히 그에게로 돌리고 두 손을 내밀고 있다……. '아 아, 저주받을 년!' 스비드리가일로프는 계집아이 위로 손을 쳐들며 공포에 사로잡혀 소리쳤다……. 그러나 바로 그 순간 그는 잠에서 깨어났다.

그는 여전히 같은 침대에서 담요를 몸에 감고 누워 있었다. 촛불 은 켜져 있지 않았으나, 이미 창에는 완전히 날이 샌 아침이 하얗게 밝아 오고 있었다.

'밤새 악몽을 꿨군!' 그는 온몸을 두들겨 맞은 듯 느끼면서 화가 치미는 기분으로 몸을 일으켰다. 뼈마디가 쑤셨다. 바깥은 온통 짙은 안개여서 아무것도 분간할 수 없었다. 벌써 5시가 다 되어 가 고 있었다. '너무 오래 잤어!' 그는 일어나서 아직도 축축한 재킷과 외투를 걸쳤다. 호주머니를 더듬어 권총을 꺼낸 뒤, 뇌관을 손보 았다. 그러고는 앉아서 주머니에서 수첩을 꺼내어 제일 눈에 잘 띄는 속겉장에다 큼직한 글씨로 몇 줄을 적었다. 그것을 다시 읽 고 난 다음 그는 탁자에 팔꿈치를 괴고 생각에 잠겼다. 권총과 수 첩은 팔꿈치 바로 옆에 놓여 있었다. 잠이 깬 파리들이 손도 대지 않은 채 바로 거기 탁자 위에 그대로 놓여 있던 송아지 고기에 달 라붙어 있었다. 그는 오랫동안 파리들을 바라보다가 드디어 비어 있는 오른손으로 그중 한 마리를 잡으려고 했다. 녹초가 될 정도로 오랫동안 안간힘을 써 보았지만, 아무리 해도 잡을 수가 없었다. 마침내 이 재미난 일에 몰두하고 있는 자신을 깨닫고는 그는 제정신이 들어 몸을 한 번 부르르 떨고 일어나서, 단호하게 방을 나섰다. 일 분 후 그는 거리에 있었다.

우윳빛의 짙은 안개가 도시를 뒤덮고 있었다. 스비드리가일로프는 나무토막으로 포장된 미끄럽고 지저분한 도로를 따라 소(小) 네바 강 쪽으로 걷기 시작했다. 밤사이에 많이 불어난 소(小) 네바 강의 물과 페트로프스키 섬과 젖은 오솔길과 젖은 풀과 젖은 나무와 관목들, 그리고 마침내는 바로 그 관목이 자꾸만 뇌리에 떠올랐다……. 짜증스러운 기분이 되어 그는 무슨 다른 것을 생각하려고 집들을 찬찬히 살펴보기 시작했다. 거리엔 행인도 마차도 찾아볼 수 없었다. 선명한 노란색의 목조 가옥들이 덧창을 닫은 채 음울하고 더러운 모습을 하고서 바라보고 있었다. 추위와 습기가 몸속까지 스며들어 오한이 나기 시작했다. 이따금 상점과 채소 가게의 간판을 보게 되면, 그는 하나하나 꼼꼼하게 읽었다. 나무 포장도로는 이제 벌써 끝이 났다. 그는 이미 커다란 석조 건물 앞에 와 있었다. 추위에 떠는 더러운 강아지 한 마리가 꼬리를 단단히 말고 그의 앞을 가로질러 달려갔다. 제복 외투를 입은 어떤 사나이가 죽도록 취해서 얼굴을 땅에 박고 보도를 막은 채 쓰러져 있었다. 그는 그 사나이를 힐끗 보고 계속 걸어갔다. 왼쪽에 소방대의 높은 망루가 보였다. '야아!' 그는 생각했다. '그래, 정말 좋은 장소다. 페트로프스키까지 갈 게 뭐 있어? 적어도 공식적인 증인이 있는 덴데…….' 그는 이 새로운 생각에 빙그레 웃음을 짓다시 피 하며 ** 거리로 접어들었다. 바로 그곳에 망루가 있는 거대한 건물이 있었다. 닫혀 있는 커다란 문 옆에는 회색의 병사 외투를 입고 구리로 된 아킬레우스 헬멧을 쓴 몸집이 자그마한 사나이가 한쪽 어깨를 문에 기대고 서 있었다. 거슴츠레 졸리는 눈으로 그는 가까이 다가오고 있는 스비드리가일로프를 차갑게 곁눈질했다. 그의 얼굴에는 모든 유대족의 얼굴에 한결같이 씁쓸하게 새겨져 있는 그 영원하고 까다로운 비애가 엿보였다. 스비드리가일로프와 아킬레우스 두 사람은 얼마 동안 말없이 서로를 살펴보고 있었다. 마침내 아킬레우스는 취하지도 않은 사나이가 세 발짝 앞에 버티고 서서 그를 빤히 쳐다보기만 할 뿐 아무 말도 하지 않는 것이 심상찮게 여겨진 모양이었다.

"이봐, 여기 무슨 볼일 있소까?" 그는 여전히 자세를 바꾸지 않고 꼼짝도 않으면서 물었다.

"아무 일도 아닐세, 형씨, 안녕하슈!" 스비드리가일로프가 대답했다.

"여긴 장소가 아녀."

"난, 형씨, 다른 나라로 가."

"다른 나라로?"

"아메리카로."

"아메리카로?"

스비드리가일로프는 권총을 꺼내서 방아쇠를 젖혔다. 아킬레우스가 눈썹을 곤두세웠다.

"이봐, 뭐여, 여긴 그런 장난하는 장소가 아녀!"

"아니 어째서 장소가 아냐?"

"장소가 아니니께."

"뭐, 형씨, 상관없어. 좋은 장소야. 누가 물어보면, 아메리카로 간 댔다고 대답하면 돼."

그는 권총을 오른쪽 관자놀이에 갖다 댔다.

"이봐, 여기선 안 돼, 여긴 장소가 아녀!" 아킬레우스는 점점 더 눈을 크게 치켜뜨면서 몸서리를 쳤다.

스비드리가일로프는 방아쇠를 당겼다.

7

같은 날, 그러나 이미 저녁 6시가 조금 지난 시각에 라스콜니코프는 라주미힌이 바칼레예프 집에다 얻어 준 어머니와 누이동생이 거처하고 있는 바로 그 셋방으로 가고 있었다. 층계 입구는 거리 쪽으로 나 있었다. 라스콜니코프는 들어갈까 말까 망설이는 듯, 여전히 걸음을 늦추면서 다가가고 있었다. 그러나 그는 무슨 일이 있어도 되돌아서지는 않았을 것이다. 결심이 서 있었기 때문이다. '게다가 어차피 마찬가지야, 두 사람은 아직 아무것도 모르니까.' 그는 생각했다. '그리고 진작부터 날 괴팍한 인간으로 여기는 데 익숙해진걸…….' 그의 옷차림은 끔찍했다. 밤새도록 비를 맞아 온통 더럽혀져 있었고, 갈기갈기 찢어져 누더기가 되어 있었다. 얼굴도 피로와 궂은 날씨와 육체적인 쇠약, 그리고 거의 하루 밤낮에 걸친 자신과의 싸움 때문에 흉할 정도로 일그러져 있었다. 이날 밤을 그는 어딘지도 모르는 곳에서 혼자서 꼬박 지낸 것이다. 그러나 그동안에 적어도 결심만은 내렸다.

그는 문을 두드렸다. 어머니가 그에게 문을 열어 주었다. 두네 치카는 집에 없었다. 하녀도 때마침 집에 없었다. 풀헤리야 알렉산드로브나는 처음엔 기쁜 나머지 놀라서 입조차 열 수 없었다. 그러다가 아들의 손을 붙잡고 방 안으로 끌어당겼다.

"아이고, 네가 왔구나!" 그녀는 너무 기뻐서 더듬거리면서 말을 시작했다. "화내지 마, 로쟈, 눈물을 흘리면서 이렇게 바보같이 널 맞는다고. 이건 웃고 있는 거지, 우는 게 아냐. 내가 울고 있다고 생각하니? 아냐, 난 기뻐서 이래. 그런데 이런 바보 같은 버릇이 있어서 그냥 눈물이 나오는구나. 네 아버지가 돌아가셨을 때부터 이래. 걸핏하면 운단다. 앉거라, 내 새끼, 피곤하지. 오죽하겠니. 다 알고 있어. 세상에, 어쩌면 이렇게 더러워졌니."

"어제 비를 맞았거든요, 어머니……." 라스콜니코프가 입을 열었다.

"아니, 아냐, 아냐!" 풀헤리야 알렉산드로브나는 그의 말을 가로막으며 큰 소리로 말했다. "넌 내가 할망구 같은 옛날 버릇대로 또 캐묻기 시작한다고 생각했구나, 걱정 마. 난 이해한다, 다 이해해. 이제 나도 이곳 방식을 익혔단다. 그리고 정말 내가 보기에도 이곳 방식이 더 현명하구나. 난 확실하게 깨달았어. 내가 어떻게 네 생각을 이해하고, 네게 설명을 요구할 수 있겠니? 네 머릿속에는 아무도 알 수 없는 어떤 일과 계획이 있을 거고, 어떤 생각이 생겨나고 있을 텐데. 그러니 내가 어떻게 네 팔을 잡고 대체 무슨 생각을 하고 있는 거냐고 귀찮게 참견을 하겠니? 난 말이다……. 아아, 정말! 내가 왜 이렇게 횡설수설할까, 정신 나간 여편네 같이……. 난 말이다, 로쟈, 잡지에 실린 네 논문을 벌써 세 번이나 읽고 있는 중이야. 드미트리 프로코피치가 가져다주었거든. 난 그걸 읽고서 탄식을 했단다. 난 정말 바보다 하고 속으로 생각했어. 얘는 이런 것에 몰두하고 있구나, 이제 수수께끼가 풀린다 하고! 아마도 그때 그 애의 머릿속에는 새로운 사상이 있어서 그것에 한창 골몰하고 있던 것인데, 내가 그 애를 괴롭히고 혼란스럽게 했구나 하고 말이야. 읽고는 있다만, 물론 이해 못 하는 게 많아. 하지만 당연하지, 내가 어떻게 이해를 하겠니?"

"좀 보여 주세요, 어머니."

라스콜니코프는 잡지를 집어 들고 자신의 논문을 힐끗 쳐다보았다. 지금 그가 처한 처지와 상황에 모순되는 일이긴 했으나, 그는 자신의 글이 인쇄된 것을 처음 접하는 필자가 맛보게 되는 그 쏘는 듯하고도 감미로운, 이상한 기분을 느꼈다. 더구나 스물셋이라는 나이 탓도 있었다. 그러나 이런 기분은 한순간뿐이었다. 몇 줄을 읽고 나자 그는 얼굴을 찌푸렸고, 무서운 우수가 그의 심장을 죄었다. 지난 몇 달 동안 겪었던 마음속의 투쟁이 일시에 떠올랐다. 그는 혐오감과 역겨움을 느끼며 논문을 탁자에 던져 버렸다.

"하지만 로쟈, 아무리 내가 어리석다 해도, 네가 곧 우리 학계에서 제일 첫째가는 사람은 아닐지라도 첫째가는 사람 중의 하나가 되리라는 것쯤은 판단할 수 있단다. 그런데 감히 그들은 네가 미쳤다고 생각하다니. 하하하! 넌 모르지, 그들은 그렇게 생각했단다! 아아, 천한 벌레들이야, 지성이 뭔지 그 사람들이 어떻게 이해하겠니! 두네치카도 그런 소릴 믿을 뻔했단다. 세상에나! 돌아가신 네 아버지도 잡지에 두 번이나 원고를 보낸 적이 있었어. 처음에는 시였고(내가 그 공책을 간직하고 있으니까, 언제 네게 보여 주마), 그다음엔 벌써 완전한 중편 소설이었지(제발 내가 정서를 하게 해 달라고 마구 간청을 했단다). 그것을 잡지사에서 실어 주길 우리 두 사람은 얼마나 기도했는지 몰라. 하지만 실리지 않았어! 로쟈, 나는 일주일 전만 해도 네 옷차림이며, 네가 사는 형편이며, 네가 먹는 것, 신고 다니는 것을 보고, 가슴이 찢어질 것만 같았다. 하지만 이젠 알아, 내가 또 얼마나 어리석었는지. 넌 마음만 내키면, 지금이라도 그 머리와 재능으로 모든 것을 한 번에 손에 넣을 수 있을 테니 말이다. 그걸 넌 아직은, 그러니까 지금은 원하지 않는 거고, 훨씬 더 중요한 일에 몰두하고 있는 게지……."

"두냐는 집에 없어요, 어머니?"

"없단다, 로쟈. 그 앤 나를 혼자 남겨 두고 정말 자주 집을 비우는구나. 고맙게도 드미트리 프로코피치가 종종 들러서 나와 함께 있어 주고, 늘 네 얘길해 줘. 그이는 널 좋아하고 존경하고 있단다, 아가. 하지만 네 누이동생이 이 어미에게 그렇게 소홀하다는 얘긴 아냐. 난 절대로 푸념하는 게 아니다. 그 애에겐 그 애 성격이 있고, 난 내 성격이 있으니까. 그 애에겐 무슨 비밀이 생긴 모양인데, 난 너희들에게 아무 비밀도 없다. 물론, 난 그 애가 아주 똑똑하고, 게다가 나와 너를 사랑하고 있다는 걸 잘 알고 있다만…… 이 모든 일이 앞으로 어떻게 될지는 도무지 모르겠구나. 로쟈, 지금 네가 와 줘서 날 이렇게 행복하게 해 주는데, 그 앤 또 어디로 산책을 나간 모양이다. 돌아오면 말해 주마. 네가 없을 때 오빠가 왔는데, 넌 대체 어디서 시간을 보내고 있었니 하고. 그렇지만, 로쟈, 너무 내 비위를 맞출 건 없어. 형편이 되면 들러다오. 안 되면 어쩔 수 없잖니, 내가 기다리마. 난 그래도 네가 날 사랑한다는 걸 알고 있으니까, 그것으로 족하단다. 이렇게 네 글을 읽기도 하고, 모든 사람들한테서 네 얘길 듣고 있으마. 게다가 때때로 네가 직접 찾아와 줄 테니, 그보다 좋은 일이 어디 있겠니? 어미를 위로하러 지금도 이렇게 와 주었는데, 나도 안다……."

그러면서 풀헤리야 알렉산드로브나는 갑자기 울기 시작했다.

"내가 또! 나한테 신경 쓰지 마, 내가 멍청해서 이래! 아아, 내 정신 좀 봐, 어쩌자고 이렇게 앉아 있을까." 그녀는 자리에서 벌떡 일어나며 외쳤다. "커피가 있는데, 네게 내올 생각도 않고! 정말 이게 늙은이의 이기주의라는 거야. 금방 내오마, 금방!"

"어머니, 그냥 두세요, 전 곧 갈 거예요. 그러려고 온 게 아녜요. 제발, 제 얘길 좀 들어주세요."

풀헤리야 알렉산드로브나는 머뭇거리며 그에게 다가갔다.

"어머니, 무슨 일이 일어나더라도, 저에 대해 무슨 말을 들으시더라도, 사람들이 저에 대해 무슨 말을 하더라도, 어머닌 지금처럼 절 사랑해 주실 거죠?" 그는 갑자기 가슴이 벅차올라, 자기가 하는 말을 생각해 보거나 깊이 헤아려 볼 겨를도 없이, 이렇게 물었다.

"로쟈, 로쟈, 너 왜 그러니? 어떻게 네가 그런 걸 물어볼 수 있니! 누가 너에 대해 이러쿵저러쿵한다던? 나는 누구 말도 믿지 않겠다. 누가 오든, 바로 쫓아 버리겠다."

"전 어머니를 언제나 사랑하고 있었다는 걸 다짐해 드리기 위해서 왔어요. 그래서 지금 우리 둘만 있는 게 기뻐요. 두냐가 없어서 오히려 더 기뻐요." 그는 여전히 아까와 같은 격정에 사로잡혀 말을 이었다. "전 솔직하게 말씀드리려고 왔어요. 설령 어머니께서 불행하게 되시더라도 지금 이 아들이 어머니를 자신보다도 더 사랑하고 있다는 것을 알아주셨으면 하고요. 제가 냉혹한 인간이어서 어머닐 사랑하지 않는다고 생각하셨겠지만, 그건 다 사실이 아니에요. 전 영원히 어머니를 사랑할 거예요……. 자, 이제 됐어요. 전 반드시 이렇게 해야 하고 이것으로 시작해야만 한다고 생각했어요……."

풀헤리야 알렉산드로브나는 말없이 그를 품에 꼭 껴안으면서 조용히 울었다.

"네게 무슨 일이 있는지 모르겠다만, 로쟈." 마침내 그녀가 말했다. "나는 줄곧 네가 우리한테 지겨워진 거라고 생각하고 있었단다. 하지만 이제 모든 걸로 미루어 보아 알겠어. 네 앞엔 크나큰 슬픔이 놓여 있어서, 그 때문에 괴로워하는 거로구나. 전부터 난 그걸 느끼고 있었어. 이런 말을 꺼낸 걸 용서해다오. 난 내내 이 생각만 하고 있고 밤에도 잠을 이룰 수가 없단다. 어젯밤엔 네 누이도 밤새도록 헛소리를 하면서 계속 네 말만 했어. 나도 뭔가 들긴 했는데, 뭔지 알 수가 있어야지. 그래서 아침나절 내내 사형이라도 앞둔 사람처럼 서성이면서 뭔가 예감이 들어 기다리고 있었더니, 마침내 올 게 왔구나! 로쟈, 로쟈, 어디로 가는 거니? 어딘가로 가는 거야?"

"네, 가요."

"그럴 줄 알았다! 네게 필요하다면, 나도 너와 같이 갈 수 있어. 두냐도 그렇단다. 그 앤 널 사랑하고 있어, 널 무척 사랑하고 있어. 그리고 필요하다면, 소피야 세묘노브나도 우리와 함께 가게 하자꾸나. 알지, 난 기꺼이 그 아가씨를 딸 대신 삼겠어. 드미트리 프로코피치가 같이 떠날 채비를 도와줄 거야…… 하지만…… 대체 어디로…… 가는 거냐?"

"안녕히 계세요, 어머니."

"뭐라고! 오늘 바로!" 그녀는 마치 영원히 아들을 잃어버리기라도 하는 것처럼 외쳤다.

"어쩔 수 없어요, 전 지금 가야 해요, 매우 중요한 일이 있어서……."

"내가 같이 가면 안 되겠니?"

"아뇨, 하지만 무릎을 꿇고 저를 위해 하느님께 기도해 주세요. 어머니의 기도라면 아마도 들어주실 테니까요."

"그럼 너에게 성호를 긋게 해다오, 널 축복해 주마! 자, 이렇게, 이렇게. 오, 하느님, 이게 무슨 일인가요!"

그렇다, 그는 기뻤다. 아무도 없는 것이, 어머니와 단둘이 있는 것이 무척 기뻤다. 이 무서웠던 시간을 통해 처음으로 그의 마음이 한순간에 부드러워지는 것 같았다. 그는 어머니 앞에 쓰러져, 발에 입을 맞추었다. 두 사람은 서로 끌어안고 울었다. 이번에는 그녀도 놀라지 않았고 캐묻지도 않았다. 이미 오래전부터 그녀는 아들에게 무슨 무서운 일이 일어나고 있고, 이제 그에게 그 어떤 두려운 순간이 닥쳐왔다는 것을 깨닫고 있었다.

"로쟈, 사랑하는 내 아들, 내 첫아이!" 그녀는 흐느끼며 말했다. "지금 넌 어렸을 때와 꼭 같구나. 그때도 너는 내 곁에 다가와서 이렇게 날 껴안고 키스했지. 아직 아버지가 살아 계시고 우리가 가난에 시달리고 있을 때, 넌 우리와 함께 있다는 것만으로도 우리를 위로해 주었단다. 그리고 네 아버지를 묻고 난 다음, 몇 번이나 지금처럼 서로 껴안고 산소에서 울었는지 모르겠구나. 내가 전부터 이렇게 울고 있는 건, 어미의 마음으로 불행을 예감했기 때문이란다. 그날 저녁에 널 처음 본 순간, 기억하고 있겠지, 우리가 이곳에 도착했던 그때, 난 네 눈빛 하나만으로도 모든 걸 알아챘어. 그때도 난 가슴이 철렁했는데, 오늘 네게 문을 열어 주었을 때도 네 얼굴을 보자마자, 드디어 운명의 시간이 왔구나 하고 생각했다. 로쟈, 로쟈, 설마 지금 바로 떠나는 건 아니겠지?"

"아네요."

"또 올 거지?"

"네…… 올게요."

"로쟈, 화내지 말아다오, 꼬치꼬치 캐묻지도 않으마. 그럴 수 없다는 걸 알고 있어. 하지만 두어 마디라도 해 주렴. 어디 멀리 가니?"

"아주 멀리요."

"거기에 뭐가 있기에, 무슨 일자리나, 출셋길이나, 그런 거라도 있니?"

"하느님이 제게 보내 주시는 대로……. 다만 저를 위해 기도해 주세요……."

라스콜니코프는 문 쪽으로 걸음을 떼었으나, 어머니는 아들을 붙잡고 절망적인 눈빛으로 그의 눈을 응시하고 있었다. 그녀의 얼굴이 공포로 일그러졌다.

"됐어요, 어머니." 라스콜니코프는 이곳에 올 생각을 했던 것을 깊이 후회하면서 말했다.

"영원히 떠나는 건 아니지? 설마 아직 영원히는 아니겠지? 또 올 거지, 내일 올 거지?"

"올 게요, 올 게요, 안녕히 계세요."

그는 마침내 뿌리치고 나왔다.

싱그럽고 따뜻하고 맑게 갠 저녁이었다. 날씨는 이미 아침부터 개어 있었다. 라스콜니코프는 자신의 하숙방을 향해 걷고 있었다. 그는 발걸음을 재촉했다. 해가 지기 전에 모든 것을 끝내고 싶었다. 그때까지는 아무도 만나고 싶지 않았다. 자기 방으로 올라가면서, 그는 나스타시야가 사모바르에서 몸을 돌리고 그에게 두 눈을 박은 채 뚫어지게 지켜보고 있는 것을 알아챘다. '누가 내 방에 와 있는 게 아닐까?' 하고 그는 생각했다. 포르피리의 얼굴이 눈앞에 떠오르며 혐오감이 치밀었다. 그러나 자기 방까지 와서 문을 열자, 두네치카가 눈에 들어왔다. 깊은 생각에 잠겨 홀로 동그마니 앉아 있는 걸로 보아 벌써 오래전부터 그를 기다린 듯했다. 그는 문지방에서 걸음을 멈추었다. 그녀는 움찔 놀라 소파에서 몸을 일으키고는 오빠 앞에 반듯이 섰다. 꼼짝도 않고 그에게 향해 있는 시선은 공포와 위로할 수 없는 슬픔을 담고 있었다. 이 시선만으로도 그는 누이동생이 모든 것을 알고 있다는 사실을 곧바로 깨달았다.

"어떻게, 내가 들어갈까 아니면 나갈까?" 그는 자신 없이 물었다.

"난 온종일 소피야 세묘노브나 방에 앉아 있었어요. 둘이서 오빠를 기다렸죠. 오빠가 반드시 거기 들를 거란 생각이 들어서."

라스콜니코프는 방 안으로 들어가자 기진맥진해서 의자에 털썩 주저앉았다.

"난 어쩐지 기운이 없구나, 두냐. 이미 몹시 지쳤어. 이 순간만이라도 자신을 충분히 다스리고 싶은데."

그는 의아한 눈초리로 그녀를 힐끗 쳐다보았다.

"대체 오빠 밤새 어디 있었어요?"

"기억이 잘 안 나. 실은, 확실하게 결심을 하려고 네바 강 주변을 여러 번 돌아다녔어. 그건 기억하고 있어. 난 거기서 끝내 버리려고 했다만…… 결심이 서지 않았어……." 그는 또다시 의아스럽다는 시선으로 두냐를 보면서 속삭이듯 말했다.

"하느님 덕분이에요! 우린 바로 그걸 걱정했어요, 나도 소피야 세묘노브나도! 그러니까 오빠 아직 삶을 믿고 있는 거예요. 하느님 덕분이에요, 하느님 덕분이에요!"

라스콜니코프는 쓴웃음을 지었다.

"내가 삶을 믿고 있었던 건 아냐. 그런데도 방금 어머니하고 껴안고 같이 울었어. 나는 믿지 않지만, 어머니에겐 날 위해 기도해 달라고 부탁했어. 어떻게 되어 가고 있는지, 그건 아무도 몰라, 두네치카, 나도 이건 전혀 모르겠어."

"어머니에게 갔다고요? 그럼 어머니에게 얘기했어요?" 두냐는 소스라치게 놀라며 외쳤다. "정말 말하려고 결심한 거였단 말예요?"

"아니, 말을 한 건…… 아니야. 하지만 어머니는 대강 눈치채고 계셨어. 어머닌 밤에 네가 헛소리하는 걸 들으셨어. 분명히 절반쯤은 이미 알고 계실 거야. 어쩌면 내가 거기 들른 게 잘못인지 모르지. 뭣 하러 거기 들렀는지 정말 모르겠어. 난 비열한 인간이야, 두냐."

"비열한 인간이라니. 그러나 고난을 받으러 갈 각오는 돼 있잖아요! 정말 갈 거죠?"

"갈 거다. 지금. 그래, 이런 치욕을 면하려고 난 물에 빠져 죽으려 했어, 두냐. 그런데 강물 위에 서니까, 만약 내가 지금껏 자신을 강한 인간으로 여겨 왔다면 지금 이 치욕도 두려워할 게 없다는 생각이 들더구나." 그는 선수를 치며 말했다. "이게 오만일까, 두냐?"

"오만이에요, 오빠."

생기를 잃은 그의 눈동자에서 불꽃이 번쩍인 것 같았다. 아직도 오만하다는 것에 기분이 좋아진 듯했다.

"하지만 누이야, 넌 내가 그저 물이 무서웠던 거라고 생각하지 않아?" 그는 흉한 미소를 띤 채 누이동생의 얼굴을 힐끔 보면서 물었다.

"아아, 오빠, 그만둬요!" 두냐는 쓸쓸하게 외쳤다.

이 분쯤 침묵이 계속됐다. 그는 고개를 떨구고 앉아서 바닥을 내려다보고 있었다. 두네치카는 탁자의 다른 쪽 끝에 서서 괴로운 눈빛으로 그를 보고 있었다. 갑자기 그가 일어섰다.

"늦었어, 때가 됐다. 난 지금 자수하러 간다. 하지만 무엇 때문에 날 넘기려 가는 건지 나도 모르겠다."

커다란 눈물방울이 그녀의 뺨을 타고 흘러내렸다.

"우는구나, 두냐, 하지만 내게 손을 내밀 수는 있겠지?"

"오빠 그것까지도 의심했어요?"

그녀는 그를 꼭 끌어안았다.

"오빠 고난을 받으러 가니까, 이미 절반은 범죄를 씻는 게 아닐까요?" 그녀는 그를 꼭 껴안고 입을 맞추면서 외쳤다.

"범죄라니? 무슨 범죄?" 그는 갑자기 격분하여 외쳤다. "내가 그 더럽고 해로운 이(蝨)를, 아무에게도 쓸모없고 그런 걸 죽이면 마흔 가지 죄라도 용서될 그 고리대금업자 할망구를, 가난한 사람의 피를 빨아먹는 그런 할망구를 죽인 게, 그게 범죄란 말이냐? 나는 그렇게 생각하지 않아. 그러니 그걸 씻어 버릴 생각도 없다. 그런데 왜 다들 사방에서 '범죄다, 범죄다!' 하고 나에게 손가락질 해 대는 걸까. 이제야 나는 내 소심함이 얼마나 어리석은 건지 분명히 알겠다. 이런 쓸데없는 치욕을 받으러 가기로 이미 결심해 버린 지금에 와서야 말이다! 난 단지 비열하고 무능하기 때문에 이렇게 결심하는 거야. 그리고 또 그게 유리하기 때문이기도 하지. 그…… 포르피리가 권한 것처럼……!"

"오빠, 오빠, 그게 무슨 말이에요! 오빤 피를 흘리게 했잖아요!" 두냐가 절망한 목소리로 외쳤다.

"다들 흘리는 피야." 라스콜니코프가 미친 듯 흥분하여 말을 받았다. "이 세상에 폭포처럼 흐르고 있고, 언제나 그렇게 흘렀던 피야. 모두가 샴페인처럼 흘리고 있고, 또 그 때문에 쥬피터 신전에서 월계관을 씌워 주고, 훗날 인류의 은인으로 불러 주는 그런 피라고.* 그래 너도 눈을 더 똑바로 뜨고 똑똑히 살펴봐라! 나는 사람들을 위해 선을 원했던 거야. 그리고 이 한 가지의 어리석은 짓 대신에, 아니 어리석은 것조차도 아닌 다만 서투른 짓 대신에, 수백, 수천 가지의 선행을 할 수 있었을지도 몰라. 왜냐하면 이 사상은 실패한 지금에 와서 보이듯, 절대로 그렇게 어리석은 게 아니니까……. (무엇이든 실패하면 어리석어 보이는 법이지!) 이 어리석은 짓을 통해 나는 다만 나 자신을 독립된 위치에 세우고, 첫걸음을 내딛고, 수단을 확보하려고 했어. 그렇게 되면, 모든 것이 그와는 비교도 될 수 없는 무한한 이로움에 의해 상쇄될 수 있었을 거야……. 하지만 나는, 나는 첫걸음도 견뎌 내지 못했어. 왜냐하면 난 비열한 인간이니까! 바로 이게 문제의 전부야! 그래도 나는 너희들의 시선으로 보지는 않겠어. 만약 내가 성공했더라면, 사람들은 내게 월계관을 씌워 주었을 테지. 그러나 지금은 올가미를 씌워!"

"하지만 그건 아녜요, 절대로 그렇지 않아요! 오빠, 왜 그런 말을 하는 거예요!"

"아하! 형식이 그게 아니었지, 미적으로 그렇게 훌륭한 형식은 아니지! 하지만 난 도저히 이해할 수 없다. 어째서 폭탄을 던지고 정식으로 포위해서 사람을 살육하는 것이 더 존경할 만한 형식이라는 거지? 심미적인 두려움은 무력함의 첫 징후야……! 지금처럼 이것을 분명하게 의식한 적은 한 번도, 단 한 번도 없어. 무엇이 나의 범죄라는 건지 그 어느 때보다도 더 이해할 수가 없어! 내가 지금보다 더 강하고 더 확신에 찼던 적은 한 번도 없어, 단 한 번도……!"

그의 창백하고 지친 얼굴에 홍조마저 번졌다. 그러나 이 마지막 말을 외치다가, 그는 뜻하지 않게 두냐와 시선이 마주쳤다. 그리고 그 시선에서 자기로 인한 깊고 깊은 괴로움을 보고서, 저도 모르게 정신이 번쩍 들었다. 그는 어쨌든 자기가 이 두 불쌍한 여자를 불행하게 만들었다는 것을 느꼈다. 어쨌든 그가 원인인 것이다…….

"두냐, 내 예쁜 누이야! 내게 죄가 있다면 용서해 줘(물론 죄가 있다면, 나라도 용서받아선 안 되겠지만). 잘 있어! 논쟁은 그만두자! 가야 할 때야, 바로 가야 해. 날 따라오지 마, 제발 부탁이다. 난 아직 꼭 들를 데가 있어……. 넌 이제 돌아가서 어머니 곁에 있어 드려라. 부탁한다. 내가 너에게 하는 마지막 부탁, 제일 큰 부탁이야. 어머니 곁을 한시도 떠나지 마. 난 어머니를 불안 속에 남겨 두고 왔어. 어머니는 그걸 도저히 감당하지 못하실 거야. 돌아가시든지 미쳐 버리실 거야. 어머니와 함께 있어다오! 라주미힌이 두 사람 곁에 있어 줄 거다. 그 친구에게 말해 두었어……. 나 때문에 울지는 마라. 난 비록 살인자이지만, 용기 있고 정직하도록 노력하마, 평생토록. 어쩌면 언젠가 내 이름을 듣게 될지도 모르지. 두 사람 얼굴에 먹칠은 하지 않을 거야, 두고 봐. 앞으로 증명해 보일 테니…… 지금은 당분간 이것으로 이별하자." 그는 이렇게 마지막 말을 하고 약속을 하다가, 두냐의 눈에 다시 어떤 이상한 표정이 떠오른 것을 알아채고는 다급하게 말을 맺었다. "왜 그렇게 울어? 울지 마, 울지 마, 아주 헤어지는 것도 아닌데……! 아아, 그렇지! 잠깐만, 잊은 게 있어……!"

그는 탁자로 다가가서 먼지가 잔뜩 쌓인 두꺼운 책 한 권을 집어 들고 펼치더니, 상아판에다 수채화로 그린 조그만 초상화를 책갈피에서 빼냈다. 그것은 하숙집 여주인의 딸이자 열병으로 죽은 그의 옛 약혼녀, 수도원에 들어가고 싶어 했던 무척이나 이상한 그 아가씨의 초상화였다. 잠시 동안 그는 표정이 풍부하고 병적인 그 얼굴을 들여다보다가, 초상화에 입을 맞추고는 두네치카에게 건네주었다.

"난 이 아가씨하고 **그 일에 대해서도** 많은 얘길 나누었어, 오직 이 아가씨하고만." 그는 생각에 잠겨 말했다. "그녀의 가슴에 나는 나중에 그렇게 추악한 결과가 되어 버린 생각들 중에서 많은 걸 알려 주었지. 걱정 마." 그는 두냐에게로 얼굴을 돌렸다. "그녀도 너처럼 동의하지 않았으니까. 그래서 난 그녀가 이미 없다는 게 기뻐. 중요한 점, 중요한 점은, 모든 것이 이제 새로 시작되고, 두 쪽으로 동강나게 된다는 거야." 갑자기 그는 또다시 자신의 우수로 되돌아가면서 외쳤다. "모든 것, 모든 것이. 그런데 난 그럴 준비가 되어 있는 걸까? 스스로 이것을 원하고 있을까? 사람들은 이것이 나의 시련을 위해 필요하다고 말하지! 무엇 때문에, 무엇 때문에 이 모든 무의미한 시련이 필요하다는 거지? 무엇 때문에 그것들이 필요한 거지? 이십 년의 징역을 산 뒤에 고통에 짓눌린 힘없고 백치 같은 늙은이가 되어서 깨닫는 것이 지금 깨닫는 것보다 낫다는 건가. 그렇다면 내가 왜 살아야 하지? 어째서 난 지금 그토록 사는 데 동의하는 걸까? 아아, 오늘 새벽 네바 강 위에 서 있었을 때, 나는 내가 비열한 인간이라는 것을 알고 있었어!"

두 사람은 드디어 밖으로 나왔다. 두냐는 고통스러웠지만, 오빠를 사랑하고 있었다! 그녀는 걷기 시작했으나, 쉰 걸음쯤 걸어가다가 다시 한 번 오빠를 보려고 몸을 돌렸다. 그의 모습이 아직도 보였다. 모퉁이에 이르자 그도 뒤를 돌아보았다. 두 사람은 마지막으로 눈길을 주고받았다. 그러나 그는 누이동생이 계속 자기를 보고 있다는 것을 알아채자, 참을 수 없다는 듯 짜증까지 내면서 한 손을 내젓더니, 자기도 모퉁이 뒤로 획 돌아가 버렸다.

'나는 나쁜 놈이야, 나도 알아.' 잠시 후 그는 누이동생에게 했던 짜증스러운 손짓을 부끄럽게 느끼면서 속으로 생각했다. '그러나 어째서 그들은 날 이토록 사랑해 주는 걸까, 난 그럴 가치도 없는데! 아아, 만약 내가 혼자였다면, 아무도 날 사랑하지 않고 나 또한 결코 누구도 사랑하지 않았다면! 그렇다면 **이 모든 일은 일어나지 않았을 텐데**! 하지만 정말 궁금하군. 과연 앞으로 십오 년이나 이십 년이 지나는 동안에 내 영혼이 이미 유순해져서 말끝마다 자신을 강도라고 부르면서 사람들 앞에 공손히 머리를 조아리고 흐느껴 울게 될까? 그래, 그거야, 바로 그거야! 그 때문에 지금 그들은 나를 유형 보내려고 하는 거야. 그들에겐 바로 그게 필요한 거지……. 그들은 다들 이리저리 거리를 쏘다니고 있지만, 죄다 하나같이 천성이 비열한 놈들이고 강도야. 아니 그보다 더 나빠. 백치야! 어디 내게 유형이라도 면하게 해 줘 보지, 그들은 다들 의분에 못 이겨 미쳐 날뛸 테니! 오, 나는 그들을 죽도록 증오한다!'

그는 깊은 생각에 잠겼다. '도대체 어떤 과정을 거쳐 내가 마침내 그들 모두 앞에 아무런 이의도 없이 굴복하는 일이, 확신을 가지고 굴복하는 일이 일어날 수 있단 말인가! 그러나 왜, 어째서, 그렇게 되지 말라는 법이라도 있다는 거냐? 물론, 틀림없이 그렇게 될 것이다. 이십 년 동안의 끊임없는 억압이 나를 과연 완전히 부숴 버리지 못하겠는가? 물이 돌을 뚫는다. 그렇다면 왜, 왜 살아야 하나! 이 모든 것이 책에라도 쓰여 있듯이 꼭 그렇게 되리라는 것을, 결코 다르게는 될 수 없다는 것을 스스로 알면서도, 무엇 때문에 나는 지금 이렇게 가고 있는 것일까!'

그는 어제 저녁부터 아마도 벌써 백 번은 이렇게 자신에게 묻고 있었으나, 그런데도 여전히 걸어가고 있었다.

8

그가 소냐의 방에 들어갔을 때는 이미 땅거미가 지기 시작하고 있었다. 소냐는 온종일 무서운 흥분 속에서 그를 기다렸다. 그녀는 두냐와 함께 기다렸다. 두냐는, 소냐가 '그 일을 알고 있다'고 스비드리가일로프가 어제 말했던 것을 떠올리고, 벌써 아침부터 그녀에게 왔던 것이다. 두 여자가 나눈 대화와 눈물, 그리고 그들이 얼마나 친한 사이가 되었는지에 대해서는 자세하게 전하지 않겠다. 두냐는 이 만남에서, 적어도 오빠는 혼자가 아닐 거라는 한 가지 위안을 얻었다. 오빠는 그녀, 소냐에게 맨 먼저 죄를 고백하러 갔고, 자신에게 사람이 필요했을 때 그녀 속에서 사람을 찾았다. 그녀는 운명이 보내는 곳으로 어디든 그를 따라갈 것이다. 두냐는 물어보지도 않았으나, 그렇게 되리라는 것을 알고 있었다. 두냐는 어떤 공경심마저 지니고 소냐를 대하고 있었고, 처음에는 이 공경심 때문에 그녀를 거의 당혹스럽게 했다. 소냐는 하마터면 울 뻔했다. 그녀는 오히려 자기야말로 두냐를 쳐다볼 가치조차 없는 여자라고 여기고 있었다. 라스콜니코프의 방에서 처음 만났을 때 두냐가 그토록 배려 깊고 정중하게 작별 인사를 하던 그 아름다운 모습은 자신의 평생을 통해 가장 아름답고 도달할 수 없는 환영의 하나로 그녀의 마음속에 영원히 아로새겨져 있었다.

두네치카는 마침내 견디다 못해, 오빠의 방에서 그를 기다릴 요량으로 소냐를 남겨 두고 갔다. 혼자 남게 되자, 소냐는 그가 정말로 자살로 끝내 버리는 게 아닌가 싶어, 이내 공포에 시달리기 시작했다. 두냐도 그것을 두려워하고 있었다. 그러나 두 사람은 온종일 온갖 이유를 다 갖다 대면서 그럴 리가 없다고 서로 앞다투어 부정하고 있었으므로, 함께 있는 동안에는 두 사람 다 마음이 더

놓였다. 그렇지만 지금 이렇게 헤어지자마자, 두 사람은 오직 이 일만 생각하기 시작했다. 소냐는 어제 스비드리가일로프가 라스콜니코프에겐 두 갈래 길이 있다, 블라지미르카든지 아니면…… 하던 말이 생각났다. 더구나 그녀는 그의 허영심과 오만함, 자존심과 무신앙을 알고 있었다. '오로지 소심함이 죽음에 대한 두려움이 그 사람을 정말 살게 할 수 있을까?' 마침내 그녀는 절망에 빠져서 이렇게 생각했다. 그러는 사이 해가 어느덧 뉘엿뉘엿 지기 시작했다. 그녀는 슬픔에 잠긴 채 창 앞에 서서 창밖을 뚫어지게 응시하고 있었다. 그러나 창 너머로는 회칠도 하지 않은 이웃집의 거친 외벽이 보일 뿐이었다. 마침내 그녀가 이 불행한 이는 이미 죽어 버린 거라고 완전히 믿기에 이르렀을 때, 그가 방에 들어섰다.

기쁨의 탄성이 그녀의 가슴에서 터져 나왔다. 그러나 그의 얼굴을 뚫어지게 쳐다본 그녀는 갑자기 하얗게 질렸다.

"맞아, 그래!" 라스콜니코프가 비웃는 듯한 미소를 지으면서 말했다. "난 당신의 십자가를 받으러 왔어, 소냐. 자기 입으로 나더러 네거리로 나가라고 해 놓고, 왜 그래, 이제 실행할 때가 되자 겁이 난 건가?"

소냐는 놀라서 그를 보고 있었다. 이 말투가 이상하게 들렸던 것이다. 차가운 전율이 온몸을 스쳤다. 그러나 잠시 후 그녀는 말투도, 이 말도 모두 꾸며 낸 것이라는 걸 알아차렸다. 그는 그녀와 그런 말을 하면서도 왜 그런지 한쪽 방구석만 쳐다볼 뿐, 똑바로 얼굴을 쳐다보는 것을 피하는 듯했다.

"난 말이야, 소냐, 이렇게 하는 편이 유리하다고 판단했어. 그럴 사정이 있어……. 뭐, 이야기하자면 길고, 또 그럴 필요도 없어. 다만 무엇이 날 화나게 하는지 알아? 내가 화가 치미는 것은, 이제 그 멍청하고 짐승 같은 상관들이 모조리 나를 에워싸고, 눈알을 부릅뜨고 나를 똑바로 노려보면서, 멍청한 질문들로 내 대답을 강요하고, 손가락질을 해 댈 거라는 거야……. 제기랄! 난 말이야, 포르피리에겐 안 가. 그자는 지긋지긋해. 차라리 내가 아는 화약 중위한테 가겠어. 깜짝 놀라게 해 줄 작정이야, 그래서 일종의 효과를 얻어 내는 거지. 그렇지만 난 좀 더 냉정해져야 돼. 요즘 들어 너무 신경질적이 됐거든. 믿지 않겠지만, 지금도 난 누이동생이 나를 다만 마지막으로 한 번 보려고 몸을 돌린 걸 가지고, 거의 주먹으로 위협하다시피 했어. 돼지 같은 짓이지. 이런 상태야! 에잇, 내가 이렇게까지 돼 버렸어! 자, 그런데, 십자가는 어디 있지?"

그는 제정신이 아닌 듯했다. 잠시도 제자리에 서 있지 못하고, 어느 한 대상에도 주의를 집중시킬 수 없었다. 생각이 서로 건너뛰면서, 그는 종잡을 수 없이 뇌까리고 있었다. 그의 두 손은 가볍게 떨렸다.

소냐는 말없이 상자에서 두 개의 십자가, 삼나무*로 된 것과 구리로 된 것을 꺼내어, 자신도 성호를 긋고 그에게도 성호를 그어 준 다음, 삼나무 십자가를 그의 가슴에 걸어 주었다.

"이건 그러니까, 십자가를 진다는 상징이군, 호호! 마치 내가 지금까지 별로 괴로워하지도 않은 것처럼! 삼나무로 된 것은 보통 평민들이 지니고 다니는 거고, 구리로 된 것, 그게 리자베타의 것이었군. 당신이 가지는 거야? 좀 보여주겠어? 그럼 이게 그 여자 가슴에 걸려 있었나…… 그때? 나도 이것하고 비슷한 두 개의 십자가를 알고 있어. 은으로 된 것과 성상이 달려 있는 거였지. 난 그때 그것들을 할망구 가슴팍에다 던져 버렸어. 그게 지금 있다면 참 좋을 텐데. 정말이지 그걸 내가 걸면 좋을 걸……. 하지만 쓸데없는 소리만 지껄이다가, 정작 중요한 일은 잊어버리겠군. 난 왠지 넋이 나간 것 같아……! 실은, 소냐, 내가 온 건 당신에게 미리 알려 두려고, 당신이 알았으면 해서……. 뭐 그게 다야……. 다만 그 때문에 온 거야. (음, 그렇지만 할 말이 더 많을 거라고 생각했는데.) 당신 스스로도 내가 가길 원했잖아. 이제 난 감옥살이를 하게 될 테니, 당신 소원이 이루어지는 거지. 그런데 왜 울어? 당신까지? 그만해, 됐어. 아아, 자꾸 그러는 게 나한테 얼마나 힘든지 알잖아!"

그러나 그의 가슴속에서도 어떤 감정이 솟아났다. 그녀를 보고 있으려니 심장이 죄어들었다. '이 여자는, 이 여자는 대체 무엇 때문에?' 그는 속으로 생각했다. '나는 이 여자에게 과연 무엇일까? 왜 이 여자는 우는 걸까, 왜 어머니나 두냐처럼 내 채비를 해 줄까? 내 유모라도 되려는 건가!'

"한 번이라도 좋으니 성호를 긋고 기도하세요." 겁먹은 듯이 떨리는 목소리로 소냐가 부탁했다.

"아아, 좋지, 그거야 얼마든지 당신 좋을 대로! 그것도 진심으로, 소냐, 진심으로……."

그러나 그는 뭔가 다른 말을 하고 싶었다.

그는 성호를 몇 번 그었다. 소냐는 숄을 집어서 머리에 덮어썼다. 그것은 녹색의 드라데담 숄로, 그때 마르멜라도프가 말한 적이 있는 바로 그 '가족용'인 것 같았다. 그런 생각이 얼핏 라스콜니코프의 뇌리를 스쳤으나, 물어보지는 않았다. 사실 그는 자신의 주의력이 무섭게 흐트러져 있고 왠지 꼴사납게 초조해하고 있다는 걸 이미 스스로 느끼기 시작했다. 그는 그것에 소스라치게 놀랐다. 소냐가 그와 함께 나가려고 하고 있는 것도 그를 갑자기 깜짝 놀라게 했다.

"뭐하는 거야! 어딜 가려고? 그냥 있어, 그냥 있어! 나 혼자 가겠어."그는 소심하게 짜증을 내면서 소리치고는, 성을 내다시피 하며 문 쪽으로 걸어갔다. "여기에 수행원이 왜 필요해!"나가면서 그가 중얼거렸다.

소냐는 방 한가운데 그대로 남았다. 그는 그녀와 작별 인사조차 하지 않았고, 그녀를 벌써 잊고 있었다. 한 가지 독살스러운 반항적인 의혹만이 그의 마음속에서 끓어올랐다.

'과연 이래야 하나, 모든 게 이래야 하나?' 그는 층계를 내려가면서 또다시 이렇게 생각했다. '정말 이대로 걸음을 멈추고, 모든 것을 다시 할 수는 없을까…… 그리고 가지 않을 수는 없을까?'

그러나 그는 그래도 계속 걷고 있었다. 자신에게 그런 걸 물어봐야 아무 소용없다는 것을 그는 갑자기 분명하게 깨달았다. 거리로 나오자 그는 소냐와 작별 인사를 나누지 않은 게 생각났다. 그가 소리를 지르는 바람에 그녀가 꼼짝할 생각조차 하지 못하고 그 녹색 숄을 쓴 채 방 한가운데 그대로 남아 있었다는 생각이 나서,

그는 잠시 걸음을 멈추었다. 바로 그 순간, 갑자기 어떤 생각이 번쩍하고 그를 비추었다. 마치 그에게 결정적인 충격을 주기 위해 기다리고 있기라도 했던 듯이.

'도대체 왜, 무엇 때문에 난 지금 그녀에게 갔던 걸까? 난 그녀에게 말했지, 볼일이 있어 왔다고. 대체 무슨 볼일? 아무 일도 없었잖아! 이제 **간다**는 걸 밝히기 위해서였나, 그게 어쨌다는 건데? 그럴 필요가 뭐 있어서! 혹시 내가 그녀를 사랑하는 걸까? 그럴 리가 없어, 안 그래? 난 지금도 그녀를 개처럼 쫓아 버리지 않았나. 그럼 정말 그녀에게서 십자가를 받아야만 했던 걸까? 아아, 난 정말 밑바닥까지 떨어지고 말았구나! 아냐, 내겐 그녀의 눈물이 필요했던 거야. 그녀가 겁에 질리는 걸 봐야 했던 거고, 그녀가 가슴 아파하는 게, 그녀의 가슴이 찢어지는 게 보고 싶었던 거야. 무엇에든 매달려서 시간을 끌고 싶었고, 사람이 보고 싶었던 거야! 그런 식으로 나는 자신에게 억지로 희망을 걸어 보려고 했고, 그런 식으로 자신에 대해 환상을 가져 보려고 했어. 난 거지야, 난 쓰레기 같은 놈이야, 비열한 놈이야, 비열한 놈!'

그는 운하의 둑길을 따라 걷고 있었다. 길은 얼마 남아 있지 않았다. 그러나 다리에 다다르자 그는 잠시 걸음을 멈추더니, 갑자기 다리를 향해 옆으로 방향을 틀어 센나야 쪽으로 걸어갔다.

그는 탐욕스럽게 좌우를 둘러보며 모든 대상을 하나하나 긴장하여 눈여겨 살펴보았지만, 어떤 것에도 주의를 집중할 수가 없었다. 모든 것들이 그에게서 미끌어져 나갔다. '이제 일주일이나 한 달 후면 나를 그 수감자들 마차에 태워 이 다리를 지나 어디론가 끌고 가겠지. 그때 나는 이 운하를 어떻게 보게 될까. 이것을 기억해 둬?' 하는 생각이 그의 머리를 스쳤다. '여기 이 간판, 나는 그때 이 글자들을 어떻게 읽게 될까? 여기엔 이렇게 쓰여 있다, 'Таварищество*(성회)'. 그런데 저기 저 잘못 쓰인 a를, 철자 a를 기억해 두었다가, 한 달 뒤에 그걸, 이 a를 본다면, 그때는 어떻게 보게 될까? 그때 나는 무엇을 느끼고 생각하게 될까······? 맙소사, 이 모든 것은 얼마나 하찮은 것들인가, 지금 내가 하고 있는 이런 모든······ 걱정들은! 물론, 이 모든 것들은 흥미 있는 것임에 틀림없어······ 나름대로는······ (하하하! 내가 무슨 생각을 하는 거야!) 난 아이처럼 굴고 있군, 나 자신에게 허세를 부리면서. 대체 왜 내가 자신을 부끄러워할까? 젠장, 왜 이렇게들 미는 거야! 바로 저 뚱보―분명히 독일인인데―, 저 녀석이 방금 날 밀쳤어. 누구를 밀쳤는지 뭐, 알기나 할까? 어린애를 데리고 있는 저 아낙은 구걸을 하고 있군, 재미있어. 나를 자기보다 행복하다고 여기니까. 뭐, 그럼 심심풀이로 적선이나 해 볼까. 와아, 주머니에 아직 5코페이카 동전이 남아 있군, 어디서 난 거지? 자, 자······ 받으세요, 아주머니!'

"하느님의 가호가 있으시길!" 여자 거지의 징징거리는 목소리가 들렸다.

그는 센나야로 들어섰다. 사람들과 부딪치는 게 아주 불쾌했지만, 그래도 일부러 사람들이 더 많아 보이는 쪽으로 걸어갔다. 그는 홀로 있을 수 있다면 세상의 모든 것을 다 주고 싶었으나, 단일 분도 혼자 있을 수 없다는 것을 스스로 느끼고 있었다. 사람들이 모여든 가운데 한 주정뱅이가 추태를 부리고 있었다. 그 사나이는 자꾸만 춤을 추려고 했으나, 연방 옆으로 넘어지기만 했다. 사람들이 그를 에워쌌다. 라스콜니코프는 사람들을 비집고 들어가 몇 분 동안 그 주정뱅이를 보고 있다가, 갑자기 짧게 끊어지는 소리를 내며 웃기 시작했다. 그러나 잠시 뒤엔 벌써 그 주정뱅이에 대해서는 잊어버리고, 여전히 그 사나이를 쳐다보고 있긴 해도 전혀 눈에 들어오지도 않았다. 마침내 그는 자기가 어디에 있는지조차 기억하지 못하면서 그곳을 떴다. 그러나 광장 한복판에 이르렀을 때, 갑자기 마음속에서 어떤 감동이 일더니, 어떤 느낌이 일시에 그를 점령하고, 그의 몸과 마음 전부를 사로잡았다.

그는 갑자기 소냐의 말이 생각났다. '네거리에 가서 사람들에게 절을 하고, 땅에 입을 맞추세요. 당신은 땅 앞에 죄를 지었으니까요. 그리고 온 세상 사람들에게 소리 내어 말하세요, '나는 살인자입니다!'라고.' 그는 이 말을 떠올리고 온몸을 떨기 시작했다. 요즘 들어, 특히 이 몇 시간 동안은 어떻게 빠져나갈 길도 없는 우수와 불안이 그를 너무나도 강하게 짓눌렀던 탓에, 그는 이 순수하고 새롭고 충만한 느낌의 가능성 속으로 곧장 뛰어들었다. 그 느낌은 일종의 발작과도 같이 갑자기 그를 엄습하여 그의 영혼 속에서 하나의 불꽃으로 타오르기 시작하더니 순식간에 커다란 불길처럼 그의 전부를 사로잡아 버렸다. 그의 내부에 있던 모든 것이 단숨에 부드러워지고, 눈물이 솟구쳤다. 서 있던 자세 그대로 그는 갑자기 땅에 쓰러졌다……

그는 광장 한가운데에서 무릎을 꿇고 땅까지 몸을 굽혀 절을 하고 환희와 행복감에 휩싸여 그 더러운 땅에 입을 맞추었다. 그는 일어나서 또 한 번 몸을 굽혀 절을 했다.

"어이쿠야, 되게 취했군!" 그의 옆에서 어떤 젊은 사내가 말했다.

웃음보가 터졌다.

"저 친구는 예루살렘으로 가는 길이야, 여보게들. 그래서 아이들과 고향에 작별 인사를 하고, 온 세상에 절을 올리고, 수도 상트페테르부르크와 그 땅에 입을 맞추는 거라고." 거나하게 취한 어느 직공이 덧붙였다.

"아직 젊은 친군데." 세 번째 사람이 끼어들었다.

"귀족이구면!" 누군지 무게를 잡는 목소리로 말했다.

"요즘 세상에 누가 귀족이고 누가 아닌지, 분간할 수가 있나."

이런 온갖 외침과 이야기 소리가 라스콜니코프를 제지시키는 바람에, 아마도 혀끝에서 막 튀어나오려 하고 있었을 '나는 사람을 죽였습니다'라는 말도 입속에서 그대로 스러지고 말았다. 그러나 그는 이런 야유를 태연하게 들어 넘기고는 주위에는 눈도 주지 않고 곧바로 골목길을 지나 경찰서를 향해 걷기 시작했다. 도중에 어떤 환영이 눈앞에서 어른거렸으나, 그는 놀라지도 않았다. 반드시 그럴 것이라고 이미 예감하고 있었기 때문이다. 센나야에서 왼쪽으로 몸을 돌려 땅에 닿도록 두 번째 절을 했을 때, 그는 쉰 발짝쯤 떨어진 곳에서 소냐를 보았던 것이다. 그녀는 광장에 세워진 어느 목조 가건물 뒤에 몸을 숨기고 있었다. 그러니까 그녀는 그의 슬픈 행진에 줄곧 동행하고 있었다! 그 순간 라스콜니코프는 소냐가 이제 영원히 그와 함께 할 것이며, 운명이 그를 어디로 보내든 세상 끝까지라도 그를 따라오리라는 것을 단번에 확실하게 느끼고 깨달았다. 심장이 온통 뒤집히는 것 같았지만…… 그러나 이미 그는 운명적인 장소까지 와 있었다…….

그는 제법 기운차게 구내 마당으로 들어섰다. 3층까지 올라가야 했다. '다 올라갈 때까진 아직 시간이 있다' 하고 그는 생각했다. 운명의 순간까지는 아직 멀었고, 아직 많은 시간이 남아 있고, 아직 많은 것을 다시 생각할 수 있을 것 같았다.

나선형의 층계 위엔 또다시 그때 그 쓰레기와 그때 그 껍질들, 또다시 셋방 문들이 활짝 열려 있고, 또다시 탄 냄새와 악취가 풍기는 그때 그 부엌들이 있었다. 라스콜니코프는 그때 이후로 이곳에 온 적이 없었다. 다리가 뻣뻣하게 마비되면서 자꾸 꺾였으나, 그래도 그는 계속 걸어 올라가고 있었다. 그는 숨을 돌리고 옷매무새를 고친 다음 **인간답게** 들어가기 위해, 잠시 걸음을 멈추었다. '하지만 무엇 때문에? 왜?' 자신의 동작이 의미하는 바를 깨닫자, 그는 문득 생각했다. '어차피 이 잔을 들이켜야 한다면, 모든 게 매한가지 아닌가? 추악하면 추악할수록 좋다.' 순간 화약 중위 일리야 페트로비치의 모습이 뇌리를 스쳐갔다. '정말 꼭 그에게 가야 하나? 다른 사람이면 안 될까? 니코짐 포미치에게 가면 안 될까? 당장 돌아서서 바로 서장의 집으로 갈까? 적어도 가정적인 형식으로 진행될 거다……. 아니다, 아니다! 화약한테 가자, 화약한테! 어차피 마셔야 한다면, 단숨에 다 마셔 버리자…….'

좀 냉정을 되찾고 겨우겨우 자신을 의식하면서 그는 경찰서의 문을 열었다. 이번에는 그곳에 사람이 별로 없었고, 어떤 집의 관리인 한 사람과 평민 같아 보이는 한 사나이가 서 있을 뿐이었다. 수위도 자신의 칸막이에서 내다보지 않았다. 라스콜니코프는 다음 방으로 건너갔다. '어쩌면 아직 말하지 않아도 될 것 같은데.' 이런 생각이 그의 머리를 스쳤다. 거기엔 사복 프록코트를 입은 어떤 서기가 뭔가를 쓰느라고 사무용 책상 앞에 달라붙어 있었다. 한쪽 구석에는 또 한 명의 서기가 앉아 있었다. 자묘토프는 없었다. 니코짐 포미치도 물론 없었다.

"아무도 안 계십니까?" 라스콜니코프는 사무용 책상 앞에 앉아 있는 사람에게 물어보았다.

"누구를 찾으시는데요?"

"아아아! 소리가 안 들리고 모습이 안 보여도, 러시아 사람 냄새가…… 거 뭐라더라, 왜 그 옛날 이야기에서……, 잊어버렸어! 이-이거 정말 오랜만입니다!" 귀에 익은 목소리가 갑자기 소리쳤다.

라스콜니코프는 몸을 떨기 시작했다. 그의 앞에는 화약이 서 있었다. 세 번째 방에서 불쑥 나온 것이다. '이거야말로 운명이다.' 라스콜니코프는 생각했다. '어째서 이자가 여기 있겠는가?'

"우리한테 오신 겁니까? 무슨 일이신가요?" 일리야 페트로비치가 탄성을 내질렀다. (그는 보아하니 무척 기분이 좋고, 약간 흥분까지 하고 있었다.) "일이 있어 오신 거라면, 좀 이른 시간에 오셨습니다. 저도 우연히 들렀습니다만…… 그래도, 제가 해 드릴 수 있는 일이라면. 그런데 솔직히 성함이…… 어떻게? 어떻게 되시더라? 이거 죄송합니다……."

"라스콜니코프입니다."

"아, 그렇지요. 라스콜니코프! 설마 제가 정말로 잊었다고 생각하시는 건 아니겠지요! 저를 그런 인간으로 여기진 말아 주십시오…… 로지온 로…… 로…… 로지오느이치, 그렇죠, 아마?"

"로지온 로마느이치입니다."

"맞아요, 예예! 로지온 로마느이치, 로지온 로마느이치! 저도 막 그렇게 말하려고 했습니다. 여러 번 조회도 했거든요. 솔직히 말씀드려서, 저는 그때부터 진심으로 유감으로 생각하고 있었습니다. 그때 우리가 당신에게 그렇게 대해서……. 나중에야 설명을 들어 알게 됐지만, 당신은 청년 작가이고 더구나 학자라고 하더군요……, 말하자면 이제 막 첫걸음을 내디딘……. 아이고, 하느님! 작가와 학자치고 독특한 첫걸음을 내딛지 않은 사람이 과연 누가 있겠습니까! 저와 제 아내 우리 두 사람은 문학에 경의를 품고 있고, 특히 아내는 아주 열정적이기까지 하답니다……! 문학과 예술성에 대해서 말이지요……! 인간은 고결하기만 하면, 그 밖의 것들은 재능과 지식, 이성과 천재성으로 무엇이든 획득할 수 있어요! 뭐, 모자를 예로 들자면, 모자가 무엇을 의미합니까? 모자는 풀빵과 같은 겁니다. 그건 침머만 상점에서 얼마든지 살 수 있어요. 그러나 모자 아래 간직되어 있는 것, 모자에 덮여 있는 것, 그것은 절대로 살 수 없지요……! 솔직히 저는 댁으로 가서 해명을 하고 싶기까지 했습니다만, 생각해 보니 어쩌면 당신이……. 그런데 참, 깜박 잊고 물어볼 생각도 않고 있었는데, 정말 무슨 볼일이 있어 오셨습니까? 듣기로는, 가족 분들이 올라오셨다던데?"

438

"네, 어머니와 누이동생이."

"누이동생 분과는 만나 뵐 영광과 행운을 누렸지요. 교양 있고 특별히 아름다운 분이시더군요. 솔직히 고백하지만, 그때 당신하고 그 지경으로 열을 내며 싸운 것이 후회스러웠습니다. 특이한 경우였죠! 저는 그때 당신이 졸도한 것 때문에 어떤 유다른 시선을 가지고 당신을 보았는데, 그것도 나중에 아주 분명하게 해명이 되었습니다! 그건 제 쪽의 광신이고 파나티즘이었어요! 당신이 분개하신 걸 이해합니다. 가족이 오셨으니 집이라도 옮기시나 보죠?"

"아, 아닙니다, 전 그냥……. 전 뭘 좀 물어볼까 하고 들른 건데……, 자묘토프가 여기 있지 싶어서."

"아아, 예! 두 사람이 친해지셨다죠. 들었습니다. 그런데 자묘토프는 여기 없습니다. 못 만나셨지요. 예, 우리는 알렉산드르 그리고리예비치를 잃어버렸습니다! 어제부터 그 자리에 없습니다. 전근되었어요……. 그리고 전근하면서 모두와 싸우기까지 했습니다……. 정말 무례하기까지 했어요……. 경박한 애송이, 그 이상은 아닙니다. 유망할 수도 있었지만 말이지요. 정말이지 우리의 그 빛나는 청년들, 그치들은 어쩔 수 없다니까요. 시험인지 뭔지를 치르겠다고 하지만, 우리 앞에서 좀 떠벌리고 허풍만 칠 뿐이지, 그걸로 시험은 끝나거든요. 이건 가령 당신이나 당신 친구인 라주미힌 씨하고는 완전히 달라요! 당신의 길은 학문이고, 어떤 실패도 당신을 넘어뜨리지 못할 겁니다! 당신에겐 인생의 온갖 아름다움도 말하자면 *nihil est*(아무것도 아니지요). 당신은 금욕주의자요, 수도사요, 은자이니까요……! 당신에겐 책과 귓등에 긴

펜, 학문적인 연구가 있어요. 바로 그곳에서 당신의 정신은 유유히 날고 있는 겁니다! 제 자신도 어느 정도는…… 그런데 리빙스턴*의 여행기를 읽어 보셨습니까?"

"아니요."

"저는 읽었습니다. 그건 그렇고, 요즘에는 허무주의자들이 굉장히 많이 늘어났어요. 뭐 그것도 이해는 갑니다. 당신에게 묻지만, 시대가 어떤 시대입니까? 하지만 저는 지금 당신하고…… 당신은 물론 허무주의자가 아니시겠지요! 솔직하게, 솔직하게 대답해 주십시오!"

"아–아닙니다……."

"아니, 정말 저하고는 솔직하게, 당신 혼자 계신다고 여기고, 괘념치 마시고 말씀해 주십시오! 물론 직무(슬루쥐바 служба)는 다른 문제이지요, 다른 문제……. 당신은 제가 **우정(드루쥐바 дружба)**이라고 할 줄 아셨지요, 아닙니다, 잘못 짚으셨어요! 우정이 아니라, 시민과 인간으로서의 감정, 인도적인 감정, 전능하신 하느님에 대한 사랑의 감정을 말하는 겁니다. 저도 공인일 수 있고, 공직에 있을 수도 있습니다만, 항상 자신을 시민이자 인간으로 느끼고 그것을 분명하게 자각할 의무가 있습니다……. 지금 당신은 자묘토프 얘길 꺼내셨지요. 자묘토프, 그는 점잖지 못한 업소에서 샴페인이나 돈 지방의 거품술을 마시며 프랑스식으로 무슨 추태를 부릴 인간입니다. 당신의 자묘토프는 바로 그런 녀석입니다! 그러나 저로 말하자면, 충성심과 고결한 감정에 불타고 있으며, 나아가 신분과 관등도 있고, 지위도 있습니다! 결혼도 했

440

고, 아이들도 있지요. 저는 시민과 인간으로서의 의무를 다 하고 있지만, 어디 한번 여쭤보지요, 그 녀석은 도대체 누굽니까? 당신을 교양 있는 고결한 분으로 생각하고 말씀드리는 겁니다. 그리고 또 한 가지, 그 산파들이 부쩍 늘어나고 있더군요."

라스콜니코프는 의아한 듯이 눈썹을 추켜올렸다. 이제 막 점심 식사를 하고 온 것이 분명한 일리야 페트로비치의 말은 귀청을 두들기면서 그의 앞에 요란하게 쏟아지고 있었으나, 대부분은 공허한 울림과도 같았다. 그러나 어쨌든 그 말의 일부는 그럭저럭 알아듣고 있었다. 그는 묻는 듯이 쳐다보았으나, 이 모든 것이 어떻게 끝나게 될지 알 수가 없었다.

"머리를 짧게 친 그 여자애들 얘깁니다." 말하기를 무척이나 좋아하는 일리야 페트로비치는 얘기를 계속했다. "저는 그들에게 산파라는 별명을 붙였는데, 그 별명이 아주 딱 어울린다고 생각합니다. 하하! 그들은 아카데미에 기어 들어가서 해부학을 배우고 있습니다만,* 말씀해 보시지요, 제가 병에 걸린다면, 절 치료해 달라고 그런 계집애를 부르겠습니까? 하하!"

일리야 페트로비치는 자신의 해학에 무척 흡족해서 큰 소리로 웃어 댔다.

"그야 계몽에 대한 갈망이 지나쳤던 거라고 합시다. 그러나 계몽이 되었다면, 그걸로 족한 겁니다. 어째서 그걸 악용합니까? 어째서 그 망나니 자묘토프처럼, 고결한 인격을 모욕합니까? 어째서 그는 저를 모욕했을까요? 당신에게 묻고 싶군요. 또 그 자살이라는 것도 얼마나 늘었는지 상상도 못 하실 겁니다. 이 작자들은 마지막 한 푼까지 모조리 써 버리고 목숨을 끊는단 말입니다. 계집애도, 사내애도, 노인네도……. 오늘 아침만 해도 이곳에 온 지 얼마 안 되는 어떤 신사에 대한 보고가 있었답니다. 닐 파블르이치, 이봐 닐 파블르이치! 아까 보고가 들어온 그 신사가 누구라고 했지, 페테르부르크스카야 구에서 권총 자살을 했다는 사람 말이야."

"스비드리가일로프입니다." 다른 방에서 누군가가 쉰 목소리로 관심조차 없다는 듯이 대답했다.

라스콜니코프는 몸을 부르르 떨었다.

"스비드리가일로프가! 스비드리가일로프가 자살했다고요!" 그가 외쳤다.

"아니! 스비드리가일로프를 아십니까?"

"네…… 압니다……. 온 지 얼마 안 되지요……."

"예, 그렇습니다, 바로 얼마 전에 왔습니다. 아내를 잃었고, 행실이 방탕한 사나이인데, 갑자기 권총 자살을 했습니다. 더구나 상상도 못 할 정도로 해괴망측하게……. 자기 수첩에다 몇 마디 남겼는데, 자기는 멀쩡한 정신으로 죽는 것이니 자기 죽음에 대해 어느 누구도 탓하지 말라는 거였답니다. 이 사나이는 돈도 꽤 있었다고 해요. 그런데 당신이 어떻게 아시지요?"

"제가…… 아는 사람입니다……. 누이동생이 그 사람 집에 가정교사로 있었거든요……."

"저런, 저런, 저런……. 그럼 우리에게 그 사람에 대해 뭘 좀 얘기해 주실 수 있겠군요. 그런데 그런 의심이 들지는 않았습니까?"

"어제 그 사람을 보았는데…… 그는…… 술을 마시고 있었고…… 전 아무것도 알아채지 못했습니다."

라스콜니코프는 무언가가 머리 위로 툭 떨어져 자신을 짓눌러 버린 듯한 기분이었다.

"또 창백해지신 것 같습니다. 여긴 정말 공기가 숨이 막힐 듯해서……."

"네, 전 이제 가 봐야겠습니다." 라스콜니코프가 중얼거렸다. "죄송합니다, 공연히 폐를 끼쳐서……."

"오, 천만의 말씀, 좋으시다면 얼마든지 괜찮습니다! 덕분에 즐거웠습니다. 제가 정말 기쁩니다, 이렇게 애길 하니……."

일리야 페트로비치는 손까지 내밀었다.

"저는 다만…… 자묘토프를 좀 만나려고……."

"압니다, 압니다, 덕분에 즐거웠습니다."

"저도…… 대단히 기쁩니다……. 그럼 안녕히……." 라스콜니코프는 미소를 지었다.

그는 밖으로 나왔다. 다리가 휘청거리고 있었다. 현기증이 났다. 자기가 두 발로 서 있는지 어쩐지조차 느낌이 없었다. 오른손으로 벽을 짚으면서 그는 층계를 내려가기 시작했다. 손에 장부를 든 어떤 관리인이 마주 보고 경찰 사무소로 올라오다가 그를 밀친 것 같았고, 아래층 어딘가에서 웬 강아지가 요란하게 캥캥 짖어 대자, 어떤 여자가 밀방망이를 강아지에게 냅다 집어 던지며 소리를 질렀던 것 같았다. 그는 아래로 내려가서 마당으로 나섰다. 거기 마당에는 입구에서 멀지 않은 곳에 소냐가 죽은 사람처럼 창백한 얼굴로 서 있다가, 말할 수 없이 괴상한 눈빛으로 그를 쳐다보았다. 그는 그녀 앞에서 걸음을 멈추었다. 그녀의 얼굴에는 무엇인가 고통스럽고 괴로운 것, 어떤 절망적인 것이 나타나 있었다. 그녀는 두 손을 탁 쳤다. 흉하고 막막한 미소가 그의 입술에 삐져나왔다. 그는 잠시 서 있다가 히죽 웃고는 되돌아서서, 다시 경찰서가 있는 위층으로 올라갔다.

일리야 페트로비치는 자리에 앉아서 무슨 서류를 뒤적이고 있었다. 그의 앞에는 방금 층계를 올라오다 라스콜니코프를 밀쳤던 바로 그 사나이가 서 있었다.

"아아아? 또 오셨군요! 뭘 두고 가셨습니까……? 그런데 왜 그러십니까?"

라스콜니코프는 입술이 새파랗게 질린 채 시선을 한곳에 못 박고서 조용히 그에게 다가가기 시작하여 탁자 바로 앞까지 가자, 그 위에 한 손을 짚고 뭔가를 말하려고 했으나, 제대로 말을 할 수가 없었다. 그저 뭔가 종잡을 수 없는 소리들만 들릴 뿐이었다.

"많이 안 좋으시군요. 이봐, 의자! 자, 이 의자에 앉으십시오, 좀 앉으십시오! 물 좀 가져와!"

라스콜니코프는 의자에 털썩 주저앉았으나, 대단히 불쾌하게 놀란 일리야 페트로비치의 얼굴에서 두 눈을 떼지 않았다. 두 사람은 일 분쯤 서로를 응시하며 기다리고 있었다. 물이 왔다.

"바로 제가……." 라스콜니코프가 입을 열었다.

"물을 좀 마십시오."

라스콜니코프는 한 손으로 물을 물리치고, 조용한 목소리로 띄엄띄엄, 그러나 또렷하게 말했다.

"바로 제가 그때 관리의 과부인 노파와 그 여동생 리자베타를 도끼로 죽이고 금품을 훔쳤습니다."

일리야 페트로비치는 입을 딱 벌렸다. 사방에서 사람들이 몰려들었다.

라스콜니코프는 자신의 진술을 되풀이했다. . . . .

에필로그

1

시베리아. 광활하고 황량한 강의 기슭에 러시아의 행정 중심지 중의 하나인 도시가 있다. 이 도시에는 요새가 있고, 그 요새 안에는 감옥이 있다.* 이 감옥에 벌써 아홉 달째, 제2급 유형수인 로지온 로마느이치가 갇혀 있다. 그가 범행을 저지른 날로부터 거의 일 년 반이라는 세월이 흘렀다.

그의 사건에 대한 재판은 큰 어려움 없이 진행되었다. 범인은 정황을 혼란스럽게 하거나, 자신에게 유리하게 그것을 완화하거나, 사실을 왜곡하거나, 아무리 작고 사소한 부분들이라도 잊어버리는 일 없이, 시종일관 확고하고 정확하고 분명하게 자신의 진술을 견지했다. 그는 살인의 모든 과정을 마지막 한 점에 이르기까지 빠짐없이 이야기했다. 살해된 노파가 손에 쥐고 있던 **전당물**(얇은 금속판을 덧댄 나뭇조각)의 비밀을 밝히고, 살해된 노파에게서 열쇠를 어떻게 탈취했는지도 자세히 이야기했으며, 그 열쇠의 모양에 대해서도 묘사했다. 트렁크와 그 속에 가득 들어 있던 것들에 대해서도 자세히 설명하고, 심지어 그중의 몇 가지 물건은 일일이 열거하기도 했다. 그는 리자베타 살해의 수수께끼도 풀어 주었고, 처음엔 코흐가, 뒤이어 대학생이 와서 문을 두드린 것과 두 사람 사이에 오고간 이야기까지 빠짐없이 말했다. 그런 다음 범인인 자신이 층계를 뛰어 내려가다 미콜카와 미치카가 떠들썩하게 외치는 소리를 듣고서 빈방에 숨었다가 집으로 돌아갔다는 얘기를 하고, 마지막으로, 보즈네센스키 대로의 어느 집 마당, 대문 바로 안쪽에 있는 돌도 가르쳐 주었다. 그리고 그 돌 밑에서는 물건들과 지갑이 발견되었다. 한마디로 말해서, 사건은 명백해졌다. 특히 예심판사와 재판관들은 그가 돈과 물건을 쓰지도 않고 돌 밑에 숨겼다는 데 놀랐으며, 게다가 더 놀란 것은, 그가 자기 손으로 훔친 물건을 하나하나 기억하고 있지도 못할뿐더러 그 숫자도 틀린다는 것이었다. 더군다나 그가 지갑을 열어 보지조차 않았고, 그 안에 돈이 얼마나 들어 있는지도 몰랐다는 사실은 그야말로 있을 수 없는 일처럼 생각되었다(지갑 속에는 지폐 317루블과 20코페이카짜리 은화 세 개가 들어 있었으며, 오랫동안 돌 밑에 깔려 있었던 탓에 위쪽에 있던 제일 고액권인 지폐 몇 장은 심하게 상해 있었다). 왜 피고가 다른 모든 점들에 대해서는 자진해서 사실대로 자백하고 있으면서, 유독 이 한 가지 사실에 대해서만은 거짓말을 하는 것일까? 이것을 알아내기 위해 이들은 오랫동안 고심했다. 마침내 몇몇 사람들은(특히 심리학자들 가운데

450

어떤 사람들은) 그가 실제로 지갑을 들여다보지 않았고, 따라서 그 속에 무엇이 들었는지 몰랐으며, 모르는 채 그것을 돌 밑에 묻었을 수도 있다는 가능성을 인정하기까지 했으나, 동시에 그로부터 이 범죄 자체가 오직 일종의 어떤 일시적인 정신착란 상태, 말하자면 강도 살인에 대한 병적인 편집증에서 행해진 것으로, 다른 목적이나 무슨 이득을 노린 것은 전혀 아니라고 곧바로 결론지었다. 여기에다 때마침 오늘날 여러 종류의 범죄자들에게 적용하려고 그토록 빈번하게 애를 쓰고 있는 일시적 정신착란이라는 최신 유행 이론이 발 빠르게 끼어들어 도와주었다. 더구나 라스콜니코프의 아주 고질적인 우울증에 대해서는 의사 조시모프, 예전의 학우들, 하숙집 여주인과 하녀를 비롯한 많은 증인들의 확실한 증언이 있었다. 이 모든 것은 라스콜니코프가 여느 살인범, 강도, 절도범하고는 전혀 유사하지 않으며, 여기엔 뭔가 다른 것이 있다는 결론을 내리는 데 강력한 뒷받침이 되어 주었다. 이런 견해를 주장하는 사람들에게는 더없이 유감스러운 일이었지만, 정작 범인은 자기 자신을 거의 변호하려고 들지 않았다. 도대체 무엇이 그로 하여금 살인을 하게 했고, 무엇이 그로 하여금 강도짓을 하게 부추겼는가 하는 결정적인 질문에 대해 그는 대단히 분명하고 오히려 거칠다 싶을 만큼 단정적으로, 모든 것은 자신의 비참한 상황과 극도의 가난, 의지할 곳 없는 처지에 기인했으며, 죽인 노파에게서 손에 넣을 수 있으리라고 기대한 적어도 3천 루블은 될 돈을 이용하여 자신의 인생에서 출세의 첫걸음을 내딛고자 했던 소망 때문이었다고 대답했다. 살인을 결심한 것은 원래 경솔하고 소심한데다 궁핍과 좌절 때문에 더욱 성마르게 된 자신의 성격 때문이라고 말했다. 어째서 자수를 하게 됐느냐는 질문에는 양심의 후회 때문이라고 직설적으로 대답했다. 이 모든 진술은 너무 거칠다 싶은 인상마저 주었다……

그러나 판결은 저지른 범죄에 비해 예상보다 관대한 것이었다. 이것은 아마도 범인이 자기 자신을 변명하려고 들지 않았을 뿐만 아니라, 오히려 스스로 자신의 죄를 더 무겁게 하려고 애쓰는 것으로 보였기 때문이기도 했다. 이 사건이 지닌 기이하고 특수한 사정도 모두 참작되었다. 범행을 저지르기 전까지의 범인의 병적이고 비참한 상태는 조금도 의심을 사지 않았다. 그가 장물에 손을 대지 않은 것은 부분적으로는 이미 마음속에 싹트기 시작한 후회 때문이며, 또한 부분적으로는 범행 당시의 정신 능력이 완전히 정상적이 아니었던 때문이라고 간주되었다. 뜻하지 않게 리자베타를 죽이게 된 정황도 방금 든 두 번째의 추정을 뒷받침해 주는 예증이 되었다. 두 번이나 살인을 저지르면서 그 시간에 문이 열려 있는 것조차 잊고 있었다니! 마지막으로, 낙담한 광신자(니콜라이)의 허위자백 때문에 사건이 몹시 혼미스럽게 되어 버렸을 때, 더구나 진범에 대해서는 명백한 증거는 고사하고 혐의조차 거의 둘 수 없었던 그때에(포르피리 페트로비치는 완전히 약속을 지켜 주었다) 자수를 했다는 것, 이 모든 것이 피고의 운명을 보다 완화시키는 데 결정적으로 기여했다.

그 밖에도 전혀 예상치 못했던 다른 정황들이 나타나서 피고에게 대단히 유리한 결과를 가져왔다. 휴학 중인 대학생 라주미힌은 어디서 정보를 캐냈는지, 범인 라스콜니코프가 대학 재학 시절에 자신의 주머니를 털어서 가난하고 폐병을 앓는 한 학우를 도와주었고 거의 반 년 동안이나 그를 돌봐 주었다는 증거를 제시했다. 이 학우가 죽자, 뒤에 남은 그의 늙고 쇠약한 아버지를 돌보았고 (죽은 학우는 열세 살도 채 안 된 때부터 자기가 벌어서 아버지를 부양하고 있었다), 나중에는 병원에 입원시켰으며, 노인이 세상을 뜨자 장례까지 치러 주었다는 것이다. 이런 보고는 라스콜니코프의 운명을 결정하는 데 상당히 유리하게 작용했다. 라스콜니코프의 이전의 하숙집 여주인이자 죽은 약혼녀의 어머니인 과부 자르니츠이나도 그들이 아직 퍄치 길목에 있던 집에 살고 있던 때 한밤중에 불이 났는데, 그때 라스콜니코프가 이미 화염에 휩싸인 어느 집에서 두 어린아이를 구해 냈고 그 과정에서 화상까지 입었다고 증언했다. 이 일은 면밀히 조사한 결과 많은 증인에 의해 전적으로 사실임이 입증되었다. 한마디로 말해서, 자수했다는 사실과 감형 사유가 되는 몇 가지 정상이 참작되어, 범인이 불과 팔 년 형기의 제2급 징역형을 선고받는 것으로 재판은 끝났다.

재판이 시작된 지 아직 얼마 되지 않았을 때, 라스콜니코프의 어머니는 병이 났다. 두냐와 라주미힌은 재판이 진행되는 동안 그녀가 페테르부르크 밖에서 지내도록 다른 곳으로 데려가기로 했다. 라주미힌은 재판의 모든 상황을 제대로 지켜볼 수 있고 동시에 아브도치야 로마노브나와도 되도록이면 자주 만날 수 있게끔, 페테르부르크와 가까운 철로변의 도시를 택했다. 풀헤리야 알렉산드로브나의 병은 좀 이상한 신경병으로, 완전히는 아니지만 적어도 부분적으로는 일종의 정신착란 증상을 동반하고 있었다. 두 냐가 오빠하고 마지막으로 만나고 돌아와 보니, 어머니는 이미 완전히 병이 중해져서, 신열 속에서 헛소리를 하고 있었다. 바로 그날 저녁으로 그녀는 라주미힌과 의논하여, 어머니가 오빠에 대해 이것저것 캐물으면 무어라고 대답할지 약속해 두고, 라스콜니코프는 드디어 돈과 명성을 얻게 될 어떤 개인적인 의뢰를 받아 러시아 국경 근방의 어디 먼 곳으로 떠났다는 완전한 한 편의 이야기까지 어머니를 위해 꾸며 두었다. 그러나 두 사람을 놀라게 한 것은, 정작 풀헤리야 알렉산드로브나가 그때나 그 뒤에나 그것에 대해 아무것도 물어보려고 하지 않았다는 것이다. 반대로 오히려 그녀 쪽에서 아들의 갑작스러운 출발에 대해 완전한 이야기를 하나 마련해 두고 있다는 것을 알 수 있었다. 그녀는 눈물을 흘리면서, 아들이 어떻게 자기에게 작별 인사를 하러 왔는지를 얘기하며, 자기 한 사람만이 대단히 중요한 비밀 사정에 대해 알고 있고, 로쟈에겐 대단히 강력한 적들이 많아서 몸을 숨기기까지 해야 한다는 것을 넌지시 암시하기도 했다. 아들의 장래에 대해서는 몇 가지 불리한 상황만 지나가면 틀림없이 눈부신 출셋길이 기다리고 있다고 생각하고 있었다. 그리고 라주미힌에게 자기 아들은 머지않아 국가적으로 중요한 인물이 될 것이며, 그의 논문과 빛나는 문학적 재능이 그것을 증명해 준다고 단언했다. 그녀는 줄곧 그 논문을 읽으면서 때로는 소리 내어 낭독할 뿐만 아니라 가슴에 품고 자기까지 할 지경이었다. 그러면서도 지금 로쟈가 어디 있는지에 대해서는, 다들 말하기를 피하는 기색이 뻔해서 그것만으로도 그녀의 의심을 사기에 충분했건만, 그녀는 거의 물어보는 일이 없었다. 마침내 두 사람은 풀헤리야 알렉산드로브나가 몇 가지 점에 대해 이상하게 침묵을 지키고 있는 것이 두려워지기 시작했다. 예를 들어, 예전에 고향 도시에서 지낼 때는 사랑하는 로쟈의 편지를 한시라도 빨리 받고 싶다는 희망과 기대 하나만으로 살았는데, 지금 그녀는 아들에게서 편지라곤 오지 않는 데도 한마디 불평조차 하지 않았다. 이런 상황은 도무지 설명이 되지 않는 일이었으므로 두냐를 몹시 불안하게 했다. 어쩌면 어머니는 아들의 운명에서 뭔가 무서운 것을 예감하고 있어서, 그보다 더 무서운 것을 알게 되지는 않을까 하여 이것저것 물어보기를 두려워하는 건지도 모른다는 생각이 자꾸만 들었다. 아무튼 두냐는 어머니가 건강한 정신 상태가 아니라는 것을 분명하게 알고 있었다.

하기는 두어 번 어머니 쪽에서, 지금 로쟈가 어디 있는지를 말하지 않고는 대답할 수 없는 식으로 대화를 끌고 간 적이 있었다. 하지만 대답이 어쩔 수 없이 불만족스럽고 미심쩍은 것이 되어 버리자, 그녀는 갑자기 극도로 슬프고 침울해져서는 입을 다물어 버렸고, 그런 상태가 오랫동안 계속되었다. 마침내 두냐는 거짓말을 하거나 꾸며 내는 것이 어렵다는 사실을 깨닫고, 그 몇 가지 점에 대해서는 완전히 침묵하는 편이 아예 낫다는 결론에 이르렀다. 그러나 불쌍한 어머니가 뭔가 무서운 일을 의심하고 있다는 것은 점점 더 분명해지고 있었다. 무엇보다 두냐는 그 운명적인 마지막 날의 전날 밤, 그러니까 스비드리가일로프와 그런 소동을 치른 뒤에 그녀가 밤중에 헛소리를 하는 것을 어머니가 귀담아듣고 있었다는 오빠의 말이 생각났다. 어머니가 그때 뭔가 알아들은 것은 아닐까? 때로는 병자가 몇 날 몇 주일씩이나 침울하고 비통한 침묵을 지키며 무언의 눈물을 흘리다가도, 갑자기 왠지 히스테리 같은 활기를 띠고, 아들에 대해, 자신의 희망에 대해, 장래에 대해 큰 소리로 거의 쉴 새 없이 말을 늘어놓기 시작하는 일이 종종 있었다⋯⋯. 그녀의 상상은 어떤 때는 정말로 이상한 것이었다. 두 사람이 그녀를 위로하면서 맞장구를 쳐 주었지만(어쩌면 그녀 자신도 두 사람이 맞장구를 쳐 주면서 그저 자기를 위로하고 있을 뿐이라는 것을 분명히 알고 있었을 것이다), 그녀는 계속 그런 말을 주절거리고 있었다⋯⋯.

범인이 자수한 지 다섯 달이 지나서 선고가 내려졌다. 라주미힌은 가능한 한 자주 감옥으로 그를 면회 갔다. 소냐도 그랬다. 드디어 이별의 순간이 다가왔다. 두냐는 오빠에게 이 이별이 결코 영원한 것이 아니라고 맹세했다. 라주미힌도 그렇게 했다. 라주미힌의 젊고 열정적인 머릿속에서는 앞으로 삼사 년 동안에 가능한 한 장래의 자산을 위한 기반을 닦고 얼마간의 돈이라도 모아서, 토지는 모든 점에서 비옥하지만 노동력과 인재와 자본이 부족한 시베리아로 이주한다는 계획이 확고하게 다져졌다. 그곳에서 로쟈가 있게 될 도시에 정착하고, 그리고⋯⋯ 모두 함께 새로운 삶을 시작하자는 것이다. 작별을 하면서 모두들 울었다. 라스콜니코프는 마지막 며칠 동안 몹시 깊은 생각에 잠겨 어머니에 대해 이것저것 많은 것을 물어보면서 계속 어머니 걱정을 하고 있었다. 어머니 때문에 너무 괴로워하므로 두냐는 불안해지기까지 했다. 어머니의 병세에 대해 상세히 알게 되자, 그는 몹시 침울해졌다. 무슨 까닭인지 소냐하고는 그동안 내내 이상하게도 말이 적었다. 소냐는 스비드리가일로프가 남겨 준 돈으로 이미 오래전에 채비를 마치고, 라스콜니코프도 함께 속해서 떠나게 될 수인대(囚人隊)를 따라 출발할 각오를 하고 있었다. 이것에 대해 그녀와 라스콜니코프 사이에는 단 한마디도 오간 적이 없었으나, 두 사람 다 그렇게 되리라는 것을 알고 있었다. 마침내 작별의 마지막 순간이 되자, 그는 출옥 후엔 그들 모두에게 행복한 미래가 열릴 것이라고 열렬하게 다짐하는 누이동생과 라주미힌에게 이상하게 웃어 보이면서, 어머니의 병적인 상태가 곧 불행으로 끝날 것이라고 예언했다. 그와 소냐는 드디어 출발했다.

두 달 후에 두네치카는 라주미힌과 결혼했다. 결혼식은 슬프고 조용했다. 그렇지만 초대를 받은 사람 중에는 포르피리 페트로비치와 조시모프도 있었다. 최근 들어 줄곧 라주미힌은 뭔가 굳게 결심한 사람의 모습을 하고 있었다. 두냐는 그가 자신의 모든 계획을 실행하리라는 것을 맹목적으로 믿고 있었고, 또 믿지 않을 수가 없었다. 이 사람에게서는 강철 같은 의지가 보였기 때문이다. 한편 그는 학업을 마치기 위해 다시 대학 강의를 듣기 시작했다. 두 사람은 끊임없이 장래의 계획을 세우면서, 오 년 뒤에는 반드시 시베리아로 이주하기로 굳게 마음먹고 있었다. 그때까지 그곳의 일에 대해서는 소냐에게 기대를 걸고 있었다……

풀헤리야 알렉산드로브나는 딸과 라주미힌의 결혼을 기쁘게 축복해 주었다. 그러나 딸이 결혼한 후, 그녀는 어쩐지 더 슬퍼지고 걱정이 많아진 것 같았다. 한편 라주미힌은 그녀를 잠시나마 기쁘게 해 주려고, 로쟈의 대학 친구와 그의 노쇠한 아버지에 대한 이야기와 작년에 로쟈가 두 어린아이의 목숨을 구해 주느라고 화상을 입어 앓아눕기까지 한 사실을 알려 주었다. 이 두 이야기는 그렇지 않아도 정신이 이상해져 있던 풀헤리야 알렉산드로브나를 거의 열광 상태로 몰고 갔다. 그녀는 끊임없이 이 이야기를 하며, 길에서도 이 이야기를 끄집어냈다(두냐가 늘 곁에 붙어 있었는데도 그랬다). 합승마차나 가게에서도 아무나 붙들고서, 자기 아들 이야기, 그의 논문 이야기, 그가 대학 친구를 도와준 이야기, 화재 때 화상을 입은 이야기 등등으로 대화를 끌고 갔다. 두네치카는 어떻게 어머니를 만류해야 할지 알 수 없었다. 이런 열광적이고 병적인 기분의 위험성 말고도, 최근에 있었던 재판 사건으로 누군가가 혹시 라스콜니코프의 성(姓)이라도 생각해 내서 그 이야기를 꺼내는 불행한 일이 벌어질 수도 있었다. 풀헤리야 알렉산드로브나는 불 속에서 구해 낸 두 어린아이의 어머니 주소까지 이미 알아내서, 꼭 그녀를 찾아가겠다고 말하고 있었다. 마침내 풀헤리야 알렉산드로브나의 불안은 극도에 달했다. 어떤 때는 느닷없이 울음을 터뜨렸고, 자주 병이 났고, 신열에 들떠 헛소리를 하기도 했다. 한번은 아침녘에, 자기 계산으로는 틀림없이 로쟈가 이제 곧 도착할 것이다. 그 애가 자기하고 작별하면서 아홉 달 뒤엔 돌아오는 걸로 알고 기다려 달라고 직접 말했던 것을 기억하고 있다고 장담했다. 그녀는 집 안의 모든 것을 정돈하며 아들을 맞을 준비를 하기 시작했고, 그의 방으로 정한 방(그녀 자신의 방)을 꾸미

458

고, 가구를 깨끗하게 하고, 마룻바닥을 문질러 닦고, 새 커튼을 다는 등등의 일을 하고 나섰다. 두냐는 몹시 불안한 마음이 들었으나 아무 말도 하지 않고, 어머니가 오빠를 맞기 위해 방을 꾸미는 것을 돕기까지 했다. 끊임없는 공상과 기쁨에 넘치는 환상과 눈물 속에서 불안한 하루를 보낸 뒤에, 어머니는 그날 밤으로 병에 걸려 이튿날 아침에는 이미 고열 속에서 헛소리를 하고 있었다. 열병이 시작된 것이다. 2주일 후에 그녀는 숨을 거두었다. 헛소리 사이사이 튀어나온 말로 미루어 보아, 그녀가 그들이 생각했던 것보다 훨씬 많이 아들의 무서운 운명에 대해 짐작하고 있었다는 것을 알 수 있었다.

라스콜니코프는 시베리아에 있게 된 뒤 곧바로 페테르부르크와 편지 연락을 시작했는데도, 어머니의 죽음에 대해서 오랫동안 알지 못했다. 편지 연락은 소냐를 통해 이루어졌다. 그녀는 다달이 꼬박꼬박 편지를 써서 페테르부르크에 있는 라주미힌 앞으로 부쳤고, 다달이 꼬박꼬박 페테르부르크로부터 답장을 받았다. 처음에 소냐의 편지는 두냐와 라주미힌에게 왠지 삭막하고 마뜩찮게 여겨졌으나, 마침내 두 사람은 이보다 더 훌륭하게 쓸 수는 없다는 것을 깨달았다. 왜냐하면, 어쨌든 결국 그 편지 덕분에 그들은 불행한 오빠의 운명에 대해 더없이 완전하고 정확하게 알 수 있었기 때문이다. 소냐의 편지는 지극히 일상적인 현실과 라스콜니코프의 감옥 생활 환경에 대한 가장 단순하고도 분명한 묘사로 가득 차 있었다. 거기엔 그녀 자신의 희망의 피력이나, 미래에 대한 추측, 자신의 감정에 대한 묘사 같은 것은 전혀 들어 있지 않았다.

그의 정신 상태, 나아가 그의 내면적 삶 전체를 설명하려는 시도 대신에, 오로지 사실들, 즉 그가 한 말, 그의 건강 상태에 대한 상세한 소식, 그때 면회했을 때 그가 무엇을 원했고, 그녀에게 무슨 부탁을 했고, 무슨 일을 위임했는지 하는 것 등등이 적혀 있을 뿐이었다. 이 모든 소식들이 더없이 상세하게 전해지고 있었다. 그래서 마침내는 불행한 오빠의 모습이 저절로 떠올라 눈앞에 정확하고 분명하게 그려졌고, 모든 것이 분명한 사실이었으므로, 거기엔 틀린 데가 있을 리 없었다.

그러나 두냐와 그녀의 남편은 특히 처음 얼마 동안은 이 소식들에서 별로 위로가 되는 것을 끌어낼 수 없었다. 소냐는 그가 늘 침울하며 말수가 적고, 그녀가 받은 편지에서 매번 그에게 들려주는 소식들에도 거의 아무런 관심을 보이지 않는다고 계속 알려 왔다. 이따금 어머니 소식을 묻고 있고, 그래서 이미 진상을 짐작하고 있다 싶어서 마침내 어머니의 죽음에 대해 알려 주었는데, 놀랍게도 어머니의 부음조차 그에게 그다지 충격을 준 것 같지 않고, 적어도 겉으로는 그렇게 보인다고 했다. 그 밖에도 소냐는 그가 자기 자신 속에 완전히 틀어박혀 모든 사람들로부터 마음의 문을 걸어 잠근 듯이 보이긴 하나, 자신의 새로운 생활에 대해서 매우 단순하고 솔직한 태도를 취하고 있다고 전해 왔다. 그는 자신의 처지를 분명하게 이해하고 있고, 가까운 장래에 좋은 변화가 있으리라고는 기대하지 않으며, 어떤 경솔한 희망도 품고 있지 않고(그의 처지로선 당연한 일이지만), 예전과는 전혀 다른 새로운 환경 속에서도 거의 아무것에도 놀라지 않는다는 것이다. 소냐는 그의 건강이 만족스럽다고도 알려 왔다. 그는 노역에 나가고 있는데, 그것을 꺼리지도 않고 자진해서 하지도 않는다고 썼다. 음식에는 거의 무관심하지만, 그 음식이란 것이 일요일과 축일을 제외하고는 너무 형편없는 것이 돼 놔서, 마침내는 그도 그녀에게서 기꺼이 약간의 돈을 받아 자신의 감방에서 매일 마실 차를 마련하기로 했고, 나머지 모든 것들에 대해서는 자신에 대한 그 모든 걱정이 오히려 그의 역정만 돋울 뿐이라고 단호하게 말하면서 일체 걱정하지 말라고 그녀에게 부탁했다고 했다. 그 밖에도 소냐는 감옥 안에서 그가 거처하는 곳은 모두들 함께 지내야 하는 공동 감방* 이라고 전하면서, 자기가 옥사 내부를 보지는 못했지만, 좁고, 불결하고, 건강에 좋지 않을 게 틀림없으며, 그는 판자 침상에 담요 한 장을 깔고 자지만, 그 밖에 다른 것은 아무것도 갖추려고 하지 않는다고 했다. 그러나 그가 이렇게 험하고 궁핍하게 지내는 것은 미리 생각해 둔 무슨 계획이나 의도에 따라서 그러는 게 아니라, 그냥 자신의 운명에 대한 소홀함과 표면화된 무관심 때문이라고 했다. 소냐는 그가 특히 처음에는 그녀가 찾아오는 것에 관심을 보이기는커녕, 오히려 화를 내다시피 하면서 말도 하지 않고 거칠게 대하기까지 했지만, 마침내는 이 면회가 그에게 습관이 되고 거의 요구와도 같은 것이 되어서, 그녀가 아파서 며칠 동안 찾아갈 수 없게 되자, 매우 쓸쓸해하기까지 했다고 솔직하게 적었다. 그녀가 그를 면회하는 것은 축일에는 감옥 정문 옆이나 초소에서 몇 분간 그를 불러내는 것이었고, 평일에는 그가 노역을 하는 곳으로 찾아가서, 작업장이나, 벽돌 공장, 또는 이르트이쉬 강기슭의 오두막에서 그를 만나고 있었다. 자신에 관해서 소냐는 시내에 아는 사람도 좀 생기고 후견인들도 생겼으며, 또 바느질감을 맡고 있는데, 시내에 훌륭한 부인복 재봉사가 거의 없는 덕분에 자기는 이제 많은 집에서 없으면 안 될 사람이 되었다고 알려 왔다. 그러나 그녀 덕분에 라스콜니코프가 형무소 간부들의 호의를 사게 되어 노역도 경감받았다는 소식 같은 것은 적어 보내지 않았다. 그러다가 마침내 소식이 왔는데(두냐는 소냐가 보낸 마지막 편지들에서 어떤 심상찮은 불안과 동요를 알아챌 수 있었다), 그가 모든 사람을 피하고 있고, 다른 죄수들도 그를 싫어하며, 그가 며칠씩이나 입을 다물고 있고 안색도 몹시 창백해졌다는 것이다. 갑자기, 마지막 편지에서 소냐는 그가 몹시 중한 병에 걸려서 병원의 수인(囚人) 병실에 누워 있다고 써 보내왔다……

2

그는 이미 오래전부터 병이 나 있었다. 그러나 그를 쓰러뜨린 것은 감옥 생활의 공포도, 노역도, 음식도, 빡빡 깎은 머리도, 누더기 옷도 아니었다. 오! 이런 모든 고생과 고통이 그에게 무엇이었단 말인가! 오히려 그는 노역이 기쁘기까지 했다. 노역으로 인해 육체적으로 완전히 지치면, 적어도 몇 시간은 푹 잘 수 있었다. 그리고 그에게 음식이, 바퀴벌레가 둥둥 떠다니는 멀건 양배추 국물이 무슨 문제였으랴? 전에 학생일 때는 이나마도 얻어먹지 못한 적이 많았다. 옷은 따뜻했고, 그의 생활 방식에도 적합했다. 자신에게 채워진 족쇄도 전혀 느껴지지 않았다. 빡빡 민 머리와 두 가지 색깔로 된 짧은 윗옷이 부끄러웠겠는가? 대체 누구 앞에서? 소냐 앞에서? 소냐는 그를 두려워하는데, 그녀 앞에서 *그가* 부끄러워했겠는가?

그럼 대체 뭔가? 사실, 그는 소냐 앞에서조차 부끄러웠고, 그 때문에 오히려 그녀를 업신여기고 거칠게 대하면서 괴롭히고 있었다. 그러나 그가 부끄러워하는 것은 빡빡 민 머리도, 족쇄도 아니었다. 그는 자존심에 심한 상처를 입었고, 병이 난 것도 상처 입은 자존심 때문이었다. 오, 만일 그가 자신의 유죄를 인정할 수만 있다면 얼마나 행복했을까! 그랬다면 그는 모든 것을, 수치와 굴욕마저도 견디어 냈을 것이다. 그러나 준엄하게 자신을 심판해 보았지만, 그의 고집 센 양심은 누구에게나 일어날 수 있는 단순한 **실패** 이외에는 자신의 과거에서 그 어떤 특별히 무서운 죄도 발견할 수 없었다. 그가 부끄러워한 건 다름 아니라, 바로 그가, 라스콜니코프가, 맹목적인 운명의 판결에 의해 그토록 맹목적으로, 그토록 가망 없이, 그토록 막막하고 어리석게 파멸해 버렸고, 조금이라도 마음의 평온을 얻고자 한다면 그 판결의 무의미함 앞에 순종하고 굴복해야 한다는 것이었다.

현재에는 대상도 없고 목적도 없는 불안, 미래에 아무것도 얻을 수 없는 끊임없는 희생, 이것이 이 세상에서 그의 앞에 놓여 있는 것이었다. 그리고 팔 년 후에도 그는 고작 서른두 살밖에 되지 않을 것이며 아직 다시 한 번 삶을 시작할 수 있다고 해도, 그게 무슨 의미가 있단 말인가! 무엇 때문에 그가 살아야 하나? 무엇을 목표로 삼는다는 건가? 무엇을 지향해야 하는가? 그저 존재하기 위해 산다고? 그러나 그는 이미 전에도 이념을 위해서라면, 희망을 위해서라면, 아니 공상을 위해서라도 자신의 존재를 천 번이라도 바칠 각오가 되어 있었다. 단순히 존재한다는 것만으로는 그에게 언제나 너무도 부족했다. 그는 언제나 더 큰 것을 원했다. 어쩌면 그때 그는 자신이 지닌 열망의 힘만으로, 자신을 다른 사람보다 더 많은 것이 허용된 인간이라고 여겼는지도 모른다.

만약 운명이 그에게 회한이라도 보내 준다면, 심장을 짓부수고 잠을 몰아내 버리는 불타는 회한을, 그 끔찍한 고통 때문에 밧줄과 심연이 눈앞에 어른거릴 그런 회한이라도 보내 준다면! 오, 그는 그것을 기뻐했을 것이다! 고통과 눈물, 이것 역시 삶이잖은가. 그러나 그는 자신의 범죄를 뉘우치고 있지 않았다.

적어도 자신의 어리석음에 대해 분노라도 할 수 있다면! 전에 그는 자신을 감옥으로 가게 만든 추악하고 어리석기 그지없는 행위에 대해 분노하기도 했다. 그러나 이미 감옥에 들어와서 **자유의 몸이** 된 지금은, 자신이 과거에 한 모든 행동을 다시 한 번 곰곰이 생각하고 검토해 보았으나, 예전의 그 운명적인 시간에 느꼈던 것만큼 그렇게 어리석고 추악하다고는 전혀 생각되지 않았다.

'어째서, 어째서' 하고 그는 생각했다. '내 사상이 천지개벽 이래 이 세상에서 득실거리면서 서로 부딪치고 있는 다른 사상과 이론들보다 더 어리석었다는 말이냐? 진부한 영향들로부터 벗어난 완전히 독립적이고 폭넓은 시선으로 문제를 바라보기만 하면, 내

사상은 절대로 그렇게…… 기괴하지 않을 것이다. 오오, 서 푼짜리 부정주의자들과 현자들이여, 어째서 당신들은 중도에서 멈춰서 버리는가!

도대체 왜 나의 행위가 그들에겐 그토록 추악하게 여겨지는 것일까?' 그는 자신에게 말했다. '그것이 악행이어서? 그렇지만 '악행'이라는 말이 무슨 뜻일까? 나는 양심에 거리낄 게 없다. 물론 형법상의 범죄를 저질렀다. 물론 법의 자구(字句)를 위반했고, 피를 흘리게 했다. 그럼 법의 자구를 위해 내 머리를 가져가라…… 그것으로 족하다! 그렇다면 권력을 물려받지 않고 스스로 장악한 인류의 수많은 은인들조차도 첫걸음을 내디딜 때부터 처형되어야만 마땅할 것이다. 그러나 그 사람들은 자신의 걸음을 견디어냈고, 그 때문에 **그들은 정당하다**. 그러나 나는 견디어 내지 못했고, 따라서 나는 이 첫걸음을 나에게 허용할 권리가 없었던 것이다.'

바로 이 한 가지, 견디지 못하고 자수한 점에서만, 그는 자신의 범죄를 인정했다.

그는 또 이런 생각으로 괴로워하고 있었다. 왜 자기는 그때 자살하지 않았을까? 왜 그때 강물 위에 서 있었으면서도, 자수를 택했을까? 과연 살고자 하는 그 욕망 속에 그토록 강한 힘이 숨어 있고, 그것을 이겨 내기가 그토록 힘든 것일까? 죽음을 두려워한 스비드리가일로프도 이겨 내지 않았던가?

그는 괴로워하면서 계속 이 물음을 자신에게 던지고 있었으나, 강물 위에 서 있었던 그때부터 이미 자기 자신과 자신의 확신 속에서 깊은 허위를 예감하고 있었을지도 모른다는 것을 깨달을 수는 없었다. 그는 이 예감이 앞으로 그의 삶에서 일어날 급격한 전환, 그의 미래의 부활, 삶에 대한 미래의 새로운 시각의 전조일 수 있다는 것을 깨닫지 못했다.

오히려 그는 거기에서 자신으로서는 떨쳐 버릴 수도 없거니와 (나약함과 무가치함 때문에) 넘어설 힘도 없는 본능의 둔하고 무거운 힘만을 인정하고 있었을 따름이다. 그는 동료 수인들을 보면서 깜짝 놀랐다. 어쩌면 저토록 저들 모두가 삶을 사랑하고 삶을 소중히 여길까! 그들은 자유의 몸일 때보다 감옥 안에서 더 삶을 사랑하고 소중히 여기는 것 같았다. 그들 중의 어떤 사람들, 예컨대 부랑자들이라고 그 어떤 무서운 고통과 학대를 겪지 않았으랴! 그런 그들에게 한 줄기 햇살이나 울창한 숲, 사람들이 모르는 깊은 숲 속 어딘가에 있는 차가운 샘물이 정말 그토록 큰 의미를 지닐 수 있을까? 그 샘물을 발견한 것은 벌써 재작년인데도, 부랑자는 그것과 다시 만나는 것을 마치 연인과의 밀회처럼 마음속에 그리면서, 그 샘물과 주위의 녹색 풀과 숲 속에서 지저귀는 작은 새를 꿈에서까지 보는 것이다. 눈여겨 주위를 살펴볼수록 그는 더욱더 설명할 수 없는 사례를 많이 보게 되었다.

감옥과 그를 둘러싸고 있는 환경에서 그는 물론 많은 것을 눈여겨보지 않았으며, 또한 전혀 눈여겨보려고도 하지 않았다. 그는 눈을 내리깔 듯이 하고 살고 있었다. 그는 본다는 것이 혐오스럽고 견딜 수 없었다. 그러나 마침내 많은 것이 그를 놀라게 했고, 어느덧 자기도 모르게 전에는 생각지도 못했던 것을 깨닫게 했다. 무엇보다 그를 놀라게 한 것은 그와 이 사람들 전체 사이에 가로 놓여 있는 그 무섭고도 건널 수 없는 심연이었다. 그와 그들은 마치 다른 민족인 것 같았다. 그와 그들은 서로를 불신하며 적개심에 찬 눈으로 보고 있었다. 그는 이러한 단절의 일반적인 원인을 알고 있고 이해하고 있었으나, 그 원인이 실제로 그토록 뿌리 깊고 강력한 것인 줄은 전에는 한 번도 생각해 본 적이 없었다. 감옥에는 유형 온 폴란드인 정치범들도 있었다. 그들은 이 사람들 전체를 무식한 노예로 여기면서, 거만하게 멸시하고 있었다. 그러나 라스콜니코프는 그렇게 볼 수가 없었다. 그는 이 무식한 패거리가 많은 점에서 그 폴란드인들보다 훨씬 현명하다는 것을 분명하게 알고 있었다. 그곳에는 또 이 민중들을 극도로 경멸하고 있는 러시아인들도 있었는데, 퇴역 장교 한 명과 두 신학생이 그들이었다. 라스콜니코프는 그들의 잘못도 명백하게 알아채고 있었다.

그런 그이지만, 모두들 그를 좋아하지 않고 피하고 있었다. 심지어 나중에는 그를 미워하기 시작했다. 왜일까? 그는 그 이유를 알 수 없었다. 모두들 그를 경멸하고 비웃었으며, 그보다 훨씬 중한 죄를 저지른 자들도 그의 범죄를 비웃었다.

"너야 나리잖아!" 그들은 그에게 말했다. "넌 도끼를 들고 다닐 위인이 못 돼. 나리가 할 일이 아니지."

대재기(大齋期)의 둘째 주에 그는 같은 옥사의 죄수들과 같이 재계(齋戒)할 차례가 되었다. 그는 다른 죄수들과 함께 성당에 가서 기도를 올렸다. 무엇 때문이었는지는 그 자신도 몰랐지만, 한번은 말다툼이 벌어졌고, 모두들 미쳐 날뛰면서 일제히 그를 공격했다.

"이 불신자 새끼! 네놈은 하느님을 안 믿잖아!" 그에게 외쳐 댔다. "너 같은 놈은 죽여 버려야 해."

그는 한 번도 그들과 신과 신앙에 대해 말한 적이 없었으나, 그들은 그가 불신자라 하여 죽이려고 했다. 그는 입을 다문 채 아무 대꾸도 하지 않았다. 한 죄수는 완전히 격분하여 그에게 달려들려고 했다. 라스콜니코프는 아무 말 없이 침착하게 기다리고 있었다. 눈썹 하나 까딱하지 않고, 얼굴의 선 하나 떨리지 않았다. 때마침 간수가 그와 살인자 사이에 뛰어들었기 망정이지 그렇지 않았다면 피를 보았을 것이다.

그에게는 또 한 가지 풀 수 없는 의문이 있었다. 왜 그들은 모두 그렇게 소냐를 사랑하게 되었을까? 그녀는 그들의 환심을 사려고도 하지 않았고, 그들은 그녀가 그를 보기 위해 잠깐 들를 때 어쩌다 노역장에서 그녀를 보는 게 다였다. 그런데도 모두들 이미 그녀를 알고 있었고, 그녀가 **그를 따라** 이곳으로 왔다는 것도, 그녀가 어떻게 사는지, 어디서 사는지도 알고 있었다. 그녀는 그들에게 돈을 준 일도 없고, 특별히 돌봐 준 일도 없었다. 다만 딱 한 번 성탄절에, 감옥에 있는 사람들 모두를 위해 피로그와 흰 빵을 선물로 가져왔을 뿐이었다. 그러나 그들과 소냐 사이에는 차츰 보다 친밀한 어떤 관계가 맺어져 갔다. 그녀는 그들의 친척에게 보내는 편지를 대신 써서 우편으로 부쳐 주기도 했다. 이 도시로 찾아온 그들의 친척들은 그들을 위한 물건과 심지어 돈까지도 그들의 지시에 따라 그녀에게 맡겼다. 그들의 아내와 연인들은 그녀를 알고 있었고, 그녀에게 찾아갔다. 그리고 그녀가 라스콜니코프를 보러 노역장에 나타나거나, 노역하러 나가는 죄수 일행과 마주치게 될 때는, 모두들 모자를 벗고 절을 했다. "소피야 세묘노브나, 우리의 어머니, 함께 고통받는 다정한 우리 어머니!" 이 거칠고 낙인 찍힌 유형수들이 이 조그맣고 야윈 여자에게 이렇게 인사를 건네는 것이었다. 그녀는 웃는 얼굴로 인사에 답했고, 모두들 그녀가 그들에게 미소 지어 주는 것을 좋아했다. 그들은 그녀의 걸음걸이까지도 좋아해서, 그녀가 걸어가는 모습을 지켜보려고 고개를 돌리며 그녀를 칭찬했다. 그녀가 그토록 자그마하다는 것까지도 칭찬했고, 이미 무엇을 칭찬해야 할지조차 모를 정도였다. 개중에는 그녀에게 치료를 받으러 가는 사람마저 있었다.

그는 대재기의 마지막 기간과 부활절 주간 동안 내내 병원에 누워 있었다. 이미 회복기에 접어든 무렵, 그는 아직 고열로 헛소리를 하며 누워 있을 때 꾸었던 꿈을 떠올렸다. 병중에 그는 아시아 오지에서 유럽으로 번지고 있는 들은 적도 본 적도 없는 어떤 무시무시한 전염병 때문에 전 세계가 희생될 운명에 처한 꿈을 꾸었다. 아주 몇 안 되는 극소수의 선택된 자를 제외하고는, 모든 인류가 멸망하지 않으면 안 되었다. 어떤 새로운 선모충(旋毛蟲), 사람의 몸속으로 파고드는 미생물이 나타난 것이다.* 그러나 이 미생물은 이성과 의지가 부여된 정령이었다. 이것에 감염된 사람들은 즉시 악령에 사로잡혀 발광하게 되어 있었다. 그렇지만 이 감염된 사람들만큼 자기가 진리 속에 확고부동하게 뿌리박고 있는 현인이라고 여긴 사람들은 일찍이 없었다. 자신의 판결, 자신의 학문적인 결론, 자신의 도덕적인 확신과 신앙을 이보다 더 확고부동한 것으로 여긴 적은 절대로 없었다. 모든 마을, 모든 도시, 모든 국민들이 전부 감염되어 미쳐 갔다. 모두들 공황 상태였고, 서로를 이해하지 못했으며, 저마다 오로지 자신에게만 진리가 있다고 생각하여 다른 사람을 보면서 괴로워하고, 자기 가슴을 치고, 울고, 손을 비볐다. 누구를 어떻게 재판해야 할지 알지 못했고, 무엇을 악으로, 무엇을 선으로 여겨야 할지 의견의 일치를 볼 수가 없었다. 누구를 유죄로 하고, 누구를 무죄로 할지 알지 못했다. 사람들은 어떤 무의미한 증오에 사로잡혀 서로를 죽여 갔다. 서로를 치기 위해 대군을 결성하고 모였으나, 군대는 벌써 행군 도중에 갑자기 자신들을 서로 살육하기 시작했다. 대열은 흐트러지고, 군사들은 서로에게 덤벼들어 찌르고, 베고, 물어뜯고, 잡아먹었다. 도시마다 온종일 경보가 울리고 모든 사람들을 소집했으나, 누가 무엇 때문에 소집하는 것인지 아무도 몰랐고, 모두들 불안에 휩싸여 있었다. 제각기 자신의 생각과 개선책을 내놓았지만, 합의를 볼 수가 없었던 탓에, 가장 일상적인 수공업도 손을 놓아 버리고 말았다. 농사도 짓지 않게 되었다. 여기저기 사람들이 무리를 이루며 모여들어서는 무엇인가에 서로 합의했고, 절대로 헤어지지 말자고 맹세했다. 그러나 곧 그들은 방금 스스로 결정했던 것과는 전혀 다른 무엇을 하기 시작하여, 서로를 비난하고, 주먹다짐을 하고, 잘라 죽였다. 화재가 시작되고, 굶주림이 시작되었다. 모든 사람, 모든 것이 파멸해 갔다. 전염병은 점점 더 창궐하여 더욱더 멀리 퍼져 나갔다. 전 세계에서 겨우 몇 안 되는 사람들만이 구원받을 수 있었는데, 이들은 새로운 인류와 새로운 삶을 출발시키고, 지상을 갱신하고 정화할 소명을 받은 선택받은 순결한 사람들이었으나, 누구 하나 어디서도 이 사람들을 보지 못했고, 아무도 그들의 말과 목소리를 듣지 못했다.

이 부조리한 악몽이 그의 기억 속에 너무나도 슬프고 너무나도 고통스러운 반향을 불러일으키고, 열병으로 인한 환각의 인상이 너무나 오랫동안 사라지지 않아 라스콜니코프를 괴롭혔다. 부활절이 지난 지도 벌써 2주일째였다. 포근하고 맑은 봄날이 계속되고 있었고, 수인 병실에서도 창문을 열었다(창살이 끼워져 있는 창 아래에서는 보초가 왔다 갔다 하고 있었다). 소냐는 그가 앓고 있는 동안, 병실로 그를 두 번밖에 찾아올 수 없었다. 매번 허가를 받아야만 했는데, 그것이 쉽지 않았기 때문이다. 그러나 그녀는 자주, 특히 저녁 무렵이 되면 병원 마당으로 와서 창 밑에 섰으며, 어떤 때는 그저 잠깐 마당에 서서 멀리서라도 병실의 창문을 보기 위해 오는 일도 있었다. 한번은 저녁녘에, 이미 병에서 거의 회복된 라스콜니코프는 잠깐 잠이 들었다가 깨어나서 무심코 창가로 다가갔다. 그러자 갑자기 저 멀리 병원 문 옆에 서 있는 소냐의 모습이 보였다. 그녀는 서서 무언가를 기다리는 듯했다. 순간 무언가가 그의 심장을 날카롭게 찌르는 것 같았다. 그는 몸을 떨고 급히 창가에서 물러섰다. 다음 날 소냐는 오지 않았고, 사흘째 날에도 오지 않았다. 그는 자기가 그녀를 불안한 마음으로 기다리고 있다는 걸 깨달았다. 마침내 그는 퇴원했다. 감옥으로 돌아오자 그는 수감자들로부터 소피야 세묘노브나가 병이 나서 집에 누워 있으며, 아무 데도 못 나가고 있다는 걸 알았다.

그는 몹시 걱정이 되어서 사람을 시켜 그녀의 병세를 알아보았다. 곧 그는 그녀의 병이 위험하지는 않다는 것을 알게 됐다. 소냐 쪽에서도 그가 그녀를 그렇게 그리워하고 걱정하고 있다는 것을 알게 되자 연필로 적은 쪽지를 보내, 자기는 훨씬 좋아졌고, 그저 대수롭지 않은 가벼운 감기일 뿐으로 이제 곧, 아주 빨리 노역장 으로 그를 만나러 오겠다고 알려 왔다. 이 쪽지를 읽을 때 그의 심 장은 아프도록 격렬하게 뛰었다.

다시금 맑고 포근한 날이었다. 이른 아침 6시 무렵에 그는 강기 슭으로 일을 하러 나갔다. 거기엔 오두막에 설화석고를 굽는 가마 가 설치되어 있어서 거기서 석고를 빻았다. 모두 세 사람의 일꾼 이 그곳으로 갔다. 그러나 죄수 중의 한 명은 호송병을 대동하고 무슨 연장을 가지러 요새로 갔다. 다른 죄수는 장작을 패서 가마 속에 쌓기 시작했다. 라스콜니코프는 오두막을 나와 강기슭으로 가서, 오두막 옆에 쌓아 둔 통나무에 걸터앉아 광활하고 황량한 강을 바라보기 시작했다. 높은 강기슭으로부터 주위의 경치가 드 넓게 펼쳐져 있었다. 먼 저편 강기슭에서 노랫소리가 아련히 들려 왔다. 거기엔 햇빛이 넘쳐흐르는 끝없는 초원 위에 유목민의 천막 들이 겨우 분간할 수 있는 아득한 점이 되어 거뭇거뭇하게 보였 다. 그곳에는 자유가 있고, 이곳 사람들과는 전혀 닮지 않은 다른 사람들이 살고 있었으며, 그곳에는 시간마저 멈추어 서 있고, 아 브라함과 그의 가축 떼의 시대가 아직 지나가지 않은 것 같아 보 였다. 라스콜니코프는 꼼짝도 하지 않고 앉아서, 눈도 떼지 않고 바라보고 있었다. 그의 생각은 몽상과 명상으로 옮겨 갔다. 그는 이미 아무것도 생각하고 있지 않았으나, 어떤 동경이 그를 불안하게 하고 괴롭히고 있었다.

갑자기 그의 곁에 소냐가 나타났다. 그녀는 거의 들리지 않게 살그머니 다가와서 그의 옆에 나란히 앉았다. 아직 몹시 이른 시간이어서, 아침의 냉기가 채 풀리지 않은 때였다. 그녀는 초라한 낡은 외투에 녹색 스카프를 쓰고 있었다. 얼굴은 아직 병색이 가시지 않아 햇쑥하고 파리했으며 볼도 여위어 있었다. 그녀는 상냥하고 기쁘게 웃어 보였으나, 곧 여느 때처럼 머뭇거리며 그에게 손을 내밀었다.

그녀는 언제나 머뭇거리며 그에게 손을 내밀었고, 어떤 땐 그가 내치지나 않을까 두려운 듯이 아예 손을 내밀지 않을 때도 있었다. 그는 언제나 내키지 않는 듯이 그녀의 손을 잡았고, 언제나 짜증이라도 나는 듯이 그녀를 맞았으며, 때로는 그녀가 찾아와 있는 동안 내내 고집스레 입을 다물고 있기도 했다. 그녀가 그를 두려워하며 깊은 상심에 잠겨 돌아가는 일도 드물지 않았다. 그러나 지금 그들의 손은 떨어지지 않았다. 그는 재빨리 그녀를 힐끗 쳐다보았으나, 아무 말도 하지 않고 시선을 떨구었다. 그들 둘뿐이었고, 아무도 그들을 보고 있지 않았다. 간수도 이때 막 몸을 돌린 참이었다.

어떻게 그런 일이 일어났는지 스스로도 알 수 없었으나, 갑자기 무언가가 그를 움켜잡고 그녀의 발아래 내던진 것 같았다. 그는 울면서 그녀의 무릎을 껴안았다. 처음 한순간 그녀는 무섭게 겁에 질려, 죽은 사람처럼 얼굴이 창백해졌다. 그녀는 자리에서 벌떡 일어나 몸을 떨면서 그를 바라보고 있었다. 그러나 곧, 바로 그 순간에 그녀는 모든 것을 깨달았다. 그녀의 두 눈에서 무한한 행복감이 빛나기 시작했다. 그녀는 깨달았고, 이제 의문의 여지가 없었다. 이 사람은 자기를 사랑하고 있다, 끝없이 사랑하고 있다, 마침내 이 순간이 온 것이다…….

그들은 말을 하려 했으나, 할 수가 없었다. 눈물이 그들의 눈에 맺혔다. 그들은 둘 다 창백하고 여위어 있었다. 그러나 이 병들고 창백한 얼굴에는 새로워진 미래의 아침노을이, 새 삶으로의 완전한 부활의 서광이 이미 빛나고 있었다. 사랑이 그들을 부활시켰고, 두 사람의 마음은 서로에게 생명의 무한한 샘을 간직하고 있었다.

그들은 기다리자고, 참자고 다짐했다. 그들에겐 아직도 칠 년이 남아 있었다. 그때까지 얼마나 많은 참을 수 없는 고통과 얼마나 많은 끝없는 행복이 있을 것인가! 그러나 그는 부활했다. 그는 이 것을 알고 있었고, 갱생한 자신의 온 존재로써 그것을 완전히 느끼고 있었다. 그리고 그녀, 그녀는 오로지 그의 삶만으로 살아오지 않았던가!

그날 저녁, 옥사의 문도 벌써 잠겼을 때, 라스콜니코프는 판자침상에 누워 그녀를 생각하고 있었다. 이날은 지금껏 그의 적이었던 죄수 전체가 그를 이미 다른 눈으로 보고 있는 듯이 여겨졌다. 그 스스로도 자진해서 그들에게 말을 건네기도 했고, 그들도 상냥하게 대답해 주었다. 그는 지금에야 이것을 떠올렸으나, 마땅히 그래야만 하지 않았던가. 정말로 이젠 모든 것이 완전히 달라져야만 하지 않는가?

그는 그녀를 생각하고 있었다. 자신이 늘 그녀를 괴롭히고 그녀의 가슴을 찢어 놓았던 것을 떠올렸고, 그녀의 창백하고 여윈 조그만 얼굴을 떠올렸으나, 이젠 이런 기억이 그를 그다지 괴롭히지 않았다. 그는 이제부터 자신이 얼마나 끝없는 사랑으로 그녀의 이 모든 고통에 보답하게 될지를 알고 있었다.

그리고 또 과거의 이 모든, **모든** 괴로움이 과연 뭐란 말인가! 모든 것은, 심지어 그의 범죄마저도, 선고와 유형마저도, 지금 이 감격의 첫 폭발 속에서는 어떤 외적이고 이상한, 마치 자신에게 전혀 일어나지도 않았던 사실처럼 여겨졌다. 그렇지만 이날 저녁 그는 무엇에 대해서든 오랫동안 지속적으로 생각할 수 없었고, 무엇에도 생각을 집중할 수가 없었다. 더구나 지금의 그로서는 그 어떤 것도 의식적으로 해결할 수 없었을 것이다. 그는 다만 느끼고 있을 뿐이었다. 변증법 대신에 삶이 찾아왔으며, 따라서 의식 속에서도 완전히 다른 무엇이 형성되어야만 했다.

그의 베개 밑에는 복음서가 놓여 있었다. 그는 기계적으로 그것을 집어 들었다. 이 복음서는 그녀의 것으로, 그에게 나사로의 부활에 대해 읽어 주었던 바로 그 책이었다. 유형 생활이 시작되었을 때, 그는 그녀가 종교를 가지고 그를 괴롭히고, 귀찮게 복음서 얘기를 꺼내면서 그에게 책들을 억지로 떠맡길 거라고 생각했다. 그러나 정말 놀랍게도 그녀는 한 번도 그런 얘기를 꺼내지 않았을뿐더러, 복음서를 권한 일조차 없었다. 그는 병이 나기 얼마 전에 자기 쪽에서 그녀에게 그것을 부탁했고, 그녀는 말없이 책을 가져다주었다. 그렇지만 지금까지 그는 그것을 펼쳐 보지도 않고 있었다.

지금도 그는 그것을 펼치지는 않았으나, 한 가지 생각이 그의 뇌리를 스쳤다. '이제 그녀의 신념이 정말 나의 신념도 될 수 있지 않을까? 적어도 그녀의 감정, 그녀의 갈망은⋯⋯.'

그녀 역시 이날 온종일 흥분해 있었고, 밤에는 다시 앓아눕기까지 했다. 그러나 그녀는 너무나 행복한 나머지, 자신의 행복에 덜컥 겁이 날 지경이었다. 칠 년, **고작** 칠 년! 자신들의 행복이 처음 시작되던 때의 어느 순간순간, 두 사람은 기꺼이 이 칠 년을 칠 일처럼 여길 준비가 되어 있었다. 그는 새로운 삶이 그에게 거저 주어지지 않으리라는 것도, 그 삶을 사기 위해 비싼 값을 아직 치러야 하며, 앞으로 위대한 공적으로 그것을 보상해야만 한다는 것조차도 모르고 있었다⋯⋯.

그러나 여기에는 이미 새로운 이야기, 한 인간이 점차 새로워져 가는 이야기, 그가 점차 갱생하고, 한 세계로부터 다른 세계로 건너가면서 지금껏 전혀 알지 못했던 새로운 현실을 알게 되는 이야기가 시작되고 있다. 이것은 새로운 이야기의 주제가 될 수 있을 터이지만, ─그러나 우리의 지금 이 이야기는 이것으로 끝난다.

10 et nihil humanum '인간적인 것은 무엇이든.' 로마 시대의 극작가 테
렌티우스(A. Terentius, 약 BC 195~159)의 희극 「자학자」에 나오는
유명한 대사 "나도 인간이어서, 인간적인 것은 무엇이든 낯설지 않
단 말이오(Homo sum, et nihil humanum a me alienum puto)"의 변형
이다.

13 **그 은혜로운 글라스노스트 시절에** 스비드리가일로프의 이 말에는
1860년대 초의 자유언론에 대한 야유가 들어 있다. 도스토예프스키
형제가 발행하던 잡지 『시대(Время)』의 한 편집 동인은 1861년 "'은
혜로운' 글라스노스트라는 별칭이 붙은 우리의 낯선 손님"에 관해
쓴 바 있다.

14 **어떤 귀족이~기억나시오** 1860년 말 러시아 신문들은 코즐랴이노프
(Козляинов)라는 지주가 열차 안에서 한 리가인 여승객을 구타한
사건을 대대적으로 보도했다. 코즐랴이노프의 행동은 언론에서 첨
예한 논쟁을 불러일으켰고, 도스토예프스키의 『시대』 지도 코즐랴이
노프를 옹호한 신문 『북방의 꿀벌(Северная Пчела)』과의 논쟁에
참가했다.

　　『세기』 지의 추악한 행위 1861년 3월, 여성해방의 열렬한 전도자이자
옹호자인 M. L. 미하일로프(М. Л. Михайлов)가 세론을 비등하게
했던 자신의 기사에 붙였던 제목이다. 이 기사에서 그는 주간지 『세기

(Bek)』에 실린 비노고로프(시인이자 번역가인 P. I. 베인베르크(Вейнберг)의 필명)의 반개혁적인 칼럼을 격렬하게 비난했다. 베인베르크는 페름 시에서 있었던 문학과 음악의 밤에서 톨마초바라는 여인이 '수치심과 사교계의 예의범절'에 반하여, 푸쉬킨의 소설「이집트의 밤(Египетские Ночи)」에서 즉흥시인이 지은 시구를 낭독한 일을 두고 맹공을 퍼부었다. 베인베르크는「이집트의 밤」에서 클레오파트라가 목숨을 걸고 자신과의 사랑에 나서 보라고 남자들에게 도전하는 이 대목을 공개적으로 낭독한 것은 여성해방을 부르짖는 여성투사들의 진정한 목적이 무엇인지 증명해 보이는 부도덕한 행동이라고 평가했다. 이에 대한 미하일로프의 반박 기사는 당시 모든 진보적인 언론의 지지를 받았고, 도스토예프스키도 베인베르크와의 논쟁에 참가하여『시대』지에 두 편의 기사를 싣게 된다. 이 기사에서 그는 톨마초바를 적극 옹호하면서,「이집트의 밤」의 예술성을 높이 평가하고,「이집트의 밤」을 공개적으로 낭독하는 것은 전시회장의 비너스상 앞에서 황홀경에 빠지는 것과 마찬가지로 조금도 수치스러운 일이 아니라고 예술과 도덕의 관계에 대한 자신의 원칙적인 견해를 밝히고 있다.

검은 눈동자여 '『세기』지의 추악한 행위'에 대한 논쟁에서는 한순간 불꽃이 활활 타오르기도 하고 한순간 사그라지기도 했다는 톨마초바의 커다란 눈과 표정에 대한 베인베르크의 묘사가 자주 인용되었다.

16 **농노제 폐지도~수입도 준 게 없어요** 1861년 농노제 폐지 후에 토지 구획은 지주들에게 유리한 방식으로 행해졌다. 지주들은 숲과 목초지 같은 제일 좋은 부속지를 받았고, 나쁜 땅은 농민들에게 할당되었다.
뒤소 페테르부르크의 볼샤아 모르스카야 거리에 있는, 상류사회 사람들이 찾던 레스토랑의 소유주.
유락장 페테르부르크의 옐라긴 섬에 있는 유락장들을 말한다.

18 **북극 탐험을 떠날지도 모르오** 1865년의 신문 보도에 의하면 당시에 북극 탐험이 준비되고 있었다.

베르크 놀이동산의 소유주로, 페테르부르크에서 열기구 비행가로 알려져 있었다.

30 뱌젬스키의 집 센나야 부근에 있는 뱌젬스키의 집은 당시 페테르부르크의 '밑바닥' 인생들, 걸인과 부랑자들의 휴식처이자 간이 숙박소로, 속칭 뱌젬스키 대수도원이라고도 불리었다.

74 레냐 카체리나 이바노브나의 막내딸 리다를 가리키며, 레냐라고 표기한 것은 작가의 착각으로 보인다.

84 유로지바야 유로지바야(여성의 경우), 유로지브이(남성의 경우)는 보통 농민 출신의 정교도 또는 분리파 교도로, 이리저리 방랑하면서 미치광이 행세를 하던 수도자, 고행자를 일컫는다. 이들의 미치광이 행세는 사람들로부터 받는 굴욕을 통해 자신을 낮추고 고독 속에서 그리스도를 온전히 사랑하기 위한 것이라고 해석되었다. 러시아인들은 일반적으로 이들을 신앙심과 영성이 깊고 투시력과 예언력을 지닌 사람들로 받아들이고, 더 나아가 성자로 숭배하였으나, 일부에서는 이들을 조직사회에 합류하길 거부하거나 그럴 능력이 없는 정신적 장애를 가진 자들로 보기도 했다. 유로지브이 숭앙에 대해 불편한 관용의 입장을 취했던 러시아 정교회는 소수의 유로지브이(G. P. 페도토프에 의하면 36명)을 시성했다.

85 제4복음서 「요한복음」을 가리킴.
7베르스타 떨어진 곳으로 페테르부르크에서 7베르스타(1베르스타는 약 1.607킬로미터)가량 떨어진 우젤나야에는 유명한 정신병원이 있었다.

87 촌 베다니에 사는 나사로라 「요한복음」11장 1절 시작 부분임. 소설 원문에서 도스토예프스키는 성경 구절을 계속 부정확하게 인용하고 있다.

90 나흘 죽은 나사로에 대한 이야기에서 '나흘'이라는 말은 라스콜니코프의 상태를 상징하기도 한다. 성서를 읽는 것은 노파를 살해한 지 나흘째 되는 날의 일로, 죽은 자들로부터 부활한 나사로처럼 라스콜

니코프에게도 도덕적인 부활이 일어나야만 했다. 또한 도스토예프스키는 1854년 형에게 보낸 편지에서 자신의 징역 시절을 회상하면서, "이 사 년을 나는 산 채로 무덤에 매장되어 갇혔던 시간으로 생각한다"고 쓰고 있다. 그의 자전적인 『죽음의 집의 기록(Записки из Мёртвого дома)』(1862)도 "자유여, 새로운 삶이여, 죽은 자들로부터의 부활이여…… 이 얼마나 빛나는 순간이냐!"로 끝난다.

91　**영원한 책**　'영원한 책'이라는 표현은 「요한계시록」 14장 6절("또 보니 다른 천사가 공중에 날아가는데 땅에 거하는 자들 곧 여러 나라와 족속과 방언과 백성에게 전할 영원한 복음을 가졌더라")에 나오는 '영원한 복음'이라는 말과 통한다.

　　휘어진 촛대에~꺼져 가고 있었다　도스토예프스키에게 특징적인 '렘브란트적' 조명은 빛과 어둠의 투쟁을 상징하면서 사건의 비극성을 강화시키는 것이기도 하다.

93　**천국이 이들의 것이니라**　「마태복음」 19장 14절에서의 인용임.

94　**개미 떼 무리**　도스토예프스키는 그로서는 도저히 받아들일 수 없는 공상적 사회주의자들의 사회적 이상에 대한 상징으로서 이미 『여름 인상의 겨울 메모』와 『지하로부터의 수기』에서도 이 '개미 떼 무리'라는 표현을 사용하고 있다.

106　**개혁이 진행 중이니까**　1864년 이후 러시아에서 시행된 사법 개혁을 가리킨다. 이 개혁에 따라 예심부가 경찰의 소관에서 제외됨으로써 경찰의 전권에 제한이 가해졌다. 예심관 대신에 예심판사를 도입했으며, 재판 사건은 배심원과 변호인이 참석한 가운데 반드시 공개 법정에서 심리하도록 되었다.

109　**그러나 적이~평행호를 파는 것을 보고**　크림 전쟁(1853~1856) 중 1854년 9월 8일 알마 강 전투에서 러시아 군이 대패한 후, 영국과 프랑스 군대는 11개월간에 걸친 세바스토폴 포위를 시작했다.

113　**이건 이를테면~항복하고 맙니다**　오스트리아의 총사령관 마크(Karl Mack, 1752~1828) 장군은 1805년 울름(도나우 강 유역에 있는 오스

트리아의 도시이자 요새) 지역에서 프랑스 군에 포위되고, 그의 군대는 나폴레옹의 포로가 되었다. 이 패배 후에 마크 장군이 쿠투조프의 사령부에 나타나는 이야기는 톨스토이의『전쟁과 평화(Война и мир)』제1권, 2부 3장에 묘사되어 있다. 톨스토이는 이 장을 1866년에『러시아 통보(Русский вестник)』제2호에 발표했는데, 이 시기를 전후로 해서 같은 잡지에『죄와 벌』의 1부와 그다음 부들이 각각 실렸고, 포르피리와 라스콜니코프의 대화는『러시아 통보』제7호에 실렸다. 포르피리의 말에는『전쟁과 평화』에서의 울름 사건의 묘사가 직접적으로 반영되어 있으며, 이성의 추상적인 논증에 대한 포르피리의 조롱은 오스트리아 최고 군사 회의의 계산과 예측에 대한 쿠투조프의 태도와 궤를 같이 한다.

135 미콜카 니콜라이의 애칭.

149 크노프 페테르부르크의 네프스키 대로에 있던 잡화점의 소유주임.

154 메시찬스카야 거리~창설되는데 푸리에와 소설『무엇을 할 것인가?』의 영향으로 페테르부르크에는 진보적 청년들에 의해 코뮌이 세워지기 시작했다. 이들은 단순한 도시 공동숙사로 시작하여 진정한 생활 공산체로 나아가길 꿈꾸고 있었다. 스레드냐야 메시찬스카야 거리에는 에르첼레브이 골목에서 옮겨 온 코뮌이 있었으며, 나중에 이 코뮌의 구성원들은 바실리예프스키 섬의 7번가에 있는 방들을 빌렸는데, 이들 중에는 요새감옥에서 형기를 마친 니힐리스트들, 재봉 공장에 참가했던 여성 니힐리스트들도 많았다.

162 도브롤류보프 N. А. 도브롤류보프(Н. А. Добролюбов, 1836~1861). 러시아의 문예평론가, 사회평론가, 유물론자, 공상적 사회주의자로, 잡지『동시대인』의 공동 편집자로 활동했고, 체르느이쉐프스키와 함께 인텔리겐치아와 혁명적 민주주의 진영의 지도자로 인정되었다. 문학의 대상은 현실에 있고, 그 목적은 인생에의 봉사에 있다고 주장하면서 예술지상주의를 부정했다.

벨린스키 V. G. 벨린스키(В. Г. Белинский, 1811~1848). 러시아의

사상가, 문예평론가. 모스크바 대학에 수학하면서 쉘링, 피히테, 헤겔 등 독일 관념론의 영향을 받았으나, 1842년 페테르부르크로 이주한 후 헤겔 철학을 버리고 포이에르바흐의『기독교의 본질』(1841)을 알게 되면서 유물론에 가까워졌고, 뒤에 생 시몽의 공상적 사회주의를 받아들여 이른바 혁명적 민주주의자가 되었다. 순수예술을 부정하고, 이론에만 치우쳤던 당시의 러시아 문학에 대해 현실을 바탕으로 하여 출발할 것을 주장함으로써, 러시아 문학에 리얼리즘 문학 이론의 기초를 세웠다.

164 **이를테면 손에~모욕하는 셈이 된다는 것** 레베쟈트니코프는『무엇을 할 것인가?』에서 베라 파블로브나가 내리는 판단을 그대로 가져오고 있다.

165 **최근에~문제였는데** 레베쟈트니코프는 체르늬이쉐프스키의 견해를 자신의 수준으로 낮춰서 요약하고 있다. ("우리에겐 두 개의 방, 즉 당신의 방과 나의 방이 있게 될 것이며, 우리가 차를 마시고 식사를 하고 손님을 맞는 또 하나의 방이 있게 될 거요. 나는 당신을 귀찮게 하지 않기 위해 당신 방에 마음대로 들어가지 않을 것이고, 당신 역시 내 방에……",『무엇을 할 것인가?』, 제2장, 제18절.)

이것은 다른 어떤~더 유익하니까요 레베쟈트니코프를 통해 도스토예프스키는 '순수' 학문, '순수' 예술이라는 관념과 싸우면서 학문과 예술로부터 사회를 위한 실질적 유용성을 요구하던 V. A. 자이체프(B. A. Зайцев)와 피사레프의 논쟁적인 발언을 의도적으로 희화화하고 있다. 도스토예프스키는 이들의 반대 진영에 속했던 N. 솔로비요프(H. Соловьёв)와 기본 견해를 완전히 같이 했으며, 푸쉬킨보다는 오히려 장화가 낫다고 여기던 자들을 조롱했던 솔로비요프처럼, 도스토예프스키도 1860년대 초의 한 메모장에서 "말이야, 나는 가장 새로운 세대의 이 리얼리스트들을 사랑하지, 그런 낭만화는 사랑하지 않아, 제화공과 푸쉬킨"이라고 아이러니하게 적고 있다.

166 **인류에게 유익한 것은~말밖에 몰라요** 이 말은 피사레프, 그리고 부분

적으로는 체르느이쉡스키의 발언을 빗대고 있다. 체르느이쉡스키는 『철학에서의 인류학적 원칙(Антропологический принцип в философии)』(1860)에서 "인간 일반에게 유익한 것만이 참된 선으로 인정된다"라고 천명한 바 있다.

169 **회색과 무지개색의 지폐** 회색 지폐는 혁명 전의 25루블짜리 지폐, 무지개색 지폐는 100루블짜리 지폐다.

175 **뿔** 아내의 부정을 의미함.

푸쉬킨의 이 추잡한 표현 푸쉬킨의 『예브게니 오네긴(Евгений Онегин)』에 나오는 구절을 염두에 둔 것이다. "자기 자신은 물론이요, / 자기 집 식사며 아내에 늘 만족하여, / 거드름 피우는 오쟁이 진 남편(poroносец, 뿔 달린 남자)도."(제1장 제12절 제12~14행)

176 **여보, 지금껏~알게 됐기 때문이오** 이 대목은 『무엇을 할 것인가?』에 나오는 사랑과 질투에 대한 판단, 특히 베라가 키르사노프를 사랑하게 된 것을 알게 된 로푸호프가 하는 말을 희화화한 변형이다. "정말 당신은 이제 날 존경하지 않는단 말이오? (……) 나를 불쌍하게 여기지 마오. 내 운명은 당신이 나로 인해 행복을 빼앗기지 않는다고 해서 조금도 가련해지지 않소."(『무엇을 할 것인가?』, 제3장, 제25절)

178 **꿀죽** 쌀, 밀에다 꿀과 건포도를 넣어 만든 된죽으로, 추도식 때 준비하는 러시아 전통 음식.

216 **『실증적 방법의 일반적 추론』** 『실증적 방법의 일반적 추론』은 1866년에 페테르부르크에서 출판된 논문집이다. 서구의 새로운 자연과학적, 사회학적 사상이 담긴 유럽 학자들의 여러 논문이 러시아어로 번역, 게재된 이 논문집에는 독일의 작가이자, 의사, 생리학자인 피데리트(T. Piderit, 1826~1912)의 논문 「뇌와 정신. 사유하는 모든 독자를 위한 생리학적 심리학 개설」과 경제학자인 바그너(A. Wagner, 1835~1917)의 「통계학의 관점에서 본 인간의 외견상 자의적인 행동의 합법칙성」, 그리고 벨기에의 통계학자이자 사회학자인 케틀레의 논문 등이 포함되어 있었다. 3월 혁명으로 인한 정치적 상황 속에

서 오랫동안 국외망명 생활을 했던 피데리트는 표정학과 인상학 분야에서 『표정학과 인상학의 기본 원칙』, 『표정학과 인상학』 등의 뛰어난 저술을 남겼으며, 바그너는 국가에 의한 대자본 억압을 위해, 자유주의적 좌익에 대항하는 국가 사회주의적 우익, 윤리적인 사회주의를 주장했다.

245 낮은 천장과 좁은 방은 영혼과 이성을 눌러 버려 도스토예프스키의 소설 『학대받은 사람들』에서도 "좁은 방에서는 무슨 생각을 하기에도 답답하다는 것을 깨달았다"라는 대목이 나온다.

251 그들 스스로가~사람을 죽여 놓고 1865년 4월, 러시아 신문 「목소리(Голос)」에 실린 외국 연대기에 따르면, 나폴레옹은 매일 2천 명의 병사를 소비했으며, 오랫동안 전쟁의 무대가 되었던 나라들은 심각한 인구 감소를 겪게 되어, 스페인은 전쟁 전 1,200만 명의 인구가 전쟁 후에는 8백만 명으로 줄었고, 포르투갈은 250만 명에서 1백만 명으로 줄었다.

267 콜카 콜랴를 더 곰살맞게 부르는 말. 참고로 콜랴는 니콜라이의 애칭이다.

「페트루쉬카」 언제나 명랑한 무적의 영웅 페트루쉬카가 억압받는 약한 자들의 수호자로 대활약을 펼치는 러시아의 민속적인 인형극.

「경기병은 검에 몸을 기대어」 19세기 초 러시아 낭만주의 시인 K. N. 바튜쉬코프(К. Н. Батюшков, 1787~1855)의 시 「이별(Разлука)」에 곡을 부친 로망스로, M. Iu. 비엘고르스키(М. Ю. Виельгорский, 1794~1866)가 그 작곡자로 인정된다.

「단돈 다섯 푼」 당시 페테르부르크 사람들에게 잘 알려져 있던 감상적인 노래로, 프랑스 연극 「신의 은총과 새 머리쓰개」에 나오는 거지들의 노래다.

「말보로는 싸움터로 나가네」 당시에 인기 있던 프랑스의 익살스러운 노래로, 실제로 자장가로 자주 불려졌다. 영국의 말보로 공작이 사망한 지 60년 뒤에 루이 16세의 아들의 유모가 이 노래를 왕세자에게 불러 주었고, 유모의 노래는 곧 파리에서 유행하게 되었다. 나중에 나폴레옹도 출정 전에 이 노래를 즐겨 불렀다고 전해진다.

274 **글리세-글리세, 파-드-바스크** glissé는 미끄러지는 듯한 스텝, pas-de-Basque는 바스크 식으로 발을 옮기는 빠른 스텝을 말함.

Du hast Diamanten und Perlen '그대에겐 다이아몬드와 진주가 있고…….' 독일 낭만주의 시인 하인리히 하이네(Heinrich Heine, 1797~1856)의 시집 『노래의 책(Buch der Lieder)』(1827)에 들어 있는 연시(連詩) 「귀향(Die Heimkehr)」의 제62시에 슈베르트가 곡을 붙였으며, 페테르부르크의 거리에서 아코디언 악사들에 의해 자주 연주되던 인기 있는 노래이다.

275 **다게스탄의 골짜기에서** 19세기초 러시아 시인 M. Iu. 레르몬토프(М. Ю. Лермонтов, 1814~1841)의 시 「꿈(Сон)」(1841)에 K. N. 카우플레르(К. Н. Кауфлер)나 A. V. 톨스토이(А. В. Толстой)가 곡을 붙인 로망스이다.

311 **분리파 교도** 러시아 교회의 지역주의를 탈피하고 러시아 교회와 비잔틴 교회의 격차를 없앰으로써 명실공히 모스크바를 로마, 콘스탄티노플을 잇는 제3로마로 만들기 위해 교회서와 예배서, 예배식을 개정하고 러시아 정교회를 개혁하려 했던 모스크바 대주교 니콘의 시도(1653~1656)에 맞서, 많은 고위 성직자들은 수백만의 신자들과 함께 교회에서 이탈하여(정교 분열раскол), 분리파(라스콜니키 раскольники)를 형성했다. 이들은 러시아 정교의 모든 텍스트와 예배식의 변경에 거세게 반발하여 과거의 전통을 고수하고자 했기 때문에 구교도라고도 불린다.

베군파 베군파는 18세기 말에 생겨난 분리종파의 하나로, 농민, 직공, 탈주병들 사이에 퍼져 있었다. 베군파 교도들은 러시아 교회를 변절한 이단적 교회로 보았고, 권력에 대한 복종의 낙인이 찍힌 적그리스도가 이미 지상을 다스리고 있다고 믿었다. 때문에 그들은 유일한 구원의 길은 러시아 교회로부터의 완전한 분리, 지상의 권력에 대한 불인정과 투쟁, 그리고 적그리스도의 지배로부터의 탈주에 있다고 여겼으며, 가족과 사회를 멀리하고, 모든 공민법에 대한 복종을 거부하면서 숲과 황야를 방랑했다. 베군이라는 명칭도 '도망'('бег', beg), '달아나다'('бегать', begat')에서 나왔다. 베군파 교도들은 천국의 문은 오직 지상에서의 힘들고 이유없는 시련을 통해서만 열린다고 생각했기 때문에, 다른 사람의 범죄나 있지도 않은 범행을 스스로 덮어씀으로써 고난을 받아들이고자 했다. 미콜카의 고향인 자라이스크 군은 구교도들 사이에 널리 알려진, 종교적 자유사상으로 충만해 있던 곳이었다. 도스토예프스키는 『작가 일기(Дневник писателя)』(1873년편)에서 해소될 수 없는 영원한 고난을 어디에서든, 무엇에서든 자발적으로 받아들이고자 하는 욕구를 러시아 민족에게 예로부터 존재해 온 특성으로 규정하기도 했다.

313 피가 '기분을 상쾌하게 해 준다' 프랑스의 시사평론가 레옹 폴은 신문 『목소리』(구력 1865년 4월 7일 자)에서 나폴레옹의 정복욕을 이렇게 설명하는 기사를 썼다. "나폴레옹에게 필요했던 것은 정복이 아니라 전쟁이었으며, 전쟁은 그에게 흥분제이자 도취였다. (……) 나폴레옹의 혈액순환은 불규칙적이고 대단히 느렸다. (……) 오직 전쟁 중에만 그는 기분이 좋아졌고, 맥박이 고르고 정상적인 속도로 뛰기 시작했다."

323 드이르카 해군소위 드이르카는 고골(Н. В. Гоголь, 1809~1852)의 희극 『결혼(Женитьба)』(1841) 제1막, 제16장면에 나오는 인물이다. 도스토예프스키는 그를 같은 작품(제2막, 제8장면)에 나오는 우스꽝스러운 해군 소위 페투호프와 혼동한 것으로 보인다.

341 쉴러 도스토예프스키에게 쉴러는 언제나 정신적 순수함과 고결함의 상징이다.

347 이집트의 사막으로~삼십 년을 살았을 것이오 요르단의 사막에서 47년을 살았던 기독교 성녀인 이집트의 마리아를 염두에 둔 말이다. 도스토예프스키는 이 성녀의 모습에 죽을 때까지 큰 관심을 가졌으며, 소

설『미성년(Подросток)』의 제3부, 3장 2절에서도 "누군가를 위하여 어떤 고통이든 한시 빨리 받고자" 하는 그녀의 갈망에 대해 얘기하고 있다.

그의 성도 말해 주고 있잖소 라주미힌이라는 이름에 들어 있는 '라줌(разум)'은 이성, 이지, 분별을 뜻한다.

348 **파라샤, 검은 눈동자의 파라샤** G. R. 제르좌빈(Г. Р. Державин, 1743~1816)의 시 「파라샤(Параша)」의 첫 부분을 변형한 것이다.

356 **la nature et la vérité** '자연과 진실.' 루소의『고백록』제1권에 나오는 말인 "나는 형제들에게 자연과 진실의 인간(l'homme de la nature et de la vérité)을 보여 주고자 한다"에 대한 아이러니한 시사임.

359 **물론 캉캉을~춤추고 있었소** 1865년『시대(Эпоха)』지는 페테르부르크의 삶의 특징적인 현상으로 캉캉, 음주, 싸구려 음식점의 무대에 대해 쓰고 있다.

360 **Où va-t-elle la vertu se nicher?** '어디에선들 미덕이 둥지를 틀지 못하리요?' 몰리에르가 동냥으로 황금을 준 데 대해 그가 잘못 보고 착각한 것이라고 거지가 말하자, 감탄하여 이렇게 대답했다고 전해진다.

364 **어디 미국으로라도 속히 떠나요** 1863년 V. D. 스파소비치(В. Д. Спасович)가 펴낸『형법 교과서』의 「영국의 미국 유형」 장에는 미국으로의 추방을 통해 영국은 모든 도둑놈, 부랑배, 악명 높은 악당, 수상쩍은 사람들을 단번에 처리해 버릴 수 있게 되었다고 쓰여 있으며, K. 네이만(К. Нейманн)의『미합중국의 역사』(1864)를 비롯하여 당시 러시아에서 출판된 여러 미국 관련 서적들도 유사한 견해를 보여 준다. 특히 미국 민주주의를 비판적으로 분석하고 있는 토크빌(A. de Tocquebille)의『미국의 민주주의』는 페트라쉐프스키의 금요 독회에서 깊이 있게 토론되었다. 도스토예프스키는 "자유국가에서의 자유로운 노동"을 맛보기 위한 미국으로의 도주에 대해 1873년의『작가 일기』(제11장, 「꿈과 몽상(Мечты и грезы)」)에서 언급하고 있으며, 이 주제는 미국에서의 삶에 대한 주인공들의 꿈이 환멸로 끝나는

『악령(Бесы)』(1871∼1872)과 악마가 드미트리에게 미국으로 달아날 것을 제안하는 『카라마조프 가의 형제들(Братья Карамазовы)』(1879∼1880)에서도 등장한다.

371 **1사쥈** 1사쥈은 약 2.134m미터.

390 **블라지미르카 가도를 따라가든지** 블라지미르카 가도는 모스크바에서 블라지미르로 가는 길로, 시베리아 유형을 선고받은 죄수들은 이 길을 따라 시베리아로 출발했다.

395 **＊＊ 다리를** 바실리예프스키 섬에서 소(小) 네바 강을 지나 페테르부르크스카야 구(지금의 페트로그라드스카야 구)로 가는 투취코프 다리를 가리키는 것으로 보인다.

＊＊ 대로 투취코프 다리를 지나 직선으로 뻗어 있는 볼쇼이 대로를 가리키는 것으로 보인다.

396 **카페 샹탕** 음악이나 여흥을 제공하는 카페, 카바레.

403 **이 소녀는 자살로~제 목숨을 끊고 말았다** 이 주제는 도스토예프스키가 『악령』을 위해 준비했으나 결국 그 속에 포함될 수 없었던 장(章) 「치혼에게서(У Тихона)」에 나오는 '스타브로긴의 고백'을 통해 다시 확대되어 다루어진다.

아, 경보다! 강물이 불어나고 있구나 페테르부르크는 홍수에 대한 아무런 대책 없이 핀란드만 연안의 네바 강 하구에 세워진 도시다. 1865년 6월 29일에서 30일 사이의 밤에 실제로 폭풍우가 몰아닥쳐서, 특히 페테르부르크스카야 구가 큰 피해를 입었으며, 푸쉬킨의 서사시 「청동의 기사(Медный всадник)」(1834, 1837)에서도 페테르부르크를 덮치는 대홍수의 재앙이 생생하게 그려진다. 현재 페테르부르크에는 60개가 훨씬 넘는 강과 운하가 있다.

422 **이 세상에~그런 피라고** 율리우스 케사르는 페르가뭄에서 해적을 잔인하게 징벌하고 로마로 돌아와서 대신관과 군단사령관의 칭호를 받았다. 『지하로부터의 수기』에는 "우선 자기 주위를 둘러보라. 피는 강물처럼 흐르고 있을 뿐 아니라, 샴페인처럼 자못 유쾌하게 솟구

치고 있지 않은가. (……) 현대의 위인 나폴레옹도 그러하다"라는 구절이 나온다(제1부, 7장).

429 **삼나무** 삼나무는 애도의 상징이다.

433 **Таварищество** 'Товарищество(토바리쉬췌스트보, 상회)'의 철자 /o/가 /a/로 잘못 표기되어 'Таварищество(타바리쉬체스트보)'라고 쓰인 것을 가리킨다.

440 **리빙스턴** 리빙스턴(David Livingstone, 1813~1873)은 1840~1860년대에 아프리카 오지를 여러 차례 여행한 영국의 유명한 여행가, 아프리카 연구자, 선교사로, 그의 여행기는 전 유럽에서 인기를 얻었으며, 1865년에 런던에서 출판된 『잠베지 강과 그 지류(Zambezi and its Tributaries)』는 이 년 뒤에 러시아어로도 번역되어 나왔다.

441 **머리를 짧게 친~해부학을 배우고 있습니다만** 이 말에는 여성교육의 지지자들에 대한 당시의 전통적인 비판이 반영되어 있다. 1860년대 러시아의 여성에겐 고등교육기관에서 받을 수 있는 직업교육이 두 가지로 국한되어 있었는데, 조산부와 교사가 되기 위한 교육이 그것이었다. 조산부 교육은 페테르부르크의 내과 및 외과 아카데미(지금의 군의 대학)에서 이루어졌다. 이곳에서 강의를 들은 여학생 가운데는 한때 도스토예프스키의 연인이었던 아폴리나리야 수슬로바의 여동생이자 23세의 나이에 러시아 여성으로서는 최초로 의학박사가 된 나제쥐다 수슬로바도 있었는데, 도스토예프스키는 그녀를 높이 평가하면서 그녀의 성공에 비상한 관심을 보였다.

449 **시베리아~감옥이 있다** 여기서 도스토예프스키는 그가 사 년을 보냈던, 이르트이쉬 강 언덕에 위치한 옴스크 감옥을 그리고 있다.

461 **공동 감방** 『죽음의 집의 기록』에서 화자는 자신이 있었던 감방만 해도 30명의 죄수가 수감되어 있었다고 말한다.

469 **어떤 새로운 선모충~미생물이 나타난 것이다** 1865년 말에서 1866년 초, 러시아 신문들은 당시의 의학에는 알려져 있지 않던 새로운 미생물들과 이 미생물들로 인한 전염병에 대해 보도하고 있었다.

참회자의 고독한 감방에 갇힌 축복받은 죄인

김희숙(서울대 노어노문학과 교수)

관념론으로부터

"인간의 영혼은 하늘과 땅의 결합으로 이루어진 것이다. 우리의 우주는 악한 생각에 사로잡힌 천상의 정령들이 알고 있는 연옥과도 같다. 세계는 부정적인 방향으로 나아갔으며, 한때는 아름답고 고상한 정신성이었던 것이 이제는 캐리커처가 되고 말았다." 『죄와 벌(Преступление и наказание)』을 쓴 사십 대 중반의 작가 도스토예프스키(Фёдор Михайлович Достоевский, 1821~1881)에게서 우리는 한 살 위의 형이자 문학적 동지였던 형 미하일에게 이렇게 적어 보냈던 열일곱 살의 문학 소년을 다시 발견하게 된다. 현실과 이상이라는 관념론적 세계상은 작가가 성장했던 낭만주의 시대의 기본적인 배경이었고, 그는 이 이원론적인 세계관을 평생토록 버리지 않았다.

포스트낭만주의의 비판적인 시대에 등단했던 도스토예프스키는 환상의 공간에서 벌어지는, 이 세상과는 동떨어진 낭만주의를 삶의 실제 현실에 가까운 도시적 삶의 낭만주의로 대체하고, 동시대적인 캐릭터들을 통해 낭만주의와 관념론에 배태되어 있는 분열, 관념적 삶과 현실적 삶의 고통스러운 양극성을 그려 내고자 했다. 『가난한 사람들(Бедные люди)』, 『분신(Двойник)』과 같은 초기작에서부터 그의 주인공들은 관념론적이고 낭만주의적인 독서에 의해 동기가 부여된 행동을 통해 삶의 구체적인 상황과 충돌하는 양상을 보여 주었으며, 이것은 관념론적 가치들이 삶을 구체적으로 결정짓는 가치들과 결코 합치할 수 없다는 것을 인식하고 있던 도스토예프스키에게 자신의 삶의 문제와도 부합하는 주제였다. 이러한 문제의식은 그가 페트라쉐프스키(М. В. Буташевич-Петрашевск ий, 1821~1866) 서클에 관여하던 시기에 더욱 적극적인 성격의 것으로 발전한다. 비록 그가 무력을 통한 차르 정부의 전복이라는 과격한 주장에 동조하지는 않았다 해도, 기존의 사회질서를 부도덕한 것으로 규정하고 유토피아적 사회주의 이상에 따른 새로운 사회질서의 수립을 꿈꾸었던 것은 사실이다. 여기에는 관념으로써 현실을 수정하고 장악하고 싶어 하던 그의 초기의 세계관이 그대로 작용하고 있다.

그러나 시베리아 유형에서 돌아온 후, 도스토예프스키는 여전히 사회 개혁을 꿈꾸고 있긴 했지만, 그것은 혁명과 사회주의, 유물론을 거부하고, 러시아의 대지와 러시아 민중, 신에 대한 사랑과 믿음을 통해 이루어져야 하는 것이었다. 이제 문학 속에서 그는 현 사회질서의 모든 조건을 과감하게 변혁하고 종교와 도덕,

가정의 모든 속박과 편견으로부터 인간의 사고를 해방시키고자 하는 급진적인 이데올로기에 대해 투쟁을 개시한다.

이 투쟁은 이미 『지하로부터의 수기(Записки из подполья)』에서 시작된다. 하지만 거기에는 이데올로기의 파괴적인 영향과 그것에 '먹혀 버린' 인간이 있을 뿐, 그것을 대체할 사명을 지닌 긍정적인 가치는 '결여'로서만 존재한다. 이와 달리 『죄와 벌』에서 작가는 모든 인간 존재에게 동일한 타당성을 갖는 방향타를 함께 제시하고자 한다. 넋두리를 통해서만 자기 존재의 주장을 이어가는 인간을 보여 주는 『지하로부터의 수기』와 달리, 『죄와 벌』은 절대 가치에 대한 이반으로부터 그것에로의 귀의로, 존재의 분열(라스콜, раскол)로부터 존재의 통일성으로, 인간 존재에 대한 경멸로부터 존재 일반의 가치에 대한 인정과 사랑으로 건너가는 인간을 보여 준다. 이 과정을 더욱 극적인 것으로 만들기 위해 작가는 주인공의 모습에서 극단적인 오만과 사회에 대한 경멸이 드러나게끔 한다. 『죄와 벌』은 사회에 대한 권력의 장악이 그의 이념이고 전제주의가 그의 성격인 주인공이 자신의 이념을 위해 살인을 저지르지만, 결국에는 영혼의 요구와 심리적 필연성에 의해 '벌'의 필연성을 받아들이게 되는 과정을 그려 낸다. 작가가 여기에서 보여 주고자 하는 것은 단순한 형법 질서의 유지가 아니라 신적인 도덕률의 회복이며, 삶의 공동체 속으로의 재통합의 가능성을 국가적, 공적인 조치로부터 심리적, 내면적 차원으로 옮겨서 제시하고, 이 과정에서 인간 영혼의 모든 깊이를 묘사함으로써 '보다 높은 의미의 리얼리즘'에 이르고자 하는 것이 작가의 의도이다.

인간 본성과 이념의 충돌

『죄와 벌』은 도스토예프스키의 장편 소설 가운데 맨 처음 쓰이고 발표된 작품이다. 발표와 동시에 엄청난 문학적 사건이 되었던 이 소설이 그의 작품들 중 오늘날까지 아마도 가장 많이 알려져 있고 읽히는 이유는 비교적 직선적인 플롯 전개, 극적으로 잘 짜인 스토리, 그리고 살인 사건을 중심으로 하나의 일관된 플롯 속에서 행동하는 인물들 덕분에 비교적 이해하기 쉽기 때문일 것이다. 그러나 이 소설은 '개별적'인 경우의 묘사를 넘어선다. 도스토예프스키가 범죄자에게 관심을 갖는 것은 범죄자의 의지를 통해 역사철학적이거나 도덕적인 이념이 범행에 나타나고, 범행이 질병과 세대 위기의 징후일 때이다. 이런 의미에서 그의 범죄 소설은 시대비판적이고 사회비판적인 연구가 된다.

이것은 소설 『죄와 벌』의 창작 과정과도 연관되어 있다. 도스토예프스키는 이미 1864년에 소설 『주정뱅이(Пьяненькие)』를 구상해 두었고, 1865년 6월에는 『상트페테르부르크 통보(Санкт-Петербургские ведомости)』의 발행인인 코르쉬(В. Ф. Корш)와 『조국 수기(Отечественные записки)』의 발행인인 크라예프스키(А. А. Краевский)에게 이 소설의 게재를 제안했다. 특히 크라예프스키에게 쓴 6월 8일 자 편지에서 그는 이 소설이 당시 심각한 문제가 되고 있던 알코올 중독, 그리고 그것이 가정생활과 아이들에게 미치는 영향을 다루게 될 것이라고 소개했다. 소설은 두 곳에서 모두 거절당했고, 도스토예프스키는 이 소설의 집필을 중단하게 되지만, 소설의 기본적인 구상은 나중에 마르멜라도프 가족에 대한 이야기로 『죄와 벌』에 포함된다.

같은 해 9월, 도스토예프스키는 『러시아 통보(Русский вестник)』의 발행인 카트코프(М. Н. Катков)에게 또 다른 소설을 제안하면서 줄거리를 소개한다. 가난에 짓눌린 소시민 계급의 대학 휴학생이 불온하고 설익은, 기괴한 이념에 경도되어 자신의 비루한 처지에서 단번에 탈출하고자 한다. 그는 아둔하고 병들고 탐욕스러운 고리대금업자 노파를 살해한 다음, 빼앗은 돈으로 대학을 졸업하고 외국으로 갔다가, 그 후에는 평생토록 정직하고 명망 있는 사람으로 살기로 결심하지만, 결국 참회하고 도덕적 부활을 경험하게 된다. 『죄와 벌』은 이 작품과 『주정뱅이』의 구상이 합쳐지고 애초의 1인칭 서술이 3인칭 서술로 바뀐 형태로 1866년 1월부터 12월까지 『러시아 통보』에 연재되었고, 약간의 수정을 거쳐 1867년부터 도스토예프스키가 죽을 때까지 세 차례에 걸쳐 책으로 출간되었다.

소설의 구상 단계에서부터 도스토예프스키에게 중요했던 것은 카트코프에게 쓴 편지에서도 이미 제기되고 있는 다음과 같은 문제들이었다. "강한 사람에게는 다른 사람을 심판하고 그의 운명을 결정할 권리가 있는가? 그것을 정당화시킬 상황이 존재하는가? 이를테면 최대 다수의 최대 행복이라는 공리주의적 목표가 범죄를 정당화시킬 수 있는가? 차후의 훌륭한 삶이 범죄를 상쇄해 줄 수 있는가? 개인의 범죄에 대해 사회적 상황이 책임을 져야 하는가? 아니면 궁극적으로 그것은 오로지 개인의 책임인가?"

시베리아에서 돌아온 그가 이러한 문제에 관심을 갖게 된 것은 당시의 러시아 인텔리겐치아 청년들에게서 보게 되는 혼란상이 최근 십 년 동안 러시아가 경험한 정신적 과정의 필연적인 결과이며, 그들이 행하는 대부분의 범죄는 사회적 비참함이 그 근본적인 이유의 하나인 저항적 사건이라고 해석했기 때문이다. 그러면서 그가 주목한 것은 젊은이들의 정치적인 태도보다도 도덕적인 태도, 즉, 상황의 사회적 제약으로부터 철학적 이념으로 변하고 있는 사고 혼란으로서의 도덕이었다. 만약 『죄와 벌』에서 작가가 정치적 살인을 보여 주고자 했다면, 젊은 주인공에게 좀 더 유복한 환경을 마련해 줄 수도 있었을 것이다. 그러나 라스콜니코프는 『가난한 사람들』의 작가인 도스토예프스키가 그려 낸 인물들 가운데서도 가장 가난한 사람 중 한 명이다. 만약 그가 그렇게 가난하지 않았더라면, 그런 범죄를 저지르겠다는 생각은 하지 않았을 것이다.

그런 까닭에 소설 속의 압도적인 공간은 프롤레타리아가 몰려 사는 페테르부르크의 더러운 거리와 골목, 좁은 다락방, 초라한 셋방, 불결한 음식점과 술집, 싸구려 여관방, 곰팡이 냄새와 페인트 냄새가 진동하는 구역 경찰서 사무실이다. 주인공이 '관'과도 같은 그의 다락방을 나서서 만나게 되는 것은 생존의 권리를 박탈당한 가난한 사람들, 인간으로서의 마지막 품위를 지키려고 안간

힘을 쓰는 사람들, 상품으로 거래되는 사람들, 창녀들이다. 서구 문화의 첨병인 페테르부르크는 물질주의적인 악에 침식되어 있으며, 화려한 거리, 궁전, 다리 등이 묘사될 때에도 오히려 강조되는 것은 그 환영과도 같은 표면 아래 도사리고 있는 냉기와 부패, 불행, 죽음이다. 같은 시대의 페테르부르크 주민들이라면 소설 속의 사건이 그들이 살고 있는 바로 그곳에서 일어나는 것임을 쉽게 알 수 있을 정도로 도스토예프스키는 사건의 배경이 되는 가난을 충실하게 그려 낸다.

그러나 리얼리즘적인 묘사는 그것 자체가 목적이 아니다. 작가에게 더 중요한 것은 궁핍의 다른 측면, 즉 이념의 부화장이 되는 궁핍이다. 라스콜니코프에게는 자신의 계획을 궁리해 내고 치밀하게 다듬기 위해 낮은 천장과 좁은 방, 가난이라는 아편이 필요했다. 이 부화장에서 그는 인간을 비범한 인간과 평범한 인간으로 나누면서, 비범한 인간은 지배자, 지도자의 본성을 지니고 인류의 복지를 위해 세상의 어떤 법이나 도덕률에도 구애받지 않고 행동할 수 있는 인간인 반면, 평범한 인간은 오로지 복종하면서 살아야 하는 존재이며 역사의 소재에 불과하다는 이론을 만들어 낸다. 그 이론에 따르면, 법과 도덕률을 넘어서는 것은 평범한 인간에게는 범죄(넘어섬, преступление)가 되지만, 비범한 인간은 '양심에 의거한' 범죄의 권리를 가진다. 한마디로 범죄는 형식 법률적으로만 범죄일 뿐, 본질적으로 범죄가 아닌 상황이 존재하며, 세계사에서 범죄는 역사 발전의 영원한 형식이며 근본 법칙이라는 것이다.

이 이론은 당시 러시아의 사회적 배경을 이루고 있던 두 가지 사상이 없이는 생각할 수 없다. 그중 하나는 도덕적 절대 가치의 자리에 수학적 가치를 세우는 공리주의, 즉 하나의 생명과 백 개의 생명을 맞바꾸고, 하나의 생명을 없애는 대신 수천의 생명을 구한다는 공리주의이고, 다른 하나는 나폴레옹의 권력 이념이다. '모든 것은 허용된다'라는 비범한 인간의 이념은 이미 오래전에 지나간 나폴레옹 권력이 후세대의 머릿속에서 여전히 재생산해 내고 있던 이념이었다. 더구나 소설이 쓰이기 시작했던 1865년 3월, 나폴레옹 3세(1808~1873)는 『케사르 전(傳)(Histoire de Jules César)』 제1권을 내놓아 전 유럽에 센세이션을 불러일으켰고, 한 달 뒤에는 러시아어 번역판까지 나왔던 터였다. 유럽의 젊은이들이 열광했던 것은 무엇보다도 이 책이 인류의 생사를 전제적으로 결정했던 천재적인 인물들, 이를테면 케사르, 카알 대제, 나폴레옹처럼 역사 속에 때때로 나타나 밝은 등대처럼 시대의 암흑을 몰아내고 미래를 밝혀 주는 비범한 존재들의 우월성을 옹호하고, 그들의 뒤를 따르고자 하는 사람들의 행복에 대해 말하고 있었기 때문이다.

음습한 골목에 있는 초라한 다락방이 그의 재능과 공명심을 비웃고 있고, 어머니가 그를 위해 굶주리고, 누이가 수모를 참아야만 하는 상황―이것은 1860년대 제정 러시아의 수도에 살고 있던 수많은 희망 없는 젊은이들에게 공통된 것이었다. 이런 상황에서 러시아의 젊은이들은 나폴레옹 신화에 도취했다. 아무런 장애도 겁내지 않았고 그 무엇도 두려워하지 않았던 반세기 전에는 자신이 원하는 대로 권력과 영광을 거머쥐는 것이 가능했고, 일개 중위가 황제가 되는 것이 가능했다. 모든 것이 허용된다는 것을 이해하고 의지가 강하기만 하다면, 모든 것을 이룰 수 있었고 모든 것이 허용되었다. 라스콜니코프 자신이라고 해서 왜 부를 거머쥐고, 출세를 하고, 권력을 잡지 못하겠는가? 비범한 인간에게 어울리지 않는 무의미한 양심의 가책 따위 없이, 늙은 전당포 여주인을 죽이고 그 노파의 돈을 차지한다면? 무엇이 옳고 그른가를 판단하는 것은 그 자신이고, 누가 살 가치가 있고 누가 죽어야 하는가를 심판하는 것도 그 자신이다. 법과 도덕률은 선입견이며, 선동된 공포에 불과하다. 그러므로 어떤 장애물도 없으며, 그것들이 그어 놓은 선을 그냥 넘어서기만 하면 된다.

그러나 범죄에 대한 이론적인 담보로서 자신의 의식 속에서 이미 도덕률의 절대적 원칙을 죽인 라스콜니코프는 새로운 장애에 부딪친다. 범행을 시험해 보고자 전당포로 찾아갔을 때, 범행을 하루 앞두고 '잔인하게 맞아 죽는 말'의 꿈을 꾸었을 때, 그는 지금까지 생각해 둔 모든 것이 아무리 분명하고 옳다 해도, 자신은 결코 그것을 '견뎌 낼 수 없을 것'이라는 사실을 깨닫는다. 자신은 의와 불의가 마음속에 살아 있는 평범한 인간이며, 그 스스로도 근본적으로는 믿지 않는 이론을 에고(ego)의 선동에 따라 마음속에 키워 온 약한 인간임을 깨닫는 것이다.

그렇다면 범행 계획이 자신의 본성과 모순된다는 것을 분명히 깨달았는데도 무엇이 그로 하여금 끝내 범행을 저지르게 하는가? 바로 여기에서 작가가 라스콜니코프의 모습을 통해 반드시 표현하고자 했던 성격, 즉 그의 극단적인 오만함이 작용한다. 본성 때문에 계획을 포기한다면, 그것은 그가 세계를 그대로 받아들이고 복종하는 '떨고 있는 피조물'임을 증명하는 셈이 된다. 그의 오만함은 이런 상황에서 '넘어서지 않는 것'을 허용하지 않는다. 그의 오만함은 이제 범죄의 목적까지도 바꾸어 버린다. 인류의 행복을 위해 장애를 넘어선다는 공리주의는 구실에 불과하다. 그는 자신의 본성에 승리하기 위해 범행을 해야 한다. 그렇지 않으면, '이〔蝨〕' 같은 인간을 겨누었던 그의 이념이 자기 자신에게로 칼끝을 돌리게 되기 때문이다. 이제 범죄는 자신의 인간적 본성을 뛰어넘어 '비범한 인간'이 되는 도구, '비범한 인간'을 만들어 내는 도구가 된다.

그러나 그렇게 해서 저지르게 되는 범죄는 자신의 이론에 대한 배신이다. 라스콜니코프 스스로 포르피리에게 설명하고 있듯, 나폴레옹으로 '되는 것'은 불가능하며, 나폴레옹으로는 오로지 '태어나야만' 하기 때문이다. 평범한 인간에 속하느냐, 비범한 인간에 속하느냐 하는 것은 유전적으로 이미 프로그래밍 되어 있고, 한 범주에서 다른 범주로 넘어가는 것은 불가능하다.

본성과 이념의 대립적인 관계는 범행을 바로 앞둔 시점에 그가 꾸게 되는 꿈에서 다시 한 번 드러난다. 평화롭고 아름다운 오아시스에서 수정처럼 맑은 물을 마시고 기분이 너무도 상쾌해진 순간, 갑자기 시계 소리가 그를 깨운다. 그는 소파에서 벌떡 일어나, 이제 때가 왔다는 것을, 이제 그 일을 실행에 옮겨야 한다는 것을 깨닫는다. 시계 소리가 알려 주는 시간은 천국 같은 평화의 행복한 꿈에서 그를 내쫓고 살인을 향해 악마처럼 그를 내몬다.

평범한 인간은 어떤 만행을 저지를 수는 있을지언정, 그 역을 견뎌 낼 수는 없다. 노파를 살해하는 동안 그를 지탱시킨 것은 자기 시험에의 열렬한 의지였다. 그러나 살인을 저지른 후 그는 무서운 공황 상태에 빠지고, 헤어날 수 없는 양심의 가책에 시달린다. 나폴레옹과는 끝났다. 그러나 그를 놓아주지 않는 것은 나폴레옹으로 올라서지 못했다는 사실보다도 자신이 살인자이며 완전히 '잃어버린 인간'이라는 것에 대한 무시무시한 앎이다. 자신은 인간이 아닌 원칙을 죽였으며, 원칙을 죽였으나 넘어서지 못하고 이쪽에 머무르고 말았다는 고백은, 그가 자신의 인간적 본성을 넘어서고자 한 실존적 범죄에서 실패했다는 것에 대한 인정이다. 그러나 원칙은 정말로 때려 죽였을까? 이 고백에 앞서 그가 꾼 꿈은 그가 원칙도 죽이지 못했음을 분명하게 말해 준다. 내리치는 도끼의 타격에도 끄떡 않고 웃음을 흘리고 있는 노파의 모습은 원칙이란 쇠처럼 단단하고 파괴될 수 없는 것이며 내려치면 칠수록 그를 조소한다는 것을 보여 주기 때문이다.

라스콜니코프가 저지른 살인은 도덕적인 넘어섬도, 실존적인 넘어섬도 되지 못한 채, 형사 범죄적인 넘어섬이 되고 말았으며, 리자베타 살해는 이것을 더욱 완벽하게 한다. 노파에 대한 계획적인 살인이 라스콜니코프 스스로 후회하지 않으려고 애쓰는 범죄라면, 리자베타에 대한 살인은 그의 이념에 대한 명백한 배반이다. 살인자라는 양심의 가책으로부터 유일한 버팀목이 되어 줄 수 있는 것은 살인을 정당화시켜 줄 이념밖에 없는 까닭에 그는 자신의 이념을 '다시' 믿기 시작하지만, 그 이념의 논리에 매달리는 한, 노파에 대한 살인과 리자베타에 대한 살인은 서로 모순되는 것이 된다. 그래서 그는 노파를 죽인 것이 정당했다고 여전히 믿고 싶어 하면서, 그 논리에 매달려 버티기 위해 리자베타에 대한 살인을 의식에서 몰아낸다. 그러나 그렇게 몰아낸 살인은 결코 의식의 바깥에 머무르지 않고, 보이지 않는 그림자처럼 따라다니면서, 그를 섬망증에 빠뜨린다.

살인을 통해 신의 질서로부터 떨어져 나가게 된 라스콜니코프의 모든 노력은 자기 자신과 양심으로부터의 탈출, 범행 결과로부터의 탈출에 집중된다. 이제 그의 앞에는 세 가지의 길이 존재한다. 보상, 부인, 속죄가 그것이지만, 마지막에 이르기까지 그는 보상과 부인의 길을 간다.

첫 번째 길인 보상은 자신을 스스로 세계의 심판관으로 임명한 그의 이념에 가장 부합하는 길이다. 마차에 치어 죽게 된 마르멜라도프를 보살피고 가진 돈을 모두 털어 그 가족을 돕는 것, 폴랴가 그에게 감사해하며 키스를 했을 때, 자신의 행위가 옳았음이 증명되었다고 여기며 감격해 마지 않는 것이 여기에 속한다. 자신이 정당하다는 의식은 또다시 오만함을 부추긴다. 그는 자신이 노파와 함께 죽지 않았고, 이제 이성과 광명, 의지와 힘의 왕국이 시작된다고 외치면서 다시금 전의를 불태운다. 루쥔이 '이웃을 사랑하라'라는 복음의 도덕 대신에, '오직 너만을 사랑하고 너 자신만의 이익을 도모하라. 그러면 인류의 보편적 복지와 보다 많은 사람의 행복은 저절로 이루어진다'는 경제학의 진리를 맞세웠을 때 그가 그토록 격분하는 것 역시, '이[蝨]'로 대변되는 인간의 이익 추구와 권력 추구 앞에서 '비범한 인간' 이념의 정당성을 스스로에게 다시 납득시키려는 의도와 결부되어 있다.

두 번째의 길인 부인은 비범한 인간의 이념과도, 평범한 인간의 양심과도 어긋나는 악마의 길이다. 라스콜니코프는 자신의 범죄가 무엇으로도 정당화될 수 없다는 사실을 알고 있는 까닭에, 자신이 범인임을 암시할 수 있는 어떤 흔적도 남기지 않으려고 애쓴다. 남의 눈에 띄지 않게 치밀하게 범행을 준비하고, 자신의 하숙집과는 다른 쪽으로 돌아서 노파의 아파트로 가고, 훔친 물건을 모조리 땅속에 묻는 것, 무엇보다도 뜻밖에 목격자로 나타난 리자베타를 살해하는 것은 모두 여기에 속한다. 이 길에서 그는, 그가 범인임을 확신하고 있는 예심 판사 포르피리조차도 그의 자백에 매달릴 수밖에 없을 정도로 거의 완전범죄에 이른다.

세 번째, 속죄의 길은 자신의 죄와 책임에 대한, 벌의 필연성에 대한 깨달음의 길이며, 오만과 자기 숭배, 세계의 심판관 역할을 그만두고, 신에 의해 다시금 주어지는 화해와 사랑의 길, 고통을 받아들이고 그것을 통해 속죄하는 길이다.

존재의 통일성과 유대—안으로의 돌파

라스콜니코프와 소냐는 원칙적으로 서로 다른 두 개의 윤리 체계를 대변한다. 도덕의 잣대를 상대화함으로써 범죄를 정당화하는 라스콜니코프와 달리, 소냐에게 죄는 누가 짓든 죄일 뿐, 이기적인 행복의 추구는 누구의 권리도, 목적도 될 수 없으며, 도덕과 죄는 절대적인 개념이다.

라스콜니코프가 범행을 저지르기 전, 마르멜라도프로부터 소냐 얘기를 들었을 때부터, 나중에 그녀를 찾아가 자신의 일을 고백하리라고 결심한 것은, 소냐도 '넘어섰다'고 생각했기 때문이다. 가족에 대한 동정과 사랑은 도덕률을 넘어서는 죄 이외의 방법으로는 실현될 수 없으며, 따라서 소냐 또한 자기 자신과 같은 길을 가고 있는 것이라고 생각한 것이다. 그러나 두 사람의 '넘어섬'은 같지 않다. 라스콜니코프는 자신에 대한 시험을 위해 다른 사람을 희생시켰으나, 소냐는 다른 사람들을 위해 자신을 넘어섰다. 넘어선 다음, 소냐는 선(線) 너머에서 더욱더 도덕률에 충실하며, 죄의식으로 괴로워하지만, 라스콜니코프는 여전히 범죄에 대한 자신의 권리를 주장한다. 그러나 도덕적이고 실존적인 차원의 넘어섬에서 실패한 것을 스스로 알고 있는 탓에, 그는 자신이 처한 상황의 비극성을 분명하게 깨닫고 있다. '어느 선까지 가서 그 선을 넘지 못하면 불행해지고, 넘어서면 더 불행해진다'는 그의 말은 자신의 상황에 대한 인식을 압축하고 있으나, 이 점에서도 소냐는 그와 같지 않다. 그녀에게는, 선을 넘지 않고 가족을 굶주림으로부터 구하지 않는 것이 선을 넘어선 죄의식에 고통받는 것보다 훨씬 더 큰 불행을 의미하기 때문이다.

이처럼 다른 윤리관과 자의식에도 불구하고 두 사람을 묶어 주는 것은 다른 사람의 고통에 대한 극도로 예민한 감각과 가족에 대한 사랑이다. "아아, 만약 내가 혼자였다면, 아무도 날 사랑하지 않고 나 또한 결코 누구도 사랑하지 않았더라면! 그렇다면 이 모든 일은 일어나지 않았을 텐데!" 라스콜니코프의 이 부르짖음은 이념에 앞서 그의 범죄의 뿌리가 어디에 있는지를 보여 준다. 그렇지만 여기에도 차이가 존재한다. 소냐는 이 사랑을 자신의 십자가로 받아들이고 견뎌 나가기로 하나, 라스콜니코프는 그것에서 벗어나고자 한다. 사랑의 부담을 떨쳐 버리고 자신의 본성으로부터 뛰쳐나오려는 그의 시도는 자기 자신이기를 중단하고자 하는 시도에 다름 아니다. 그러나 소냐는 사랑의 십자가를 통해 세상과의 유대를 계속 이어가고, 그것이 그녀를 자살로부터 막아 준다.

이와 달리 라스콜니코프는 범죄를 저지르기 전에 먼저 세상과의 유대를 끊는다. 그는 모든 인간 관계를 끊고, 유일한 친구인 라주미힌과도 이미 석 달 전부터 만나지 않으며, 두 달 전부터는 가족과의 접촉마저 끊고 있다. 그래서 범행을 앞두고 누이동생의 기념품인 반지를 전당 잡히기가 쉬워지고, 범행 이틀 전에는 아버지의 유일한 유품인 시계도 잡힌다. 이렇게 그는 세상으로부터 자신을 차단시킨 후 엉뚱한 벽을 뚫고 탈출을 시도하지만, 자신이 뚫은 그 구멍을 통해 곧장 범죄로 추락한다. 범행 후 네바 강의 다리 위에 섰을 때 모든 사람과 모든 것들로부터 자신을 가위로 잘라 낸 듯한 느낌을 경험하는 그는 스스로 죄의식을 부정하고 그것의 반대를 주장하는 데 모든 에너지를 쏟으면서도, 이 절대적인 단절감이 고통스러운 나머지, 끊임없이 자신의 고백을 들어줄 사람을 찾는다. 그는 거의 모든 인물을 상대로 의식적, 무의식적으로 자기 자신을 드러내지만, 참회에 가까운 고백을 하는 것은 오직 소녀 앞에서이며, 소녀가 그에게 구원의 촉매가 될 수 있는 것은 무엇보다 고통을 통해 사람들과 정신적 유대를 지켜 나갈 수 있는 능력에서 비롯된다.

도스토예프스키에 의하면, 죄의 고백을 듣는 자는 그것에 대해 진리를 말해 주고 악을 악이라 불러야 하지만, 그 죄를 자신의 것으로 받아들이고 함께 지고 나갈 때에만 기독교적으로 작용할 수 있다. 라스콜니코프가 소냐 앞에서 하는 고백이 법정에서의 자백을 능가하는 것은 소냐가 그러한 참회청문승의 역할을 하기 때문이다. 소냐에게 고백을 함으로써 그는 고통과 죄의식을 통해 자신과 연결되어 있는 한 사람을 가지게 되며, 고립과 절연으로부터 유대와 연대로 나아갈 수 있는 가능성을 얻게 된다. 광장에 나가 땅에 엎드려 절하고 세상 사람들을 향해 죄를 고백하라고 하는 소냐의 말은 그렇게 함으로써 세계와의 연결을 회복하라는 뜻이다.

그러나 라스콜니코프는 그 말의 의미를 아직 이해하지 못한다. 그는 땅에 입을 맞추긴 하나, 세상 사람들 앞에서 자신의 죄를 고백하지는 않으며, 자수하긴 하나 그것 역시 자신의 죄에 대해 고통을 받아들이고자 하는 자유로운 결정에 의한 것이 아니다. 단지 너무 무거운 비밀의 무게, 그것과의 풀 수 없는 갈등, 스스로 인정하기 힘든 죄의 느낌에 의해 심리적, 감정적으로 한계에 이르렀고, 본능적으로 때가 왔음을 알기 때문이다. 자수함으로써 세상과의 연결을 위한 첫걸음은 행해졌으나, 소설의 결말이 될 수 있는 일은 아직 일어나지 않았다. 삶으로 돌아가기 위해서는 진짜 결말이 필요하며, 따라서 에필로그는 『죄와 벌』에서 불가결한 위치를 점하게 된다.

에필로그는 한 죄인의 갱생이 아니라, 두 죄인의 갱생을 예고한다. "사랑이 그들을 부활시켰고, 두 사람의 마음은 서로에게 생명의 무한한 샘을 간직하고 있었다."(에필로그, 제2장) 자신을 넘어선 소냐에게도 갱생이 일어나야 한다. 이를 위해서는, 라스콜니코프에게 소냐가 필요하듯, 소냐에게도 그가 필요하다. 그녀의 내면적인 갱생은 그가 그녀 앞에 무릎을 꿇고 그녀의 크나큰 고통에 입을 맞추었던 순간에 이미 시작되었다. 자신의 고통이 속죄의 의미를 갖는 것임을, 죄의식 때문에 미쳐 버리거나 강물에 몸을 던지는 대신, 그 괴로움을 받아들이고 그럼으로써 속죄해야 하는 것임을, 그것이 그녀의 삶에 의미를 주는 것임을 깨닫게 되었기 때문이다.

여기에서 고통은 고통의 감각을 통해 자기 존재에 대한 의식을 더욱 날카롭게 만들고자 했던 지하 생활자의 고통을 이미 넘어선다. 여기에서 고통은 기쁨에 찬 것과 대립되는 것이 아니라, 사랑과도, 삶의 실현과도 분리될 수 없는 본질적인 무엇이다. 도스토예프스키에 따르면, 어떤 인간도 자기 자신에 대해 잘 알지 못하며, 삶의 진행이 그에게 무엇을 계획하고 있는지 알지 못한다. 자신이 누구인지 비로소 알게 해 주는 것은 인간의 고통 능력이다. 자신이 되어야 할 것이 되기 위해서는 고통의 능력이 필요하며, 도스토예프스키에게 인간의 최고 과제이자 미덕은 사랑인 까닭에 사랑의 능력은 고통의 능력과 함께 한다.

자신의 고통과 함께 타인의 고통까지도 받아들이는 사랑으로의 전환은 시베리아에서도 라스콜니코프에게 쉽게 찾아오지 않는다. 전에는 자신을 감옥으로 가게 만든 모든 것에 대해 화를 내기도 했으나, 지금은 자신에 대해 별다른 죄의식을 느끼지 않으며, 자신의 이념을 그다지 나쁘게 여기지도 않는다. '원칙'을 죽인 이론이 자신의 책임과 죄를 인정할 수 있는 '근거'를 그에게서 앗아갔기 때문에, 회로(回路) 전체가 처음부터 다시 시작되는 것이다.

그러나 에필로그의 마지막 부분에서 그의 의식 속에서는 갑작스러운 전향이 일어난다. 부활절 주간에 꾸었던 선모충 꿈은 그의 확신 속에 어떤 깊은 거짓이 있는가를 보여 줌으로써 그의 전향에 결정적인 동기가 될 만한 것이었다. 전 세계는 지금껏 경험하지 못한 무서운 전염병에 걸렸다. 새로운 선모충의 공격을 받은 인류는 즉시 발광하지만, 그럼에도 불구하고 모두들 자신만이 현명하고 자신만이 올바른 판단과 결정을 내릴 자격이 있다고 확신하면서 총체적인 비도덕주의에 빠져 만인에 대한 만인의 전쟁을 벌인다. 꿈에서 깨어난 라스콜니코프는 짓눌리는 느낌에 사로잡히지만, 꿈을 어떻게 해석해야 할지 알지 못한다. 그가 이 꿈을 통해 비범한 인간에 대한 그의 이론이 당연한 결과에 이르고 있음을 분명히 이해하는 것으로 묘사되고 있지는 않다. 꿈은 그가 비범한 인간이 아니라는 사실을 다시 한 번 확인시켜 주고, 평범한 인간들이 비범한 인간을 자처하고 나설 때 일어나는 대 혼돈을 보여 줄 뿐, 비범한 인간에 대한 이론 자체가 허위임을 깨닫게 해 주지는 못하는 것으로도 보인다. 그럼에도 불구하고 그는 그 이론에 의거한 자신의 삶에는 결코 구원이 없다는 사실만큼은 분명하게 의식하지 않을 수 없다. 그는 자신이 스스로 불러낸 무시무시한 이념을 가지고 노는 작은 꼭두각시에 불과했다는 사실을 깨닫고, 처음으로 자신의 절망과 허무를 직시하게 된다.

병에서 회복되어 병실 창밖으로 무언가를 기다리듯 서 있는 소냐를 보았을 때, 그는 비로소 자신의 삶에서 무엇이 결핍되어 있었는지를 갑자기 깨닫는다. 퇴원한 후, 그는 그녀 앞에 쓰러져 무릎을 얼싸안고 울음을 터뜨린다. 전에 소냐의 방에서와는 달리, 이번에는 실제의 인간에 대한 진정한 헌신과 사랑을 이해하게 된 것이며, 이제 두 사람은 사랑을 통해 앞으로의 모든 고통을 받아들일 수 있게 된다. 이때부터 라스콜니코프는 자기 쪽에서 먼저 동료 수인들에게 말을 걸고, 그들에게서 사랑을 받게 된다. 오만과 고립 대신 겸손과 유대가 시작되며, 변증법 대신에 삶이 들어선다. 자신의 비범함에 대한 주장을 포기함으로써, 삶의 모든 면에서 전도가 일어난다. 자유 속에서 부자유를 선택했던 그는 이제 자신의 초인성을 포기하는 패배 속에서 오히려 승리하며, 부자유속에서 자유를 선택한다. 라스콜니코프의 돌파 실험은 그가 의도했던 것과는 반대 방향으로 완성된다. '밖'으로의 돌파가 실패한후 '안'으로의 돌파가 이루어지는 것이다.

이 갑작스러운 전환은 의아해 보일 수도 있으나, 도스토예프스키는 인간을 점진적인 발전 속에서 묘사하지 않는다. 그의 인물들은 언제나 '뜻밖에', '갑자기' 변화한다. 인간은 합리적인 체계에 따라 점진적으로 변화하는 게 아니라, 그를 찾아 나선 신의 섭리에 의해 변화하는 듯하다. 자신이 다른 사람과 같은 이[蝨]가 아님을 세상에 증명하고자 했던 라스콜니코프는 범행의 길을 통해 인신(人神)의 정상이 아닌, 참회자의 고독한 감방에 이르며, 그곳에서 새로운 인생관을 얻는다. 인간은 신이 아니라는 사실, 적어도 자신은 신이 아니라는 사실을 인식함으로써, 바로 그것을 통해 그는 신을 인식하며, 초인을 증명하고자 했던 길을 통해 오히려 신의 증명으로 다가간다. 그는 마돈나의 이상으로 돌아가는 귀로를 발견하는, 축복 받은 죄인이 되어, 그 귀로의 출발점에 선다. 그가 경험하게 될 행복은 고통을 통해 얻어질 것이며, 우리의 행성은 그것을 원한다. 고통의 과정을 통해 느껴지는 이 직접적인 의식, 그것은 고통의 여러 해를 기꺼이 지불할 수 있는 커다란 기쁨이며, 에필로그의 끝이 말해 주는 것은 바로 이 기쁨의 예고이다.

리얼리즘의 베일

『죄와 벌』이 원래 계획된 1인칭 서술에서 3인칭 서술로 바뀌면서 소설의 중심은 주인공인 라스콜니코프로부터 첫 구상에는 포함되지 않았던 여러 인물로 확대되었다. 그 가운데 특히 스비드리가일로프의 형상은 인물에 밀착된 3인칭 서술의 정수를 보여 줌과 동시에, 『죄와 벌』을 심리소설로부터 '보다 높은 의미의 리얼리즘' 소설로 올려놓는 데 가장 큰 역할을 한다.

소설에서 스비드리가일로프가 가지는 의미는 그에게 드리워진 어둠의 장막, 유쾌한 농담 속에서도 비쳐 나오는 '다른' 세계의 암시, 존재와 비존재 사이에 자리하는 그의 존재론적 위치에 있다. 라스콜니코프 앞에 마치 꿈의 계속과도 같이 등장하는 장면에서부터 스비드리가일로프는 자신의 현실성을 유지하면서도, 어딘가 불분명하게 머무른다. 라스콜니코프에게 그가 "댁도 왠지 굉장히 이상한 사람 같아 보이는군요. 댁에게는 뭔가가 있어요. 특히 지금은." 하고 말한 순간, 불분명함은 더욱 짙어지고, 대화는 갑자기 어두운 색깔을 띠기 시작한다. 이 말과 함께, 자연스러운 리얼리즘은 보다 높은 의미의 리얼리즘으로 전환되고, 눈에 보이지 않는 것이 그들의 대화에서 점멸 신호처럼 번쩍이지만, 작가는 불분명함을 분명하게 해 줄 아무런 말도 덧붙이지 않는다.

라스콜니코프만이 아니라 다른 인물들도 스비드리가일로프에 관해 정확하게 모르기는 마찬가지이다. 어린 소녀를 능욕하여 자살하게 만든 일, 하인을 죽게 한 일에 대해서는 그 이야기를 꺼냈던 루쥔 스스로 소문에 불과한 것임을 인정한다. 스비드리가일로프가 치근대는 바람에 그 집에서 쫓겨나야 했던 두냐가 뜻밖에도 결연히 그의 편을 들고 나오며 루쥔을 추궁하는 것은 어머니가 라스콜니코프에게 보냈던 편지의 진실성까지도 상당 정도 떨어뜨린다. 우리는 그가 실제로 무슨 일을 저질렀는지 알지 못하며, 진실은 베일에 싸여 있다.

스비드리가일로프에 대해 작가가 확실하게 알게 해 주는 것은 그의 정욕이다. 정욕이라고는 찾아볼 수 없는 라스콜니코프의 살인이 이념의 차원에서 행해진다면, 스비드리가일로프를 범죄자로 만드는 것은 오로지 감각적 쾌락을 좇아 모든 윤리 규범에서 벗어나게끔 만드는 그의 정욕이다.

이렇듯 서로 다른 두 사람을 연결시키는 것은 그들의 존재론적 위치에 대한 의식이다. 스비드리가일로프를 처음 본 순간, 상대방이 침묵하고 있는 것을 더듬더듬 찾던 라스콜니코프는 그가 어떤 결심의 벼랑 끝에 서 있다는 것을 감지한다. 라스콜니코프 자신도 아래로 몸을 던지고 싶은 충동을 경험했던 까닭에, 상대방의 알듯 모를 듯한 말은 그를 불안하게 하고 흥분시킨다. 이 '결심의 벼랑 끝'은 두 사람 사이에 존재하는 비밀스러운 연결의 첫 징후가 된다.

마르파 페트로브나의 유령이 세 번이나 찾아왔다고 스비드리가일로프가 이야기했을 때 라스콜니코프가 보이는 반응("어쩐지 당신에겐 그런 일이 꼭 있었을 것 같았습니다.")은 그 스스로에게도 뜻밖의 것이다. 이 반응은 방금 그가 꾸었던 노파의 꿈이 단순한 꿈 이상의 것, 다른 존재 영역에 대한 경험일 수 있다는 것을 말해 준다. 그를 처음 본 순간, '이 사람도 바로 그렇구나!' 하고 생각했다는 스비드리가일로프의 말은, 자신이 아내로부터 자유로워지기 위해 행했던 것과 비슷한 짓을 라스콜니코프도 저질렀고, 그것 때문에 가위눌리고 있다는 사실을 알아차렸음을 암시한다. 다만 스비드리가일로프는 깨어 있는 상태에서 유령을 더 현실적으로 경험하며, 유령의 출현을 결코 꿈속의 환영이 아니라, 이 세계와 마찬가지로 실재하는 어떤 세계로부터의 신호로 이해한다.

물론 도스토예프스키는 아무것도 분명하게 이야기해 주지 않으며, 모든 것은 베일 뒤에서 이루어진다. 그러나 그들을 '한 굴속의 두 너구리'로 만드는 것은 두 사람 모두 희생자라는 점, 한 사람은 죽음을 통해 비로소 벗어나게 되는 욕망의 희생자이고, 또 한 사람은 스스로 끝까지 매달리는 자기 이념의 무력한 노리개라는 점일 것이다. 두 사람은 서로에게 자신의 기괴한 그림자이다. "댁은 (……) 무슨 새로운 것을 얻을 수 있을까 해서 나에게 온 거 아니오? (……) 나 자신도 여기로 오는 기차간에서 댁에게 기대를 걸면서, 댁이 내게도 무슨 새로운 것을 말해 주리라고 (……) 생각했으니까요!" 두 사람은 자신이 처한 기괴한 상황에서 서로에게 기대를 걸고, '새로운 말'을 원하지만, '한 굴속의 두 너구리'에게 그것은 불가능하다. 라스콜니코프가 소냐에게 하는 고백을 엿들었던 스비드리가일로프는 그의 이론이 '다른 이론과 같은 이론'일 뿐임을 이미 알고 있다. 비범한 인간의 최소 조건을 '뭔가 새로운 말을 조금이라도 할 수 있는 인간'으로 규정했던 라스콜니코프는 스비드리가일로프의 말을 흘려듣는다.

스비드리가일로프가 음탕에 대해서 하는 말도 라스콜니코프는 제대로 이해하지 못한다. "여기서는 반드시 도를 넘어서게 돼 있소이다."(제6부, 3장) 이 말에서 그는 다만 이 불한당이 두냐에 대해서도 틀림없이 도를 넘어설 것이라는 것만 확신할 뿐, 스비드리가일로프가 암시하고자 했던 것, 즉 라스콜니코프 그도 바로 '도'를 넘어섰고, '도'를 넘어서고자 하는 결연함에서 두 사람은 같다는 사실을 이해하지 못한다. (흥미롭게도 도스토예프스키 자신도 1867년 8월, 친구인 마이코프에게 쓴 편지에서 "모든 곳에서, 모든 것에서, 나는 마지막 경계까지 간다. 평생토록 나는 늘 선을 넘어섰다"라고 말하고 있다.) 이어 권총 자살을 두고 죽음과의 게임과도 같은 대화를 주고받으면서도, 두 사람은 상대방도 자신과 같은 생각을 하고 있다는 사실을 알지 못한다.

삶의 경계선을 넘어서고자 하는, 두 사람의 공통된 생각 역시 분명하게 얘기되고 있지는 않다. '오늘 안으로 반드시 이 일을 해치우겠다'고 집을 나서는 라스콜니코프는 그 일에 대한 두려움과 혐오감에서 그것이 무엇인지 분명하게 말하지 않는다. 스비드리가일로프도 그것에 대해 직접적으로 말하는 것조차 싫어서 '해부학', '항해', '아메리카 여행' 등의 이름으로 대신하며, 그 행동의 결과가 치명적인 것이 될 터이므로 어떤 상황에서도 해서는 안 될 무엇을 자신이 하게 되리라는 것 정도만을 알고 있을 뿐이다.

이제 스비드리가일로프에게는 그를 마지막 기둥까지 가게끔 내모는 악마로부터 구해 줄 수 있을 두냐에 대한 거의 가망 없는 희망만이 남아 있다. 그러나 악의 힘은 그 희망마저 파괴시킨다. 그는 파렴치한 방법으로 두냐와의 만남을 준비하고, 방문을 걸어 잠금으로써 그녀가 아닌 그 자신을 출구 없는 상황으로 몰아넣는다. 그는 모든 것을 이 한 번의 내기에 걸었고, 모든 것을 잃는다. 지금껏 파리 잡이 거미처럼 살아왔던 그는 자신의 희생물에게 처음으로 동정을 느끼고, 두냐를 놓아준다. 처음으로 인간적으로 행동한 그는 더 이상 예전의 역할로 돌아갈 수 없다. 자기 중심적인 존재의 기초가 희망 없이 무너진 것이다. 자신이 만든 전적인 자유의 질서 속에서 살았던 그에게는 감옥도, 시베리아도 없다. 오직 그가 판결하고 실행하는 자기 자신의 법이 있을 따름이며, 그가 자신에게 내리는 판결은 자살이다.

　스비드리가일로프에게 지상에서의 마지막 밤은 살아 있는 죽음의 시간에 다름 아니다. 얼굴을 덮고 있던 냉소적인 우월감의 가면이 완전히 벗겨지고, 자신의 주위에 쌓아 올렸던 안전 댐이 터지면서 사방에서 그를 향해 덮쳐 오는 물 앞에서 그는 지금까지의 쫓는 자로부터 쫓기는 자로 변한다. 그가 꾸는 세 편의 꿈—잡을 수 없는 날쌘 쥐, 환한 시골 저택의 방 한가운데 관 속에 누워 있는 죽은 소녀, 그를 유혹하는 어린 여자아이에 대한 꿈은 실제 있었던 사건을 보여 준다기보다 무의식의 세계에 속하는 상징들이 연속적인 영상으로 나타나는, 죽음의 벼랑에서 일어나는 정화 과정, 욕망과 범죄, 삶에 대한 혐오와 소모적인 권태로 이루어진 그의 삶의 초월적인 변화에 더 가깝다. 우리는 우리에게 말해 줄 수 있는 많은 것을 알지 못한다. 스비드리가일로프는 너무 많은 것을 말하면서도 너무 많은 것을 침묵한다.

　사랑을 오만으로 목 졸라 죽이고, 가난으로 인한 고통보다도 증오로써 그의 이념을 주조해 낸 라스콜니코프와 정욕의 악마로써 자신이 지닌 사랑의 능력을 죽였던 스비드리가일로프, 이 두 사람은 도스토예프스키에게 인간이 지닌 가장 숭고하고 유일하게 초월적인 자산인 사랑에 대해 범죄를 행한 인간들이다.

　라스콜니코프는 시베리아에 가서야 소냐에게서 그를 망상으로부터 구원해 주는 힘인 사랑을 이해하게 된다. 스비드리가일로프는 마지막 날 밤, 두냐를 떠올리면서, 그녀라면 그를 어떻게든 새사람으로 만들어 놓았을 텐데 하고 절망적으로 되뇐다. 그러나 그는 두냐와의 대결 뒤에 이미 변화한 인간으로 행동하고 있다. 두냐를 그냥 가게 한 것은 죽음보다 끔찍한 어두운 감정으로부터의 해방, 그리고 어쩌면 사랑의 회생 때문에 가능했다. 소냐에게 라스콜니코프를 따라 시베리아로 갈 수 있도록 아무런 사심 없이 3천 루블 상당의 어음을 줄 때, 두냐의 남자가 될 라주미힌에게 인사를 전해 달라고 소냐에게 간곡히 부탁할 때, 그는 이미 자신의 저주로부터 치유된 인간이다. 두냐가 그로부터 만들어 낼 수 있었던 것은 그 자신도 모르게 이미 이루어졌다. 두냐의 사랑이 아니라 그의 사랑을 통해서.

그러므로 겉으로는 자신의 해괴한 만족을 위해 우스꽝스럽게 연출된 듯 보이는 그의 죽음은 실상은 자기 경멸이 아니라 마침내 도달한 자유의 명랑함 속에서 이루어진다. 그를 '아메리카'로 데려갈 배에 오르기 위해서는 더 멀리 갈 필요도 없다. '저 너머로'의 경계는 바로 그의 눈앞에 있다. 소방서의 보초는 스비드리가일로프의 내면에서 이글거리던 잔인하고 끔찍한 감정의 불길이 마침내 진화되었음을 증명해 줄 '공식적인 증인'이 되어 줄 수 있을 것이다.

스비드리가일로프는 그에게 자신의 존재 기호를 반복해서 제시하던 '저 너머'의 영역을 경험하고 있었다. 그의 '저 너머' 세계가 어떤 것일지 독자들은 알 수 없다. 그러나 적어도, 거미가 구석에 집을 치고 있는, 시커멓게 그을린 시골 목욕탕은 아닐 것이다. 이 세상을 떠나기 전에 그는 이미 거미의 삶을 중단했다. 더 이상의 것을 도스토예프스키는 말해 주지 않는다. 불확실성의 테크닉, 베

일은 여전히 드리워져 있다.

스스로 도덕적이라고 자처하는 범죄자 라스콜니코프는 그들의 첫 만남에서 부도덕한 인간 스비드리가일로프를 간파했다고 믿지만, 두 사람의 관계는 도덕 대(對) 부도덕으로 확정 지을 수 없다. 도스토예프스키는 그의 여러 작품에서 오른쪽 대 왼쪽의 관계를 올바름과 옳지 못함, 신앙과 불신앙, 선과 악 등과 자주 연관시킨다. 『죄와 벌』에서도 라스콜니코프는 하숙집 앞에서 소냐와 작별하면서, "오른쪽으로 가셔야죠, 소피야 세묘노브나?"하고 묻는다. 그리고 소냐는 계속 오른쪽으로 방향을 잡으면서 집으로 돌아간다. 반면, 음식점을 나온 스비드리가일로프가 라스콜니코프에게 하는 말은 특이하다. "댁은 오른쪽, 나는 왼쪽으로, 아니면 그 반대인가요." 그는 이렇게 말하고 센나야를 향해 오른쪽으로 걸어간다. 이것은 두 사람의 관계가 도덕과 부도덕의 관점에서 일방적으로 고정되지 않는다는 것을 말해 준다. 그들은 서로의 그림자이며, 서로의 투영이다. 스비드리가일로프가 자살했다는 것을 알게 된 순간, 자신은 용기가 부족했던 일을 그가 해치웠다는 사실에 라스콜니코프는 뿌리 채 흔들린다. 잠재의식 속에서 함께 속했던 그의 마적인 그림자가 사라진 순간, 라스콜니코프는 바닥을 잃은 인간처럼 무력해진다. 자수할 생각마저 접은 그를 다시 되돌리는 것은 소냐에 의해서만 가능하다. 그리하여 에필로그가 준비된다.

『죄와 벌』에서 도스토예프스키는 그가 그전까지 쓰고 발표한 모든 작품을 능가하는 높이와 깊이에 도달하고 있다. 묘사의 대상으로부터 묘사 주체로 올라서는 인물들, 인물에 밀착된 서술 방식, 풀 수 없는 수수께끼와 의도적인 다의성, 감춰진 생각과 말해진 생각 간의 게임, 군중 장면, 대립적인 여러 심리적 요소들의 투쟁에 의해 구성되는 인물의 성격, 상호대립적인 세계관을 논쟁적으로 다루는 방식 등, 이전의 작품들에서 이미 사용되었던 여러 방법, 장치, 모티프들은 『죄와 벌』에서 그때까지의 작품들에서와는 비교할 수 없는 강력한 작용력을 획득한다. 도스토예프스키는 그의 작가적 정체성과 역량을 마침내 확실하게 펼쳐 보인 『죄와 벌』에서 인물의 영혼 깊숙이 파고들어 내면의 움직임을 조명하고, 심오한 윤리적 문제를 제기하되 독자에게 완성된 답변을 제공하지 않는다. 삶은 이론가가 생각하는 것보다 훨씬 다양하며, 논리는 세 가지의 경우를 예측할 뿐이지만 실제로 그 경우라는 것은 수백만 가지가 된다는 라주미힌의 말을 우리는 에필로그의 끝맺음에서까지도 불확실성의 베일을 거두지 않고 있는 『죄와 벌』에 그대로 적용할 수 있다. 그리고 그것은 무릇 고전이 살아 있는 소설로 늘 다시 태어나기 위한 전제이기도 할 것이다. Habent sua fata libelli(책에게는 자신의 운명이 있다)!

판본 소개

『죄와 벌(Преступление и наказание)』은 1866년 잡지 『러시아
통보(Русский вестник)』의 1~2월, 4월, 6~8월, 11~12월호에
처음 연재되었다. 이듬해인 1867년에는 단행본 『죄와 벌. 에필로
그가 있는 6부 구성의 소설(Преступление и наказание. Роман
в шести частях с эпилогом)』이 페테르부르크의 바주노프
(Базунов) 출판사에서 두 권으로 출간되었다. 이 단행본을 위해
도스토예프스키는 소설 전체를 다시 읽고 텍스트를 수정했다. 잡
지 게재본에서의 3부 구성은 6부 구성으로 바뀌었고, 장(章)의 구
분에도 부분적인 수정이 가해졌다. 그러나 몇몇 개별적인 단어와
구를 제외하면 거의 덧붙인 것이 없었고, 오히려 장황한 에피소드
나 그다지 중요하지 않은 몇몇 세세한 부분을 삭제함으로써 묘사
의 강렬함과 밀도를 높였다.

1870년에는 페테르부르크의 출판업자 스첼로프스키(Ф. Т.
Стелловский)가 발행한 새로운 『도스도예프스키 전집. 작가에

의한 재교, 보완을 거친 전 4권(Ф. М. Достоевский. Полное
собрание сочинений. Вновь просмотр. и дополн. автором』의
제4권으로 다시 출간되었는데, 제목과 달리 1867년의 판본과 실질
적으로 동일하며, 오식이 들어 있다. 이어 1877년에 페테르부르크
의 판첼레예프 형제 출판사(Типография бр. Пантелеевых)에서
『죄와 벌. 에필로그가 있는 6부 구성의 소설』이 두 권으로 된 단행
본으로 다시 나왔는데, 이것은 작가 생전에 출간된 마지막 판본이
며, 수십 군데 수정한 곳이 있는 것을 감안할 때 도스토예프스키
가 직접 교정을 본 것으로 추정된다. 그러나 1867년의 판본을 토
대로 식자를 한 이 수정판에는 작가와 그의 아내가 놓쳤던 적지
않은 수의 오식이 포함되어 있다.

잡지 게재본, 그리고 작가 생전에 출간된 모든 판본에는 공통된
모순점이 그대로 남아 있는 경우가 있다. 예컨대 카체리나 이바노
브나 마르멜라도바의 막내딸은 소설 앞부분에서는 리다(Лида,
또는 리도치카Лидочка)라고 불리다가, 뒷부분에서는 레냐
(Леня)라고 불린다. 1972년에서 1990년에 걸쳐 소련 과학 아카
데미의 레닌그라드 나우카(НАУКА) 출판사에서 펴낸『도스토
예프스키 전집. 전 30권(Ф. М. Достоевский. Полное собрание
сочинений в тридцати томах)』가운데 제6권(1973)에 해당하는
『죄와 벌』판본은 이 1877년 판본을 토대로 하면서, 아주 분명한
오식이나 오류는 이전의 판본들이나 남아 있는 수고(手稿)에 의
거하여 수정하고 있으나, 앞서 예로 들었던 인명의 경우에는, 도
스토예프스키가 이것을 한 이름의 두 가지 상이한 지소형으로 여

520

겼을 수도 있다고 보아 수정 없이 그대로 따르고 있다. 본 번역은 오풀스카야(Л. Д. Опульская), 코간(Г. Ф. Коган), 그리고리예프(А. Л. Григорьев), 프리들렌제르(Г. М. Фридлендер)가 텍스트 대조와 주석을 담당하고 비노그라도프(В. В. Виноградов)가 편찬한 이 '나우카' 판본을 대본으로 삼았으며, 7권(1973) 권말에 실려 있는 주석을 부분적으로 참고하였다.

표도르 도스토예프스키 연보

1821　구력 10월 30일(현재의 그레고리우스력(曆)으로는 11월 11일) 모
스크바의 마린스키 자선병원의 부속 건물에서 그 병원의 주임 의
사이자 영락한 시골 귀족의 후손인 미하일 안드레예비치 도스토
예프스키(1789~1839)와 다감하고 신앙심이 깊었던 어머니 마리
야 표도로브나 네챠예바(1800~1837)의 둘째 아이로 태어남. 러
시아 정교 의식에 따라 세례를 받음. 형으로 한 살 위인 미하일이
있었음.

1831　아버지 미하일 도스토예프스키가 툴라 지방의 다로보예 영지를
사들임.

1832　아버지, 다로보예의 옆 마을인 체르마쉬냐야 마을을 사들임. 농노
가 백 명 정도이던 이 영지에서 어머니 마리야 표도로브나는 아이
들과 함께 여름을 보냄.

1834~1837　중고등 과정인 모스크바 체르마크 기숙학교에서 형 미하일
과 함께 수학.

1837　폐병으로 어머니 죽음. 형과 함께 공병학교 입학을 목표로 모스크
바에서 페테르부르크로 가는 길에 시와 시인들에 대해서만 이야
기함. 조르쥬 상드의 영향 아래, 베네치아의 삶에서 소재를 취한

소설을 머릿속에서 끊임없이 구상함.

1838   페테르부르크 군사 아카데미의 공병학교에 입학. 글쓰기를 계속함. 문학에 더 큰 관심을 가지고 푸쉬킨, 레르몬토프, 고골, 셰익스피어, 바이런, 발자크, 조르쥬 상드, 디킨스, 위고, 호프만, 괴테, 쉴러의 작품을 읽어 나감.

1839   아버지, 다로보예 영지의 농노들에게 원한을 사서 살해당함.

1840~1842   드라마 습작 「마리야 스튜아르트(Мария Стюарт)」, 「보리스 고두노프(Борис Годунов)」.

1842   육군 소위로 임관.

1843   공병학교 졸업 후 페테르부르크의 공병국에서 제도사로 근무. 발자크, 조르쥬 상드의 작품을 계속 번역함.

1844   군에서 제대. 본격적으로 창작에 매달림. 중편소설『가난한 사람들(Бедные люди)』을 쓰기 시작.

1844~1845   네크라소프, 투르게네프와 교류.

1845   여러 차례 수정을 거쳐『가난한 사람들』탈고. 네크라소프와 벨린스키의 격찬을 받음. 여름에 중편소설『분신(Двойник)』을 쓰기 시작. 11월,『아홉 통의 편지로 된 소설(Роман в девяти письмах)』을 하룻밤 만에 씀.

1846   네크라소프가 발행하던『페테르부르크 문집(Петербургский сборник)』에『가난한 사람들』을 발표. 대성공과 함께, 새로운 고골이라는 문명(文名)을 떨치게 됨.『조국 수기(Отечественные записки)』2호에『분신』발표. 벨린스키의 혹평. 봄, 외무성 관리였던 귀족 청년 페트라쉐프스키를 알게 됨.『조국 수기』10호에 단편소설『프로하르친 씨(Господин Прохарчин)』를 발표. 10월, 장편소설『네토치카 네즈바노바(Неточка Незванова)』, 중편 소설『여주인(Хозяйка)』을 쓰기 시작.

1847   『동시대인(Современник)』1호에『아홉 통의 편지로 된 소설』발표. 벨린스키의 혹평. 벨린스키와 절교. 7월에 최초의 간질 발작.

『조국 수기』 10～11호에『여주인』 발표.

1848 『조국 수기』 1호에「남의 아내(Чужая жена)」, 2호에『약한 마음 (Слабое сердце)』, 4호에『세상 물정에 밝은 사나이. I. 퇴역 군인 II. 정직한 도둑(Рассказы бывалого человека. I. Отставной II. Честный вор)』, 9호에「크리스마스 트리와 결혼식(Ёлка и свадьба)」, 11호에「질투심 많은 남편(Ревнивый муж)」, 12호에『백야(Белые ночи)』 발표. (「남의 아내」와「질투심 많은 남편」은 나중에 한 편으로 개작되어『남의 아내와 침대 밑의 남편(Чужая жена и муж под кроватью)』이라는 제목으로 1860년『도스토예 프스키 작품집. 전 2권』에 포함됨.『세상 물정에 밝은 사나이』도 1부의 대부분이 삭제된 형태로 개작된 뒤『정직한 도둑』이라는 단 편으로 1860년의『전집』에 실림.) 12월, 단편 소설『폴준코프 (Ползунков)』를 파나예프와 네크라소프가 발행한『삽화 작품집 (Иллюстрированный альманах)』에 발표.

1849 『네토치카 네즈바노바』의 일부를『조국 수기』 1～2, 5호에 발표. 그러나 페트라쉐프스키 집의 금요회에서 금지된 서적을 읽고, 자 유주의적인 위험한 발언을 하고, 절대 왕정, 정교, 지주사회, 농노 제를 옹호한 고골의『친구들과의 왕복서한선(Выбранные места из переписки с друзьями)』(1847)과 관련하여 벨린스키가 고골 에게 쓴 1847년 7월 15일 자 편지를 낭독했다는 죄목으로 4월 23 일 체포되어 페트로파블로프스카야 요새 감옥에 수감됨으로써 『네토치카 네즈바노바』의 집필은 중단됨. 요새 감옥에 수감된 동 안『어린 영웅(Маленький герой)』을 씀. 11월 16일 사형을 선고 받음. 12월 22일 세묘노프스키 광장에서 처형되기 직전 황제의 특 사를 받아 시베리아에서의 징역 4년과 4년간의 병역 의무형으로 감형되고, 24일 밤에 유형지인 시베리아의 옴스크로 출발함.

1850~1854 2월까지 옴스크 감옥에서 수형 생활. 여러 차례 심각한 간질 발작.

1854	3월에 세미팔라친스크의 국경 수비 연대에 사병으로 편입됨. 세무관의 부인인 마리야 드미트리예브나 이사예바를 사랑하게 됨.
1855	나중에 『죽음의 집의 기록(Записки из Мёртвого дома)』을 구성하게 될 글들을 쓰기 시작. 8월에 이사예프가 죽음.
1856	하사관으로 진급.
1857	이사예바와 결혼. 세습 귀족 신분을 되찾음. 『조국 수기』 8호에 『어린 영웅』을 익명으로 발표.
1858	형 미하일이 월간 정치-문학잡지 『시대(Время)』의 출판 허가를 신청. 9월 말에 허가를 받음.
1859	소위로 임관된 후 면직됨. 거주지는 트베리로 제한됨. 『아저씨의 꿈(Дядюшкин сон)』을 『러시아 말(Русское слово)』 3호에, 『스체판치코보 마을과 그 주민들(Село Степанчиково и его обитатели)』을 『조국 수기』 11~12호에 발표. 페테르부르크 거주 허가를 받아 12월, 10년 만에 페테르부르크로 돌아옴.
1860	9월부터 『러시아 세계(Русский мир)』지에 『죽음의 집의 기록』 연재 시작. 그동안의 작품들이 두 권의 선집으로 나옴.
1861	형 미하일과 함께 잡지 『시대』 창간. 『시대』 1~7호에 『학대받은 사람들(Униженные и оскорбленные)』을 연재하고, 수정본을 두 권짜리 단행본으로 출간. 『러시아 세계』에 연재하던 『죽음의 집의 기록』을 4월부터는 『시대』에 연재.
1862	『죽음의 집의 기록』 단행본 출간. 『시대』 11호에 『추악한 이야기(Скверный анекдот)』 발표. 6월 첫 유럽 여행을 떠남(베를린, 드레스덴, 프랑크푸르트, 쾰른, 파리, 런던, 제네바, 이탈리아). 런던에서 게르첸을 만남.
1863	『시대』 2, 3호에 『여름 인상의 겨울 메모(Зимние заметки о летних впечатлениях)』 발표. 폴란드 국민의 무장봉기 실패에 관한 스트라호프의 기사 「운명적인 문제」 때문에 『시대』지, 5월에 폐간 당함. 두 번째 유럽 여행(비스바덴, 파리, 이탈리아, 바덴바

덴). 부분적으로는 아폴리나리야 수슬로바와 동행. 바덴바덴 노름판에서 가진 돈을 다 잃음. 수슬로바와 헤어져 함부르크로 감. 소설 『노름꾼(Игрок)』을 구상. 『지하로부터의 수기(Записки из подполья)』를 쓰기 시작. 10월 말, 러시아로 돌아감.

1864 형 미하일과 함께 새로운 잡지 『세기(Эпоха)』 창간. 『지하로부터의 수기』를 『세기』 1~2호(제1부), 4호(제2부)에 게재. 4월 16일, 아내 마리야 드미트리예브나가 폐병으로 죽음. 6월 10일, 형 미하일 죽음.

1865 후에 유명한 수학자이자 페테르부르크 과학 아카데미의 최초의 여성 회원이 된 소피야 코발레프스카야의 언니인 안나 바실리예브나 코르빈 크루코프스카야에게 청혼하나 거절당함. 소피야와의 변함없는 우정이 시작됨. 『세기』 2호에 「악어(Крокодил)」 발표. 4월, 『세기』 재정난으로 발행 중단. 무엇보다도 아폴리나리야 수슬로바를 다시 만나기 위해 세 번째 유럽 여행을 준비함. 여행 경비를 마련하기 위해 출판업자 스첼로프스키와 계약을 맺음. 지금까지 발표된 모든 작품을 책으로 출판할 수 있는 권리를 양도함과 동시에, 1866년 11월 1일까지 새로운 장편 소설 한 편을 탈고하여 넘기기로 약속하고, 기한을 지키지 못할 경우 스첼로프스키가 그의 이후의 모든 작품까지 무상으로 출판할 수 있는 권리를 가지기로 함. 8월 중순 비스바덴으로 가서 룰렛에 열중, 가져간 돈을 다 잃음. 수슬로바는 서둘러 파리로 돌아가 버림. 『러시아 통보(Русский вестник)』의 발행인 카트코프에게 『죄와 벌(Преступление и наказание)』의 구상을 적은 편지를 보내고, 선불금으로 300루블을 받기로 하였으나, 돈이 너무 늦게 도착하여 비스바덴에 있는 러시아 정교회의 사제와 오랜 친구인 브란겔의 도움으로 코펜하겐을 거쳐 10월 15일 간신히 페테르부르크로 돌아옴. 스첼로프스키(Стелловский) 출판사에서 작가의 검토와 보충을 거친 『도스토예프스키 전집』이 두 권으로 발간되고, 여러 중편과 단편이 단행

본으로 나옴.

1866   『죄와 벌』을 『러시아 통보』 1~2, 4, 6~8, 11~12호에 연재. 스첼
로프스키에게 약속한 소설을 기한 내에 끝내기 위해 10월 초에
속기사 안나 그리고리예브나 스니트키나를 고용. 26일 동안 소설
을 구술함. 11월 1일 탈고한 『노름꾼』(원래 제목은 『룰레텐부르크
(Рулетенбург)』)를 스첼로프스키 측에 넘김. 스첼로프스키 출판
사에서 발간된 『전집』 제3권에 『노름꾼』 수록.

1867   안나 그리고리예브나와 결혼. 아내와 함께 1871년 7월 초까지 베
를린, 드레스덴, 바트 홈부르크, 바덴바덴, 제네바, 피렌체 등지에
서 체류. 『백치(Идиот)』를 쓰기 시작. 『죄와 벌』 수정판이 페테르
부르크의 바주노프(Базунов) 출판사에서 두 권으로 나옴.

1868   『백치』를 『러시아 통보』 1~2, 4~12호에 연재. 맏딸 소피야가 태
어났으나, 폐렴으로 죽음.

1869   딸 류보피 태어남. 과격한 니힐리스트인 네챠예프와 그의 일당이
혁명을 목적으로 결성된 비밀결사에서 탈퇴하려는 대학생 이바노
프를 살해한 '네챠예프' 사건이 발생. 도스토예프스키는 이 사건을
계기로 '무신론'에 관한 소설 구상을 시작함. 중편 소설 『영원한 남
편(Вечный муж)』을 씀.

1870   스트라호프가 창간한 새 잡지 『여명(Заря)』 1~2호에 『영원한 남
편』 발표. 2월, 『악령(Бесы)』을 구상, 쓰기 시작함. 『죄와 벌』의 새
로운 수정판이 스첼로프스키 출판사에서 『전집』의 제4권으로 나옴.

1871   『악령』을 『러시아 통보』 1~2, 4, 7, 9~11호에 제2부까지 연재.
4월, 비스바덴으로 가서 룰렛 게임. 돈을 잃음. 7월 네챠예프 재판.
러시아로 돌아온 도스토예프스키, 이 재판을 『악령』의 소재로 이
용. 아들 표도르 태어남. 바주노프 출판사에서 『영원한 남편』이 단
행본으로 나옴.

1872   『악령』 제3부를 러시아 통보 11~12호에 발표, 완결시킴. 메쉬체르
스키가 발행하는 극우 성향의 주간지 『시민(Гражданин)』에서 함

께 일하기로 함.

1873   『시민』의 편집장이 됨. 블라지미르 솔로비요프와 우정을 나누게 됨. 『작가 일기(Дневник писателя)』를 일 년에 걸쳐 『시민』 1호에서 50호까지 연재. 제6호에 게재된 작가 일기에는 단편 「콩알(Бобок)」이 실림. 『악령』 단행본 나옴.

1874   1월, 『백치』 단행본 나옴. 2월, 『미성년(Подросток)』을 쓰기 시작. 3월, 『시민』에 기고한 글로 인하여 검열법 위반으로 체포됨. 4월 말, 건강상의 이유로 『시민』의 편집장직을 사임. 6월, 폐기종 치료를 위해 독일의 요양 도시 바트 엠스로 감. 제네바를 거쳐 8월 초, 러시아로 돌아옴.

1875   『조국 수기』 1~2, 4~5, 9, 11~12호에 『미성년』 연재. 5월 말에 다시 바트 엠스로 떠났다가 7월 초에 돌아옴. 8월, 둘째 아들 알렉세이 태어남. 『죽음의 집의 기록』 1, 2부가 단행본으로 출간됨. 12월 말, 개인 월간 잡지 『작가 일기』의 발행 허가가 나옴.

1876   1월부터 『작가 일기』 매월 발행. 1호에는 단편 『그리스도의 크리스마스 트리에 초대받은 아이(Мальчик у Христа на елке)』, 2호에는 『농부 마레이(Мужик Марей)』, 3호에는 『백살의 노파(Столетняя)』, 11호에는 『온순한 여자(Кроткая)』가 게재됨. 『미성년』 단행본 출간.

1877   『작가 일기』 계속 발간, 4호에 『우스운 인간의 꿈(Сон смешного человека)』 발표. 다로보예로 여행. 『죄와 벌』 제4판이 두 권으로 나옴.

1878   과학 아카데미 문학 분과의 객원 회원이 됨. 『카라마조프 가의 형제들(Братья Карамазовы)』 구상에 몰두. 5월, 아들 알렉세이 간질 발작으로 죽음. 상당 기간 집필 중단. 6월 하순, 블라지미르 솔로비요프와 함께 오프치나 수도원(Оптина пустынь)을 방문, 암브로시우스 장로와 두 차례 대화. 이 여행은 7일 동안 계속되었고, 『카라마조프 가의 형제들』 집필에 큰 영향을 미침. 7월 초 『카라마

조프 가의 형제들』첫 부분을 쓰기 시작.

1879   『러시아 통보』1~2, 4~6, 8~11호에『카라마조프 가의 형제들』연
재. 1876년의『작가 일기』제2판,『학대받은 사람들』제5판이 나옴.
바트 엠스에서 요양.

1880   『러시아 통보』1, 4, 7~11호에『카라마조프 가의 형제들』계속 연재.
6월 8일 모스크바의 푸쉬킨 동상 제막식에서 연설, 푸쉬킨을 러시
아 민족의 보편주의적 추구에 대한 진정한 상징으로 선언함.『작가
일기』8월호에 이 연설을 수록. 이듬해부터 다시『작가 일기』를 발
행하기로 계획.『카라마조프 가의 형제들』단행본 출간(표지는 출
간 연도가 1881년도로 되어 있음).

1881   『작가 일기』작업, 1월호 발행(작가 사후 발매). 1월 25일 도스토예
프스키, 동맥 파열을 겪음. 계속되는 각혈. 의식을 잃음. 1월 28일 저
녁 8시 38분 사망. 1월 31일 페테르부르크의 알렉산드르 네프스키
대수도원 묘지에 묻힘.

새롭게 을유세계문학전집을 펴내며

을유문화사는 이미 지난 1959년부터 국내 최초로 세계문학전집을 출간한 바 있습니다. 이번에 을유세계문학전집을 완전히 새롭게 마련하게 된 것은 우리가 직면한 문화적 상황에 적극적으로 대응하기 위해서입니다. 새로운 을유세계문학전집은 세계문학의 역할이 그 어느 때보다 중요해졌다는 인식에서 출발했습니다. 오늘날 세계에서 타자에 대한 이해는 우리의 안전과 행복에 직결되고 있습니다. 세계문학은 지구상의 다양한 문화들이 평등하게 소통하고, 이질적인 구성원들이 평화롭게 공존할 수 있는 문화적인 힘을 길러 줍니다.

을유세계문학전집은 세계문학을 통해 우리가 이런 힘을 길러 나가야 한다는 믿음으로 만들어졌습니다. 지난 5년간 이를 준비하기 위해 많은 노력을 기울였습니다. 세계 각국의 다양한 삶의 방식과 문화적 성취가 살아 있는 작품들, 새로운 번역이 필요한 고전들과 새롭게 소개해야 할 우리 시대의 작품들을 선정했습니다. 우리나라 최고의 역자들이 이들 작품 속 한 문장 한 문장의 숨결을 생생히 전하기 위해 심혈을 기울였습니다. 또한 역자들은 단순히 번역만 한 것이 아니라 다른 작품의 번역을 꼼꼼히 검토해 주었습니다. 을유세계문학전집은 번역된 작품 하나하나가 정본(定本)으로 인정받고 대우받을 수 있도록 최선을 다했습니다. 세계문학이 여러 경계를 넘어 우리 사회 안에서 주어진 소임을 하게 되기를 바라며 을유세계문학전집을 내놓습니다.

을유세계문학전집 편집위원단(가나다 순)

김월회(서울대 중문과 교수)
김헌(서울대 인문학연구원 교수)
박종소(서울대 노문과 교수)
손영주(서울대 영문과 교수)
신정환(한국외대 스페인어통번역학과 교수)
정지용(성균관대 프랑스어문학과 교수)
최윤영(서울대 독문과 교수)

을유세계문학전집

을유세계문학전집은 계속 출간됩니다.

을유세계문학전집 연표